中国文学通史系列

秦汉文学史

徐公持 刘跃进 ◎ 著

中国社会科学院文学研究所 ◎ 总纂

The History
of Literature
in
the Qin and the Han Dynasties

人民文学出版社

图书在版编目(CIP)数据

秦汉文学史 / 徐公持, 刘跃进著. -- 北京：人民文学出版社, 2024. -- (中国文学通史系列). -- ISBN 978-7-02-019044-7

Ⅰ. I209.32

中国国家版本馆 CIP 数据核字第 20242PB402 号

责任编辑　李　俊
装帧设计　刘　静
责任印制　王重艺

出版发行　人民文学出版社
社　　址　北京市朝内大街 166 号
邮政编码　100705

印　　刷　河北博文科技印务有限公司
经　　销　全国新华书店等

字　　数　596 千字
开　　本　880 毫米×1230 毫米　1/32
印　　张　23.875　插页 3
印　　数　1—4000
版　　次　2024 年 12 月北京第 1 版
印　　次　2024 年 12 月第 1 次印刷

书　　号　978-7-02-019044-7
定　　价　76.00 元

如有印装质量问题，请与本社图书销售中心调换。电话:010-65233595

目 录

编写说明 ... 001

绪论　秦汉文学渊源及其流变 ... 001
 第一节　秦汉文学的思想渊源 ... 001
 第二节　秦汉文学的空间分布 ... 007
 第三节　秦汉文学的文体考察 ... 012
 第四节　秦汉文学的载体变迁 ... 016

第一编　秦代文学
（公元前246年至公元前207年）

第一章　嬴秦统一过程中的文化特征 ... 027
第二章　吕不韦与《吕氏春秋》 ... 034
第三章　李斯及秦代奏章 ... 041
第四章　出土文献中的秦代文学 ... 047
第五章　秦代诗歌及其他 ... 057

第二编　西汉文学
（公元前206年至公元25年）

第一章　西汉文学背景 ... 065
 第一节　汉代初年的思想背景及其社会影响 ... 065

第二节　汉代初年的对外政策及其文化作用　　075

第三节　汉代初年的文化政策及其积极意义　　091

第二章　西汉文学概说　　101

第一节　汉代诗歌的四种类型　　101

第二节　"体国经野，义尚光大"的辞赋　　111

第三节　积极关注现实的秦汉文章　　115

第三章　西汉前期文学　　120

第一节　西汉前期的诗歌创作　　120

第二节　张苍、陆贾　　125

第三节　贾山、晁错、刘德、孔安国及其他文人创作　　129

第四章　贾谊　　139

第一节　贾谊的生平事迹　　139

第二节　贾谊的文学创作　　144

第三节　贾谊的学术传承与贡献　　151

第五章　邹阳与枚乘　　158

第一节　汉初三大文人集团　　158

第二节　邹阳　　162

第三节　枚乘　　165

第四节　梁孝王文人集团其他作家　　174

第六章　武帝时期的文学　　181

第一节　汉武帝影响下的文学创作　　181

第二节　董仲舒与《春秋繁露》　　188

第三节　刘安与《淮南子》　　195

第四节　东方朔及其他文人创作　　204

第七章　司马相如　　221

第一节　司马相如生平与创作　　221

第二节　《子虚赋》《上林赋》的时代意义　　224

第三节　司马相如的文章　　　　　　　　　　236

　　第四节　司马相如的文学贡献　　　　　　　　241

第八章　司马迁及其《史记》　　　　　　　　　　249

　　第一节　司马迁的生平与创作　　　　　　　　249

　　第二节　《史记》的编纂体例　　　　　　　　256

　　第三节　《史记》的思想倾向　　　　　　　　263

　　第四节　《史记》的文学成就　　　　　　　　270

　　第五节　《史记》的传播与影响　　　　　　　280

第九章　西汉后期文学　　　　　　　　　　　　　284

　　第一节　汉宣帝前后的政治变化与文学特色　　284

　　第二节　桓宽及其他作家　　　　　　　　　　290

第十章　王褒　　　　　　　　　　　　　　　　　301

　　第一节　抒情咏物小赋　　　　　　　　　　　302

　　第二节　颂扬为主的应时之文　　　　　　　　305

　　第三节　诙谐通俗小文　　　　　　　　　　　309

　　第四节　王褒的创作心态及其影响　　　　　　316

第十一章　刘向与刘歆　　　　　　　　　　　　　321

　　第一节　刘向的生平事迹　　　　　　　　　　321

　　第二节　《新序》《说苑》《列女传》　　　　324

　　第三节　刘向的学术贡献　　　　　　　　　　335

　　第四节　刘歆　　　　　　　　　　　　　　　336

第十二章　扬雄　　　　　　　　　　　　　　　　343

　　第一节　扬雄的生平与创作　　　　　　　　　343

　　第二节　扬雄的思想与学术　　　　　　　　　346

　　第三节　扬雄的辞赋创作　　　　　　　　　　350

　　第四节　扬雄的文章写作　　　　　　　　　　356

　　第五节　扬雄的文学主张及其影响　　　　　　365

第三编　东汉文学

（公元 25 年至公元 220 年）

第一章　东汉文学概说　　　　　　　　　　　　　373
　　第一节　东汉前期的"中兴"文学　　　　　　　374
　　第二节　东汉中期的"怀忧"文学　　　　　　　385
　　第三节　东汉后期的"心愤""刺世"文学　　　392
　　第四节　东汉文学的文体发展　　　　　　　　402
　　第五节　东汉的文学整理和研究　　　　　　　410

第二章　桓谭、冯衍等东汉前期作者　　　　　　　424
　　第一节　桓谭的思想与人格　　　　　　　　　424
　　第二节　桓谭《新论》的文学价值　　　　　　430
　　第三节　冯衍行止与作风　　　　　　　　　　442
　　第四节　冯衍的《显志赋》　　　　　　　　　448
　　第五节　崔篆、杜笃等其他文士　　　　　　　452

第三章　王充及其《论衡》　　　　　　　　　　　459
　　第一节　王充的人生信念及认识论　　　　　　459
　　第二节　《论衡》的文化史观与文学论　　　　469
　　第三节　《论衡》文章的风格特色　　　　　　479

第四章　班彪、班固、班昭与《汉书》　　　　　　488
　　第一节　班彪的道德和文章　　　　　　　　　488
　　第二节　班固的人生和著作　　　　　　　　　492
　　第三节　班固的《两都赋》与诗歌　　　　　　498
　　第四节　《汉书》及其文学价值（上）　　　　505
　　第五节　《汉书》及其文学价值（下）　　　　512
　　第六节　班昭的文学业绩　　　　　　　　　　517

第五章　贾逵、傅毅等东汉中期作者　523
第一节　"通儒"贾逵的文章　523
第二节　傅毅及其《舞赋》　528
第三节　崔骃及崔氏家族文学之脉　534
第四节　黄香等其他文士　549

第六章　张衡的文学成就　558
第一节　道德服膺、知识信仰与文学　558
第二节　张衡辞赋的"怀忧"性格和博物特色　566
第三节　张衡的诗歌成就　579

第七章　王逸、马融、王符等东汉中期作者　586
第一节　王逸、王延寿父子的文学业绩　586
第二节　大儒马融及其《长笛赋》　596
第三节　王符及其《潜夫论》　605

第八章　东汉后期作家群　613
第一节　崔寔、延笃、朱穆　613
第二节　郑玄、荀爽　629
第三节　秦嘉、徐淑夫妇赠答诗文　636
第四节　郦炎、高彪、赵壹　641
第五节　应劭及其《风俗通义》　653

第九章　蔡邕　660
第一节　蔡邕生平及其政论文章　660
第二节　蔡邕的碑诔文　667
第三节　蔡邕的赋与诗　671
第四节　蔡邕的《独断》与文章学理论　678

第十章　汉乐府歌辞　684
第一节　汉乐府及其歌辞　684
第二节　《相和歌辞》　696

  第三节　《杂曲歌辞》《杂歌谣辞》及其他　　　704

第十一章　东汉"古诗"　　　712
  第一节　《古诗十九首》的作者和产生时代　　　712
  第二节　《古诗十九首》的内容和风格特色　　　722
  第三节　《古诗为焦仲卿妻作》　　　730
  第四节　"苏、李诗"及其他"古诗"　　　737

主要参考文献　　　745
后记　　　754

编 写 说 明

文学史是文学研究整体中的一门重要学科。新中国成立以来，由各大专院校、科研机构集体编写和专家个人编写出版的中国文学史各有特色，其中有些著作还发生过较大影响。但目前尚缺少一部论述较为详尽的多卷本文学史著作。为了弥补这种不足，按照全国哲学社会科学"六五"规划的安排，由中国社会科学院文学研究所主持组织有关单位和有关专家编写十四册的《中国文学通史》，以期作为文学研究工作、高等院校教学工作以及其他文化工作中的参考用书。

按照长期以来文学史研究的实际情况，为了有利于编写者发挥专长，同时考虑到读者的方便，本书按时代分为十种十四册，计为《先秦文学史》、《秦汉文学史》、《魏晋文学史》、《南北朝文学史》、《唐代文学史》（上下）、《宋代文学史》（上下）、《元代文学史》、《明代文学史》（上下）、《清代文学史》（上下）、《近代文学史》。各册自成起讫而互作适当照应，合则为文学通史，分则为断代文学史。

本书编写的总要求是，在马克思主义指导下，阐述我国古近代文学的基本面貌，要求材料比较丰富翔实，叙述比较准确充分，力图科学地、全面地评价作家、作品，从而阐明各种文学现象形成的历史过程及其继承和发展关系。限于主客观的种种条件，实际的工作必然和上述要求有所距离，书中的不当以至错误必然不可避免，敬希海内外的学者专家和读者不吝指正。

下面是对编写工作中一些具体问题的说明。

一、本书由中国社会科学院文学研究所负责总纂,北京大学、南京师范大学协作编纂。

二、本书各册的编写方式不取一致,采用主编或编著者负责制,即各册的学术观点、学术质量统一于主编或编著者。

三、本书设立编纂委员会,负责协调各册的编写工作及组织质量审定的工作。编纂委员会设正、副主任委员,负责处理有关工作。

四、编纂委员会聘请各协作单位的著名专家三人担任全书的顾问。

五、各册的编写服从于统一的全书编写方针,但各册的内容、体例均相对独立。各册之间的分工、衔接以及内容中必要的互见都经过讨论、协商。

六、少数民族文学是中国文学史的重要组成部分之一。由于各种原因,本书中仅对少量用汉语写成的少数民族古典文学作家、作品作了论述。中国社会科学院民族文学研究所目前正组织编写《中国少数民族文学史丛书》,出版后将可和本书互参互补。待将来条件成熟而本书又有机会作较大的修订,自当酌增这方面的内容。

七、本书的编写得到国家社会科学基金会的资助,得到中国社会科学院和文学研究所负责同志和有关单位负责同志的支持和赞助,也得到国内外学者的鼓励;在出版工作中又承人民文学出版社古典文学编辑室大力支持,谨此一并致以谢忱。

中国文学通史编纂委员会

绪论　秦汉文学渊源及其流变

秦汉文学史的时间范围,始于秦庄襄王三年(即秦庄襄王死、秦王嬴政即位的公元前247年),终于东汉献帝建安二十五年(即曹操死、曹丕称帝的公元220年),前后共467年。秦汉文学史的空间范围则向无定论。从六国纷争,到秦统天下;再到秦衰汉兴,汉分东西,分分合合,变化多端。尽管如此,秦汉文学的思想渊源与文学贡献,则有迹可寻,班班可考。而秦汉文学的精神特质,尤其值得关注。

第一节　秦汉文学的思想渊源

《庄子·天下篇》将先秦文化分为六派:一是墨翟、禽滑釐,二是宋钘、尹文,三是彭蒙、田骈、慎到,四是关尹、老聃,五是庄周,六是惠施、桓团、公孙龙。《荀子·非十二子》亦分为六派:一是它嚣、魏牟,二是陈仲、史鳅,三是墨翟、宋钘,四是慎到、田骈,五是惠施、邓析,六是子思、孟轲。汉初司马谈《论六家要旨》亦分六家:阴阳、儒、墨、名、法、道德。到东汉,班固《汉书·艺文志》分为九流十家。如果把各家之说归类,发现其学派之不同,多与地域有关系。名、法归为三晋文化,阴阳、道德归为荆楚文化,儒、墨归为齐鲁文化。这便是秦汉文学的思想渊源。

三晋文化通常指西周到春秋时代晋国文化和战国时代韩、赵、魏三晋国家文化。战国七雄并立,其中属于晋文化的就占其中之三。其独特的历史地位可见一斑。

"晋"或"三晋"(韩、赵、魏)是先秦时期的古国,自有其独特的文化背景。《国语·楚语》说"虽楚有材,不能用也",而楚材多为晋所用,故《左传》襄公二十六年(前547)称:"虽楚有材,晋实用之。"楚材晋用,说明了晋文化的独特价值。从整体来看,晋文化是"中原古文化"与"北方古文化"两大古文化区系的重要纽带。这一点,已经越来越多地引起了学术界的广泛重视。①

进入春秋战国时期,三晋文化与齐鲁文化形成鲜明对照,双峰并峙。魏国开国君主魏文侯关注齐鲁文化,拜子夏为师。在子夏的影响下,田子方、段干木、吴起、禽滑釐等,或为当时儒教名流,或为军事干将,他们都汇集于魏地,对于魏国的振兴起到决定性作用。所有这些,《史记·仲尼弟子列传》和《儒林列传》都有或详或略的记载。所以班固说:"六国之君,魏文侯最为好古。"②其影响所及,下至西汉。汉代经学中,鲁学与齐学外,尚有"晋学";晋学的中坚,就是以河间献王为中心的赵学。③ 另一方面,魏文侯对于齐鲁文化虽然崇拜,但也并非亦步亦趋的模仿。齐鲁文化倡导礼治,而魏文侯

---

① 苏秉琦著《谈"晋文化"考古》,《三晋考古》第一辑,山西省考古研究所编,山西人民出版社1994年版。
② 《汉书·艺文志》,中华书局1962年版,第1712页。
③ 蒙文通著《经史抉原》,巴蜀书社1995年版。

却更醉心于法制。他坚持起用李悝为相,变法革新,促使儒家向法家的转化。①李悝原本是子夏的弟子,却是法家的始祖。《汉书·艺文志》著录《李子》三十二篇,已经亡佚。《晋书·刑法志》称作《法经》六篇。②秦汉以后的法律都是以《法经》为基础而建立起来的。在三晋的土地上,还产生了申不害、韩非等重要思想家。两人相距虽有一个世纪左右,但均强调法制,其主导思想是一脉相承的。《申子》,《史记》记载有两篇,《汉书·艺文志》著录六篇,均已亡佚。较完整的言论见《群书治要》卷三六所引《大体》一篇,讲究帝王南面之术。《韩非子》五十五篇是一整套完整系统的法家理论体系。如前所述,三晋文化还包括以"胡服骑射"著称的赵国。赵武灵王易胡服,融合了北方各少数游牧民族的文化,形成抗击中原之势。所有这些均与起源于西部的秦部落有其相近之处,故三晋文化从本质上说,为秦代所继承。战国末期,三晋之人为秦国的兴起出谋划策。故《史记·张仪列传》太史公曰:"三晋多权变之士,夫言从衡强秦者大抵皆三晋之人也。"③

《史记·秦本纪》记载秦代的历史演变,充满了神秘色彩。相传秦人祖先乃帝颛顼的苗裔,女修吞食玄鸟蛋,生大业,从此开始了秦

---

① 孙开泰《论三晋古文化对春秋战国诸子百家争鸣的影响》,《河北学刊》2000年第2期。
② 《晋书·刑法志》:"秦汉旧律,其文起自魏文侯师李悝。悝撰次诸国法,著《法经》。"(中华书局1974年版,第922页)按《唐律疏议》卷一记载:"周衰刑重,战国异制,魏文侯师于李悝,集诸国刑典,造《法经》六篇:一《盗法》,二《贼法》,三《囚法》,四《捕法》,五《杂法》,六《具法》。商鞅传授,改法为律。汉相萧何,更加悝所造《户》《兴》《厩》三篇,谓《九章之律》。"(〔唐〕长孙无忌等撰,刘俊文点校《唐律疏议》,中华书局1983年版,第2页)
③ 《史记·张仪列传》,中华书局1982年版,第2304页。

人的历史。长期以来,秦国"不与中国诸侯之会盟,夷翟遇之",①保持着戎狄游牧民族的传统习惯。随着商鞅的到来,"革法明教,而秦人大治"。② 国家面貌为之一变,为日后统一中国奠定了坚实的基础。秦孝公十二年(前350)秦国都城由栎阳迁入咸阳,这里便成为其东进发展的中心。秦人在咸阳经营长达144年之久,中经惠王、武王、昭王、文王、庄襄王、秦始皇直到秦亡。③ 秦文化在一定程度上吸收商周文化的同时,也容纳了戎狄文化,得以迅速崛起。《史记·孔子世家》记载孔子的话说,秦国虽小,而称王称霸的野心,却是其核心追求。④ 可惜,由于其强烈的功利性和实用性,崇尚战功,寡义趋利,又制约其更大的发展。一时称王可以,称霸天下,则缺少文化的支持,所以二世而亡。据此可以这样说,文化可以决定一个王朝的兴亡。⑤

与之形成鲜明对照的是荆楚文化。

楚国自春秋以来对外采取扩张政策,北上中原,称霸争雄,不可一世。荆楚文学艺术与中原颇多不同,历史上称之曰"南音"。⑥ 这个时期乃公元前21世纪至公元前11世纪这1000年间。其文学艺

---

① 《史记·秦本纪》,中华书局1982年版,第202页。
② 王利器校注《盐铁论校注》,中华书局1992年版,第95—96页。
③ 参见《重修咸阳县志》,咸阳市秦都区城乡建设环保局1986年编印。
④ 《史记·孔子世家》记载孔子的话说:"秦,国虽小,其志大;处虽辟,行中正。身举五羖,爵之大夫,起累绁之中,与语三日,授之以政。以此取之,虽王可也,其霸小矣。"
⑤ 刘跃进《秦汉兴衰:文化选择的决定作用》,《百色学院学报》2010年第4期。
⑥ 《吕氏春秋·音初》:"禹行功,见涂山之女,禹未之遇而巡省南土。涂山氏之女乃令其妾候禹于涂山之阳,女乃作歌,歌曰:'候人兮猗!'实始作为南音。周公及召公取风焉,以为《周南》《召南》。"(许维遹撰,梁运华整理《吕氏春秋集释》,中华书局2009年版,第139—140页)

术起源之早,于此可见一斑。荆楚文化以老子为轴心。1973年在湖南马王堆汉墓出土了老子的《道德经》。1996年在湖北荆门郭店出土的战国中期的竹简,其中也有老子《道德经》若干。说明早在战国中期,《老子》一书已经定形。该书是先秦一部非常有名的韵文杰作,对于后代有着巨大的影响。楚国文化对于后代诗歌创作的重要影响突出表现在楚歌的盛行。这类作品,除《楚辞》之外,还有《孟子·离娄》里面记载的《孺子歌》(又叫《沧浪歌》),《说苑·善说》记载的《越人歌》,《庄子·人间世》《史记·孔子世家》记载的《接舆歌》等。公元前350年前后,屈原来到人世,开创了荆楚文学的新纪元。① 秦始皇统一中国之后,荆楚文化一时式微。随着秦末楚人陈胜、吴广、项羽等的崛起,楚歌再度盛行。其后,楚歌形式多有分化,汉代诗歌、辞赋乃至经世致用的文章,依然沉积着楚歌的因素。

儒家文化以孔、孟为代表。除《论语》《孟子》两书外,影响最大的是相传为孔子所作的《春秋》。《春秋》后来又派生出《公羊传》《穀梁传》《左氏传》等三传,形成西汉颇为兴盛的"鲁学"和"齐学"。鲁学主要兴盛于西汉前期,《诗》有《鲁诗》,《论语》有《鲁论语》等,强调礼治,重视王道,在学术史、政治史上,均有重要影响。

---

① 郭沫若考订生于公元前340年,浦江清认为生于公元前339年,胡念贻《屈原生年新考》考订在公元前353年,他们考订的年份,相差十几年的时间,而所依据的资料主要是《离骚》中说的"摄提贞于孟陬兮,惟庚寅吾以降"。王逸注:"太岁在寅曰摄提格。"即屈原生于寅年正月。关于其卒年,现在有十多种说法。最早的认为卒于怀王二十四年(前305),即没有见到郢都的沦陷,最晚的则要到顷襄王三十六年(前263),相差四十多年。多数学者认为卒于郢都沦陷的公元前278年。1953年,世界和平理事会纪念四大文化名人,其中就包括纪念屈原逝世2230年,这也是根据郢都沦陷这一年推算的。

儒学发源于鲁,而在汉初,鲁学的影响还比较有限。相比较而言,齐学却异军突起。一方面,稷下学宫为儒学的保存与传播起到推波助澜的作用;另外一个方面,齐地濒海,齐人善于想象。在战国后期,齐人敏锐地意识到天下终将走向统一的趋势,结合阴阳五行学说、黄老学说,乃至法家主张等,提出了一种包容百家的大一统理论体系,为西汉前期的统治者,提供了必要的思想武器。

综上所述,我们可以做这样的概括:从子夏弟子李悝《法经》开始算起,到汉武帝"罢黜百家,独尊儒术"为止,中国思想文化界在这数百年间经历了三个不同的阶段。

第一阶段是从百家争鸣到法家霸道思想的胜利,《韩非子》集法家之大成的学说,成为秦王嬴政统一六国的指导思想,促进了中国大一统局面的形成。但是物极必反。当法家思想走向极端之际,用刑太过,最终迅速导致秦国的灭亡。

第二阶段是西汉初年荆楚文化的抬头,以黄老思想为中心,讲究清静无为。故陆贾《新语》专辟《无为》一篇,以为"道莫大于无为","故无为也,乃无不为也"。这是对三晋文化的一种否定,也是对荆楚文化的张扬。

第三阶段是汉武帝接受董仲舒的建议,"罢黜百家,独尊儒术",思想界百川归一。而这时的"儒术"并非传统意义上的纯儒,而是融入了诸子百家的多种学说,尤其隐含了丰富的道家思想和法家学说。

此后,秦汉文化在其发展的不同时期,形式上虽有差异,但在外王内霸的基本形态上,则没有发生根本变化。其核心内容是,以儒家思想为核心,强化中央集权,礼乐文明与强权政治互为表里,相得益彰。总体评价秦汉文学的成就,我们无法绕开这些核心内容。

第二节 秦汉文学的空间分布

三晋文化、荆楚文化及齐鲁文化是秦汉文化发展变化的主要思想源泉,而从横向比较看,秦汉文化又可分为八个地区,即三辅地区文化、河西地区文化、巴蜀地区文化、幽并地区文化、江南地区文化、齐鲁地区文化、河洛地区文化、荆楚地区文化。

中国人自古以来就有着浓郁的安土重迁的乡情观念。《潜夫论·实边篇》:"且夫士重迁,恋慕坟墓,贤不肖之所同也。民之于徙,甚于伏法。伏法不过家一人死尔,诸亡失财货,夺土远移,不习风俗,不便水土,类多灭门,少能还者。代马望北,狐死首丘,边民谨顿,尤恶内留。"项羽功成名就,思欲东归,认为"富贵不归故乡,如衣绣夜行"。刘邦暂都南郑时,群臣"皆山东人",颇多思归,故刘邦最初曾想定都洛阳。定都长安后,刘邦自称"游子悲故乡",起初就按照家乡原貌在长安修建新丰让父亲安居,①临终前又回到故乡高唱《大风歌》。马援转战沙场,留下"马革裹尸"的壮语。班超出使西域数十年,"年老思土",要求落叶归根。因此,秦汉铜镜中常有"毋相忘,莫远望"之类的嘱托,而在秦汉诗歌中更是有大量的思乡之作,譬如《古歌》《悲歌》《古诗十九首》以及乌孙公主《歌》、蔡文姬的《悲愤诗》等,可谓举不胜举。研究秦汉文学,就不能不关注这个时期不同区域的文化特点。

中国历来有大九州之说。《禹贡》所载夏九州是指:冀、兖、青、徐、扬、豫、荆、雍、梁。《周礼·职方氏》所载周九州:扬、荆、豫、青、

---

① 〔晋〕葛洪辑《西京杂记》卷二,中华书局 1985 年版,第 11—12 页。

兖、雍、幽、冀、并。幽、并两州为新州，两项相加为十一州。① 但是这些州制的划分，并没有落到实处。西汉武帝元封五年（前106），武帝在平定南越之地后，置交趾刺史，又分雍州置朔方刺史。遂成为十三州，②真正实现了天下州制划分的理想。征和四年（前89），又置司隶校尉督察三辅、三河及弘农等地，实际上西汉已经有十四个州级行政区域。③ 当时，置十三名刺史，监察郡国。但是权力有限，秩六百石，在西汉官吏俸禄中排行第九等，后来，刺史逐渐演变成郡国上一级的行政长官，成帝绥和元年（前8），改州刺史为州牧，增其秩别为二千石。这在西汉官吏俸禄中已经排在第三等，进入了较高的阶层。东汉定都洛阳不久，建武十三年（37）则重新划分十三刺史部，即三辅地区、豫州地区、冀州地区、兖州地区、徐州地区、青州地区、荆州地区、扬州地区、益州地区、凉州地区、并州地区、幽州地区、交州地区等。从行政区域管理的角度看，秦代实行郡县两级管理制度，分为三十六郡。西汉武帝时代在郡基础上虽有州级，而行政管理主要在郡国一级。汉代统治者认为秦代郡国面积太大，权力过于集中，故在原有故郡基础上，又立诸侯王国。虽然武帝时期设置十三刺史之官，但主要还是行使监察之职，辖地虽大，并没有实权，权力主要还是集中在郡县两级管理者手中。东汉时期的州部虽然还是十三部，但是较之西汉有了更多的实权，因为他们不必再像过去那样，只是"巡行所部郡国"，岁末奏事，而是变成了郡以上的一级地

---

① 周九州之说又见《资治通鉴》卷一三，汉文帝二年贾山上书注引。
② 《汉书·地理志》："至武帝攘却胡、越，开地斥境，南置交趾，北置朔方之州，兼徐、梁、幽、并夏、周之制，改雍曰凉，改梁曰益，凡十三部，置刺史。"（中华书局1962年版，第1543页）
③ 见《汉书集解》卷六考证及顾颉刚《两汉州制考》（《蔡元培先生六十五岁庆祝论文集》）、谭其骧《两汉州部》（《长水集续编》，人民出版社1994年版）。

方官,各有治所,自然也就有了黜退权,"有所劾奏,便加退免"。

西汉平帝时期,凡郡83,国20,郡国合计103个,县邑1314个。其中琅邪郡领县最多,51个。最少的是玄菟郡,才3个。《后汉书·郡国志》虽以顺帝永和五年为主,但大体遵循着建武年间的划定,凡郡国105个,县邑1180个。其中以汝南、南阳领县最多,都是37个,而右北平领县最少,才4个。这说明东汉时期的经济文化中心在今天的黄河以南地区。无论是西汉还是东汉,北方还是人烟稀少。两汉时期的郡国属县的分合虽时有变化,①但总的疆域以及各个地区的划分并未有根本性变化。因此,两汉是可以作为一个总体加以论述的。

文化区域,往往以大中城市为中心向四周辐射,或者依托交通要道,绵延伸展。因此,划分文化区域,必须关注自然地理因素。中国古代都市建设,往往依山傍水,②春秋战国以来,中国文化的发源地主要集中在华山、太行山等山脉及黄河、淮河、长江等三大江河流域。太行山以西的秦人故地,分为三辅地区文化、河西地区文化和巴蜀地区文化。三辅地区主要包括京畿长安周围的京兆尹、左冯翊、右扶风三个地区,这是关中的核心地区。而《后汉书·郡国志》

---

① 郡国合并的例子有:广平郡并入钜鹿郡,真定郡并入常山郡,城阳国并入琅邪郡,泗水国并入广陵郡,菑川、高密、胶东三国并入北海郡,六安国并入庐江郡,等等。由旧郡国分出独立的例子有:任城国由东平国分出,济北郡由泰山郡分出,下邳国由东海郡分出,吴郡由会稽郡分出,永昌郡由益州郡分出,等等。至于地名的变更,更是司空见惯,不必赘述,可以参见《中国县级以上政区地名史考》,高俊良、梅锋编著,学习出版社2013年版。

② 《管子·乘马》:"非于大山之下,必于广川之上。高毋近旱而水用足,下毋近水而沟防省。因天材,就地利,故城郭不必中规矩,道路不必中准绳。"〔清〕黎翔凤撰,梁运华整理《管子校注》,中华书局2004年版,第83页。

论及三辅地区时还包括河南、河内、弘农三郡。但是根据传统的观点,河南、河内均在函谷关以东,从文化分布上应当划为河洛地区文化。三辅地区以西的河西文化主要包括安定、天水、陇西、武威、金城、张掖、酒泉、敦煌等地。而秦岭以南地区则为巴蜀地区文化,包括:巴、蜀、益州、犍为、牂柯、越巂、哀牢等地。太行山以东属于战国时期的六国故地。黄河以北的广大地区,包括:魏、赵、钜鹿、信都、渤海、广阳、涿郡、渔阳、辽西、辽东、玄菟、右北平、上谷、中山、代郡、真定、常山、上党、五原、定襄、雁门、太原、河东及河套地区的朔方、西河及上郡等地,我们可以统称为幽并文化。长江以南地区统称为江南地区文化,一般来说比较容易得到认同,因为他们的文化特征比较明显。最为复杂的是太行山以东的南部地区,即黄淮流域和江淮流域的文化区域。战国以来,这个地区犬牙交错,相互渗透,水乳交融,有的时候难分彼此。但多数情况下,不同地区、不同时期又往往呈现着不同的文化风貌,不能一概而论。譬如说,黄淮流域东部的齐鲁地区就与黄淮流域西部的河洛地区的文化多有不同,而长江中下游及淮水流域的荆楚地区,其文化更是特异于中原。为此,我们将这个地区分为齐鲁地区文化、河洛地区文化和荆楚地区文化。

秦汉时期的八个文化区域,学术文化发展很不平衡。根据《汉书·儒林传》及《艺文志》、《后汉书·文苑传》及《郡国志》、《隋书·经籍志》等资料分析,可以得出如下结论:

第一,根据《汉书·儒林传》所列200位学者的分布,齐鲁地区占据第一位,占西汉学者总数的55%,超过了半数。其次是荆楚地区,约占15%。河洛地区居第三,仅占总人数的约14%。而河西地区竟无一人入选。这些数字表明,西汉时期,齐鲁区域文化占据了绝对的优势。其余地区依次为:幽并地区、三辅地区、巴蜀地区和江南地区。

第二，根据《汉书·艺文志》所列 184 种著作，齐鲁地区依然占据第一位，占西汉著作总量的 30%。其次是荆楚地区，约占 19%，第三位不是河洛，而是幽并地区，占 17%。河洛地区居第四位。河西地区依然排在最后。其余地区依次为：巴蜀地区、三辅地区、江南地区。

第三，根据《后汉书·儒林传》所列 56 位学者的分布，河洛地区上升为第一位，占东汉学者总数的 44.6%，齐鲁地区降为第二位，约占 30.4%，巴蜀上升为第三位，约占 10.7%。河西地区还是排在最后。其余地区依次为：三辅地区、江南地区、荆楚地区、幽并地区。

第四，根据《后汉书·文苑传》所列 27 位学者的分布，河洛依然为第一位，约占东汉文人总数的 30%，三辅地区上升为第二位，约占 18.5%，齐鲁地区又降为第三位，约占 15%。其余地区依次为：幽并地区、河西地区、巴蜀地区、荆楚地区、江南地区。

第五，《隋书·经籍志》综括了秦汉著作的总量，共计 297 种，占第一位的是河洛地区，约占这个时期著作总量的 33%，齐鲁地区占据第二位，约占 20.2%，三辅地区上升到第三位，约占 16.4%。其余地区依次为：荆楚地区、幽并地区、巴蜀地区、河西地区、江南地区。①

由此可见，秦汉文化在其不同时期、不同地区，发展并不平衡。西汉时期，文化中心在齐鲁地区，荆楚地区为另一文化中心。东汉时期的文化中心转到河洛地区，三辅文人上升为第二位。这可能是三辅地区曾经是西汉的政治文化中心而积累起来的结果。尽管西汉和东汉的文化中心有所不同，但总体上看，这个时期的文化发展多集中在黄淮流域和江淮流域。

---

① 详见刘跃进《秦汉地理与文人分布》，中国社会科学出版社 2012 年版。

第三节　秦汉文学的文体考察

秦汉文学不仅有其特定的历史渊源与空间分布,在文体创造方面,也有其特殊贡献。可以这样说,中国古代文体学观念至秦汉已经日益明确,中国传统意义上的主要文体也多在秦汉时期基本定型。

从现存资料看,有关文体研究的论著,当以蔡邕《独断》为最早。该书卷上论官文书四体曰:"凡群臣上书于天子者有四名:一曰章,二曰奏,三曰表,四曰驳议。"揭开了文体学研究的序幕。此后,略晚于蔡邕的曹丕著《典论·论文》称:"夫文本同而末异。盖奏议宜雅,书论宜理,铭诔尚实,诗赋欲丽。"略举四科八种文体,以为"此四科不同,故能之者偏也,唯通才能备其体"。西晋初年,陆机著《文赋》又标举十体,并对各体的特征有所界说:"诗缘情而绮靡,赋体物而浏亮,碑披文以相质,诔缠绵而凄怆,铭博约而温润,箴顿挫而清壮,颂优游以彬蔚,论精微而朗畅,奏平彻以闲雅,说炜晔而谲诳。"此外,像挚虞的《文章流别论》、李充的《翰林论》,直至任昉的《文章缘起》①、刘勰的《文心雕龙》等均有或详或略的文体概论,条分缕析,探赜索隐,奠定了中国文体学的理论基础。在此基础上,萧统广采博收,去芜取精,将先秦至梁代的七百多篇优秀作品分成三十七类

---

① 中华书局影印元刻《山堂考索》本。其真伪问题,颇多争论。傅刚《〈文选〉与〈诗品〉、〈文心雕龙〉及〈文章缘起〉的比较》(收在《昭明文选研究》,中国社会科学出版社 2000 年版)、朱迎平《〈文章缘起〉考辨》(收在《古典文学与文献论集》,上海财经大学出版社 1998 年版)均认为《文章缘起》为任昉作,其说可从。

加以编排,成为影响极为久远的一代名著。从蔡邕《独断》到萧统《文选》,前后绵延三百多年,中国文体学最终得以确立。

当然,对于秦汉文体的考察,还要注意其特殊性。任何一种文体,随着时代的变化,本身也在不断地发生着或趋同或分化的变异。因此,研究文体学,首先要有一个明确的时间概念,其材料的取舍论证,必须限定在特定的时代背景。也就是说,不能没有根据地利用后代材料来推断前代的文体特征。具体说到秦汉文体研究,虽然《三国志》《后汉书》是我们重要的参考资料,但是,由于两书的作者(包括注释者)已经生活在文体学方兴未艾的时代,他们所记载的传主的著述情况,往往是晋宋以后的归纳和命名,很难反映秦汉士人的文体观念。因此,对于秦汉文体材料的取舍,只能参照秦汉时代的著述。① 此外,文体分类也是一个比较麻烦的问题。可以依据功能划分,分为实用性文体或非实用性文体;也可以参照授受对象划分,譬如发布对象,或自上而下,或自下而上,或平辈之间;还可以从不同的应用场合来区分,甚至从发表的不同方式来确定。这是因为,不同时期,对于各种文体的要求和重视程度颇多差异。就秦汉时代而言,文体的观念还没有后世那么明确,大多数文体还是以应用为主。即以东汉文学大家蔡邕创作为例,我们可以将秦汉文体分为五种情形加以论列:

一是天子独用的文体,有四种,《独断》卷上记载说:"一曰策书,二曰制书,三曰诏书,四曰戒书。"这四种文体始于汉初。《文心雕

---

① 洪迈《容斋续笔》卷四"汉代文书式"云:"汉代文书,臣下奏朝廷,朝廷下郡国,有《汉官典仪》《汉旧仪》等所载,然不若金石刻所著见者为明白。"随后例举《史晨祠孔庙碑》《樊毅复华下民租碑》《无极山碑》《常山相孔庙碑》等详论其格式,并论定其"汉世文书之不滞留"的事实。(上海古籍出版社1996年版,第260—261页)

龙·诏策篇》:"汉初定仪则,则命有四品:一曰策书,二曰制书,三曰诏书,四曰戒敕。敕戒州郡,诏诰百官,制施赦命,策封王侯。"①所谓汉初定仪则,始于汉高祖刘邦五年,叔孙通制定礼乐制度,至七年始成定制。② 这套礼仪的具体内容多已失传。孙星衍《平津馆丛书》辑录有汉官七种,其一即叔孙通《汉礼器制度》一卷、《汉官》一卷。

二是大臣呈递的文书,也有四种,《独断》卷上记载说:"凡群臣上书于天子者有四名:一曰章,二曰奏,三曰表,四曰驳议。"《文心雕龙·章表篇》:"汉定礼仪,则有四品:一曰章,二曰奏,三曰表,四曰议。章以谢恩,奏以按劾,表以陈请,议以执异。"③

三是笺、启、封事等实用文体。《资治通鉴》卷五四"百官迁召,皆先到冀门笺檄谢恩"条胡三省注:"《字书》:笺,表也,识也,书也。《左雄传》:文吏课笺奏。自后世言之,奏者达之天子,笺者用之中宫、东宫、将相大臣,檄者征召传令用之,非所以谢恩也。窃意自蔡伦造纸之后,用纸书者曰笺,用木书者曰檄,故言笺檄谢恩也。"④是笺、檄原本一意,与奏不同。这类章奏等公文的写作,有一定的格式要求。大臣奏书不一定都要自己写作,捉刀代笔在两汉并非稀罕。因此,两汉就出现了一些以写奏书出名的文人。不过,捉刀代笔终究不是办法。阳嘉元年,顺帝从左雄上书奏请,凡"诸生通章句,文吏能笺奏,乃得应选"。⑤ 说明对于文吏的基本要求之一就是"能笺奏"。

---

① 〔南朝梁〕刘勰著,周振甫注《文心雕龙注释》,人民文学出版社 1981 年版,第 214 页。
② 《史记·刘敬叔孙通列传》,中华书局 1982 年版,第 2722 页。
③ 〔南朝梁〕刘勰著,周振甫注《文心雕龙注释》,人民文学出版社 1981 年版,第 243 页。
④ 《资治通鉴》卷五四,中华书局 1956 年版,第 1743 页。
⑤ 《后汉书·孝顺孝冲孝质帝纪》,中华书局 1965 年版,第 261 页。

四是诗、赋、碑、诔、铭、赞、连珠、箴、吊、论、议等抒情文体,见于《后汉书·蔡邕传》。《后汉书》成于刘宋时代,其中所涉及的文体观念,难免有后人附加的成分。但是,《蔡邕传》中所谓诗、赋、碑、诔、铭、连珠、箴、吊、论等文体在秦汉时期确实已经为当时士人所熟知、所掌握,可以说是当时的主要文体。

五是书、颂、记、祝、对问、设论、章句等文体,见于张溥编《蔡邕集》。这些文章的命名虽出于后人之手,但是我们可以举出许多相关资料足以证明这些文体也多盛行于秦汉。此外,汉代为儒家经典作注疏的新文体,即注疏体,主要有故、传、说、记、章句、笺等,偏重于学术研究方面。①

从唐前文体学的发展来看,至少可以注意到这样几个特点:第一,中国古代文体在秦汉时代已经初具规模。《文心雕龙》自《辨骚》以下至《书记》凡二十一篇,论述各种文体多达五十余种,其中除少数文体如"启"类出现于汉代以后外,多数重要作品均产生于秦汉。② 这种观念代表了当时多数学者的看法。甚至像《文章缘起》论列八十五体,就明确标识始于秦汉者六十七体。③ 现在看来,这些文体还可以概括为三类,即诗歌(包括楚歌、乐府诗、五言诗、七言诗)、辞赋以及各类实用性文章。对此,本书第二编第二章有专门论述。第二,在唐前文人心目中,实用性文体与抒情性文体并没有明显的区分,都为他们所重视,甚至在某种程度上说,那些应用性文体

---

① 详见刘跃进《〈独断〉与秦汉文体研究》,《文学遗产》2002 年第 5 期。
② 二十一篇中,《杂文》中细分"对问""七发""连珠"。《诏策》中细分"策书""制书""诏书""戒敕""教"。《书记》中细分"谱""籍"等二十四种。
③ 除前面已经论列之外,尚有玺文、反骚、白事、移书、序、志录、誓、明文、解嘲、训、辞、旨、喻难、谒文、悲文、祭文、哀词、离合诗、图、势、约等。

更能得到时人的重视。其所以如此,是因为这些实用性文体受到国家层面的关注,有政策上的鼓励。对此,本书第二编第一章第三节也有专门论述。第三,无论是哪一种文体,尽管其形式多有变化,但是对于文采的要求始终是一贯的。如前所述,就是一些应用性很强的文体也多讲求文采。

第四节 秦汉文学的载体变迁

秦汉文学的繁荣发展,与文字载体、学术生态的变化密切相关。

秦火之后,汉初学术主要是通过师徒间口传心授的方式加以传承。随着社会的稳定,民间藏书也陆续出现。这样就形成了不同的文本,今文经学、古文经学由此形成分野。如果仅仅限于学术层面,经学的纷争也许不会有后来那样的影响。问题是,武帝以后,儒家学说被确定为主流意识形态,而今文经学被立于学官,为官方所认可。为了维护这种学术霸主地位,今文经学通过各种方式打压古文经学的发展空间。西汉末叶,古文经学逐渐壮大,今、古文经学之间开始形成对垒态势,但此时的古文经学毕竟还处下风。东汉以后,古文经学日益兴盛;特别是汉魏之际,形势发生逆转,今文经学走向衰微,逐渐退出历史舞台,而古文经学悄然从民间兴起,开始走向学术文化的中心位置。两汉经学的分化及其兴衰的缘由,《汉书·儒林传》《后汉书·儒林传》《经典释文序录》以及《隋书·儒林传》等文献多有记叙。

从时间方面说,这种学术文化的转型,始于两汉之际,至马融、郑玄最终推动完成。马融服膺儒术,研习经典。他达生任性,前授生徒,后列女乐,弟子以次相传,鲜有入其室者,可谓不拘儒者之节。

郑玄自幼就博览群书,遂成通人,与老师马融一样遍注群经。他们注释群经有一个共同的特点,就是以古文经学为核心,又融入多家经说。特别是郑玄的经注,不仅包含今古文经,还广泛涉及东汉以来盛行的谶纬之学以及当时新兴的道家学说等,统铸镕汇,不拘一格,成为当时一大文化景观。马、郑的经学注释工作极大地加速了今、古文经学的融合进程,今文经学的权威地位得以动摇。晋代所立博士,与汉代十四博士已无传承关系,似乎标志着今文经学引以为自豪的师法传统走向终结。

从地域方面说,这种学术文化的转型,多集中在北方,特别是黄河流域。《诗经》如此,其他古文经典著作也多出现于北方,譬如"河间献王所得书皆古文先秦旧书《周官》《尚书》《礼》《礼记》《孟子》《老子》之属,皆经传说记,七十子之徒所论"。① 如果从地理上寻求原因,一个重要的原因在于,秦汉之际,受到战乱的影响,文人学者之间的交往往往受限,所以黄河以北地区的学术更加注重自身的独立系统。古文经学的传授,很少有依托高官厚禄的政治背景,往往在民间传播,反而保留许多先秦以来的学术资源,对后代的学术发展产生了更加积极的影响。而今文经学的昌盛,多在政治文化中心。西汉时期的政治文化中心在长安,东汉时期则转移到洛阳,受到政治的影响比较明显,往往一荣俱荣,一损俱损。

总之,学术风气与社会思潮的转型,都发轫于西汉后期,至东汉开始发生根本性变化。最突出的现象是,与政治密切相连的今文经学逐渐受到质疑,而古文经学抬头。东汉中后期,随着普通文人学者阅读范围的拓宽,古文经学著作渐渐浮出水面,不再神秘,成为很多学者的读物。在比较中,学者们感觉到今文经学中那种天人感应

---

① 《汉书·景十三王传》,中华书局1962年版,第2410页。

之说的虚妄,而更倾向于实事求是的古文经学。随着古文经学在世间的传播,文人学者逐渐把他们的视野从朝廷转向民间。同样是在东汉中后期,源于民间的道教亦在此时兴起,佛教则加大向中土民间传播的速度。这样看来,东汉中后期一个重要的文化现象就是,儒、道、佛三教都开始关注民间,努力向民间渗透,魏晋以后逐渐影响到上层社会。

问题是,这种平民化、世俗化的社会思潮是如何形成的呢?当然可以从政治上、经济上、民俗上,甚至从民族上寻找原因。其实,还有一个显而易见的原因,那就是文字载体的变化,促使学术文化的极大普及,很多读书人已经不甘愿受摆布,他们通过自己的文化活动,试图在社会各个阶层上制造影响,树立形象,逐渐形成体现自己价值的各种利益集团。

这种情形,在春秋战国之际也曾出现过,所谓"天子失官,学在四夷"。① 如前所述,战国以来的学术文化走向分化:《庄子·天下篇》《荀子·非十二子》、司马谈《论六家要指》均将当时文化分六家,当然各家划分的标准并不相同。东汉班固《汉书·艺文志》又结合西汉文化,将学术文化分为九流十家。战国到西汉时期的学术文化,主要是通过"杀青"后的竹简和丝帛记录下来的,较之钟鼎文字更易于传播,不过,也主要限于少数精英阶层。两汉之际,文化迅速普及,其中一个重要的原因,就是纸张的发明和广泛运用。文化已经不仅仅掌握在少数读书人的手中,更多的人,都可能有机会接触到各类典籍,既包括前代流传下来的典籍,也包括同时代的创作。我们看《汉书》《东观汉记》《后汉书》的传记,那些传主自幼好学的

---

① 《左传·昭公十七年》,〔清〕阮元校刻《十三经注疏》本,中华书局1980年版,第2084页。

记载比比皆是,哪怕是出身寒微的人,也可以通过各种途径阅读书籍。而在先秦,这种情形是很难见到的。

通过排比相关资料,不难发现,两汉之际学术文化的转型与纸张的日益广泛的使用,几乎是同步的。两者之间的变化,虽然还不能说是因果关系,但彼此影响,相互推动,则是可以推想的。

从时间方面看,在西汉时期已经有了纸张的实物,①但显然还非常稀少。宣帝时期著名文人路舒温曾用蒲为纸作为书写工具。② 可见当时尚无纸张的使用,至少普通读书人还接触不到。东汉章帝(76—88年在位)时,纸张逐渐流行开来,且与简帛并用。日本学者清水茂曾引《后汉书·郑范陈贾张传》中的一条材料说明东汉中期纸简并用的情形:"肃宗立,降意儒术,特好《古文尚书》《左氏传》。建初元年,诏逵入讲北宫白虎观、南宫云台。帝善逵说,使发出《左氏传》大义长于二传者。逵于是具条奏之曰:'臣谨摘出《左氏》三十事尤著明者,斯皆君臣之正义,父子之纪纲。其余同《公羊》者什有七八,或文简小异,无害大体。……'书奏,帝嘉之,赐布五百匹,衣一袭,令逵自选《公羊》严、颜诸生高才者二十人,教以《左氏》,与简纸经传各一通。"李注:"竹简及纸也。"③至于东汉和帝元兴元年(105)蔡伦发明的"蔡侯纸",因见载于《后汉书·宦者传》而广为人知。正当蔡伦奏上"蔡侯纸"的时候,一代文豪马融已经二十五六岁。《初学记》记载他的《与窦伯向书》,详细地记载了当时书信

---

① (日)清水茂《纸的发明与后汉的学风》,载《清水茂汉学论集》,中华书局2003年版,第24页。
② 〔唐〕徐坚编《初学记》卷二一"文部·纸"载:"古者以缣帛依书长短,随事裁之,名曰幡纸,故其字从丝。贫者无之,或用蒲写书,则路温舒截蒲是也。"(中华书局1962年版,第516页)
③ 《后汉书》卷三六,中华书局1965年版,第1236—1239页。

往来时用纸写字的情况,流露出欣喜之情。①尽管这封书信的确切年代尚待考订,但是马融的时代,纸张已经在一定范围内使用且有所推广,②并且,当时已经出现了主管纸墨的官员。③马融注释群经,我们有理由相信,他所使用的应当是纸张。毕竟,他是当时名满天下的学者,又出身于外戚家族,有钱有势又有学问。可以肯定的是,这个时候的马融所看到的儒学经典就已经不限于今文经学了。

《初学记》卷二一引《先贤行状》曰:"延笃从唐溪季受《左传》,欲写本无纸。季以残笺纸与之。笃以笺记纸不可写,乃借本诵之。"④这是东汉后期的情形,纸张还没有普及到民间,但是,官府已经常用,故有前引"教以《左氏》,与简纸经传各一通"的记载。《初学记》又引"魏武令曰:自今诸掾属侍中别驾,常以月朔各进得失,纸书函封。主者朝常给纸函各一。"⑤西晋时期,纸张还多用于"豪贵之家"。左思《三都赋》问世后,主要是他们"竞相抄写,洛阳为之纸贵"。⑥唐修《晋书》载,陈寿死后,朝廷"诏下河南尹、洛阳令,就家写其书"。⑦今天所能看到的《三国志》最早写本就有东晋时期用黄

---

① 〔唐〕欧阳询编,汪绍楹校《艺文类聚》卷三一:"孟陵奴来,赐书,见手迹,欢喜何量,次于面也。书虽两纸,纸八行,行七字,七八五十六字,百一十二言耳。"(上海古籍出版社1982年版,第560页)
② 《后汉书·皇后纪》记载邓皇后事:"是时,方国贡献,竞求珍丽之物,自后即位,悉令禁绝,岁时但供纸墨而已。"(中华书局1965年版,第421页)
③ 《后汉书·百官志》:"守宫令一人,六百石。本注曰:主御纸笔墨及尚书财用诸物及封泥。"中华书局1965年版,第3592页。
④ 〔唐〕徐坚编《初学记》卷二一,中华书局1962年版,第517页。
⑤ 〔唐〕徐坚编《初学记》卷二一,中华书局1962年版,第517页。
⑥ 当时纸张在民间应该还没有广泛使用,《后汉书·列女传》记载蔡琰应曹操之召而著书,自称"乞给纸笔",也可以说明这个问题。
⑦ 《晋书·陈寿传》,中华书局1974年版,第2138页。

纸抄写的,显然是官方本子。①

我们知道,中国早期的经学传承,主要靠口传心授,五经各有师承,这在《汉书·儒林传》有明确的记载。从现存的资料看,经学家们所依据的五经文本,似乎差别不是很大,关键在一字差别之间如何解说。西汉时期,今文经学占据着官方统治的地位,但是他们对经书的解说也往往各执一端,差异很大。在没有大量简帛书籍传播知识的情况下,弟子们对老师的师法、祖传的家法只能全盘照搬而别无选择。谨守师法,努力保持原样,就成为当时经生们所追求的目标。因此,师法与家法对于汉代学术而言,与其说是限制,不如说是经生们的自觉追求。各派之间要想维护自己的正统地位,就以家法与师法的传承作为依据来证明自己渊源有自。显然,这不仅仅是学术问题,更是政治话语权的问题。这种情形已经远远超出学术范围。

东汉之后,随着纸张的广泛使用,书籍日渐丰富。由于有众多文献可作比勘,今文经学支离其文、断章取义的做法,也就日益失去其神圣的光环。从西汉末叶到东汉时期,在思想文化界出现一股离经叛道的潮流,或者说是异端思潮。从两汉之际的桓谭《新论》,到东汉中后期的王充《论衡》、王符《潜夫论》以及仲长统《昌言》等,无不如此。如果我们细心梳理这些著作的资料来源,就会发现,有很多资料不见于今天存世的五经或者正史,因此,极有可能采自其他

---

① 〔宋〕李昉等编《太平御览》卷六〇五引桓玄:"古无纸,故用简,非主于敬也。今诸用简者,皆以黄纸代之。"(中华书局1960年版,第2724页)按《旧唐书·高宗本纪下》:"戊午,敕制比用白纸,多为虫蠹,今后尚书省下诸司、州、县,宜并用黄纸。"(中华书局1975年版,第101页)〔后唐〕冯贽著《云仙散录》卷九"黄纸写敕"条载:"贞观中,太宗诏用麻纸写敕诏。高宗以白纸多虫蛀,尚书省颁下州县,并用黄纸。"(中华书局1998年版,第119页)这说明黄纸不易为虫蠹。

史籍。据此,他们还可以对神圣经典及其传说提出质疑,匡惑正谬。这正说明当时的知识分子有了更多的阅读选择。正是在这样的背景下,马融、郑玄才有可能汇集众籍,修旧起废,完成汉代今古文经学的集大成工作。

从地域分布看,纸张发明早期,首先在北方得到广泛使用。1996年在长沙走马楼第22号古井内发现三国孙吴纪年简牍数万枚,其中基本完好的有2000枚以上。这批简牍都是官方文书,说明东吴时的官方文献,主要还是以简牍的方式留存。而与此同时的北方,纸张已经为官方广泛使用。《三国志·魏书·文帝纪》注引胡冲《吴历》曰:"帝以素书所著《典论》及诗赋饷孙权,又以纸写一通与张昭。"①《典论》是曹丕特别看重的独立撰写的著作,故用纸张抄写,作为礼品赠送。

从文献记载来看,当时纸张的生产地主要集中在东汉首都洛阳周围。此外,山东、河北等地也是纸张的重要产地。张怀瓘《书断》称东莱人左伯:"尤甚能作纸。汉兴用纸代简。至和帝时,蔡伦工为之,而子邑尤得其妙。"②东晋之后,纸张的使用应当非常普及,而且分为不同的种类,如捣故鱼网做成的网纸③,用生布做成的布纸,用麻做成的麻纸④,用树皮做成的榖纸⑤等。此外,还有服虔《通俗文》

---

① 《三国志》卷二,中华书局1982年版,第89页。
② 〔唐〕张彦远著《法书要录》卷九,人民美术出版社1984年版,第292页。
③ 〔唐〕徐坚编《初学记》卷二一引张华《博物志》曰:"汉桓帝时,桂杨人蔡伦,始捣故鱼网造纸。"(中华书局1962年版,第517页)
④ 〔唐〕徐坚编《初学记》卷二一引王羲之《笔经》曰:"探毫竟以麻纸裹柱根,次取上毫薄薄布。"(中华书局1962年版,第517页)
⑤ 〔唐〕徐坚编《初学记》卷二一:"以树皮作纸名榖纸。"(中华书局1962年版,第517页)

中记录的白纸,前面提到流行的黄纸以及土纸①、布纸②等。

从传播方式看,随着纸张的出现,私人著书、藏书、佣书、卖书也就不再是少数人的专利。东汉之后,私人著述之风甚盛。魏晋以后,著述更成一时风气。曹丕《典论·论文》说:"盖文章经国之大业,不朽之盛事。年寿有时而尽,荣乐止乎其身。二者必至之常期,未若文章之无穷。"徐幹著《中论》,曹丕以为成一家之言,可为不朽。他自己也组织编写了大型类书《皇览》"凡千余篇"。③ 这些汉魏六朝的著书情况,《隋书·经籍志》有详尽的记载。与著述之风相关联的就是藏书之盛。蔡邕的万卷藏书,见载于《后汉书·列女·蔡琰传》、《三国志·魏书·王卫二刘傅传》等文献,其中蔡邕送给女儿蔡文姬的就有"四千许卷",还有《博物志》卷六所记载的,"蔡邕有书万卷,汉末年载数车与王粲"。④ 张华藏书三十乘之多,也见于《晋书·张华传》记载。

随着著述、藏书的普及,社会上出现了职业抄手和书肆,这意味着图书出版业揭开了历史性的序幕。班超随母至洛阳,"家贫,常为官佣书以供养"。⑤ 江南人王充"家贫无书,常游洛阳市肆,阅所卖书"。⑥ 阚泽"家世农夫,至泽好学,居贫无资,常为人佣书,以供纸

---

① 〔宋〕李昉编《太平御览》卷六〇五引范宁:"土纸不可以作文书,皆令用藤角纸。"(中华书局 1960 年版,第 2724 页)
② 〔唐〕徐坚编《初学纪》卷二一《晋虞预请秘府纸表》:"秘府中有布纸三万余枚,不任写御书,而无所给。愚欲请四百枚,付著作吏,书写起居注。"(中华书局 1962 年版,第 518 页)
③ 《三国志·魏书·文帝纪》,中华书局 1982 年版,第 88 页。
④ 参见刘跃进《蔡邕行年考》《蔡邕生平创作与汉末文风的变迁》等文,载《秦汉文学论丛》,凤凰出版社 2008 年出版。
⑤ 《后汉书·班超传》,中华书局 1965 年版,第 1571 页。
⑥ 《后汉书·王充传》,中华书局 1965 年版,第 1629 页。

笔,所写既毕,诵读亦遍"。① 说明汉魏时期,都城已经有卖书的专门场所,也有职业抄手。文人求学读书,较之匡衡时代,似乎更加便利。

此外,纸张的推广应用,对社会文化发展,还有一个重要影响,那就是催生了一批以纸张为材料擅长写"帖"的书法家。汉灵帝光和元年(178),擅长书法者被任为鸿都门生,高第者升至郡守,从而在全社会形成了重视书法的风气。从东汉末年至两晋,中国古代书法出现了它的第一个黄金时期。② 这种社会文化风尚的形成,对于汉魏学术转型起到积极的推动作用,也为秦汉文学的繁荣奠定了丰厚的物质基础。

秦汉文与盛唐诗,常常相提并论,人们认为这是汉唐气象的重要反映。中国现存最早的文学总集《昭明文选》大量收录秦汉文,作为典范供人们欣赏,沉思翰藻,光景常新。其中最值得我们注意的,是秦汉文学在其四百余年的发展变化过程中所形成的精神特质,即注重文学的实用性与抒情性,积极关注社会人生,呼吁文章须有益于天下。这不仅仅是秦汉文学,也是整个中国古代文学历久弥新的优秀传统,更是文学价值和意义的最好体现。

---

① 《三国志·吴书·阚泽传》,中华书局1982年版,第1249页。
② 劳榦《中国文字之特质及其发展》,《古代中国的历史与文化》,中华书局2006年版,第552页。

第 一 编

秦代文学

(公元前246年至公元前207年)

第一章　嬴秦统一过程中的文化特征

公元前247年,秦庄襄王死,赵政即位,是为秦王政,时年十三岁。① 翌年,为秦王政元年。吕不韦为相,李斯辞别荀子,西入秦,为吕不韦舍人。② 从这一年开始到嬴秦统一中国,历时二十六年。又十一年,秦始皇死于沙丘。前后凡三十七年。这里所讨论的,主要就是这段时期内文化与文学的发生、发展及其变化的状况。

从政治军事上说,战国七雄的纷争已经接近尾声。北部匈

---

① 《史记·秦始皇本纪》:"秦始皇帝者,秦庄襄王子也。庄襄王为秦质子于赵,见吕不韦姬,悦而取之,生始皇。以秦昭王四十八年(前259)正月生于邯郸。及生,名为政,姓赵氏。年十三岁,庄襄王死,政代立为秦王。当是之时,秦地已并巴、蜀、汉中,越宛有郢,置南郡矣;北收上郡以东,有河东、太原、上党郡,东至荥阳,灭二周,置三川郡。吕不韦为相,封十万户,号曰文信君。招致宾客游士,欲以并天下。李斯为舍人。"(中华书局1982年版,第223页)

② 《史记·李斯列传》:"李斯者,楚上蔡人也。……从荀卿学帝王之术。学已成,度楚王不足事,而六国皆弱,无可为建功者,欲西入秦,……至秦,会庄襄王卒,李斯乃求为秦相文信侯吕不韦舍人;不韦贤之,任以为郎。"(中华书局1982年版,第2539—2540页)

奴的强大，逐渐已成秦国边患。秦王嬴政亲政之后，在解决了内政吕不韦的问题之后，便开始了大规模的东扩战争，可谓势如破竹：秦王政十七年（前230）擒韩王安。十八年（前229），王翦兴兵攻赵，翌年攻取赵地，东阳得赵王迁。赵国由此而亡。十九年（前228），燕太子丹派荆轲刺秦王。秦军攻燕，破易水之西。二十一年（前226），王翦攻蓟，破燕太子军，攻取燕蓟城，得太子丹首。二十二年（前225），王贲攻魏大梁，引水灌之。大梁城坏，梁王请降，尽取其地。魏国至此灭亡。二十三年（前224），秦王派王翦攻取楚，虏楚王。秦王游至郢陈，楚将项燕立昌平君为楚王，楚淮北之地尽入于秦。二十四年（前223），王翦、蒙武攻取楚，昌平君死，项燕自杀。楚国至此而亡。二十五年（前222），秦王大发兵，王贲进攻辽东，虏燕王喜，燕国至此而亡。王贲复进攻代，虏代王嘉。王翦悉定楚江南地。降百越之君，置会稽郡。二十六年（前221），齐王投降。至此，前后十年，六国灭亡，天下一统。

　　秦王嬴政即帝位后，自称始皇帝，分天下三十六郡，并接受齐人关于终始五德之运的建议，尚水德，以冬十月为岁首，色尚黑，度以六为名。丞相王绾作《议帝号》《议封建》。李斯作《议废封建》，反对分封子弟，以为立国树兵，必将重蹈两周灭亡之覆辙。李斯的思想主张，充分考虑到秦人的文化与历史状况，也顺应了历史发展的趋势。

　　从思想文化上说，这一时代各家之说都经历着最后的较量。齐有荀子、邹衍、邹奭。荀子学说的核心是帝王之术，是传统儒家与名家结合的产物。邹衍著有《邹子》四十九篇，《邹子终始》五十六篇，倡言大九州之说。当是时，战国四大公子，东北有魏国的信陵君无忌，汇集了许多文人，《魏公子兵法》二十一篇，属于兵书类著作。① 此外,魏国公子魏牟也活跃一时。根据《汉书·艺文志》诸子略道家著录,有《公子牟》四篇。这又是道家思想作品。南有楚国的春申君,还有楚人的《鹖冠子》大约也成书在这个时期。《汉书·艺文志》诸子略道家类著录《鹖冠子》一篇,班固注:"楚人,居深山,以鹖为冠。"②《隋书·经籍志》著录三卷。《文心雕龙·诸子》:"鹖冠绵绵,亟发深言。"③可以说,这又是一个风起云涌的时代。

相对于六国思想家而言,秦人的思想文化有鲜明的功利性、排他性与过渡性特点。孔子早就看到秦人的这种不同寻常的特性,《史记·孔子世家》载:"孔子曰:秦,国虽小,其志大;处虽辟,行中正。身举五羖,爵之大夫,起累绁之中,与语三日,授之以政。以此取之,虽王可也,其霸小矣。"④《史记·仲尼弟子列传》又载:"孔子既没,子夏居西河教授,为魏文侯师。"⑤子夏的弟子李悝则是法家的始祖,所著《法经》为中国第一部比较完整的法典。故《晋书·刑法志》说:"秦汉旧律,其文起自魏文侯师李悝。悝撰次诸国法,著《法经》。"⑥秦孝公时期的商鞅变法,又悉本李悝。《唐律疏议》卷一载:

---

① 参见《史记·六国年表》及《魏公子列传》。《汉书·艺文志》兵书略兵形类著录《魏公子》二十一篇。班固注:"图十卷,名无忌,有列传。"《史记·魏公子列传》:"魏公子无忌者,魏昭王少子而魏安釐王异母弟也。昭王薨,安釐王即位,封公子为信陵君。"又云:"当是时,公子威振天下,诸侯之客进兵法,公子皆名之,故世俗称《魏公子兵法》。"《史记集解》:"刘歆《七略》有《魏公子兵法》二十一篇,《图》七卷。"图录卷数与《汉书·艺文志》略有不同。
② 《汉书·艺文志》,中华书局1962年版,第1730页。
③ 〔南朝梁〕刘勰著,周振甫注《文心雕龙注释》,人民文学出版社1981年版,第189页。
④ 《史记·孔子世家》,中华书局1982年版,第1910页。
⑤ 《史记·仲尼弟子列传》,中华书局1982年版,第2203页。
⑥ 《晋书·刑法志》,中华书局1974年版,第922页。

"周衰刑重,战国异制,魏文侯师于里(当作"李")悝,集诸国刑典,造《法经》六篇:一《盗法》,二《贼法》,三《囚法》,四《捕法》,五《杂法》,六《具法》。商鞅传授,改法为律。"①秦人启用商鞅变法以来,"革法明教,而秦人大治"。国家面貌为之一变。从此,法家思想成为了秦国的统治思想;正是依靠这种思想的指导,秦国得以迅速崛起于群雄之中,为日后的统一奠定了坚实的基础。法家思想,崇尚武功,讲求实用,追求一统,这些思想一直被秦人奉为主导思想。这一思想的重要特征就是功利性,崇尚战功,寡义趋利。由此功利性,在秦人那里又演变成一种强烈的排他性。春秋战国以来,百家争鸣的一个基本事实是,各家学说在融汇不同思想文化遗产的同时,也在努力倡言并践行自己的主张,自然也会攻击对手。但在秦人那里,这种排他性表现得特别突出,不仅排斥其他学说,甚至那些倡言法家学说的人,也在相互排斥,唯我独尊。②

这种情形,自然不利于秦人延揽人才,所以在吕不韦当政时期,鉴于先秦诸子百家争鸣,尤其是战国中后期稷下学宫各派学说在争辩中形成的各种活跃思想已经渐趋融合,倡导国家一统的政治理念和理论体系业已形成共识,所以,在秦王嬴政继立初年,吕不韦以其"仲父"的特殊身份,招集门客,充分吸收中原地区特别是稷下学宫各学派学说而编著《吕氏春秋》,试图推动四海一统、万里同风的进程,为秦朝的统一营造了充分的舆论氛围。可惜好景不长,吕不韦很快就受到了秦人贵族集团的排挤打击,最后客死异乡。吕氏所倡导的容纳百家的思想主张,很快就成为过眼烟云。

作为荀子弟子、吕不韦部下的李斯,当然对稷下学宫各派的主

---

① 〔唐〕长孙无忌等撰《唐律疏议》,中华书局1983年版,第2页。
② 严耕望《战国学术地理与人才分布》,《严耕望史学论文选集》,中华书局2006年版,第27页。

张了如指掌。但我们有理由相信,看到吕不韦的下场,李斯自然会明白一个基本事实:要想改变秦人的文化政策,必将付出沉重代价。因此,李斯为秦相后,明显地吸取了吕不韦的教训。《汉书·异姓诸侯王表序》载:"秦既称帝,愚周之败,以为起于处士横议,诸侯力争,四夷交侵,以弱见夺。于是削去五等,堕城销刃,箝语烧书,内锄雄俊,外攘胡粤,用壹威权,为万世安。"①嬴秦帝国的这一系列政治文化政策的制定,背后有着鲜活的李斯因素。尽管李斯自己满腹经纶,文章也写得神采飞扬,但却走向另一种极端,一改吕不韦主张,将法家思想推向极端,焚书坑儒,②为刚刚建立的统一帝国强力推行钳制众口的愚民政策。③ 在这样的背景下,一统局面仅仅维持了十余年,帝国大厦就轰然坍塌。两汉思想家以及统治阶层积极地从不同的角度总结秦代短命的历史教训,并形成这样一种共识,即外王

---

① 《汉书·异姓诸侯王表序》,中华书局1962年版,第364页。
② 秦始皇三十四年(前213),李斯作《议烧诗书百家语》,建议:"臣请史官非秦记皆烧之。非博士官所职,天下敢有藏《诗》、《书》、百家语者,悉诣守、尉杂烧之。有敢偶语《诗》《书》者弃市。以古非今者族。吏见知不举者与同罪。令下三十日不烧,黥为城旦。所不去者,医药、卜筮、种树之书。若欲有学法令,以吏为师。"翌年又下坑儒令。并见《史记·秦始皇本纪》。蒙文通《经史抉原·焚书第二》认为李斯以博士为官学,不立者私学,是秦燔书为私学民间之书,坑儒乃犯禁之儒,不燔博士之藏书。
③ 〔明〕陆容《菽园杂记》卷一载无名氏《焚书坑诗》曰:"焚书只是要人愚,人未愚时国已墟。惟有一人愚不得,又从黄石授兵书。"(《丛书集成初编》本,商务印书馆1936年版,第3页)《论衡·语增篇》:"燔《诗》《书》,起淳于越之谏;坑士,起自诸生为妖言,见坑者四百六十七人。传增言坑杀儒士,欲绝《诗》《书》,又言尽坑之,此非其实,而又增之。"(〔汉〕王充著,黄晖校释《论衡校释》,中华书局1990年版,第356页)按《文选·西征赋》引作四百六十四人,《文选·移书让太常博士》作四百六十八人,〔唐〕李冗撰《独异志》作二百四十人。

内霸,将儒、道、法等学说融为一体,互为表里。中国传统的治理国家的思想由此走向成熟。从这个意义上说,秦人的思想文化,又呈现出明显的过渡性特点。这里的详情及背景资料,我们下文还要论列。但不管怎么说,吕不韦所倡导的容纳百家的思想主张,很快就被李斯的愚民政策所取代。

《文心雕龙·诠赋》说:"秦世不文。"这是秦代钳制众口的必然结果。不可否认,秦人统一中国之后强力推行的车同轨、书同文以及统一度量衡的政策,又对中国文化的发展繁荣奠定了重要的基础。中华民族两千年来形成的强大的向心力,与文化的多元一统密不可分。

春秋战国时期,各国文字并不统一。许慎《说文解字叙》就说过,当时"言语异声,文字异形"。即便是距离很近的诸侯国,文字也不尽相同,如山东莱阳发现的莱阳陶壶就与邹、鲁不同;甚至,邹鲁之间,近在咫尺,邹陶文与传世鲁器彝铭文字也有差别。秦以小篆为统一字体,丞相李斯的《苍颉篇》、中车府令赵高的《爰历篇》和太史令胡毋敬的《博学篇》等都是以小篆为标准而撰成的文字学著作。李斯为著名学者自不待言,就是赵高,亦秦刀笔吏,精通律令法事。《史记·秦始皇本纪》载赵高"尝教胡亥书及狱律令法事",《史记·李斯列传》亦记赵高自言"以刀笔之文进入秦宫"。钱锺书著《管锥编》由此推断说,赵高实乃操申、韩之术,"若其指归,则固儒、道、法、纵横诸家言君道所异口同词者,二世脱非昏主,未尝不可节取而妙运之也"。[①] 他们的著作,对于当时文化一统以及汉代文化的发展起到了至为关键的作用。

从两汉以来三书流行情况看,李斯、赵高和胡毋敬的这三部文

---

① 钱锺书著《管锥编》,中华书局1986年版,第265页。

字学著作,已经成为当时读书人的基本教材之一。《汉书·艺文志》序称:"汉兴,闾里书师合《苍颉》《爰历》《博学》三篇,断六十字以为一章,凡五十五章,并谓《苍颉篇》。"可见当时就有人将三书合成一书。西汉后期,扬雄据此而成《训纂》。不仅如此,相传秦人程邈达创为隶书,将文字简化,便于普及。这些都是秦人在文化政策方面值得特别书写的一笔。

第二章　吕不韦与《吕氏春秋》

吕不韦,战国秦相国,阳翟(今河南禹县)人,一说濮阳(今属河南)人。据《史记·吕不韦列传》及《战国策·秦策》记载,吕不韦在邯郸经商,听说秦王孙异人(或作子异,子楚)在赵国作人质,认为"此奇货可居",遂西游于秦,说华阳夫人,立异人为嫡嗣。又将自己的宠姬献给异人。当时,这位宠姬已经怀孕。生子,即为后来的秦王政。公元前249年,异人继位,也就是秦王嬴政的父亲庄襄王,任命吕不韦为丞相,封文信候。食河南洛阳十万户。三年后,庄襄王死,嬴政继立。秦王政元年(前246)吕不韦为相国,号称仲父,一时权势煊赫,门下士三千人。吕不韦让门客各呈所闻,编为著作,号称《吕氏春秋》。书成之后,吕不韦将其悬于咸阳城门,称能增损一字者予千金。

吕不韦为什么如此重视这部著作?《史记·吕不韦列传》记载得非常清楚:"当是时,魏有信陵君,楚有春申君,赵有平原君,齐有孟尝君,皆下士喜宾客以相倾。吕不韦以秦之强,羞不如,亦招致士,厚遇之,至食客三千人。是时诸侯多辩士,如荀卿之徒,著书布天下。吕不韦乃使其客人人著所闻,集论以为《八览》《六论》《十二纪》，二十余万言，以为备天地万物古今之事，号曰《吕氏春秋》。"①《史记·十二诸侯年表》也说这部书"上观尚古，删拾《春秋》，集六国时事"。② 据此表，孟尝君当卒于秦昭王二十四年（前283）以后，平原君卒于秦昭王五十六年（前251），信陵君卒于秦王嬴政四年（前243），春申君卒于秦王嬴政九年（前238）。吕不韦著书前后，战国四大公子还有信陵君和春申君在世。信陵君为魏公子，春申君为楚公子。一南一北，占据文化上的优势，依然对士人有着莫大的吸引力。吕不韦要想真正实现他灭周以后统一中国的政治雄心，就必须扭转秦人不文的局面，将天下人材笼络到三辅地区。正是这个缘故，《吕氏春秋》编成后，吕不韦将书置于"咸阳市门，悬千金其上，延诸侯游士宾客，有能增损一字者予千金"。编者对于此书的重视程度不难推想。

《吕氏春秋》，又简称《吕览》，见载于《汉书·艺文志》诸子略杂家类，凡二十六篇，注"秦相吕不韦辑智略士作"。③ 今本亦二十六卷，分《八览》《六论》《十二纪》三个部分组成。《八览》又分《有始》《孝行》《慎大》《先识》《审分》《审应》《离俗》《恃君》等八篇，另有子目六十三个；《六论》又分《开春》《慎行》《贵直》《不苟》《似顺》《士容》等六篇，另有子目三十六个；《十二纪》记十二月事，另设子目六十一个，总计一百六十篇，各篇字数也大体相同，确实经过精心的编纂。从现存资料看，《吕氏春秋》似乎并没有被禁毁。在先秦两汉所有传世子书中，没有一部像《吕氏春秋》那样，作者及成书年代非常明晰，很少异议；也没有一部著作像《吕氏春秋》那样，章节安排环环相扣，有条不紊；更没有一部著作能像《吕氏春秋》那样，在当时禁书

---

① 《史记·吕不韦列传》，中华书局1982年版，第2510页。
② 《史记·十二诸侯年表》，中华书局1982年版，第510页。
③ 《汉书·艺文志》，中华书局1962年版，第1741页。

严厉的政治境遇中和后世辨伪成风的学术环境中还能岿然不动。这真是一个奇迹！也许，《吕氏春秋》对于法家的重视，对于"义兵"的鼓吹，是其免于厄运的一个原因吧？书是保存下来了，但也仅仅是作为一部杂家著作而已，它对于秦国历史发展过程中的政治价值和秦汉文化发展的影响，确实为世人所忽略了。

吕不韦来自中原，对于战国以来各家学术应当多有了解。他并没有像战国四大公子那样为谋一己之私或一国之利而固执己见。恰恰相反，他充分注意到稷下学宫各派的纷争与融合，对于各种思想，兼收并蓄。因此，《吕氏春秋》在学术方面最值得注意的是对先秦各家学说的汇总。清人汪中《述学·补遗·吕氏春秋序》说："《吕氏春秋》出，则诸子之说兼有之。"清人徐时栋《烟屿楼文集·吕氏春秋杂记序》也有类似的说法："考其征引神农之教，黄帝之诲，尧之戒，舜之诗，后稷之书，伊尹之说，夏之鼎，商、周之箴，三代以来礼乐刑政，以至春秋、战国之法令，《易》《书》《诗》《礼》《孝经》，周公、孔子、曾子、子贡、子思之言，以及夫关、列、老、庄、文子、子华子、季子、李子、魏公子牟、惠施、慎到、甯越、陈骈、孙膑、墨翟、公孙龙之书，上志故记，歌诵谣谚，其攟摭也博，故其言也杂，然而其说多醇而少疵。"① 按照他们的解说，《史记·吕不韦世家》所谓"备天地万物古今之事"，实际上就是汇集群籍，比类成编，客观上起到学术思想史资料类编的作用。正是从这个意义上，梁启超称其为"类书之祖，后世《艺文类聚》《太平御览》《永乐大典》等，其编纂之方法及体裁，皆本于此"。② 这是很有道理的，因为它几乎涉及到《汉书·艺文志》

---

① 上引两说见许维遹集释，梁运华整理《吕氏春秋集释·附考》，中华书局2009年版，第713页、第718—719页。
② 梁启超《书籍跋·浙江书局覆毕校本〈吕氏春秋〉》，《饮冰室合集》（第五册）之《饮冰室文集之四十四》（下），中华书局1988年版，第9页。

所收录的绝大部分内容。因此,要想明确界定编者的主导思想为先秦某家应当比较困难,四库馆臣及吕思勉称其为儒家,陈奇猷称其本阴阳家,还有的称其为新道家,似都不确切,因为编者的倾向性并不明显。唯一明确的思想,是不主故常,反对墨守陈规。譬如《察今篇》就通过一些寓言,论述了根据不同时势,采取不同对策的重要性。如:

> 荆人欲袭宋,使人先表澭水。澭水暴益,荆人弗知,循表而夜涉,溺死者千有余人,军惊而坏都舍。向其先表之时可导也,今水已变而益多矣,荆人尚犹循表而导之,此其所以败也。今世之主,法先王之法也,有似于此。其时已与先王之法亏矣,而曰"此先王之法也"而法之,以此为治,岂不悲哉!故治国无法则乱,守法而弗变则悖,悖乱不可以持国。世易时移,变法宜矣。譬之若良医,病万变,药亦万变。病变而药不变,向之寿民,今为殇子矣。故凡举事必循法以动,变法者因时而化,若此论则无过务矣。

> 楚人有涉江者,其剑自舟中坠于水,遽契其舟曰:"是吾剑之所从坠。"舟止,从其所契者入水求之。舟已行矣而剑不行,求剑若此,不亦惑乎! 以此故法为其国与此同。时已徙矣而法不徙,以此为治,岂不难哉! 有过于江上者,见人方引婴儿而欲投之江中,婴儿啼,人问其故,曰:"此其父善游。"其父虽善游,其子岂遽善游哉? 此任物亦必悖矣。荆国之为政,有似于此。①

---

① 以上两则并见许维遹集释,梁运华整理《吕氏春秋集释》,中华书局2009年版,第392—393页、933—934页。

这里,作者两次以楚人为例,说明他们未知变法,其为政、为学均"有似于此"。可见以春申君为代表的楚人文化在当时秦人心目中,或者确切地说,在游秦的吕不韦心目中已经失去固有的优势。

当然,吕不韦的主张还不能完全脱落秦人的政治文化传统。《荡兵》倡导"义兵"之说,显然就是为秦人说话:"古圣王有义兵而无有偃兵,兵之所自来者上矣。"秦国以武力横扫中原,吕不韦提供了很好的理论依据。但与此同时,编者对于那些特别偏激的言论也保持着一定的距离,譬如历来被称之为法家的《荀子·非十二子说》等就没有收录。更值得注意的是,吕不韦还对士人寄予很高期望。旧题孔鲋撰《孔丛子·居卫》引子思的话说:"今天下诸侯方欲力争,竞招英雄以自辅翼,此乃得士则昌,失士则亡之秋也。"[①]但是,他们没有对于"士"做具体分析。这一点,就与《吕氏春秋》不同。吕不韦对于"士"的重要作用高度重视,但他要求的"士",绝不是那种朝秦暮楚的游士,而是要讲究精神境界,如《士容论》云:"士不偏不党,柔而坚,虚而实。其状朖然不儢,若失其一。傲小物而志属于大,似无勇而未可恐狼,执固横敢而不可辱害,临患涉难而处义不越,南面称寡而不以侈大。"[②]这表明,经过长时间的战国纷争,人们已经厌倦了那种缺乏是非观念的纷争,而倾向于对国家一统、万众一心局面的强烈诉求。

说到这里,我们就不能不关注该书的编纂时间了。

《十二纪·序意篇》说:"维秦八年,岁在涒滩,秋,甲子朔,朔之日,良人请问《十二纪》。文信侯曰:尝得学黄帝之所以诲颛顼矣。……

---

① 《孔丛子》,《续修四库全书》"子部·儒家类",影印上海图书馆藏宋刻本,第 932 册,第 715 页。
② 许维遹集释,梁运华整理《吕氏春秋集释》,中华书局 2009 年版,第 676—677 页。

凡十二纪者,所以纪治乱存亡也,所以知寿夭吉凶也。"①高诱注:"八年,始皇即位之八年也。"这个推断从字面说没有问题,但"岁在涒滩"四字却有异议。根据《尔雅》,太岁在"申"乃称"涒滩",而秦始皇即位之八年为壬戌年。孤立地看,一部著作成于某年,对于著作的内容应当不会有太大的影响。但是《吕氏春秋》的纪年实在蹊跷。"岁在涒滩"明白无误地表明是在庚申年的秋天,这时,《吕氏春秋》已经完成,且在世间流传,所以才会有"良人"的询问。按照吕不韦的生平,他所经历的庚申年,只能是秦王嬴政六年(前241)。那"维秦八年"从何谈起呢?如果从庚申年往前推八年,则是庄襄王二年(前248)。吕不韦为何要把这一年作为秦国纪元开端?其特殊意义何在?原来,就在前一年,东周与诸侯谋秦,秦使相国吕不韦讨伐,尽入其国。两周历史终于结束在秦丞相吕不韦手中。在吕不韦看来,终结一朝的历史,同时意味着新朝的开端,这当然是一件非同寻常的历史大事。根据历史纪年成例,秦代东周的第二年即可视为秦据有天下的开始。因此,吕不韦把这一年视为维秦元年,于情于理,都说得过去。②《吕氏春秋》完成的时候,秦王嬴政还是一个十八九岁的青年。这时的吕不韦,是以"仲父"身份为丞相,辅佐幼主,摄政监国。由此来看,《吕氏春秋》的作者确实没有用秦王嬴政的纪元。这里所蕴含的政治意图似乎颇可玩味。

然而,秦国的现实政治要求和历史文化传统,是不会轻易地接受吕不韦这样的政治主张的。从现实政治上说,秦王嬴政不可能容忍吕不韦这种容纳百川的危险做法。更何况,在秦王嬴政的背后,还有着更强大的秦国贵族势力集团,他们也不可能放任吕不韦这种

---

① 陈奇猷校释《吕氏春秋校释》,学林出版社1984年版,第648页。
② 如汉高祖刘邦在秦二世三年入秦,秦二世被赵高所杀,意味着秦朝事实上的灭亡。翌年,刘邦即称汉元年。

延揽人材政策的实施,因为按照吕不韦所制定的方针政策,这些贵族集团的利益势必受到侵夺。事实上正是如此。就在吕不韦志得意满地完成《吕氏春秋》不久,就被秦王嬴政逐渐剥夺了政治权力。先是免去相权,后被迁往蜀地,并在秦王嬴政十二年被赐死。

从文学的角度看,《吕氏春秋》的文章之简洁、论点之清晰、结构之完整,表现出秦代文风的特点,与战国纵横家文迥然有别。其中一些寓言及记载,很值得注意,如前引《慎大览·察今》刻舟寻剑的故事,也见于《百喻经》卷一之第十九喻。又如葛天氏之舞,也见于《吕氏春秋·仲夏纪·古乐》记载。

第三章　李斯及秦代奏章

李斯（？—前208），楚上蔡（今属河南）人。少为郡小吏，见吏舍厕中鼠食不洁，见人犬则惊恐万状，而官府粮仓里的老鼠则悠然自得，由此感叹曰："人之贤不肖譬如鼠矣，在所自处耳！"[①]于是他追寻荀卿学习帝王之术，与韩非同学而自以为不如。学成后，考虑到楚王不足成事，六国又皆柔弱，便向西入秦，为吕不韦舍人。秦王又拜李斯为长史。李斯说秦王东并六国，拜为客卿。秦王政十年（前237），吕不韦免相，秦宗室大臣议决驱逐客卿，李斯亦在其中。李斯以此而上《谏逐客书》，秦王从之。公元前221年，秦始皇统一中国后，李斯任丞相，力主废分封、立郡县，焚《诗》《书》，同文书，制定法律，禁止私学。秦始皇三十七年（前210）巡行会稽，少子胡亥、李斯、赵高等随行，行至沙丘而病卒。李斯、赵高秘不发丧，伪作遗诏诛杀公子扶苏、大将蒙恬，并立少子胡亥，是为秦二世皇帝。秦二世信用赵高，诛戮大臣。李斯没有吕不韦的雄厚财力，更没有"仲父"这样的特殊身份，他只能仰人鼻息，曲意逢迎，特别

---

① 《史记·李斯列传》，中华书局1982年版，第2539页。

是《史记·李斯列传》所载《上书对二世》,摇唇鼓舌,矫言伪行,所谓谄媚之文,莫此为甚,这也为自己埋下祸根。后来作《上书言赵高》,极尽揭露批驳之能事,然为时已晚,不久即为赵高所陷,以谋逆之罪下狱,作《狱中上书》,正话反说,为自己鸣冤叫屈,然阶下之囚,已无回天之力。二年(前208),李斯被腰斩于咸阳,夷三族。临刑前,他对其子说:"吾欲与若复牵黄犬俱出上蔡东门逐狡兔,岂可得乎?"①其子李由,为三川守,二年为项梁等杀死(见《汉书·高帝纪》)。李斯之死,一定程度上标志着辉煌而又短暂的秦朝统治的历史终结,也标志着这种钳制文化发展的愚民制度的彻底失败。

李斯的创作,最著名的就是前面提到的《谏逐客书》。《史记》记载,就在吕不韦被贬蜀地的这一年,韩国使者郑国访问秦国,向秦王建议修筑水渠。当时的王公大臣认为,这些说客来秦国,唯一的目的就是为本国谋利。修筑水渠虽然对农业有利,却有可能对秦国的政治军事造成不利,秦王接受了大臣的建议,下令驱逐一切逗留在秦国的游士。这一举措本身也可以为我们推测吕不韦悲剧命运提供佐证。作为西游秦国的楚人李斯,原本是吕不韦手下的舍人,自然也在被逐之列。他闻讯后,写下著名的《谏逐客书》。文章从秦缪(穆)公求士写起,写到秦孝公用商鞅,秦惠公用张仪,秦昭王用范雎等,反复阐述了客卿游秦给国家带来的各种好处:

> 臣闻吏议逐客,窃以为过矣。昔缪公求士,西取由余于戎,东得百里奚于宛,迎蹇叔于宋,来丕豹、公孙支于晋。此五子

---

① 《史记·李斯列传》,中华书局1982年版,第2562页。

者,不产于秦,而缪公用之,并国二十,遂霸西戎。孝公用商鞅之法,移风易俗,民以殷盛,国以富强,百姓乐用,诸侯亲服,获楚、魏之师,举地千里,至今治强。惠王用张仪之计,拔三川之地,西并巴、蜀,北收上郡,南取汉中,包九夷,制鄢、郢,东据成皋之险,割膏腴之壤,遂散六国之从,使之西面事秦,功施到今。昭王得范雎,废穰侯,逐华阳,强公室,杜私门,蚕食诸侯,使秦成帝业。此四君者,皆以客之功。由此观之,客何负于秦哉!向使四君却客而不内,疏士而不用,是使国无富利之实而秦无强大之名也。

作者进一步指出"地广者粟多,国大者人众,兵强者则士勇。是以太山不让土壤,故能成其大。河海不择细流,故能就其深。王者不却众庶,故能明其德"。倘若此时逐客,正中其他诸侯国的下怀,既给百姓带来损害,又会增加人们对秦国的仇恨:"夫物不产于秦,可宝者多;士不产于秦,而愿忠者众。今逐客以资敌国,损民以益雠,内自虚而外树怨于诸侯,求国无危,不可得也。"①文章列举事实,推理严密,晓以利害,动以情理,颇有感染力,《四库全书》总集类之《四六法海》书前提要:"自李斯《谏逐客书》始点缀华词,自邹阳《狱中上梁王书》始叠陈故事,是骈体文之渐萌也。"②说明李斯此文不仅开启贾谊、邹阳之先河,而且直接影响到后世骈体文的发展。再就文章的结构而言,宋代李性学《文章精义》称:"李斯《上秦始皇书论逐客》,起句即见事实,最妙;中间论不出于秦而秦用之,独人才不出于秦而秦不用,反复议论,痛快,深得作文之法,未易以人废言也。"③

---

① 《史记·李斯列传》,中华书局1982年版,第2541—2545页。
② 〔清〕纪昀等撰《钦定四库全书总目》,中华书局1997年版,第2648页。
③ 〔宋〕李性学著《文章精义》,人民文学出版社2016年版,第87页。

文词结构,精心安排,《文心雕龙·论说》称其为"善说":"李斯之止逐客,并顺情入机,动言中务,虽批逆鳞,而功成计合,此上书之善说也。"①自然,秦王被深深打动了,于是收回逐客令,恢复李斯的官位。从此,李斯逐渐取代吕不韦,而成为制定秦代文化政策的重要官员。

此外,还曾随秦始皇多次巡游,撰文纪功,书写上石,旧时多谓书法及文字并出李斯之手。如《法书要录》卷三载唐李嗣真《书品后》称李斯小篆"古今妙绝。秦望诸山及皇帝玉玺,犹夫千钧强弩,万石洪钟,岂徒学者之宗匠,亦是传国之遗宝"。② 卷七载张怀瓘《书断》曰:"小篆者,秦始皇丞相李斯所作也,增损大篆,异同籀文,谓之小篆,亦曰秦篆。始皇二十年,始并六国。斯时为廷尉,乃奏罢不合秦文者,于是天下行之。画如铁石,字若飞动,作楷隶之祖,为不易之法。其题铭钟鼎及作符印,至今用之焉。"③这是称颂李斯的书法成就。李斯的石刻文章,历来也受到学者的重视。《汉书·艺文志·六艺略》著录《奏事》二十篇,班固注:"秦时大臣奏事,及刻石名山文也。"④清人姚振宗著《汉书艺文志条理》认为,严可均辑《全秦文》有王绾、李斯、公子高、周青臣、淳于越及诸儒生群臣文凡十五篇。"李斯《狱中上书》云:'更剋画,平斗斛度量,文章布之天下,以树秦之名。'则刻石名山文,皆斯手笔也。"⑤

---

① 〔南朝梁〕刘勰著,周振甫注《文心雕龙注释》,人民文学出版社 1981 年版,第 202 页。
② 〔唐〕张彦远著《法书要录》,人民美术出版社 1984 年版,第 102 页。
③ 〔唐〕张彦远著《法书要录》,人民美术出版社 1984 年版,第 229 页。
④ 《汉书·艺文志》,中华书局 1962 年版,第 1714 页。
⑤ 姚振宗《汉书艺文志条理》,《二十五史补编》(第二册),中华书局 1955 年版,第 1564 页。

根据《史记·秦始皇本纪》记载，其石刻文字总共有七处：二十八年峄山刻石、泰山刻石、琅邪刻石；二十九年之罘刻石、东观刻石；三十二年碣石刻石；三十七年会稽刻石。《史记》记载了峄山以外六种的全文。现存实物有二件：一是琅邪石刻，二是泰山石刻，并有较早拓本传世。琅邪石刻存八十四字，前两行为秦始皇刻石残存从臣姓名"五大[夫赵婴]、五大夫杨樛"。后为二世刻辞全文。"臣请具刻诏书金石刻"，与《史记》作"臣请具刻诏书刻石"有异。泰山石刻现存九字。峄山刻石有宋太宗淳化四年（993）郑文宝据徐铉的临摹本而重刻的本子，此后流传较广，存世多种。文曰：

皇帝立国，维初在昔，嗣世称王。讨伐乱逆，威动四极，武义直方。戎臣奉诏，经时不久，灭六暴强。廿有六年，上荐高庙，孝道显明。既献泰成，乃降专惠，亲巡远方。登于绎山，群臣从者，咸思攸长。追念乱世，分土建邦，以开争理。功战日作，流血于野，自泰古始。世无万数，陀及五帝，莫能禁止。乃今皇帝，壹家天下，兵不复起。灾害灭除，黔首康定，利泽长久。群臣诵略，刻此乐石，以著经纪。

赵明诚《金石录》卷一三："右《秦峄山刻石》者，郑文宝得其摹本于徐铉，刻石置之长安，此本是也。唐封演《闻见记》载此碑云：'后魏太武帝登山，使人排倒之，然而历代摹拓，以为楷则。邑人疲于供命，聚薪其下，因野火焚之，由是残缺不堪摹写，然犹求者不已。有县宰取旧文勒于石碑之上，置之县庙。今人间有《峄山碑》者，皆是新刻之本。'而杜甫诗直以为'枣木传刻'者，岂又有别本欤？案《史记·本纪》：'二十八年，始皇东行郡县，上邹峄山，立石，与鲁诸儒生议刻石颂秦德。'而其颂诗不载。其他始皇登名山凡六刻石，《史记》

皆具载其词,而独遗此文,何哉?然其文词简古,非秦人不能为也。秦时文字见于今者少,此虽传摹之余,然亦自可贵云。"①之罘刻石有《汝帖》本,仅存十四字。会稽刻石有元代重摹本。碣石刻石也有一种摹本传世,但是尚存疑问。东观刻石没有任何资料留存。这些石刻文字,尽管多是官样文章,为秦王朝邀功买好,但也有文学价值。首先,用语考究,充满自信,如谓:"追念乱世,分土建邦,以开争理。功战日作,流血于野,自泰古始。世无万数,陀及五帝,莫能禁止。乃今皇帝,壹家天下,兵不复起。"其次,在形式方面,三句为韵,韵律严整,成为秦代颂美文章的典范。刘勰《文心雕龙·封禅》:"秦皇铭岱,文自李斯,法家辞气,体乏弘润;然疏而能壮,亦彼时之绝采也。"②鲁迅也说"由现存者而言,秦之文章,李斯一人而已"。③

---

① 〔宋〕赵明诚撰,金文明校证《金石录校证》,广西师范大学出版社2005年版,第226—227页。
② 〔南朝梁〕刘勰著,周振甫注《文心雕龙注释》,人民文学出版社1981年版,第235页。
③ 鲁迅《汉文学史纲要》第五篇《李斯》,《鲁迅全集》第九册,人民文学出版社1982年版,第382页。

第四章 出土文献中的秦代文学

李斯所倡导的愚民政策虽然暂时放缓了秦代文学的发展步伐，但是无法扼杀一个时代文学艺术的生存。道理很简单，任何政策都无法遏制广大人民群众对于美的追求。其实，就是统治阶级，又何尝不需要用文学艺术来点缀他们的生活？晋代王嘉《拾遗记》记载，秦王嬴政青年时代，骞霄国画家烈裔来秦，擅长画龙点睛之笔。① 此虽系小说家言，但是秦代的绘画艺术，史书早有记载。唐代张彦远《历代名画记》云："图画之妙，爰自秦汉，可得而记。降于魏晋，代不

---

① 〔晋〕王嘉《拾遗记》卷四："始皇元年，骞霄国献刻玉善画名裔。使含丹青以漱地，即成魑魅及诡怪群物之象；刻玉为百兽之形，毛发宛若真矣。皆铭其臆前，记以日月。工人以指画地，长百丈，直如绳墨。方寸之内，画以四渎五岳列国之图。又画为龙凤，骞翥若飞。皆不可点睛，或点之，必飞走也。始皇嗟曰：'刻画之形，何得飞走。'使以淳漆各点两玉虎一眼睛，旬日则失之，不知所在。山泽之人云：'见二白虎，各无一目，相随而行，毛色相似，异于常见者。'至明年，西方献两白虎，各无一目。始皇发槛视之，疑是先所失者，乃刺杀之，检其胸前，果是元年所刻玉虎。迄胡亥之灭，宝剑神物，随时散乱也。"（中华书局1981年版，第99—100页）按，〔宋〕李昉等编《太平御览》卷七五二、卷八九一及〔唐〕张彦远著《历代名画记》卷一、卷四并引此事，谓在秦王嬴政二年不

乏贤。"①秦代画像,据陈直《汉书新证·高后纪》"为吕氏右袒,为刘氏左袒"条考证:"凤翔彪脚镇,曾出土秦代大画砖,为两王宴饮图,持杯皆用左手,知秦代尚左,但汉初改为尚右,《周昌传》'左迁'是也。周勃入北军,大呼为刘氏左袒,知仍用秦代习俗。"②据此画像砖考证秦汉习俗,确有意义。此外,根据《重修咸阳县志》和《咸阳文物精华》等资料,咸阳历年出土了很多秦汉时期的画像砖,属于秦代的如驷马图、龙壁图等,就非常生动地再现出秦代的生活画面和浪漫的想象。为了实现其长生不老的梦想,秦始皇又封禅泰山,派遣徐市带领数千童男女入海寻找蓬莱、方丈、瀛洲三神山,还过彭城时,设法在泗水捞出周鼎而未果。后又南下衡山,浮江至湘山祠。逢大风,几乎败溺,愤怒而不得渡,遂派遣刑徒三千人皆伐湘山树,赭其山。所有这些,都见载于《史记》《水经注·泗水注》及《太平御览》所引庾穆之《湘洲记》,更是汉代画像石中常见的题材,如山东嘉祥武梁祠左右室画像就有秦始皇升鼎图。所有这些,也都体现了秦人的想象力。

秦代乐器也多有记载。《古今乐录》云:"琵琶出于弦鼗。"晋杜挚云:"长城之役,弦鼗而鼓之。"③《通典》卷一四四"乐四·丝五·琵琶"条:"今清乐奏琵琶,俗谓'秦汉子'。圆体修颈而小,疑是弦鼗之遗制。傅玄云:'体圆柄直,柱有十二。'其他皆充上锐下,曲项,形制稍大,本出胡中,俗传是汉制。兼似两制者,谓之'秦汉',盖谓通用秦汉之法。""阮咸"条又云:"阮咸,亦秦琵琶也,而颈长过于今制,

---

① 〔唐〕张彦远著,俞剑华注释《历代名画记》,上海人民出版社1964年版,第7页。
② 陈直著《汉书新证》,天津人民出版社1979年版,第4页。
③ 《宋书·乐志》引,中华书局1974年版,第556页。

列十有三柱。……晋《竹林七贤图》阮咸所弹与此类同,因谓之阮咸。"①常任侠《丝绸之路与西域文化艺术》指出:"根据唐代的文献,可知当时的琵琶,有阮咸(秦琵琶)、曲项及五弦琵琶三种。现在这三种唐代琵琶的实物,都还存在。唐代传给日本,日本的奈良正仓院,历世宝爱周至,保存至今。看这几件珍贵的遗品,形制完美,与《通典》的记载,恰相吻合。"②"从它的实物与文献略行推断,弦鼗约始于秦代,秦人植基西北,与西北各民族的文化是密切的,在音乐上也互相感受。风俗传播,互相学习,从鼗的打击乐器变成弹奏的弦乐器,就叫弦鼗。到汉代,西域有琵琶输入,因取其名叫秦琵琶。它是由中国乐器为主而演变的。'兼似两制,谓之秦汉。'所以又叫秦汉子。因为爱好这种乐器的有晋竹林七贤的阮咸,又因此从唐初以来,叫做阮咸,这是汉民族在音乐上的创造。"③

尤其值得我们重视的是最近几十年出土文献的发掘,为秦代文学研究提供了前所未有的丰富资料。

1975 年 11 月在湖北省云梦县城关镇西侧睡虎地发现古代墓葬,其中十一号墓出土秦代竹简 1155 支(另残片 80 余片),内容大部分是秦的法律条文和公文程序。据推测墓主是一个叫"喜"的男子,生于秦昭王四十五年(前 262),曾任安陆御史、安陆令史、鄢令史,并曾治狱于鄢,是秦的地方官吏,死于秦始皇三十年。④ 经过整理,有如下内容:《编年记》(53 枚,类似于"喜"的家谱和墓志的混合

---

① 〔唐〕杜佑著《通典》卷一四四,中华书局 1988 年版,第 753 页。
② 常任侠著《丝绸之路与西域文化艺术》,上海文艺出版社 1981 年版,第 39 页。
③ 常任侠著《丝绸之路与西域文化艺术》,上海文艺出版社 1981 年版,第 41 页。
④ 详见《湖北云梦睡虎地十一座秦墓发掘简报》,《文物》1976 年第 9 期。

物,始于秦昭王元年,终于秦始年三十年)、《语书》(14 枚)、《秦律十八种》(201 枚)、《效律》(60 枚)、《秦律杂抄》(42 枚)、《法律答问》(210 枚)、《封诊式》(98 枚)、《为吏之道》(51 枚)、《日书》甲种(166 枚)、《日书》乙种(257 枚)。其中《语书》《效律》《风诊式》《日书》乙种四种简上原有书题,其他几种书题是整理小组拟定的。前八种编为《睡虎地秦墓竹简》,文物出版社 1978 年出版。后又出版精装本,将后两种也收录其中,1990 年出版。据出版说明:"《编年记》里的年号,在昭王、孝文王和庄王之后是'今元年',即秦王政(始皇)元年,表明《编年记》是秦始皇时期写成的。又如《语书》开头说:'廿年四月丙戌朔丁亥,南郡守腾谓县、道啬夫',以历朔推算是秦王政(始皇)二十年。《语书》文中几处避讳'正'字,改写作'端',也证明它是秦始皇时期的文件。竹简中写得早的,则可能属于战国末期。……《编年纪》止于秦始皇三十年(前 217),该年喜是四十六岁。"其中《为吏之道》,近于《荀子·成相篇》。《汉书·艺文志》著有《成相杂辞》十一篇,《为吏之道》应当是用当时民间流行的成相辞调杂糅而成,近似于我们今天能够看到的三晋格调。① 关于这篇作品的时代及其意义,以往的文学史研究多有论述,这里就不展开了。《语书》是秦王嬴政二十年四月初二日南郡守腾向所属各县、道发布的一篇文告,属于地方行政公文。

湖北省云梦县睡虎地秦代墓葬除了出土广为世人熟知的《为吏之道》外,还在四号墓发现两件木牍,正反两面都有字迹,是黑夫与惊两人写给衷的家信,其中一件保存较好,另件下半残缺。据专家考证,两信大约作于秦王政二十四年(前 223),那年,王翦、蒙武攻取楚国,昌平君死,项燕自杀。楚国至此而亡。二月,安陆士兵黑夫和

---

① 黄盛璋《云梦秦简辨正》,《考古学报》1979 年第 1 期。

惊给家人发信。由此推断,这封信为秦王政二十三年参与王翦进攻楚都陈之战役的士兵家信。计先后两信。第一信发于二十四年二月十九日,第二信未记日期,当在三月中。第一封发信者为黑夫与惊二人,皆为安陆人,此时家住"新地城",即今云梦古城。受信者名中,又作衷,当为同母兄弟,即出土木牍之墓主。所谓"新负"即"新妇",当为惊之妻,媛乃其年幼之女儿。信开头首先问"母毋恙也",父当已去世。信中叮嘱新妇"勉力视瞻"之丈人或两老,当指新妇之父母,两亲家当离不远。两信向其母要衣、布与钱。第二信云:"用垣柏钱矣,室弗遗,即死矣。急、急、急。"谓已借用别人之钱,急需要钱,由此可见当时从军士兵之生活情况。①《汉书·艺文志》曾著录有"《秦零陵令信》,难秦相李斯"。②但是这篇近于难体、又似书信的文字并没有流传下来。而《黑夫尺牍》《惊尺牍》大约是迄今为止发现的最早的家信了。以往的研究多集中在文字考释以及法律文书方面,这的确是全新的内容。周凤五《从云梦简牍谈秦国文学》着重分析了四号墓中《黑夫尺牍》和《惊尺牍》,十一号墓中的《语书》《为吏之道》的内容及形式上的特点,从文学方面作了比较全面的论述,很值得参看。③

1986年在天水市北道区党川乡放马滩一号墓出土460枚秦代竹简。《文物》1989年第1期发表简报,1993年整理成《天水放马滩秦简》一书交由中华书局出版。有两部分内容:一是《日书》,与湖北云梦睡虎地秦简基本相同。甲种73枚,可分为八章,即《乐建》《建

---

① 参见黄盛璋《云梦秦墓两封家信中有关历史地理的问题》,《文物》1980年第8期。
② 《汉书·艺文志》,中华书局1962年版,第1739页。
③ 周凤五《从云梦简牍谈秦国文学》,台湾中国古典文学研究会主编《古典文学》第七集,台北:学生书局1985年版。

除》《亡者》（又称《亡盗》）、《人月吉凶》《男女日》《择行日》（又称《禹须行》）、《生子》《禁忌》。日书乙种379枚，内容方面有二十多篇，除《月建》《建除》《生子》《人月吉凶》《男女日》《亡盗》《禹须行》与甲种相同外，尚有《门忌》《日忌》《月忌》《五种忌》《入官忌》《天官书》《五行书》《律书》《医巫》《占卦》《牝牡月》《昼夜长短表》《四时啻》等十三种。一是纪年文书，或题《墓主记》，说的是一个叫丹的人因伤人而被处死，但三年以后又复生的事情，同时追述了丹过去的简历和不死的原因。简文称：

……三年，丹而复生，丹所以复生者，吾犀武舍人，犀武论其舍人□命者，以丹未当死，因告司命史公孙强。因令白狗（？）穴屈出丹，立墓上三日，因与司命史公孙强北出赵氏，之北地柏丘之上。盈四年，乃闻狗而人食，其状类益、少麋、墨，四支不用。丹言曰：死者不欲多衣（？）。市人以白茅为富，气鬼受（？）于它而富。丹言：祠墓者毋敢。，鬼去敬走。……

据李学勤考证，这应当是我国目前所见最早的志怪小说了。① 这些材料的出现，确实给人一种新奇惊异的感觉。

由此我们联想到《燕丹子》。这部著作主要记述燕太子丹刺杀秦王的前因后果：他曾在赵国作人质，与生于赵国的嬴政相结识。嬴政立为秦王后，太子丹又质于秦，因受到冷遇而逃回燕国，暗中派荆轲刺杀秦王。事件导致秦军攻燕，破易水之西。史书的记载大体如上。但是到了秦汉以后，其故事内容逐渐丰富，赋予了更多的小

---

① 李学勤《放马滩简中的志怪故事》，《简帛佚籍与学术史》，江西教育出版社2001年版，第167—174页。

说色彩。《汉书·艺文志》著录有司马相如《荆轲论》五篇,司马相如稍前于司马迁,可见秦汉之际,荆轲刺秦王的故事已在世间广泛流传。司马迁说:"世言荆轲,其称太子丹之命,'天雨粟,马生角'也,太过。"①这里所说的"天雨粟,马生角"就见于《燕丹子》记载:"秦王遇之无礼,不得意,欲求归,秦王不听,谬言曰:'令乌白头,马生角,乃可许耳。'丹仰天叹,乌即白头,马生角。"②这显然已经带有夸饰的成分。《论衡·语增篇》又载曰:"传语曰:'町町若荆轲之闾。'言荆轲为燕太子刺秦王,后诛轲九族,其后憎恨不已,复夷轲之一里。一里皆灭,故曰町町。此言增之也。夫秦虽无道,无为尽诛荆轲之里。……荆轲之闾,何罪于秦而尽诛之?如刺秦王在闾中,不知为谁,尽诛之,可也;荆轲已死,刺者有人,一里之民,何为坐之?始皇二十年,燕使荆轲刺秦王,秦王觉之,体解轲以徇,不言尽诛其闾。彼或时诛轲九族,九族众多,同里而处,诛其九族,一里且尽,好增事者,则言町町也。"③可见到了东汉前期,燕丹子故事就不仅仅是乌白头、马生角那样简单了,而是又增加了很多内容,如长虹贯日等情节,就并见于《史记索隐》引东汉后期应劭注及《列士传》等说法。至《燕丹子》出,情节更为丰富。譬如记载燕太子丹厚待荆轲,与之同案而食,同床而寝,甚至拿黄金给荆轲投蛙作乐;荆轲想吃马肝,燕太子丹就杀了心爱的千里马;荆轲称赞弹琴美人的手很美,燕太子丹就剁下美人手等情节,可能是过于离奇,故都不见于史书记载。但是这部著作并未见于《汉书·艺文志》记载,而是首次著录于《隋书·经籍志》子部小说家类,且未署作者姓名。因此,有学者认为此

---

① 《史记·刺客列传》,中华书局1982年版,第2538页。
② 旧题燕太子丹撰《燕丹子》,中华书局1985年版,第3页。
③ 〔汉〕王充著,黄晖校释《论衡校释》卷七,中华书局1990年版,第356—357页。

书形成较晚,如《四库全书总目》称:"其文实割裂诸书燕丹、荆轲事,杂缀而成。其可信者,已见《史记》,其他多鄙诞不可信。"①从这部书的思想倾向来看,作者以燕太子丹为线索,以反暴秦为基本倾向,突出记述了荆轲刺秦王及其失败经过,与《战国策·燕策》《史记·刺客列传》的记载大体相近。因此,清代以来一些学者认为此书是燕太子丹死后其宾客所撰,至少是汉代或以前的作品,也不无道理。作者长于叙事,娴于词令,在虚构之中,塑造了不同类型的人物,给读者留下深刻印象,视之为中国古小说的雏形殆不为过。

1989 年云梦龙岗六号秦墓出土了 150 余枚竹简(总计 283 个整理编号),详见刘信芳、梁柱编《云梦龙岗秦简》。根据该书考证,龙岗秦简的时代略晚于睡虎地秦简。其证有三:第一,第 271 简"故罪当完城旦"。睡虎地秦简"罪"皆作"辠",而龙岗简则一律作"罪"。《说文》:"秦以辠似皇字,改为罪。"第二,第 256 简"时来賸,黔首其欲弋䍧兽者勿禁"。按"黔首"多次见于龙岗简。《史记·秦始皇本纪》:二十六年统一中国后,"更名民曰黔首"。而睡虎地简仅见"百姓",说明是统一之前的作品,而龙岗简则是统一后作品。第三,第 263 简有"从皇帝而行及舍禁苑中……",《史记·秦始皇本纪》:"采上古'帝'位号,号曰皇帝。"②龙岗简也属于秦的法律文书,是继睡虎地秦简之后又一重要发现,对于研究秦代法律的演变及其相关问题提供了新的资料。其中有这样一段话:"取传书乡部稗官。"(编号 185)这里提到的"稗官"又见《汉书·艺文志》:"小说家者流,盖出于稗官,街谈巷语,道听途说者之所为造也。孔子曰:'虽小道,必有可观者焉,致远恐泥,是以君子弗为也。'然亦弗灭也。闾里小知者

---

① 〔清〕纪昀等撰《钦定四库全书总目》,中华书局 1997 年版,第 1887 页。
② 刘信芳、梁柱《云梦龙岗秦简》,科学出版社 1991 年版,第 30 页、第 31 页。

之所及，亦使缀而不忘。如或一言可采，此亦刍荛狂夫之议也。"注于稗官下引如淳曰："《九章》：'细米为稗。'街谈巷说，其细碎之言也。王者欲知闾巷风俗，故立稗官使称说之。"颜注："稗官，小官。《汉名臣奏》：'唐林请省置吏，公卿大夫至都官稗官，各减什三'是也。"① 余嘉锡《小说家出于稗官说》以为"如淳以'细米为稗，街谈巷说细碎之言'释稗官，是谓因其职在称说细碎之言，遂以名其官，不知唐林所言都官稗官，并是通称，实无此专官也。师古以稗官为小官，深合训诂。案：《周礼》：'宰夫掌小官之戒令。'注云'小官，士也。'此稗官即士之确证也。"② 此说已经为今天绝大多数研究者所认同。根据秦简来看，稗官确实是小官，但是并非"无此专官"，《秦律十八种》也称"令与其稗官分"。所谓"稗官"，与《汉书·百官公卿表》中所列"大率十里一亭，亭有长。十亭一乡，乡有三老、有秩、啬夫、游徼。三老掌教化"。③ 是并列而称的乡里小官。天水放马滩秦简、睡虎地秦简多次出现"小啬夫""大啬夫"，是月薪不过百石的小官吏，设职面很广，上至县府，下至乡府以及县属各单位。大啬夫，似专指县令、长而说的，小啬夫则是乡政府和仓啬夫、库啬夫、田啬夫等相当的小官。《史记·殷本纪》"舍我啬事而割政"。张守节《史记正义》："穗曰稼，敛曰啬。"《史记·司马相如列传》："让三老孝弟以不教诲之过。"张守节《史记正义》："《百官表》云：十里一亭，亭有长。十亭一乡，乡有三老、有秩、啬夫、游徼。三老掌教化，啬夫职听讼、收赋税，游徼备盗贼。"（并见张衍田辑《正义佚文》）。又据李振宏、孙英民《居延汉简人名编年》"始元年间"诸人名的考察，候长秩比二百石，月奉一千二百，而关啬夫秩比百石，而月奉七百二

---

① 《汉书·艺文志》，中华书局1962年版，第1745页。
② 余嘉锡著《余嘉锡论学杂著》，中华书局2007年版，第268页。
③ 《汉书·百官公卿表》，中华书局1962年版，第742页。

十。至于"令史之职,一般应与尉史、候史、啬夫、亭长、燧长为同一秩级,属百石以下的斗食、佐史之秩,月奉钱是六百。"但是 303·4 简有"令史覃嬴始元二年三月乙丑除,未得始元六年九月奉用钱四百囗"。303·21 简"书佐樊奉,始元三年六月丁丑除,未得始元六年八月奉用钱三百六十"。可见在啬夫以下尚有属令史、书佐一类更低的官吏,月奉在三四百之间。由此说明,稗官确为乡里小官。

第五章 秦代诗歌及其他

春秋战国之际,秦地的诗歌创作除《诗经·秦风》外,主要就是唐初在陕西凤翔发现的《石鼓文》。每鼓各刻一百六七十字的四言诗,格调与《诗经》略同。因此,石鼓文其实是一组诗,内容记载秦国君臣田猎游乐之事。韩愈、韦应物等人加以考释,但是"辞严义密读难晓",因而写下"嗟余好古生苦晚,对此涕泪双滂沱"。现在仅存272字,全部字体为籀文(又称大篆)。其刻石时代,或以为宗周,或以为秦,还有人少数学者认为是北周作品。其中以主宗周说者最多,但是具体考订又有分歧,唐代韦应物以为是周文王之鼓,如葛立方《韵语阳秋》引韦诗"周文大猎兮岐之阳"。欧阳修《集古录》也本此说,并且以为是宣王时的刻诗;唐代张怀瓘、韩愈、窦臮等并以为周宣王时代的作品;宋代程大昌等又认为是周成王时代的作品。马衡《石鼓为秦刻考》根据文字流变、秦刻遗文等材料,认为其具体时代在秦献公之后,襄公之前。① 徐宝贵《石鼓文年代考辨》根据石鼓文的文字形体的特点、石鼓文与《诗经》的语言关系、石鼓文的内容

---

① 马衡《石鼓为秦刻石考》,《凡将斋金石丛稿》,中华书局1977年版。

所反映出来的史实等三个大方面，论证石鼓文的绝对年代当在春秋中晚期之际（秦景公时期，即公元前576至公元前535年），也就是《诗经》时代的作品。① 顾炎武《日知录》认为战国已经没有赋诗的风尚，所以，这组诗的年代不可能迟于晚周。此外，《诗经》中的十篇秦风，其中云"游于北园"。据此，韩伟《北园地望及石鼓诗之年代小议》认为，北园即今凤翔，这对判断石鼓原在地和年代提供了新的线索。② 石鼓文可以说是秦代文学的前奏，反映了早期秦人的文学风貌。

秦朝统一中国，秦声本应可以成为一时"新声"的。李斯《谏逐客书》称："夫击瓮叩缶，弹筝搏髀，而歌呼呜呜快耳者，真秦之声也。"汉宣帝时的杨恽也称："家本秦也，能为秦声。妇，赵女也，雅善鼓琴。奴婢歌者数人，酒后耳热，仰天抚缶，而呼呜呜。"③秦声呜呜，仰天高亢，其遗风余绪，似仍见存于今天的秦腔。可惜的是，秦人从西北边陲挺进周原后，多尚武功，无暇文治。秦始皇二十六年（公元前221年），齐国最后被秦人所破，齐人作亡国之歌。《资治通鉴》卷七《秦纪》载："齐人怨王建不早与诸侯合从，听奸人宾客以亡其国，歌之曰：'松耶，柏耶，住建共者客耶！'"④如果这也可以称作诗歌的话，大约与秦人略沾一点边。也是这一年，秦人还将周舞《五行舞》更名为《五行》，事载《汉书·礼乐志》。《宋书·乐志》曰："及秦焚典籍，《乐经》用亡。……周存六代之乐，至秦唯余《韶》《武》而已。

---

① 徐宝贵《石鼓文年代考辨》，《国学研究》第四卷，北京大学出版社1997年版。
② 韩伟《北园地望及石鼓诗之年代小议》，《考古与文物》1981年第4期。
③ 杨恽《报孙会宗书》，〔南朝梁〕萧统编《文选》卷四一，中华书局1977年版，第582页。
④ 《资治通鉴》卷七《秦纪》，中华书局1956年版，第234页。

始皇改周舞曰《五行》,汉高祖改《韶舞》曰《文始》,以示不相袭也。"①《通典·职官七》:"秦奉常属官,有大乐令及丞","少府属官并有乐府令及丞。"②由此而知,秦代已经建立乐府,并且也从事一些歌诗文献的收集与改造的工作。故《汉书·艺文志》著录有"《左冯翊秦歌诗》三篇""《京兆尹秦歌诗》五篇"等,大约就是官府收集而得。

秦代文人的诗歌创作,仅有两处记载:第一条材料见于《汉书·艺文志》,班固在著录《黄公》四篇后有一小注:"名疵,为秦博士,作歌诗,在秦时歌诗中。"③杨树达《汉书窥管》引姚振宗考证以为"黄公疵为博士,盖即是时也"。④ 第二条材料见于《史记·秦始皇本纪》,秦始皇三十六年,令博士作《仙真人诗》,并"传令乐人歌弦之"。⑤《文心雕龙·明诗》所说的"秦皇灭典,亦造仙诗"⑥ 大约指的就是这首《仙真人诗》。鲁迅《汉文学史纲要》谓此诗"盖后世游仙诗之祖"。⑦ 可惜这些作品均已失传。而近代四川著名学者廖平甚至认为,现存《楚辞》即为秦代博士所编著。⑧

秦王嬴政时期的诗歌创作,保存至今的大约只有一首《长城之

---

① 《宋书·乐志》,中华书局1974年版,第533页。
② 〔唐〕杜佑著《通典·职官七》,中华书局1984年版,第148页。
③ 《汉书·艺文志》,中华书局1962年版,第1736页。
④ 杨树达著《汉书窥管·艺文志》,上海古籍出版社1984年版,第234—235页。
⑤ 《史记·秦始皇本纪》,中华书局1982年版,第259页。
⑥ 〔南朝梁〕刘勰著,周振甫注《文心雕龙注释》,人民文学出版社1981年版,第48页。
⑦ 鲁迅《汉文学史纲要》第五篇《李斯》,《鲁迅全集》第九册,人民文学出版社1981年版,第382页。
⑧ 说见廖平著《楚词讲义十课》,廖宗泽《一抹斑斓的晚霞——六译先生年谱》(《六译先生年谱校说》,骆凤文校著,中央文献出版社2007年版)系于1914年,时年作者六十三岁。

歌》。战国时期,诸侯列国纷纷修筑长城以抵御外敌。秦始皇统一中原,又使蒙恬北筑长城以抵御匈奴,因地形,用制险塞,起临洮至辽东,延袤万余里。即贾谊《过秦论》所说:"乃使蒙恬北筑长城而守藩篱,却匈奴七百余里,胡人不敢南下而牧马,士不敢弯弓而报怨。"《水经注》引晋人杨泉《物理论》曰:"秦始皇使蒙恬筑长城,死者相属,民歌曰:'生男慎勿举,生女哺用脯。不见长城下,尸骸相支拄。'其冤痛如此矣。"①据此推断,这首民歌所反映的是秦时修筑长城的情况。长城的修筑,保卫了国土的安全,但以其工程浩大,也给人民带来沉重的负担。历代有关长城的故事传说、歌谣赋颂,不绝如缕,影响深远。《玉台新咏》载陈琳《饮马长城窟行》:"生男慎莫举,生女哺用脯。君独不见长城下,死人骸骨相撑拄。"杜甫《兵车行》:"信知生男恶,反是生女好;生女犹得嫁比邻,生男埋没随百草。"无不脱胎于这首民歌。就诗歌形式而言,全诗五言四句,韵律和谐。尽管不能排除有后人加工润色的可能,其对后来五言诗发展的影响似也不可忽视。

秦代诗歌创作虽然无足称述,但是杂赋创作却时常为人道及。《汉书·艺文志》诗赋略荀卿赋类著录"秦时杂赋九篇"。杂赋类著录《成相杂辞》十一篇,王应麟《汉艺文志考证》称:"《荀子·成相篇》注,盖亦赋之流也。"②那么,睡虎地秦简《为吏之道》也应当是这类杂赋创作。这些作品,南北朝时似乎仍有流传,故《文心雕龙·诠赋》说:"秦世不文,颇有杂赋。"③《汉书·艺文志》诸子类名家下著

---

① 〔北魏〕郦道元著《水经注·河水》,《续古逸丛书》之四十三影印《永乐大典》本,江苏广陵古籍刻印社1994年版。
② 〔宋〕王应麟著《汉制考·汉艺文志考证》,中华书局2011年版,第255页。
③ 〔南朝梁〕刘勰著,周振甫注《文心雕龙注释》,人民文学出版社1981年版,第80页。

录《成公生》五篇,班固注:"与黄公等同时。"颜师古注:"姓成公。刘向云与李斯子同时。由为三川守,成公游谈不仕。"①黄公,即前面提到的黄公疵。这说明成公生也是秦始皇时人,《成公生》应当是一部子部类的著作。

秦代后期文章比较著名的是秦二世三年(前207)陈馀所作的《与章邯书》。《汉书·陈胜项籍传》:"章邯军棘原,羽军漳南,相持未战。秦军数却,二世使人让章邯。章邯恐,使长史欣请事。至咸阳,留司马门三日,赵高不见,有不信之心。长史欣恐,还走,不敢出故道。赵高果使人追之,不及。欣至军,报曰:'事亡可为者。相国赵高颛国主断。今战而胜,高嫉吾功;不胜,不免于死。愿将军熟计之。'"陈馀亦遗章邯书曰:

> 白起为秦将,南并鄢郢,北阬马服,攻城略地,不可胜计,而卒赐死。蒙恬为秦将,北逐戎人,开榆中地数千里,竟斩阳周。何者?功多,秦不能封,因以法诛之。今将军为秦将三岁矣,所亡失已十万数,而诸侯并起兹益多。彼赵高素谀日久,今事急,亦恐二世诛之,故欲以法诛将军以塞责,使人更代以脱其祸。将军居外久,多内隙,有功亦诛,亡功亦诛。且天之亡秦,无愚智皆知之。今将军内不能直谏,外为亡国将,孤立而欲长存,岂不哀哉!将军何不还兵与诸侯为从,南面称孤,庶与身伏斧质,妻子为戮乎?②

《史记·陈涉世家》司马贞《史记索隐》引姚氏曰:"隐士遗章邯书云:'李斯为二世废十七兄而立今王',则二世是始皇第十八子也。"③这是

---

① 《汉书·艺文志》,中华书局1962年版,第1736页、第1737页。
② 《汉书·陈胜项籍传》,中华书局1962年版,第1805页。
③ 《史记·陈涉世家》,中华书局1982年版,第1951页。

此文的史料价值。不仅如此,文章例举秦朝大将有功而受戮,内外树敌,劝章邯早为之计:"将军居外久,多内隙,有功亦诛,亡功亦诛。且天之亡秦,无愚智皆知之。今将军内不能直谏,外为亡国将,孤立而欲长存,岂不哀哉!"晓以利害,动以情感,娓娓道来,有相当强的感染力。史载:"章邯狐疑,阴使候始成使羽,欲约。""已盟,章邯见羽流涕,为言赵高。羽乃立章邯为雍王,置军中。"①此文为历代文章选评家所重视。裴骃《史记集解》:"此书在《善文》中。"②《隋书·经籍志》著录:"《善文》五十卷,杜预撰。"③说明秦代之文除了李斯的作品之外,还有其他文人的文章已作为范文收录文学总集中。明代古文家也多所称引,如《秦文归》辑录此文,末引唐顺之评:"章邯已狐疑矣,而此书正中情事,且简健紧快,尤为独绝。"④

由此来看,秦代文学影响于后世者,还不仅仅是李斯的石刻文字,也包括《善文》等文章总集中收录的秦代作品。譬如晁错、刘向的写作,平实深刻,就明显受到《吕氏春秋》的影响。⑤ 更重要的是,汉初的思想家,在回顾总结秦朝迅速灭亡的历史经验教训时,总是把李斯的文化激进主张视为其中最重要的原因之一,这也从反面为汉代文化与文学的发展提供了丰富的参照。

---

① 《汉书·陈胜项籍传》,中华书局1962年版,第1805页、第1807页。
② 《史记·李斯列传》,中华书局1982年版,第2548页。
③ 《隋书·经籍志》,中华书局1973年版,第1089页。
④ 〔明〕钟惺编《秦文归》,明末古香斋刻本。
⑤ 刘师培《论文杂记》第九则认为,在行文平实方面,晁错、刘向之文"是出于《吕氏春秋》者也"。(《中国中古文学史·论文杂记》,人民文学出版社1959年版,第116页)

第 二 编

西汉文学

(公元前 206 年至公元 25 年)

第一章　西汉文学背景

公元前 206 年冬十月，亦即这一年的岁首，刘邦至霸上，西入咸阳。此前项羽在楚王面前曾与诸侯约：先入关者王之，故欲王关中。并与关中父老约法三章，悉除秦之苛法。其《入关告谕》一文，实一代文章之本。这一年，刘邦五十一岁。西汉纪年由此而始，西汉文学史亦由此而始。

公元 25 年，即淮阳王刘玄更始三年夏，长安城被赤眉军樊崇等部所毁。六月，刘秀称帝于鄗（今河北柏乡），改年号为建武元年。十月，刘秀定都于洛阳。西汉王朝至此结束，前后延续 231 年。

第一节　汉代初年的思想背景及其社会影响

秦代二世而亡的历史教训，给汉初思想家留下沉重的话题。如何避免重蹈这段历史的覆辙，不同时期的思想家自有不同的答案。秦汉之际的楚人陆贾，鉴于当时百废待兴的局面，提出在政治上无为而治，在文化上兼收并蓄的主张。在兵荒马乱的年代，这些想法，自然为刘邦所嘲弄,但是他很快就意识到了这些见解的深刻意义,于是要求陆贾著书,阐明秦何以亡、汉何以兴的历史根源。

从历史渊源上说,秦、汉原本就有不同的文化背景。秦晋与法家密切相联,而汉朝统治集团则与楚文化及齐鲁文化有着千丝万缕的联系。就在秦朝灭绝文化的时候,素以文化自负的楚人扬言:"楚虽三户,亡秦必楚。"对于这八个字的具体理解目前尚有很多分歧,一说是指三户人家,一说是地名,①也许这并不很重要,关键是"亡秦必楚"四字。因为陈胜、吴广以及刘邦、项羽、萧何、曹参等均是楚人。而且他们所立傀儡君主也是楚王后代,说明楚人对于自己国家被秦所灭实在不甘心,伺机而起也在所必然。事实上也正是如此。陈胜、吴广、项羽、刘邦等推翻秦人统治的重要武装力量均来自楚地。随着楚人入主三辅地区,楚文化自然大举西移,进入当时的政治文化中心,构成了当时引人瞩目的文化现象。

刘邦被项羽封为汉王后,"羽使卒三万人从汉王,楚子、诸侯人之慕从者数万人"。② 楚子即楚人。诸侯人,犹诸侯国人。刘邦立国后,楚国的昭、屈、景等大族的西迁,更为三辅地区带来了强劲的楚风。譬如关中屈氏,多集中在咸阳一带,多以冶陶为业。近代出土

---

① 《史记正义》引虞喜《志林》说:"南公者,道士,识废兴之数,知亡秦者必于楚。"《汉书》服虔注也说:"南公,南方之老人也。苏林曰:但令有三户在,其怨深足以亡秦。"《风俗通义·皇霸》"六国"条亦引此句。又《汉书·艺文志》载《南公》十三篇,六国时人,在阴阳家流。说明南公乃楚人,当无异议。《史记集解》引臣瓒曰:"楚人怨秦,虽三户犹足以亡秦也。"而韦昭则确认三户乃"楚三大姓昭、屈、景也。"是谓"三户"乃三户人家之意。而《史记索隐》则以为三户乃地名,并引《左传》"以畀楚师于三户"。而据杜预注:"今丹水县北三户亭",确实有"三户"地名。《史记正义》赞同"三户"为地名说,只是何地略有差异。

② 《汉书·高帝纪》,中华书局1962年版,第29页。

陶印就有"咸里屈骄""咸里屈朅"(见《关中秦汉陶录》卷一)。西安汉城遗址出土有"怀千秋印","盖亦为汉初徙关中怀氏之后"。① 西汉文帝、景帝时期与晁错齐名的爰盎,也是楚人,随其父徙居安陵。

谈到楚文化,自然要涉及所谓黄老之学问题,因为它是当时社会的重要潮流。《史记·留侯世家》记载张良之学道,或"欲从赤松子游",就是典型一例。《汉书·古今人表》说:"赤松子,帝喾师。"②《汉书·张陈王周传》颜师古注:"赤松子,仙人号也,神农时为雨师,服水玉,教神农能入火自烧。至昆山上,常止西王母石室,随风雨上下。炎帝少女追之,亦得仙俱去。"③根据《战国策·秦策上》、陆贾《新语·思务》及题名刘向的《列仙传》等书记载,王乔、赤松子等传说原本流行于战国时期的齐地,故《淮南子》将这个故事放在《齐俗训》篇中。④ 张良系韩人之后,自幼向往仙人境界,故有出家之举。汉家王室成员如刘安、刘向等也逐渐接受了这种主张。《汉书·楚元王传》载:"上复兴神仙方术之事,而淮南有《枕中鸿宝苑秘书》,书言神仙使鬼物为金之术,及邹衍《重道延命方》,世人莫见,而更生父德,武帝时治淮南狱得其书。更生幼而读诵,以为奇,献之,言黄金可成。"颜师古注:"《鸿宝苑秘书》,并道术篇名。藏在枕中,言常存录之不漏泄也。"⑤刘向所献所撰,多为这类"道术"之书。

统治阶级的思想,往往就是占统治地位的思想。西汉初年,随着楚人西移,道家思想,尤其是老庄思想在统治核心地区流行开来。其影响与西汉相始终。《三辅决录》等书对此有详尽的记载。如"安

---

① 陈直著《汉书新证》,天津人民出版社1979年版,第12页。
② 《汉书·古今人表》,中华书局1962年版,第874页。
③ 《汉书·张陈王周传》,中华书局1962年版,第2037页。
④ 详见刘跃进《释"齐气"》,《文献》2008年第1期。
⑤ 《汉书·楚元王传》,中华书局1962年版,第1929页。

丘望之者,京兆长陵人也。少治《老子经》,恬静不求进宦,号曰安丘丈人。成帝闻,欲见之,望之辞不肯见。上以其道德深重,尝宗师焉。望之不以见敬为高,愈自损退,为巫医于民间。著《老子章句》,故老氏有安丘之学。扶风耿况、王汲等皆师之,从受《老子》。终身不仕,道家宗焉。"又如"高恢字伯达,京兆人也。少治《老子经》,恬虚不营世务,与梁鸿善,隐于华阴山中。及鸿东游思恢,作诗曰:'鸟嘤嘤兮友之期,念高子兮仆怀思,想念恢兮爱集兹。'二人遂不复相见"。①

《汉书·艺文志》著录《庄子》五十二篇,西汉时期这部书的影响还不足与《老子》相比,但是贾谊已经多次征引。② 与《老子》思想更接近的还是所谓黄帝思想。《汉书·艺文志》道家类著录有《黄帝四经》四篇、《黄帝铭》六篇、《黄帝君臣》十篇、《杂黄帝》五十八篇等,这些书都曾在西汉初年流行。1973年长沙马王堆出土的定名为《黄帝书》者,就是这类著作。这种思想,后人概括为黄老思想。

根据《史记·曹相国世家》记载,汉高祖刘邦六年(前201),立长子刘肥为齐王,以曹参为齐相国。当时天下初定,齐王接受胶西盖公的建言,推行黄老之学。孝惠二年入为丞相,又将黄老之学推广到全国。黄老之学的核心,就是所谓无为贵静之说,亦即《老子》所说"我无为,民自化;我好静,民自正"。③ 曹参卒于汉惠帝刘盈五年(前190),百姓作《画一之歌》曰:"萧何为法,顜若画一;曹参代之,守而勿失。载其清净,民以宁一。"这些均详载于《史记·曹相国世家》。俗语所说"萧规曹随",殆即此意。张守节《史记正义》说:

---

① 〔汉〕赵岐著《三辅决录》卷一,《续修四库全书》第540册,上海古籍出版社2002年版,第585页下、第586页上。
② 详见刘跃进《贾谊所见书蠡测》,《南京师范大学学报》2008年第4期。
③ 见朱谦之著《老子校释》第五十七章,中华书局1984年版,第232页。民,原作"人",避唐讳。

"清静,无为也。宁一,齐物也。晋武帝议省州郡吏以趋农,荀勖议以为省吏不如省官,省官不如省事,省事不如清心。故萧、曹相汉,载其清静,故《画一之歌》,此清心之本。汉文垂拱无为,几致刑措,此省事也。汉光武并合吏员,此省官也。魏正始中,并合郡县以减吏员,此省吏也。必欲求之根本,宜以省事为先,课官分职,量能致仕,则思不出位,官无异业也。"①《汉书·循吏传》也说:"汉兴之初,反秦之敝,与民休息,凡事简易,禁罔疏阔,而相国萧、曹以宽厚清静为天下帅,民作《画一之歌》。孝惠垂拱,高后女主,不出房闼,而天下晏然,民务稼穑,衣食滋殖。"②《汉书·高后纪》赞也有类似的论述:"孝惠、高后之时,海内得离战国之苦,君臣俱欲无为,故惠帝拱己。高后女主制政,不出房闼,而天下晏然,刑罚罕用,民务稼穑,衣食滋殖。"③按:"陈平,阳武户牖乡人也。少时家贫,好读书,治黄帝、老子之术。"④

特别提请注意的是,这里所说黄老之术不是一种空洞的说教,而是一种明哲保身的手段,更是一种韬光养晦的谋略。刘邦死后,吕后欲立吕氏为王,当庭问左右丞相和太尉绛侯周勃。王陵以"非刘氏而王者,天下共击之"的盟约一口回绝,而陈平、周勃则当面违心应承。面对王陵的质问,陈平说:"于面折廷争,臣不如君;全社稷,定刘氏后,君亦不如臣。"此后,"为丞相不治事,日饮醇酒,戏妇人",轻易地蒙骗了吕后,对他没有特别的钳制。在吕后死后,陈平联手周勃等人以迅雷不及掩耳之势,将诸吕一网打尽。文帝登基后,按功行赏,陈平将右丞相位让给周勃,自己为左丞相,居第二。

---

① 张衍田著《史记正义佚文辑校》,北京大学出版社1985年版,第196页。
② 《汉书·循吏传叙》,中华书局1962年版,第3623页。
③ 《汉书·高后纪赞》,中华书局1962年版,第104页。
④ 《汉书·张陈王周传》,中华书局1962年版,第2038页。

因此，所谓黄老之术，究其实质，是一种战略战术，不仅仅是为安息天下民众的一种手段。因此陈平说："我多阴谋，道家之所禁。"①从吕后这方面说，她所以采取一种无为之术，主要也是出于政治考虑，以便有效地抑制武力强宗的野心，因为"孝惠、高后时，公卿皆武力功臣"②。由此看来，这里所说的黄老之术，显然不仅仅是一种修身养性之术，更是一种权术。所以，《汉书·艺文志》在总结道家思想的时候说："道家者流，盖出于史官，历记成败存亡祸福古今之道，然后知秉要执本，清虚以自守，卑弱以自持，此君人南面之术也。"③后人也看出："老氏书作用最多，乃示人若无所能，使人入其牢笼而不自觉，开后世权谋变诈之习，故为异端。"④道家思想一直影响到武帝即位之初年。譬如司马迁之父司马谈作《论六家要指》，表面看来对六家之说各有抑扬，但明显又倾向道家，称其"因阴阳之大顺，采儒、墨之善，撮名法之要"。⑤

《史记·外戚世家》："窦太后好黄帝、老子言，帝及太子、诸窦不得不读《黄帝》《老子》，尊其术。"⑥田蚡好儒，但《田蚡传》又载其"学《槃盂》诸书"。应劭注："黄帝史孔甲所作铭也。凡二十九篇，书槃盂中，所为法戒。诸书，诸子文书也。"孟康注："孔甲《槃盂》二十六篇，杂家书，兼儒、墨、名、法。"⑦可见，当时人读书非常广泛，并非仅仅儒家之书。汉武帝建元六年（前135），崇尚黄老的窦太后去世，武帝亲政，遂接受了董仲舒等人的建议，将儒家思想确立为统治

---

① 并见《汉书·张陈王周传》，中华书局1962年版，第2038—2050页。
② 《汉书·儒林传》，中华书局1962年版，第3592页。
③ 陈国庆《汉书艺文志注释汇编》，中华书局1983年版，第128页。
④ 〔清〕朱一新著《无邪堂答问》，中华书局2000年版，第81页。
⑤ 《史记·太史公自序》，中华书局1982年版，第3289页。
⑥ 《史记·外戚世家》，中华书局1982年版，第1975页。
⑦ 《史记·魏其武安侯列传》，中华书局1982年版，第2841—2842页。

思想。这时,西汉建国已经过去八十多年,黄老之学淡出,而儒家思想从此成为贯穿两汉的主流思想。

楚汉相争之际,刘邦引兵围鲁,"鲁中诸儒尚讲诵习礼,弦歌之音不绝,岂非圣人遗化好学之国哉?于是诸儒始得修其经学,讲习大射乡饮之礼"。① 应当说,这时的刘邦对于儒者还心存好感。公元前204年,郦食其向刘邦建议,欲立六国后人以树党,刘邦也接受了这个建议,并派人刻印。而张良预设八难,从形、势、情三个方面分析了不可立六国之后的道理,颇有振聋发聩之势。史载,刘邦正在吃饭,听到张良鞭辟入里的分析,"辍饭吐哺,曰:'竖儒几败乃公事!'令趣销印。"张良这席话给刘邦较为深刻的印记,从此他不再信任儒生。② 问题是,没有规矩,就不成方圆。《史记·刘敬叔孙通列传》载:"汉五年,已并天下,诸侯共尊汉王为皇帝于定陶,叔孙通就其仪号。高帝悉去秦苛仪法,为简易。群臣饮酒争功,醉或妄呼,拔

---

① 《汉书·儒林传》,中华书局1962年版,第3592页。
② 《汉书·高帝纪》载:"项羽数侵夺汉甬道,汉军乏食,与郦食其谋桡楚权。食其欲立六国后以树党。汉王刻印,将遣食其立之。以问张良,良发八难。汉王辍饭吐哺,曰:'竖儒,几败乃公事!'令趣销印。"(中华书局1962年版,第39—40页)张良所发八难,详见《汉书·张陈王周传》记载:"臣请借前箸以筹之。昔汤武伐桀纣封其后者,度能制其死命也。今陛下能制项籍死命乎?其不可一矣。武王入殷,表商容闾,式箕子门,封比干墓,今陛下能乎?其不可二矣。发钜桥之粟,散鹿台之财,以赐贫穷,今陛下能乎?其不可三矣。殷事以毕,偃革为轩,倒载干戈,示不复用,今陛下能乎?其不可四矣。休马华山之阳,示无所为,今陛下能乎?其不可五矣。息牛桃林之野,示天下不复输积,今陛下能乎?其不可六矣。且夫天下游士,离亲戚,弃坟墓,去故旧,从陛下者,但日夜望咫尺之地。今乃立六国后,唯无复立者,游士各归事其主,从亲戚,反故旧,陛下谁与取天下乎?其不可七矣。且楚唯毋强,六国复桡而从之,陛下焉得而臣之?其不可八矣。诚用此谋,陛下事去矣。"(中华书局1962年版,第2029—2030页)

剑击柱,高帝患之。"此距郦食其事件不过两年时间。刘邦的困惑,最终由来自鲁国的叔孙通给予圆满的解决。叔孙通对刘邦说:"夫儒者难与进取,可与守成。臣愿征鲁诸生,与臣弟子共起朝仪。"于是叔孙通使征鲁诸生三十余人及朝廷中有学问的人,因秦旧制,制礼作乐。史载,"汉七年,长乐宫成,诸侯群臣朝十月。仪:先平明,谒者治礼,引以次入殿门,廷中陈车骑戍卒卫官,设兵,张旗志。传曰'趋'。殿下郎中侠陛,陛数百人。功臣列侯诸将军军吏以次陈西方,东乡;文官丞相以下陈东方,西乡。大行设九宾,胪句传。于是皇帝辇出房,百官执戟传警,引诸侯王以下至吏六百石以次奉贺。自诸侯王以下莫不震恐肃敬。至礼毕,尽伏,置法酒。诸侍坐殿上皆伏抑首,以尊卑次起上寿。觞九行,谒者言'罢酒'。御史执法举不如仪者辄引去。竟朝置酒,无敢欢哗失礼者。于是高帝曰:'吾乃今日知为皇帝之贵也。'"①遂拜叔孙通为奉常,②赐金五百斤。由此可见,西汉初年对于儒学的接受,经历了一段相对复杂的变化过程。需要指出的是,叔孙通原本在秦朝为官,但是并没有胶柱鼓瑟,而是充分考虑到当时的政治形势,在某些方面注意吸收楚地文化,而不是仅仅照搬成规。譬如《汉书》本传记载:"乃变其服,服短衣,楚制。"③故陈直《汉书新证》说:"楚人喜著短衣,长沙仰天湖战国楚墓所出竹简第一简云:'一新智繵,一楚智繵,皆有蔓足繵',足为促字省文,译以今言,为'一件新制厚衣,一件楚制形式厚衣,皆用缯做成

---

① 《汉书·郦陆朱刘叔孙传》,中华书局1962年版,第2127—2128页。
② 《史记·刘敬叔孙通列传》作"乃拜叔孙通为太常,赐金五百斤"。张守节《史记正义》(见张衍田《史记正义佚文辑校》):"《百官公卿表》云:叔孙通高祖七年为奉常。至景帝中六年,始改奉常为太常。按:云太常,以修史时言也。"因此,"太常"当作"奉常"。
③ 《汉书·郦陆朱刘叔孙传》,中华书局1962年版,第2125页。

既短且厚之衣'。叔孙通因高祖喜楚歌楚舞,故改服楚制短衣,所以趋时尚也。"①但是其所"定仪"的主要内容,当然还是传统儒家的规范。所以刘向在《上封事》一文中从反面论证了这个问题。他指出,季、孟、孔子都在鲁国作官,而鲁定公却重用季、孟而疏远孔子,李斯和叔孙通都在秦始皇朝为官,始皇重用李斯而疏远叔孙通,结果造成大乱,"污辱至今"。②这里,刘向例举孔子和叔孙通二人的境遇,特别强调了儒术的重要。他的儿子刘歆也说:"汉兴,去圣帝明王遐远,仲尼之道又绝,法度无所因袭。时独有一叔孙通略定仪礼。"③由此足见汉人对于叔孙通的敬重。叔孙通的主要见解主要体现在《汉书·艺文志》中著录的《汉仪》十二篇中。《汉书·礼乐志》还保留若干片断:"汉兴,乐家有制氏,以雅乐声律世世在大乐官,但能纪其铿锵鼓舞,而不能言其义。高祖时,叔孙通因秦乐人制宗庙乐。大祝迎神于庙门,奏《嘉至》,犹古降神之乐也。皇帝入庙门,奏《永至》,以为行步之节,犹古《采荠》《肆夏》也。干豆上,奏《登歌》,独上歌,不以筦弦乱人声,欲在位者遍闻之,犹古《清庙》之歌也。《登歌》再终,下奏《休成》之乐,美神明既飨也。皇帝就酒东厢,坐定,奏《永安》之乐,美礼已成也。"④据《后汉书·曹褒传》记载,东汉时期,随着儒家思想经典化,朝廷对于这十二篇已多有不满,称"此制散略,多不合经,今宜依礼条正,使可施行"。命曹褒"次序礼事,依准旧典,杂以五经谶记之文,撰次天子至于庶人冠婚吉凶终始制度,以为百五十篇,写以二尺四寸简。其年十二月奏上"。⑤说明东汉时期

---

① 陈直著《汉书新证》,天津人民出版社1979年版,第274页。
② 《汉书·楚元王传》,中华书局1962年版,第1943页。
③ 《汉书·楚元王传》,中华书局1962年版,第1968页。
④ 《汉书·礼乐志》,中华书局1962年版,第1043页。
⑤ 《后汉书·曹褒传》,中华书局1965年版,第1203页。

的典礼又融入很多谶纬一类的内容。刘勰《文心雕龙·正纬》说:"曹褒撰谶以定礼,乖道谬典,亦已甚矣。"①当然这是后话。

随着儒家思想的广泛传播,鲁学逐渐走向全国,鲁地家族也有很多迁移到关中地区,与官学并重的家学也由此而兴。如鲁氏家族有鲁匡、鲁恭、鲁丕,其先人为楚所灭,迁于下邑。西汉哀、平间,自鲁而徙至扶风平陵。鲁匡习《鲁诗》,王莽时号曰"智囊"。鲁恭、鲁丕,亦以《鲁诗》相教授,为《鲁诗》博士。② 而三辅地区大姓韦氏,即从邹城徙居三辅。西汉初年的韦孟本为彭城(今江苏徐州)人,汉初曾为楚元王傅,历任元王子夷王及元王孙戊傅。刘戊荒淫无道,韦孟作《讽谏诗》。后去职,徙家于邹,作《在邹诗》一篇。两诗均见《汉书》本传。《汉书》记载说:"或曰其子孙好事,述先人之志而作是诗也。"③二诗均四言,为历来传诵的名篇。《文心雕龙·明诗》:"汉初四言,韦孟首唱,匡谏之义,继轨周人。"④已见辑于逯钦立《先秦汉魏晋南北朝诗》。清人沈德潜《古诗源》谓"'肃肃穆穆',汉诗中有此拙重之作,去变雅未远"。⑤ 其后人韦贤,字长孺。汉宣帝刘询本始元年(前73)春,韦贤与霍光等谋立宣帝,赐爵关内侯。迁平陵,遂为关中望族。其治《诗》师事博士瑕丘江公,号称"邹鲁大儒"。韦贤四子:长子韦方山为高寝令;次子韦弘,至东海太守;次子韦舜,留鲁守坟墓。少子韦玄成,复以明经历位至丞相。《隋书·经籍志》

---

① 〔南朝梁〕刘勰著,周振甫注《文心雕龙注释》,人民文学出版社1981年版,第29页。
② 见《后汉书·卓鲁魏刘列传》,中华书局1965年版,第869页。
③ 《汉书·韦贤传》,中华书局1962年版,第3101—3106页。
④ 〔南朝梁〕刘勰著,周振甫注《文心雕龙注释》,人民文学出版社1981年版,第48页。
⑤ 〔清〕沈德潜编《古诗源》,中华书局1963年版,第44页。

著录:"梁有丞相《韦玄成集》二卷,亡。"①《册府元龟》卷八三七《总录部·文章》:"玄成复作诗,自著《复玷缺之艰难》,因以戒示子孙。"②今存诗二首。其《自劾诗》有名当时。玄成及兄子韦赏以《诗》授哀帝,由是《鲁诗》有"韦氏学"。③故邹鲁谚曰:"遗子黄金满籯,不如一经。"东汉时期的韦彪、三国时期的书法家韦诞、唐代的韦应物等,不坠门风,笃学修行,都是这个家族的代表人物。

第二节　汉代初年的对外政策及其文化作用

汉代文学气象宏阔,雄风振采,为历代文人所称羡。但是这种壮阔风格的形成,却有一个曲折的过程。西汉前期,内部有弱干强枝、尾大不掉之弊;外部有南北夹击、匈奴压境之虞。忧患意识,成为这个时期的文学主题。

弱干强枝、尾大不掉之弊,这只是当时人的一种形象化说法,无外乎是指地方势力日益膨胀,威胁到中央集权统治。而地方势力强大之后,就纷纷吸引各地文士。譬如西汉初年,以楚王刘交为中心,推动《鲁诗》研究兴盛一时;景帝时以梁孝王为核心形成文人集团;武帝时以刘安为中心形成淮南文人集团,以刘德为中心形成河间文人集团。汉武帝加大削藩力度,很多文士纷纷归附中央。

---

① 《隋书·经籍志》,中华书局1973年版,第1056页。
② 〔宋〕王钦若等编,周勋初等校订《册府元龟》卷八三七《总录部·文章》,凤凰出版社2006年版,第9722页。
③ 《七略》《汉书·艺文志》似未有记载。东汉《武荣碑》记载"君讳荣,字含和,治《鲁诗经韦君章句》"。碑文记载汉桓帝之死,则武荣之卒当在灵帝初年,据此而知,韦氏章句在东汉末叶依然流行。

南北夹击、匈奴压境之虞,也是非常严峻的现实危机。汉帝国统一之后,外部形势并不乐观,所谓南北夹击之"南",主要是指大庾、骑田、都庞、萌渚、越城岭五岭以南的广大地区,大致包括今天广东、广西、海南等地。根据《史记·秦始皇本纪》,岭南地区划入中国版图,始于秦始皇统一中国后不久。他曾动用数十万兵力,征战数载,最后在始皇三十三年(前214)攻取岭南,建立了桂林、象郡、南海三郡,首次将岭南地区纳入中华统一的版图之中。当时大批南下将士也都留在岭南"屯戍"。为解决他们的日常生活和婚姻问题,当地向秦王上书,要求派三万名未婚女子来岭南缝补衣裳,结果派送一万五千人,随之也带来了中原地区的先进文化和生产方式。秦末汉初,趁中原战乱,赵佗建立了南越国,实行郡县制和分封制。汉初经陆贾游说,称藩于汉朝,在文化上与中原保持着频繁的接触。武帝元鼎六年(前111),武帝分五路大军灭南越国,将岭南地区分为苍梧、郁林、合浦、交阯、九真、南海、日南、儋耳、珠崖等九个郡,归交州刺史部所监察。南越国从建立到灭亡,前后不过九十三年。其文化的发展,融入了很多中原文化的因素。特别是秦末对南越的征讨之战,前后有大批中原人士南迁,"与越杂处",将中原先进文化带到岭南地区。①

至于北部,问题更为复杂。六国以来,这里长期为匈奴所占据。匈奴部落在获取丰富给养的同时,又与西羌联手,不断地骚扰中原。秦始皇曾派蒙恬统帅三十万大军设防戍边,还将原来秦、赵、燕北边境的长城连接起来,西起临洮(今甘肃岷县),东至辽东(今辽宁丹东),绵延万里。尽管如此兴师动众,却并没有遏制住匈奴向内地扩

---

① 20世纪80年代发掘的南越王墓出土了大量珍贵文物可以充分证明这一点。参见李林娜主编《南越宝藏》,中华书局2002年版。

张的野心和实力。

在楚汉相争格局逐渐明朗的情况下,刘邦曾想在平定内地的同时,也能解决秦始皇以来一直困扰着中原的边患问题,但在当时,国力不济,心有余而力不足。高祖七年(前200)冬十月,刘邦在战胜项羽之后,又率兵追击韩王信,铜鞮(今山西沁县)一仗,韩王信大败,逃到匈奴。刘邦乘胜追至平城(今山西大同),步兵未尽到,冒顿率精兵四十万骑将刘邦围困在白登。幸亏陈平设计,刘邦得以狼狈逃出。① 面对匈奴如此强大之势,刘邦接受刘敬建议,确定了与匈奴的和亲政策,基本内容是"约结和亲,赂遗单于,冀以救安边境"。② 高帝八年,惠帝三年,文帝前六年,景帝前五年,四次以宗室女为公主嫁予单于。

刘邦死后,冒顿派遣使者送给吕后一封书信,颇多侮辱之词。如谓"孤偾之君,生于沮泽之中,长于平野牛马之域,数至边境,愿游中国。陛下独立,孤偾独居。两主不乐,无以自虞,愿以所有,易其

---

① 详见《史记·高帝纪》及《匈奴列传》等。按:《史记·陈丞相世家》集解:"桓谭《新论》:'或云陈平为高帝解平城之围,则言其事秘,世莫得而闻也。此以工妙踔善,故藏隐不传焉。子能权知斯事否? 吾应之曰:"此策乃反薄陋拙恶,故隐而不泄。高帝见围七日,而陈平往说阏氏,阏氏言于单于而出之,以是知其所用说之事矣。彼陈平必言汉有好丽美女,为道其容貌天下无有,今困急,已驰使归迎取,欲进与单于,单于见此人,必大好爱之;爱之则阏氏日以远疏,不如及其未到,令汉得脱去,去,亦不持女来矣。阏氏妇女,有妒媢之性,必憎恶而事去之。此说简而要,及得其用,则欲使神怪,故隐匿不泄也。刘子骏闻吾言,乃立称善焉。"……' 按:《汉书音义》应劭说此事大旨与桓《论》略同,不知是应全取桓《论》,或别有所闻乎?"(中华书局1982年版,第2057—2058页)应劭《汉书音义》曰:"陈平使画工图美女,间遣人遗阏氏,云汉有美女如此,今皇帝困厄,欲献之。"阏氏畏其夺己宠,言于冒顿,令解围。(见《汉书》颜注引,中华书局1962年版,第63页)

② 《汉书·匈奴传》,中华书局1962年版,第3830—3831页。

所无"。读信时,樊哙在场,义愤填膺,扬言"愿得十万众,横行匈奴中"。结果叫季布喝止,说:"时匈奴围高帝于平城,哙不能解围。天下歌之曰:'平城之下亦诚苦,七日不食,不能彀弩。'今歌吟之声未绝,伤痍者甫起,而哙欲摇动天下,妄言以十万众横行,是面谩也。"①《平城之歌》,余音在耳,所有的人都感气短。在这种情况下,吕后只得屈辱回信称"单于不忘弊邑,赐之以书,弊邑恐惧。退而自图,年老气衰,发齿堕落,行步失度,单于过听,不足以自污。弊邑无罪,宜在见赦。窃有御车二乘,马二驷,以奉常驾"。② 只能继续执行和亲政策,别无选择。

文帝刘恒起于代王,戍边多年,深知匈奴问题的复杂尖锐。时间再往前推几年,也就是在刘邦临死前一年曾发布《择立代王诏》,其中有这样一句话:"代地居常山之北,与夷狄边,赵乃从山南有之,远,数有胡寇,难以为国。"③最后四句说得很沉重,由此可见这里极特殊的地理位置。因此,文帝即位三辅后,面对着"匈奴连岁入边,杀略人民、畜产甚多;云中、辽东最甚,郡万余人"④的严酷现实,他也别无长策,还是得继续执行和亲政策。在《与匈奴和亲诏》中称"和亲以定,始于今年"。⑤ 尽管退让再三,就在文帝死的前一年,匈奴还是派三万兵骑侵入上郡,三万兵骑侵入云中,杀略无数,烽火通于甘泉、长安。匈奴与汉朝之间的矛盾日益尖锐,大有一触即发之势。为此,朝廷派中大夫令免为车骑将军屯飞狐,故楚相苏意为将军屯句注,将军张武屯北地,河内太守周亚夫为将军次细柳,宗正刘礼为

---

① 《汉书·匈奴传》,中华书局1962年版,第3755页。
② 《史记·匈奴列传》,中华书局1962年版,第3755页。
③ 《汉书·高帝纪》,中华书局1962年版,第70页。
④ 《资治通鉴》卷一五,中华书局1956年版,第504页。
⑤ 《汉书·文帝纪》,中华书局1962年版,第129页。

将军次霸上,祝兹侯徐厉为将军次棘门,以备匈奴。双方军队,遥遥对峙。从当时双方军事部署来看,这显然是一场不对等的战役:匈奴凭借着强大的骑兵优势,转战游移,灵活多变。而汉朝军队的每一次调防,动辄数万,大兵深入,除了兵源问题而外,最大的困难还在于补给。在这样的背景下,只能被动防御,无法解决根本问题。

景帝刘启初年也曾派遣陶青至代下与匈奴和亲。在解决了吴楚七国之乱以后,他开始认真地考虑如何从根本上解决边患问题。中元四年(前146),御史大夫卫绾"奏禁马高五尺九寸以上,齿未平,不得出关。"[1]这一建议得到景帝高度重视。《汉书·晁错传》:"今匈奴地形技艺与中国异。上下山阪,出入溪涧,中国之马弗与也;险道倾仄,且驰且射,中国之骑弗与也;风雨罢劳,饥渴不困,中国之人弗与也;此匈奴之长技也。"[2]车、马、人,匈奴有其天然优势。为弥补自己短处,景帝开始殚精竭虑,充实兵马。从近年发掘的景帝阳陵陪葬坑所发现的数以万计的车马俑来看,虽然只是实物的三分之一,与秦始皇陵兵马俑有着较大的尺寸差异,但是这里透露出强烈的信息,即汉景帝已经把兵马问题摆在了重要的议事日程上来。在当时,决定战争胜负的一个重要因素就是兵马。显然,景帝已为此作了积极准备。据《汉书·景帝纪》注引《汉仪注》,在长安附近设养马场,养马多达三十万匹。后继者武帝所以能够与匈奴连续作战多年,除经济后盾外,其父汉景帝也为他在兵马上作了充足的准备。

汉武帝上台时不过十六岁,意气风发。从现存史料来看,汉武帝最大的愿望就是在巩固中央集权的同时,尽早解决边患问题。为

---

[1] 《汉书·景帝纪》,中华书局1962年版,第147页。
[2] 《汉书·爰盎晁错传》,中华书局1962年版,第2281页。

此,他做了精心的准备:第一,在政治上,强化中央集权,消解地方王侯的势力,迅速改变长期以来困扰朝廷的强枝弱干的格局。譬如,缩小诸侯王国的疆域,他们自行任命官吏的特权被取消。第二,在经济上,起用大商人桑弘羊,逐渐实行盐铁政府专营的经济政策,与民争利。铸钱之权,收回中央。"令天下非三官钱不得行,诸郡国前所铸钱皆废销之,输入其铜三官。"也就是说,严禁各地私自铸钱。《汉书·食货志下》在叙述上文之后又称:"自孝武元狩五年三官初铸五铢钱,至平帝元始中,成钱二百八十亿万余云。"[1]第三,在思想上,倡导儒家学说,统一思想。武帝即位之初,诏丞相、御史、列侯、中二千石、二千石、诸侯相举贤良方正直言极谏之士。丞相卫绾奏曰:"所举贤良,或治申、商、韩非、苏秦、张仪之言,乱国政,请皆罢。"[2]这一建议得到武帝的认可。这是整治思想界的开始。当然,由于窦太后的干涉,这项举措很快就夭折了。倡导者之一的郎中令王臧也为窦太后所逼杀。六年后,窦太后死,汉武帝亲政改元。十一月,郡国举孝廉各一人。五月,诏贤良对策。公孙弘再度出仕。作《元光元年举贤良对策》,拜为博士。董仲舒作《元光元年举贤良对策》,提出了建立太学的构想。从此,儒学思想便成为被当时多数知识分子所认可的主流意识形态。

在这样一个历史背景下,解决匈奴问题再次摆在重要的议事日程上来。

其实,汉武帝对于匈奴问题的关注早在即位之初就开始了。根据《资治通鉴》卷一七的记载,汉武帝即位的第二年,就曾诏问公卿是讨伐匈奴,还是执行和亲政策。当时,王恢力主讨伐,而韩安国则

---

[1] 《汉书·食货志》,中华书局1962年版,第1177页。
[2] 《汉书·武帝纪》,中华书局1962年版,第156页。

倡言和亲。鉴于当时国力，武帝还是听从了韩安国的建议。但翌年又改变主意，转从王恢之议，使马邑人聂壹亡入匈奴，以马邑"城降，财物可尽得"，诱使匈奴至马邑而击之。当然，这只是牛刀小试。在他即位的最初六年，这个问题始终困扰着汉武帝。据《汉书·张骞李广利传》，建元中，"汉方欲事灭胡"。但是，如何"灭胡"，武帝心里并没有底；马邑之战，无异于玩火。

从前面的论述知道，汉高祖七年确定的和亲政策，确保了边境八十余年无大事。马邑之战虽然没有直接交火，但是汉与匈奴的关系却严重恶化，"匈奴绝和亲，攻当路塞，往往入盗于边，不可胜数"。① 汉武帝当然要承受着巨大的压力。就在这一年，大月氏来使求援，说匈奴破月氏王，以其头颅作为饮器。大月氏愤怒异常，恳请与汉朝共击匈奴。汉武帝正在考虑如何"灭胡"，闻知此讯，乃招募使者前往西域探听虚实。张骞以郎应命前往，一去十三年，直到元朔三年（前126）才回到京城，带回来大量的西域信息。② 在这期间，汉朝与匈奴的战争已经打响。元光二年（前133）六月，汉武帝派遣韩安国、王恢等五将军率兵三十万出塞，从此开启与匈奴长达四十年的战争。

张骞回到汉地不久，就以校尉身份从大将军卫青出击匈奴。由于对前线多所了解，出征比较顺利，张骞也因此得封博望侯。这一年，为汉武帝元朔六年（前123），也就是张骞回到汉地的第三个年头。③

---

① 《汉书·匈奴传》，中华书局1962年版，第3765页。
② 《汉书·张骞李广利传》，中华书局1962年版，第2687页。
③ 按：《汉书·西域传》《汉书·武帝纪》，李广利在征和三年三月将七万人出五原，御史大夫商丘成率二万人出西河，重合侯马通率四万骑出酒泉。结果是李广利败降匈奴。为此，武帝下诏，"深陈既往之悔"，时在征和四年，上推三十二年则在元朔六年（前123），即张骞回到汉地的第三年。

武帝也从这次战事中看到了解决边患问题的途径,他终于下决心讨伐匈奴,并从大规模拓展西域开始他的壮举。又过两年,即元狩二年(前121),张骞随李广与霍去病出击匈奴,后期当斩,赎为庶人;同年霍去病则越战越勇,"出北地二千余里……斩首虏三万余级",击溃了居于河西走廊的匈奴浑邪王、休屠王,追至祁连山下。这年秋天,浑邪王率众降汉。金城、河西并南山至盐泽,空无匈奴。这是汉朝与匈奴之间实力较量的第一次重大胜利。受到这次战役的鼓舞,汉武帝初步决定建置酒泉郡、武威郡以打开西域门户。当然,河西四郡的建置,《史记》《汉书》的记载颇多分歧。陈梦家《河西四郡的设置年代》梳理排比资料,论证较详,但是依然不能视为定论,因为所据史料本身就有很多矛盾之处。尽管具体年代有较大分歧,但是总体来看,武帝是在讨伐匈奴的征战中,逐渐将河西四郡建置起来的。《汉书·武帝纪》载,"匈奴昆邪王杀休屠王,并将其众合四万余人来降,置五属国以处之。以其地为武威、酒泉郡"。当然,诚如颜师古所注:"凡言属国者,存其国号而属汉朝,故曰属国。"① 就是说这里还保持着匈奴的国号,属于藩属国的性质。十年以后的元鼎六年(前111),又"分武威、酒泉地置张掖、敦煌郡,徙民以实之"。② 这依然为属国性质。

武帝当然不会以此为满足,他的目标是完全掌控西域乃至全国。就在凿通河西走廊的同时,又南北出击。就在建置张掖、敦煌的同一年,先是大兵东南直下,灭掉南越国,将岭南地区分为南海、苍梧、郁林、合浦、交趾、九真、日南、珠厓、儋耳九个郡,归交州刺史部所监察。同时,在河西走廊西南,又发陇西、天水、安定骑士及中

---

① 《汉书·武帝纪》,中华书局1962年版,第176页。
② 《汉书·武帝纪》,中华书局1962年版,第189页。

尉、河南、河内卒十万兵力,平定西羌反叛。① 河西走廊的西南地区也已经为汉兵所掌控,西汉后期,西海(即今青海大部)得以最终归附。② 这个时候的武帝有些志得意满。就在河西四郡建置的第二年,也就是元封元年(前110),他登上泰山,举行了盛大的封禅仪式。由此不难推想汉武帝对于自己开通西域后的欣喜程度。③

这个时期,河西走廊的北部尚存匈奴威胁。为此,汉武帝又开辟居延要塞,直插匈奴腹地。《史记·匈奴传》:"汉使光禄徐自为……筑城障列亭至庐朐……使强弩都尉路博德筑居延泽上。"而据《汉书·武帝纪》,这一年是武帝太初三年(前102)。④ 居延要塞

---

① 20世纪80年代初期,青海大通县汉代马良墓就曾发掘四百枚汉简,包括军事方面的律令文书有关军队之编制与标识、军事战术及与《孙子》有关的兵书。据考证,墓主马良可能是赵充国于宣帝神爵元年至二年(前61—前60)用兵西羌时的部下。因此,这批资料的完成大致下限不会晚于神爵年间。(见《文物》1981年第2期《青海大通县上孙家寨———五号汉墓》)

② 《后汉书·西羌传》:"至王莽辅政,欲耀威德,以怀远为名,乃令译讽旨诸羌,使共献西海之地,初开以为郡,筑五县,边海亭燧相望焉。"(中华书局1965年版,第2878页)

③ 陈梦家《河西四郡的设置年代》认为四郡的建置较晚,他说:"张掖、酒泉初置于元鼎六年,既可确定,则敦煌置郡当在此后。……敦煌置郡当在元封四五年间。"至于武威郡,在地节三年至元康四年间(前67—前62)。(见《汉简缀述》,中华书局1980年版,第186页)刘跃进《河西四郡的建置与西北文学的繁荣》(《秦汉文学论丛》,凤凰出版社2008年版)指出,在元封元年之前,四郡建置应当已经完成,所以才会有武帝封禅之举。

④ 据陈直《居延汉简系年》考证,现存最早汉简为太初二年简:"三月丙辰朔唐午殄北第二燧长舒受守卒史未央掾野临。"其根据是:"西汉武昭宣时,有三月丙辰朔者,只有武帝太初二年一见。此为全部居延木简中最早之纪年,武帝屯田居延虽开始于太初三年,见于《史记·路博德传》,据简文在太初二年,已做经营之准备。简之第二燧长舒,当为王舒,此时官殄北第二燧长,后改调通泽第二亭长,至宣帝时尚生存,亦为居延屯田中历官最久之一人。"太初三年简亦一见:"延寿乃太初三年中父以负马田敦煌延寿与口俱来田事已。"但是此简似是追述太初三年事,可能晚于太初三年。(陈直著《居延汉简研究》,天津古籍出版社1986年版,第751页)

为汉兵控制以后,匈奴主力被迫远遁大漠,而留下来的也已经逐渐与当地汉人融合。从此,河西走廊就不再是匈奴属国,而全由汉人接管。其监管范围包括今甘肃大部分地区和内蒙古及青海部分地区。《汉书·地理志》所载,酒泉、张掖两郡均"武帝太初元年开"。武威是"故匈奴休屠王地。武帝太初四年开"。"敦煌郡,武帝后元元年分酒泉置"。就是指河西四郡的正式建置时间。

河西四郡最初议置于元狩元年(前121),至后元元年(前88)最后正式建置敦煌郡,前后长达三十四年。实际上,在这三十四年间,汉武帝的功绩当然不仅是"列四郡,据两关",还包括开发西南,平定百越、征服朝鲜等战役。在这些拓边战争中,河西四郡的建置,是西汉与匈奴战争中最具有决定意义的胜利,有着深远的影响。武帝在太初四年曾下诏说:"高皇帝遗朕平城之忧,高后时单于书绝悖逆。昔齐襄公复九世之仇,《春秋》大之。"[1]这只是就复仇的层面而言。事实上,河西走廊的开通,其意义远不止此。《汉书·西域传赞》说:"孝武之世,图制匈奴,患其兼从西国,结党南羌,乃表河西,列四郡,开玉门,通西域,以断匈奴右臂,隔绝南羌、月氏,单于失援,由是远遁,而幕南无王庭。遭值文、景玄默,养民五世,天下殷富,财力有余,士马强盛。故能睹犀布、瑇瑁则建珠崖七郡,感枸酱、竹杖则开牂柯、越嶲,闻天马、蒲陶则通大宛、安息。自是之后,明珠、文甲、通犀、翠羽之珍盈于后宫,蒲梢、龙文、鱼目、汗血之马充于黄门,钜象、师子、猛犬、大雀之群食于外囿。殊方异物,四面而至。于是广开上林,穿昆明池,营千门万户之宫,立神明通天之台,兴造甲乙之帐,落以随珠和璧,天子负黼依,袭翠被,冯玉几,而处其中。设酒池肉林以飨四夷之客,作《巴俞》都卢、海中《砀极》、漫衍鱼龙、角抵之戏以

---

[1] 《汉书·匈奴传》,中华书局1962年版,第3776页。

观视之。"①这段文字,主要是从政治、军事、经济等方面论述武帝建置河西四郡的意义。

　　从政治意义上说,一个强大的王朝,要想保持中原枢纽的优势,就必须控制四周局势,而对于汉天子而言,控制河西走廊尤其重要。这条走廊集战略、贸易、信道为一体,直接关系国运的兴衰。解决这样一个重大的政治问题,在西汉时期,汉武帝选择了军事手段。酒泉、武威、张掖、敦煌四郡原是匈奴草木水源丰盛的牧地,其中的焉支山和祁连山为两个天然的屏障。《史记·匈奴列传》之《正义》《索隐》引《西河故事》记载:匈奴失二山,乃歌曰:"亡我祁连山,使我六畜不蕃息;失我焉支山,使我妇女无颜色。"②《后汉书·西羌传》也载:"及武帝征伐四夷,开地广境,北却匈奴,西逐诸羌,乃度河、湟,筑令居塞;初开河西,列置四郡,通道玉门,隔绝羌胡,使南北不得交关。于是障塞亭燧出长城外数千里。"③更重要的军事意义还在于,以河西四郡为中轴,北至居延,南下西海,屯兵移民,也就有力地控制了西域诸国。早在文帝时代,晁错就认为"守边备塞,劝农力本"乃"当世急务二事"。文帝深知其利害关系,"从其言,募民徙塞下"。这里所谓"塞下"主要是指代北等地。而武帝则把这项徙民政策扩大到整个河西走廊。诚如《史记·平准书》所说:"初置张掖、酒泉郡,而上郡、朔方、西河、河西开田官,斥塞卒六十万人戍田之。中国缮道馈粮,远者三千,近者千余里,皆仰给大农。边兵不足,乃发武库工官兵器以赡之。车骑马乏绝,县官钱少,买马难得,乃著令,

---

① 《汉书·西域传》,中华书局1962年版,第3928页。
② 《史记·匈奴列传》,中华书局1982年版,第2909页。
③ 《后汉书·西羌传》,中华书局1962年版,第2876页。

令封君以下至三百石以上吏,以差出牝马天下亭,亭有畜牸马,岁课息。"①故《汉书·西域传》说:"于是自敦煌西至盐泽,往往起亭,而轮台、渠犁皆有田卒数百人,置使者校尉领护,以给使外国者。"②盐泽,即鄯善,武帝已经将军事设施修筑到今新疆地区。这样,西域三十六国便在掌控之中。

从经济意义上说,开通河西走廊之后,打通了东西交流的丝绸之路,"殊方异物,四面而至"。诚如贾捐之《弃珠厓议》所云,当时"太仓之粟红腐而不可食,都内之钱贯朽而不可校。乃探平城之事,录冒顿以来数为边害,籍兵厉马,因富民以攘服之。西连诸国至于安息,东过碣石以玄菟、乐浪为郡,北却匈奴万里,更起营塞,制南海以为八郡,则天下断狱万数,民赋数百,造盐铁酒榷之利以佐用度,犹不能足"。③

文化交流上的意义也显而易见。譬如所谓笛子,即汉武帝乐工丘仲所造,相传出于羌中。筚篥,本名悲篥,出于胡中,其声悲,亦云胡人吹之以惊中国马云。琵琶,四弦,汉乐也。初,秦长城之役,有弦鼗而鼓之者。汉武帝嫁宗女于乌孙,乃藏琴为马上乐,以慰其乡国之思。④这些还只是形而下者,更重要的是,河西四郡设立后,自然有移民计划随之而来,逐渐改变了这里的思维方式,提高了当地的文化程度。《汉书·食货志》直接引用《史记·平准书》说:"初置张掖、酒泉郡,而上郡、朔方、西河、河西开田官,斥塞卒六十万人戍田之。"⑤这些移民中,很多是贫民和罪人。如汉武帝刘彻元狩四年

---

① 《史记·平准书》,中华书局 1982 年版,第 1439 页。
② 《汉书·西域传》,中华书局 1962 年版,第 3873 页。
③ 《汉书·武五子传》,中华书局 1962 年版,第 2832 页。
④ 参见〔宋〕庄绰著《鸡肋编》,中华书局 1983 年版,第 125 页。
⑤ 《汉书·食货志》,中华书局 1962 年版,第 1173 页。

（前119）冬迁移贫民："有司言关东贫民徙陇西、北地、西河、上郡、会稽，凡七十二万五千口，县官衣食振业，用度不足，请收银锡造白金及皮币以足用。"①其罪人中，不乏持异端政见者，"或以抱怨过当，或以悖逆亡道，家属徙焉"。② 这些移民的到来，就军事意义上说，主要是起到了屯兵的作用。此外，还有大量的文人为躲避战乱，也逃往西北地区。所有这些，都在客观上也促进了当地文化的发展和交流。

西汉后期，三辅战乱骤起，"唯河西独安"。③ 更始元年（23），天水成纪人隗嚣逃亡乡里，俯接文人，以前王莽平河大尹长安谷恭为掌野大夫，平陵范逡为师友，赵秉、苏衡、郑兴为祭酒，申屠刚、杜林为持书，杨广、王遵、周宗及平襄人行巡、阿阳人王捷、长陵人王元为大将军，一时名震西州，闻于山东。隗嚣曾为刘歆幕僚，喜好经书，也算一介书生。刘歆死后，隗嚣回到家乡。汉末战乱之际，他接受周围文士的建议，遂与季父隗崔等起兵于陇西，并为此发布《移檄告郡国》。④ 这篇文章气势很盛，被后人视为名文，故而收录在《汉文归》中。钟惺评曰："翟义起兵讨莽，不克而死。当时惜无若骆宾王《讨武曌檄》，而平林新市兵起，汉宗室目之，义声虽震天，而文采未宣。固当以是篇为东汉文弁冕也，岂以隗嚣之事不终而少之？"⑤

就在隗嚣据陇右称雄之际，扶风平陵人窦融也开始经营河西诸郡。更始二年（24）。辩士张玄游说窦融，欲约纵连横。建武五年

---

① 《汉书·武帝纪》，中华书局1962年版，第178页。
② 《汉书·地理志》，中华书局1962年版，第1645页。
③ 《后汉书·孔奋传》，中华书局1965年版，第1098页。
④ 《后汉书·隗嚣传》，中华书局1965年版，第515页。
⑤ 〔明〕钟惺编《秦文归》，明末古香斋刻本。

(29),窦融入据金城,自称河西大将军,并作《与隗嚣书》,称"自兵起以来,转相攻击,城郭皆为丘墟,生人转于沟壑。今其存者,非锋刃之余,则流亡之孤。迄今伤痍之体未愈,哭泣之声尚闻"。其对于悲惨现实的描写,可谓惊心动魄。故光武帝答书说:"从天水来者写将军所让隗嚣书,痛入骨髓。畔臣见之,当股栗惭愧,忠臣则酸鼻流涕,义士则旷若发矇。"①《秦汉文钞》辑录此文,题作《责让隗嚣书》。又引陈古迂评:"光武得以收复陇、蜀,皆由先得河西援,绝则势孤矣。夫隗嚣、窦融皆附光武者也。窦融本心向汉,而隗嚣终叛,盖融知天命之所属而嚣不知者也。窦氏数世荣贵而嚣戮身,宜哉。"②《汉文归》辑此文引钟惺评曰:"文类《左氏》,东汉辞命之绝佳者。"③

在外来文化的推动下,当地文化也逐渐活跃起来。《汉书·赵充国辛庆忌传赞》所说:"秦汉已来,山东出相,山西出将……何则?山西天水、陇西、安定、北地处势迫近羌胡,民俗修习战备,高上勇力鞍马骑射。故秦诗曰:'王于兴师,修我甲兵,与子皆行。'其风声气俗自古而然,今之歌谣慷慨,风流犹存耳。"④最初,这里发迹的历史人物,多以武功扬名,如陇西李氏、赵氏、辛氏等,皆有将帅之风。而在文化方面,几乎没有什么值得记述的传统可言。当然在民间也有例外。《陇头歌》就是秦汉时期流行于西北的一首优秀的民歌。余冠英、曹道衡分别编注的《乐府诗选》并将其列入北朝民歌,但是两位先生均认为这些歌辞"风格和一般北歌不大同,或是

---

① 《后汉书·窦融传》,中华书局1965年版,第801—803页。
② 〔明〕冯有翼辑《秦汉文钞》,《四库全书存目丛书》集部第352册,第464页。
③ 〔明〕钟惺编《汉文归》,明末古香斋刻本。
④ 《汉书·赵充国辛庆忌传赞》,中华书局1962年版,第2998页。

汉魏旧辞"。这种推断颇有道理。《乐府诗集》卷二一引《通典》："天水郡有大阪,名曰陇坻,亦曰陇山,即汉陇关也。"又引《三秦记》："其阪九回,上者七日乃越,上有清水四注下,所谓陇头水也。"①可惜未引古辞,而是始丁陈后主《陇头》。事实上,《太平御览》卷五六、《北堂书钞》卷一五七、《后汉书·郡国志》汉阳郡均引述了《三秦记》,并且在征引上述文字之后,又引"俗歌曰"："陇头流水,鸣声幽咽。遥望秦川,心肝断绝"云云。②《三秦记》未见《隋书·经籍志》及《旧唐书·经籍志》《新唐书·艺文志》著录,但是,成书于汉魏之际的《三辅黄图》及梁代刘昭《续汉书·郡国志》注、郦道元《水经注》皆有所征引,而所记又都是秦汉都邑地理风俗。因此,史念海推断此书"当出于汉时人士手笔"。③ 到目前为止,还没有更有力的证据否定这种说法。《陇头歌》既已为《三秦记》所引录,则出于汉人之手。此书记载的《陇头歌》至少是在汉代流行于西北地区的民歌。

有文献可考的西北文人,最初多以军功起家,文学才能不过是其陪衬而已。如北地义渠人公孙昆邪,景帝时为陇西守,曾率军参与平定吴楚之乱的战役,以军功封平曲侯。史传载其著书十余篇,《汉书·艺文志》诸子阴阳家类著录十五篇,当即此,惜已亡佚。④其孙公孙贺亦从军数有功。贺夫人君孺,卫皇后姊。公孙氏由此发

---

① 〔宋〕郭茂倩辑《乐府诗集》卷二一,中华书局1979年版,第311页。
② 此"俗歌"文字据《太平御览》卷五六引录(中华书局1960年版,第273页),《北堂书钞》卷一五七、《后汉书·郡国志》引录文字与此略有差异,但文意相同。
③ 见《古长安丛书总序》,三秦出版社1998年版。
④ 〔唐〕林宝著《元和姓纂》卷一:"北地义渠:汉有西平太守公孙浑邪,著书十五篇;子贺,丞相,葛绎侯,生敬声,太仆。犯事,父子俱死狱中。"(中华书局1994年版,第34页)

迹。北地郁郅李息,景帝和武帝时为将军。《汉书·艺文志》著录给事黄门侍郎《李息赋》九篇,可见李息亦为当时词赋创作的名家。与此同时稍后的还有陇西名将李广后人李陵,身为将军,而在与苏武告别时所唱的那首"楚歌"为他赢得了不朽的文学声誉:"径万里兮度沙幕,为君将兮奋匈奴。路穷绝兮矢刃摧,士众灭兮名已隤。老母已死,虽欲报恩将安归?"《文选》及敦煌石室中还保存有李陵与苏武往返信件若干,学者多以为伪托之作,但由此不难推想李陵的文学影响。西汉后期的赵充国也是以"将帅之节"著称于西北,宣帝于麒麟阁为十一功臣画像,其中之一就是赵充国。这样一位将军,今也存文六篇,其中《先零羌事对》《上书谢罪陈兵利害》为其名篇。其时赵充国年已七十六岁,尚思尽忠匡辅,感人肺腑。如云:"臣得蒙天子厚恩,父子俱为显列。臣位至上卿,爵为列侯,犬马之齿七十六,为明诏填沟壑,死骨不朽,亡所顾念。独思惟兵利害,至孰悉也,于臣之计,先诛先零已,则䍐、开之属不烦兵而服矣。先零已诛而䍐、开不服,涉正月击之,得计之理,又其时也。"《上屯田奏》《条上屯田便宜十二事状》等文,比较"留屯田得十二便,出兵失十二利",以事实为依据,陈说屯田便利,规划具体方案,具有很强的说服力。章太炎《国故论衡》中卷《文学七篇》称:"文章之部,行于当官者,其源各有所受:奏疏、议驳近论,诏册、表檄、弹文近诗;近论故无取纷纶之辞,近诗故好为扬厉之语。汉世作奏,莫善乎赵充国,探筹而数,辞无枝叶。"[1]当然,赵充国之奏,也很有可能出于幕僚之手,但是目前还没有这样的确证。两汉之际,随着内地文人向西北的流动聚集,迅速带动了这个地区的文化发展。[2]

---

[1] 章太炎著《国故论衡》,上海古籍出版社2003年版,第85页。
[2] 参见刘跃进《河西四郡的建置与西北文学的繁荣》一文(《秦汉文学论丛》,凤凰出版社2008年版)。

总而言之,随着河西四郡的建置,丝绸之路的开通,中西文化的交流日益频繁。就其显而易见的一点而言,正是通过河西走廊,佛教传入中国;魏晋以后,甚至在很大程度上改变了中国文化的发展方向。① 就文学发展而言,西部地区在两汉之际以及汉魏转折这两个历史时期,云集了大批文人学者,也保存了众多的文化信息,因而,这里也就成为当时文化版图上最具特色的区域之一,也为魏晋南北朝乃至隋唐时期的文化发展,提供了一个重要的文化资源。

第三节 汉代初年的文化政策及其积极意义

《秦代文学》一编中曾提到,李斯《苍颉篇》、赵高《爰历篇》和胡毋敬的《博学篇》等文字学著作在西汉初年曾有流传,并经过当时文人的改造润色,成为两汉的重要读本。这种局面的形成,有一个过程。汉高祖刘邦起自布衣,其臣下亦多亡命无赖之徒。他们多不喜欢儒生,刘邦见到戴儒冠的,甚至还把他们的帽子摘下来便溺其中。即皇帝位后,群臣争功,闹得不亦乐乎,只能叫叔孙通制定礼仪,这才知道皇帝之贵,也由此知道知识的重要性。《古文苑》卷一〇载汉高祖《手敕太子》曰:"吾遭乱世,当秦禁学,自喜,谓读书无益。自践祚以来,时方省书,乃使人知作者之意。追思昔所行,多不是。吾生不学书,但读书问字而遂知耳。以此故大不工。然亦足自辞解。今视汝书,犹不如吾。汝可勤学习。每上疏宜自书,勿使人也。"②由此

---

① 参见刘跃进《六朝僧侣:文化交流的特殊使者》,《中国社会科学》2004年第5期。
② 《古文苑》卷一〇,上海古籍出版社1993年版,第271页。

看出,萧何所制定的这种识字书写制度,多少也反映出刘邦渴求文化的心理。班固《汉书·高帝纪》:"初,高祖不修文学,而性明达,好谋,能听,自监门戍卒,见之如旧。初顺民心作三章之约。天下既定,命萧何次律令,韩信申军法,张苍定章程,叔孙通制礼仪,陆贾造《新语》。又与功臣剖符作誓,丹书铁契,金匮石室,藏之宗庙。虽日不暇给,规摹弘远矣。"①

《论衡·效力篇》说:"叔孙通定仪,而高祖以尊。萧何造律,而汉室以宁。"②叔孙通的儒学已如前述。所谓萧何造律,系指其《九章》之律,亦大抵因秦旧制。《汉书·百官公卿表》说:"秦兼天下,建皇帝之号,立百官之职。汉因循而不革,明简易,随时宜也。"③前引《唐律疏议》卷一又载,商鞅依据李悝《法经》六篇,变法革新。"汉相萧何,更加悝所造《户》《兴》《厩》三篇,谓《九章之律》。"④据此,萧何九章律包括:《盗律》《贼律》《囚律》《捕律》《杂律》《具律》《户律》《兴律》《厩律》等。故宋人王益之《西汉年纪》卷二明确记载说:"初,帝入关,约法三章。蠲削烦苛,兆民大说。其后四夷未附,兵革未息。三章之法,不足以御奸,于是萧何攟摭秦法,取其宜于时者,作律九章。魏文侯时李悝著《法经》六篇,然皆罪名之制也。商鞅受之以相秦。及何定律,益事律《兴》《厩》《户》三篇,合为九篇。"⑤《九章之律》与文化相关的内容主要见于《汉书·艺文志》中一段话:"汉兴,萧何草律,亦著其法,曰:'太史试学童,能讽书九千字

---

① 《汉书·高帝纪》,中华书局1962年版,第164页。
② 〔汉〕王充著,黄晖校释《论衡校释》,中华书局1990年版,第588页。
③ 《汉书·百官公卿表》,中华书局1962年版,第722页。
④ 〔唐〕长孙无忌等撰《唐律疏议》,中华书局1983年版,第2页。
⑤ 〔宋〕王益之著《西汉年纪》卷二,《丛书集成》本,上海:商务印书馆1936年版,第20页。

以上,乃得为史。又以六体试之,课最者以为尚书、御史、史书令史。吏民上书,字或不正,辄举劾。'六体者,古文、奇字、篆书、隶书、缪篆、虫书。"顾实《汉书艺文志讲疏》:"史,吏员也。令,巧善也。史书令史者,巧善于史书之吏员也。史书者,隶书也。"①古文、奇字亦在其中,《史记·始皇本纪》载赵高"尝教胡亥书及狱律令法事",《李斯列传》亦记赵高自言"以刀笔之文进入秦宫",萧何亦刀笔吏,均有文化者也。故李斯、赵高、胡毋敬等各编字书教授。汉赋大量出现奇字,或与此政策有直接关系。《汉书》还记载,石奋上书,写"马"字少一笔,惊恐万状,甚至以为要"获谴死"。②由此可见当时法律的威慑力量。《史记·萧相国世家》记载:"萧相国何者,沛丰人也。以文无害,为沛主吏掾。""沛公至咸阳,诸将皆争走金帛财物之府分之,何独先入收秦丞相、御史律令图书藏之。沛公为汉王,以何为丞相,项王与诸侯屠烧咸阳而去,汉王所以具知天下阨塞、户口多少、强弱之处,民所疾苦者,以何具得秦图书也。"据此,司马迁论曰:"萧相国何于秦时为刀笔吏,录录未有奇节。"③

作为一种制度,汉代文字学的著作格外发达。《法书要录》卷九载张怀瓘《书断》根据《汉书·艺文志序》的记载曰:"昔李斯作《苍颉篇》,赵高作《爰历篇》,胡毋敬作《博学篇》。汉兴,闾里书私合之,相谓《苍颉篇》,断六十字为一章,凡五十五章。至平帝元始中,

---

① 顾实著《汉书艺文志讲疏》,上海:商务印书馆1929年版,第90页。
② 《汉书·万石卫直周张传》载:"(石)建为郎中令,奏事下,建读之,惊恐曰:'书"马"者与尾而五,今乃四,不足一,获谴死矣!'"颜师古注:"马字下曲者为尾,并四点为四足,凡五。"中华书局1962年版,第2196页。
③ 《史记·萧相国世家》,中华书局1982年版,第2013—2014页、第2020页。

征天下通小学者以百数，各令记字于未央庭中。扬雄取其有用者，作《训纂篇》二十四章，以纂续苍颉也。孟坚(班固)乃复续十三章。和帝永初中，贾鲂又撰《异字》，取(班)固所续章而广之，为三十四章，用续纂之末字以为篇目，故曰《滂熹篇》，言滂沱大盛，凡百二十三章，文字备矣。"①武帝时的司马相如著有《凡将篇》，西汉后期的扬雄根据李斯、赵高、胡毋敬的书合编而成《苍颉训纂》一篇。② 另有《别字》十三篇、③《苍颉传》一篇。同时代的史游还著有《急就章》，李长著有《元尚篇》等，都是为了当时读书的需要而创作的。故《论衡·别通篇》："夫苍颉之章，小学之书，文字备具。"④最近一百年，在居延等地发现的汉简中，时常提到《苍颉篇》《急就章》等。类似这样的文字学著作，还多见于沙畹编《斯坦因在东土耳其斯坦考察所得汉文文书》。在西北边陲，童蒙读物如此流行，说明秦汉人对于习字的重视。这里提到的《凡将篇》《元尚篇》《训纂篇》等均已亡

---

① 〔唐〕张彦远著《法书要录》卷九，人民美术出版社1984年版，第299页。

② 《汉书·艺文志》："《苍颉》七章者，秦丞相李斯所作也；《爰历》六章者，车府令赵高所作也；《博学》七章，太史令胡毋敬所作也：文字多取《史籀篇》，而篆体复颇异，所谓秦篆者也。是时始造隶书矣，起于官狱多事，苟趋省易，施之于徒隶也。汉兴，闾里书师合《苍颉》《爰历》《博学》三篇，断六十字以为一章，凡五十五章，并为《苍颉篇》。武帝时司马相如作《凡将篇》，无复字。元帝时黄门令史游作《急就篇》，成帝时将作大匠李长作《元尚篇》，皆《苍颉》中正字也。《凡将》则颇有出矣。至元始中，征天下通小学者以百数，各令记字于庭中。扬雄取其有用者以作《训纂篇》，顺续《苍颉》，又易《苍颉》中重复之字，凡八十九章。"(中华书局1962年版，第1721页)

③ 钱大昕《汉书考异》以为即扬雄撰《方言》十三卷。

④ 参见曹道衡、刘跃进著《先秦两汉文学史料学》下编第三章，中华书局2005年版。

佚,只有《急就篇》尚存。根据内证,该书大约成于元帝初年。① 晁公武《郡斋读书志》也说:"凡三十二章,杂记姓名、诸物、五官等字,以教童蒙。'急就'者,谓字之难知者,缓急可就而求焉。"②《四库全书总目》则以为:"其书自始至终,无一复字,文词雅奥,亦非蒙求诸书所可及。"③其文均由韵文组成,将文字贯通起来。该书有唐代颜师古注,宋朝王应麟补注,今并存。近人高二适《新定急就章及考证》不仅注解其文,更注重其在字体发展史上的地位,可谓别具只眼。④

东汉时期的班固也曾续补《训纂篇》十三章。和帝永初中,贾鲂又撰《异字》,在班固基础上扩充为三十四章,即《滂喜篇》。许慎乃会通前代字书,集其大成而著《说文解字》,全书十四篇,叙目一篇,依据文字形体和偏旁结构分列540部,每部以一共同的字作部首,收字9353个,收字的原则,以小篆为正体,兼收籀文(大篆)和古文(六国文字),使原本杂乱无类可归的文字有了归类的方式。部与部之间亦按"据形系联"的原则编排前后次序。所有这些,实际上就是朝廷对于文字的统一化过程,或者说就是颁布的法定字表。这是中国

---

① 张丽生《急就篇研究》认为:"急就成书,或可定在元帝即位的第一年初元元年(或第二年),就是元帝的老师萧望之自杀之前(萧望之卒于初元二年十二月)。那是从书中'师猛虎,石敢当,所不侵,龙未央'这四句去推想得来。史游的原意,除了是说'姓的字'之外,这四句可作隐含深意的解释为:'老师(指萧太傅)像猛虎一般,石(指石显)敢担承抵挡(意为不怕),所以不见侵害,那是因为龙(指元帝)还未央。"(台北:商务印书馆1983年版,第5—6页)
② 〔宋〕晁公武撰,孙猛校证《郡斋读书志》卷四"小学类",上海古籍出版社1990年版,第149页。
③ 上述诸说,简明扼要地说明了《急就篇》的特点,但是说此书无一复字似不确,因为其中复字很多。
④ 高二适著《新定急就章及考证》,上海古籍出版社1982年版。

第一部按部首编排、据字形释义的完整字典，总结了战国以来解释文字的"六书"理论，保存了大部分先秦字体和汉以前的文字训诂材料。这些文字学著作，也就成为了当时的通行课本。《汉书·食货志》记载当时的学习程序曰："八岁入小学，学六甲五方书计之事，始知室家长幼之节。十五入大学，学先圣礼乐，而知朝廷君臣之礼。其有秀异者，移乡学于庠序；庠序之异者，移国学于少学。诸侯岁贡少学之异者于天子，学于大学，命曰造士。"①

司马相如、扬雄等人都是辞赋大家，在创作上追求奇古华赡，"以艰深之词，文浅易之说"（苏轼评扬雄《法言》《太玄》语），体现出学者与辞赋家双重身份的特色。至于为什么会这样，以往的研究似乎推究不多。而在我看来，他们往往通过这种多古字奇字的辞赋创作，实际也起到了文化普及的作用。从类书古注所载《凡将篇》看，多是七言句式，而《急就章》也是有韵之七言，大约都是为了便于记诵的缘故。由此推想，司马相如、扬雄等人在辞赋创作中喜用古字奇字，似乎不仅仅出于个人的嗜好，很可能与文翁当初选取开敏有材者"亲自饬厉，遣诣京师，受业博士"②的苦衷一样，是培养人才的一种方式。故《文心雕龙·练字》称："至孝武之世，则相如撰篇。"当即指此《凡将篇》。明代古文家盛称"文必秦汉"，秦汉文章、特别是应用文章的最大特点就是字字斟酌，句句推敲，倘若脱离这段特殊的历史背景，一切不过皮相之谈。③

---

① 《汉书·食货志》所谓"六甲五方书记之事"，苏林注："五方之异书，如今秘书学外国书也。"臣瓒注："辨五方之名及书艺也。"（中华书局1962年版，第1122页）

② 《汉书·循吏传》，中华书局1962年版，第3625页。

③ 刘师培《论文杂记》："史篇起源，始于仓圣。周官之制，太史之职，掌谕书名。而宣王之世，复有史籀作《史篇》，书虽失传，然以李斯《仓颉篇》、史游《急就篇》例之，大抵韵语偶文，便于记诵，举民生日用（下转97页）

除识字制度外,对于两汉文学影响最大的还有礼乐制度的建立。

《汉书·礼乐志》记载说:"孝惠二年,使乐府令夏侯宽备其箫管,更名曰《安世乐》。"①清代学者沈钦韩认为这是以后来的建制来追述前代事,清代另一位学者何焯则认为这是班固把乐府与太乐搞混了,乐府令应是太乐令之误。其实,这种疑问,早在宋代就已有人提出过,如王应麟作《汉艺文志考证》就曾怀疑乐府并非始建于汉武帝时。《史记·乐书》:"高祖过沛,诗三侯之章,令小儿歌之。高祖崩,令沛得以四时歌舞宗庙。孝惠、孝文、孝景无所增更,于乐府习常肄旧而已。"②此明言惠帝、文帝、景帝时即有乐府。《史记·秦始皇本纪》:三十五年治"宫观二百七十复道甬道相连,帷帐钟鼓美人充之,各案署不移徙"。又三十六年,"始皇不乐,使博士为《仙真人诗》,及行所游天下,传令乐人歌弦之"。③说明秦时宫廷有音乐供奉。1976 年陕西临潼县秦始皇墓附近出土秦代编钟,上面刻有秦篆"乐府"二字④。这就为王应麟的怀疑提供了最直接的实物证据,证明至迟在秦代就已经有了主管音乐的机构。不过,秦代虽然设立乐府官署,但很可能并未建立采集民间歌谣制度,而是多演唱前代流传

(上接 96 页)之字,悉列其中,盖史篇即古代之字典也。又孔子论学诗也,亦曰'多识于鸟兽草木之名',是诗歌亦不啻古代之文典也。盖古代之时,教曰'声教',故讽诵之学大行,而中国词章之体,亦从此而生。"又说司马相如、扬雄创作"所用古文奇字甚多,非明六书假借之用者,不能通其词也"。(人民文学出版社 1959 年版,第 111 页、第 117 页)

① 《汉书·礼乐志》,中华书局 1962 年版,第 1043 页。
② 《史记·乐书》,中华书局 1982 年版,第 1177 页。
③ 《史记·秦始皇本纪》,中华书局 1982 年版,第 257 页、第 259 页。
④ 参见寇效信《秦汉乐府考略》(《陕西师大学报》1978 年第 1 期)和袁仲一《秦代金文、陶文杂考三则》(《考古与文物》1982 年第 4 期)等文。

下来的旧曲。所以,真正意义上的乐府诗歌是从汉代开始的,特别是汉武帝在定郊祀之礼的基础上,又采集民间歌谣,揭开了乐府诗史的新篇章。

《汉书·食货志》曰:"孟春之月,群居者将散,行人振木铎徇于路,以采诗,献之大师,比其音律,以闻于天子。故曰王者不窥牖户而知天下。"①这是记载先秦时期的情形。武帝时,又恢复这种采诗制度,故《汉书·礼乐志》曰:"至武帝定郊祀之礼,祠太一于甘泉,就乾位也;祭后土于汾阴,泽中方丘也。乃立乐府,采诗夜诵,有赵、代、秦、楚之讴。以李延年为协律都尉,多举司马相如等数十人造为诗赋,略论律吕,以合八音之调,作十九章之歌。以正月上辛用事甘泉圜丘,使童男女七十人俱歌,昏祠至明。夜常有神光如流星止集于祠坛,天子自竹宫而望拜,百官侍祠者数百人皆肃然动心焉。"②这个时候的乐工,主要还是童男女,人数也就在七十人左右,常常是采诗夜诵,昏祠至明。

从唐代杜佑《通典》的记载中知道,在秦汉时代,掌管音乐的官职有两个,一是太乐,一是乐府,各有分工,太乐掌管传统的祭祀雅乐,归奉常主管;乐府掌管当世民间俗乐,归少府主管。创立乐府用以取代大乐官。故《汉书·礼乐志》说:"是时,河间献王有雅材,亦以为治道非礼乐不成,因献所集雅乐。天子下大乐官,常存肄之,岁时以备数,然不常御,常御及郊庙皆非雅声。……今汉郊庙诗歌,未有祖宗之事,八音调均,又不协于钟律,而内有掖庭材人,外有上林乐府,皆以郑声施于朝廷。"③据此知乐府设在上林苑中。

---

① 《汉书·食货志》,中华书局1962年版,第1123页。
② 《汉书·礼乐志》,中华书局1962年版,第1045页。
③ 《汉书·礼乐志》,中华书局1962年版,第1070—1071页。

在汉代,乐府诗的最主要特点是入乐。当时从民间采集来的诗歌通常叫做"歌诗",如"吴、楚、汝南歌诗"等,而贵族文人的作品一般只叫"歌",如汉高祖刘邦有《大风歌》,还有汉武帝刘彻有《李夫人歌》等,这些诗歌都曾在乐府机关中合乐,而且又被演唱,所以后来的人们把这些歌辞称为"乐府"。① 后来,乐府人数越来越多,甚至有些乐人名倡还显贵于时,贵戚五侯之家也畜养乐工,甚至与皇室争女乐。《汉书·礼乐志》载,哀帝作定陶王时就已经对此状况非常不满,及即帝位,"是时,郑声尤甚。黄门名倡丙强、景武之属富显于世"。特下诏书曰:"惟世俗奢泰文巧,而郑、卫之声兴。夫奢泰则下不孙而国贫,文巧则趋末背本者众,郑、卫之声兴则淫辟之化流,而欲黎庶敦朴家给,犹浊其源而求其清流,岂不难哉!孔子不云乎?'放郑声,郑声淫。'其罢乐府官。郊祭乐及古兵法武乐,在经非郑、卫之乐者,条奏,别属他官。"② 其实,此前乐府已经一再精简。《汉书·宣帝纪》载,本始四年(前70)春,宣帝就曾下诏曰:"盖闻农者兴德之本也,今岁不登,已遣使者振贷困乏。其令太官损膳省宰,乐府减乐人,使归就农业。丞相以下至都官令、丞上书入谷,输长安

---

① 其实,这已经是一种转变,即由原来的官署之名变为歌辞通称。魏晋以后,"乐府"又由歌辞通称变为一种诗体的专称,如《宋书·自序》载沈林子著述,除诗、赋、赞等文体外,别有"乐府"一类。《文选》《玉台新咏》除诗、赋之外,均设"乐府"一门。刘勰《文心雕龙》于《明诗》《诠赋》外,有《乐府》专篇,明确称"乐府者,声依永,律和声也"。说明魏晋南北朝人仍然从音乐上着眼,用以辨析乐府。就是说,凡是能入乐的,或具有音乐特点的诗篇,均可称之为"乐府"。至唐代,"乐府"概念已渐渐脱离了音乐的特征,而更加注重其内容,有所谓的"新乐府"之称。至于宋元时所说的乐府,则多指词或散曲,如《东坡乐府》等,那离乐府的原来含义相去就更远了。

② 《汉书·礼乐志》,中华书局1962年版,第1072—1073页。

仓,助贷贫民。民以车船载谷入关者,得毋用传。"①黄龙元年(前49)六月,以民疾疫,刚刚即位的汉元帝又一次减少乐府人员。尽管如此,成帝时的乐府依然壮观。当时,桓谭为乐府令,自云"昔余在孝成帝时为乐府令,凡所典领倡优伎乐,盖有千人。"在这样的背景下,绥和二年(前7),汉成帝命丞相孔光、大司空何武奏定精简乐府人员,详细论列了乐府的分工、人数等,这是乐府研究的重要资料。②丞相孔光、大司空何武等秉承皇帝旨意,下决心奏减乐府。故《汉书·哀帝纪》载诏曰:"郑声淫而乱乐,圣王所放,其罢乐府。"③居延汉简有"丞相、大司空奏可省减罢条",④当即此事。

关于汉代乐府诗的创作背景及其艺术成就,本书第三编第十章有专论,可以参看。

---

① 《汉书·宣帝纪》,中华书局1962年版,第245页。
② 参见台静农《两汉乐府考》,收入《静农论文集》,台北:联经出版事业股份有限公司1989年版。又参见施蛰存《汉乐府建置考》,载《中华文史论丛》1986年第4期;芳婷婷《两汉乐府研究》,台北:学海出版社1980年版。
③ 《汉书·哀帝纪》,中华书局1962年版,第335页。
④ 居延汉简73·8(甲252),《居延汉简释文合校》,文物出版社1987年版,第128页。

第二章　西汉文学概说

汉代诗歌,内容比较庞杂。如果从形式方面着眼,可以分楚歌、乐府诗、五言诗、七言诗四种类型。作为一代之文学的代表,汉代辞赋源于先秦,具有"体国经野,义尚光大"的时代特色。而汉代文章则积极关注现实,对后代影响巨大。

第一节　汉代诗歌的四种类型

楚歌,顾名思义,是楚地传唱的歌诗。用宋人黄伯思《东观余论》的话说就是"书楚语,作楚声,纪楚地,名楚物"者①,均可称之为楚歌。而在先秦,楚歌最典型的代表当然就是以屈原为代表的《楚辞》。从这里可以看出楚歌在形式上的特点,即句式比较自由,多有"兮"字。这类作品,除《楚辞》之外,还有《孟子·离娄上》里面记载的《孺子歌》(又叫《沧浪歌》)。此外还有《说苑·善说》记载的《越

---

① 〔宋〕黄伯思撰《宋本东观余论》,中华书局1988年版,第344页。

人歌》等,都是楚歌的典型代表。这种形式到了楚汉之际达到顶峰,刘邦、项羽均为楚人,他们均喜欢楚歌。从他们创作的《大风歌》和《垓下歌》就可以看出,汉初诗坛,是被楚地歌声所笼罩。从刘邦的儿子赵王刘友,到雄才大略的汉武帝,无不演唱楚歌。不仅帝王皇室好作楚歌,就是武将大臣也熟悉楚调。李陵与苏武身陷匈奴,汉朝请求放还,匈奴允许苏武归汉。苏武将行,李陵置酒饯别,因起舞而唱楚歌:"径万里兮度沙漠,为君将兮奋匈奴。路穷绝兮矢刃摧,士众灭兮名已隤。老母已死,虽欲报恩将安归?"随着汉武帝恢复采诗制度,一些民间诗歌被收集到宫廷中来,其中有不少是五言句式,影响日益扩大,而楚歌的影响则越来越小,到后来,五言诗竟取代了楚歌而成为诗坛的主流。但是,这已经是在汉朝建国一百多年以后的事了。

《汉书·艺文志》记载说:"自孝武立乐府而采歌谣,于是有赵、代之讴,秦、楚之风,皆感于哀乐,缘事而发。"①该书记载的西汉一百三十八篇民歌目录是以地域划分的,涉及的范围遍及黄河流域和长江流域。东汉依然有专掌俗乐的机关,依然采集各地民歌。可以想象,当时采集来的民歌一定不在少数。可惜的是,由于年代久远,汉乐府散佚情况非常严重,现存的也就是四五十首。而且就这几十首,古人把它们编辑起来的时候,由于分类的需要,常常把它们分在各处,如果不对其分类有所了解,查找起来就会感到困难。乐府诗的分类,种类很多。可以根据作者来分,因乐府中有民间作者,有贵族文人,也有配乐制辞的音乐家。还可以从体制上来分,有首创者,有摹拟者。又可以从声辞上来分,有因声而作歌者,有因歌而造声者。上述分类,历代学者都有尝试,但总是不很理想。所以人们多所不取,而按乐曲的性质进行分类,基本上为历来学者所接受。唐

---

① 《汉书·艺文志》,中华书局 1962 年版,第 1756 页。

代吴兢《乐府古题要解》说早在汉明帝刘庄时代就"定乐有四品"。《晋书·乐志》分为六类,唐代吴兢《乐府古题要解》分为八类,把民间乐歌区分开,郭茂倩《乐府诗集》分为十二类:(一)郊庙歌辞,(二)燕射歌辞,(三)鼓吹曲辞,(四)横吹曲辞,(五)相和歌辞,(六)清商曲辞,(七)舞曲歌辞,(八)琴曲歌辞,(九)杂曲歌辞,(十)近代曲辞,(十一)杂歌谣辞,(十二)新乐府辞。我们所说的汉代乐府诗歌的精华,大都收录在"相和歌辞""杂曲歌辞""鼓吹曲辞"中,是用丝竹相和,都属汉时的巷陌讴谣,或用短箫铙鼓的军乐。而贵族文人之作主要见于"郊庙歌辞"中。此外,"杂歌谣辞"中也收录了不少汉代民歌,因为未能入乐,很多学者认为这类乐府诗,与民歌有较大的距离。

汉代五言诗是何时出现的,目前还有较大的争论。但是,有一点是可以肯定的,即五言古诗的兴起大约是在两汉。根据现有资料看,两汉以前,五言古诗很少,《诗经》以四言为主,虽然不时也夹杂着五言;《楚辞》句式参差不齐,与五言古诗的关系似乎更少。当然,楚歌中也有一些近于五言,比如《沧浪歌》:"沧浪之水清兮,可以濯我缨;沧浪之水浊兮,可以濯我足。"说明在两汉以前,五言古诗已经在民间有所流传,可能很少,而且不十分成熟,所以现存的史籍记载比较稀见。《汉书·外戚传》载戚夫人《春歌》是三五句式:"子为王,母为虏,终日舂薄暮,常与死为伍。相离三千里,当谁使告汝?"① 只是杂有五言句式,所以不是完整的五言诗。《汉书·外戚传》载,汉武帝时代的李延年也有一首诗近于五言古体:"北方有佳人,绝世而独立。一顾倾人城,再顾倾人国。宁不知倾城与倾国,佳人难再得。"②

西汉前期,主要还是骚体和四言诗的天下,尤以骚体为主。刘

---

① 《汉书·外戚传》,中华书局1962年版,第3937页。
② 《汉书·外戚传》,中华书局1962年版,第3951页。

邦有四言的《鸿鹄歌》和骚体《大风歌》。这两首诗见于《史记》和《汉书》的记载,比较可信。项羽最有名的诗是《垓下歌》,也是骚体。这首诗也见于《史记》和《汉书》,没有人怀疑它的真实性。西汉前期,主要都是骚体诗流行于诗坛。但不管怎么说,在东汉以前,民间已经有了全用五言句组成的歌谣。本书第一编秦代文学部分曾引晋杨泉《物理论》所载秦时民歌便是五言四句。楚汉相争之际,唯有一首题为美人虞姬的《和项王歌》。《史记·项羽本纪》只是记载项羽为歌,"歌数阕,美人和之"。未载其词。《史记正义》引《楚汉春秋》记载了歌词:"汉兵已略地,四方楚歌声。大王意气尽,贱妾何聊生。"作为五言古诗,它可以说相当完整,只是这首诗的真实性还有人怀疑。它首先著录于《楚汉春秋》,是司马迁写作史记的重要参考书,唐代尚存。因此,还不能遽然否定其记载的真实性。武帝(前140—前86年在位)时有五言歌谣"何以孝弟为"一首,共六句。此后成帝(前32—前6年在位)时又有"邪径败良田""安所求子死"和"城中好高髻"等五言歌谣,长者六句,短者四句。从上述情况看,五言歌谣在西汉已经流行。

此外,还有所谓的武帝时代苏武、李陵诗的问题,习称"苏李诗"。《文选》所收旧题苏武诗四首、李陵诗三首。此外《古文苑》又收有李陵诗八首,苏武诗二首。相传是苏武归汉时,李陵与苏武的唱和之作。这些诗,历来评价较高,被作为五言古诗的代表。比如李陵和苏武赠答诗第一首分别如下:

良时不再至,离别在须臾。屏营衢路侧,执手野踟蹰。仰视浮云驰,奄忽互相逾。风波一失所,各在天一隅。长当从此别,且复立斯须。欲因晨风发,送子以贱躯。(李陵诗)

骨肉缘枝叶,结交亦相因。四海皆兄弟,谁为行路人。况我连枝树,与子同一身。昔为鸳与鸯,今为参与辰。昔者常相近,邈若胡与秦。惟念当离别,恩情日以新。鹿鸣思野草,可以喻嘉宾。我有一樽酒,欲以赠远人。愿子留斟酌,叙此平生亲。(苏武诗)①

这两首诗均收入《文选》,因而影响久远。钟嵘《诗品》将李陵诗列为上品,以为其源于《楚辞》,"文多凄怨者之流"。不过,这些诗作的时代还存在一些问题。如前所述,在西汉前期,主要还是骚体诗的天下,五言古诗远未定型,而苏、李诗则相当完整,所以难以取信于后人。刘宋时的颜延之虽然承认其"有足悲者",但同时也不能不对其真伪问题表示怀疑。《太平御览》卷五八六引《庭诰》②、刘勰《文心雕龙·明诗》③、苏轼《答刘沔都曹书》④、洪迈《容斋随笔》⑤以及清

---

① 〔南朝梁〕萧统编《文选》卷二九,中华书局1977年,第412—413页。
② 颜延之《庭诰》:"逮李陵众作,总杂不类,元是假托,非尽陵制。至其善写,有足悲者。"见〔清〕严可均辑《全上古三代秦汉三国六朝文·全宋文》,中华书局1958年版,第2637页。按:严辑本以朝代或时代为序编次,后文标注即仅列各代书名,如《全汉文》《全晋文》。
③ 刘勰《文心雕龙·明诗》:"汉初四言,韦孟首唱,匡谏之义,继轨周人。孝武爱文,《柏梁》列韵,严马之徒,辞无方。至成帝品录,三百余篇,朝章国采,亦云周备。而辞人遗翰,莫见五言,所以李陵、班婕妤见疑于后代也。"〔南朝梁〕刘勰著,周振甫注《文心雕龙注释》,人民文学出版社1981年版,第48—49页。
④ 苏轼《答刘沔都曹书》:"梁萧统集《文选》,世以为工。以轼观之,拙于文而陋于识者,莫统若也。……李陵、苏武赠别长安,而诗有'江汉'之语。及陵与武书,辞句儇浅,正齐梁间小儿所拟作,决非西汉文,而统不悟。"(孔凡礼点校《苏轼文集》,中华书局1986年版,第1249页)
⑤ 洪迈《容斋随笔》卷一四"李陵诗":"《文选》编李陵、苏武诗,凡七篇。人多疑'俯观江汉流'之语,以为苏武在长安所作,何乃及江、汉?东坡云:'皆后人所拟也。'予观李诗云:'独有盈觞酒,与子结绸缪。'盈字正惠帝讳,汉法触讳者有罪,不应陵敢用之。益知东坡之言可信也。"(上海古籍出版社1996年版,第185页)

代顾炎武《日知录》、钱大昕《十驾斋养新录》、梁章钜《文选旁证》等都认为这组诗为后人伪托。随之而来的问题是,这组诗出现在什么年代呢?逯钦立《汉诗别录》中列举了四个方面的例证,说明苏、李诗系东汉灵帝、献帝时的作品:其一,诗中有"山海隔中州,相去悠且长"。其中,"中州"一语,西汉文章中极罕言之,到东汉后期渐渐习用,指中原地区。其二,"清言振东宁,良时著西厢"二句已经涉及清言,实始于汉末。其三,诗中所述习俗,多与汉末相合。其四,东汉末期,人伦臧否风气盛行,矫情戾志,互相标榜,品目杂沓,诗中所写多近此风。

梁启超以为成于曹魏时代。他认为,李陵诗可能在东汉以前即已流行,而苏武诗当出现在魏晋时代。《诗品》叙述中有"子卿双凫"一语,似指苏武之"双凫俱北飞"一首,但钟嵘此文历举曹植至谢惠连十二家,都以年代为先后,"子卿双凫"句在阮籍《咏怀诗》句之下、嵇康《双鸾》句之上,则子卿当为魏人,非汉代苏武。梁启超怀疑魏代别有一字子卿者,今所传苏武六首皆其所作。后人以诸诗全归苏武,连其人的姓名亦不传。① 马雍《苏李诗制作时代考》将苏李诗与自汉迄晋诸作相比,寻求"通用之字,常遣之词,皆作之句,同有之境",又具体考订了诗中称呼的变化证明此说。建安诗中间有称"子",但多数称"君"。汉乐府及称为古诗的五言亦如此。今存苏李诗除了"愿君崇令德"外,其余之称,皆作"子"。今考建安时代称"子"者凡四见,及太和、正始年间,称"子"渐多,已取代"君"字。阮德如《答嵇康》诗中凡八处称"子",苏、李诗当晚不过此。阮氏生卒年无考,但必与嵇康同时,推想此诗之作当在正始(240—249)初年。

---

① 马燕鑫《"苏李诗"的用韵特征与〈李陵集〉成书考论》推断为三国时期东吴的李陵,见《文学评论》2019 年第 6 期。

由此而推,苏、李诗当成于公元240年左右,为曹魏后期作品。①

甚至,还有认为这组诗是西晋末到东晋初年的淹留北方的士人所作,借他人之酒杯浇自己块磊。② 还有的说是东晋以后江南士人所作。不过这种意见古直早就有所辨驳:"使果出于东晋以后,则至早亦延之同时之作耳。延之博学工文,冠绝江左,何以同时之作,不能分别,而归其名于李陵邪?"古直又说:"东晋以后,声律暂启,群趋新丽,俪采百字之偶,争价一句之奇,其时工于拟古者,无过谢灵运、鲍照、刘铄,今持其诗与《文选》李诗相较,则去之不啻天渊矣。使苏、李出于东晋以后,试问谁能操此笔也?"③但是此说仍不能服人,百字之偶云云,是指其人本色之作,而并非指拟古诗。陆机、谢灵运、江淹的拟古诗,逼肖原作,难说有天渊之别。

在汉魏六朝诗歌发展史,这组所谓"苏、李诗"曾产生过很大的影响,但是其真伪问题也困惑了无数博学之士,时至今日,也没有讨论出个所以然来。章培恒、刘骏《关于李陵〈与苏武诗〉及〈答苏武书〉的真伪问题》一反历代成说,认为不仅诗是李陵所作,就连答苏武书也是李陵的作品。④ 而这个问题,凡是研究汉魏六朝诗歌又无法绕过,所以也只能一遍又一遍地旧话重提,激发人们探索的兴趣。关于这些讨论,本书第三编第十一章亦有论列,可以参看。

至于七言诗,西汉文人亦时有染指。其中最有争议的创作是汉武帝元封三年(前108)联句创作的《柏梁台诗》。《世说新语·排调

---

① 马雍《苏李诗制作时代考》,上海:商务印书馆1941年版。
② 郑文《论李陵与苏武三首诗的假托》,《汉诗研究》,甘肃民族出版社1994年版。
③ 古直著《汉诗辨正》,中华书局1930年版。
④ 章培恒、刘骏《关于李陵〈与苏武诗〉及〈答苏武书〉的真伪问题》,《复旦学报》1998年第2期。

篇》刘孝标注引《东方朔别传》:"汉武帝在柏梁台上,使群臣作七言诗。"但未引诗。《艺文类聚·杂文部》引曰:"汉孝武皇帝元封三年作柏梁台,诏群臣二千石有能为七言者,乃得上坐。"①皇帝与群臣联句赋诗曰:

  日月星辰和四时。(武帝)
  骖驾驷马从梁来。(梁王)
  郡国士马羽林才。(大司马)
  总领天下诚难治。(丞相)
  和抚四夷不易哉。(大将军)
  刀笔之吏臣执之。(御史大夫)
  撞钟伐鼓声中诗。(太常)
  宗室广大日益滋。(宗正)
  周卫交戟禁不时。(卫尉)
  总领从官柏梁台。(光禄勋)
  平理请谳决嫌疑。(廷尉)
  循饰舆马待驾来。(太仆)
  郡国吏功差次之。(大鸿胪)
  乘舆御物主治之。(少府)
  陈粟万硕扬以箕。(大司农)
  徼道宫下随讨治。(执金吾)
  三辅盗贼天下尤。(左冯翊)
  盗阻南山为民灾。(扶风)

---

① 〔唐〕欧阳询编,汪绍楹校《艺文类聚》卷五六"杂文部",上海古籍出版社1982年版,第1003页。

　　　　外家公主不可治。(京兆尹)
　　　　椒房率更领其财。(詹事)
　　　　蛮夷朝贺常会期。(典属国)
　　　　柱枅欂栌相枝持。(大匠)
　　　　枇杷橘栗桃李梅。(太官令)
　　　　走狗逐兔张罘罝。(上林令)
　　　　啮妃女唇甘如饴。(郭舍人)
　　　　迫窘诘屈几穷哉。(东方朔)

全诗二十六句,八十二字(官名不计),遣辞用韵,古朴重拙,似非后人依托之作。如果《柏梁联句》确为武帝等人于元封三年所作的话,那么,就可以证明七言诗早在西汉前期就已经出现。而且,作为一种诗体,"联句究当以汉武《柏梁》为始"。① 当然,专门记载汉代历史的《汉书》里并没有记载此事,所以历史上也不断地有学者对于此诗的年代问题提出种种疑问。特别是清代以来,学者们对此诗越发怀疑,而且辩驳颇为有力。譬如乾嘉学人最为推崇的著名学者顾炎武在《日知录》中就提出了五条强有力的证据,认为世传柏梁台诗不可信。但是也有学者提出了与此截然相反的看法。逯钦立在《汉诗别录》中仔细辨析了《东方朔别传》的内容,认为此书实成于西汉。《柏梁台诗》既出于此书,可以证明此诗确系西汉作品。加之此诗辞句古朴,亦不似后人拟作。再就史实而言,元封年间建立柏梁台也确有其事。因此,柏梁台诗确实是汉代的作品。

　　秦汉以后,七言句式确实已在世间流行。余嘉锡撰《古书通例》"明体例第二"云:"《东方朔书》内有诗。《朔本传》言'《朔书》有七

---

① 〔清〕赵翼《陔余丛考》卷二三"联句",中华书局1963年版,第464页。

言、八言上下',《注》晋灼曰:'八言、七言诗,各有上下篇。'"①可见东方朔七言诗并非偶然为之。不过据李善所引东方朔七言"折羽翼兮摹苍天"来看,东方朔的所谓七言,与骚体颇有关系。《董仲舒集》也有七言,刘向、刘歆父子七言句式尤多。刘向七言:"博学多识与凡殊""竭来归耕永自疏""山鸟群鸣我心怀"等。刘歆七言:"结构野草起室庐"等。东汉七言也多有记载,如崔骃七言:"皦皦练丝退渴污。"李尤《九曲歌》似通篇为七言,如"年岁晚暮时已斜,安得壮士翻日车""肥骨消灭随尘去"等,所有这些并见李善注《文选》所引。《道藏》中的经典《太平经》收录了许多韵语,以七言为主的句式尤其多见。如:"元气乐即生大昌,自然乐则物强,天乐即三光明,地乐则成有常,五行乐则不相伤,四时乐则所生王,王者乐则天下无病,蚑行乐则不相害伤,万物乐则守其常,人乐则不愁易心肠,鬼神乐即利帝王。"②《柏梁台诗》在武帝时出现不足为奇。《文心雕龙·明诗》、旧题任昉《文章缘起》等都已言及此诗。《初学记·职官部》"御史大夫"条引《汉武帝集》曰:"武帝作柏梁台,诏群臣二千石有能为七言者乃得上座。御史大夫曰:'刀笔之吏臣执之。'"宋代发现的《古文苑》卷八亦收录此诗,每句下称官位,与《艺文类聚》同。又吴兢《乐府古题要解》称连句"起汉武帝柏梁宴作,人为一句,连以成文,本七言诗。诗有七言始于此也"。③ 上述材料都是唐代或是唐代以前的文献记载。宋代严羽《沧浪诗话·诗体》因此断定说"七言起于汉武《柏梁》",并注"柏梁体"说:"汉武帝与群臣共赋七言,每句用

---

① 余嘉锡撰《古书通例》,《余嘉锡说文献学》,上海古籍出版社2001年版,第208页。
② 王明编《太平经合校》,中华书局1960年版,第13页。
③ 〔唐〕吴兢撰《乐府古题要解》,《历代诗话续编》本,中华书局1983年版,第61页。

韵,后人谓此体为柏梁体。"①尽管目前关于此诗的年代尚有争议,但是从目前所能掌握的材料看,完全否定也比较困难。②

第二节 "体国经野,义尚光大"的辞赋

汉代文学的正宗是大赋。王国维在《宋元戏曲考·序》中说道:"凡一代有一代之文学:楚之骚,汉之赋,六代之骈语,唐之诗,宋之词,元之曲,皆所谓一代之文学,而后世莫能继焉者也。"③他的看法代表了传统的认识。

赋,其本义是敛。何时冠以文体之名,其确切涵意又是什么,历来歧说不一。概括起来主要有四说:

其一,《汉书·艺文志》:"传曰:'不歌而诵谓之赋,登高能赋,可以为大夫。'言感物造端,材知深美,可与图事,故可以列大夫也。古者诸侯卿大夫交接邻国,以微言相感,当揖让之时,必称《诗》以谕其志,盖以别贤不肖而观盛衰焉。故孔子曰'不学诗,无以言'也。春秋之后,周道浸坏,聘问歌咏不行于列国,学《诗》之士,逸在布衣,而贤人失志之赋作矣。大儒孙卿及楚臣屈原离谗忧国,皆作赋以风,咸有恻隐古诗之义。其后宋玉、唐勒,汉兴枚乘、司马相如,下及扬子云,竞为侈丽闳衍之词,没其风谕之义,是以扬子悔之,曰:'诗人之赋丽以则,辞人之赋丽以淫。如孔氏之门人用赋也,则贾谊登

---

① 〔宋〕严羽著,郭绍虞校释《沧浪诗话校释》,人民文学出版社1983年版,第48页、第69页。
② 参见曹道衡、刘跃进著《先秦两汉文学史料学》,中华书局2005年版。
③ 王国维《宋元戏曲考·序》,《王国维戏曲论文集》,中国戏剧出版社1957年版,第3页。

堂,相如入室矣,如其不用何!'自孝武立乐府而采歌谣,于是有代赵之讴,秦楚之风,皆感于哀乐,缘事而发,亦可以观风俗,知薄厚云。"①由此看出,赋之产生在《诗》淡出之后,是"贤人失志之赋",是诗学范畴之外的一种文体。赋有两类,一是诗人之赋,二是辞人之赋。而《汉书·艺文志》分赋为四类:一是以屈原赋为首,二是以陆贾赋为首,三是以孙卿赋为首,四是《客主赋》为首,作者定义为杂赋。因为《汉书·艺文志》大都承袭刘向《别录》和刘歆《七略》而来,所以,有人认为此语出于刘向。刘向生活在西汉后期,就是说,他就生活在大赋兴盛的当时,因此,这恐怕就是当时人给大赋下的定义。

其二,左思《三都赋序》:"盖《诗》有六义焉,其二曰赋。……先王采焉,以观土风。"刘勰《文心雕龙·诠赋》:"《诗》有六义,其二曰赋。赋者,铺也,铺采摛文,体物写志也。"②就是说,赋出于《诗》的"六义"之一,属于诗学的范畴。其含义是铺陈,即《文心雕龙》所说的"铺采摛文"。对此,班固在《两都赋序》也说过类似的话,"或曰:赋者,古诗之流也"。

其三,章学诚《校雠通义·汉志诗赋第十五》:"古之赋家者流,原本《诗》《骚》,出入战国诸子。假设问对,《庄》《列》寓言之遗也;恢廓声势,苏、张纵横之体也;排比谐隐,韩非《储说》之属也;征材聚事,《吕览》类辑之义也。"③即原本于《诗》《骚》,出入战国诸子,从文体特性上看,具有战国纵横家文的色彩。

---

① 《汉书·艺文志》,中华书局1962年版,第1755—1756页。
② 〔南朝梁〕刘勰著,周振甫注《文心雕龙注释》,人民文学出版社1981年版,第80页。
③ 〔清〕章学诚著,王重民通解《校雠通义通解》,上海古籍出版社1987年版,第117页。

其四,姚鼐《古文辞类纂》、刘师培《论文杂记》并主此说。刘氏说:"诗赋之学,亦出于行人之官。……行人之术,流为纵横家。故《汉志》叙纵横家,引'诵《诗》三百,不能专对'之文,以为大戒。诚以出使四方,必当有得于诗教。"①

关于杂赋。刘师培《汉书艺文志书后》认为最后一类是荟萃众家之作的总集,而前三类则是个人的创作,屈原赋为缘情托兴之作,陆贾赋为骋词之作,荀卿赋为指物类情之作。②

《汉书·艺文志》"诗赋略"记载,屈原赋类:20家,361篇。这是西汉辞赋的主流。在汉代,尤其是西汉,《楚辞》的影响随处可见。黄伯思《校定楚辞序》认为:"屈宋诸骚,皆书楚语,作楚声,纪楚地,名楚物,故可谓之楚词。……自汉以还,去古未远,犹有先贤风概。"③譬如西汉文景时代,楚、吴、梁、淮南、河间诸藩国,文士济济,如枚乘、邹阳、庄忌、淮南小山等均以擅长楚辞而闻名于世。我们今天还能看到这类作品,如贾谊《吊屈原赋》《惜逝》,严忌《哀时命》,淮南小山《招隐士》等,可以说都受到了《楚辞》的沾溉。在整个西汉前期,具体说,主要是汉武帝登基以前,赋体创作,主要是受到了《楚辞》的巨大影响。就是在汉武帝之后,直至终东汉一朝,《楚辞》的影

---

① 刘师培著《中国中古文学史·论文杂记》,人民文学出版社1959年版,第126页。
② 刘师培《汉书艺文志书后》:"今观主客赋十二家,皆为总集,萃众作为一编,故姓氏未标,余均别集。其区为三类者,盖屈平以下二十家,均缘情托兴之作也。体兼比兴,情为里而物为表。陆贾以下二十一家,均骋词之作也。聚事征材,旨诡而词肆。荀卿以下二十五家,均指物类情之作也。侔色揣称,品物毕图,舍文而从质,此古赋区类之大略也。班志所析,盖本二刘。自《昭明文选》析赋、骚为二体,所选之赋缘题标类,迥非孟坚之旨也。"(刘师培《左盦集》卷八,1934年宁武南氏校印本)
③ 〔宋〕黄伯思撰《宋本东观余论》,中华书局1988年版,第344—345页。

响依然存在,比如董仲舒《士不遇赋》,司马迁《悲士不遇赋》,东方朔《七谏》,刘向《九叹》,扬雄《反骚》《广骚》《畔牢愁》,刘歆《遂初赋》,班婕妤《自悼赋》,班彪《北征赋》,蔡邕《述行赋》等,依然可以看到《楚辞》的影子,只是没有以前那样率真纵横罢了。所以《文心雕龙·时序》说:"爰自汉室,迄至成哀,虽世渐百龄,辞人九变,而大抵所归,祖述楚辞,灵均余影,于是乎在。"①除了大赋、骚赋以外,在两汉还有为数不多的抒情小赋,比如司马相如的《哀秦二世赋》,张衡《归田赋》,赵壹《刺世疾邪赋》《穷鸟赋》,祢衡《鹦鹉赋》等,不用设问,篇幅短小,通篇押韵,或三言,或四言乃至六、七言,咏物抒情,灵活多变,也可以看出屈原的影响,直接开启了魏晋南北朝辞赋的先河。

  陆贾赋类,21家,274篇,以扬雄赋为代表。汉景帝时发生了著名的"七国之乱",这是诸侯王国和中央集权间的一次大的较量。这次战争的结果以吴、楚等国的彻底失败告终。这就大大地削弱了诸侯王的权力,使中央集权制大为加强。这种政治形势的变化,也对汉赋的发展产生了影响。原来的辞赋家多半在诸侯王国进行创作,此后,则大部分都转到了朝廷中来。例如司马相如等人本来都在诸侯王国,后来大多来到长安。这是因为诸侯王国已被严重削弱,而景帝死后,即位的汉武帝又非常喜欢辞赋,他久闻枚乘之名,即位后就用"安车蒲轮"去迎其进京。可惜枚乘年老,在半途中死去。在汉武帝周围,还集中了一批辞赋家,如枚皋、严助、朱买臣、主父偃等。进入京城后,这些辞赋家的创作也相应地发生了变化,原来他们的创作多少都还保留了个人的独立性。到了这时,多已成为了文学侍从。其创作的目的主要是供皇帝阅读,多是歌功颂德之作。在体制

---

① 〔南朝梁〕刘勰著,周振甫注《文心雕龙注释》,人民文学出版社1981年版,第477页。

上,铺陈排比,驰骋才学。其中,司马相如、扬雄是最典型的代表。可以说,到了他们二人手中,汉赋的体制基本上已经定型。

孙卿赋类,25家,136篇。孙卿赋十篇。今存:《成相篇》《赋篇》五篇,《佹诗》一篇,凡七篇。若《成相》作五篇,则十一篇也。其中赋篇分别写礼、知、云、蚕、箴五种事物,以四言为主,半韵半散,问答相间。其表现手法是"遁辞以隐意,谲譬以指事"(《文心雕龙·谐隐》),近于隐语。

此外就是杂赋,12家,233篇。杂赋中有大量的杂咏草木器物之赋,说明咏物赋之起源甚早。

上述所列主要都是汉代的作品,多数已经失传,很难考察班固这种四分法的依据。而《文选》则根据标题与题材,将赋分为京都、郊祀、耕藉、畋猎、纪行、游览、宫殿、江海、物色、鸟兽、志、哀伤、论文、音乐、情15门类,共56篇作品。刘勰《文心雕龙·诠赋》对赋体进行"原本以表末"的梳理时,将赋分为两大类,一是"体国经野,义尚光大"的大赋,一是"草区禽族,庶品杂类"的小赋。大赋的主题,具有"体国经野,义尚光大"的特征,"体"与"经"为动词,而"国"与"野"相对照。也就是说,大赋的基本功能即全面描述整个社会的风貌,关涉一国体制与政治思想文化等方面的内容,因而表现出劝百讽一、光明正大的文化特点。刘勰用这八个字是很能概括出大赋的政治文化指向的。

第三节 积极关注现实的秦汉文章

在古代,所谓"散文"并没有一个确定的涵义,始终处在一种变化的状态。其本意原是指文采焕发,与今天所说的"散文"原本无涉。作为一种独立的文体名称,根据现代学者的考证,实际上在南宋才开始广为流传。① 为了区别于韵文、骈文,人们通常把不押韵、不重排偶的散体文章,概称散文。随着文学概念的演变和文学体裁的发展,在某些历史时期,又将小说与其他抒情、记事的文学作品统称为散文,以区别于讲求韵律的诗歌。至于近世,则与诗歌、戏剧、小说相对,凡是前三者所不收者,都可以归之于"散文"类。因此,"散文"的涵意最为丰富。换言之,除了诗歌、戏剧、小说之外,所有的文学作品都可以称之为散文,清人严可均编《全上古三代秦汉三国六朝文》中的"文"包括了诗词曲以外的全部文体,即赋、骈文及一切实用文体均在其中。比如,宋玉的《风赋》《大言赋》《小言赋》等就在其中,但是,没有收录屈原的《离骚》等作品,大概以为屈原《离骚》诸作是诗。但是,《汉书·艺文志》将赋分为四家,其一就是屈原赋之属,则汉人认为屈原的作品是赋。刘勰《文心雕龙·诠赋》称:"及灵均唱《骚》,始广声貌,然则赋也者,受命于诗人,而拓宇于《楚辞》也。"②说明刘勰也将屈原的作品视之为赋。张惠言《七十家赋钞》,以屈原《离骚》《九歌》《天问》《九章》《远游》《卜居》《渔父》为赋。而姚鼐《古文辞类纂》有辞赋类,选屈原《离骚》《九章》《远游》《卜居》《渔父》,而不选《九歌》,大约以为《九歌》名之曰歌,归入诗类。这样,自秦汉以下,辞赋均可称之曰广义的"文"。这就是中国古代的"文"或曰"文章"或"散文"的概念,与现代的散文概念有所区别。

众所周知,古代散文起源于上古史官的记事、记言,具有鲜明的实用特点。现代意义上的散文写作,推终原始,恐怕已经是唐宋以

---

① 参见谭家健《"散文"小考》,《北京师范大学学报》1985年第4期。
② 〔南朝梁〕刘勰著,周振甫注《文心雕龙注释》,人民文学出版社1981年版,第80页。

后的事了。我们研究中国古代散文，不能仅仅根据现代文学理论观念，画地为牢，把自己局限在一个狭窄的范围里，而是应当站在历史的高度，将中国散文的源与流联系起来一起考察，将应用文体与纯文学性的文体联系起来一起考察，将古人心目中的名篇佳作与现代学者判定的散文作品联系起来一起考察，这样，才能清晰地把握中国散文发展的历史线索。

依据这样的认识，本书第一编将秦代李斯的石刻文、《谏逐客书》等列入研究对象。如前所述，《谏逐客书》善于运用比喻、排比的句式，使语言富有形象性，音节铿锵有力，明显带有战国文章的遗风。另一篇奏议《论督责书》，近似于战国一些法家文风，峻峭刻板，长于说理而缺乏文采。

汉初的文学家继承战国诸子的传统，积极入世，关心国家大事，写下许多带有政论色彩的文章。论其时代，推陆贾为第一人。从戎马征战中夺得天下的刘邦，登上皇帝宝座后，并不清楚该怎样治理天下，以为靠自己指挥打仗那套本领，就能对付得了。所以，当陆贾经常向他宣传文化知识，介绍历史经验时，他竟颇不耐烦地说："乃公居马上而得之，安事《诗》《书》！"陆贾也不客气地回敬道："居马上得之，宁可以马上治乎？且汤武逆取而顺守之，文武并用，长久之术也。昔者吴王夫差、智伯极武而亡；秦任刑法不变，卒灭赵氏（赵氏，即秦姓）。乡使秦已并天下，行仁义，法先圣，陛下安得而有之？"[①]这就是说，夺取天下与保卫天下，所处的形势是不同的，使用的办法也应不同。历史上商汤王、周武王文武并用，所以能够长久；吴王夫差、智伯、秦始皇，一味极武任刑，很快就遭致灭亡。如果秦在取得天下以后，能变刑法，行仁义，借鉴历史经验，你又怎么会得

[①]《汉书·郦陆朱刘叔孙传》，中华书局1962年版，第2113页。

到他的天下呢？刘邦听了这既尖刻又中肯的意见，心中虽然不高兴，脸上却有惭色。于是叫陆贾把这些想法都写下来："试为我著秦所以失天下，吾所以得之者何，及古成败之国。"表现出要了解历史、借鉴统治经验的愿望。于是，陆贾写出了论文十二篇，进一步阐释历史兴亡的道理。据说每奏一篇，高祖无不称赞，命名曰《新书》。这部书至今还在流传。

从那以后，以总结历史经验，批判现实弊端为主要意图的政论文纷纷问世，形成汉初文坛一大潮流。其中最有影响的要推贾谊了。贾谊的代表作是《过秦论》和《陈政事疏》（又名《治安策》）。《过秦论》，顾名思义，是总结批判秦国的过失、说明秦为什么灭亡的论文。

西汉前期的政论文，除了规劝皇帝之外，还有的作者由于生活在藩国，纷纷上书诸侯王，希望他们励精图志，有所作为。在这些文人中间，以枚乘、邹阳规劝吴王不要起兵的政论文最为有名。枚乘《上书谏吴王》、邹阳《谏吴王书》，分析天下大势，纵横开阖，既富有文采，同时又具有相当的逻辑力量。汉初这些写政论文的作家与汉武帝以后那些醉心于歌功颂德的辞赋家形成鲜明对照。

西汉中期，散文名家辈出。《文选》中收录的东方朔《答客难》，以主客答问方式联结成篇，抒发其生不逢时、怀才不遇的苦闷。这篇作品介于辞赋与文章之间，后来文人迭相效仿，如扬雄的《解嘲》、班固的《答宾戏》、张衡的《应间》、蔡邕的《释诲》、郭璞的《客傲》，以至韩愈的《进学解》等，都可以说是《答客难》的拟作，可见这篇作品影响之大。《淮南子》虽然出自刘安门客手笔，但是其中确有相当部分与刘安有关。《文心雕龙·诸子》称其"泛采而文丽"，富有浪漫色彩和汪洋的气势。司马迁的《史记》虽然是一部伟大的历史著作，然而其文笔之富丽，气势之滂渤，可谓前无古人。

西汉后期散文,王褒《四子讲德论》《圣主得贤臣颂》《僮约》,刘向《谏营昌陵疏》,扬雄《解嘲》等,都是传诵一时的著名作品。特别是扬雄的《解嘲》,在思想内容和写法上都深受东方朔《答客难》的影响,他也成为西汉后期最重要的文章大家。

第三章 西汉前期文学

西汉前期,主要是指汉高祖刘邦至汉景帝时期,约六十年,诗文创作是当时的主流。辞赋方面,如上章所示,陆贾有创作,惜已失传。汉赋的开山之作,学术界认为始于枚乘的《七发》。代表作家主要有陆贾、贾谊、邹阳、枚乘、贾山、晁错、刘德、孔安国等。贾谊、邹阳、枚乘有专门章节论述。

第一节 西汉前期的诗歌创作

诗歌方面,西汉前期,主要是楚风盛行。战国中期,楚为强国,却由于一系列错误的政策,导致灭亡,致使楚怀王也客死秦地。楚人范增说:"秦灭六国,楚最无罪。自怀王入秦不反,楚人怜之至今,故楚南公曰:'楚虽三户,亡秦必楚'也。"[1]可见楚人对秦衔恨之深。

---

[1] 《史记·项羽本纪》,中华书局1982年版,第300页。三户,通常认为指三户人家,如《史记集解》引臣瓒曰:"楚人怨秦,虽三户犹足以亡秦也。"韦昭确指三户为"楚三大姓昭、屈、景也",而《史记索隐》则认为是地名。

秦楚联姻,楚对秦一直奉行友好政策,结果却屡次挨打受气,直至亡国,楚人实在不服。楚亡之后的十四年(前209),即秦二世元年,以楚人陈胜、吴广为首的农民起义,即以"张楚"为国号,清楚地表明了扩张楚国声威的决心和意志。此后,沛国刘邦、下相项梁与侄项羽等纷纷响应,高唱着楚歌,汇成以楚人为主体的灭秦浪潮。

公元前202年,在秦末混战中崛起的乱世群雄,在(今)江淮地区展开了最后的较量。项羽被刘邦率领的汉兵重重包围在垓下,夜晚听见四面都是楚歌,以为汉人已占领了楚地,惊诧万分。其时,有美人名虞,骏马名骓,项羽与之朝夕相处,眼见得它们将随自己走向末路,悲凉之感涌上心头,不由悲歌一曲。其慷慨悲凉之调,千古以下,仍令人扼腕悲叹。《史记·项羽本纪》载歌曰:

力拔山兮气盖世,时不利兮骓不逝。
骓不逝兮可奈何,虞兮虞兮奈若何。

史书载:"歌数阕,美人和之。"张守节《史记正义》引虞姬和曰:"汉兵已略地,四方楚歌声。大王意气尽,贱妾何聊生。"闻者莫不悲泣。这就是有名的《垓下歌》。项羽的结局是众所周知的,逃到乌江边,乌江亭长让他乘小船东渡乌江,作江东霸王。在最后时刻,项羽显得异常冷静。他说:"天之亡我,我何渡为?且籍与江东子弟八千人渡江而西,今无一人还,纵江东父兄怜而王我,我何面目见之?"最后短刃厮杀,自刎身亡。

八年以后,公元前195年,汉高祖刘邦,平定黥布后,返回长安,路过沛地。《史记·高祖本纪》记载刘邦衣锦还乡,他得意洋洋,招集家乡父老,饮酒作乐,酒酣耳热之际,击筑自歌:

> 大风起兮云飞扬,威加海内兮归故乡。安得猛士兮守四方?

当时有一百二十人组成大合唱,反复再三,人称《三侯之章》。全诗虽 23 字,但志气慷慨,规模宏远,凛然已有奠定四百年基业的霸气。《汉书·张良传》记载刘邦还有一首《鸿鹄歌》,是当着戚夫人面唱的。戚夫人知道自己的儿子不能立为太子,便在刘邦前哭泣。刘邦说:"为我楚舞,吾为若楚歌。"所谓楚歌,通行本为四言诗,题作《鸿鹄歌》:"鸿鹄高飞,一举千里。羽翮已就,横绝四海。"而此诗在《古乐府》中依据史传题作《楚歌》,吟唱时是有"兮"字的,是典型的楚歌。《文心雕龙·时序》称:"《大风》《鸿鹄》之歌,亦天纵之英作也。"①

刘邦身后,楚歌仍然为上层人士所欣赏、所演唱。汉惠帝时,吕后以家族之女嫁给刘邦的儿子赵王刘友,刘友不爱她。这位吕氏女就向吕后进谗言,吕后大怒,把刘友软禁起来。《汉书·高五王传》记载刘友在饥饿中作了这样一首歌:

> 诸吕用事兮刘氏微,迫胁王侯兮强授我妃。
> 我妃既妒兮诬我以恶,谗女乱国兮上曾不寤。
> 我无忠臣兮何故弃国?自快中野兮苍天与直。
> 于嗟不可悔兮宁早自贼,为王饿死兮谁者怜之?
> 吕氏绝理兮托天报仇!

---

① 〔南朝梁〕刘勰著,周振甫注《文心雕龙注释》,人民文学出版社 1981 年版,第 80 页。

其下场也就可想而知,赵王最后被幽闭而死,谓之赵幽王。因此,这首楚歌,实际上也是一首悲愤的绝唱。《汉书·武五子传》载,昭帝时,燕王刘旦,封国在今北京地区,以叛乱罪被霍光追捕,临终时也低吟楚歌:"归空城兮,狗不吠,鸡不鸣,横术何广广兮,固知国中之无人!"华容夫人也起舞而歌:"发纷纷兮寘渠,骨籍籍兮亡居。母求死子兮,妻求死夫。裴回两渠间兮,君子独安居?"由此可见"楚歌"已经传唱大江南北。

《汉书·礼乐志》记载:"汉兴,乐家有制氏,以雅乐声律世世在大乐官,但能纪其铿锵鼓舞,而不能言其义。高祖时,叔孙通因秦乐人制宗庙乐。大祝迎神于庙门,奏《嘉至》,犹古降神之乐也。皇帝入庙门,奏《永至》,以为行步之节,犹古《采荠》《肆夏》也。干豆上,奏《登歌》,独上歌,不以管弦乱人声,欲在位者遍闻之,犹古《清庙》之歌也。《登歌》再终,下奏《休成》之乐,美神明既飨也。皇帝就酒东厢,坐定,奏《永安》之乐,美礼已成也。又有《房中祠乐》,高祖唐山夫人所作也。周有《房中乐》,至秦名曰《寿人》。凡乐,乐其所生,礼不忘本。高祖乐楚声,故《房中乐》楚声也。孝惠二年,使乐府令夏侯宽备其箫管,更名曰《安世乐》。"①所谓《房中乐》,又叫《安世房中歌》,大约作于高祖刘邦初年,出自《楚辞》,是典型的楚调。只是我们今天看到的多已删去"兮"字,形式上便与四言诗相似。②

汉代初年,四言依然是一种重要的诗歌体裁,代表作家是韦孟。

韦孟的创作,见于《汉书·韦贤传》记载的有两篇,一是《文选序》中提到的《在邹诗》,二是卷十九"劝励"类收录的《讽谏诗》。韦孟,家本彭城(今江苏徐州),先为楚元王刘交幕僚,主要负责楚王子

---

① 《汉书·礼乐志》,中华书局1962年版,第1043页。
② 郑文著《汉诗研究》,甘肃民族出版社1994年版,第28页。

弟的教育任务。刘交之孙刘戊,荒淫无道,韦孟作《讽谏诗》,先自高身世,从自己的家世说起,说在商周时代,韦氏家族就"彤弓斯征,抚宁遐荒。总齐群邦,以翼大商。迭彼大彭,勋绩惟光。至于有周,历世会同"。秦汉以下,其家族不绝如缕,余脉悠长。他自感辅佐之责,不容小视。然而刘戊却不思守保,沉溺于犬马之乐,听信小人之言:"如何我王,不思守保。不惟履冰,以继祖考。邦事是废,逸游是娱。犬马悠悠,是放是驱。务此鸟兽,忽此稼苗。……所弘匪德,所亲匪俊。惟囿是恢,惟谀是信。"刘戊为楚元王在景帝前元四年。史载:"王戊稍淫暴,二十年,为薄太后服,私奸,削东海、薛郡,乃与吴通谋。二人谏,不听,胥靡之"云云。此云"二人"是指申公和白生。其明年,即"二十一年春,景帝之三年也,削书到,遂应吴王反"。如果此诗确为韦孟作,则必作于汉景帝刘启前元二年(前155)。《文心雕龙·明诗》说:"汉初四言,韦孟首唱,匡谏之义,继轨周人。"主要从政治意义上肯定了韦孟的诗歌成就。后来,他辞别楚元王,移家邹城,又作《在邹诗》,仍不忘匡谏之义。正是因为执着地信奉着这种儒学理念,韦氏家族很快就获得时誉,并发迹于西汉中后期。韦孟后人如韦贤、韦玄成等以明经历位至丞相,故邹鲁谚曰:"遗子黄金满籯,不如一经。"《汉书·儒林传》记载,《诗经》的传授,鲁国有申培公,师事浮丘伯,为训故以教。弟子瑕丘江公尽能传之。韦贤治《诗经》,师事博士大江公(即瑕丘江公),又传授给儿子韦玄成,玄成及兄子赏以《诗》教授汉哀帝,从此,鲁诗又分出韦氏学。东汉《武荣碑》载:"君讳荣,字含和。治《鲁诗经韦君章句》。"该碑文还记载了汉桓帝之死,则武荣之卒当在灵帝初年。据此而知,韦氏章句在东汉末叶依然流行。由此不难推断,韦氏家学,渊源有自。

这些汉诗创作,清人李因笃《汉诗音注·汉诗评》十卷,费锡璜、沈用济合著《汉诗说》十卷,陈本礼《汉诗统笺》三卷、朱乾《乐府正义》十五卷等,均有或详或略的笺注。此外,曲滢生《汉代乐府笺注》首列《郊祀歌》《房中歌》,以为"中国文学恒重庙堂歌颂而轻于民间吟咏。故《安世房中乐》《郊祀歌》立著录于《汉志》"。其注解部分多本于朱乾、陈本礼,发明不多。20世纪的研究一反传统,重视民间乐歌,而对这些庙堂之音多摈弃不顾,各家《乐府诗选》多不选录。唯有郑文《汉诗选笺》对这两组诗做过较详细的笺注,该书于上海古籍出版社1986年出版。

第二节　张苍、陆贾

张苍(? —前152),阳武人。师从荀子,受《左氏春秋》。秦时为御史,主柱下方书,明习天下图书计籍。汉初因有功,封为北平侯。汉高祖十一年(前196),平定黥布后,立刘长为淮南王,张苍任淮南丞相。高后八年(前180),张苍迁为御史大夫,文帝前元四年正月(前175),张苍迁丞相,至文帝后元二年(前162)免。张苍是汉初历法的制定者,他作计相时,以高祖十月始至霸上,故因秦时历法,以十月为岁首,不改。又推五德之运,以为汉当水德之时,依旧沿袭秦之传统,色尚黑。文帝时,鲁人公孙臣上书称汉当土德,色当尚黄,张苍以为非是,罢之。其后黄龙见成纪,于是文帝召公孙臣以为博士,草立土德时历制度,更元年。张苍由此自绌,谢病称老。后因小罪,免相归家,景帝五年(前152)卒,年百余岁。《汉书》本传称其著书十八篇,言阴阳律历事。《艺文志》著录《张氏微》十篇,在六艺略,清人沈钦韩疑张苍著;《张苍》十六篇,在阴阳家。《隋书·经籍志》又载"《左氏》,汉初出于张苍之家,本无传者。至文帝时,梁太傅贾谊为训诂"。① 由此而知,张苍为汉初传授《左氏春秋》第一人。《法书要录》卷二载后魏江式《论书表》:"北平侯张苍献《春秋左氏传》,书体与孔氏壁中书又类,即前代之古文矣。"②生平事迹见《史记·张丞相列传》。张苍是汉初重臣中最有学问的人,至少在汉初文化方面影响颇为深远。张苍为律法大师,但又不仅限于此,百家之说,无所不观,无所不通,著书十八篇,涉猎颇广,在西汉初年的文化界颇有地位。至少,贾谊的创作就深受其影响。

陆贾,楚人。西汉初年著名的政论家和辞赋家,生活在高帝至文帝时代。曾随刘邦平定天下,以口辩闻名一时。善于辞令,常以说客出使诸侯。他曾出使南越(今广东、广西一带),说服赵佗接受南越王封号,与汉朝建立臣属关系。《史记·陆贾列传》记载了陆贾对南越王的劝诫:"秦失其正,诸侯豪杰并起,唯汉王先入关,据咸阳。项籍背约,自立为西楚霸王,诸侯皆属,可谓至强矣。然汉王起巴蜀,鞭挞天下,劫略诸侯,遂诛项羽灭之。五年之内,海内平定,此非人力,天之所建也。……皇帝起丰沛,讨暴秦,诛强楚,为天下兴利除害,继五帝三王之业,统理中国。中国之人以亿计,地方万里,居天下之膏腴,人众车舆,万物殷富,政由一家,自天地剖判未始有也。"气势滔滔,不容辩驳。归后拜为太中大夫。吕后专权时,他往来于太尉周勃、丞相陈平之间,促使将相团结,最后铲除诸吕。文帝即位,又以太中大夫出使南越,归而寿终。

陆贾著《新书》十二篇,阐释历史兴亡的道理。据说每奏一篇,高祖无不称赞。《论衡·案书》:"《新语》,陆贾所造。盖董仲舒相被服焉,皆言君臣政治得失,言可采行,事美足观。鸿知所言,参贰

---

① 《隋书·经籍志》,中华书局1973年版,第933页。
② 〔唐〕张彦远著《法书要录》,上海书画出版社1986年版,第64页。

经传，虽古圣之言，不能过增。"①《史记正义》引《七录》作"《新语》二卷，陆贾撰也"。《隋书·经籍志》同。《淮南子·原道》："若然者，藏金于山，藏珠于渊。"东汉高诱注："舜藏金于崭岩之山，藏珠于五湖之渊，以塞贪淫之欲也。"②陆贾《新语·术事篇》有类似的记载："舜弃黄金于崭岩之山，捐珠玉于五湖之渊，将以杜淫邪之欲，绝琦玮之情。"③高诱注很可能本于此。这说明《新语》在东汉后期仍有流传。由于宋元一些著名目录学著作如《崇文总目》《郡斋读书志》《直斋书录解题》《文献通考·经籍志》等均未著录此书，其真实性就引起后世学者的怀疑。但从目前资料看，这些质疑还不充分。④

《新语》在思想文化建设方面提出了很多行之有效的主张，如《无为篇》，就结合西汉初年民生凋敝、政局不稳的情形，主张无为而治。他说：

> 夫道莫大于无为，行莫大于谨敬。何以言之？昔舜治天下也，弹五弦之琴，歌南风之诗，寂若无治国之意，寞若无忧天下之心，然而天下大治。周公制作礼乐，郊天地，望山川，师旅不设，刑格法悬，而四海之内，奉供来臻，越裳之君，重译来朝。故无为者乃有为也。⑤

《论语·卫灵公篇》就说过"无为而治者其舜也与？夫何为哉？恭己

---

① 〔汉〕王充著，黄晖校释《论衡校释》，中华书局1990年版，第1169页。
② 何宁集释《淮南子集释》，中华书局1998年版，第81页。
③ 王利器校注《新语校注》，中华书局1986年版，第39页。
④ 参见曹道衡、刘跃进著《先秦两汉文学史料学》下编，中华书局2005年版。
⑤ 王利器校注《新语校注》，中华书局1986年版，第59页。

正南面而已矣"。那是孔子的理想。而在汉初,确是一项重要的思想文化政策。这一思想,得到了刘邦、萧何、曹参的赞同。如曹参《论守成》就积极倡导"无为而治",为社会经济的发展、文化的繁荣,奠定了良好的基础。

《新语》的文学价值突出表现在质而不俚的文风上,与稍后贾谊汪洋恣肆的雄辩文风形成鲜明对照。其后,董仲舒《春秋繁露》、刘向《新序》、桓谭《新论》均传承其文风。《论衡·案书篇》就说该书:"皆言君臣政治得失,言可采行,事美足观。"①《新语》中一些典故时常为后世引用,如"覆巢无完卵"就并见于本书及《吕氏春秋》。

《汉书·艺文志》著录辞赋四个流派,其中之一就有陆贾赋"二十一家,二百七十四篇(入扬雄八篇)"。② 陆贾本人创作辞赋凡三篇。此外,还包括枚皋、朱建、庄忽奇、严助、朱买臣、刘辟彊、司马迁、苏季、萧望之、徐明、李息、扬雄、冯商、杜参、张丰、朱宇等人创作,这是汉代一个独特的辞赋创作系统。《文心雕龙·才略》说:"汉室陆贾,首发奇采,赋《孟春》而进《新语》,其辩之富矣。"③可惜他的辞赋只字未存。因此,我们很难判断《汉书·艺文志》为什么将陆贾赋与屈原赋区分开来,《文心雕龙·诠赋》:"秦世不文,颇有杂赋,汉初词人,顺流而作,陆贾扣其端,贾谊振其绪。"④由此可以推测,陆贾赋多为"杂赋",属于这个系统的司马迁还有《悲士不遇赋》,与《楚辞》中"贫士失职而志不平"的作品,并无二致。

---

① 〔汉〕王充著,黄晖校释《论衡校释》,中华书局1990年版,第1169页。
② 《汉书·艺文志》,中华书局1962年版,第1748—1750页。
③ 〔南朝梁〕刘勰著,周振甫注《文心雕龙注释》,人民文学出版社1981年版,第502页。
④ 〔南朝梁〕刘勰著,周振甫注《文心雕龙注释》,人民文学出版社1981年版,第80页。

《汉书·艺文志》"六艺略"儒家类著录陆贾著作凡二十三篇,兵书略著录"十三家二百五十九篇"。其中有"陆贾"之作,未言篇数。王利器《新语校注·前言》认为:"兵权谋家所省之陆贾,谓出之兵权谋而入之儒家,则所省的当为十一篇;省并后之陆贾二十三篇,既有《新语》,又有《陆贾兵法》。"①可惜陆贾兵书类著作亦只字不存。

《汉书·司马迁传》赞曰:"及孔子因鲁史记而作《春秋》,而左丘明论辑其本事以为之传,又纂异同为《国语》。又有《世本》,录黄帝以来至春秋时帝王公侯卿大夫祖世所出。春秋之后,七国并争,秦兼诸侯,有《战国策》。汉兴,伐秦定天下,有《楚汉春秋》。故司马迁据《左氏》《国语》,采《世本》《战国策》,述《楚汉春秋》,接其后事,迄于大汉。其言秦汉,详矣。"②《汉书·艺文志》六艺略《春秋》类著录:"《楚汉春秋》九篇。"注:"陆贾所记。"③《后汉书·班彪列传》载其论史记云:"汉兴定天下,太中大夫陆贾记录时功,作《楚汉春秋》九篇。"④司马迁叙述楚汉相争这段历史事实的时候,就多采录《楚汉春秋》。

第三节　贾山、晁错、刘德、孔安国及其他文人创作

贾山、晁错主要生活在汉文帝、汉景帝时期。而刘德、孔安国的学术文化活动主要在景帝后期至武帝前期。

---

① 王利器校注《新语校注·前言》,中华书局1986年版。
② 《汉书·司马迁传》,中华书局1962年版,第2737页。
③ 《汉书·艺文志》,中华书局1962年版,第1714页。
④ 《后汉书·班彪列传》,中华书局1965年版,第1325页。

贾山，颍川（今属河南禹县）人。祖父贾袪，故魏王时博士弟子。贾山从学，不为醇儒。汉文帝于前元二年（前178）十一月，作《日食求言诏》，举贤良方正及能直言极谏者。贾山为此而作《至言》。文章借秦为喻，言治乱之道，特别强调忠臣直言的重要性。《汉书·贾邹枚路传》载《至言》曰：

> 秦以熊罴之力，虎狼之心，蚕食诸侯，并吞海内，而不笃礼义，故天殃已加矣。臣昧死以闻，愿陛下少留意而详择其中。臣闻忠臣之事君也，言切直则不用而身危，不切直则不可以明道，故切直之言，明主所欲急闻，忠臣之所以蒙死而竭知也。

《汉书·艺文志》著录《贾山》八篇，《至言》或其中一篇。其宗旨与贾谊《过秦论》相近。《汉文归》引真德秀评："汉自高帝以来，未有以疏言事者，山实始之。岂非文帝开广言路之故欤？"又引唐顺之评："此文去战国未远，有奇气而不用绳墨，与梅福上书意格颇通。"①

《汉书·贾邹枚路传》又载其《对诘谏除盗铸钱令》。史称："其后文帝除铸钱令，山复上书谏，以为变先帝法，非是。又讼淮南王无大罪，宜急令反国。又言柴唐子为不善，足以戒。章下诘责，对以为'钱者，亡用器也，而可以易富贵。富贵者，人主之操柄也，令民为之，是与人主共操柄，不可长也'。其言多激切，善指事意，然终不加罚，所以广谏争之路也。其后复禁铸钱云。"邓展注："《淮南传》棘蒲侯柴武太子柴奇与士伍开章谋反。"②事在文帝三年。又文帝除铸钱令，事在五年。可见，贾山的著作，多在文帝年间所作。应劭《风俗

---

① 〔明〕钟惺编《汉文归》，明末古香斋刻本。
② 《汉书·贾邹枚路传》，中华书局1962年版，第2337页。

通义·正失》记载,贾山与贾谊并上书劝谏文帝不宜数从郡国贤良吏出游猎,则知与贾谊同朝,是否同宗,不得而知。

晁错(?—前154),颍川(今属河南禹县)人。少学申、商刑名之学。文帝时,太常遣晁错诣齐,从伏生治《尚书》。为太子舍人,上书言太子当知术数。其所谓术数者,即临制臣下,及听言受事,安利万民,使下知以忠孝事上之术。文帝对他很欣赏,任命为太子家令。他亦为太子所信任,号曰"智囊"。晁错数上书提出抵御匈奴之术及贵粟贱商之术。后举贤良文学,对策高第,迁中大夫。晁错又言宜削诸侯事及法令可更定者,著书几三十篇。景帝即位,任晁错为内史,迁御史大夫,建言削诸侯。力主改革,法令多所更定。因为削夺诸侯王国部分封地,遭到诸侯王和贵族的激烈反对,后来吴王刘濞以诛晁错、"清君侧"为名,发动叛乱。晁错为袁盎等潜害,斩于东市,归葬故里。生平事迹见《汉书·爰盎晁错传》。

晁错所著书,《汉书·艺文志》著录有《晁错》三十一篇。《隋书·经籍志》谓梁有《朝氏新书》三卷,汉御史大夫晁错撰,亡。又《晁错集》三卷,亦亡。存文九篇,清严可均辑入《全上古三代秦汉三国六朝文》。其中,《上书言皇太子宜知术数》《上书言兵事》《言守边备塞务农力本当世急务二事》《复言募民徙塞下》《贤良文学对策》《说景帝削吴》《请诛楚王》等多为重要文章。

他主张加强中央集权,削弱诸侯势力。如《说景帝削吴》:"今削之亦反,不削亦反。削之,其反亟,祸小;不削,其反迟,祸大。"事态的发展果如晁错所言。《上书言兵事》《言守边备塞务农力本当世急务二事》《复言募民徙塞下》等奏议中,他分析比较了匈奴在军事方面的优劣,提出徙民实边,屯田防御匈奴的主张。西汉初年,随着战事的逐渐平息,粮食问题日益严峻地摆在了统治者的面前。为此,晁错提出重农抑商、减轻赋敛、广积粮食的主张。《汉书·食货志》

所载晁错的一篇奏疏,就集中讨论了粮食问题,《古文观止》题作《论贵粟疏》,很有现实意义。此文认为奖励农业,减轻赋敛,广积粮食,打击不法商贩,不仅仅是一时的权宜之计,从长远的观点看,对内更有助于中央集权的加强,诸侯势力的削弱;对外,可以徙民实边,抗击匈奴,解决边患问题。他说:

> 夫寒之于衣,不待轻暖;饥之于食,不待甘旨;饥寒至身,不顾廉耻。人情,一日不再食则饥,终岁不制衣则寒。夫腹饥不得食,肤寒不得衣,虽慈母不能保其子,君安能以有其民哉!明主知其然也,故务民于农桑,薄赋敛,广畜积,以实仓廪,备水旱,故民可得而有也。
>
> 民者,在上所以牧之,趋利如水走下,四方亡择也。夫珠玉金银,饥不可食,寒不可衣,然而众贵之者,以上用之故也。其为物轻微易臧,在于把握,可以周海内而亡饥寒之患。此令臣轻背其主,而民易去其乡,盗贼有所劝,亡逃者得轻资也。粟米布帛生于地,长于时,聚于力,非可一日成也;数石之重,中人弗胜,不为奸邪所利,一日弗得而饥寒至。是故明君贵五谷而贱金玉。①

文帝充分采纳了晁错的主张,有力地促进了农业生产活动,逐渐扭转了汉代初年国力不足的被动局面,为汉武帝时期的高度统一和发展奠定了基础。文章雄辩有力,通达流畅,对后世政论文有较大的影响。《文心雕龙·奏启》:"晁错之兵事,……理既切至,辞亦通畅。"②《秦汉文钞》引黄贞甫评曰:"以中国五长伎而匈奴所长则用

---

① 《汉书·食货志》,中华书局1962年版,第1131—1132页。
② 〔南朝梁〕刘勰著,周振甫注《文心雕龙注释》,人民文学出版社1981年版,第252页。

夷攻夷以敌之。四者兵之至要,两军相为表里,此名将之识。"鲁迅《汉文学史纲要》第七篇"贾谊与晁错"称:"晁、贾性行,其初盖颇同,一从伏生传《尚书》,一从张苍受《左氏》。错请削诸侯地,且更定法令;谊亦欲改正朔,易服色;又同被功臣贵幸所谗毁。为文皆疏直激切,尽所欲言。……然以二人之论匈奴者相较,则可见贾生之言,乃颇疏阔,不能与晁错之深识为伦比矣。"①

刘德(?—前130),汉景帝刘启之子。前元二年(前155)立为河间王,史称河间献王。刘德喜聚书,多先秦古籍,如《周官》《尚书》《礼》《礼记》《孟子》《老子》等。《汉书·景十三王传》载:"河间献王德以孝景前二年立,修学好古,实事求是。从民得善书,必为好写与之,留其真,加金帛赐以招。繇是四方道术之人不远千里,或有先祖旧书,多奉以奏献王者,故得书多,与汉朝等。是时,淮南王安亦好书,所招致率多浮辩。献王所得书皆古文先秦旧书,《周官》《尚书》《礼》《礼记》《孟子》《老子》之属,皆经传说记,七十子之徒所论。其学举六艺,立《毛氏诗》《左氏春秋》博士。修礼乐,被服儒术,造次必于儒者。山东诸儒多从其游。"②先秦典籍,汉初自有文字,可惜未有多少人专心于此。当时儒者多专门名家,自一经之外,很少像刘德这样广采博收。可惜这些著作,多已失传。《史记·五宗世家集》解引《汉名臣奏》杜业奏云:"河间献王经术通明,积德累行,天下雄俊众儒皆归之。孝武帝时,献王朝,被服造次必于仁义。问以五策,献王辄对无穷。孝武帝艴然难之,谓献王曰:'汤以七十里,文王百里,王其勉之。'王知其意,归即纵酒听乐,因以终。"③武帝暗示刘德

---

① 鲁迅著《汉文学史纲要》,《鲁迅全集》第十卷,人民文学出版社1973年版,第559页。
② 《汉书·景十三王传》,中华书局1962年版,第2410页。
③ 《史记·五宗世家》,中华书局1982年版,第2094页。

不要喧宾夺主,话语很重。刘德当然深知其意,从此不再关心典籍,而是"纵酒听乐"。所以朱熹说:"先儒谓圣经不亡于秦火,而坏于汉儒,其说亦好。"①

由上述材料知道,刘德的贡献要有两项,第一是立《毛氏诗》,第二是立《左氏春秋》博士。山东诸儒多从其游。根据《汉书·艺文志》"六艺略"乐类记载,刘德在汉代学术文化史上还有一项功绩应当叙及,即论礼制乐。论礼资料见于《汉书·艺文志》"诸子略"儒家类著录之《河间献王对上下三雍宫》三篇,惜已失传。《汉书·艺文志》又著录《河间周制》十八篇,班固注:"似河间献王所述也。"②杨树达《汉书窥管》:"《金楼子·说蕃篇》云:'献王又为《周制》二十篇',与《志》云十八篇小异。"③论乐资料见于《汉书·艺文志》"六艺略"乐类:"汉兴,制氏以雅乐声律,世在乐官,颇能纪其铿锵鼓舞,而不能言其义。六国之君,魏文侯最为好古,孝文时得其乐人窦公,献其书,乃《周官·大宗伯》之《大司乐》章也。武帝时,河间献王好儒,与毛生等共采《周官》及诸子言乐事者,以作《乐记》,献八佾之舞,与制氏不相远。其内史丞王定传之,以授常山王禹。禹,成帝时为谒者,数言其义,献二十四卷记。刘向校书,得《乐记》二十三篇,与禹不同,其道浸以益微。"④马国翰《玉函山房辑佚书》辑录有《乐元语》一卷。又作《乐记》,其弟子王禹定为二十三篇。成帝时,博士平当应诏而作《乐议》,盛称河间献王保存古乐之功。今存《乐记》十一篇,见于《礼记》。是先秦公孙尼子所作,还是河间献王所述,抑或是

---

① 〔宋〕黎靖德编《朱子语类》卷八五《礼·仪礼》"总论",中华书局1985年版,第2193页。
② 《汉书·艺文志》,中华书局1962年版,第1725页。
③ 杨树达著《汉书窥管·艺文志》,上海古籍出版社1984年版,第225页。
④ 《汉书·艺文志》,中华书局1962年版,第1712页。

刘向所校,争论甚大,迄无定论。① 但是无论如何,刘德等人"继绝表微"之功,实不可没。

孔安国,字子国,孔子十二世孙。曾受《诗》于申公,受《尚书》于伏生,司马迁曾从其问学。据《汉书·儒林传》,孔安国以治《尚书》为武帝博士,官至谏议大夫、临淮太守。《册府元龟》卷六○五《学校部·注释》著录:孔安国传《古文尚书》十三卷、《今字尚书》十四卷、传《古文孝经》一卷。此外,孔安国尚有《秘记》(《至理篇》引),大约是小说家类著述。马国翰《玉函山房辑佚书》辑录有《论语孔氏训解》十一卷。《文选》卷四五收录的孔安国《尚书序》在学术史上最负盛名。当然,这篇作品的真伪,也很有争议。多数学者认为非出孔安国手笔,而是后人伪托之作。②

与刘德不相前后的,还有中山靖王刘胜,孝景前元三年(前154)立。武帝即位之初,鉴于景帝时期的吴楚七国之乱,对于藩国实行紧缩政策,削夺其权。武帝继位的第三个年头,即建元三年(前138年),代王刘登、长沙王刘发、中山王刘胜、济川王刘明朝贡,武帝置酒,刘胜闻乐声而泣。问其故,刘胜遂作《闻乐对》,为诸侯王鸣冤叫屈。文曰:

臣闻悲者不可为累欷,思者不可为叹息。故高渐离击筑易

---

① 参见蔡仲德著《〈乐记〉、〈声无哀乐论〉注译与研究》,中国美术学院出版社1997年版。
② 〔宋〕黎靖德编《朱子语类》卷七八:"《书序》恐不是孔安国做。汉文粗枝大叶,今《书序》细腻,只似六朝时文字。《小序》断不是孔子做。""汉人文字也不唤做好,却是粗枝大叶。《书序》细弱,只是魏晋人文字。陈同父亦如此说。""《尚书》孔安国传,此恐是魏晋间人所作,托安国为名,与毛公《诗传》大段不同。今观序文亦不类汉文章。汉时文字粗,魏晋间文字细。如《孔丛子》亦然,皆是那一时人所为。"(中华书局1985年版,第1984—1985页)

水之上,荆轲为之低而不食;雍门子壹微吟,孟尝君为之於邑。今臣心结日久,每闻幼眇之声,不知涕泣之横集也。夫众煦漂山,聚蚊成雷,朋党执虎,十夫桡椎。是以文王拘于牖里,孔子阸于陈、蔡。此乃烝庶之成风,增积之生害也。臣身远与寡,莫为之先,众口铄金,积毁销骨,丛轻折轴,羽翮飞肉,纷惊逢罗,潸然出涕。臣闻白日晒光,幽隐皆照;明月曜夜,蚊虻宵见。然云蒸列布,杳冥昼昏;尘埃抪覆,昧不见泰山。何则?物有蔽之也。今臣雍阏不得闻,谗言之徒蜂生。道辽路远,曾莫为臣闻,臣窃自悲也。臣闻社鼷不灌,屋鼠不熏。何则?所托者然也。臣虽薄也,得蒙肺附;位虽卑也,得为东藩,属又称兄。今群臣非有葭莩之亲,鸿毛之重,群居党议,朋友相为,使夫宗室摈却,骨肉冰释。斯伯奇所以流离,比干所以横分也。《诗》云:"我心忧伤,怒焉如捣;假寐永叹,唯忧用老;心之忧矣,疢如疾首。"臣之谓也。①

此文《史记》未载,仅云"立四十二年卒"。司马贞《史记索隐》称:"其言甚雄壮,词切而理文。天子加亲亲之好,可谓汉之英藩矣。"② 如果将此文与贾谊、晁错的传记对照,可以看出当时政策的变化。贾、晁等人在文帝时即提出削藩对策,文帝未惶实行,导致后来的吴、楚七国之乱。联系到上引刘德传记,武帝对于地方势力已有所警觉,多次告诫刘德要有所收敛。还有会稽严助,享乐江南,武帝告诫他"毋以苏秦从横"。③ 因此,刘胜此文,实有感而发。武帝虽表

---

① 《汉书·景十三王传》,中华书局 1962 年版,第 2422—2425 页。
② 《史记·五宗世家》,中华书局 1982 年版,第 2099 页。
③ 参见刘跃进《江南的开发及其文学的发轫》,《文学遗产》2007 年第 3 期。

面有"亲亲之恩",而此文实际揭示出武帝以后中央朝廷与地方王国关系发生根本变化的"大有关系文字"。《秦汉文钞》辑录此文并引林次崖评曰:"此对事情激切,识亦该博。佳言美句,叠出如贯珠,皆自胸中流出,不见斧凿痕。王侯之中,乃有此人物,使攻文积学如曹子建,岂出其下哉?"唐顺之以为此文为"六朝文之滥觞也"。① 他们大多看出这篇文字背后的潜台词。事实上也正是如此。刘胜接受吴楚诸王败亡的教训,不问政事,耽溺声色犬马之乐。史载:"胜为人乐酒好内,有子百二十余人。常与赵王彭祖相非曰:'兄为王,专为代吏治事。王者当日听音乐御声色。'赵王亦曰:'中山王但奢淫,不佐天子抚循百姓,何以称为藩臣?'"②所谓"乐酒好内",1968 年河北满城县发掘中山靖王刘胜墓出土许多文物精品,如"长信宫流金铜灯""熊足带盖铜鼎""鸟篆文铜壶""铜羊灯"等,具有极高的艺术价值。这些文物数据足以证实历史记载。

《西京杂记》还收录有中山靖王刘胜《文木赋》一篇,③文简而赅:

> 鲁恭王得文木一枚,伐以为器,意甚玩之。中山王为赋曰:"丽木离披,生彼高崖。拂天河而布叶,横日路而擢枝。幼雏羸㲉,单雄寡雌,纷纭翔集,嘈嗷鸣啼。载重雪而梢劲风,将等岁于二仪。巧匠不识,王子见知。乃命班尔,载斧伐斯。隐若天崩,豁如地裂。华叶分披,条枝摧折。既剥既刊,见其文章。或如龙盘虎踞,复似鸾集凤翔。青绸紫绶,环璧珪璋。重山累嶂,连波叠浪。奔电屯云,薄雾浓雰。麏宗骥旅,鸡族雉群。蠋绣鸯

---

① 冯有翼辑《秦汉文钞》,《四库全书存目丛书》集部第 352 册,第 388 页。
② 《汉书·景十三王传》,中华书局 1962 年版,第 2425—2426 页。
③ 〔晋〕葛洪辑《西京杂记》卷六,中华书局 1985 年版,第 40 页。

锦,莲藻芰文。色比金而有裕,质参玉而无分。裁为用器,曲直舒卷。修竹映池,高松植巘。制为乐器,婉转缛纡。凤将九子,龙导五驹。制为屏风,郁崒穹隆。制为杖几,极丽穷美。制为枕案,文章璀璨,彪炳涣汗。制为盘盂,采玩踟蹰。猗欤君子,其乐只且!"恭王大悦,顾盼而笑,赐骏马二匹。

在西汉前期,这类咏物小赋尚属罕见,故附带一提。与此同时,公孙诡作《文鹿赋》,公孙乘作《月赋》,羊胜作《屏风赋》,路乔如作《鹤赋》,韩安国作《几赋》,不成,邹阳代作(并见《西京杂记》记载)。这些作品的真伪及其价值,本书第五章还要具体讨论。

此外还应一提的是《韩诗》的创立者韩婴,他是燕(今北京一带)人。孝文时为博士,景帝时至常山太傅。武帝时,韩婴与董仲舒论于上前,其人精悍,处事分明,仲舒不能难。韩婴推诗人之意,而作《内》《外传》数万言,其语颇与齐、鲁间殊,然归一也。淮南贲生受之。燕赵间言《诗》者由韩生。《隋书·经籍志》著录有《韩诗》二十二卷,汉常山太傅韩婴撰,薛氏章句,佚。薛氏,乃薛汉,字公子,后汉淮阳人。《文选》李善注常常引用《薛氏章句》,看来唐代前期尚存于世。马国翰《玉函山房辑佚书》辑录有《薛君韩诗章句》二卷。又有《韩诗外传》十卷,今存。① 韩婴亦以《易》授人,推《易》意而为之传。燕赵间好《诗》,故其《易》微,唯韩氏自传之。《汉书·艺文志》著录《易》十三家,有韩氏二篇,注:名婴。其书亡佚。生平事迹见《汉书·儒林传》。

---

① 近人许维遹有《韩诗外传集释》,中华书局 1980 年版。屈守元也有《韩诗外传笺疏》,巴蜀书社 1996 年版。

第四章　贾谊

贾谊主要生活在高祖、文帝时期，是西汉前期最重要的文学家。刘勰《文心雕龙·才略》："贾谊才颖，陵轶飞兔，议愜而赋清，岂虚至哉！"①

第一节　贾谊的生平事迹

贾谊（前200—前168），洛阳（今河南洛阳）人，世称贾生。② 就像六国以来多数知识分子一样，贾谊问学的途径比较宽泛，儒学固然为其所重，③但是他似乎更加醉心于申、商之学，具有外儒内法的

---

① 〔南朝梁〕刘勰著，周振甫注《文心雕龙注释》，人民文学出版社1981年版，第502页。
② 参考王洲明、徐超校注《贾谊集校注》附录《贾谊年谱》，人民文学出版社1996年版，第452页。
③ 《汉书·贾谊传》："贾谊，洛阳人也。年十八，以能诵《诗》《书》、属文称于郡中。河南守吴公闻其秀材，召置门下，甚幸爱。"（中华书局1962年版，第2221页）

色彩。年十八,以能诵《诗》《书》、善属文而称于郡中。河南守吴公召置门下。文帝初立,征吴公为廷尉。二十二岁那年,由吴公推荐,贾谊被朝廷征为博士,雄心勃勃,提出了一系列重要的政治、经济、文化方面的改革主张,"悉更秦之法"(《史记》语),欲变更旧有体制。他建议朝廷改正朔,易服色制度,定官名,兴礼乐。这些主张,内容颇为庞杂,很难用某家某派学说所规范。从近年出土的秦简来看,秦法内容非常繁复。贾谊"更定"秦代的"诸法令",内容是多方面的,举其显而易见的一点为例,秦法规定,"数以六为纪"。如《史记·秦始皇本纪》载:"始皇推终始五德之传,以为周得火德,秦代周德,从所不胜。方今水德之始,改年始,朝贺皆自十月朔。衣服旄旌节旗皆上黑。数以六为纪,符、法冠皆六寸,而舆六尺,六尺为步,乘六马。"① 贾谊《新书》卷八有《六术》和《道德说》两篇专论六理、六法、六术、六行、六律、六艺、六亲、六美等,认为"事之以六为法者,不可胜数也。此所言六,以效事之尺,尽以六为度者谓六理,可谓阴阳之六节,可谓天地之六法,可谓人之六行"。② 按照贾谊的看法,"六经"无一不是六理六美的集中表现,"是故著此竹帛谓之《书》。《书》者,此之著者也;《诗》者,此之志者也;《易》者,此之占者也;《春秋》者,此之纪者也;《礼》者,此之体者也;《乐》者,此之乐者也"。③ 看来,这是六国以来的传统看法,而贾谊循规蹈矩,恪守规范,与文帝初年所倡导的"数用五"之说迥然有别。可见,《六术》《道德说》两篇至少是贾谊二十二岁以前的作品。"悉更秦之法"之后,则数尚五。《汉书·艺文志》"诸子略"阴阳家类著录《五曹官

---

① 《史记·秦始皇本纪》,中华书局1982年版,第237—238页。
② 阎振益、钟夏校注《新书校注》卷八,中华书局2000年版,第318页。
③ 阎振益、钟夏校注《新书校注》卷八,中华书局2000年版,第325页。

制》,班固注:"汉制,似贾谊所条。"①王应麟以为即为汉代选官之用。此外,他还在许多篇章中论述了官吏的设置,非周、非汉,完全是标新立异。《汉书》本传载:"每诏令议下,诸老先生未能言,谊尽为之对,人人各如其意所出,诸生于是以为能。"②素有改革大志的汉文帝可能出于稳定时局的考虑,虽谦谦未遑全面施行,但是朝廷更定法令及列侯就国,都出于贾谊的主张。③ 贾谊也由此获得"超迁,岁中至太中大夫"。

贾谊政治地位的迅速攀升,引起了同僚的强烈嫉恨。贾谊二十四岁这年,文帝议以为公卿之位,大臣周勃、灌婴、张相如、冯敬等人说贾谊"年少初学,专欲擅权,纷乱诸事"。文帝无奈而左迁贾谊为长沙王太傅。贾谊南渡湘水时,感时伤世而作《吊屈原赋》。④ 在长沙三年,贾谊的思想发生了重大的变化:以《老》《庄》思想为核心的道家文化一时成为贾谊的精神支柱。《吊屈原赋》、《鵩鸟赋》中多次引用《老子》《庄子》《文子》的词句命意作为出发点和归宿点。其中的原因可能有两个,一是老、庄思想确实为许多失意文人视为化解郁闷的一剂良药。还有一个重要原因,在长沙,贾谊很有可能读

---

① 《汉书·艺文志》,中华书局1962年版,第1734页。
② 《汉书·贾谊传》,中华书局1962年版,第2221页。
③ 〔宋〕王应麟著《困学纪闻》卷八论《孟子》云:"好乐、好勇、好货色,齐宣王所以不能用孟子也。文帝好清静,故不能用贾谊。武帝好纷更,故不能用汲黯。"(中华书局《四部备要》本,第8页)
④ 《汉书》言贾谊为周勃、灌婴、张相如、冯敬之流所谗陷,其实背后还有一个重要的政敌,即邓通。东汉应劭《风俗通义·正失篇》:"及太中大夫邓通,以佞幸吮痈疮脓汁见爱,拟于至亲,赐以蜀郡铜山,令得铸钱。通私家之富,侔于王者封君。又为微行,数幸通家,……是时待诏贾山谏以为'不宜数从郡国贤良吏出游猎,重令此人负名,不称其与'。及太中大夫贾谊,亦数陈止游猎,是时谊与邓通俱侍中同位,谊又恶通为人,数廷讥之。由是疏远,迁为长沙太傅。"(上海古籍出版社1990年版,第20页)按:邓通吮脓事,王充《论衡》亦多所讥讽。

到一些新的著作,受到了启发。湖南出版社1992年出版的《马王堆汉墓文物》收录的汉墓出土的帛书《老子》《周易》《黄帝内经》《战国纵横家书》《春秋事语》《五星占》《天文气象杂占》《相马经》《五十二病方》以及各类杂书,长达十二万字,涉及政治、军事、刑德、天文、地理、医学、哲学、阴阳五行等,这些书,贾谊很可能都读过。因为马王堆3号墓主人利豨与贾谊大约年岁相当,且两人很有可能在一起共事。①

汉文帝刘恒前元七年(前173),贾谊重新被征入京,问以鬼神之事。后拜为梁怀王太傅。这一年,贾谊二十八岁。《新书》有《先醒》一篇,开篇曰:"怀王问于贾君曰"云云,似乎作于这个时期。独醉先醒之说,原本是《楚辞·渔父》中语,贾谊从长沙回来之后,论述"世主有先醒者,有后醒者,有不醒者"的区别。所举的第一个例子就是"先醒者"的楚庄王,"后醒者"的宋昭公,而"不醒者"则举虢君亡国的事例,却没有举楚国为例,这里或有忌讳?不管怎么说,文帝拜为梁怀王太傅,这是一个相当重要的职位。从某种程度上说就等于将很可能成为未来皇帝的梁怀王的教育权交给了贾谊。尽管《汉书》本传记载文帝更关心南方的"鬼神之事",给人造成一种印象,以为文帝对于贾谊不过是以文士相待,所以才会有李商隐"不问苍生问鬼神"的诗句,实际上,拜贾谊为梁怀王太傅,就是一个明显的标志,说明文帝对贾谊的态度。《汉书·贾谊传》载:"怀王,上少子,爱,而

---

① 据刘晓路《中国帛画与楚汉文化》(吉林教育出版社1994年版)考证,长沙马王堆二号墓出土三颗印章:长沙丞相(官印)、侯之印(爵印)、利苍(私印)。据此证明墓主为"第四任长沙相"、始封侯利苍。1号墓可以确定为利苍夫人。根据墓葬关系,3号墓可以确定为他们的儿子,甚至可以确定是第二代软侯利豨,因为同时出土有"软侯家"铭文和"软侯家丞"封泥。根据三号墓出土一块木牍考订,该墓下葬于文帝十二年,正是贾谊死之年。又据医学鉴定三号墓主遗骸"年龄约三十所岁",这是软侯利豨死时年龄,与贾谊年龄也正相当。

好书,故令谊傅之,数问以得失。"①《史记·梁孝王世家》:"十年而梁王胜卒,谥曰梁怀王。怀王最少子,爱幸异于他子。"②如果说,贾谊对于自己任长沙王太傅一职有所不解、有所不满的话,这次被任命为梁怀王太傅,贾谊对于文帝重用自己似乎心领神会。此前,晁错曾作《上书言皇太子宜知术数》,文帝让贾谊教授太子,其中的用意不难推想。当时匈奴强盛,数侵掠边郡,而诸侯王多割据自强,蓄谋叛乱。于是,贾谊上书论政事(《陈政事疏》),其后又上疏,建议多封诸侯,瓜分各自的权力,这样朝廷容易控制他们。汉文帝十一年(前169),梁怀王刘揖坠马死,贾谊自伤没有尽到作太傅的责任,自责不已,不到一年也抑郁而终,年仅三十三岁。其所以如此忧伤,似乎还不仅仅是出于自责,也隐含着未来理想破灭的成分。

事实上,贾谊不必为自己的理想破灭而悲哀。就在贾谊死后的第二年,汉文帝废除了贾谊和他的老师张苍所反对的肉刑。③ 贾谊死后的第三年,贾谊的改正朔的说法得到了时人的支持。鲁人公孙臣作《上文帝书》建议改正朔,尚土德。④ 而且,贾谊的学问也代有

---

① 《汉书·贾谊传》,中华书局1962年版,第2230页。
② 《史记·梁孝王世家》,中华书局1982年版,第2082页。
③ 《汉书·刑法志》:"(孝文帝)即位十三年,齐太仓令淳于公有罪当刑,诏狱逮系长安。淳于公无男,有五女,当行会逮,骂其女曰:'生子不生男,缓急非有益!'其少女缇萦,自伤悲泣,乃随其父至长安,上书曰"云云。这篇《上书求赎父刑》引出了张苍的《奏议除肉刑》。(中华书局1962年版,第1097—1099页)
④ 《汉书·郊祀志》:"鲁人公孙臣上书曰:'始秦得水德,及汉受之,推终始传,则汉当土德,土德之应黄龙见。宜改正朔,服色上黄。'时丞相张苍好律历,以为汉乃水德之时,河决金堤,其符也。年始冬十月,色外黑内赤,与德相应。公孙臣言非是。罢之。明年,黄龙见成纪。文帝召公孙臣,拜为博士,与诸生申明土德,草改历服色事。"(中华书局1962年版,第1212—1213页)有关五行相生相胜之说,《朱子语类》卷八七《礼》"小戴礼"申说极详。(中华书局1985年版,第六册,第2239—2240页)

传人。"及孝文崩,孝武皇帝立,举贾生之孙二人至郡守,而贾嘉最好学,世其家,与余通书。至孝昭时,列为九卿。"①他所传授的《春秋左传》在东汉前期也终于立于官学,成为最重要的儒家经典之一。

《汉书·艺文志》"儒家类"著录有"贾谊五十八篇","阴阳家"著录《五曹官制》五篇,"诗赋略"著录贾谊赋七篇,今存四篇:《吊屈原赋》、《鵩鸟赋》、《旱云赋》、《虡赋》(残)。《隋书·经籍志》子部儒家类著录《贾子》十卷,集部别集类《汉淮南王集》下注:"梁有《贾谊集》四卷。"姚振宗《汉书艺文志拾补》六艺略春秋类,补录贾谊《春秋左氏传训诂》。贾谊集的整理,今人有吴云、李春台《贾谊集校注》(中州古籍出版社,1989年),王洲明、徐超《贾谊集校注》(人民文学出版社,1996年),阎振益、钟夏《新书校注》(中华书局,2000年),方向东《贾谊集汇校集解》(河海大学出版社,2000年)等。

从上述著录看,贾谊值得我们关注的有下列三个方面,第一是他的辞赋,第二是他的散文,第三是他的学术传承与贡献。

第二节　贾谊的文学创作

贾谊的辞赋,今存者以《史记》《汉书》本传所载《吊屈原赋》《鵩鸟赋》为最著名。

《吊屈原赋》见于《史记·屈原贾生列传》《汉书·贾谊传》及《文选》卷六十吊文类。《史记》载:"贾生既辞往行,闻长沙卑湿,自以寿不得长,又以適(通"谪")去,意不自得。及渡湘水,为赋以吊屈

---

① 《史记·屈原贾生列传》,中华书局1982年版,第2503页。

原。其辞曰"云云，①说明作于贾谊赴长沙途经汨罗江之时，以屈原的遭遇来比附自己。他认为屈原可以远游列国，不必留楚自讨苦吃："国其莫我知，独壹郁兮其谁语？凤漂漂其高逝兮，夫固自缩而远去。袭九渊之神龙兮，沕深潜以自珍。""所贵圣人之神德兮，远浊世而自藏。""使骐骥可得系羁兮，岂云异夫犬羊？般纷纷其离此尤兮，亦夫子之辜也！历九州而相君兮，何必怀此都也？"②从这些论述看，他对于屈原的思想境界并未完全理解。尽管如此，这篇作品在文学史上依然占有重要地位。《文心雕龙·哀吊》："自贾谊浮湘，发愤吊屈。体同而事核，辞清而理哀，盖首出之作也。"③刘勰指出了《吊屈原赋》的两个特点：一是"首出"之功。贾谊写作这篇作品时，距屈原之死不过百年，这是屈原的名字和作品第一次见诸文献记载。二是事核、辞清、理哀的特色。所谓"事核"，就是从事实上说仁义，言而有据；所谓"辞清"，就是扬雄所说贾谊升堂，言以足志；前面所引刘勰所谓"情理"，就是深得屈原之情，倡导老庄之理。唯其如此，二十多年后，年轻的司马迁也"适长沙，观屈原所自沉渊，未尝不垂涕，想见其为人"，④同时想起了贾谊的《吊屈原赋》，于是将屈原和贾谊联系在一起，写下《史记·屈原贾生列传》。挚虞《文章流别论》说："贾谊之赋，屈原俦也。"沈约《宋书·谢灵运传论》也说："屈平、宋玉导清源于前，贾谊、相如振芳尘于后。"⑤说明后人多赞同这样的观点。

---

① 《史记·屈原贾生列传》，中华书局1982年版，第2492页。
② 《史记·屈原贾生列传》，中华书局1982年版，第2494页。
③ 〔南朝梁〕刘勰著，周振甫注《文心雕龙注释》，人民文学出版社1981年版，第139页。
④ 《史记·屈原贾生列传》，中华书局1982年版，第2503页。
⑤ 《宋书·谢灵运传论》，中华书局1974年版，第1778页。

《鵩鸟赋》作于长沙王太傅任上。其创作起因,只是因为鵩鸟入室,他认为这是不祥之兆,于是写下这篇作品,借此以论世事的变化。赋中写道:"祸兮福所倚,福兮祸所伏。忧喜聚门兮,吉凶同域。"这些思想明显受到老子的影响。他以那些由盛而衰的历史人物为例,感叹"命不可说兮,孰知其极"。迟速有名,道不可谋,因此只能顺其自然,遵循变化:

  天地为炉兮,造化为工。阴阳为炭兮,万物为铜。合散消息兮,安有常则。千变万化兮,未始有极。

他认为世界为物质变化的过程,人,不过是这变化世界的一个物质而已,化为异物,又何足悲!作者又依次比较了小智、达人、贪夫、烈士、夸者、大人、愚士、至人、众人、德人、真人等在名利生命之间的选择,认为只有真人"独与道息"。这些朴素的辩证法思想,很多已见于《老子》《庄子》,但是作者用诗化的语言,将这些思想形象化,有很强的艺术感染力,所以司马迁说他读此赋有"同生死,轻去就,又爽然自失矣"之感。当然,其中也有一些说理的句子,意思既枯淡,语言也乏味。故刘勰《文心雕龙·诠赋》称:"贾谊《鵩鸟》,致辨于情理。"①从形式上来说,这篇作品已趋向于散体化,多用四言句,显示了从《楚辞》过渡到新体赋的痕迹。

《旱云赋》见于晚出的《古文苑》,有伪托之嫌,所以历来的读者不大重视。但是这篇作品文字古奥,尚难断定是伪作。此赋针对文帝九年(前71)大旱而作,对于农民疾苦表示了同情。作者由天旱,

---

① 〔南朝梁〕刘勰著,周振甫注《文心雕龙注释》,人民文学出版社1981年版,第81页。

转而"窃托咎于在位",于是怀古讽今:

> 独不闻唐虞之积烈兮,与三代之风气。时俗殊而不还兮,恐功久而坏败。何操行之不得兮,政治失中而违节。阴气辟而留滞兮,厌暴至而沉没。嗟乎!惜旱大剧,何辜于天?无恩泽忍兮,啬夫何寡德矣。①

以董仲舒为代表的今文学家,倡导天人合一,一个重要的政治考虑,就是通过"天"来讽喻制衡皇权。通过文学来表达这种思想,在汉赋中还比较少见。所以宋代章樵注说:"在人则君臣合德而泽加于民,亦犹阴阳和畅而泽被于物。贾谊负超世之才,文帝将大用之,乃为大臣绛、灌等所阻,卒弃不用。而世不被其泽,故托旱云以寓其意焉。"

王逸编《楚辞章句》,收录《惜逝》一篇,虽相传为贾谊作,但是博学如王逸已"疑不能明也"。② 赋文开篇说:"惜余年老而日衰兮,岁忽忽而不反此。"又说:"寿冉冉而日衰兮,固儃回而不息",不像年轻贾谊的口吻。又说:"念我长生而久仙兮,不如反余之故乡。"这种思想在贾谊的全部著述中,亦仅见于此。赋大抵模拟屈原之作,如谓"伤诚是之不察兮,并纫茅丝以为索。方世俗之幽昏兮,眩白黑之美恶"。表现了一个怀才不遇者的心理,在精神特质上与屈原相通。

《虡赋》见《古文苑》收录,《艺文类聚》引作《虡铭》。虡是宗庙祭祀活动时使用的大钟。赋仅存残句:"妙雕文以刻镂兮,象巨兽之

---

① 阎振益、钟夏校注《新书校注》,中华书局 2000 年版,第 446 页。
② 东汉王逸《楚辞章句》说:"《惜誓》者,不知谁所作也。或曰贾谊,疑不能明也。"

屈奇兮。戴高角之峨峨,负大钟而顾飞。美哉烂兮,亦天地之大式。"①

贾谊散文的代表作是《史记·秦始皇本纪》末段所附《过秦论》及《汉书》本传所载《陈政事疏》。

《过秦论》,顾名思义,是总结批判秦国的过失、说明秦为什么灭亡的议论文。此文论秦之亡,由于"仁义不施",盖汉初人总结秦亡经验,多持此说,然文章之艺术感染力鲜有及之者。开篇首先铺述了秦国如何走向强盛,诸侯又如何集中大批政治、军事人才和庞大兵力竭力想消灭秦国,反而被秦国击败。文中对这个过程加以渲染和夸大,绘声绘色,十分动人。尤其是开篇,用排比的句式写来,气势磅礴,雄浑高远,具有极大的艺术感染力:

秦孝公据殽函之固,拥雍州之地,君臣固守,以窥周室;有席卷天下,包举宇内,囊括四海之意,并吞八荒之心。当是时也,商君佐之,内立法度,务耕织,修守战之具,外连衡而斗诸侯。于是秦人拱手而取西河之外。……及至始皇,奋六世之余烈,振长策而御宇内,吞二周而亡诸侯,履至尊而制六合,执敲朴以鞭笞天下,威振四海。南取百越之地,以为桂林、象郡;百越之君,俛首系颈,委命下吏。乃使蒙恬北筑长城而守藩篱,却匈奴七百余里,胡人不敢南下而牧马,士不敢贯弓而报怨。②

---

① 〔唐〕欧阳询编《艺文类聚》引作:"牧太平以深志,象巨兽之屈奇。妙雕文以刻镂,舒循尾之采垂。举其锯牙以左右,相捯负大钟而欲飞。"(汪绍楹校《艺文类聚》卷四四,上海古籍出版社1982年版,第790页)
② 《史记·陈涉世家》,中华书局1982年版,第1962—1963页。

作者这样写,实是欲擒故纵,是为了和秦国的迅速崩溃作鲜明的对比。强大无敌的秦国竟被一群手无利刃、"斩木为兵"的农民一举推翻,原因是什么呢?作者的回答是:"仁义不施,而攻守之势异也。"即不知道根据天下大势的变化而改变基本的治世方略。他认为,秦并六国,南面而王天下,是符合人民心愿的。经过长期分裂、战乱,疲敝不堪的广大人民,"冀得安其性命,莫不虚心而仰上"。这时统治者能否照顾人民的愿望和利益,是政权的安危之所在。可是秦始皇仍以酷刑和暴政虐待治下之臣民,"故其亡可立而待"。贾谊在分析秦亡的教训中得出了"是以牧民之道,务在安之而已"的结论。就是说,统治者使百姓各安其处,百官各安其位,一句话,治国理民的办法,最重要的就在一个"安"字。文章纵横开阖,有气吞万里之势,为西汉第一篇鸿文巨制。鲁迅在《汉文学史纲要》中说:"其《治安策》《过秦论》,与晁错之《贤良对策》《言兵事疏》《守边劝农疏》,皆为西汉鸿文,沾溉后人,其泽甚远。"① 如西晋左思《咏史诗》就自称"著论准《过秦》"。刘宋范晔《狱中与诸甥侄书》里对于自己编著《后汉书》颇为自负,称"循吏以下及六夷序论,笔势纵放,实天下之奇作。其中合者,往往不减《过秦篇》"。这些论述可以说明贾谊的这篇散文在后人心目中的崇高地位。

《陈政事疏》论汉初社会及政治状况颇剀切,而作者笔底常带有感情,为历来所传诵。其重点虽不在总结历史经验,而是针对现实政事发表自己的意见,但是同样强调如何居安思危:"夫抱火厝之积薪之下而寝其上,火未及燃因谓之安。方今之势何以异此?"躺在柴堆之上,而下面的火就要燃烧起来,自己还以为很安全。这是很可

---

① 鲁迅著《汉文学史纲要》,《鲁迅全集》第十册,人民文学出版社1973年版,第559页。

悲的。为此，贾谊"可为痛哭者一，可为流涕者二，可为长太息者六"。其所谓可为痛哭者，即诸侯王强大，有尾大不掉之势。其所谓可流涕者则匈奴之侵扰，而以汉之大，不能制之也。其所谓可长太息者，则民俗之奢侈，德教之不修，及朝廷诸经制之术未定也，表现出强烈的入世精神和批判现实的勇气。这篇作品依然保持着纵横开阖的气势和傲岸不群的风骨，但造语平淡，分析细密，诚如曾国藩《鸣原堂论文》所言："奏疏以汉人为极轨，而气势最盛，事理最显者，尤莫善于《治安策》。故千古奏议，推此篇为绝唱。""奏议以明白显豁、人人易晓为要。后世读此文者，疑其称名甚古，其用字甚雅，若仓卒不能解者，不知在汉时乃人人共称之名，人人惯用之字，即人人所能解也。"①从这篇文章来看，贾谊又渐渐地与他曾醉心的《老》《庄》之飘忽和《楚辞》之愤激产生了一定的距离，或者更确切地说，这个时期的创作，既保持了早年的纵横策士之风，同时融入了后来的沧海桑田之感，更加融通，更加成熟，真可谓是："其心切，其愤深，其词隐而丽，其藻伤而雅。"②

我们阅读贾谊的文字，洞晓世情，笔底生风，与战国策士之文一样，为了赢得君主的注意，往往出语激切，辩难质疑，纵览古今，充满霸气，具有很强的针对性，让人感慨泪下，收到了惊听回视的艺术效果。刘勰说"贾生俊发，故文洁而体清"，③朱熹说："贾谊之学杂。他本是战国纵横之学，只是较近道理，不至如仪、秦、蔡、范之甚尔。他于这边道理见得分数稍多，所以说得较好。然终是有纵横之习，

---

① 〔清〕曾国藩《鸣原堂论文》之贾谊《陈政事疏》，《曾国藩全集·诗文》，岳麓书社 1986 年版，第 495 页。
② 〔唐〕皮日休著《皮子文薮》卷二，上海古籍出版社 1981 年版，第 17 页。
③ 《文心雕龙·体性》，参见〔南朝梁〕刘勰著，周振甫注《文心雕龙注释》，人民文学出版社 1981 年版，第 309 页。

缘他根脚只是从战国中来故也。"①说明贾谊的思想、文风源于战国。

第三节 贾谊的学术传承与贡献

如前所述,贾谊踏入仕途,最关键的一步就是得到吴公的提携。吴公是李斯的学生,又同郡,属上蔡人。贾谊还师从张苍学《左传》。许慎《说文解字后序》、《后汉书·儒林传》、陆德明《经典释文叙录》说到《左氏传》的传授,都提到张苍传荀子学。② 贾谊从张苍问学,传至赵人贯公。③ 不论是张苍,还是吴公,均传荀子之学。因此,贾谊的学术传承与荀子有着千丝万缕的关系。刘歆说:"在汉朝之儒,惟贾生而已。"④当然,荀子之儒学,与孟子不同,如果说孟子学说具有形而上的特点的话,那么荀子学说则更多地涂抹了实用哲学的色彩。所以,《太史公自序》又说:"贾生、晁错明申、商。"⑤

贾谊生活在秦汉转型之际,强调以礼治天下,就本于《荀子》。《荀子》说:"在天者莫明乎日月,在地者莫明乎水火,在物者莫明乎珠玉,在人者莫明乎礼义。"但是贾谊所倡导的"礼"又不单纯。《新书·辅佐》论述大相、大拂、大辅、道行、调谇、典方、奉常、挑师的职

---

① 〔宋〕黎靖德编《朱子语录》卷一三七"战国汉唐诸子",中华书局1985年版,第3257页。
② 〔唐〕张彦远著《法书要录》卷二载后魏江式《论书表》:"北平侯张苍献《春秋左氏传》,书体与孔氏壁中书又类,即前代之古文也。"(人民美术出版社1984年版,第80页)《汉书·艺文志》有《张氏微》十篇,沈钦韩疑张苍著。
③ 吴承仕著《经典释文序录疏证》,中华书局1984年版,第121页。
④ 《汉书·楚元王传》,中华书局1962年版,第1968页。
⑤ 《史记·太史公自序》,中华书局1982年版,第3319页。

责,既非周制,也非汉制,很可能是贾谊自己制定出来的。又有《礼》篇,称:"道德仁义,非礼不成;教训正俗,非礼不备;分争辩讼,非礼不决;君臣、上下、父子、兄弟,非礼不定;宦学事师,非礼不亲;班朝治军、莅官行法,非礼威严不行;祷祠祭祀,供给鬼神,非礼不诚不庄。是以君子恭敬、撙节、退让以明礼。"①此外有《容经》,以《洪范》五事为纲,即貌、言、视、听、思,又以《周礼》保氏六仪为纬,即祭祀之容、宾客之容、朝廷之容、丧纪之容、军旅之容、车马之容,规定得非常详尽。其中一些文字与《大戴礼》中的《傅职》《保傅》《连语》《辅佐》《胎教》等多有重合。《礼记》中也有若干文字和条目见于《新书》。我们无法确切地分辨这是贾谊抄自《礼记》等书,还是这些书的编者取材于贾谊著作,抑或他们均本于先秦典籍,但至少有一点是明确的,即贾谊的思想比较庞杂,其主流是秉承荀子学说,不遗余力地弘扬传统的仁义礼乐之说,同时,又与申、商之学等有着千丝万缕的关系。

《汉书·艺文志》将先秦至秦汉时期的学术分为六类,即《六艺略》《诸子略》《诗赋略》《兵书略》《术数略》《方技略》。贾谊《新书》五十八篇所涉及的内容,基本涵盖了上述六类。具体到《诸子略》中的十家,贾谊也广采博收,甚至连"街谈巷语、道听途说"的小说家著作也掇取大旨。贾谊能够成为政坛新星和一代宗师,与他广泛阅读、深入思考有着密不可分的关系。②

《汉书》称贾谊著作五十八篇,《隋书》称为《贾子》,然未见《新书》之称。唐人马总《意林》两次征引贾谊之说,题曰《贾谊新书》,未载卷数。高似孙《子略》载南朝梁庾仲容《子钞》目同,是梁时已有

---

① 阎振益、钟夏校注《新语校注》卷六,中华书局2000年版,第214页。
② 详见刘跃进《贾谊所见书蠡测》,原载《南京师范大学学报》2008年第4期。

此称。《新唐书·艺文志》最早著录《贾谊新书》为十卷。王应麟《玉海》卷五五详载所见《新书》五十八篇目录:"一、《过秦》上下(见《史记·秦纪》),《宗首》,《数宁》,《藩伤》,《藩强》,《大都》,《等齐》,《服疑》,《益壤》(事势)。二、《权重》,《五美》,《制不定》,《审微》,《阶级》(事势)。三、《俗激》,《时变》,《瑰玮》,《孽产子》,《铜布》(见《食货志》),《壹通》,《属远》,《亲疏危乱》,《忧民》,《解县》,《威不信》(事势)。四、《匈奴》,《势卑》,《淮难》,《无蓄》,《铸钱》(事势)。五、《傅职》,《保傅》(见《大戴礼》、《昭纪》),《连语》,《辅佐》(连语),《问孝》(阙)。六、《礼》,《容经》(见《大戴礼》),《春秋》(连语)。七、《先醒》,《耳痹》,《谕诚》,《退逊》,《君道》(连语)。八、《官人》,《劝学》,《道术》,《六术》,《道德说》(杂事)。九、《大政》上下,《修政语》上下(杂事)。十、《礼容语》上下(上篇阙),《胎教》(见《大戴礼》),《立后义》,《传》(杂事。'传'即'本传'之语)。五十八篇十卷。"①其五十八篇目录既见于宋人王应麟《玉海》著录,又有宋刊本可以校正,可见今本基本上保存了唐宋时期的旧貌。②

当然,由于各家著录不同,且史传所引与《新书》多有出入,容易引起争议。多数学者认为,今存《新书》乃汇集贾谊所有文稿,经刘向等人整理而成。《朱子语类》卷一三五就说:"贾谊《新书》,除了《汉书》中所载,余亦难得粹者。看来只是贾谊一杂记稿耳,中间事事有些。"③清人孙志祖《读书脞录》卷四亦持类似的看法:"贾谊《新书》较之《汉书》本传及《食货志》所载诸疏,率多任意增损,或一事

---

① 〔宋〕王应麟编《玉海》卷五五,江苏古籍出版社1990年版,第1038页。
② 今本目录五十八篇,有两篇有目无文,末篇为《汉书·贾谊传》文字,实际只有五十五篇。参考潘铭基《贾谊〈新书〉研究》,上海古籍出版社2017年版,第113页。
③ 〔宋〕黎靖德编《朱子语类》卷一三五,中华书局1985年版,第3226页。

而分为两篇。疑此其平日论撰,而奏疏则芟薙浮语,镕铸伟词,故其文益茂美,或班氏小有润色,而《新书》又间出后人增窜,未可定也。"① 另外还有一种比较合理的解释,认为今存《新书》是贾谊的追随者所编。② 这种看法认为,今存《新书》是后人缀拾贾谊的学说汇编而成。无论哪种说法,都基本上认为这部书可以反映贾谊的学术和思想。

当然,还有一种比较极端的看法,认为今存《新书》为后人伪撰。③《新书》中有的内容与《说苑》《新序》《韩诗外传》相类似,而且《新书》的这些部分较之诸书为略,因此,《新书》很可能以这些书为本,采撰而成。对上述诸说,《四库全书总目》采取一种折衷的态度,以为"其书不全真亦不全伪"。而余嘉锡《四库提要辨证》则逐条辨驳,认为《新书》确为贾谊所著。④

---

① 阎振益、钟夏校注《新语校注》附录四,中华书局2000年版,第535页。
② 清人卢文弨《抱经堂文集·书校本贾谊新书后》:"《新书》非贾生所自为也,乃习于贾生者萃其言以成此书耳。犹夫《管子》《晏子》非管、晏之所自为。然其规模、节目之间,要非无所本而能凭空撰造者。篇中有'怀王问于贾君'之语,谊岂以贾君自称也哉?《过秦论》史迁全录其文。《治安策》见班固书者乃一篇,此离而为四五,后人以此为是贾生平日所草创,岂其然欤?《修政语》称引黄帝、颛、喾、尧、舜之辞,非后人所能伪撰。《容经》《道德说》等篇,辞义典雅,魏、晋人决不能为。吾故曰是习于贾生者萃而为之,其去贾生之世不大相辽绝,可知也。"见王洲明、徐超《贾谊集校注》附录《序跋》,人民文学出版社1996年版,第470页。
③〔宋〕陈振孙著《直斋书录解题》儒家类著录:"《贾子》十一卷,汉长沙王太傅洛阳贾谊撰。《汉志》五十八篇。今书首载《过秦论》,末为《吊湘赋》,余皆录《汉书》语,且略节谊本传于第十一卷中。其非《汉书》所有者,辄浅驳不足观,决非谊本书也。"(上海古籍出版社1987年版,第270页)
④ 有关《新书》真伪的论争,参见曹道衡、刘跃进《先秦两汉文学史料学》相关章节。

《新书》的文献价值是多方面的,如《无蓄》引:"《王制》曰:'国无九年之蓄,谓之不足;无六年之蓄,谓之急。无三年之蓄,国非其国也。'其王制若此之迫也,陛下奈何不使吏计所以为此?可以流涕者又是也。"这段话又见后面的《礼》篇,但是未标注出处。案今本《礼记·王制》:"国无九年之蓄曰不足,无六年之蓄曰急,无三年之蓄曰国非其国也。"除个别字句略有差异外,基本相同。《王制》一书,根据《汉书·郊祀志》记载,是汉文帝刘恒在前元十六年(公元前164年)让诸博士采集《六经》材料汇编而成的。此书颇为汉代帝王所重视。武帝即命文士依据经书及此书制定政策。问题是,今存《礼记·王制》一篇,是否就是文帝时儒生所编,历来有争议。东汉卢植以为就是文帝时博士所编。而郑玄则认为是周亡之后、秦汉之际所作。① 清儒俞樾、皮锡瑞则认为是孔氏遗书,为七十子后学所记。② 我们根据贾谊所引,可以证明,今存《王制》至少应是先秦文献,与文帝组织编纂的《王制》无涉,因为文帝组织编《王制》时,贾谊已经过世四五年,当然没有机会看到。贾谊所见《王制》应当是《礼记》收录的那一篇,似无疑义。由此来看,《礼记》一书确实渊源有自,断非汉人托撰之作。③ 又如《保傅》引《学礼》十九句,王聘珍认

---

① 见孔颖达《礼记·王制正义》引郑玄《答临硕书》。中华书局 1980 年版,第 93 页。
② 俞说见《达斋丛说》"王制说",见《九九销夏录》附录。(中华书局 1995 年版,第 326 页)皮说见《经学通论》卷三《论王制月令乐记非秦汉之书》(中华书局 1954 年版,第 65 页)
③ 如郭店楚简有不少篇与《礼记》有关,如《缁衣》一篇,与今本《礼记·缁衣》基本相同。这说明《礼记》一书渊源有自,绝非后人猜测的那样,多是汉代学人的辑录,甚至是汉人所著。参见刘跃进《中国学术史上又一重大发现》,收录在《走向通融——世纪之交的中国古典文学研究》一书中(知识产权出版社 2005 年版,第 172 页)。

为即是《礼古经》五十六篇中的篇名。另外,还有《明堂之位》或即《汉书·艺文志》中的《明堂阴阳》三十三篇中的逸文。《容经》篇则是从《仪礼》中来。此外,《汉书·艺文志》著录的小说《青史子》,也见于《新书》征引,虽然只是吉光片羽,却也为我们保留了珍贵的史料。

最值得我们注意的是《道术》一篇:"曰:请问品善之体何如? 对曰:亲爱利子谓之慈,反慈为嚚;子爱利亲谓之孝,反孝为孽……",完全是"××××谓之×,反×为×"的相同语序,共论述了慈、孝、忠、惠、友、悌、恭、敬、信、贞、端、平、清、廉、公、正、度、恕、洁、德、行、退、让、仁、义、和、调、宽、裕、煴、良、轨、道、俭、节、慎、戒、知、慧、礼、仪、顺、比、俪、雅、辩、察、威、严、任、节、勇、敢、诚、必等所谓"善"的五十五种品格以及它们的对立面。其句式如同《荀子·成相篇》。就语言学的意义而言,这五十五种伦理规定,又是一部系统的训诂论著,近似于《尔雅》的训解方式。所以章太炎说:"贾太傅有《道术》一篇,悉训诂,若取此以说《左氏》,则旧义存者多矣。"①所谓"旧义"即先秦时代的语义材料。

当然,《新书》在思想史方面的贡献也有很多。如《孽产子》篇就针对汉初以来盛行的无为之风进行批判。当时,服饰制度混乱无序,上下等级次序无从分别,其背后隐含着深刻的社会问题。因此,贾谊认为应当有所作为,有所建设:"今也平居则无此施,不敬而素宽,有故必困。然而献计者类曰:无动为大耳。夫无动而可以振天下之败者,何等也? 曰为大,治;若为大,乱,岂若其小? 悲夫! 俗至不敬也,至无等也,至冒其上也,进计者犹曰无为,可为长太息者

---

① 转引自方向东《贾谊集汇校集解·道术篇》注,河海大学出版社2000年版,第322页。

此也"。① 表现出强烈的忧患意识。他还主张:"人之所设,为不立,不修则坏。"②很有政治眼光。

总之,贾谊不是纯儒,就其学术传统而言,他主要继承了荀子、李斯、张苍之学。而后,又深受南方文化的影响,故其思想不主故常,杂糅儒道,出入百家。故《汉书·司马迁传》云:"汉兴,萧何次律令,韩信申军法,张苍为章程,叔孙通定礼仪,则文学彬彬稍进,《诗》《书》往往间出。自曹参荐盖公言黄老,而贾谊、朝错明申、韩,公孙弘以儒显,百年之间,天下遗文古事靡不毕集。"③在西汉初年那个风云际会的时代,贾谊以其独特的思想影响了两汉学术文化的发展。

---

① 王洲明、徐超校注《贾谊集校注》,中华书局1996年版,第107页。
② 《汉书·礼乐志》引,中华书局1962年版,第1030页。
③ 《汉书·司马迁传》,中华书局1962年版,第2723页。

第五章　邹阳与枚乘

鲁迅《汉文学史纲要》第八篇"藩国之文术"有这样的概括:"汉高祖虽不喜儒,文、景二帝,亦好刑名、黄老,而当时诸侯王中,则颇有倾心养士,致意于文术者。楚、吴、梁、淮南、河间五王,其尤著者也。"①就是说,这六十年间,帝王虽不重视文学,而诸侯王却多蓄养能文之士,亦即文学多在地方。这是西汉前期一个重要文学景观。

第一节　汉初三大文人集团

战国以来养士之风盛行,其流风余韵,波及西汉前期。刘邦吸取了秦代大权旁落外姓的教训,分封子弟,与大臣共盟:非刘姓而王者,天下共诛之。地方势力如吴、楚、梁、淮南等诸国,也由此扩充势力,并招纳文士,扩大影响。高祖刘邦之兄弟子侄中,吴王刘濞、楚王刘交、齐王刘肥、淮南王刘长;文帝刘恒之子中,太子刘启、梁孝王

---

① 《鲁迅全集》第十册,人民文学出版社1973年版,第561页。

刘武;景帝之子中,河间献王刘德、鲁恭王刘余等,无不开馆延士,为世人瞩目。如"文帝为太子,立思贤苑以招宾客。苑中有堂隍六所。客馆皆广庑高轩,屏风帱褥甚丽"。① 又如"河间王德筑日华宫,置客馆二十余区,以待学士,自奉养不逾宾客"。② 鲁恭土扩建宫室,发现大量古代典籍,在文化史上产生重要影响。上有所好,下必从之。大臣也隆礼敬士,如"平津侯(公孙弘)自以布衣为宰相,乃开东阁,营客馆,以招天下之士。其一曰钦贤馆,以待大贤;次曰翘材馆,以待大才;次曰接士馆,以待国士。其有德任毗赞、佐理阴阳者,处钦贤之馆。其有才堪九烈将军二千石者,居翘材之馆。其有一介之善、一方之艺,居接士之馆。而躬自菲薄,所得俸禄,以奉待之"。③

在上述诸多政治集团中,最具有文人色彩的主要有吴王刘濞文人集团、淮南王刘安文人集团和梁孝王刘武文人集团。淮南王刘安及其幕僚,主要生活在武帝朝,下章还要有所论述。这里先看以吴王刘濞和梁孝王刘武为核心的两个文人集团的文学活动。

刘濞(前215—前154),刘邦兄刘仲之子。初封为沛侯。荆王刘贾为黥布所杀。刘邦在平定黥布之后,以为吴地会稽轻悍,故选曾参与平定黥布之乱的刘濞为吴王,王三郡五十三城。刘濞为王三十余年,门下云集了一大批文人学士。晁错为太子家令,得幸皇太子,数从容言吴过可削。及景帝即位,晁错为御史大夫,上书曰:"昔高帝初定天下,昆弟少,诸子弱,大封同姓,故孽子悼惠王王齐七十二城,庶弟元王王楚四十城,兄子王吴五十余城。封三庶孽,分天下半。"④最终,吴王与楚王以"清君侧"为由,挑起了影响久远的吴楚

---

① 〔晋〕葛洪辑《西京杂记》卷三,中华书局1985年版,第17页。
② 〔晋〕葛洪辑《西京杂记》卷四,中华书局1985年版,第29页。
③ 〔晋〕葛洪辑《西京杂记》卷四,中华书局1985年版,第24—25页。
④ 《汉书·荆燕吴传》,中华书局1962年版,第1906页。

七国之乱。刘濞后兵败逃至东越,被杀。

梁孝王刘武,汉文帝次子,与汉景帝刘启均为窦后所生,因此,与景帝是同父同母兄弟,原本关系很好。文帝即位第二年,即前元二年(前178),刘武初封为代王,转为淮阳王。文帝前元十二年(前168),其弟刘揖坠马死,遂封梁孝王。其生平事迹详见《史记·梁孝王世家》和《汉书·文三王传》。其治所在今河南商丘。这里原属楚国故地,受楚国风气影响很大。

景帝初年,吴楚七国叛乱。梁王刘武拒七国之乱,"所杀虏略与汉中分",为巩固汉帝国立下了汗马之功,因而得到了景帝的高度赞赏。景帝前元三年(前154),梁孝王第二次入京时,景帝甚至戏言将传位给他。翌年,汉景帝立其子刘荣为太子。这对于梁孝王刘武而言多少有些讽刺的意味。景帝戏说传位给他,梁孝王也"知非至言,然心内喜。太后亦然"。而一旦事态明朗,梁孝王依然感到巨大的失落。从此,他开始扩充自己的势力范围。《汉书·文三王传》载:"汉立太子。梁最亲,有功,又为大国,居天下膏腴地,北界泰山,西至高阳,四十余城,多大县。孝王,太后少子,爱之,赏赐不可胜道。于是孝王筑东苑,方三百余里,广睢阳城七十里,大治宫室,为复道,自宫连属于平台三十余里。得赐天子旌旗,从千乘万骑,出称警,入言跸,拟于天子。招延四方豪杰,自山东游士莫不至:齐人羊胜、公孙诡、邹阳之属。公孙诡多奇邪计,初见日,王赐千金,官至中尉,号曰公孙将军。多作兵弩弓数十万,而府库金钱且百巨万,珠玉宝器多于京师。"①这段记载,将景帝立太子与梁孝王扩充地盘、大治宫室联系起来叙述,其中的因果关系似乎不言而喻。只是,这个时候,矛盾还没有完全公开化。

---

① 《汉书·文三王传》,中华书局1962年版,第2208页。

景帝刘启前元七年(前150)十月,梁孝王第三次入朝。其侍中、郎、谒者均出入天子宫殿。这年十一月,景帝废皇太子刘荣为临江王。窦后很希望立梁孝王刘武为嗣,结果为袁盎等大臣所劝阻。梁孝王只得悻悻辞归。五个月以后,景帝之子、胶东王刘彻被立为太子。事已至此,梁孝王彻底失望,先是怨恨袁盎等人向景帝进谏,于是与羊胜、公孙诡等谋杀袁盎及其他议臣十余人。阴谋败露后,羊胜、公孙诡等人自杀。幸亏其幕僚如邹阳等人从中斡旋,梁孝王得以免罪,但是与景帝的关系也从此彻底疏远了。六年以后的中元六年(前144)六月,梁孝王抑郁而死。此后,梁国一分为五,孝王五子皆封为王。显然,其政治势力被大大地瓦解,仅仅保留了若干经济特权。①

　　我们虽然还不能具体推知梁孝王与汉景帝之间是是非非的细节,也不能简单地据此来评价梁孝王的政治野心,但有一点非常明确,即不论梁孝王是"贵盛",还是落难,其身边的文人多始终如一,非常难得。譬如,邹阳初到梁国,其才能颇受梁孝王欣赏,后遭忌入狱,作《狱中上书自明》,感动了梁孝王而被引为上宾。梁王谋刺袁盎获罪,向邹阳悔过,并请教解罪的方略。经过邹阳的活动,梁王最后幸免于死。从这件事情上看,梁孝王确实爱才、惜才,诚如韦应物所说,"梁王昔爱才,千古化不泯"。② 这些文人也乐于为他奔走。再譬如,枚乘到梁国后,就没有离开,梁孝王死后才回到淮阴老家。

---

① 西汉梁王陵位于河南永城北约三十公里的芒砀山十平方公里范围内。目前在主峰以外的保安山等八座山头发现有汉墓,西汉梁国自梁孝王刘武起八代九王及王后、大臣死后就埋葬于此。《三国志》注引《曹瞒传》记载,曹操曾盗发梁孝王墓,多得珍宝。近年考古发现依然有大量陪葬品出土。

② 韦应物《大梁亭会李四栖梧作》,《全唐诗》卷一八六,中华书局1960年版,第1897页。

如果梁孝王真的如吴王那样内险外仁,两人也许早就离开这个是非之地了。当年,这两个人都曾为吴王刘濞的幕僚,后来所以离开吴王,就是因为看到了吴王刘濞的政治野心,从内心不认可。毕竟,明者慎微,智者识几。

正是这样一批比较正直的文人云集在梁孝王周围,也吸引了司马相如的注意。《汉书·司马相如传》载其"以訾为郎,事孝景帝,为武骑常侍,非其好也。会景帝不好辞赋,是时梁孝王来朝,从游说之士齐人邹阳、淮阴枚乘、吴严忌夫子之徒,相如见而说之,因病免,客游梁,得与诸侯游士居"。① 司马相如也是在梁孝王死后才回到自己的老家。唐代顾况《宋州刺史厅壁记》称:"梁孝王时,四方游士邹生、枚叟、相如之徒,朝夕晏处,更唱迭和。天寒水冻,酒作诗滴,是有文雅之台。"② 这说明了梁孝王艺术旨趣,为众多文人幕僚所倾心,诚如高适所说"梁王昔全盛,宾客复多才"。③ 在此文雅之台,邹阳、枚乘、枚皋、司马相如、羊胜、公孙诡、路乔如、丁宽、韩安国等人充分展示了他们的文学天才。

第二节 邹阳

邹阳(约前206—前129),齐(今山东一带)人。吴王刘濞镇抚江南时,"招致四方游士,阳与吴严忌、枚乘等俱仕吴,皆以文辩

---

① 《汉书·司马相如传》,中华书局1962年版,第2529页。
② 《全唐文》卷五二九,中华书局1983年版,第5371页。
③ 高适《宋中十首》之一,《全唐诗》卷二一二,中华书局1960年版,第2210页。

著名"。① 后来,吴王因太子在京城被杀,与朝廷结怨,阴谋起事。当时,吴王刘濞私下连结齐、赵、淮南、胡、越,为自己造势。邹阳作《上书吴王》予以谏阻,分析了当时境内外的形势,认为胡、越自身有腹背受敌之虞,不可能协助反汉,而文帝在众臣的辅佐下,平定诸吕,甚得人心。然吴王不予采纳。于是邹阳、枚乘、严忌等辞行,去梁国做梁孝王的幕僚。② 邹阳没有想到的是,同是齐人的羊胜、公孙诡等人出于妒忌心理,竟然在梁孝王前进谗言,于是,梁孝王一怒而把邹阳投置狱中,必欲置之死地。邹阳在狱中上书梁孝王,文辞委婉而雄辩。梁王看到上书后,就立即释放了邹阳,并延为上客。这篇《狱中上书自明》,博引史实,铺张排比,在哀婉悲叹之中包含着激愤感慨,颇有战国游士纵横善辩之风。文章写到:

臣闻忠无不报,信不见疑,臣常以为然,徒虚语耳!昔荆轲慕燕丹之义,白虹贯日,太子畏之;卫先生为秦画长平之事,太白食昴,昭王疑之。夫精诚变天地而信不谕两主,岂不哀哉!今臣尽忠竭诚,毕议愿知,左右不明,卒从吏讯,为世所疑。是使荆轲、卫先生复起,而燕、秦不寤也。愿大王孰察之。

昔玉人献宝,楚王诛之;李斯竭忠,胡亥极刑。是以箕子阳狂,接舆避世,恐遭此患也。愿大王察玉人、李斯之意,而后楚王、胡亥之听,毋使臣为箕子、接舆所笑。臣闻比干剖心,子胥鸱夷,臣始不信,乃今知之。愿大王孰察,少加怜焉!

语曰:"有白头如新,倾盖如故。"何则?知与不知也。故樊於期逃秦之燕,藉荆轲首以奉丹事;王奢去齐之魏,临城自刭以

---

① 《汉书·邹阳传》,中华书局1962年版,第2338页。
② 邹阳这段经历,详见刘跃进《江南的开发及其文学的发轫》,《文学遗产》2007年第3期。

却齐而存魏。夫王奢、樊於期非新于齐、秦而故于燕、魏也,所以去二国死两君者,行合于志,慕义无穷也。是以苏秦不信于天下,为燕尾生;白圭战亡六城,为魏取中山。何则?诚有以相知也。苏秦相燕,人恶之燕王,燕王按剑而怒,食以䭾骏;白圭显于中山,人恶之于魏文侯,文侯赐以夜光之璧。何则?两主二臣,剖心析肝相信,岂移于浮辞哉!

故女无美恶,入宫见妒;士无贤不肖,入朝见嫉。昔司马喜膑脚于宋,卒相中山;范雎拉胁折齿于魏,卒为应侯。此二人者,皆信必然之画,捐朋党之私,挟孤独之交,故不能自免于嫉妒之人也。是以申徒狄蹈雍之河,徐衍负石入海,不容于世,义不苟取,比周于朝,以移主上之心。故百里奚乞食于道路,缪公委之以政;甯戚饭牛车下,而桓公任之以国。此二人者,岂素宦于朝,借誉于左右,然后二主用之哉?感于心,合于行,坚如胶漆,昆弟不能离,岂惑于众口哉?故偏听生奸,独任成乱。昔鲁听季孙之说逐孔子,宋任子冉之计而囚墨翟。夫以孔、墨之辩,不能自免于谗谀,而二国以危。何则?众口铄金,积毁销骨也。秦用戎人由余而伯中国,齐用越人子臧而强威、宣。此二国岂系于俗,牵于世,系奇偏之浮辞哉?公听并观,垂名当世。故意合则胡越为兄弟,由余、子臧是矣;不合则骨肉为仇敌,朱、象、管、蔡是矣。今人主诚能用齐、秦之明,后宋、鲁之听,则五伯不足侔,三王易为也。①

其文风又多用排偶句,近于骈体。此文收入《文选》《古文辞类纂》以及《古文观止》,影响极为久远。《文心雕龙·论说》:"邹阳之说吴、

---

① 《汉书·贾邹枚路传》,中华书局1962年版,第2343—2347页。

梁,喻巧而理至,故虽为而无咎矣。"《才略》:"邹阳之上书,膏润于笔,气形于言。"①刘勰用"气形于言"来评价邹阳的文章风格,还是比较贴切的。《汉书·艺文志》将其列入纵横家,其文章亦有纵横家的气派。

邹阳也善长辞赋,《西京杂记》载其《酒赋》《几赋》,但历来学者对这两篇辞赋多持存疑态度,所以流传不广。《汉书·艺文志》有《邹阳》七篇,现在只保留有二赋二文,均辑入《全上古三代秦汉三国六朝文》。《史记》《汉书》有邹阳传记。

第三节　枚乘

枚乘(?—前140),字叔,淮阴(今属江苏)人。初为吴王刘濞郎中。刘濞谋为叛乱,枚乘作《上书谏吴王》《上书重谏吴王》二篇劝谏。皆见《汉书》本传。吴王不用枚乘之策,枚乘遂去吴归梁,从梁孝王游。七国之乱既平,枚乘名声鹊起,被召拜为弘农都尉。枚乘久客诸侯,不愿做郡吏,遂去职,复从梁王游。当时,梁孝王宾客大都善长辞赋,枚乘才能最高。后来汉武帝即位,素闻枚乘文名,于是以安车蒲轮征枚乘。枚乘年老多病,死于道中。从历史发展的眼光看,我认为枚乘之死具有重要的象征意义:第一,标志着盘根错节的王侯文化逐渐走向终结;第二,标志着无为而治的黄老思想逐渐走向终结;第三,标志着居安思危的忧患意识逐渐走向终结;第四,标志着汉帝国进入一个全新的高度一统时期。

---

① 〔南朝梁〕刘勰著,周振甫注《文心雕龙注释》,人民文学出版社1981年版,第202页、第502页。

《汉书·艺文志》著录枚乘赋九篇,是否包括《七发》,尚不可确知,因为在汉代文体分类上,"七"体与赋,并非一体。《西京杂记》和《古文苑》分别还收录有枚乘《柳赋》《梁王菟园赋》,是否也在此九篇中,学者多持怀疑态度。《玉台新咏》收录有枚乘诗九首(实为八首),皆见《文选》,入《古诗十九首》中。学者于此也多致疑,故逯钦立《先秦汉魏晋南北朝诗》不作枚乘诗收入。

《上书谏吴王》作于景帝即位之前,后篇作于晁错被诛之后,七国叛乱被平之前的前元三年(前154)。① 枚乘劝诫刘濞要看清自己的处境,不要以为自己看起来强大就忘乎所以:"舜无立锥之地,以有天下。禹无十户之聚,以王诸侯。汤、武之土,不过百里。上不绝三光之明,下不伤百姓之心者,有王术也。"②所谓王术,就是人心向背。如果忽略这个根本,就是以卵击石:

> 夫以一缕之任系千钧之重,上悬无极之高,下垂不测之渊,虽甚愚之人犹知哀其将绝也。马方骇鼓而惊之,系方绝又重镇之。系绝于天不可复结,队入深渊难以复出。其出不出,间不容发。

其比喻的运用,精妙纯熟,具有很强的感染力。其后,枚乘再次上书谏吴王,全面分析了汉王朝与吴国的政治形势和军事力量以及人心向背,认为"举吴兵以訾于汉,譬犹蝇蚋之附群牛,腐肉之齿利剑,锋接必无事矣"。③ 这些分析,细致精微,鞭辟入里,表现了作者高度敏锐的政治眼光和极强的逻辑思辨能力。《秦汉文钞》引明代茅坤曰:

---

① 详见刘跃进著《秦汉文学编年史》,商务印书馆2006年版。
② 《汉书·贾邹枚路传》,中华书局1962年版,第2359页。
③ 《汉书·贾邹枚路传》,中华书局1962年版,第2362页。

"篇中或长喻,或短譬,凡十有四五,势若沛江河,联若贯珠璧。真古之善言者。然文体稍仄矣。"①

晁错为御史大夫,定制度,削诸王地。吴王与诸国既举兵反,以诛晁错为名。汉闻之,斩错以谢诸侯。枚乘又《上书重谏吴王》,以战国后期六国为例,"并力一心以备秦。然秦卒禽六国、灭其社稷而并天下,是何也?则地利不同而民轻重不等也"。而今,大汉一统,时势较之嬴秦又有不同。再说朝廷已经斩杀晁错以谢诸侯,如果不知收敛,得寸进尺,结果可想而知。然而吴王执迷不悟,"有吞天下之心",结果最终被剿灭。

枚乘创作以《七发》为最著名,文学史家认为这是汉赋形成的重要标志。《文选》选录此篇,作为"七体"的代表,与辞赋分列。开篇称:"楚太子有疾,而吴客往问之。"据此推断,这篇作品很可能作于游历江南时期。

《七发》共两千余字,假设楚国太子重病在身,任何药物似乎都没有效果。于是,吴国客人前往诊病,察颜观色,道太子"久耽安乐,日夜无极","纵耳目之欲,恣支体之安者,伤血脉之和",这是致病的根源,由此可以断定他所患一定是精神萎靡症,如果不及时治疗,性命难保,后果当不堪设想。于是,吴客郑重指出,此病不是通常的"药石针刺"所能医治,即使是良医扁鹊也无可奈何。只有依靠"博闻强识"的世之君子的"要言妙道",方能"变度易意",改变太子的生活方式和环境,改变太子的志趣爱好,才能治好此病。太子听得津津有味,表示愿意听从吴客的劝告,希望继续听听吴客的高见。于是,吴客分别陈述了七件事,一步步地启发劝导太子,竟然使太子的眉宇间逐渐地流露出喜悦之色,病也为之好转,当讲完全部事理

---

① 《秦汉文钞》,中国社会科学院文学研究所藏书。

后,太子竟然能"据几而起",霍然病愈。

那么,是哪七件事会有这么大的神力呢?《七发》详细记载了这七件事:第一件事是用音乐来感染太子。弹奏音乐得有好琴,而这里的琴可真是不一般,用的是"龙门之桐",经历了风霜雨雪的磨砺,"高百尺而无枝,中郁结之轮菌,根扶疏以分离。上有千仞之峰,下临百丈之溪"。其琴弦用野蚕之丝制成。演奏此琴的又是著名的琴师堂子京,而演唱此曲的则是伯牙。这样的音乐,飞禽听了不忍离去,野兽听了不能前行,至于许许多多的昆虫听了,也都停在那里发愣。这真是"天下之至悲也"。吴客问:太子能勉强起来听听吗?太子无所动心。于是又说第二件事,用美味佳肴来诱惑太子。有山珍海味自不必说,"此亦天下之至美也",吴客希望太子能起来尝尝新鲜。但是太子还是不为所动。再说第三件事,旷世希见的珍车宝马,经过了著名的相马大师伯乐的品评,又有著名的御马名师王良、造父为之驾车,"此亦天下之至骏也"。这下太子总该有所动心了吧?可事实上,他依然如故。第四件事又说到游观,"既登景夷之台,南望荆山,北极汝海,左江右湖,其乐无有",那些博辩之士,登临纵目,流声悦耳,"此亦天下之靡丽皓侈广博之乐也"。然而太子仍无兴趣纵游。第五件事说到打猎,为太子驯骏马,备快车,劲箭雕弓,尽为之所有,"游青风,陶阳气,荡春心,逐狡兽,集轻禽,于是极犬马之才,困野兽之足,穷相御之智巧"。听到这些,太子虽不能从行,但是眉间已有起色。吴客乘胜又用观涛来激励太子:

客曰:将以八月之望,与诸侯远方交游兄弟,并往观涛乎广陵之曲江。至则未见涛之形也。徒观水力之所到,则恂然足以骇矣。观其所驾轶者,所擢拔者,所扬汩者,所温汾者,所涤汔者,虽有心略辞给,固未能缕形其所由然也。怳兮忽兮,聊兮栗兮,混汩汩兮。忽兮慌兮,俶兮傥兮,浩瀇瀁兮,慌旷旷兮。秉意乎南山,通望乎东海。虹洞兮苍天,极虑乎崖涘。流揽无穷,归神日母。汩乘流而下降兮,或不知其所止。或纷纭其流折兮,忽缪往而不来。临朱汜而远逝兮,中虚烦而益怠。莫离散而发曙兮,内存心而自持。是澡概胸中,洒练五藏,澹澈手足,颒濯发齿。揄弃恬怠,输写淟浊,分决狐疑,发皇耳目。当是之时,虽有淹病滞疾,犹将伸伛起躄,发瞽披聋而观望之也。况直眇小烦懑、酲醲病酒之徒哉!故曰:发蒙解惑,不足以言也。

太子曰:善!然则涛何气哉?

客曰:不记也。然闻于师曰:似神而非者三:疾雷闻百里。江水逆流,海水上潮。山出内云,日夜不止。衍溢漂疾,波涌而涛起。其始起也,洪淋淋焉,若白鹭之下翔。其少进也,浩浩滣滣,如素车白马帷盖之张。其波涌而云乱,扰扰焉如三军之腾装。其旁作而奔起也,飘飘焉如轻车之勒兵。六驾蛟龙,附从太白。纯驰浩蜺,前后骆驿。颙颙卬卬,椐椐强强,莘莘将将。壁垒重坚,沓杂似军行。訇隐匈磕,轧盘涌裔,原不可当。观其两傍,则滂渤怫郁,闇漠感突,上击下律。有似勇壮之卒,突怒而无畏。蹈壁冲津,穷曲随隈,逾岸出追。遇者死,当者坏。初发乎或围之津涯,荄轸谷分。回翔青篾,衔枚檀桓。弭节伍子之山,通厉胥母之场。凌赤岸,篲扶桑,横奔似雷行。诚奋厥武,如振如怒。沌沌浑浑,状如奔马。混混庉庉,声如雷鼓。发怒庢沓,清升逾跇。侯波奋振,合战于藉藉之口。鸟不及飞,鱼不及回,兽不及走。纷纷翼翼,波涌云乱。荡取南山,背击北岸。覆亏丘陵,平夷西畔。险险戏戏,崩坏陂池,决胜乃罢。瀄汨潺湲,披扬流洒。横暴之极,鱼鳖失势,颠倒偃侧,沈沈湲湲,蒲伏连延。神物怪疑,不可胜言。直使人踣焉,洄闇凄怆焉。①

其波涛如"如素车白马帷盖之张""如三军之腾装""如轻车之勒兵",以至"鸟不及飞,鱼不及回,兽不及走。纷纷翼翼,波涌云乱。荡取南山,背击北岸。覆亏丘陵,平夷西畔"。这么壮观的场面,太子总该有所感动吧?可惜太子仍称"仆病未能"。最后,吴客只能奏以方术之士来启迪太子了。于是他列举了历史上有名的辩士圣人如庄子、杨朱、孔子、孟子等人之持论,以为"此亦天下要言妙道也"。太子听说后顿时感到了精神的力量,说"涣乎若一听圣人辩士之言"。病也霍然而愈。

枚乘这篇作品的思想意义到底表现在哪里呢?《文心雕龙·杂文》以为"盖七窍所发,发乎嗜欲,始邪末正,所以戒膏粱之子"。②唐代李善《文选注》则以为"说七事以启发太子也"。历来的研究者,所见略同,都认为这是一篇具有讽刺意义的作品,其主题思想是劝告贵族子弟以及整个贵族统治集团,不要纵情声色,贪恋安逸,过分沉缅于享乐。在吴客正式以"七发"劝导太子之前,吴客针对楚太子的疾状,已经作出诊断,并且断言"久执不废,大命乃倾"。也就是说,如果不加以重视,将危及生命。为此,吴客又从正面分析造成太子病疾的原因,就是养在深宫,沉溺声色。根除太子"淹沉之乐,浩唐之心,遁佚之志"的最好办法是"独宜世之君子,博见强识,承间语事,变度易意,常无离侧,以为羽翼",也就是文章结尾提到的"要言妙道"。这是理解这篇作品的关键。《曾子·内篇》载:"子曰:君子

---

① 〔南朝梁〕萧统编《文选》卷三四《七发》,中华书局1977年,第482—484页。

② 〔南朝梁〕刘勰著,周振甫注《文心雕龙注释》,人民文学出版社1981年版,第147页。

之教以孝也,非家至而日见之也。教以孝,所以敬天下之为人父者也。教以悌,所以敬天下之为人兄者也。教以臣,所以敬天下之为人君者也。《诗》云:'恺悌君子,民之父母。'非至德,其孰能顺民,如此其大者乎?子曰:教民亲爱,莫善于孝;教民礼顺,莫善于悌;移风易俗,莫善于乐;安上治民,莫善于礼。礼者,敬而已矣。敬其父则子悦,敬其兄则弟悦,敬其君则臣悦,敬一人而千万人悦。所敬者寡而悦者众,此之谓要道。"①由此来看,所谓要道,一言以蔽之,曰孝悌之道而已矣。枚乘《七发》借吴客之口启发楚国太子,就是要阐发这种要言妙道。更深一层的涵义,就是劝戒当时的吴、楚等大国不要忘记这最根本的大道,维护汉帝国的统一。

　　这篇作品在汉代文体发展过程中的意义确实是毋庸置疑的。他确实集中了汉赋创作的所有特色。在内容上,所描写的音乐、饮食、车马、游观、田猎、观涛等涉及了许多方面。在体制上,在结构上,篇幅阔大,义脉贯通,其间跌宕多姿,起伏变化,给人以移步换形的强烈感受。所以何焯《义门读书记》卷四九:"数千言之赋,读者厌倦,裁而为七,移形换步,处处足以回易耳目,此枚叔所以独为文章宗。刘彦和以宋玉《对问》、枚叔《七发》、扬雄《连珠》,为杂文之祖。"②至于语言之丰富,文采之华丽以及铺陈排比、夸张比喻的成功运用,上继《楚辞·招魂》,下开汉大赋之体。如上引"通望乎东海,虹洞兮苍天"二句,视通万里,气象阔大。司马相如《上林赋》"视之无端,察之无涯,日出东沼,月生西陂",马融《广成赋(颂)》"天地虹洞,固无端涯,大明出东,月生西陂",扬雄《校猎》"出入日月,天与地沓",张衡《西京赋》"日月于是乎出入,象扶桑于濛汜"等,无不因循

---

① 〔宋〕汪晫编《曾子全书》,台北:商务印书馆影印文渊阁《四库全书》本,子部第 703 册,第 463 页。
② 〔清〕何焯著《义门读书记》卷四九,中华书局 1987 年版,第 947 页。

追模,参伍因革,《文心雕龙·通变》将此视为"通变之数"的范例。

《七发》问世后,模仿者络绎不绝。《文心雕龙·杂文》说:

> 自《七发》以下,作者继踵,观枚氏首唱,信独拔而伟丽矣。及傅毅《七激》,会清要之工;崔瑗《七依》,入博雅之巧;张衡《七辨》,结采绵靡;崔瑗《七厉》,植义纯正;陈思《七启》,取美于宏壮;仲宣《七释》,致辨于事理。自桓麟《七说》以下,左思《七讽》以上,枝附影从,十有余家。或文丽而义暌,或理粹而辞驳。观其大抵所归,莫不高谈宫馆,壮语畋猎。穷瑰奇之服馔,极蛊媚之声色。甘意摇骨髓,艳词洞魂识,虽始之以淫侈,而终之以居正。然讽一劝百,势不自反。子云所谓"犹骋郑卫之声,曲终而奏雅"者也。唯《七厉》叙贤,归以儒道,虽文非拔群,而意实卓尔矣。①

根据《隋书·经籍志》记载,唐代以前模仿《七发》的作者就不下四十余家,《文选》就专设"七"类。除《七发》外,还收录有曹植《七启》、张协《七命》等三篇。其影响之久远,于此可见一斑。

《梁王菟园赋》见《艺文类聚》卷六五、《古文苑》卷三收录,对菟园有过精微的描述,如:

> 修竹檀栾,夹池水旋,兔园并驰,鹔鸘鹄雕,翡翠鸧鸹。巢枝穴藏,被塘临谷,声音相闻,啄尾离属。于是晚春早夏,邯郸襄国,相与杂沓而往欸焉。高冠扁焉,长剑闲焉,左挟弹焉,右

---

① 〔南朝梁〕刘勰著,周振甫注《文心雕龙注释》,人民文学出版社1981年版,第148页。

执辔焉,日移乐衰,游观西园。从容安步,斗鸡走兔,俯仰钓射,煎熬炰炙,极乐到暮。①

《太平御览》卷一九七引《隋图经》载,梁孝王筑东西苑,方二百里,是曰兔园。晋人葛洪辑《西京杂记》卷二记载:"梁孝王好营宫室苑囿之乐,作曜华之宫,筑兔园。园中有百灵山,山有肤寸石、落猿岩、栖龙岫。又有雁池,池间有鹤洲凫渚。其诸宫观相连,延亘数十里,奇果异树,瑰禽怪兽毕备。王日与宫人宾客弋钓其中。"②章樵推测,这些修竹奇树,恐是后人依据此赋而命名。刘宋后期的江淹曾有拟作,说自己"聊为古赋,以奋枚叔之制",题作《学梁王兔园赋》。《文心雕龙·诠赋》:"枚乘《菟园》,举要以会新。"③举要,谓文字简洁,富有新意。新就新在篇幅短小,比喻新奇,如"焱焱纷纷,若尘埃之间白云",刘勰《文心雕龙·比兴》推为"比貌之类也"。④ 此外,枚乘还有《忘忧馆柳赋》,见《西京杂记》,见下节引录。

枚乘之子枚皋,字少孺,也以辞赋闻名于世。颜之推《观我生赋》注曰:"元帝手敕曰:枚乘二叶,俱得游梁。"⑤枚乘、枚皋父子同游梁王,后人传为佳话。《汉书·艺文志》著录枚皋作品百二十篇。《隋书·经籍志》已不著录,大约久佚。晋人葛洪辑《西京杂记》卷三也记载:"枚皋文章敏疾,长卿制作淹迟,皆尽一时之誉。而长卿首

---

① 〔唐〕欧阳询编《艺文类聚》卷六五,上海古籍出版社1982年版,第1162页。
② 〔晋〕葛洪辑《西京杂记》卷二,中华书局1985年版,第15页。
③ 〔南朝梁〕刘勰著,周振甫注《文心雕龙注释》,人民文学出版社1981年版,第81页。
④ 〔南朝梁〕刘勰著,周振甫注《文心雕龙注释》,人民文学出版社1981年版,第395页。
⑤ 《北史·文苑·颜之推传》,中华书局1974年版,第2795页。

尾温丽,枚皋时有累句。故知疾行无善迹矣。扬子云曰:'军旅之际,戎马之间,飞书驰檄,用枚皋;廊庙之下,朝廷之中,高文典册,用相如。'"①其特点就是"敏疾",然"时有累句"。《文心雕龙·神思》:"枚皋应诏而成赋",故《册府元龟》卷五五一《词臣部》将其归入"才敏"类。枚皋的作品,多为应诏之作,成于庙堂之下,故《文心雕龙·谐隐》将其与东方朔并列,视之以俳优,说东方朔、枚皋"餔糟啜醨,无所匡正,而诋嫚媟弄,故其自称为赋,乃亦俳也;见视如倡,亦有悔矣"。② 其政治地位及文学名声远远不能与乃父相比。这也许应验了曹丕所说的,文学艺术才能是天生的,"虽在父兄,不能以移子弟"。其为后人忽略,不是没有原因的。

第四节　梁孝王文人集团其他作家

晋人葛洪辑《西京杂记》卷四"忘忧馆七赋"条记载梁孝王与诸文士枚乘、路乔如、公孙诡、羊胜、邹阳、公孙乘、韩安国等游于忘忧之馆,使各人为赋。诸家文学史对于这组作品多持怀疑态度,推测是魏晋以后的作品,③故秦汉文学史很少论及。

公孙诡,字号及生卒年不详。《史记·梁孝王世家》称其"多奇邪计。初见王,赐千金,官至中尉,梁号之曰公孙将军"。④

---

① 〔晋〕葛洪辑《西京杂记》卷三,中华书局1985年版,第22页。
② 〔南朝梁〕刘勰著,周振甫注《文心雕龙注释》,人民文学出版社1981年版,第159页。
③ 参见美国学者康达维《〈西京杂记〉中的赋篇》,载其自选集《汉代宫廷文学与文化之探微》,苏瑞隆译,上海译文出版社2013年版。
④ 《史记·梁孝王世家》,中华书局1982年版,第2083页。

丁宽,字子襄,梁人。先从梁地项生研习《易》学,后师事田何。学成辞归,田何谓门人曰:"《易》以东矣。"至洛阳,丁宽复从周王孙受古义,号《周氏传》。景帝时,丁宽为梁孝王将军,拒吴楚之乱,号丁将军,又作《易说》二万言,训故举大谊而已。生平事迹见《汉书·儒林传》。

韩安国,字长孺,梁成安人。后徙睢阳。尝从邹田生学习《韩子》、杂说等。事梁孝王,为中大夫。吴、楚反时,孝王使韩安国及张羽为将,扞吴兵于东界。张羽力战,安国持重,以故,吴不能过梁。吴、楚破,韩安国、张羽由此扬名梁国。梁王以至亲故,得自置相、二千石,出入游戏,僭于天子。韩安国曾作为梁使疏通窦后,让景帝与梁孝王尽释前嫌。武帝即位后,曾在建元二年诏问公卿是讨伐匈奴还是执行和亲政策,王恢力主讨伐,而韩安国则力主和亲。武帝从韩议。元光二年(前133)武帝则从王议,派遣韩安国、王恢等五将军将兵三十万出塞,从此开启与匈奴长达四十年的战争。生平事迹见《汉书·窦田灌韩传》。

梁孝王文人集团其他成员生平事迹不详。《册府元龟》卷二九二《宗室部》"礼士"类记载:"梁孝王武,贵盛待士。于是,邹阳、枚乘、严忌从孝王游。"①这里提到严忌从孝王游。严忌,本名庄忌,会稽吴(今江苏苏州)人。因避东汉明帝讳,史称严忌。②《汉书·艺文志》著录"《庄夫子赋》二十四篇"。班固注:"名忌,吴人。"③今存《哀时命》一篇,见王逸编《楚辞章句》。王逸《楚辞章句》说:"夫子

---

① 〔宋〕王钦若等编,周勋初等校订《册府元龟》,凤凰出版社2006年版,第3295页。
② 《汉书·司马相如传》颜师古注:"严忌本姓庄,当时尊尚,号曰夫子。史家避汉明帝讳,故遂为严耳。"(中华书局1962年版,第2503页)
③ 《汉书·艺文志》,中华书局1962年版,第1747页。

名忌,与司马相如俱好辞赋。客游于梁,梁孝王甚奇重之。忌哀屈原受性忠贞,不遭明君而遇暗世,斐然作辞,叹而述之,故曰《哀时命》也。"①

《西京杂记》记载枚乘《柳赋》、路乔如《鹤赋》、公孙诡《文鹿赋》、邹阳《酒赋》、公孙乘《月赋》、羊胜《屏风赋》以及邹阳代韩安国所作《几赋》,又见《古文苑》收录,文字略有异同。

梁孝王游于忘忧之馆,集诸游士,各使为赋。

枚乘为**《柳赋》**。其辞曰:"忘忧之馆,垂条之木。枝逶迟而含紫,叶萋萋而吐绿。出入风云,去来羽族。既上下而好音,亦黄衣而绛足。蜩螗厉响,蜘蛛吐丝。阶草漠漠,白日迟迟。于嗟细柳,流乱轻丝。君王渊穆其度,御群英而玩之。小臣瞽聩,与此陈词。于嗟乐兮!于是樽盈缥玉之酒,爵献金浆之醪。②庶羞千族,盈满六庖。弱丝清管,与风霜而共雕。枪锽啾唧,萧条寂寥。俊乂英旄,列襟联袍。小臣莫效于鸿毛,空衔鲜而嗷醪。虽复河清海竭,终无增景于边撩。"

路乔如为**《鹤赋》**。其辞曰:"白鸟朱冠,鼓翼池干。举修距而跃跃,奋皓翅之猴猴。宛修颈而顾步,啄沙碛而相欢。岂忘赤霄之上,忽池籞而盘桓。饮清流而不举,食稻梁而未安。故知野禽野性,未脱笼樊。赖吾王之广爱,虽禽鸟兮抱恩。方腾骧而鸣舞,凭朱槛而为欢。"

公孙诡为**《文鹿赋》**。其词曰:"麀鹿濯濯,来我槐庭。食我槐叶,怀我德声。质如缃缛,文如素綦。呦呦相召,《小雅》之

---

① 〔宋〕洪兴祖补注《楚辞补注》,中华书局1988年版,第259页。
② 原注:"梁人作藞蔗酒,名金浆。"

诗。叹丘山之比岁,逢梁王于一时。"

邹阳为《酒赋》。其词曰:"清者为酒,浊者为醴。清者圣明,浊者顽骏。皆麹湄丘之麦,酿野田之米。仓风莫预,方金未启。嗟同物而异味,叹殊才而共侍。流光醳醳,甘滋泥泥。醪酿既成,绿瓷既启。且筐且漉,载箸载齐。庶民以为欢,君子以为礼。其品类,则沙洛渌酃,程乡若下,高公之清,关中白薄,清渚萦停。凝醳醇酊,千日一醒。哲王临国,绰矣多暇。召蟠蟠之臣,聚肃肃之宾。安广坐,列雕屏,绡绮为席,犀璩为镇。曳长裾,飞广袖,奋长缨。英伟之士,莞尔而即之。君王凭玉几、倚玉屏。举手一劳,四座之士,皆若哺梁肉焉。乃纵酒作倡,倾盌覆觞。右曰宫申,旁亦征扬。乐只之深,不吴不狂。于是锡名饵,祛夕醉,遣朝醒。吾君寿亿万岁,常与日月争光。"

公孙乘为《月赋》。其词曰:"月出皦兮,君子之光。鹍鸡舞于兰渚,蟋蟀鸣于西堂。君有礼乐,我有衣裳。猗嗟明月,当心而出。隐员岩而似钩,蔽修堞而分镜。既少进以增辉,遂临庭而高映。炎日匪明,皓璧非净。躔度运行,阴阳以正。文林辩囿,小臣不佞。"

羊胜为《屏风赋》。其辞曰:"屏风鞈匝,蔽我君王。重葩累绣,沓璧连璋。饰以文锦,映以流黄。画以古列,颙颙昂昂。藩后宜之,寿考无疆。"

韩安国作《几赋》不成,邹阳代作。其辞曰:"高树凌云,蟠纡烦冤,旁生附枝。王尔、公输之徒,荷斧斤,援葛虆,攀乔枝。上不测之绝顶,伐之以归。眇者督直,聋者磨砻。齐贡金斧,楚入名工,乃成斯几。离奇仿佛,似龙盘马回,凤去鸾归。君王凭之,圣德日跻。"

>　　邹阳、安国,罚酒三升,赐枚乘、路乔如绢,人五匹。①

初读即有这样几个明显的感受:第一,这些作品多以四句为主,且篇幅短小。第二,以咏物为主,仅有公孙乘《月赋》带有抒情色彩。第三,文字典雅,略用《诗经》等常见书中的故实而无堆垛之弊。每篇最后,总要有一番自谦表白,或者对主人说一番恭维或祝寿的话,如邹阳《酒赋》:"吾君寿亿万岁,常与日月争光",明白如话,似乎本于《楚辞·涉江》"与天地兮比寿,与日月兮齐光"。司马迁称《离骚》"与日月争光可也"大约就由此而来吧?这些特点,就与铺陈排比、典故连篇的大赋形成鲜明的对照。这又牵涉到两个重要问题:第一,《西京杂记》所收这个故事的可信度,或者说,这部著作的可信度有多少?第二,从辞赋发展史角度看,这几篇小赋在西汉前期颇显另类,主要以杂赋为主;而这种文体的大规模问世应当是东汉后期。那么,这几篇在辞赋发展史占据怎样的地位?

从目前情况看,《西京杂记》虽然不能确定是刘歆所作,但是成于西汉后到东汉时期的可能性最大。东汉的文化重心开始由官方下移到民间。比如汉魏时期许多野史在民间的流传,就反映了这种情形。这些野史笔记,不像是某些文人的胡编乱造,有许多内容,也并非面壁虚构。似乎可以作这样的推测,某些贵族因败落而流落民间,许多宫闱秘事就这样在世间流传开来。这有点像唐代安史之乱以后,"天宝遗事"纷纷在世间流传一样。这一方面反映了社会阶层的巨大变化,另一方面,也反映了统治者在很多方面已经失控,从而给各类野史乘机而出提供了机会。其影响所及,遍及民间,就使得东汉文化具有明显的平民化与世俗化的特点。

---

① 〔晋〕葛洪辑《西京杂记》卷四,中华书局1985年版,第26—28页。

再从小赋的演进来看,西汉前期作品虽然保存下来的不是很多,但《汉书·艺文志》"辞赋略"在"屈原赋""陆贾赋""孙卿赋"之外还有一类"杂赋",凡十八篇,包括杂禽鸟类等,现在保存下来的贾谊《鵩鸟赋》就是这样的小赋。全文不过六百余字,只因为鸱鸟入室,他认为是不祥之兆,于是写下这篇作品,借此议论世事的变化。这篇作品已趋向于散体化,多用四言句,显示了从《楚辞》向新体赋过渡的痕迹。所谓新体赋,就是小赋。

武帝时期的孔臧《鸮赋》就本贾谊《鵩鸟赋》而来。《汉书·艺文志》著录"太常蓼侯孔臧十篇""太常蓼侯孔臧赋二十四篇"。《孔丛子》收录了他的《谏格虎赋》《杨柳赋》《鸮赋》《蓼虫赋》等清一色的小赋。王应麟《汉艺文志考证》卷五:"《孔丛·连丛子》云:臧历位九卿,迁御史大夫,辞曰:'世以经学为家,乞为太常,与安国纪纲古训。'遂拜太常,礼赐如三公,著书十篇。先时尝为赋二十四篇,四篇别不在集,似其幼时之作也。又为书与从弟及戒子,皆有义。"①我们虽然还不能确定这四篇小赋就是孔臧所作,但是其成于汉代当可确定。此外,近年在江苏连云港发现的《神乌赋》也是这类小赋,或可作为旁证。而路乔如的《鹤赋》也可以归为同类。这个传统,其实一直延续了下来。我们读曹植《骷髅赋》《鹞雀赋》以及《令禽恶鸟论》等,可以体会出汉魏之际"情兼雅怨"的时代特点。②

由此看来,《西京杂记》收录的《柳赋》《鹤赋》《文鹿赋》《酒赋》《月赋》《屏风赋》《几赋》等还不能简单地排除是汉代的作品,它至少反映了汉代文人对于梁孝王集团的文学想象,而这种想象正如标题所示,是"忘忧馆七赋",静态咏物,多表现了闲适富贵的格调。如

---

① 〔宋〕王应麟编《玉海》附录,江苏古籍出版社1987年版,第46页。
② 参见刘跃进《曹植创作"情兼雅怨"说略》,《光明日报》2006年1月27日"文学遗产"专刊。

邹阳《酒赋》所说"哲王临国,绰矣多暇。召皤皤之臣,聚肃肃之宾。安广坐,列雕屏。绡绮为席,犀璩为镇"。确如萧齐随郡王《山居序》所说:"所谓西园多士,平台盛宾,邹、马之客咸在,《伐木》之歌屡陈。是用追芳昔娱,神游千古,故亦一时之盛事。"①后来,隋代薛道衡《宴喜赋》等众多诗赋依然以"游者美矣"的心态描写梁孝王及其文人的故事,依然保持着《西京杂记》中"忘忧馆七赋"的写作传统。

---

① 杨守敬、熊会贞著《水经注疏》卷二四,江苏古籍出版社 1989 年版,第 2013 页。

第六章　武帝时期的文学

汉景帝刘启后元三年(前141)春正月,景帝死,皇太子刘彻即位为帝,时年十六岁。至后元二年(前87)死,时年七十。汉武帝执政的五十四年,是汉帝国最为强盛的时期。西汉中期文学,主要是指这五十余年间的文学。

武帝时期最重要的文学家就是历史上盛称的两司马,即司马相如和司马迁,我们将有专章论述。本章主要以汉武帝刘彻和其他文学家作为讨论的重点。

第一节　汉武帝影响下的文学创作

汉武帝刘彻(前156—前87),内兴礼乐,外拓疆土,历来盛称其雄才大略。他又酷爱文学艺术,许多文学雅士得到提拔重用,自己也写作了许多作品,明显受到《楚辞》的影响。《汉书·武帝纪赞》称:"孝武初立,表章六经,兴太学,号令文章,焕焉可述。后嗣得遵洪业,而有三代之风。"《史记》卷一二、《汉书》卷六有传。《汉书·

艺文志·诗赋略》著录"上所自造赋二篇"。有学者认为就是《汉书》所载的《李夫人歌》和《文选》所载的《秋风辞》。《隋书·经籍志》集部著录《汉武帝集》一卷,久佚。《古文苑》还收录有思念李夫人而作的《落叶哀蝉曲》,然其真实性颇受怀疑。另外一篇重要作品,就是《艺文类聚》卷五六所收录的君臣联句《柏梁台诗》,真伪亦有争论,详见本编第二章。

《秋风辞》最早见于《汉武故事》,《文选》卷四五收录,撰人题"汉武帝"。诗曰:

> 秋风起兮白云飞,草木黄落兮雁南归。兰有秀兮菊有芳,携佳人兮不能忘。泛楼船兮济汾河,横中流兮扬素波。箫鼓鸣兮发棹歌,欢乐极兮哀情多,少壮几时兮奈老何!

诗歌的创作背景是在秋风萧瑟的季节,故以秋风起兴,引发了怀念故人的情思,感叹人生苦短。一、二句本《大风歌》,三、四两句源自《湘夫人》:"沅有茝兮醴有兰,思公子兮未敢言。"明显受到楚歌风格的影响。汉武帝多次巡访河东。这首诗作于何时,历来有争议。有研究者以为在元鼎四年(前113)十月冬。但这时尚未改历,十月乃岁首,非秋季,而是春季。宋人王益之《西汉年纪》卷一六系于天汉元年(前100),这一年是三月巡访河东,都不是秋风起时。而且,《文选》所载诗序说是巡访河东均为祠后土,诗中却无一句交待。据此,清代学者费锡璜《汉诗说》以为"俨然文士之作"。今人郑文甚至认为此诗是东汉以后人伪造的。① 《汉武故事》为后人所作小说,因此所收《秋风辞》是否为武帝所作,尚有争议。当然,也很难提出确

---

① 郑文著《汉诗研究》,甘肃民族出版社1994年版。

证。史书著录的《汉武帝集》已经失传,此诗是否最早见于别集,亦未可知。

《史记·河渠书》记载,元光三年(前132),黄河瓠子河决,导致受灾之处二十余年粮食歉收。元封二年(前109)武帝东巡,看到河决危害,下决心填塞决口,并亲临指挥,由此写下《瓠子歌》。张玉穀《古诗赏析》卷三评此诗:"悲悯为怀,笔力古奥,帝王著作,弁冕西京。"①

《李夫人赋》描写武帝在宠妃李夫人死后思念不已的情绪,篇末乱辞还描写了李夫人兄弟和稚子刘髆伤悼李夫人的哀恸场景,非常感人:"弟子增欷,洿沫怅兮。悲愁於邑,喧不可止兮。向不虚应,亦云已兮。嫶妍太息,叹稚子兮。悢栗不言,倚所恃兮。"这篇作品可以说是中国文学史上较早的悼亡赋。关于汉武帝的诗赋创作,美国学者康达维《皇帝与文学:汉武帝》有细微的分析论证,可以参看。②

武帝的创作才能不仅体现在诗赋方面,文章亦有杰作。《文选》收录汉武帝元光元年(前134)《贤良诏》,还有元封五年(前106)诏。本编第七章《司马相如》对第二篇诏书将有论及。《贤良诏》用语诚恳,希望士大夫咸以书对,著之于篇,为彰显汉帝国"上参尧舜,下配三王"的洪业休德提出对策。此外,1977年在长城烽燧遗址发现木简91枚。其中玉门花海出土中有一件皇帝诏书计130字,系后人摘录,大意说皇帝身染重病,已无痊愈希望,诏告继承人皇太子,今后务必善视百姓,轻赋税,近圣贤,信谋臣,以身奉行名教和祖宗法制,牢记秦二世而亡的教训,终生不得疏忽等。其中"谨视皇天之嗣,加

---

① 〔清〕张玉穀著《古诗赏析》,上海古籍出版社2000年版,第61页。
② 见康达维自选集《汉代宫廷文学与文化之探微》,苏瑞隆译,上海译文出版社2013年版。

增朕在",似乎是对辅佐大臣的嘱咐。嘉峪关市文物保管所《玉门花海汉代烽燧遗址出土的简牍》①认为,这很有可能是武帝遗诏。田余庆先生《论轮台诏》的"作者跋语"中说:"《论轮台诏》刊出后,甘肃人民出版社出版了《汉简研究文集》,其中《玉门花海汉代烽燧遗址出土的简牍》一文,首次发表1977年发现的棱形觚(编号77·J·H·S:1)的释文和考证。……据该文考证,与觚同出木简,有'元平元年(前74)七月庚子'记事;六月,昌邑王即位,旋废;七月,宣帝立。这些发生在长安的政治事件,边陲戍所恐难及时获悉,所以觚上遗诏的作者不一定是昭帝。事实上昭帝无子,也不可能有诫嗣主的遗诏。史籍所载汉帝临终遗诏,昭帝以后无闻,昭帝以前只有武帝一人。武帝于后元二年(前87)二月乙丑立皇太子,即后来的昭帝。丙寅,霍光等受遗诏辅少主,丁卯帝崩。其事距本简所示的元平元年计有十三年余。按理,此觚所抄残缺遗诏,当为武帝命霍光等人辅少主时诫少主之文,其文字直到十余年后尚为边塞戍卒摹写。上述考证,如果所据释文与情节无大误差,当属可信。在我看来,遗诏反映的历史背景,与《论轮台诏》文中勾勒的武帝晚年诸种情况是契合的。尤其是遗诏所说'胡亥自圮,灭名绝纪',就是惩'亡秦之迹',这与《通鉴》所录武帝对卫青之言一致,也与武帝轮台之悔的思想一致。"②其释文见《敦煌汉简释文》。开头说道:"制诏:皇大(太)子,朕体不安,今将绝矣。与地合同,众(终)不复起。"然后就是反复叮咛:"善禺(遇)百姓,赋敛以理,存贤近圣,必聚谓(贤)士,表教奉先,自致天子。胡亥自圮,灭名绝纪。审察朕言,众(终)身毋

---

① 嘉峪关市文物保管所《玉门花海汉代烽燧遗址出土的简牍》,《汉简研究文集》,甘肃人民出版社1984年版。
② 参见田余庆《秦汉魏晋史探微》中的《论轮台诏》,中华书局1993年版,第61—62页。

久(已?)。苍苍之天不可得久视,堂堂之地不可得久履,道此绝矣。告后世及其孙子,忽忽锡锡,恐见故至,毋贰天地,更亡更在,去如舍庐,下敦闾里。人固当死,慎毋敢妄。"① 这对于了解武帝后期的政策具有参考价值。其遗诏本身也是一篇言简意赅的散文。

汉武帝对于当时及后代文学发展影响最大的,是他的文化政策。除了崇尚儒学,设立学校外,班固《两都赋序》还称赞武帝说:"内设金马石渠之署,外兴乐府协律之事,以兴废继绝,润色鸿业。"金马门,本是宦者署门,傍有铜马,故谓之曰金马门。《三辅故事》载,石渠阁在大秘殿北,以阁秘书。《汉书·艺文志》载:"迄孝武世,书缺简脱,礼坏乐崩。圣上喟然而称曰:'朕甚悯焉!'于是建藏书之策,置写书之官,下及诸子传说,皆充秘府。"② 武帝从民间广泛征集图书,汇集秘府,堆积如山。③ 这是武帝在文化方面"兴废继绝,润色鸿业"第一个贡献。

另外一个重要贡献,就是定郊祀之礼,乃立乐府。根据相关资料考知,秦代即设立乐府官署,但并没有建立采集民间歌谣制度,多演唱前代流传下来的旧曲。汉武帝在定郊祀之礼的基础上,又由乐府机关组织编写新曲,或者采集各地民间歌谣,在宫中合乐演唱。编写新曲,主要是以《史记·乐书》所载十九章为主,包括:《练时日》《帝临》《青阳》《朱明》《西颢》《玄冥》《惟泰元》《天地》《日出入》《天马》《天门》《景星》《斋房》《后皇》《华晔晔》《五神》《朝陇首》

---

① 吴礽骧、李永良、马建华释校《敦煌汉简释文》,甘肃人民出版社 1991 年版,第 150 页。
② 《汉书·艺文志》,中华书局 1962 年版,第 1701 页。
③ 〔南朝梁〕萧统编《文选·任昉〈为范始兴作求立太宰碑表〉》李善注引刘歆《七略》:"孝武皇帝敕丞相公孙弘广开献书之路,百年之间,书积如山。"(中华书局 1977 年版,第 542 页)

《象载瑜》《赤蛟》。《史记·乐书》记载说:"至今上即位,作十九章。令侍中李延年次序其声,拜为协律都尉。通一经之士不能独知其辞,皆集会五经家,相与共讲习读之,乃能通知其意,多尔雅之文。汉家常以正月上辛祠太一甘泉,以昏时夜祠,到明而终。常有流星经于祠坛上。使僮男僮女七十人俱歌。"①李延年"次序其声",又见载于《汉书·佞幸传》。李延年,中山人,善为新声。武帝兴天地诸祠,欲造新乐,令司马相如、张仲春等作诗颂,②李延年为新声曲。所以《文心雕龙·乐府》说:"延年以曼声协律。"③武帝本人可能也参与了其中的创作。从《汉书·武帝纪》看出,武帝各地巡视,情之所动,形诸歌咏。如行幸雍,获白麟,作《白麟之歌》;行幸东海,获赤雁,作《朱雁之歌》。又因为甘泉宫内产芝,九茎连叶,作《芝房歌》;得宝鼎后土祠傍,作《宝鼎之歌》,这些也都"荐于郊庙"。至于采集各地民间歌谣,在宫中合乐演唱,更是开创了中国文学史的新纪元。根据学术界的普遍看法,现存乐府诗主要产生于东汉时期,所以我们拟在第三编再作描述。

《史记·自序》说:"自孔子卒,京师莫崇庠序,唯建元、元狩之间,文辞粲如也。"④《汉书》亦有类似的记述,如《公孙弘卜式儿宽传赞》称:

> 是时,汉兴六十余载,海内艾安,府库充实,而四夷未宾,制

---

① 《史记·乐书》,中华书局1982年版,第1177—1178页。
② 〔汉〕应劭《风俗通义佚文》(钱大昕辑):"张仲春,武帝时人也,善雅歌,与李延年并侍。每奏新歌,莫不称善。然不知休息,终至于败亡。以论人之进退,当有节奏。"可见张仲春亦参与其事。
③ 〔南朝梁〕刘勰著,周振甫注《文心雕龙注释》,人民文学出版社1981年版,第64页。
④ 《史记·太史公自序》,中华书局1982年版,第3318页。

度多阙。上方欲用文武,求之如弗及,始以蒲轮迎枚生,见主父而叹息。群士慕向,异人并出。卜式拔于刍牧,弘羊擢于贾竖,卫青奋于奴仆,日䃅出于降虏,斯亦曩时版筑饭牛之朋已。汉之得人,于兹为盛,儒雅则公孙弘、董仲舒、儿宽,笃行则石建、石庆,质直则汲黯、卜式,推贤则韩安国、郑当时,定令则赵禹、张汤,文章则司马迁、相如,滑稽则东方朔、枚皋,应对则严助、朱买臣,历数则唐都、洛下闳,协律则李延年,运筹则桑弘羊,奉使则张骞、苏武,将率则卫青、霍去病,受遗则霍光、金日䃅,其余不可胜纪。是以兴造功业,制度遗文,后世莫及。孝宣承统,纂修洪业,亦讲论六艺,招选茂异,而萧望之、梁丘贺、夏侯胜、韦玄成、严彭祖、尹更始以儒术进,刘向、王褒以文章显,将相则张安世、赵充国、魏相、丙吉、于定国、杜延年,治民则黄霸、王成、龚遂、郑弘、召信臣、韩延寿、尹翁归、赵广汉、严延年、张敞之属,皆有功迹见述于世。参其名臣,亦其次也。①

这段文字论及了汉武帝执政前后时期重要的文人学者,他们的创作大体可分为三类:一是辞赋抒情之文,代表作家如枚乘、邹阳、司马相如、严助、吾丘之流,以词赋倡和,供奉乘舆。二是史家记事之文,如司马迁、刘向等,包罗诸史,勒成一家。三是著述论辩之文,如公孙弘、董仲舒、儿(倪)宽、东方朔、枚皋,应对则严助、朱买臣,刘安及其宾客,撮诸家之旨,论难辨疑。"自此以来,公卿大夫士吏彬彬多文学之士矣。"②

---

① 《汉书·公孙弘卜式儿宽传赞》,中华书局1962年版,第2633—2634页。
② 《汉书·儒林传》,中华书局1962年版,第3596页。

第二节 董仲舒与《春秋繁露》

董仲舒,西汉经学家、散文家,广川(今河北)人。生卒年不详,清人苏舆以为生于文帝元年(前179),卒于太初之前(前105),似近理,然亦属推测之辞。① 董仲舒少治《公羊春秋》。景帝时为博士,下帷讲诵,有三年不窥园之传说。武帝即位,举贤良文学之士前后百数。董仲舒上书对策,得到重视。这个问题,牵涉到汉武帝推行独尊儒术政策的起始年代,故对策时间,尚有较大争论。《史记·儒林传》载:"今上即位,为江都相。"似乎是说董仲舒在汉武帝即位初年,即建元元年参加对策而被任为江都相。因而《资治通鉴》将董仲舒对策系于建元元年(前140)。② 而《汉书·武帝纪》则将董仲舒对

---

① 《汉书·食货志》曰:"仲舒死后,功费愈甚,天下虚耗,人复相食。武帝末年,悔征伐之事,乃封丞相为富民侯。"可以肯定,董仲舒死于武帝时代。《汉书·匈奴传》赞称:"仲舒亲见四世之事。"从武帝往上推,可见到惠帝世。苏舆所列《董子年表》以文帝元年为始,吴海林等编的《中国历史人物生卒年表》(黑龙江人民出版社1981年版)以高后八年为董仲舒生年,都不能见及四世之事。因此都是不妥当的。参见曹道衡、刘跃进著《先秦两汉文学史料学》相关论述。
② 《史记·儒林传》:"中废为中大夫,居舍,著《灾异之记》。……有刺讥。"主父偃告发,差点被杀,结果"诏赦之","于是董仲舒竟不敢复言灾异"。董仲舒之被赏识,才被任为江都相的,由此来看,对策应在主父偃告发之前。又《汉书·武帝纪》载:"元光元年冬十一月,初令郡国举孝廉各一人。"《汉书·董仲舒传》又说:"及仲舒对册,推明孔氏,抑黜百家。立学校之官,州郡举茂材孝廉,皆自仲舒发之。"董仲舒在对策中确有"兴太学,置明师"和"使列侯郡守二千石,各择其吏民之贤者,岁贡各二人,以给宿卫"的建议。第二次举贤良对策是在"初令郡国举孝廉"之后进行的。举孝廉在冬十一月,对策在夏五月。因此,董仲舒不可能在第二次对策中提示这种建议的。如果在第二次对策中提出,那就不应该说"立学校之官,州郡举茂才孝廉"这些事,"皆自仲舒发之",建元元年说者以为这是一条最有力的证据。对

策时间系于元光元年(前134)。在"公孙弘"之前加上董仲舒,记为"五月,诏贤良,……于是董仲舒、公孙弘等出焉"。故南宋洪迈《容斋随笔》卷六中认为对策应在元光元年。目前很多学者相信此说,即董仲舒上《天人三策》在元光元年。武帝亲政,对于内政外交政策作大规模的整改。董仲舒的对策,迎合了武帝的需要,适应了时代的潮流,真正实现《春秋》所倡导的"大一统"。他说:"《春秋》大一统者,天地之常经,古今之通谊也。今师异道,人异论,百家殊方,指意不同,是以上亡以持一统;法制数变,下不知所守。臣愚以为诸不在六艺之科孔子之术者,皆绝其道,勿使并进。邪辟之说灭息,然后统纪可一而法度可明,民知所从矣。"又大力倡导"天人感应"之说,认为"天不变,道亦不变",天道之大者在阴阳,"阳为德,阴为刑","王者承天意以从事,故任德教而不任刑"。这里,董仲舒特别强调要敬畏自然,敬畏传统,恪守现状,追求仁爱、中正、和谐的社会秩序;如果违背自然与传统,"天乃先出灾害以谴告之,不知自省,又出怪异以警惧之",最终要受到惩罚。这篇对策,行文舒缓,从容不迫,一改汉初奏议气盛言直、剑拔弩张的风格。明代钟惺评董仲舒《举贤良对策》曰:"不急急于切指一事,以说理为主。然理明而事情自见,无贾生之激,无晁错之峭,而气运闳深,波澜迂回,自是汉人文字。所谓学问道德之气,郁郁芊芊见于笔墨之间者也。"(《秦汉文归·汉文归》)刘熙载《艺概·文概》也指出:"汉家制度,王霸杂用;汉家文章,周秦并法。惟董仲舒一路无秦气。"诚如本编第一章所言,建元六年,崇尚黄老的窦太后死,武帝亲政,遂接受董仲舒等人的建议,将儒家思想确立为统治思想。这时,西汉建国已经过去八十多年。

《汉书·艺文志》著录有董仲舒百二十三篇、《公羊董仲舒治狱》十六篇。《史记·十二诸侯年表》:"上大夫董仲舒推《春秋》义,颇著文焉。"《史记索隐》:"作《春秋繁露》是。"《汉书》本传记录了其中的五篇,即《闻举》《玉杯》《蕃露》《清明》《竹林》。《隋书·经籍志》、新旧《唐书》并著录十七卷,《崇文总目》著录八十二篇,这些均与今本同。苏舆的《春秋繁露义证》较为通行,该书由中华书局1992年出版。

董仲舒倡导《春秋》灾异之学,推衍阴阳五行之说,以为据此可以知天意,接地情,通人事。"天、地、人,万物之本也。"①唯其如此,"有国家者不可不学《春秋》,不学《春秋》,则无以见前后旁侧之危";又说:"《春秋》之道,大得之则以王,小得之则以霸。"②主张王道、霸道并用,甚至断狱亦用《春秋》。《必仁且智》说:"凡灾异之本,尽生于国家之失。国家之失乃始萌芽,而天出灾以遣告之。"③实际上,董仲舒通过天人合一之说,对于皇权有所戒鉴,有所匡正。该书语言直朴平易,文气徐舒,与汉初贾谊、晁错那种情深意切、纵横驰骋的文风形成鲜明对照,在汉代散文发展史占有重要地位。

董仲舒现存著作,除《春秋繁露》外,还有若干片段,如《汉书·食货志》中的论经济,《匈奴传》中的议匈奴,《五行志》中的讲灾异等,都有可取之处。据说是唐人所编的《古文苑》中也保存着《雨雹对》《郊祀对》《诣丞相公孙弘记室书》《山川颂》等重要资料。《雨雹对》乃回答鲍敞之问,晋人葛洪辑《西京杂记》卷五亦载此对。《郊祀对》又见《春秋繁露》第七十一篇,乃回答张汤之问,认为"郊重于宗庙,天尊于人也",这与《春秋繁露·郊祭》所说"古之畏敬天而重天郊"相类似。《诣丞相公孙弘记室书》奉劝公孙弘招贤纳士,"开萧相国求贤之路,广选举之门。既得其人,接以周公下士之义"。最终归

---

① 《春秋繁露·立原神》,中华书局1992年版,第168页。
② 《春秋繁露·俞序》,中华书局1992年版,第160页、第161页。
③ 《春秋繁露·必仁且智》,中华书局1992年版,第259页。

结到施仁政上:"惟君侯深观往古,思本仁义,至诚而已。"史载,董仲舒与公孙弘俱治《春秋》,为弘所嫉,贬为胶西相。《古文苑》还收录有《董仲舒集叙》,与《汉书·董仲舒传》相同,章樵认为这是班固采入史传,犹如司马迁自序、扬雄自序采入史传一样。《山川颂》,又见《春秋繁露》第七十三篇,与《韩诗外传》解仁者乐山、知者乐水,文意颇相类,以山水比拟人的品德,虽不是模山范水之作,但也代表了当时的一种审美观点。

《艺文类聚》还收有董仲舒的《士不遇赋》一首,抒发了作者怀才不遇的情绪:"呜呼嗟乎,遐哉邈矣。时来曷迟,去之速矣。屈意从人,悲吾族矣。正身俟时,将就木矣。心之忧兮,不期禄矣。遑遑匪宁,只增辱矣。努力触藩,徒摧角矣。不出户庭,庶无过矣。"而后,作者写道:

> 生不丁三代之盛隆兮,而丁三季之末俗。末俗以辩诈而期通,贞士耿介而自束。虽日三省于吾身,繇怀进退之唯谷。彼寔繁之有徒,指贞白以为黑。目信娱而言眇,口信辩而言讷。鬼神不能正人事之变戾,圣贤亦不能开愚夫之违惑。出门则不可与偕同,藏器又蚩其不容。退洗心而内讼,固亦未知其所从。①

小人当道,是非颠倒,作者自叹进退维谷,无所适从。他想到了伯夷、叔齐的高蹈避世,想到了伍子胥和屈原的毙命江心,"嗟天下之偕违兮,怅无与之偕返。孰若返身于素业兮,莫随世而轮转。虽矫

---

① 〔唐〕欧阳询编,汪绍楹校《艺文类聚》卷三〇,上海古籍出版社1982年版,第541页。

情而获百利兮,复不如正心而归一善"。① 一心向善,不愿向世俗妥协。钱锺书论曰:"巧宦曲学,媚世苟合;事不究是非,从之若流,言无论当否,应之如响;阿旨取容,希风承窍,此董仲舒赋所斥'随世而轮转'也。"②唐代元结《自箴》《汸泉铭》《浯泉铭》《恶圆》《恶曲》等名文无不源于此。由此可见董仲舒之为人,非常正直。这是汉代同类题材中较早的作品。司马迁《悲士不遇赋》亦有类似表达:"悲夫!士生之不辰,愧顾影而独存。恒克己而复礼,惧志行而无闻。谅才𧽼而世戾,将逮死而长勤。虽有形而不彰,徒有能而不陈。何穷达之易惑,信美恶之难分。时悠悠而荡荡,将遂屈而不伸。"③五百年后,陶渊明亦有《感士不遇赋》,序说:"昔董仲舒作《士不遇赋》,司马子长又为之,余尝以三余之日,讲习之暇,读其文,慨然惆怅。夫履信思顺,生人之善行;抱朴守静,君子之笃素。自真风告逝,大伪斯兴,闾阎懈廉退之节,市朝驱易进之心。怀正志道之士,或潜玉于当年;洁己清操之人,或没世以徒勤。故夷皓有安归之叹,三闾发已矣之哀。悲夫!寓形百年,而瞬息已尽;立行之难,而一城莫赏。此古人所以染翰慷慨,屡伸而不能已者也。夫导达意气,其惟文乎?抚卷踌躇,遂感而赋之。"④抒发的依然是同样的感慨。

上述作品,清人严可均《全上古三代秦汉三国六朝文》已有辑录。另有《李少君家录》,见《论仙篇》引,当属小说家类著述。马国翰《玉函山房辑佚书》辑录有《春秋决事》一卷。

---

① 〔清〕严可均辑《全汉文》,中华书局1958年版,第250页。
② 钱锺书著《管锥编》,中华书局1986年版,第266—267页。
③ 〔唐〕欧阳询编,汪绍楹校《艺文类聚》卷三〇,上海古籍出版社1982年版,第541页。
④ 袁行霈笺注《陶渊明集笺注》,中华书局2003年版,第431页。

在当时,与董仲舒有相近影响的还有公孙弘(前 200—前 121)。《汉书·公孙弘传》未载其字。《西京杂记》载邹长倩与公孙弘书称"次卿足下",则又似字次卿。他是淄川薛人。少时为薛狱吏,有罪,免。家贫,牧豕海上。年四十余,乃学《春秋》杂说,习《公羊传》。汉武帝即位之初的建元元年(前 140),招贤良文学之士。当时,公孙弘已经六十岁,应贤良征,上《举贤良对策文》,刘勰《文心雕龙·议对》:"对策者以第一登庸,……公孙之对,简而未博。然总要以约文,事切而情举,所以太常居下,而天子擢上也。"①为此征为博士。武帝元光五年(前 130),菑川国复推公孙弘,擢为博士,进丞相,封平津侯。他积极倡言设立博士官,广开献书之路。② 在《请为博士置弟子员议》中,公孙弘系统提出了设置博士官的具体构想。《汉书·儒林传》:"为博士官置弟子五十人,复其身。太常择民年十八以上仪状端正者,补博士弟子。郡国县官有好文学、敬长上、肃政教、顺乡里、出入不悖,所闻,令相长丞上属所二千石。二千石谨察可者,常与计偕,诣太常,得受业如弟子。一岁皆辄课,能通一艺以上,补文学掌故缺;其高第可以为郎中,太常籍奏。即有秀才异等,辄以名闻。其不事学若下材,及不能通一艺,辄罢之,而请诸能称者。臣谨案诏书律令下者,明天人分际,通古今之谊,文章尔雅,训辞深厚,恩施甚美。小吏浅闻,弗能究宣,亡以明布谕下。以治礼掌故以文学礼义为官,迁留滞。请选择其秩比二百石以上及吏百石通一艺以上

---

① 〔南朝梁〕刘勰著,周振甫注《文心雕龙注释》,人民文学出版社 1981 年版,第 64 页。
② 《汉书·艺文志》:"讫孝武世,书缺简脱,礼坏乐崩。圣上喟然而称曰:'朕甚闵焉。'于是建藏书之策,置写书之官,下及诸子传说,皆充秘府。"《文选》卷三八引刘歆《七略》曰:"孝武皇帝,敕丞相公孙弘广开献书之路。百年之间,书积如山。"

补左右内史、大行卒史,比百石以下补郡太守卒史,皆各二人,边郡一人。先用诵多者,不足,择掌故以补中二千石属,文学掌故补郡属,备员。请著功令。它如律令。"①自此以来,公卿大夫士吏彬彬多文学之士矣。《汉书·儒林传》又载,昭帝时举贤良文学,增博士弟子员满百人,宣帝末成倍增长。元帝好儒,能通一经者皆复。数年,以用度不足,更为设员千人,郡国置五经百石卒史。成帝末,或言孔子布衣养徒三千人,今天子太学弟子少,于是增弟子员三千人。②可以这样说,公孙弘倡导于前,为西汉中期文化高度繁荣发展做出了重要贡献。

《汉书·艺文志》儒家类著录《公孙弘》十篇,已佚。见于《汉书》本传。晋人葛洪辑《西京杂记》卷三:"公孙弘著《公孙子》,言刑名事,亦谓字直百金。"③马国翰辑佚一卷。

与董仲舒同时代且发生密切关系的,还有主父偃。

主父偃(?—前126),齐国临淄人。学长短纵横术,晚乃学《易》、《春秋》、百家之言。游齐诸子间。家贫,假贷无所得,北游燕、赵、中山,皆莫能厚,客甚困。元光元年,乃西入关见卫将军。元朔二年春所作《说武帝令诸侯得分封子弟》非常重要,他提出"推恩"分封之法:"愿陛下令诸侯得推恩分子弟,以地侯之,彼人人喜得所愿,上以德施,实分其国,不削而稍弱矣。"武帝接受了主父偃"阳予阴夺"的建议,下诏强宗大族,不得族居,而且对于王室则"藩国始分,而子弟毕侯"。这年夏又作《说武帝徙豪杰茂陵》,武帝亦从,《武帝纪》载"募民徙朔方十万口。又徙郡国豪杰及訾三百万以上于

---

① 《汉书·儒林传》,中华书局1962年版,第3594页。
② 《汉书·儒林传》,中华书局1962年版,第3596页。
③ 〔晋〕葛洪辑《西京杂记》卷三,中华书局1985年版,第21页。

茂陵"。① 生平事迹见《汉书·严朱吾丘主父徐严终王贾传》。

《汉书·艺文志》"诸子略"纵横家著录《主父偃》二十八篇。金德建《〈战国策〉作者之推测》认为,《战国策》是蒯通和主父偃两人的作品。《史记·主父偃传》记载他"学长短纵横之术"。而据《汉书·张汤传》颜师古注:"《战国策》名《长短书》。"因此,金德建说:"所谓'长短书'者,原来就是《战国策》的别名。""《战国策》的篇数,根据刘校及《汉志》均属三十三篇。至于《汉志》所记《蒯通》仅止五篇,然而《汉志》所记主父偃亦有二十八篇。以二十八篇加上了五篇,刚巧也是三十三篇。蒯通、主父偃与《战国策》的关系既如前述,而他们的著书的篇数加起来竟然又与《战国策》的篇数相等,这篇数的符合,更足以使我们相信蒯通、主父偃的书原即是《战国策》无疑。"②录此以备一说。主父偃作品多佚,今存文三篇,多诙谐幽默的风格。

第三节 刘安与《淮南子》

刘安(前179—前122),汉高帝刘邦之孙,淮南王刘长之子。生于汉文帝前元元年(前179)。八岁继立为阜陵侯。文帝十六年(前164),袭封为淮南王。刘安博学善文,才思敏捷,好鼓琴瑟,不喜弋猎狗马驰骋,欲以取名誉。《汉书》本传载其招致宾客方术之士数千人,作《内书》二十一篇(后改名《淮南子》)、《外书》三十三篇;又有《中篇》八卷,言神仙黄白之术,亦二十余万言。汉武帝建元二年(前

---

① 《汉书·武帝纪》,中华书局1962年版,第170页。
② 原刊《厦门图书馆声》第11期,1932年出版。后收入《古史辨》第六册及作者论文集《古籍丛考》中。

139）冬十月，淮南王刘安来朝，献所作《内书》二十一篇。"又献《颂德》及《长安都国颂》。每宴见，谈说得失及方技赋颂，昏暮然后罢。时武帝方好艺文，以安属为诸文，辩博善为文辞，甚尊重之。""每为报书及赐，常召司马相如等视草乃遣。"①史载，他见武帝无子，有异志，又因厉王之死，心怀怨恨，遂谋乱，汉武帝刘彻元狩元年（前122），以谋反罪被杀。生平事迹见《汉书·淮南衡山济北王传》。

《汉书·艺文志》"六艺略"《易》类著录《淮南道训》二篇，班固注："淮南王安，聘明《易》者九人，号九师说。"②"诸子略"杂家类著录《淮南内》二十一篇，《淮南外》三十三篇。刘向《别录》著录《周易淮南九师道训》一卷，马国翰《玉函山房辑佚书》有辑录。《隋书·经籍志》著录《淮南王集》一卷，梁二卷。另有《屏风赋》，见《艺文类聚》卷六九。

《淮南子》分为内外篇，内篇二十一篇，外篇已佚。《淮南子》东汉即有两家之注，一是高诱注，一是许慎注。后人注本众多，较为通行的是《淮南鸿烈集解》（刘文典著）和《淮南子集释》（何宁著）。此外，张双棣《淮南子校释》在版本的选择、校勘方面也有特点。

据高诱序，此书系门客所著："与苏飞、李尚、左吴、田由、雷被、毛被、伍被、晋昌等八人，及诸儒大山、小山之徒，共讲论道德，总统仁义，而著此书。其旨近《老子》，淡泊无为，蹈虚守静，出入经道。言其大也，则焘天载地；说其细也，则沦于无垠。及古今治乱存亡祸福，世间诡异瑰奇之事。其义也著，其文也富。物事之类，无所不载，然其大较，归之于道。号曰鸿烈。鸿，大也；烈，明也，以为大明

---

① 《汉书·淮南衡山济北王传》，中华书局1962年版，第2145页。
② 《汉书·艺文志》，中华书局1962年版，第1703页。

道之言也。故夫学者不论《淮南》,则不知大道之深也。是以先贤通儒,述作之士,莫不援采,以验经传。……刘向校定撰具,名之《淮南》。又有十九篇者,谓之《淮南外篇》。"①但是《汉书·艺文志》记载:"《淮南》内二十一篇,外二十二篇。"②这里作十九篇,有所差异。又王逸《楚辞章句·招隐士章句序》:"淮南王安,博雅好古,招怀天下俊伟之士。自八公之徒,咸慕其德而归其仁,各竭才智,著作篇章,分造辞赋,以类相从,故或称小山,或称大山,其义犹《诗》有《小雅》《大雅》也。"③与高诱记载不同。

该书虽出自刘安门客手笔,但是其中确有相当部分与刘安有关。晋人葛洪辑《西京杂记》卷三载:"淮南王安著《鸿烈》二十一篇。鸿,大也。烈,明也。言大明礼教。号为《淮南子》,一曰《刘安子》。自云:'字中皆挟风霜。'扬子云以为一出一入。"④这里,"风霜"二字实含肃杀之气,咄咄逼人。其献书在武帝崇尚儒学的时代,而作者对于孔子,却颇有非议之辞,如《俶真》:"孔墨之弟子,皆以仁义之术教导于世,然而不免于僞。身犹不能行也,又况所教乎?"⑤联系到当时的历史背景,武帝为削弱诸侯王国的实力,不仅缩小诸侯王国的地盘,而且剥夺其自行任命官吏、自行收租等特权。对此,刘安不可能无动于衷。

从结构上看,《淮南子》二十一篇,包括:《原道》《俶真》《天文》《墬形》《时则》《览冥》《精神》《本经》《主术》《缪称》《齐俗》《道应》《氾论》《诠言》《兵略》《说山》《说林》《人间》《修务》《泰族》《要

---

① 刘文典集解《淮南鸿烈集解·叙目》,中华书局1989年版。
② 《汉书·艺文志》,中华书局1962年版,第1741页。
③ 〔宋〕洪兴祖补注《楚辞补注》,中华书局1983年版,第232页。
④ 〔晋〕葛洪辑《西京杂记》卷三,中华书局1985年版,第20页。
⑤ 刘文典集解《淮南鸿烈集解》卷二,中华书局1989年版,第71页。

略》,结构严整,内容丰富,显然经过细心的编排。故梁启超称"其书博大而有条贯,汉人著述中第一流也"。①

从内容上看,该书"纪纲道德,经纬人事,上考之天,下揆之地,中通诸理。虽未能抽引玄妙之中才,繁然足以观终始矣"(《淮南子·要略》),虽以道家思想为主,兼综孔、墨、申、韩之说,可以说是对汉初黄老思想系统而详尽的总结。《原道》开篇论道曰:

> 夫道者,覆天载地,廓四方,柝八极。高不可际,深不可测。包裹天地,禀授无形。原流泉浡,冲而徐盈。混混滑滑,浊而徐清。故植之而塞于天地,横之而弥于四海。施之无穷,而无所朝夕。舒之幎于六合,卷之不盈于一握。约而能张,幽而能明。弱而能强,柔而能刚。横四维而含阴阳,纮宇宙而章三光。甚淖而滒,甚纤而微。山以之高,渊以之深。兽以之走,鸟以之飞。日月以之明,星历以之行。麟以之游,凤以之翔。泰古二皇,得道之柄,立于中央。神与化游,以抚四方。②

作者以形象的语言描绘了"道"之既大且奇的特征。此外,《淮南子》中还有部分内容与佛教故事相近,如"禹之裸国,解衣而入。衣带而出,因之也"。这个故事和一个佛教传说极为相似,这个传说中讲到菩萨去裸国进行贸易交流的时候,也有类似"解衣而入,衣带而出"的行为。这个故事或许是直接从印度传入中国,也可能是经由边境庶民传入中国。除此之外,有证据表明公元 1 世纪中期佛教僧侣在中国南方已经非常活跃。公元 65 年楚王英在南方接待了佛教徒。

---

① 梁启超著《中国近三百年学术史·清代学者整理旧学之总成绩》,商务印书馆 2011 年版,第 288 页。
② 何宁集释《淮南子集释》,中华书局 1998 年版,第 2—4 页。

汉明帝的梦境仅仅象征了对佛教传入中国的首次正式确认。① 该书杂取诸家之说而归本于黄老之言。它善于运用古代传说和神话故事来阐发道理,保存了一些珍贵的神话传说。如《览冥》所载武王伐纣、鲁阳挥戈止日、女娲补天、嫦娥奔月的故事,《本经》所载大禹治水、后羿射日的故事,《天文》所载共工怒触不周山的故事,《墬形》所载夸父逐日的故事,《本经》所载苍颉作书导致天雨粟、鬼夜哭的传说以及有关河伯、阳侯、风神、雷神、太阳神、月亮神、五方神等神话故事,不仅为研究中国古代神话提供了重要的文献资料,也为后世诗文创作提供了重要题材。如《鲁阳挥戈止日》:

> 鲁阳公与韩构难,战酣日暮,援戈而撝之,日为之反三舍。夫全性保真,不亏其身,遭急迫难,精通于天。若乃未始出其宗者,何为而不成! 夫死生同域,不可胁陵,勇武一人,为三军雄。彼直求名耳,而能自要者尚犹若此,又况夫宫天地,怀万物,而友造化,含至和,直偶于人形,观九钻一,知之所不知,而心未尝死者乎!②

晋陆机《吊魏武帝文》:"夫以回天倒日之力,而不能振形骸之内。"左思《吴都赋》:"鲁阳挥戈而高麾,回曜灵于太清。"郭璞《游仙诗》:"愧无鲁阳德,回日向三舍。"唐李白《日出入行》:"鲁阳何德,驻景挥戈"等等,这些诗文都用到这个典故,其影响可见一斑。《文心雕

---

① 师觉月《印度与中国——中印文化关系千年史》,《今日印度特刊》总120期(2012年10月),第5页。
② 刘文典集解《淮南鸿烈集解》,中华书局1989年版,第193—194页。

龙·诸子》称其"泛采而文丽",①刘知几《史通》亦称《淮南子》"牢笼天地,博极古今,上自太公,下至商鞅。其错综经纬,自谓兼于数家,无遗力矣"。② 他们都注意到这部著作富有浪漫色彩和汪洋的气势。

刘安还是著名的辞赋家。他曾奉武帝诏作《离骚传》,这是最早解说《离骚》的著作,并最早给《离骚》以崇高的评价,称其兼有《国风》《小雅》之长,可与日月争光。《汉书·艺文志》著录其有赋八十二篇,今仅存《屏风赋》,见《艺文类聚》。此赋在形式上是四言,近似于刘邦的《鸿鹄歌》,加"兮"字即为楚歌。此赋说自然界的树木奇奇怪怪,随人抛弃,"不逢仁人,永为枯木",如遇"大匠攻之,刻雕削斫"便可发挥作用。由屏风引申到君臣的遇合,这是此赋构思的一个特点。

还有一篇《招隐士》,作者有异说。《楚辞章句》作淮南小山,《文选》作刘安,疑莫能明。《文选集注》李善注引序,似乎仍作淮南小山:"《汉书》曰:淮南王安,为人好书,招致宾客数千人。后伍被自诣吏,具告与淮南谋反。上使宗正以符节劾王,未至,自刑杀。《序》曰:《招隐士者》,淮南小山之所作也。小山之徒,闵伤屈原与隐处山泽无异,故作《招隐士》之赋,以彰其志也。"③

    桂树丛生兮山之幽,偃蹇连蜷兮枝相缭。山气巃嵸兮石嵯峨,溪谷崭岩兮水曾波。猿狖群啸兮虎豹嗥,攀援桂枝兮聊淹留。王孙游兮不归,春草生兮萋萋。岁暮兮不自聊,蟪蛄鸣兮

---

① 〔南朝梁〕刘勰著,周振甫注《文心雕龙注释》,人民文学出版社1981年版,第64页。
② 〔唐〕刘知几撰,〔清〕浦起龙释《史通通释·自叙》,上海古籍出版社1978年版,第291页。
③ 周勋初辑《唐钞文选集注汇存》(第2册),上海古籍出版社2000年版,第67页。

啾啾。块兮轧,山曲弟,心淹留兮恫慌忽。罔兮沕,憭兮栗,虎豹穴,丛薄深林令人上慓。嵚岑碕礒兮,砠磳魂硊。树轮相纠兮,林木茇骫。青莎杂树兮,薠草靃靡。白鹿麚麀兮,或腾或倚,状貌崯崯兮峨峨。凄凄兮漇漇,㺑猴兮熊罴。慕类兮以悲,攀援桂枝兮聊淹留。虎豹斗兮熊罴咆。禽兽骇兮亡其曹。王孙兮归来,山中兮不可以久留。①

作者极言山中恐怖孤寂,希望潜居山中的贤士及早归来,为后世招隐诗之祖。这篇作品音情顿挫,文字清丽,颇有屈、宋余韵,是汉代骚体中的优秀代表。又有乐府《淮南王》,晋崔豹《古今注》及唐吴兢《乐府古题要解》都说是淮南小山为思恋淮南王而作。

《谏伐闽越书》,亦为刘安的重要作品,见载于《汉书·严朱吾丘主父徐严终王贾传》:"建元三年,闽越举兵围东瓯,东瓯告急于汉。时武帝年未二十,以问太尉田蚡。蚡以为越人相攻击,其常事,又数反复,不足烦中国往救也,自秦时弃不属。于是(严)助诘蚡曰……乃遣助以节发兵会稽。会稽守欲距法,不为发。助乃斩一司马,谕意指,遂发兵浮海救东瓯。未至,闽越引兵罢。后三岁,闽越复兴兵击南越。南越守天子约,不敢擅发兵,而上书以闻。上多其义,大为发兴,遣两将军将兵诛闽越。淮南王安上书曰:'陛下临天下,……'"云云。② 其中有"四年不登,五年复蝗"两句,是作于六年之确证。《汉文归》引辑此文,并引唐顺之评:"如珠走盘之文,不可捉摸。"③

---

① 〔宋〕朱熹集注《楚辞集注》,上海古籍出版社 1979 年版,第 167—169 页。
② 《汉书·严朱吾丘主父徐严终王贾传》,中华书局 1962 年版,第 2776—2777 页。
③ 〔明〕钟惺编《汉文归》,明末古香斋刻本。

与淮南王刘长、刘安父子同时代的薄昭,著有《与淮南王长书》亦为一时名文。刘长为高祖刘邦子,文帝刘恒之弟。文帝即位之初,自以为最亲,骄蹇违法。薄昭受文帝之嘱而作书责让。文曰:

窃闻大王刚直而勇,慈惠而厚,贞信多断,是天以圣人之资奉大王也甚盛,不可不察。今大王所行,不称天资。皇帝初即位,易侯邑在淮南者,大王不肯。皇帝卒易之,使大王得三县之实,甚厚。大王以未尝与皇帝相见,求入朝见,未毕昆弟之欢,而杀列侯以自为名。皇帝不使吏与其间,赦大王,甚厚。汉法,二千石缺,辄言汉补,大王逐汉所置,而请自置相、二千石。皇帝觳天下正法而许大王,甚厚。大王欲属国为布衣,守冢真定。皇帝不许,使大王毋失南面之尊,甚厚。大王宜日夜奉法度,修贡职,以称皇帝之厚德,今乃轻言恣行,以负谤于天下,甚非计也。夫大王以千里为宅居,以万民为臣妾,此高皇帝之厚德也。高帝蒙霜露,沫风雨,赴矢石,野战攻城,身被创痍,以为子孙成万世之业,艰难危苦甚矣。大王不思先帝之艰苦,日夜怵惕,修身正行,养牺牲,丰洁粢盛,奉祭祀,以无忘先帝之功德,而欲属国为布衣,甚过。且夫贪让国土之名,轻废先帝之业,不可以言孝。父为之基,而不能守,不贤。不求守长陵,而求之真定,先母后父,不谊。数逆天子之令,不顺。言节行以高兄,无礼。幸臣有罪,大者立断,小者肉刑,不仁。贵布衣一剑之任,贱王侯之位,不知。不好学问大道,触情妄行,不祥。此八者,危亡之路也,而大王行之。弃南面之位,奋诸、贲之勇,常出入危亡之路,臣之所见,高皇帝之神必不庙食于大王之手,明白。昔者,周公诛管叔,放蔡叔,以安周;齐桓杀其弟,以反国;秦始皇杀两弟,迁其母,以安秦;顷王亡代,高帝夺之国,以便事;济北举兵,皇帝诛之，以安汉。故周、齐行之于古，秦、汉用之于今，大王不察古今之所以安国便事，而欲以亲戚之意望于太上，不可得也。亡之诸侯，游宦事人，及舍匿者，论皆有法。其在王所，吏主者坐。今诸侯子为吏者，御史主；为军吏者，中尉主；客出入殿门者，卫尉大行主；诸从蛮夷来归谊及以亡名数自占者，内史县令主。相欲委下吏，无与其祸，不可得也。王若不改，汉系大王邸，论相以下，为之奈何？夫堕父大业，退为布衣所哀，幸臣皆伏法而诛，为天下笑，以羞先帝之德，甚为大王不取也。宜急改操易行，上书谢罪，曰：'臣不幸早失先帝，少孤，吕氏之世，未尝忘死。陛下即位，臣怙恩德骄盈，行多不轨。追念辠过，恐惧，伏地待诛不敢起。'皇帝闻之必喜。大王昆弟欢欣于上，群臣皆得延寿于下；上下得宜，海内常安。愿孰计而疾行之。行之有疑，祸如发矢，不可追已。①

文中用"甚过""不贤""不谊""不顺""无礼""不仁""不知""不祥"

---

① 郑良树《竹简帛书论文集·刘安与〈淮南子〉》对此信表示怀疑："这封信只见于《汉书》，不见于《史记》，是第一个可疑的地方。信中说：'大王欲属国为布衣，……大王不思先帝之艰苦，……以无忘先帝之功德，而欲属国为布衣，甚过……贵布衣一剑之任，贱王侯之位，不知。'根据这段文字，厉王曾经求去王位而为布衣；可是，当时群臣弹劾他，却说'不听天子诏，居处无度，为黄屋盖乘舆，出入拟于天子，擅为法令'。厉王正得意于封国，怎会弃国求为布衣呢？假如厉王当时确曾求为布衣，何以群臣的弹劾词里没有提到这件过失呢？这不是自相矛盾吗？这是第二个可疑的地方。厉王母死于高祖十年，距文帝即位已有十八年，厉王何以在十八年后才要求去守家呢？文帝下南粤王赵佗书写得多客气诚恳，请薄昭写给厉王，竟如此刻薄无情呢？总之，这封信的可靠性很令人怀疑！"（中华书局1982年版，第310页）可惜郑氏所论，多为推测之词，并无确证。

等八项罪名历数刘长,又四称文帝"甚厚",对比刘长之恶。文字通俗,剖析深刻,具有较高的文学性。这封书信,《汉书》归在薄昭名下,也许出于薄昭幕僚之手,但苦无确证,只能算作薄昭的创作。此文从某一侧面反映了西汉前中期江南文人写作水平。

第四节　东方朔及其他文人创作

东方朔,字曼倩。平原厌次(今属山东)人。生卒年不详。《汉书·东方朔传》载,武帝初即位,征天下举方正贤良文学材力之士,待以不次之位,四方之士多上书言得失。此时,东方朔二十二岁,则其生年应在文帝后元四年(前160)左右。他初入长安,也向朝廷上书献策,而且更主要的是"自荐",在书中他自言少学《诗》《书》,击剑,通晓文史,博学多能,有勇有谋:

> 臣朔少失父母,长养兄嫂。年十三学书,三冬文史足用。十五学击剑。十六学《诗》《书》,诵二十二万言。十九学孙、吴兵法,战阵之具,钲鼓之教,亦诵二十二万言。凡臣朔固已诵四十四万言。又常服子路之言。臣朔年二十二,长九尺三寸,目若悬珠,齿若编贝,勇若孟贲,捷若庆忌,廉若鲍叔,信若尾生。若此,可以为天下大臣矣。臣朔昧死再拜以闻。

文字畅达,颇怀不逊,叙述了自己十三岁至十九岁期间博览群书的经历,对自己勇捷的能力与廉洁的品行不无赞美。不仅如此,甚至还对自己外貌作了美化,"目若悬珠,齿若编贝",字里行间洋溢着战国策士舍我其谁、桀骜不驯的气概。武帝爱其才而诏拜他为郎,后又待诏金马门,擢为常侍郎。二十四岁那年,吾丘寿王上奏扩充上林苑,东方朔作《谏除上林苑》提出相左见解。五十余岁临终时又作《临终谏天子》,依然表现了他积极有为的人生态度。

从上述文章中可以看出东方朔正直的品格。唯其如此,也在很大程度上影响了他的仕进。皇帝也仅仅欣赏其抖哏取笑的本领,并未给他任何实际权位。不仅未当"天子大臣",其地位还不如语言侍从之臣司马相如等人。因为他们都曾奉使方外,或为郡国守相至公卿。而他,却只能在皇帝身边"诙啁而已"。这角色,实际就是古代的"俳优"。所以,《史记》将其列入《滑稽列传》。《汉书》本传载:

> 武帝既招英俊,程其器能,用之如不及。时方外事胡、越,内兴制度,国家多事,自公孙弘以下至司马迁皆奉使方外,或为郡国守相至公卿,而朔尝至太中大夫,后常为郎,与枚皋、郭舍人俱在左右,诙啁而已。久之,朔上书陈农战强国之计,因自讼独不得大官,欲求试用。其言专商鞅、韩非之语也,指意放荡,颇复诙谐,辞数万言,终不见用。朔因著论,设客难己,用位卑以自慰喻。

在东方朔看来,自己与枚皋的身份类似俳优,这是他始料所不及的。他当然不满,常以隐蔽诙谐的方式对于现实表示微弱的反抗。

《汉书》本传及《文选》所收《答客难》实际是作者自宽自解的牢骚之赋。所谓难体,即来自开篇所云:"客难东方朔曰:苏秦、张仪,壹当万乘之主,而身都卿相之位,泽及后世。今子大夫,修先王之术,慕圣人之义,讽诵《诗》、《书》、百家之言,不可胜记。著于竹帛,唇腐齿落,服膺而不可释。好学乐道之効,明白甚矣。自以为智能海内无双,则可谓博闻辩智矣。然悉力尽忠以事圣帝,旷日持久,积

数十年,官不过侍郎,位不过执戟。"由这段问难,引出第一部分内容,即分析战国与汉代的异同:

> 意者尚有遗行邪?同胞之徒无所容居,其故何也?东方先生喟然长息,仰而应之曰:是固非子之所能备也。彼一时也,此一时也,岂可同哉?夫苏秦、张仪之时,周室大坏,诸侯不朝,力政争权,相擒以兵。并为十二国,未有雌雄。得士者强,失士者亡,故谈说行焉。身处尊位,珍宝充内,外有廪仓。泽及后世,子孙长享。
>
> 今则不然,圣帝流德,天下震慑。诸侯宾服,连四海之外以为带,安于覆盂。动犹运之掌,贤不肖何以异哉?遵天之道,顺地之理,物无不得其所。故绥之则安,动之则苦。尊之则为将,卑之则为虏。抗之则在青云之上,抑之则在深泉之下。用之则为虎,不用则为鼠。虽欲尽节效情,安知前后?夫天地之大,士民之众,竭精谈说,并进辐凑者不可胜数。悉力慕之,困于衣食,或失门户。使苏秦、张仪与仆并生于今之世,曾不得掌故,安敢望常侍郎乎!故曰时异事异。①

同者都是读书人,而异者则是时势。史载,东方朔上书陈农战强国之计,终不见用,又以位卑,故假为客难以答之,其实就是自解自嘲之词。身都,即身居。难者曰:战国之士,凭借着自己的才华,身居相位。而东方朔尽管饱读诗书,勤于著述,依然位卑权轻。这是好学无效的明证。不仅自己沉沦,甚至连累家人。同胞之徒,言亲兄弟。东方朔用"彼一时也,此一时也"引申开来。他的解释主要有两

---

① 《汉书·东方朔传》,中华书局1962年版,第2864—2865页。

条,第一,苏秦、张仪之时,天下大乱,兵戈四起,战国十二,不分胜负。这个时期,"得士者强,失士者亡,故说得行焉"。因此这个时期的士地位极高,身处尊位,家境殷实。而今则不同,天下一统,四海宾服。国家一切事态,都在皇帝手中掌握。这个时候,贤与不肖,已没有什么区别了。第二,由此看来,一切都已安排就绪,各得其所。如果君主重用,就如同升天;如果不用,就沉沦深渊。同样一个人,有机会发挥作用,就像老虎一样勇猛,如果没有机会,就像老鼠一样。所有这些,都不是靠努力就能实现的。天下有那么多能人,大家都竭尽全力,竭精驰说,并进辐凑,机会实在太少了。倘若一时失误,不仅困于衣食,甚至还有杀身之祸。作者说,苏秦、张仪再世,可能连侍郎都得不到,所以说"时异事异"。

时移事异,是否就放弃作为了呢?作者又引出第二部分内容:"虽然,安可以不务修身乎哉?"如何修身,作者分三层来写。

首先,作者引《诗经》"鼓钟于宫,声闻于外"、"鹤鸣九皋,声闻于天",用以说明人之好学,必然能够传播声誉于天下。这是不必质疑的事情。这就像钟鼓在宫内发声,却可以传到外面。鹤鸣于池中,也可以传声于上天。作者以姜太公为例,七十而相周,九十而封齐。这说明只要修身,一定可以获得荣耀。正因为如此,才会有那么多文人孜孜不倦地在那里苦读。"譬若鹡鸰,飞且鸣矣。"鹡鸰,小鸟。颜师古说,这种鸟,飞则鸣,行则摇,言其勤苦。"《传》曰"云云,引《荀子》中的话,大意是说,上天不会因为人们不喜欢寒冷就不让冬天来临,大地也不会因为人们感觉险阻而收缩范围,君子更不会因为小人的絮叨而改变其品行。所以说"天有常度,地有常形,君子有常行。君子道其常,小人计其功。《诗》云:'礼义之不愆,何恤人之言?'"愆,过也。恤,忧也。就是说,自然规律不可抗拒。

其次,修身不要求尽善尽美。"水至清则无鱼,人至察则无徒。

冕而前旒,所以蔽明。黈纩充耳,所以塞聪。"这是《大戴礼》中的话,说明这个社会并不是那么单纯。冕,帽子。旒,帽子前面下垂的装饰,用以遮光。黈纩,悬挂在帽子两边的饰物,用防噪声。引申开来,就是要抓大放小,对人不要求全责备。"明有所不见,聪有所不闻。举大德,赦小过,无求备于一人之义也。"如果有问题,就努力修正。所以叫"枉而直之,使自得之。优而柔之,使自求之。揆而度之,使自索之"。这是传统的观念,故曰"盖圣人教化如此,欲自得之。自得之,则敏且广矣"。而今之士,天下和平,常常被闲置不用,块然独处,潜心修行。他们上观圣人一样的许由,下察狂人一样的接舆。还要有范蠡那样的智慧,有伍子胥那样的忠诚。这已经是很不容易。"天下和平,与义相扶,寡偶少徒,固其宜也,子何疑于我哉?"作者反问,这有什么可质疑的呢?再说战乱时期,就像燕国起用乐毅,秦国任用李斯,汉高祖任用郦食其。他们口舌如簧,曲从如环,时势造英雄。这又有什么奇怪的呢?

最后,作者总结说"以筦窥天,以蠡测海,以莛撞钟,岂能通其条贯,考其文理,发其音声哉!"筦,古管字。蠡,瓠瓢。莛,小木枝。作者认为,以小管窥天,以小瓢测海,用小木枝敲钟,不可能称用,也不会有更好的结果。就像小老鼠偷袭狗,小猪咬老虎一样,是不可能成功的。作者最后说,自己实在愚笨,远非处士所比。所以自谦不知权变,而终迷惑于大道。

后来文人迭相效仿,如扬雄的《解嘲》、班固的《答宾戏》、张衡的《应间》、蔡邕的《释悔》、郭璞的《客傲》,以至韩愈的《进学解》等,都可以说是《答客难》的拟作,可见这篇赋影响之大。特别是扬雄的《解嘲》,在思想内容和写法上都深受东方朔《答客难》的影响。

《汉书》本传所载另外一篇文章是《非有先生论》。班固认为"朔之文辞,此二篇最善"。《答客难》以主客答问方式联结成篇,言汉代一统之世，士之仕官与战国异，其进退一出君主之意，由此抒发其生不逢时、怀才不遇的苦闷与无奈。《非有先生论》则展现了其逻辑论辩能力。

《非有先生论》假托非有先生仕于吴，三年以来，"进不能称往古以广主意，退不能扬君美以显其功"，吴王怪而问之，于是非有先生从"谈何容易"说起，通过正反两方面的历史故事，言进谏之难、治国之道及存亡之端，劝谕吴王虚心纳谏，励精图治。三个"谈何容易"，引出了三层意思。对此，吴王"惧然""穆然"，改弦更张。文曰：

> 非有先生仕于吴，进不能称往古以厉主意，退不能扬君美以显其功，默然无言者三年矣。吴王怪而问之，曰："寡人获先人之功，寄于众贤之上，夙兴夜寐，未尝敢怠也。今先生率然高举，远集吴地，将以辅治寡人，诚窃嘉之。体不安席，食不甘味，目不视靡曼之色，耳不听钟鼓之音，虚心定志，欲闻流议者，三年于兹矣。今先生进无以辅治，退不扬主誉，窃不为先生取之也。盖怀能而不见，是不忠也。见而不行，主不明也。意者寡人殆不明乎？"非有先生伏而唯唯。吴王曰："可以谈矣，寡人将竦意而览焉。"先生曰："於戏！可乎哉？可乎哉？谈何容易！夫谈有悖于目、拂于耳、谬于心而便于身者。或有说于目、顺于耳、快于心而毁于行者，非有明王圣主，孰能听之？"吴王曰："何为其然也？'中人已上可以语上也。'先生试言，寡人将听焉。"
>
> 先生对曰："昔者关龙逢深谏于桀，而王子比干直言于纣。此二臣者，皆极虑尽忠，闵王泽不下流，而万民骚动，故直言其失，切谏其邪者，将以为君之荣，除主之祸也。今则不然，反以为诽谤君之行，无人臣之礼。果纷然伤于身，蒙不辜之名，戮及先人，为天下笑，故曰谈何容易！是以辅弼之臣瓦解，而邪谄之

人并进。遂及蜚廉、恶来革等。二人皆诈伪,巧言利口,以进其身。阴奉雕琢刻镂之好以纳其心,务快耳目之欲,以苟容为度。遂往不戒,身没被戮,宗庙崩阤,国家为墟,杀戮贤臣,亲近谗夫。《诗》不云乎?'谗人罔极,交乱四国',此之谓也。故卑身贱体,说色微辞,愉愉呴呴,终无益于主上之治,则志士仁人不忍为也。将俨然作矜严之色,深言直谏,上以拂人主之邪,下以损百姓之害,则忤于邪主之心,历于衰世之法。故养寿命之士莫肯进也,遂居深山之间,积土为室,编蓬为户,弹琴其中,以咏先王之风,亦可以乐而忘死矣。是以伯夷、叔齐避周,饿于首阳之下,后世称其仁。如是,邪主之行固足畏也,故曰谈何容易!"

于是吴王惧然易容,捐荐去几,危坐而听。先生曰:"接舆避世,箕子被发阳狂,此二人者,皆避浊世以全其身者也。使遇明王圣主,得清燕之闲,宽和之色,发愤毕诚,图画安危,揆度得失,上以安主体,下以便万民,则五帝三王之道可几而见也。故伊尹蒙耻辱,负鼎俎、和五味以干汤,太公钓于渭之阳以见文王。心合意同,谋无不成,计无不从,诚得其君也。深念远虑,引义以正其身,推恩以广其下,本仁祖义,褒有德,禄贤能,诛恶乱,总远方,一统类,美风俗,此帝王所由昌也。上不变天性,下不夺人伦,则天地和洽,远方怀之,故号圣王。臣子之职既加矣,于是裂地定封,爵为公侯,传国子孙,名显后世,民到于今称之,以遇汤与文王也。太公、伊尹以如此,龙逢、比干独如彼,岂不哀哉!故曰谈何容易!"

于是吴王穆然,俛而深惟,仰而泣下交颐。曰:"嗟乎!余国之不亡也,绵绵连连,殆哉,世之不绝也!"①

---

① 《汉书·东方朔传》,中华书局1962年版,第2868—2872页。

"非有先生仕于吴,进不能称往古以广主意,退不能扬君美以显其功,默然无言者三年矣"至"先生试言,寡人将听焉"为总论,引出为政"谈何容易"的话题。先人指祖先。夙,早。兴,起。怠,惰性。大意是说非有先生仕吴二年,默然无语。吴王夙兴夜寐,广纳人才,而非有先生却不能辅佐,是不忠不义。然而非有先生用"谈何容易"四字轻轻地予以推挡开来。"夫谈者,有悖于目而拂于耳,谬于心而便于身者。或有说于目、顺于耳、快于心而毁于行者,非有明王圣主,孰能听之矣?"大意是说,现在的谈论,多与耳目所见违背,与心意不符,只是便于行事而已。那些看起来悦目,听起来快意,但却对我们有害的话,除非是圣明君主,谁会听得进劝告呢?吴王自以为不是圣人,但也算中人以上,故可以听得进去。于是,非有先生分三层论"谈何容易"。

"谈何容易"的第一层从"昔关龙逢深谏于桀,而王子比干直言于纣"到"戮及先人,为天下笑"为止,论述历史上的忠臣直谏的悲惨下场。夏桀杀关龙逢、商纣杀王子比干,就因为这两人极虑尽忠,直言其失。闵,又作"愍",悲悯怜惜。他们这样做,为君致荣,为主除祸。而今则不然,反以为是诽谤君主之行,无人臣之礼。结果那些人蒙受杀戮,为天下耻笑。故曰进言"谈何容易"一也。

"是以辅弼之臣瓦解,而邪谄之人并进"至"邪主之行,固足畏也",则从历史上乱臣贼子的谗佞论述谈论之不易。忠臣瓦解,乱臣并进,遂及飞廉、恶来革等兴风作浪。颜师古说是二人皆商纣臣子。这些奸臣,"阴奉雕琢刻镂之好以纳其心,务快耳目之欲,以苟容为度。遂往不戒,身没被戮,宗庙崩弛,国家为墟,杀戮贤臣,亲近谗夫"。正如《诗经》所斥:"谗人罔极,交乱四国。"这些卑微小人和颜悦色,对于君主终究无益,志士仁人不忍像他们那样去做。他们"遂居深山之间,积土为室,编蓬为户,弹琴其中,以咏先王之风,亦可以乐而忘死矣"。高标隐居,不问世事,所以才会有伯夷、叔齐的故事。由此看来,邪主之行,确实令人敬畏。这又从反面证明"谈何容易"。

从历史上的正反两方面,最后落实到吴王身上,引出第三层"谈何容易"。吴王"惧然易容",说明受到震动。于是,非有先生展开讨论,依然从殷商臣子说起。接舆避世,箕子佯狂,都是为了全身远害。如果他们能够躬逢圣明之主,引为上宾,他们必然会竭诚尽力,上安君主,下利百姓。倘若如此,则五帝三王之道差不多就可以再现。由此,帝王所以昌盛:"上不变天性,下不夺人伦,则天地和洽,远方怀之,故号圣王。"在这样的盛世,大臣加封,民众称誉。同样的历史,太公、伊尹如此顺利,而龙逄、比干如此悲惨。所以,真正政治清明,"谈何容易"。

听到这里,"吴王穆然,俛而深惟,仰而泣下交颐"。穆然,静思状。俛,即俯字。惟,思也。泣下交颐,即泪流满面。吴王感叹说:"嗟乎！余国之不亡也,绵绵连连,殆哉,世之不绝也！"于是引出吴王的改革措施:

> 于是正明堂之朝,齐君臣之位,举贤材,布德惠,施仁义,赏有功。躬节俭,减后官之费,损车马之用。放郑声,远佞人。省庖厨,去侈靡,卑宫馆,坏苑囿,填池堑,以予贫民无产业者。开内藏,振贫穷,存耆老,恤孤独,薄赋敛,省刑辟。行此三年,海内晏然,天下大洽,阴阳和调,万物咸得其宜。国无灾害之变,民无饥寒之色,家给人足,畜积有余,囹圄空虚。凤皇来集,麒麟在郊。甘露既降,朱草萌芽。远方异俗之人,向风慕义,各奉其职而来朝贺。

"凤皇来集,麒麟在郊。甘露既降,朱草萌芽"等均为祥瑞征兆,故有

"远方异俗之人,向风慕义,各奉其职而来朝贺"。

最后这段为总结之语。作者特别指出:"故治乱之道,存亡之端,若此易见。而君人者莫肯为也。"也就是说,这些措施,其实很容易做到,就是很多君主不愿意做而已。最后引《诗经·大雅·文王》诗说:"王国克生,惟周之贞,济济多士,文王以宁。"济济多士,国家兴盛之本。这些道理,其实早已被无数文人讲过,并无多少新意。值得注意的有两点,第一,东方朔虽然多有不如意之处,但他毕竟生逢盛世明君,得以朝隐。所以,李贽《焚书》卷五《非有先生论》说:"遇得其人,则一言以兴。遇不得其人,则一言遂死。千载遇少而不遇多,此志士所以在山,仁人所以尽养寿命也。唯其不忍为,是以莫肯为。歌咏弹琴,乐而忘死,宜矣。然则东方朔盖亦幸而遭遇汉武者也。人谓大隐居朝市,以东方朔为朝隐。噫,使非武帝爱才知朔如此,敢一日而居朝市之间哉?最先避世而歌隐者朔也。"①第二,文章确实写得诙谐有趣,几个"谈何容易",意味深长,感慨万端,历来被认为是传神之笔。刘勰《文心雕龙·谐隐》:"于是东方、枚皋,餔糟啜醨,无所匡正,而诋嫚媟弄,故其自称为赋,乃亦俳也。见视如倡,亦有悔矣。"②

刘勰用"诋嫚媟弄"四字形容东方朔的写作特色,虽有贬义,也符合实情。《汉书·东方朔传》就记载了很多这方面的材料。譬如郭舍人与东方朔以"隐语"争胜,"舍人所问,朔应声辄对,变诈锋出,莫能穷者,左右大惊"。③ 唐代颜师古注:"隐谓隐语也。"《汉书·艺文志》有《隐书》十八篇。世谓之廋辞,亦谓之谜。《说文解字》:

---

① 〔明〕李贽著《焚书 续焚书》,岳麓书社1990年版,第199页。
② 〔南朝梁〕刘勰著,周振甫注《文心雕龙注释》,人民文学出版社1981年版,第159页。
③ 《汉书·东方朔传》,中华书局1962年版,第2845页。

"谜,隐语也。"《文心雕龙》说:"自魏代以来,颇非俳优;而君子嘲隐,化为谜语。谜也者,回互其辞,使昏迷也。"①类似的文字游戏,虽然早见于先秦,而汉代尤盛。如孔融六言诗,隐含郡县名,蔡邕题碑"黄绢幼妇,外孙齑臼",暗含"绝妙好词"之类都是如此。此外,《太平经》《越绝书》《周易参同契》等均有隐语也。乃至魏晋以后的江南民歌中的隐语,均与此有关。②

《汉书·艺文志》著录东方朔二十篇。班固认为,除《答客难》《非有先生论》外,"其余有《封泰山》《责和氏璧》及《皇太子生禖》《屏风》《殿上柏柱》《平乐观赋猎》,八言、七言上下,《从公孙弘借车》,凡刘向所录朔书具是矣。世所传他事皆非也"。③ 传赞又称:"刘向言少时数问长老贤人通于事及朔时者,皆曰朔口谐倡辩,不能持论,喜为庸人诵说,故令后世多传闻者。而扬雄亦以为朔言不纯师,行不纯德,其流风遗书蔑如也。然朔名过实者,以其诙达多端,不名一行,应谐似优,不穷似智,正谏似直,秽德似隐。非夷、齐而是柳下惠,戒其子以上容:'首阳为拙,柱下为工;饱食安步,以仕易农;依隐玩世,诡及不逢。'其滑稽之雄乎!朔之诙谐,逢占射覆,其事浮浅,行于众庶,童儿牧竖莫不眩耀。而后世好事者因取奇言怪语附著之朔,故详录焉。"④由此可见,西汉后期以来,盗用东方朔之名的各类书籍就已经在世间流传,可见其影响。不仅如此,在乡间,还多有为东方朔立庙膜拜者。《文选集注》引《文选钞》曰:"乡里为置寝

---

① 〔南朝梁〕刘勰著,周振甫注《文心雕龙注释》,人民文学出版社1981年版,第160页。
② 详见刘跃进《道教在六朝的流传与江南民歌隐语》,载《古典文学文献学丛稿》,学苑出版社1999年版。
③ 《汉书·东方朔传》,中华书局1962年版,第2873页。
④ 《汉书·东方朔传》,中华书局1962年版,第2873—2874页。

庙,画其形象于庙中,以时祠敬之。"夏侯湛《东方朔画赞》对此有非常形象的描绘。

武帝时期的吾丘寿王,字子赣,赵人,以擅长游艺而入仕,诏使从中大夫董仲舒研习《春秋》,迁侍中中郎,后拜为东郡都尉。武帝以寿王为都尉,不复置太守。《汉书·艺文志》著录吾丘寿王六篇,吾丘寿王赋十五篇。《隋书·经籍志》著录二卷。其代表作是《骠骑论功论》,见《艺文类聚》卷五九。该文作于霍去病征伐匈奴大胜之后,文称"汉兴六十余载矣"云云,是作于武帝年间之证。《汉书》本传又载其《议禁民挟弓弩对》,针对公孙弘提出的"民不得挟弓弩"一事提出异议,认为政治不善,盗贼群起,不应从弓弩上寻求原因。"秦兼天下,废王道,立私议,灭《诗》《书》而首法令,去仁恩而任刑戮,堕名城,杀豪桀,销甲兵,折锋刃。"尽管收缴了天下兵器,还是二世而亡。因此,公孙弘的提议只是治标不治本。再说,弓弩不仅用于战事,也是典礼上的重要道具。他说:

> 今陛下昭明德,建太平,举俊材,兴学官,三公有司或由穷巷,起白屋,裂地而封,宇内日化,方外乡风,然而盗贼犹有者,郡国二千石之罪,非挟弓弩之过也。《礼》曰:"男子生,桑弧蓬矢以举之。"明示有事也。孔子曰:"吾何执?执射乎?"大射之礼,自天子降及庶人,三代之道也。……愚闻圣王合射以明教矣,未闻弓矢之为禁也。且所为禁者,为盗贼之以攻夺也。攻夺之罪死,然而不止者,大奸之于重诛固不避也。臣恐邪人挟之而吏不能止,良民以自备而抵法禁,是擅贼威而夺民救也。窃以为无益于禁奸,而废先王之典,使学者不得习行其礼,大不便。

文章不长,但是句句在理,精辟透彻。史载,公孙弘"诎服焉"。①

汉武帝登基之初的建元元年(前140),招纳贤良文学之士。会稽郡举贤良对策百余人,严忌之子严助脱颖而出,②为中大夫。③ 这也是有史以来吴人举贤良的第一人,与当时很多著名文人并列,为江南文人赢得了巨大的荣誉。《汉书·东方朔传》记载武帝与东方朔对话:"方今公孙丞相、兒大夫、董仲舒、夏侯始昌、司马相如、吾丘寿王、主父偃、朱买臣、严助、汲黯、胶仓、终军、严安、徐乐、司马迁之伦,皆辩知闳达,溢于文辞,先生自视,何与比哉?"④严助与董仲舒等大儒等并列,足见其地位。故《汉书·公孙弘赞》称武帝时得人,"应对则严助、朱买臣"。其应对辩论之才,《汉纪》卷十一亦有记载:"上即位,好士。既举贤良,赴阙上书自衒者甚众。其上第者见尊宠,下者赐帛罢。若严助、朱买臣、吾丘寿王、司马相如、主父偃、徐乐、东方朔、枚皋、胶仓、终军、严忌等,皆以材能并在左右。每大臣奏事,上令助等辨论之,中外相应以义理之文。"⑤建元三年(前138),闽越举兵围攻东瓯,东瓯告急于汉。当时汉武帝年未二十,询问太尉田蚡,田氏建议放弃不管。严助则据理力争,认为"今小国以穷困来告急,天子不振,尚安所愬? 又何以子万国乎?"武帝年轻气盛,遂听从严助之计,"以节发兵会稽",而会稽郡守竟然不发一兵。严助当众

---

① 《汉书·严朱吾丘主父徐严终王贾传》,中华书局1962年版,第2796—2797页。
② 《汉书·严朱吾丘主父徐严终王贾传》:"或言族家子也。"中华书局1962年版,第2775页。
③ 〔宋〕王益之撰《西汉年纪》卷一〇:"建元元年冬十月,前清河太傅辕固、楚相冯唐、故城阳中尉邓先、公孙弘、吴人严助皆以贤良征。"(商务印书馆,《丛书集成》本,第133页)
④ 《汉书·东方朔传》,中华书局1962年版,第2863页。
⑤ 〔汉〕荀悦著《两汉纪·汉纪》卷一一,中华书局2002年版,第181页。

斩杀司马,"遂发兵浮海救东瓯"。班师回朝后,即为会稽太守。其后,严助沉醉于江南胜景之中,自娱其乐。也许,他并没有注意到汉武帝对于江南的顾虑。从上述记载可以看出,江南地处偏远,朝廷的命令居然都可以拒绝。因此,武帝对于江南一直心存疑虑。而此时的严助又自远于朝廷,不通音讯。为此,武帝特赐书询问:"制诏会稽太守:君厌承明之庐,劳侍从之事,怀故土,出为郡吏。会稽东接于海,南近诸越,北枕大江。间者,阔焉久不闻问,具以《春秋》对,毋以苏秦从横。"①《文心雕龙·诏策》也提到武帝此诏:"武帝崇儒,选言弘奥。……及制诏严助,即云厌承明庐,盖宠才之恩也。"②这哪里是"宠才之恩",其中的"毋以苏秦从横"六字点出了武帝恩威并加的用心。严助当然深知其中的利害关系,俯首称谢,才得以拜为侍中。侍中隶属于内朝系统,较受重用。③这说明武帝对于江南文士的矛盾态度,一方面启用江南文士参政,另一方面,这些人曾与吴王有过牵连又不能叫武帝放心。事态的发展,也确实印证了武帝的这种心态:淮南王刘安反叛后,以事相连,借机杀掉了严助。严助之死与刘安相牵连,实在有点蹊跷。前面论及刘安的时候曾提到,《汉书·严助传》载,建元六年(前135),"闽越复兴兵击南越,南越守天子约,不敢擅发兵,而上书以闻。上多其意,大为发兴,遣两将军将兵诛南越。淮南王安上书谏曰"云云,大意是说当时人心思定,不愿看到战争,且南越地势险恶,更应慎重出兵。为此,严助作《谕意淮

---

① 《汉书·严朱吾丘主父徐严终王贾传》,中华书局1962年版,第2789页。
② 〔南朝梁〕刘勰著,周振甫注《文心雕龙注释》,人民文学出版社1981年版,第215页。
③ 《汉书·刘辅传》颜注引孟康注:"中朝,内朝也。大司马、左右前后将军、侍中、常侍、散骑、诸吏为中朝。丞相以下至六百石为外朝也。"(中华书局1962年版,第3253页)

南王》,替汉武帝答复刘安《上书谏伐南越》,文章写道:"汉为天下宗,操杀生之柄,以制海内之命,危者望安,乱者卬治",肯定了武帝发兵救南越的合理性。接着,文章历数闽越侵百越、南越的罪行,认为汉廷出兵是"为万民安危久远之计",申明了武帝军事决策的正义性。但是严助和刘安两人谁也没有想到,他们后来竟然会死在一起。

严助的创作,《汉书·艺文志》"诸子类"著录庄助四篇,"诗赋类"著录严助赋三十五篇。尽管前后名称不同,但是都是一人,也算是一位多产作家。这些作品,很多作于会稽郡守期间,史称"有奇异,辄使为文,及作赋颂数十篇"。严助不仅自己从事创作,同时还积极引荐江南文士。朱买臣即是其中一位佼佼者。

朱买臣(? —前115),字翁子,吴人。家贫,好读书,不治产业,以卖柴为生,而不废学业。经同郡严助的推荐,得到武帝的召见,说《春秋》,言《楚辞》,拜为中大夫,后为会稽太守,衣锦还乡。朱买臣的这段经历后来也成为文学史上一个重要的文学题材。故《文心雕龙·时序》说:"买臣负薪而衣锦,相如涤器而被秀。"①朱买臣与严助、司马相如一样,力主拓宽疆域,曾多次与主张放弃边郡的公孙弘等人据理力争,成为当时一件大事。这在《汉书·公孙弘传》《朱买臣传》等传记中多有记载。朱买臣之能言善辨,长于谋略,不难推想。他的创作,《汉书·艺文志》著录赋三篇,今已不存。《文心雕龙·乐府》将朱买臣与司马相如并称:"朱、马以骚体制歌。"②

武帝时期的终军、胶仓、庄安、徐乐、孔臧等,亦名著一时。

---

① 〔南朝梁〕刘勰著,周振甫注《文心雕龙注释》,人民文学出版社1981年版,第477页。

② 〔南朝梁〕刘勰著,周振甫注《文心雕龙注释》,人民文学出版社1981年版,第64页。

终军,齐人。《汉书·艺文志》著录终军八篇。马国翰辑佚一卷。今存文四篇。《白麟奇木对》是其代表作。元狩元年(前122),汉武帝获白麟、奇木,时人以为祥瑞,终军为此而作对:"今野兽有角,明同本也;众支内附,示无外也。若此之应,殆将有解编发,削左衽,要衣裳,而蒙化者焉。斯垂拱而俟之耳。"名义上歌颂白麟、奇木,实则颂扬武帝的文治武功,乃"履众美而不足,怀圣明而不专,建三宫之文质,章厥职之所宜,封禅之君无闻焉"。①《秦汉文钞》辑录此文,引林次崖曰:"其文若不经思,而尺度音节不失。其年甚少,而老成或不能及。真天与之,奇才也。"②

胶仓,赵人。《艺文志》"纵横家类"著录待诏金马聊苍三篇,王观国《学林》以为即胶仓。

徐乐、严安的代表作是《上书言世务》。《汉书·严朱吾丘主父徐严终王贾传》载:"是时,徐乐、严安亦俱上书言世务。书奏,上召见三人,谓曰:'公皆安在?何相见之晚也!'乃拜偃、乐、安皆为郎中。"③《汉书·艺文志》诸子纵横家有"庄安一篇"。即《上书言世务》。《汉书·艺文志》诸子纵横家著录"徐乐一篇",后人题作《上武帝书言世务》。文中称"天下之患,在于土崩,不在于瓦解"。所谓"土崩"的例子是陈胜、吴广起义,而"瓦解"样板就是吴楚七国之乱。也就是说,随着中央集权政治的强化,虽然解决了枝强干弱的局面,但是随着拓边战争的扩大,又出现了另外的局面。严、徐两文并入

---

① 《汉书·严朱吾丘主父徐严终王贾传》,中华书局1962年版,第2815页。
② 〔明〕冯有翼辑《秦汉文钞》,《四库全书存目丛书》集部第352册,第387页。
③ 《汉书·严朱吾丘主父徐严终王贾传》,中华书局1962年版,第2802页。

《秦汉文钞》。林次崖评严文:"前言风俗之弊,极切人情;后言穷兵之祸,又极详悉。皆于治道有关。"①陈古迂评徐文:"人臣谏君,责之以欲,不若引之以理。而引以理者,其欲将不戢而自化。徐乐于武帝,亦善讽谏者,……深得讽谏之术。"②《汉文归》引陈仁子评:"严安上书,与主父偃不同。偃皆随其末而救之,安则探其本而救之。本正,则末自正矣。"③

孔臧,孔子之后。《汉书·艺文志》著录太常蓼侯孔臧十篇,太常蓼侯孔臧赋二十四篇。《隋书·经籍志》著录《太常孔臧集》二卷。又世传《孔丛子》亦有署孔臧所著者。其中收录《谏格虎赋》《杨柳赋》《鸮赋》《蓼虫赋》等均是小赋。又有《与子琳书》等,亦见《孔丛子》。王应麟《汉艺文志考证》:"《孔丛·连丛子》云:臧历位九卿,迁御史大夫,辞曰:'世以经学为家,乞为太常,与安国纪纲古训。'遂拜太常,礼赐如三公,著书十篇。先时尝为赋二十四篇,四篇别不在集,似其幼时之作也。又为书与从弟及戒子,皆有义。"④今存文六篇。

---

① 〔明〕冯有翼辑《秦汉文钞》,《四库全书存目丛书》集部第 352 册,第 376 页。
② 〔明〕冯有翼辑《秦汉文钞》,《四库全书存目丛书》集部第 352 册,第 377—378 页。
③ 〔明〕钟惺编《汉文归》,明末古香斋刻本。
④ 〔宋〕王应麟著《汉制考·汉艺文志考证》,中华书局 2011 年版,第 207 页。

第七章　司马相如

司马相如是汉代大赋创作的奠基者,他的文章表现了西汉文帝、景帝、武帝时期的升平气象,所以历代的评论家在论及西汉文学的时候,或称贾马,或称枚马,或称朱马,或称"两司马"(司马迁和司马相如),或称扬马,总之都离不开司马相如。

第一节　司马相如生平与创作

司马相如(？—前118),字长卿,小名犬子。因慕蔺相如为人,遂改名相如。蜀郡成都(今属四川)人。少时好读书,学击剑,素有大志。汉景帝时以家财多得拜为郎,为武骑常侍。《华阳国志》载其离开成都时,题市门曰:"不乘赤车驷马,不过汝下也。"[①]然景帝不喜欢辞赋。因此他并不得志。梁孝王来朝,随从者有邹阳、枚乘、严

[①] 〔晋〕常璩撰,刘琳校注《华阳国志校注》卷三,巴蜀书社1984年版,第227页。

忌等，都以辞赋见长。司马相如一见倾心，遂辞官从梁王游。这期间创作了著名的《子虚赋》。梁孝王死后，司马相如回到蜀郡临邛，依附于临邛令王吉。临邛富人卓王孙以司马相如为临邛令贵客，遂设宴招待。酒酣耳热之际，临邛令请司马相如鼓琴。其时卓王孙有女卓文君新寡，相如以琴挑之，成就一段姻缘。

　　汉武帝爱好辞赋，读了《子虚赋》，非常赞赏，说"朕独不得与此人同时哉"。他的同乡杨得意作狗监，把他推荐给汉武帝。他受到汉武帝的召见后又写了《上林赋》，或以为《天子游猎赋》，即今所传《子虚赋》与《上林赋》。武帝读后大悦。司马相如遂在朝廷获得官职，深得武帝信任。汉武帝使唐蒙通夜郎等地，唐蒙在西南大肆骚扰，"巴蜀民大惊恐"。汉武帝使司马相如责唐蒙，叫他写《谕巴蜀檄》。元光六年，为回击反对派的责难，他写下著名的《难蜀父老》，①批判了在西南地区开发问题上目光短浅的看法。其后，有人上书言司马相如出使西南时受过贿赂，司马相如因此而失官。大约过了一年多又复为郎官。汉武帝好打猎，自击熊豕，司马相如因作书谏。后又从武帝过宜春宫，司马相如又作《哀二世赋》，拜孝文园令。他见武帝好仙道，遂上《大人赋》以讽谏，而武帝读后反而"飘飘有凌云之气"。由此看来，司马相如在思想倾向上，维护国家的统一，反对骄奢淫逸，反对寻仙好道，还是有其进步意义的。他后来称病闲居，卒于茂陵家中。司马相如死后，其妻上书一卷，言封禅之事。这就是后世盛传的《封禅文》。史书记载："既卒五岁，天子始祭后土。八年而遂先礼中岳，封于泰山，至梁父禅肃然。"②据此，司马相如的卒年应为元狩五年（前118）。《史记》卷一一七、《汉书》卷五

---

① 《史记》本传《集解》于"七十有八载"下引徐广曰："元光六年。"
② 《史记·司马相如列传》，中华书局1982年版，第3072页。

七有传。

《史记·司马相如列传》仅著录八篇,存目三篇,即《遗平陵侯书》《与五公子相难》《草木书篇》,然未有转录。史书又说司马相如"时时著书,人又取去,即空居",可见他对于自己的著述并不特别刻意留存。其辞赋,《汉书·艺文志》著录,共二十九篇。《子虚上林赋》是其代表作。《文选》还收录《长门赋》。《魏都赋》李善注引有司马相如《梨赋》残句,《北堂书钞》著录《鱼葅赋》,《初学记》《古文苑》收录其《美人赋》,《玉篇·石部》提到其《梓桐山赋》,《西京杂记》还引有《答盛览问作赋》等,这些辞赋文章,清人严可均《全上古三代秦汉三国六朝文》多已辑录,凡十余篇。《汉书·艺文志》杂家类著录《荆轲论》五篇,班固注:"轲为燕刺秦王,不成而死。司马相如等论之。"①《文心雕龙·颂赞》:"相如属笔,始赞荆轲。"②《汉书·礼乐志》还说他曾作诗配乐,《郊祀歌》十九首多与他有关。崔豹《古今注》也说司马相如曾作《钓竿诗》。《玉台新咏》卷九收录其《琴歌》二首,又有文字学著作《凡将篇》。但是这部书久佚,因为《隋书·经籍志》中已不见著录。《隋书·经籍志》著录有《司马相如集》一卷,早已散佚。明人辑有《司马文园集》。

今人整理本主要有金国永《司马相如集校注》(上海古籍出版社1993年版),朱一清、孙以昭《司马相如集校注》(人民文学出版社1996年版),李孝中《司马相如集校注》(巴蜀书社2000年版),张连科《司马相如集编年笺注》(辽海出版社2003年版)等。

---

① 《汉书·艺文志》,中华书局1962年版,第1741页。
② 〔南朝梁〕刘勰著,周振甫注《文心雕龙注释》,人民文学出版社1981年版,第96页。

第二节 《子虚赋》《上林赋》的时代意义

《子虚赋》和《上林赋》,《史记》和《汉书》引作一篇,称《天子游猎赋》。南朝梁昭明太子萧统编《文选》时析为两篇,第一、二部分,叫《子虚赋》,第三部分,称《上林赋》。对此,历代学者多有分歧意见。《史记》记载说,司马相如在梁时作《子虚赋》,武帝读后召为郎,始"请为天子游猎赋",似乎《上林赋》是《子虚赋》的续篇,这也许是《文选》分为两篇的根据。宋代王观国首先提出异议。他在《学林》卷七"古赋题"指出:"司马相如《子虚赋》中,虽言上林之事,然首尾贯通一意,皆《子虚赋》也,未尝有《上林赋》。而昭明太子编《文选》,乃析其半,自'亡是公听然而笑'为始,以为《上林赋》,误矣。"①金人王若虚《滹南集》卷三四《文辨》、明人焦竑《笔乘》卷三、清人何焯《义门读书记·文选》等赞同其说。何焯引祝氏曰:"此赋虽两篇,实则一篇。"②他们都认为这是同一篇作品,即《子虚赋》,未尝有《上林赋》,因此,不应当分成两篇。顾炎武等人又提出,《子虚赋》已经失传,现存作品应当是《天子游猎赋》。

以上诸说,未可一概而论。《文选》分作两篇,未必可信,而其他诸说又有求之过深之嫌。如果按照王观国等人所主张,当时"未尝有《上林赋》",显然欠缺证据。《文选·西都赋》"琳珉青荧"下引"郭璞《上林赋》注:珉,玉名也。张揖《上林赋》注曰:珉,石次玉也。"今本《文选·子虚上林赋》"珉"作"瑉"字,琳珉

---

① 〔宋〕王观国著《学林》,中华书局1988年版,第219页。
② 〔清〕何焯著《义门读书记》卷四五,中华书局1987年版,第868页。

即琳珸。《史记》作"琨珸",《索隐》引司马彪云:"石之次玉者。"由此来看,郭璞、张揖所注即《子虚赋》"其石则赤玉玫瑰,琳珸昆吾"中的"琳珸"二字,但他们并称为《上林赋》而不称《子虚赋》。说明魏晋时期所传文本,题作《上林赋》,但实际还包括《子虚赋》的内容。

其实,《汉书·司马相如传》明确记载:"赋奏,天子以为郎。亡是公言上林广大,山谷水泉万物,及子虚言云梦所有甚众,侈靡多过其实,且非义理所止,故删取其要,归正道而论之。"关键在这最后两句话:"删取其要,归正道而论之。"颜师古注:"言不尚其侈靡之论,但取终篇归于正道耳,非谓削除其辞也,而说者便谓此赋已经史家刊剟,失其意矣。"①颜师古所见,依然保存了《子虚赋》和《上林赋》的全部内容。王观国所说的未尝有《上林赋》,顾炎武所说的《子虚赋》已亡佚,均不能成立。"删取其要"四字明明白白地说明,现存的这篇作品,是经过了增删润色而成。《史记》中所说的《子虚赋》,作于游梁时期,似为初稿;而《上林赋》则在此基础上加上天子游猎的场面,加工润色,遂成定稿。因此,这是一篇完整的作品,可以称《子虚上林赋》,亦可以简称《上林赋》。

全篇设计了三个虚构人物,即子虚、乌有、亡是公。子虚,即虚言的意思,极力称说楚国风物之美。乌有,即无有此事,作为子虚的对立面,讦难楚国之事。亡是公,即无是人的意思,在两者之间作折中之谈。

三个虚构人物的对话,构成三大部分。从开始至"于是齐王无以应仆也"是第一部分,写楚使子虚来齐,齐王举行大规模的田猎,在子虚面前夸耀齐国的强大,子虚则向齐王叙述了楚国云梦泽之广

---

① 《汉书·司马相如传》,中华书局1962年版,第2575—2576页。

大、富有,田猎之盛大、壮观,远非齐国之所能比。尤为令人惊异的是,通过子虚之口,说:"臣闻楚有七泽,尝见其一,未睹其余也。臣之所见,盖特其小小者耳,名曰云梦。"楚国最小的云梦泽尚且如此,其它六泽之大,当然可以推想。子虚的夸饰,首先引起了乌有先生的不满。从"乌有先生曰:是何言之过也"开始,到"何为无以应哉"为止,为第二部分,写乌有先生批评子虚之言"彰君之恶而伤私义",进一步为齐国辩护,申说齐国之大乃"吞若云梦者八九,于其胸中曾不蒂芥",其"异方殊类,珍怪鸟兽"不可胜记。至此,对立的双方已经将各自的观点展现出来,于是引出了第三部分,即亡是公的折中之论,替天子张目。作品先是批评子虚、乌有"欲以奢侈相胜,荒淫相越",然后极力铺陈天子上林苑的繁华、富庶、广大和天子田猎的盛大场面,闲暇张乐,"奏陶唐氏之舞,听葛天氏之歌,千人唱,万人和,山陵为之震动,川谷为之荡波"。以极尽夸张之笔调写出天子的豪奢,最终的落脚点却是为了讽谕。最后写天子自省,认识到"此大奢侈",于是拆墙毁囿,实行王道仁政,"改制度,易服色,革正朔,与天下为更始"。而子虚、乌有"愀然改容,超若自失,逡巡避席"而退。从作品最后的处理来看,作者想要表达的基本思想,是劝诫汉武帝应"德隆于三王,而功羡于五帝",而不能追逐声色之乐,不过,"劝百而讽一",反而冲淡了其真实的用意,因而也引起了后来者的一些不满。如果抛开传统的讽谏旧说,我们仅仅从赋本身来看,这篇作品确实写出了汉帝国政治统一、经济繁荣、文化发达的蓬勃气象。全篇结构完整,前后呼应;内容衔接有序,义脉贯通;情节跌宕有致,详略照应,这些,都可以说它是一篇完整的作品。

　　司马相如为什么要创作这样的作品?他所要表达的是一种什么样的情怀?这就不能不论及《上林赋》的写作时间。

　　王先谦《汉书·司马相如传补注》谓:"开二郡事在建元六年,相如已为郎数岁,是献赋在武帝即位初矣。"①在史书中,对于"初年"的理解比较宽泛,可以视为建元元年(前140)。何沛雄《〈上林赋〉作于建元初年考》以为作于建元二年,②《资治通鉴》系于建元三年,简宗梧《〈上林赋〉著作年代之商榷》则以为作于建元四年,奏赋则在建元末年。③

上林苑扩建始于建元三年,因此,称此赋作于建元元年或二年,均无根据。《汉书·东方朔传》记载:"初,建元三年,微行始出,北至池阳,西至黄山,南猎长杨,东游宜春。微行常用饮酎已。八九月中,与侍中常侍武骑及待诏陇西北地良家子能骑射者期诸殿门,故有'期门'之号自此始。微行以夜漏下十刻乃出,常称平阳侯。旦明,入山下驰射鹿豕狐兔,手格熊罴,驰骛禾稼稻秔之地。民皆号呼骂詈,相聚会,自言鄠杜令。令往,欲谒平阳侯,诸骑欲击鞭之。令大怒,使吏呵止,猎者数骑见留,乃示以乘舆物,久之乃得去。时夜出夕还,后赍五日粮,会朝长信宫,上大欢乐之。是后,南山下乃知微行数出也,然尚迫于太后,未敢远出。丞相、御史知指,乃使右辅都尉徼循长杨以东,右内史发小民共待会所。后乃私置更衣,从宣曲以南十二所,中休更衣,投宿诸宫,长杨、五柞、倍阳、宣曲尤幸。于是上以为道远劳苦,又为百姓所患,乃使太中大夫吾丘寿王与待诏能用算者二人,举籍阿城以南,盩厔以东,宜春以西,提封顷亩,及其贾直,欲除以为上林苑,属之南山。又诏中尉、左右内史表属县草田,欲以偿鄠杜之民。吾丘寿王奏事,上大说称善。时朔在傍,进谏曰:'臣闻谦逊静悫,天表之应,应之以福;骄溢靡丽,天表之应,应之

---

① 〔清〕王先谦著《汉书补注》,中华书局1983年版,第1185页。
② 何沛雄文章见《汉魏六朝赋论集》,台北:联经出版事业公司1990年版。
③ 简宗梧文章见《汉赋史论》,台北:东大图书股份公司1993年版。

以异。……'"①案：上林苑原本是秦代五苑之一，在渭水之南。汉初，萧何曾打算改为良田，为刘邦所阻止。② 文帝、景帝、武帝等曾多次到此打猎，因为打猎时常滋扰百姓，"民皆号呼骂詈"。因此，武帝决定扩大上林苑。吾丘寿王等提出了具体的扩大方案。对此，武帝深表赞同。尽管东方朔上书表示异议，结果还是如"(吾丘)寿王所奏"，建元三年开始对上林苑作大规模的扩充。《资治通鉴》根据动工之年，将《上林赋》上奏系于建元三年，虽不无道理，但是，这项巨大工程很难说当年即告成功。上林苑的规模，根据扬雄《羽猎赋序》的记载："武帝广开上林，南至宜春、鼎胡、御宿、昆吾，旁南山而西，至长杨、五柞，北绕黄山，濒渭而东，周袤数百里。穿昆明池象滇河，营建章、凤阙、神明、馺娑，渐台、泰液象海水周流方丈、瀛洲、蓬莱。游观侈靡，穷妙极丽。"③这里提到的昆明池、建章宫等，根据《三辅黄图》《三辅决录》及《三秦记》等文献记载，其中有离宫七十余所，皆容千乘万骑。另有池塘十五所，方圆三百余里。④《汉旧仪》载："上林苑方三百里，苑中养百兽，天子秋冬射猎取之。"《上林赋》提到"日出东沼，入乎西陂"，上林苑十五池塘就有东陂池和西陂池等。另外，"终始灞浐，出入泾渭"两句所描写的恰恰是扩建后的上林苑的规模：就是说，上林苑已经超出了秦代修建于渭南的范围，扩大到渭河两岸，乃至今天整个西安市的周围。这样大规模的扩建，如果从建元三年开始动工，至少需要数年才能完成。⑤ 武帝建元年号凡

---

① 《汉书·东方朔传》，中华书局1962年版，第2847—2849页。
② 《史记·萧相国世家》，中华书局1982版，第2018页。
③ 《汉书·扬雄传》，中华书局1962年版，第3541页。
④ 收入《长安史迹丛刊》，三秦出版社2006年版。
⑤ 其中有些建筑更修筑于元光之后，如建章宫就始建于太初元年，见《史记·封禅书》。

六年,随即改元为元光元年,即公元前134年。根据相关资料,我认为《上林赋》定稿于元光元年最有可能,这里可以例举三个方面的佐证材料。

第一,《三辅黄图·上林苑》载,"帝初修上林苑,群臣远方,各献名果异卉三千余种植其中,亦有制为美名,以标奇异。"①这些名果异卉,在《西京杂记》中有详尽的记载,可以和《上林赋》相互印证。在众多名果异卉中,特别值得注意的是《上林赋》中提到的"樱桃蒲陶"。《史记·大宛列传》曰:"宛左右以蒲陶为酒,富人藏酒至万余石,久者数十岁不败。俗嗜酒,马嗜苜蓿。汉使取其实来。于是天子始种苜蓿、蒲陶肥饶地。及天马多,外国使来众,则离宫别观旁尽种蒲萄、苜蓿极望。"②按,西域与中国相通不始于汉武帝时代,③但是中国与西域大规模的交往确实始于张骞出使西域的建元三年。后来,武帝李夫人兄李广利破大宛,得蒲萄种归汉。根据《三辅黄图·甘泉宫》载,武帝甚至在上林苑西建造"葡萄宫"。《资治通鉴》卷三五胡三省注:"蒲陶,本出大宛。武帝伐大宛,采蒲陶种植之离宫,宫由此得名。"④这也是建武三年以后的事。

第二,文中借亡是公之口说道:"游于六艺之囿,驰骛乎仁义之途,览观《春秋》之林,射《狸首》,兼《驺虞》。"六艺,郭璞注以为礼、乐、射、御、书、数。颜师古认为,六艺指《六经》。如淳注《春秋》二字曰:"《春秋》义理繁茂,故比之于林薮也。"《狸首》,郭璞注:"《狸首》,《逸诗》篇名,诸侯以为射节。《驺虞》,《召南》之卒章。天子以

---

① 何清谷校注《三辅黄图校注》,三秦出版社1995年版,第216页。
② 《史记·大宛列传》,中华书局1982年版,第3173—3174页。
③ 详见林梅村《古道西风》的相关论述,三联书店2000年版。
④ 《资治通鉴》卷三五,中华书局1956年版,第1123页。

为射节也。"①这里所列,均为儒家经典。我们知道,武帝即位之初,曾想扶持儒术,启用赵绾、王臧等人。故《盐铁论·褒贤篇》说:"赵绾、王臧之徒,以儒术擢为上卿。"当时丞相卫绾奏曰:"所举贤良,或治申、商、韩非、苏秦、张仪之言,乱国政,请皆罢。"这一主张,自然得到武帝认可。② 建元元年冬十月,即下诏举贤良方正直言极谏之士。清河太傅辕固、楚相冯唐、故城阳中尉邓先、公孙弘、吴人严助(严忌之子)皆以贤良征。③ 后又采纳魏其侯窦婴和武安侯田蚡共同提出的建议,在这年七月,议立明堂,并遣使者安车蒲轮,束帛加璧,征鲁申公。④ 这一系列恢复礼制、强化中央集权的举措,立即引起了武帝祖母窦太后以及一些王公贵戚的强烈不满。《汉书·窦田灌韩传》载:"婴、蚡俱好儒术,推毂赵绾为御史大夫,王臧为郎中令。迎鲁申公,欲设明堂,令列侯就国,除关,以礼为服制,以兴太平。举谪诸窦宗师无行者,除其属籍。诸外家为列侯,列侯多尚公主,皆不欲就国,以故毁日至窦太后。太后好黄老言,而婴、蚡、赵绾等务隆推儒术,贬道家言,是以窦太后滋不说。二年,御史大夫赵绾请毋奏事东宫,窦太后大怒。"⑤其结果,窦婴、田蚡以外戚故,未致死地,仅免去他俩的丞相和太尉职权;赵绾和王臧就没有这样幸运了,先是被罢逐,不久即被杀。《汉书·武帝纪》应劭注:"礼,妇人不豫政事,时帝已自躬省万机。王臧儒者,欲立明堂、辟雍。太后素好黄老术,非薄《五经》。因欲绝奏事太后,太后怒,故杀之。"⑥随后,启用了石建为

---

① 〔唐〕李善等注《六臣注文选》卷八,中华书局1987年版,第165页。
② 《汉书·武帝纪》,中华书局1962年版,第156页。
③ 〔宋〕王益之著《西汉年纪》卷一〇,中州古籍出版社1993年版,第173页。
④ 《汉书·武帝纪》,中华书局1962年版,第157页。
⑤ 《汉书·窦田灌韩传》,中华书局1962年版,第2379页。
⑥ 《汉书·武帝纪》,中华书局1962年版,第157页。

郎中令。《汉书·万石卫直周张传》载:"建元二年,郎中令王臧以文学获罪皇太后。太后以为儒者文多质少,今万石君家不言而躬行,乃以长子建为郎中令,少子庆为内史。"①在当时特定背景下,儒家经典不可能得到应有的重视。通过亡是公之口所说"游于六艺之囿,驰骛乎仁义之途,览观《春秋》之林,射《狸首》,兼《驺虞》"等雅事,也不可能发生在窦太后还健在的建元年间。

第三,文中借亡是公之口曰:"改制度,易服色,革正朔,与天下为更始。"郭璞注:"变宫室车服"为改制度,"衣尚黑"为易服色,"更以十二月为正,平旦为朔"为革正朔,"新其事"为天下更始。《史记·历书》:"王者易姓受命,必慎始初,改正朔,易服色,推本天元,顺承厥意。"②在中国历史上,改正朔、易服色,是非常重要的事件。汉代建国不久,就有不少学者提出要改制度、易服色、革正朔。至孝文帝时,贾谊以为汉兴已经二十余年,天下和洽,而固当改正朔,易服色,法制度,定官名,兴礼乐,乃悉草具其事仪法,色尚黄,数用五。③ 文帝初即位,谦让未遑。鲁人公孙臣以终始五德上书,言"汉得土德,宜更元,改正朔,易服色。当有瑞,瑞黄龙见"。事下丞相张苍,张苍亦学律历,以为非是,亦未能实施。徐幹《中论·历数》说:"孝武皇帝,恢复王度,率由旧章,招五经之儒,征术数之士,使议定汉历。及更用邓平所治,元起太初。"④这段话谈到了武帝恢复王度的两项重要措施,一是招致五经之儒,术数之士,"议定汉历",二是"更用邓平所治,元起太初"。"元起太初"一事,见于《汉书·律历志》:"至武帝元封七年,汉兴百二岁矣,大中大夫公孙卿、壶遂、太史

---

① 《汉书·万石卫直周张传》,中华书局1962年版,第2195页。
② 《史记·历书》,中华书局1982年版,第1256页。
③ 《史记·屈原贾生列传》,中华书局1982年版,第2492页。
④ 〔汉〕徐幹著《中论·历数》,巴蜀书社1999年版,第196页。

令司马迁等言'历纪坏废,宜改正朔'。是时御史大夫儿宽明经术,上乃诏宽曰:'与博士共议,今宜何以为正朔?服色何上?'宽与博士赐等议,皆曰:'帝王必改正朔,易服色,所以明受命于天也。创业变改,制不相复,推传序文,则今夏时也。臣等闻学褊陋,不能明。陛下躬圣发愤,昭配天地,臣愚以为三统之制,后圣复前圣者,二代在前也。今二代之统绝而不序矣,唯陛下发圣德,宣考天地四时之极,则顺阴阳以定大明之制,为万世则。'于是乃诏御史曰:'乃者有司言历未定,广延宣问,以考星度,未能雠也。盖闻古者黄帝合而不死,名察发敛,定清浊,起五部,建气物分数。然则上矣。书缺乐弛,朕甚难之。依违以惟,未能修明。其以七年为元年。'遂诏卿、遂、迁与侍郎尊、大典星射姓等议造《汉历》。"①前者所说的"议定汉历",《汉书·律历志》未有记载。徐幹称这次议定汉律,乃"率由旧章",我们推想,应当是遵循文帝时人公孙臣以终始五德上书的内容,即,"汉得土德,宜更元,改正朔,易服色"。宜更元,即改元,也就是《史记》所说,"推本天元,顺承厥意"。上世纪70年代,山东临沂银雀山汉墓出土的《元光元年历谱》大约就是改元元光元年之后颁布天下的。② 此历谱共三十二简,第一简记年,第二简记月,以十月为岁首,顺序排列至后九月,共十三个月。第三至三十二简记日,书每月一至三十日的干支。三十二简排列起来即为元光元年全年日历。③ 联系到前引《上林赋》最后"与天下为更始",当是指此元光改元一事。

建元六年(前135),窦太后死。其时,汉武帝二十一岁。我们从"改正朔",即改元为元光元年等一系列政策来看,武帝正试图通过强力手段,使"天下为更始"真正成为他独立执掌大权的开端。《汉

---

① 《汉书·律历志》,中华书局1962年版,第974—975页。
② 已收入吴九龙释《银雀山汉简释文》,文物出版社1985年版,第233页。
③ 参见罗福颐《临沂汉简概述》,《文物》1974年第2期。

书·公孙弘卜式兒宽传》赞文记载年轻的汉武帝"欲用文武,求之如弗及"。如果说,"文"主要体现在对内政策方面,而"武"则表现为拓展边疆的雄心与实力。

汉武帝崇尚文治,从征召鲁申公和枚乘这件具有象征意义的事件中表现得非常鲜明。可惜,随着王臧等人的被杀,他的主张并没有得到有效的贯彻。元光元年,武帝采纳董仲舒建议,下诏郡国举孝廉各一人。① 这是真正推行儒家孝悌之道的重要举措。《北堂书钞》引《汉官仪》:"孝廉,古之贡士,耆儒甲科之谓也。""孝廉年未五十,先试笺奏,初上试之以事,非试之以诵也。"② 这里,孝廉并举,似乎两者为一事,其实,孝谓善事父母,廉谓清洁有廉隅,两者还是有所区别的。《汉书·武帝纪》元朔元年载:"有司奏议曰:不举孝,不奉诏,当以不敬论。不察廉,不胜任也,当免。"③ 由此来看,武帝制定的这项政策,或以孝举,或以廉举,孝与廉各一人。而孝往往又重于廉。《汉书·冯唐传》载:"唐以孝著,为郎中署长。"④ 当然,如何选举;选举出来以后,又将如何处置,武帝似乎并没有多少实质准备。于是,这年五月,他又诏贤良对策。为此,董仲舒作《元光元年举贤良对策》。在这篇著名的对策中,董仲舒正式提出建立太学的构想。《汉书·礼乐志》:"至武帝即位,进用英俊,议立明堂,制礼服,以兴太平。会窦太后好黄老言,不说儒术,其事又废。后董仲舒对策言:'王者欲有所为,宜求其端于天。天道大者,在于阴阳。阳为德,阴

---

① 《后汉书·和帝纪》注:"武帝元光元年,董仲舒初开其议,诏郡国举孝廉各一人。"中华书局1962年版,第180页。各郡国察举人数见《通典》卷一三考证。
② 〔清〕孙星衍辑《汉官七种》,光绪十一年刊《平津馆丛书》本。
③ 《汉书·武帝纪》,中华书局1962年版,第167页。
④ 《汉书·张冯汲郑传》,中华书局1962年版,第2312页。

为刑。天使阳常居大夏而以生育长养为事,阴常居大冬而积于空虚不用之处,以此见天之任德不任刑也。阳出布施于上而主岁功,阴入伏藏于下而时出佐阳。阳不得阴之助,亦不能独成岁功。王者承天意以从事,故务德教而省刑罚。刑罚不可任以治世,犹阴之不可任以成岁也。今废先王之德教,独用执法之吏治民,而欲德化被四海,故难成也。是故古之王者莫不以教化为大务,立太学以教于国,设庠序以化于邑。教化已明,习俗已成,天下尝无一人之狱矣。至周末世,大为无道,以失天下。秦继其后,又益甚之。自古以来,未尝以乱济乱,大败天下如秦者也。习俗薄恶,民人抵冒。今汉继秦之后,虽欲治之,无可奈何。法出而奸生,令下而诈起,一岁之狱以万千数,如以汤止沸,沸俞甚而无益。辟之琴瑟不调,甚者必解而更张之,乃可鼓也。为政而不行,甚者必变而更化之,乃可理也。故汉得天下以来,常欲善治,而至今不能胜残去杀者,失之当更化而不能更化也。古人有言:"临渊羡鱼,不如归而结网。"今临政而愿治七十余岁矣,不如退而更化。更化则可善治,而灾害日去,福禄日来矣。'"①按《汉书·董仲舒传》:"董仲舒,广川人也。少治《春秋》,孝景时为博士。下帷讲诵,弟子传以久次相授业,或莫见其面。盖三年不窥园,其精如此。进退容止,非礼不行,学士皆师尊之。武帝即位,举贤良文学之士前后百数,而仲舒以贤良对策焉。"②根据《汉书·儒林传》载,早在建元四年(前137),公孙弘就作《请为博士置

---

① 《汉书·礼乐志》,中华书局1962年版,第1031—1032页。而《汉书·郊祀志》:"(武帝)六年,窦太后死,其明年,征文学之士。"稍与此异。按《汉书补注》以为董仲舒之对策始于建元元年,《元光元年之对策》为第二次,《汉书·武帝纪》以为本年"董仲舒、公孙弘等出焉"之说不确。其说极是。

② 《汉书·董仲舒传》,中华书局1962年版,第2495页。

弟子员议》,提出:"建首善自京师始。"第二年,置五经博士。但是真正把儒家思想作为主流意识形态,是从元光元年之后开始的。

司马相如的《子虚上林赋》正是比较了诸侯与天子的异同,最终归结到天子,归结到一统,反映了当时士人经过一百多年的思索而得出的结论,即国家需要强大的统治,对内对外,无不如此。这篇辞赋的主旨在篇末借乌有先生的话揭示了出来:"在诸侯之位,不敢言游戏之乐,苑囿之大。"唯其如此,司马相如献赋之后,马上得到格外重视。《汉武故事》曰:"上少好学,招求天下遗书,上亲自省校,使严助、司马相如等以类分别之。尤好辞赋,每所行幸及奇兽异物,辄命相如等赋之。上亦自作诗赋数百篇,下笔即成,初不留意。相如作文迟,弥时而后成;上每叹其工妙,谓相如曰:'以吾之速,易子之迟,可乎?'相如曰:'于臣则可,未知陛下何如耳?'上大笑而不责也。"①虽然这是小说家言,但是,确有其依据,充分体现了以司马相如为代表的西汉辞赋"体国经野、义尚光大"的时代特色。

《左传·成公十四年》引"君子曰"所说:"《春秋》之称,微而显,志而晦,婉而成章,尽而不污。惩恶而劝善,非圣人,谁能修之?"②司马相如的创作,继承了《春秋》这种托物喻意、惩恶劝善的传统。《史记·司马相如列传》:"太史公曰:《春秋》推见至隐,《易》本隐之以显,《大雅》言王公大人而德逮黎庶,《小雅》讥小己之得失,其流及上。所以言虽外殊,其合德一也。相如虽多虚辞滥说,然其要归引之节俭,此与《诗》之风谏何异。扬雄以为靡丽之赋,劝百风一,犹驰骋郑卫之声,曲终而奏雅,不已亏乎?余采其语可论者著于篇。"③无

---

① 《汉武故事》,《鲁迅辑录古籍丛编》第一卷《古小说钩沉》第四集,人民文学出版社1999年版,第428页。
② 杨伯峻注《春秋左传注》,中华书局1990年版,第870页。
③ 《史记·司马相如列传》,中华书局1982年版,第3073页。

论是推见至隐,还是导隐至显,"其合德一也"。司马相如的创作虽设为靡丽之赋,但目的是"劝百风一",恢拓境宇振大汉之天声。这就为文学的政治作用找到了合理的解说。

正是从这个意义上,《西京杂记》说:"廊庙之下,朝廷之中,高文典册用相如。"①这类文学,可以借用鲁迅《集外集拾遗·帮忙文学与帮闲文学》中的话来概括,大约可以算作"廊庙文学,这就是已经走进主人家中,非帮主人的忙,就得帮主人的闲"。② 这样的作品,迎合了统治者的需求,因而在两汉始终得到高度的重视,就不难理解了。而这,也正是司马相如创作的基本特色,反映了统一帝国鼎盛时期的气象,反映了儒学思想定为一尊的时代特征。

第三节 司马相如的文章

司马相如的文章,《上疏谏猎》《谕巴蜀檄》《难蜀父老》《封禅文》最具有代表性。《上疏谏猎》见于《史记》《汉书》本传。《史记》载:"常从上至长杨猎,是时天子方好自击熊彘。驰逐野兽,相如上疏谏之。"文章劝戒武帝不要因一时之乐而蒙受伤害,由此作者指出:"盖明者远见于未萌,而智者避危于无形。祸固多藏于隐微,而发于人所忽者也。"③该文《文选》《古文观止》俱收录,亦为秦汉名篇。

汉武帝使唐蒙通夜郎等地,唐蒙在西南大肆骚扰,"巴蜀民大惊

---

① 〔晋〕葛洪辑《西京杂记》卷三,中华书局1985年版,第22页。
② 鲁迅《集外集拾遗·帮忙文学与帮闲文学》,《鲁迅全集》第七册,第383页,人民文学出版社1982年版。
③ 《史记·司马相如列传》,中华书局1982年版,第3054页。

恐"。《汉书·司马相如传》载传汉武帝使司马相如责唐蒙,《谕巴蜀檄》即为此而作。如开篇宣示:

> 告巴蜀太守:蛮夷自擅,不讨之日久矣。时侵犯边境,劳士大夫。陛下即位,存抚天下,安集中国。然后兴师出兵,北征匈奴,单于怖骇,交臂受事,屈膝请和。康居西域,重译纳贡,稽首来享。移师东指,闽越相诛。右吊番禺,太子入朝。南夷之君,西僰之长,常效贡职,不敢惰怠。延颈举踵,喁喁然,皆向风慕义,欲为臣妾。

文章先声夺人,威胁巴蜀人服从汉朝的命令,否则将兴师出兵,武力解决。无论如何,西南归附,这是历史的必然。对此,任何人也不能心存疑惑。当然,诉诸武力不是目的,唐蒙出使西南,对于百姓的骚扰,也不是汉武帝的旨意。存抚天下,这是汉帝国的基本国策,每一个人,都要以国家利益为重,建功立业,光宗耀祖,扬名后世:

> 计深虑远,急国家之难,而乐尽人臣之道也。故有剖符之封,析圭而爵,位为通侯,居列东第。终则遗显号于后世,传土地于子孙。行事甚忠敬,居位甚安佚,名声施于无穷,功烈著而不灭。是以贤人君子,肝脑涂中原,膏液润野草而不辞也。

全文恩威并施,理直气壮,表现出作者敏锐的政治眼光。

打通夜郎通道后,汉武帝急欲乘势再逼近西南大部,为此耗费了大量的人力物力。这时,西蜀有首领欲归附,朝廷内外议论纷纷,武帝颇为踟躇,询问司马相如。元光六年,为回击反对派的责难,司马相如写下著名的《难蜀父老》。他设蜀父老为辞,自己出面诘难,

陈明大义,认为开发西南,一时可能扰动百姓,但是,从长远来看,这样做又是必须的:

> 盖世必有非常之人,然后有非常之事。有非常之事,然后有非常之功。非常者,固常人之所异也。故曰非常之元,黎民惧焉。及臻厥成,天下晏如也。昔者,洪水沸出,泛滥衍溢。民人升降移徙,崎岖而不安。夏后氏戚之,乃堙洪原。决江疏河,洒沉澹灾,东归之于海,而天下永宁。当斯之勤,岂惟民哉?心烦于虑,而身亲其劳。躬傶骿胝无胈,肤不生毛。故休烈显乎无穷,声称浃乎于兹。且夫贤君之践位也,岂特委琐握龊,拘文牵俗,循诵习传,当世取说云尔哉!必将崇论闳议,创业垂统,为万世规。①

大禹治水,虽劳苦一时,最终天下永宁。他认为:"盖世必有非常之人,然后有非常之事;有非常之事,然后有非常之功。非常者,固常人之所异也。"真正的君主,雄才大略,不拘泥于微细之文,不牵制于流俗之议,不取悦于当世之情,创业垂统,为万世规。这篇文章,义正词严,有力地抨击了那些目光短浅的人,为汉帝国便利交通,恢拓疆土,建立与西南少数民族的联系作出了重要贡献,表现了一个生逢盛世的有为之士奋发向上的进取精神和果决干练的政治才能。文章层层递进,气势磅礴,尤其是"世必有非常之人"那段话,极富逻辑力量,颇得武帝欣赏。二十三年之后的元封五年(公元前 106 年),汉武帝在诏书中也借用了这段话:"盖有非常之功,必待非常之人。"《文心雕龙·檄移》称赞说:"相如之《难蜀老》,文晓而喻博,有

---

① 《汉书·司马相如传》,中华书局 1962 年版,第 2584—2585 页。

移檄之骨焉。"①

《封禅文》始见载于《史记·司马相如传》，《汉书·司马相如传》有转载。唐人所编《艺文类聚》卷十《符命部》亦有收录。这类文章的最大特点，就是"表权舆，序皇王，炳元符，镜鸿业，驱前古于当今之下，腾休明于列圣之上，歌之以祯瑞，赞之以介丘，绝笔兹文，固维新之作也"。② 也因此而成就一种文体，叫封禅文体。凡为古代帝王寻访名山而作的文章，大体都可以视为封禅文一类。《白虎通》专辟《封禅》，从内容方面展开讨论。而《文心雕龙》专辟"封禅"一体，则专就文体论列。刘勰说："秦皇铭岱，文自李斯，法家辞气，体乏弘润。然疏而能壮，亦彼时之绝采也。铺观两汉隆盛，孝武禅号于肃然，光武巡封于梁父。诵德铭勋，乃鸿笔耳。观相如封禅，蔚为唱首。"③他认为，封禅文真正成为一种文体，还是由于司马相如的《封禅文》。

文章分为三个部分，第一部分是散体，或为序论。第二部分是赞语，或曰颂体。第三部分是总结。散体部分，从远古说起，用以表明自己所说均渊源有自，顺理成章。在作者看来，历代君主通常循览近代明治踪迹，听察远古的风雅之声。这样的事例，或隐或显，举不胜举。唐尧时期，君主贤明，而后稷时期，贤臣众多。后稷是唐尧的大臣，周之始祖。所以周天子传承唐尧遗风。后稷的曾孙公刘发迹于西戎。文王开创王业，改正朔服色。作者这里先抑后扬，把周朝的事业与汉代相比，显然已后来居上，从而说明此时封禅乃是历

---

① 〔南朝梁〕刘勰著，周振甫注《文心雕龙注释》，人民文学出版社1981年版，第227页。
② 〔南朝梁〕刘勰著，周振甫注《文心雕龙注释》，人民文学出版社1981年版，第235页。
③ 〔南朝梁〕刘勰著，周振甫注《文心雕龙注释》，人民文学出版社1981年版，第235页。

史的必然性。

天佑汉德,从历史说到现实,再从"怀生之类"的各种符瑞变化,说明此时封禅的现实合理性。首先是世风的变化:"协气横流,武节猋逝。迩陿游原,遐阔泳沫。"随即是昆虫鸟兽的变化:"昆虫闿怿,回首面内。然后囿驺虞之珍群,徼麋鹿之怪兽。"第三是植物的变化:"椉一茎六穗于庖,牺双觡共抵之兽。"第四是前代珍宝的出现:"获周余放龟于岐,招翠黄乘龙于沼。"①

至此,作者再一次综合论述此时封禅的历史必然性与现实合理性:"盖周跃鱼陨杭,休之以燎,微夫斯之为符也,以登介丘,不亦恧乎!"陨杭,跳进船中。介丘,大丘。休之以燎,谓俯取祭天。当年,周武王渡河,有白鱼跳进船中,武王认为祥瑞,故登泰山封禅,是为进。后人视之为惭。而汉代符瑞如此之多,却退让不敢封禅,是为让。故曰"进让之道,何其爽与"。作者看来,如果此时还是不封禅,则有绝三神之意。所以有人说,上天以符瑞见示,不可辞让。如果辞让,泰山之上就没有留下表记,梁父坛场也无所任何遗迹。古代封禅帝王,都有各自的荣耀和济世的功勋,如果总是谦让不封禅,后代怎么可能有七十二君的记载呢?

序论的最后一段为结论。作者坚持认为,天子修德,天赐祥瑞之符,说明天子应当仰承上天之命,实施封禅之事,不仅不逾礼,而是恰逢其时。所以,圣明的君主要依次敬奉地祇与天神,从中岳嵩山到东岳泰山,拜谒报诚,彰显天子的盛德,沾溉百姓。这是天下的壮观,王者的事业。

下列的韵文,就是传统意义上的颂诗。从"自我天覆,云之油

---

① 所引《封禅文》并见《汉书·司马相如传》,中华书局1962年版,第2601—2609页。

油"到"盖闻其声,今视其来",描写风调雨顺、祥瑞涌动,正是封禅的最好时机,并想象武帝封禅的情形。孟子说:"油然作云,沛然下雨。"雨露滋润,生长万物。祥瑞屡至,可以遨游。"嘉谷六穗,我穑曷蓄?"亦即上文"䔚一茎六穗"之意。这种祥瑞,不仅仅来自雨露,更有君子功德的润泽。这种润泽不仅惠及个人,而是覆盖天下,无所不至。作者希望这一切都是真实发生的,因为这是继往开来的大事:"厥涂靡从,天瑞之征。"靡从,《史记》作"靡踪",即来无踪,去无影,这些都是天意的安排。

何焯《义门读书记》卷四十九称此篇为"符命谀佞之祖"。评价不高。其实,我们从文章的结论看,语气很重,带有逼宫的味道,必须封禅。但是作者还是通过一系列的事实来阐述自己的看法,所以黄侃《文选平点》卷五认为"此文符采复隐,精义坚深,虽子云、孟坚效之不能至也"。① 这样的评价还是比较公允的。

史书记载,当时倡导封禅的还不仅仅司马相如一人,齐人待诏臣饶,亦著有《封禅方说》十八篇,《汉书·艺文志》原注:"武帝时。"此外,他还著《待诏臣饶心术》二十五篇,可见亦是当时著名的文人,但是他的这篇《封禅方说》却未见流传。而司马相如这篇《封禅文》则开创了一种独特的文体。《文心雕龙》称其"兹文为用,盖一代之典章也",就看到了司马相如这篇作品的政治意义和文学价值。

第四节 司马相如的文学贡献

冯沅君《汉赋与古优》将汉赋概括为六种特点:一是问答,二是

---

① 黄侃《文选平点》,上海古籍出版社1985年版,第272页。

体物,三是谀词,四是讽谏语,五是散文化,六是叠字或骈字。司马相如辞赋创作可以说具备了上述全部的特点。尤其是《子虚上林赋》,在赋体文学发展史上占有重要地位,它是模仿宋玉的赋而又有所发展。

首先,司马相如的辞赋,体制宏伟,尤长夸饰,组织严密而音调富有变化,奠定了汉大赋的基本格局。《子虚上林赋》文体较之《楚辞》,颇见散文化的特点。从结构形式上说,《子虚上林赋》与宋玉的《登徒子好色赋》《高唐赋》大体相同,而在铺张闳丽方面却远远超过了宋玉,所以《文心雕龙·诠赋》:"相如《上林》繁类以成艳。"①这也就形成了汉赋的基本格式,即略近战国游说文字,往往东西南北,罗列名物,较少变化。如《战国策·秦策》载苏秦说秦惠王曰:"大王之国,西有巴、蜀、汉中之利,北有胡貉、代马之用,南有巫山、黔中之限,东有崤、函之固。"②《楚策》一说楚惠王、《赵策》二说赵王、《齐策》一说齐宣王等大抵皆如是。《七发》亦继承此一传统:"南望荆山,北望汝海,左江右湖,其乐无有。"但是也还比较简略。而《子虚赋》则至为繁富,如描写云梦泽,称其东则有"蘅兰芷若"云云,其南则有"平原广泽"云云,其西则有"涌泉清池"云云,其北则有"阴林巨树"云云,此外还有其上、其下、其土、其石、其树、其高燥、其埤湿等如何如何,楚王歌舞游猎,纵欲其中。齐王又变本加厉,描绘齐地"吞若云梦者八九"。而亡是公则站在天子的角度,指斥二人"不务明君臣之义,正诸侯之礼,徒事争于游戏之乐,苑囿之大"。其夸饰手法依然如出一辙,写天子上林苑,不仅从空间布局,以四海为家,

---

① 〔南朝梁〕刘勰著,周振甫注《文心雕龙注释》,人民文学出版社1981年版,第81页。
② 〔汉〕刘向集录,范祥雍笺证《战国策笺证》,上海古籍出版社2006年版,第141页。

还以类相从,写水,兼及水族和飞禽;写山,涉及花草林木;写陂沼,则引出各种走兽;写娱乐,从歌舞声色到礼乐制度,展示出汉帝国开拓四野的心理优势。其后,张衡《西京赋》、冯衍《显志赋》、刘劭《赵都赋》、左思《蜀都赋》之属,相沿成习。甚至其他文体亦踵事增华,变本加厉。如张衡《四愁诗》、鲍照《登大雷岸与妹书》、王巾《头陀寺碑文》等无不如此。

这类文字往往铺陈排比,气势雄肆,"尤以气胜"。如《汉书·司马相如传》所载《子虚上林赋》描写上林苑离宫别馆的高峻:

> 频杳眇而无见,仰攀橑而扪天,奔星更于闺闼,宛虹拖于楯轩。青龙蚴蟉于东箱,象舆婉僤于西清,灵圄燕于闲馆,偓佺之伦暴于南荣,醴泉涌于清室,通川过于中庭。①

刘勰《文心雕龙·夸饰》把这种描写作为夸饰的典型,说:"自宋玉景差,夸饰始盛,相如凭风,诡滥愈甚。故上林之馆,奔星与宛虹入轩;从禽之盛,飞廉与鹪鹩俱获。"②相传司马相如在构思这篇巨制时,神思萧散,不与外界相来往,忽然而睡,涣然而醒,经历了百余日的紧张构思写作,才终于完成。《西京杂记》中记载了司马相如关于此赋的一段话,也成为了文学史上的一段佳话:"合綦组以成文,列锦绣而为质,一经一纬,一宫一商,此赋之迹也。赋家之心,苞括宇宙,总揽人物,斯乃得之于内,不可得而传。"③尽管这段话的真实性还有人表示怀疑,但是,它确实写出了司马相如辞赋创作的特色,即"苞括

---

① 《汉书·司马相如传》,中华书局1962年版,第2557页。
② 〔南朝梁〕刘勰著,周振甫注《文心雕龙注释》,人民文学出版社1981年版,第404页。
③ 〔晋〕葛洪辑《西京杂记》卷三,中华书局1985年版,第12页。

宇宙,总揽人物"。司马相如的《大人赋》亦有这样的特点,构思奇特,风力遒劲。汉武帝好神仙,相如因论曰:"上林之事未足美也,尚有靡者,臣尝为《大人赋》,未就,请具而奏之。"因进献《大人赋》,欲以讽谏。《大人赋》虽模仿了《楚辞·远游》,但变化较多,且有讽谏意味,如提出"必长生若此而不死兮,虽济万世不足以喜"。劝诫武帝当以国事为重,不应沉溺于仙道之中。然而武帝读之,反而飘飘然有凌云之意。《文心雕龙·风骨》称:"相如赋仙,气号凌云,蔚为辞宗,乃其风力遒也。"①由此看来,司马相如的辞赋,其文情高于义理,才会有欲讽而反劝的效果。后人说汉赋多劝百而讽一,所指就是这一点。这也是后来的模仿者如扬雄特别赞赏的地方。他甚至怀疑司马相如的赋不似从人间来,乃神化所至。扬雄初到京城所作的《甘泉》《河东》《长杨》《羽猎》等四大赋,就是模仿司马相如而变其本加其厉,从而得到了成帝的重视,几乎是司马相如最初发迹的翻版。

其次,司马相如辞赋不仅以气胜,更以情胜,在抒情小赋方面开创一代风气。《汉书·艺文志》将辞赋分为四类,司马相如的抒情小赋就是屈原赋之属。西汉文景时代,楚、吴、梁、淮南、河间诸藩国,文士济济,如枚乘、邹阳、庄忌、淮南小山、司马相如等均归在此类。我们今天还能看到这类作品,如贾谊《吊屈原赋》《惜逝》,严忌《哀时命》,淮南小山《招隐士》等,可以说都受到了《楚辞》的沾溉。司马相如亦在梁孝王幕下与众多文士过从,他的辞赋亦深受楚辞影响,他的《吊秦二世文》《大人赋》《美人赋》《长门赋》等,是抒情小赋的代表。《吊秦二世文》斥责秦二世"持身不谨兮,亡国失势。信谗不寤兮,宗庙灭绝",或许也有委婉讽谏汉武帝的成分。《文心雕

---

① 〔南朝梁〕刘勰著,周振甫注《文心雕龙注释》,人民文学出版社1981年版,第320页。

龙·哀吊》：“及相如之吊二世，全为赋体，桓谭以为其言恻怆，读者叹息；及卒章要切，断而能悲也。”①《美人赋》描写司马相如游梁时，遭遇邹阳等人嫉恨，说他"服色容冶，妖丽不忠，将欲媚词取悦"，梁王追问，司马相如模仿登徒子口吻，说有美人倾慕自己，三年没有机会，最后"秉志不回，翻然高举，与彼长辞"。内容和结构均仿《登徒子好色赋》，更加妍秀轻灵。而《长门赋》更是司马相如抒情小赋的代表。《汉武故事》说，武帝与阿娇一起长大，青梅竹马，有"金屋藏娇"的佳话。武帝登基后，纳为皇后，"擅宠骄贵，十余年而无子"，后因妒忌武帝新宠卫子夫，在元光五年被废，幽禁于长门宫。相传陈皇后失宠后，愁闷悲思，无以解忧。后来她听说司马相如擅长于赋体，于是送去黄金百斤，说是给司马相如和卓文君买酒，并托他写文章给皇帝求情。司马相如写下著名的《长门赋》献给汉武帝，武帝颇为感动。结果，陈皇后再次得到了汉武帝的宠爱。这篇赋被收在《文选》卷一六"哀伤"类之首，表现失宠后的陈阿娇"愁闷悲思"的心情，篇中以"佳人"即陈阿娇的口吻，描写了失宠后的凄凉心境以及再次获宠的渴望。作者从阿娇等候的形象入手，表现陈皇后身单影只、徘徊无望的痛苦，细致地刻划了主人公期待、苦闷、彷徨的复杂心理，似脱胎于《山鬼》而更趋细腻：

　　　　日黄昏而望绝兮，怅独托于空堂。悬明月以自照兮，徂清夜于洞房。援雅琴以变调兮，奏愁思之不可长。案流徵以却转兮，声幼妙而复扬。……忽寝寐而梦想兮，魄若君之在旁。惕寤觉而无见兮，魂迋迋若有亡。众鸡鸣而愁予兮，起视月之精

---

① 〔南朝梁〕刘勰著，周振甫注《文心雕龙注释》，人民文学出版社1981年版，第139页。

光。观众星之行列兮,毕昴出于东方。望中庭之蔼蔼兮,若季秋之降霜。夜曼曼其若岁兮,怀郁郁其不可再更。①

这种写法,与司马相如其他辞赋多用粗线条勾勒的手法相比显然大不相同,颇近于魏晋以后的手笔。正因为如此,后世很多人怀疑此篇不是司马相如所作。五臣注曰:"陈皇后复得亲幸,案诸史传,并无此文,恐叙事之误。"顾炎武《日知录》也说:"《长门赋》所云'陈皇后复得幸'者,亦本无其事。俳谐之文,不当与之庄论矣。"②和顾炎武一样,一般学者认为《长门赋》是托名之作,主要根据是前面小序的"谬误"。一是序言"孝武皇帝",这是汉武帝刘彻身后的谥号,死于武帝前的司马相如不可能有如此称谓。二是序言"陈皇后复得亲幸",史书没有记载。从这两点来看,赋序很可能不是司马相如所作,但是,赋序伪作,不一定说明赋的正文也系后人伪造,因为两者并没有必然联系。

《长门赋》细致地描绘了陈皇后失宠后从昼至夜、夜而至曙的忧思与渴望,篇末言"妾人窃自悲兮,究年岁而不敢忘",又将一天一夜的思念延至一年,甚至给人感到整个人生岁月,从而增加了作品的抒情力度,开启后代"宫怨"一类题材的先河。还有一点值得注意,《长门赋》开启了代言体的写作模式。所谓代言体,就是创作者以第一人称的口吻,代拟陈阿娇抒情。这类代言体作品在魏晋南北朝十分兴盛。《长门赋》容易引起后世文人的共鸣,因为这篇作品也反映了历代文人的不幸境遇,就如同宫女后妃一样,历代文人其实不过就是统治者手中的工具而已。朱熹《楚辞后语》卷二:"此文古妙,最近《楚辞》。或者相如以后得罪,自为文以讽,非后求之,不知叙者何

---

① 《长门赋》,见《文选》卷一六,中华书局 1977 年,第 228—229 页。
② 〔清〕顾炎武著,黄汝成集释《日知录集释》卷一九,上海古籍出版社 2006 年版,第 1113 页。

从实此云。"①后代文人士子每有贤才不遇之叹,便引《长门赋》作说辞,唐韩偓有"长卿只为长门赋,未识君臣际会难"的讥讽(《中秋禁直》),宋陈师道有"黄金拟买相如赋,未信君恩属画工"的感叹(《拟汉宫词》),辛弃疾退一步讲:"千金纵买相如赋,脉脉此情谁诉?"(《摸鱼儿·莫春》)

　　第三,司马相如辞赋用字繁富,对仗工整,也是一个重要的特点。《文心雕龙·物色》:"及长卿之徒,诡势环声,模山范水,字必鱼贯。"②即司马相如辞赋用字考究,滔滔不绝。《三国志·蜀书·秦宓传》称,司马相如曾受文翁委派,"东受七经,还教吏民,于是蜀学比于齐鲁"。③说明司马相如有较高的经学修养。《汉书·艺文志》序称,武帝时,司马相如曾作《凡将篇》,与此相近的还有元帝时黄门令史游所作的《急就篇》,都属于文字启蒙读物。《凡将篇》早已亡佚,从古注所引残句看,形式近似于《急就篇》,为七言句式。我们看《急就篇》就是七言韵文,凡三十二章,杂记姓名、名物、官名等字。唐代颜师古注,宋朝王应麟补注今并存,由此看来,司马相如在辞赋创作大量使用各种文字,记载名物,也有普及文字、扩展知识的作用。甚至,这也是辞赋创作的一项基本功能。我们注意到,汉代辞赋大家,如扬雄、班固、张衡、蔡邕等,多有文字学著作,而他们创作的一个共同的特点,也如同司马相如一样,带有博物色彩,汪洋恣肆,气象阔达。《文心雕龙·练字》说:"至孝武之世,则相如撰《篇》。"④所

---

① 《楚辞集注》,上海古籍出版社1979年版,第231页。
② 〔南朝梁〕刘勰著,周振甫注《文心雕龙注释》,人民文学出版社1981年版,第493页。
③ 《三国志·蜀书·秦宓传》,中华书局1959年版,第973页。
④ 〔南朝梁〕刘勰著,周振甫注《文心雕龙注释》,人民文学出版社1981年版,第420页。

谓篇,即《凡将篇》。辞赋炼字,正与辞赋家的文字学修养密切相关。《随园诗话》卷一又提出另外一种可能:"古无类书、无志书,又无字汇,故《三都》《两京赋》,言木则若干,言鸟则若干,必待搜辑群书,广采土风,然后成文。……洛阳所以纸贵者,直是家置一本,当类书、郡志读耳。故成之亦须十年、五年。"①刘勰《文心雕龙·丽辞》以司马相如《上林赋》"修容乎礼园,翱翔乎书圃"为例,说明司马相如赋对仗之工整,这样的例子,还有很多。不仅工整,也有清丽之词。如"垂条扶疏,落英幡纚"等句,就为陶渊明所欣赏,他的《读山海经》"孟夏草木长,绕屋树扶疏",《桃花源记》的"落英缤纷"等句,可以看出司马相如的影响。

"文章西汉两司马。"在文学史上,人们往往将司马相如和司马迁作对比。班固《典引序》就说司马相如"但有浮华之辞,不周于用"。但是,司马相如死后,朝廷从其家中得《封禅文》,"忠臣效也"。是先抑后扬。而对于司马迁的评价则是先扬而后抑,承认"司马迁著书成一家之言,扬名后世",但是由于遭受宫刑,"反微文刺讥,贬损当世"。两相比较,司马相如"贤迁远矣"。在班固看来,《封禅文》"光扬大汉,轶声前代",在思想倾向上值得充分肯定,但在行文上"靡而不典",李贤注:"文虽靡丽,而体无古典。"所谓古典,即缺乏经典色彩,只陈符瑞,没有像《尚书·尧典》那样盛述王者的功德。而这,恰恰是《封禅文》的文学价值所在。故《文心雕龙·封禅》盛称:"观相如《封禅》,蔚为唱首。尔其表权舆,序皇王,炳元符,镜鸿业,驱前古于当今之下,腾休明于列圣之上,歌之以祯瑞,赞之以介丘,绝笔兹文,固维新之作也。"②维新之作,即革新之作,具有文学史的意义。

---

① 〔清〕袁枚著《随园诗话》卷一,人民文学出版社1982年版,第7页。
② 〔南朝梁〕刘勰著,周振甫注《文心雕龙注释》,人民文学出版社1981年版,第235页。

第八章　司马迁及其《史记》

司马迁是西汉时期最重要的历史学家、文学家、思想家。他所著的《史记》不仅是汉代学术史上的最重要著作，也是中国文化史上的不朽经典，对后世产生广泛而深远的影响。

第一节　司马迁的生平与创作

司马迁，字子长。左冯翊夏阳龙门（今陕西韩城）人。他出身在一个世代为史的家庭。《史记·太史公自序》："司马氏世典周史。"其父司马谈（？—前112），武帝建元至元鼎间（前140—前111）任太史公。[1]尝"学天官于唐都，受《易》于扬何，习道论于黄子"。生平事

---

[1] 《太史公自序》称"谈为太史公"。《集解》引如淳曰："《汉仪注》：太史公，武帝置，位在丞相上。天下计书先上太史公，副上丞相，序事如古《春秋》。迁死后，宣帝以其官为令，行太史公文书而已。"《索隐》称："案《茂陵书》，谈以太史丞为太史令，则'公'者，迁所著书尊其父云'公'也。"《册府元龟》卷五五四《国史部·总序》："秦并天下，有太史令、御史之名。汉武帝始置太史公，位在丞相上。宣帝改（下转250页）

迹见《汉书·司马迁传》。代表作是《论六家要旨》,于阴阳、儒、墨、名、法、道德诸学派皆有所论述,而独推尊道家。元封元年(前112)卒于洛阳。《文心雕龙·史传》:"爰及太史谈,世惟执简。"①执简,即指史官记事。司马迁成为一代史学家,与家庭背景有直接关系。

司马迁的生年,史书并没有明确记载,约在公元前145年至公元前135年之间。《史记·太史公自序》:"五年而当太初元年。"此下,张守节《正义》云:"案,迁年四十二岁。"据此,王国维《太史公行年考》推断司马迁生于景帝中元五年(前145)。梁启超《要籍解题及其读法·史记》、张鹏一《太史公年谱》、郑鹤声《司马迁年谱》、刘汝霖《汉晋学术编年》、日本泷川资言《史记会注考证》等据此申说,颇为详尽。②问题是,同样是《太史公自序》,又有这样的记载:"(司马谈)卒三岁而迁为太史令。"司马贞《索隐》引《博物志》:"太史令,茂陵显武里大夫司马迁,年二十八,三年六月乙卯除,六百石。"据此,日本桑原骘藏1926年发表的《关于司马迁生年之一新说》③、郭沫若《〈太史公行年考〉有问题》等据此推断司马迁生于建元六年(前135)。其后,李长之《司马迁之人格与风格》所附《司马迁生年为建元

(上接249页)为太史令,行太史公文书。其修撰之职,以官领之。太史之官,唯知占候而已。"可见,武帝时代的太史公的权位还比较重。宣帝之后,其职"唯知占候而已"。〔晋〕葛洪辑《西京杂记》卷六亦有类似记载。

① 〔南朝梁〕刘勰著,周振甫注《文心雕龙注释》,人民文学出版社1981年版,第170页。
② 赞成此说的还有朱东润《史记考索》(华东师范大学出版社1996年版)、程金造《史记管窥》(陕西人民出版社1985年版)、施丁《司马迁行年新考》(山西人民教育出版社1995年版)等。参见张新科等编《〈史记〉研究资料萃编》,三秦出版社2011年版。
③ (日)桑原骘藏《关于司马迁生年之一新说》,周德永译,《中国公论》1942年5月7卷2期。

六年辨》等亦主此说。从目前所能掌握的材料看,两说各有依据,相差十年。

司马迁幼年在家乡耕读,十岁随父亲到长安,曾从经学大师董仲舒学习《公羊春秋》,向孔安国学习古文《尚书》。二十始漫游,到过今天的湖南、江西、浙江、江苏、山东、河南等地。回长安任郎中。又奉使出使西南,侍从武帝巡狩,足迹几乎遍及全国。他到处探访古迹,采集传说,考察风土民情,积累了丰富的史料。其时,汉武帝欲东游泰山,行"封禅"祭天之礼。司马谈为太史令,应随从前往,而病于洛阳,生命垂危。会司马迁出使返,在洛阳与父亲相见。司马谈执其手,将作史的遗志郑重相告。司马谈说:"自获麟(《春秋》绝笔之时)以来,四百有余岁,而诸侯相兼,史记放绝。今汉兴,海内壹统,明主贤君,忠臣死义之士,予为太史而弗论载,废天下之史文,予甚惧焉,尔其念哉!"司马迁俯首流涕,含泪承诺下来:"小子不敏,请悉论先人所次旧闻,不敢阙。"司马谈卒后三年,即武帝元封三年(前108),司马迁为太史令,他一方面参与武帝巡祭封禅、改订历法等活动,一方面继承父亲修史的遗业,努力整理汇集保存在"石室金匮"即国家藏书室的历史文献资料。经过几年的认真准备之后,于太初元年(前104)正式开始撰写《史记》。

当工作进展到最关键的时刻,一桩意外的事件发生了。

天汉二年(前99),西汉名将李广的孙子李陵率兵与匈奴决战,最后兵败投降匈奴。在当时人看来,李陵不仅败坏了"李氏世将"的家风,而且也丢了汉家朝廷的面子。而司马迁与许多人的看法不大一样,他很同情李陵,觉得李陵决不会向匈奴投降。为此,他触怒了汉武帝,被抓进监狱。这时,司马迁的许多朋友,竟没有人敢于出面营救,而朝廷中的贵戚显宦也没有谁肯出来说一句话。最后,他竟面临着三种无法抗拒的选择:一是伏法受诛,二是拿钱免死,三是甘受"腐刑"。从当时的情形来看,如果拿钱免死,起码得要五十万钱,这是一般"中人之家"五家的家产。司马迁既没有得到朋友的帮助,自己又官小无钱,因此用钱赎死的路对于司马迁来讲,几乎近于天方夜谭。结果,司马迁所面临的选择实际只有两条,要么去死,要么甘受"腐刑"。司马迁想到了死,但是最后他却选择了后者,忍辱负重地活了下来。完成父亲的重托,实现父亲的遗志,是他得以生存于尘世的最重要的精神支住。受到腐刑,他要面临常人难以忍受的屈辱,但是,想到父亲的重托,想到刚刚开始的《史记》的撰著,他只能选择这样一条饱受屈辱的途径了。《汉书·司马迁传》记载了他的《报任安书》,详细记载了司马迁的心路历程:

仆之先人非有剖符丹书之功,文史星历,近乎卜祝之间,固主上所戏弄,倡优畜之,流俗之所轻也。假令仆伏法受诛,若九牛亡一毛,与蝼蚁何异?而世又不与能死节者比,特以为智穷罪极,不能自免,卒就死耳。何也?素所自树立使然也。人固有一死,死有重于泰山,或轻于鸿毛,用之所趋异也。太上不辱先,其次不辱身,其次不辱理色,其次不辱辞令,其次诎体受辱,其次易服受辱,其次关木索被棰楚受辱,其次剔毛发婴金铁受辱,其次毁肌肤断支体受辱,最下腐刑,极矣。传曰:"刑不上大夫。"此言士节不可不厉也。猛虎处深山,百兽震恐,及其在穽槛之中,摇尾而求食,积威约之渐也。故士有画地为牢势不入,削木为吏议不对,定计于鲜也。今交手足,受木索,暴肌肤,受榜棰,幽于圜墙之中。当此之时,见狱吏则头枪地,视徒隶则心惕息,何者?积威约之势也。及已至此,言不辱者,所谓强颜耳,曷足贵乎!且西伯,伯也,拘牖里;李斯,相也,具五刑;淮阴，王也，受械于陈；彭越、张敖，南向称孤，系狱具罪；绛侯诛诸吕，权倾五伯，囚于请室；魏其，大将也，衣赭，关三木；季布为朱家钳奴；灌夫受辱居室。此人皆身至王侯将相，声闻邻国，及罪至罔加，不能引决自财，在尘埃之中，古今一体，安在其不辱也？由此言之，勇怯，势也；强弱，形也。审矣！曷足怪乎？且人不能蚤自财绳墨之外，已稍陵迟，至于鞭箠之间，乃欲引节，斯不亦远乎？古人所以重施刑于大夫者，殆为此也。

夫人情莫不贪生恶死，念亲戚，顾妻子，至激于义理者不然，乃有不得已也。今仆不幸，蚤失二亲，无兄弟之亲，独身孤立，少卿视仆于妻子何如哉？且勇者不必死节，怯夫慕义，何处不勉焉！仆虽怯耎欲苟活，亦颇识去就之分矣。何至自湛溺累绁之辱哉？且夫臧获婢妾，犹能引决，况若仆之不得已乎？所以隐忍苟活，幽粪土之中而不辞者，恨私心有所不尽，鄙没世而文采不表于后也。古者富贵而名摩灭，不可胜记，唯俶傥非常之人称焉。盖西伯拘而演《周易》；仲尼厄而作《春秋》；屈原放逐，乃赋《离骚》；左丘失明，厥有《国语》；孙子膑脚，《兵法》修列；不韦迁蜀，世传《吕览》；韩非囚秦，《说难》《孤愤》；《诗》三百篇，大抵贤圣发愤之所为作也。此人皆意有所郁结，不得通其道，故述往事，思来者。乃如左丘明无目，孙子断足，终不可用，退论书策，以舒其愤，思垂空文以自见。①

这些历史人物，大都遭受到不幸后发愤著书，从而在历史上留下了名声。如周公推演《周易》，孔子整理《春秋》，左丘明编著《国语》，孙膑刊修《兵法》，屈原创作《离骚》，还有韩非的《说难》《孤愤》，吕

---

① 《汉书·司马迁传》，中华书局1962年版，第2732—2735页。

不韦的《吕氏春秋》以及《诗经》三百篇等,都是由于"意有所郁结,不得通其道,故述往事,思来者"。司马迁从他们身上找到了精神的力量,看到了自己的历史使命,决心忍辱含垢,坚持写完自己的"通古今之变,成一家之言"的《史记》。天汉三年(前98),司马迁"卒从吏议"甘心下"蚕室"(即受腐刑者所居之室),"就极刑而无愠色"。这里蕴涵着多么惊人的毅力。在以后漫长的日子里,他除了坚持自己的著述之外,对于朝廷内外的一切杂事,均已毫无兴趣了,往往"居则忽忽若有所亡,出则不知所如往",内心忍受着巨大的痛苦和无限的悲愤。"每念斯耻,汗未尝不发背沾衣也。"迁既就刑,后为中书令,据云颇为武帝所"宠任"。然其心则以为大耻,常愤愤焉。太始四年(前93),司马迁的一个朋友名叫任安的写信给司马迁,劝他以"推贤进士为务"。任安也许是出于好意,以为他身处皇帝身边,容易进言荐贤,殊不知,此时的司马迁身为残秽,动辄得咎。于是他把自己一腔"隐忍苟活"的悲苦之心,在《报任安书》中和盘托出,而以"死日然后是非乃定"自誓。此文为西汉散文名作,历来传诵。在这封书信里,司马迁告诉任安一个重要消息:

> 仆窃不逊,近自托于无能之辞,网罗天下放失旧闻,考之行事,稽其成败兴坏之理,凡百三十篇,亦欲以究天人之际,通古今之变,成一家之言。草创未就,适会此祸,惜其不成,是以就极刑而无愠色。仆诚已著此书,藏之名山,传之其人通邑大都,则仆偿前辱之责,虽万被戮,岂有悔哉?

从这里可以看出,司马迁的《史记》到这时已经大体完成了。从在父亲病榻前含泪承诺,到全书大体完成,司马迁为撰写《史记》,前后花费了二十多年的时间。

《太史公自序》"俟后世圣人君子,第七十"句下,裴氏《集解》引卫宏《汉旧仪注》:"司马迁作《景帝本纪》,极言其短及武帝过,武帝怒而削去之。后坐举李陵,陵降匈奴,故下迁蚕室,有怨言,下狱死。"①从这段话中可以推断出三种可能性:第一,武帝曾见到司马迁《史记》,因为不满意,令司马迁有所删削。第二,司马迁荐举李陵,因李陵降匈奴而下蚕室。第三,下蚕室后有怨言而死于狱中。如果根据卫宏之说,司马迁实为汉武帝所杀。可惜现在没有材料可以证实这一点。也有学者推测司马迁卒于昭帝以后,因为《史记》中时称刘彻谥号为"武帝"。② 问题是,这是司马迁所写还是后人所增改,现在实难确考。

司马迁著述,以《史记》为最著,除《史记》外,《汉书·艺文志》著录有《司马迁赋》八篇;《隋书·经籍志》著录《司马迁集》一卷。今所存《史记》外文字,另有《悲士不遇赋》,见于《艺文类聚》卷三〇;《报任安书》,见于《汉书》和《文选》,为历代传诵的名篇。

---

① 《史记·太史公自序》,中华书局1982年版,第3321页。
② 金人王若虚《滹南遗老集》卷一七、清人王鸣盛《十七史商榷》、张鹏一《太史公年谱》并以为卒于昭帝末年。今人程金造《史记管窥》举四证赞同其说:"一、褚少孙是西汉人,与司马迁上下同时,见过《史记》,曾说'太史公记事,尽于孝武之事'。其言在所以指事之蝉联而又须见其始终者。是司马迁死于武帝后证据之一。二、《史记》篇中,有引时因位称人,而又书汉世宗皇帝之谥号'武帝'者,是司马迁死于武帝后证据之二。三、《玉海·职官部》,太史令一项,历载前后任职之人,而太史令张寿王列名于司马迁之次。张寿王为太史令,是在昭帝末期,是司马迁不死于武帝生时,而死于武帝之后证据之三。四、距武帝殁只有四年之征和二年,司马迁《报任安书》说《史记》尚未完成,而《太史公序》则总书全书字数,为已完成之书。是以知在征和二年之后,《史记》必然迭加补辑著录,是司马迁死于武帝后之证据四。"

第二节 《史记》的编纂体例

(一)《史记》的资料来源

《史记》的资料来源主要有两个方面:一是依据朝廷内外的丰富藏书,《史记·太史公自序》记载其十岁即随当时的经学大师伏胜与孔安国诵读古文《尚书》及《左传》《国语》等,当然还有家族的传统:"余先周室之太史也。自上世尝显功名于虞夏,典天官事。"他的父亲司马谈博学多闻,精通天官、《周易》、黄老之学等。接任太史公之后,他更有机会接触到丰富的资料,"绌史记、石室、金匮之书"。①即得以披览国家丰富的藏书。因此,《史记》所载,多有史实依据。即以我们今天还能看到的先秦典籍为例,譬如《五帝本纪》及夏、殷、周本纪,多采用《尚书》。但是作者并不拘泥一说,或采《书序》古文说,或采当时博士说,有的时候,直接引用原文,而更多的时候是用当时的语言释读深奥难懂的文字。又如《赵世家》多用《左传》材料,而记载程婴、公孙杵臼立赵后,及赵简子梦之帝所射熊罴等事,又不见于《左传》《国语》,作者可能取自他书,却能贯成一文,如天衣无缝。《封禅》《河渠》二书,叙事的年代始于三代,下至秦汉,历千年之久,作者广引群经及各类杂书,融会贯通,线索清晰。当然,还有大量的我们已经看不到的典籍。王国维《殷卜辞所见先公先王考》,发现甲骨文中所载与《史记·殷本纪》一一吻合,一方面说明甲骨文确为殷商文献遗存,另一个方面也足以说明,司马迁当时撰修殷商史时必有大量的文献根据。由此还可以推想,虽然现在还没有发现夏

---

① 《史记·太史公自序》,中华书局1982年版,第3296页。

朝的地下文献资料,但据此可以肯定,《夏本纪》也绝非面壁虚构,而是有着丰富的文献依据。

《史记》的另外一类资料来源,就是根据实地考察的所见所闻。司马迁自称"二十而南游江、淮,上会稽,探禹穴,窥九疑,浮于沅、湘;北涉汶、泗,讲业齐、鲁之都,观孔子之遗风,乡射邹、峄;厄困鄱、薛、彭城,过梁、楚以归。于是迁仕为郎中,奉使西征巴、蜀以南,南略邛、筰、昆明,还报命"。①《史记》中所写,多是亲历眼见所得,笔底生情。这在《史记》的字里行间,多有表露。

(二)《史记》的名称

在司马迁的著作中多次提到"史记"二字,如《周本纪》《十二诸侯年表序》《六国表序》《天官书》《陈涉世家》《孔子世家》《儒林列传》等。这里有两重涵义:第一,是指先秦各国史官的记录。第二,特指汉代的文字之学。据此推断,司马迁的著作,原名非《史记》,而是作者自序中所说的《太史公书》:"凡百三十篇,五十二万六千五百字,为《太史公书》。序略,以拾遗补艺,成一家之言。"②《汉书》多次提到司马迁的史学著作,均称之曰《太史公书》。如《宣六王传·东平王宇传》:"上书求诸子及《太史公书》。"《杨恽传》:"恽始读外祖《太史公记》,颇为《春秋》。"《艺文志》:"《太史公书》百三十篇。"《论衡·对作》:"《太史公书》,刘子政序,班叔皮传,可谓述矣。"③应劭《风俗通义·正失篇》:"谨按《太史记》,燕太子质秦,始皇遇之益不善,丹恐而亡归。"④此云"太史记"当是"太史公记"的简称。而建

---

① 《史记·太史公自序》,中华书局1982年版,第3293页。
② 《史记·太史公自序》,中华书局1982年版,第3319页。
③ 〔汉〕王充著,黄晖校释《论衡校释》,中华书局1990年版,第1180—1181页。
④ 〔汉〕应劭撰,王利器校注《风俗通义校注》,中华书局1981年版,第92页。

安时代的荀悦著《汉纪》卷三〇:"彪子固,字孟坚,明帝时为郎,据太史公司马迁《史记》,自高祖至于孝武。"①这里直接称《史记》。因此,周中孚《郑堂读书记》、王国维《太史公行年考》都认为《史记》非司马迁原名,用《史记》取代《太史公书》乃魏晋间事。

(三)《史记》的体例

《史记》分为《十二本纪》《十表》《八书》《三十世家》《七十列传》,凡一百三十篇,五十二万六千余字。"本纪"记载帝王之事;"表"即大事年(月)表;"八书"叙述典章制度;"世家"记载诸侯王事;"列传"则是社会上各个阶层人物的传记,上起将相,下讫商贾,游侠、术者,皆著其事迹以传世。

其十二本纪,《文心雕龙·史传》以为本于《吕氏春秋·十二纪》:"子长继志,甄序帝绩,比尧称典,则位杂中贤。法孔题经,则文非元圣。故取式《吕览》,通号曰纪。纪纲之号,亦宏称也。故本纪以述皇王。"②其说颇为后代所认可。特别是章学诚《文史通义·永清县志·皇言纪序例》:"史之有纪,肇于《吕氏春秋》十二月纪。司马迁用以载述帝王行事,冠冕百三十篇。"③其十表,《史通·杂说》以为司马迁自创:"太史公创表。"而《梁书·刘杳传》载"(刘)杳曰:桓谭《新论》云,太史《三代世表》,旁行邪上,并效《周谱》。"④据此,清人赵翼《廿二史札记》、章学诚《文史通义·和州志·舆地图叙例》并以为十表本于《周谱》。其八书,《史通·书志篇》以为效仿《礼

---

① 〔汉〕荀悦著《前汉纪》卷三〇,台北:商务印书馆影印文渊阁《四库全书》本,史部第 303 册,第 487 页。
② 〔南朝梁〕刘勰著,周振甫注《文心雕龙注释》,人民文学出版社 1981 年版,第 171 页。
③ 〔清〕章学诚著,叶瑛校注《文史通义校注》,中华书局 1994 年版,第 703 页。
④ 《梁书·刘杳传》,中华书局 1973 年版,第 716 页。

经》:"夫刑法、礼乐、风土、山川,求诸文籍,出于《三礼》。及班、马著史,别裁书志,考其所记,多效《礼经》。"①郑樵《通志叙》则以为本于《尔雅》:"修史之难,无出于志。……志之大原,起于《尔雅》。司马迁曰书,班固曰志。"②其世家三十篇,《史通·世家篇》亦以为司马迁独创:"司马迁之记诸国也,其编次之体,与本纪不殊。盖欲抑彼诸侯,异乎天子,故假以他称,名为世家。"③但是程金造《史记管窥》以为:"《史记》书中,太史公曾自言'读世家'之书,是太史公之前,固已有世家之体,而非创自太史公也。"④其七十列传,《史通·列传篇》也以为创自司马迁:"纪传之兴,肇于《史》《汉》。"⑤当然,关于《史记》之体例来源,后代异说纷呈,但是有一个最基本的事实是,将这五种体例镕于一体,始于司马迁,则历来没有异词,也就是说,司马迁在继承前人基础上,创造性地确立了中国正统史书的规范。尽管后来者根据各个时代的特点略有调整,但是,就其整体而言,没有出其右者。

(四)《史记》的断限

考证《史记》的断限,直接涉及到部分篇章的真伪补窜、司马迁的生卒年等重大问题。因此,也是学术界讨论颇为热烈的问题。综其异说,约有四端:其一讫于麟止说,其二止于太初说,其三终于天汉说,其四尽于武帝之末说。讫于麟止说见于《史记·太史公自

---

① 〔唐〕刘知几撰,〔清〕浦起龙通释《史通通释·自叙》,上海古籍出版社1978年版,第56—57页。
② 〔清〕郑樵著《通志·总序》,中华书局1987年版。
③ 〔唐〕刘知几撰,〔清〕浦起龙通释《史通通释·自叙》,上海古籍出版社1978年版,第41—42页。
④ 程金造著《史记管窥》,陕西人民出版社1985年版,第22页。
⑤ 〔唐〕刘知几撰,〔清〕浦起龙通释《史通通释·自叙》,上海古籍出版社1978年版,第46页。

序》:"于是卒述陶唐以来,至于麟止,自黄帝始。"①《后汉书·班彪传》记载《史记论》曰:"孝武之世,太史令司马迁采《左氏》《国语》,删《世本》《战国策》,据楚、汉列国时事,上自黄帝,下讫获麟,作本纪、世家、列传、书、表凡百三十篇。"李贤注:"武帝太始二年登陇首,获白麟,迁作《史记》,绝笔于此年也。"②太初说也见《史记·太史公自序》:"余述历黄帝以来至太初而讫,百三十篇。"③都是《太史公自序》,其矛盾如此,故梁启超以为"同出一篇之中,矛盾至此,实令人迷惑。查'讫麟止'语,在《自序》大序之正文中,'讫太初'语,乃在小序之后,另附一行,文体突兀不肖。又《汉书》本传全录自序,而不载此一行,似班固所见《自序》原本,并无此语"。④ 依此,似原本《自序》论《史记》下限是讫于获麟为止。所谓讫于太初云云似为后人注解之语窜入正文。日本学者泷川资言以为麟止表作史之年而非《史记》记事断限:"《史》讫于太初,史公自言,不待辨说。麟止,依元狩事,假《周南》诗,以表作史之时,非言讫史之年也。"⑤比较占上风的说法是讫于太初说。朱东润《史记考索》举出九证,断为太初之说,其中最具有说服力的四证是:第一,《汉兴以来诸侯王年表序》称:"臣迁谨记高祖以来至太初诸侯。"第二,《高祖功臣侯者年表序》:"至太初百年之间,见侯五。"第三,《惠景间侯者年表》署"建元至元封六年三十六字"。其下空列"太初已后"一匡。第四,《建元以来侯者年表》共列六匡:元光、元朔、元狩、元鼎、元封、太初已后。说明至

---

① 《史记·太史公自序》,中华书局1982年版,第3300页。
② 《史记·太史公自序》,中华书局1982年版,第3321页。
③ 《后汉书·班彪列传》,中华书局1965年版,第1325页、第1326页。
④ 梁启超《要籍解题及其读法·史记》,清华周刊丛书社1930年版,第44页。
⑤ (日)泷川资言考证,(日)水泽利忠校补《史记会注考证附校补》,上海古籍出版社1986年版,第1206页。

元封而止。① 赵生群《论〈史记〉记事讫于太初》从诸表记事下限、其它各体下限以及涉及时间断限的一些特殊词汇,如"今""建元以来"等方面,考证《史记》的记事下限在太初"封禅改正朔易服色"之前。② 太初以后的重大事件莫过于武帝晚年的巫蛊之案,涉及人物之多,范围之广,均前所未有,而《史记》概不涉猎。

(五)《史记》的增补

司马迁《报任安书》说:"草创未就,适会此祸,惜其不成,是以就极刑而无愠色。仆诚已著此书,藏之名山,传之其人通邑大都,则仆偿前辱之责,虽万被戮,岂有悔哉?"看来,司马迁在写作此信时,还未能完成全部撰述。刘知几《史通·古今正史》谓司马迁作《史记》,"至宣帝时,迁外孙杨恽祖述其书,遂宣布焉。而十篇未成,有录而已。"③也就是说杨恽所见《史记》,即缺十篇。班彪《史记论》说:"(太史令司马迁)作本纪、世家、列传、书、表,凡百三十篇,而十篇缺焉。"李贤注:"十篇谓迁殁之后,亡《景纪》《武纪》《礼书》《乐书》《兵书》《将相年表》《日者传》《三王世家》《龟策传》《傅靳列传》。"④班固《汉书·艺文志》也说:"《太史公书》百三十篇,十篇有录无书。"⑤又在《汉书·司马迁传》中说:"凡百三十篇,五十二万六千五百字,为《太史公书》。……迁之自叙云尔。而十篇缺,有录无书。"⑥这里,班彪、班固父子一而再、再而三地说到司马迁《史记》原缺十篇,与杨恽所说相同,说明他们看到的本子确实都缺少十篇。

---

① 朱东润著《史记考索》,华东师范大学出版社1996年版,第4—8页。
② 赵文见其《史记文献学丛稿》,江苏古籍出版社2000年版。
③ 〔唐〕刘知几撰,〔清〕浦起龙通释《史通通释·自叙》,上海古籍出版社1978年版,第337页。
④ 《后汉书·班彪列传》,中华书局1965年版,第1325页、1326页。
⑤ 《汉书·艺文志》,中华书局1962年版,第1714页。
⑥ 《汉书·司马迁传》,中华书局1962年版,第2723—2724页。

这十篇目录,《史记集解》引张晏记载说:"迁没之后,亡《景纪》《武纪》《礼书》《乐书》《律书》《汉兴已来将相年表》《日者列传》《三王世家》《龟策列传》《傅靳蒯列传》。元、成之间,褚先生补缺,作《武帝纪》《三王世家》《龟策》《日者列传》,言辞鄙陋,非迁本意也。"①这与前面提到的《后汉书·班彪传》李贤注相同,指:《景帝纪》《武帝纪》《礼书》《乐书》《兵书》《将相年表》《日者传》《三王世家》《龟策传》《傅靳列传》等十篇。

问题是,这十篇是司马迁当时根本未写,还是有成稿而被删削?历来也有争论。宋人吕祖谦以为这十篇部分有所亡佚:"以张晏所列亡篇之目校之《史记》,或其篇具在,或草具而未成。非皆无书也。今各随其篇辨之:……《武纪》十篇,惟此一篇亡。"②王应麟《汉艺文志考证》、王鸣盛《十七史商榷》、梁玉绳《史记志疑》皆从此说。而今人李长之《司马迁之人格与风格》以为:"《史记》有零星的补缀,却无整篇的散亡。"所有这些问题,历来争论不休。相关的研究资料,参见余嘉锡《太史公书亡篇考》。③

而今,这十篇俱存。按照张晏的记载,是"元、成之间,褚先生补缺"。褚先生,即褚少孙。但是,希望续补《史记》者并非一人。《后汉书·班彪传》记载说,"武帝时,司马迁著《史记》,自太初以后,阙而不录,后好事者颇或缀集时事,然多鄙俗,不足以踵继其书"。④根据李贤注,所谓"好事者",系指扬雄、刘歆、阳城衡、褚少孙、史孝山

---

① 《史记·太史公自序》裴骃《集解》引张晏语,中华书局 1982 年版,第 3321 页。
② 〔宋〕吕祖谦著《东莱别集》卷一四"辨史记十篇有录无书",台北:商务印书馆影印文渊阁《四库全书》本集部第 1150 册,第 334 页。
③ 参见余嘉锡《太史公书亡篇考》,见《余嘉锡论学杂著》,中华书局 1965 年版。
④ 《后汉书·班彪列传》,中华书局 1965 年版,第 1324 页。

等人。而他们的续补,除褚少孙补写的几篇尚存外,多已失传,而从整体上补足西汉史而又完整保存至今的,只有班彪、班固父子修撰的《汉书》了。

第三节 《史记》的思想倾向

《史记》为历来"正史"之祖,自班固《汉书》以来,作史体例一仿《史记》。然班彪、班固父子虽以续司马迁之书为业,而囿于儒家之见,对于司马迁的思想、评价颇有保留。班氏父子谓司马迁"其是非颇缪于圣人,论大道则先黄老而后六经,序游侠则退处士而进奸雄,述货殖则崇势利而羞贱贫,此其所弊也。然自刘向、扬雄博极群书,皆称迁有良史之材,服其善序事理,辨而不华,质而不俚,其文直,其事核,不虚美,不隐恶,故谓之实录"。① 其所论《史记》为实录,确为卓见。至于论其"是非颇谬于圣人",实为偏见。平心而论,说《史记》为实录也好,说司马迁是非好恶颇谬于圣人也好,都非常客观地指出了《史记》的鲜明特点,即司马迁不囿于传统的束缚,"究天人之际,通古今之变,成一家之言",客观、真实地记载了从黄帝到汉武帝太初元年(前104)间约三千年的历史;并在记录这些历史的同时,深重地表达了作者忍辱负重的历史情怀。

鲁迅称《史记》为"史家之绝唱,无韵之《离骚》"。他看到了《史记》与《离骚》在精神实质方面有相通之处,即都是发愤之作。当然,司马迁所抒发的还不止是个人的郁愤,而是一种历史的郁愤,时代的郁愤。按理说,在汉武帝时代,思想还是比较自由的,个性也可以

---

① 《汉书·司马迁传》,中华书局1962年版,第2737—2738页。

得到张扬,但就在这样的时代环境中,司马相如一生"寥寂",东方朔"位不过执戟",枚皋"自悔类倡",董仲舒作为汉代统治思想体系的设计者,亦曾写有《悲士不遇赋》。司马迁自身的遭遇更加不幸,只因为说了不合武帝旨意的几句话,就被处以"宫刑",给他立身扬名的理想以毁灭性的打击。远大的抱负,丰富的学识,特殊的遭遇,使得司马迁对于历史人物、历史事件有着异乎寻常的深刻体验和准确的把握。结合自己的身世际遇,他在撰写《史记》的过程中,时常是以一种难以抑制的不平之气与现实社会相抗争,时常会流露出鲜明的爱憎感情,和对于自己不幸遭遇的隐痛。他把全部的悲愤都寄托在《史记》的撰著之中。他的爱,他的憎,他的希望,他的悲哀,都凝聚成热血一般的激情,喷涌在《史记》的字里行间。这就形成了整部《史记》悲壮昂扬、愤激苍凉的抒情格调,使得《史记》与后世的所谓"正史"有了明显的区别,而以其鲜明的个性和深刻的内容彪炳青史。

首先,他看透了当时的世态炎凉,陈古刺今、借浇块垒。《苏秦列传》本《战国策》的相关资料,说当时"此一人之身,富贵则亲戚畏惧之,贫贱则轻易之"。① 其实,汉代又何尝不是如此。《平津侯主父列传》记载主父偃发迹后,"遍召昆弟宾客,散五百金予之,数之曰:'始吾贫时,昆弟不我衣食,宾客不我内门。今吾相齐,诸君迎我,或千里。吾与诸君绝矣!'"②《司马相如列传》写卓王孙等人开始很看不起司马相如,待相如奉使归蜀后,态度来了个一百八十度的转弯:"于是卓王孙、临邛诸公皆因门下献牛酒以交欢,卓王孙喟然而叹,自以得使女尚司马长卿晚。"③《史记》常有节制,而对此炎

---

① 《史记·苏秦列传》,中华书局1982年版,第2262页。
② 《史记·平津侯主父列传》,中华书局1982年版,第2962页。
③ 《史记·司马相如列传》,中华书局1982年版,第3047页。

凉世态之揭露则不遗余力。

其次,他对于狱吏的残酷,也有切肤之痛。《绛侯周勃世家》绘声绘色地描述了周勃忠心耿耿,攻城略地,功绩卓著。刘邦死后,周勃以其特殊的地位,既诛诸吕,威震天下,确保了汉家天下平稳过渡,可谓功绩显赫。然后,只因受到猜忌而身陷囹圄。《史记》这样写道:

> 其后人有上书告勃欲反,下廷尉。廷尉下其事长安,逮捕勃治之。勃恐,不知置辞。吏稍侵辱之。勃以千金与狱吏,狱吏乃书牍背示之,曰"以公主为证"。公主者,孝文帝女也,勃太子胜之尚之,故狱吏教引为证。勃之益封受赐,尽以予薄昭。及系急,薄昭为言薄太后,太后亦以为无反事。文帝朝,太后以冒絮提文帝,曰:"绛侯绾皇帝玺,将兵于北军,不以此时反,今居一小县,顾欲反邪!"文帝既见绛侯狱辞,乃谢曰:"吏事方验而出之。"于是使使持节赦绛侯,复爵邑。绛侯既出,曰:"吾尝将百万军,然安知狱吏之贵乎!"绛侯复就国。

曾经统辖千军万马的将军,一旦失势,竟连狱吏不如。《汉书·贾邹枚路传》载路温舒上书,陈述汉初以来狱吏之烦、吏人之酷,甚至这样写道:"秦有十失,其一尚存,治狱之吏是也。"当时的情形是:"上下相驱,以刻为明;深者获公名,平者多后患。故治狱之吏皆欲人死,非憎人也,自安之道在人之死。是以死人之血流离于市,被刑之徒比肩而立,大辟之计岁以万数。"①从司马迁的遭遇看,这绝非夸张之言。《报任安书》也写到:"今交手足,受木索,暴肌肤,受榜箠,幽

---

① 《汉书·贾邹枚路传》,中华书局1962年版,第2369页。

于圜墙之中。当此之时,见狱吏则头枪地,视徒隶则心惕息,何者?积威约之势也。"尽管狱吏如此残酷,而司马迁仅"吏稍侵辱之"五字一笔带过,可谓节制。但是一句"吾尝将百万军,然安知狱吏之贵乎",饱含辛酸,隐含了多少潜台词!又譬如《李将军列传》紧紧围绕着精于骑射、勇敢作战,热爱士卒、不贪钱财,为人简易、号令不烦等特点,刻画了李广这一作者理想的一代名将的英雄形象。在文章的最后,作者感叹道:"《传》曰:'其身正,不令而行;其身不正,虽令不从。'其李将军之谓也。余睹李将军悛悛如鄙人,口不能道辞。及死之日,天下知与不知,皆为尽哀。彼其忠实心诚信于士大夫也?谚曰:'桃李不言,下自成蹊。'此言虽小,可以谕大也。"①然而就是这样一位忠心耿耿的一代名将,却经历坎坷,尤其是他的整个家族,落得个悲惨的结局。作者对此表现了无限的惋惜与同情,对汉代皇帝及其佞臣残害李广及其家族的罪行表现出极大的愤慨,对汉代的用人制度进行了有力的抨击。同时,作者在李广悲惨的际遇中,也寄托了自己的满腔悲愤之情与辛酸之感。

  他写游侠,亦源于现实之感。游侠这一群体活跃于动荡不安的战国时期,兴盛于法制不健全、冤狱横生的秦汉之际。他们冲破法网的束缚,不顾个人安危,替人排难解纷,申冤复仇,扶危济困,使封建统治者深感不安,因而屡屡遭受打击镇压。司马迁怀着敬仰之情为他们立传,大唱赞歌。他说:"今游侠,其行虽不轨于正义,然其言必信,其行必果,已诺必诚,不爱其躯,赴士之阨困,既已存亡死生矣,而不矜其能,羞伐其德,盖亦有足多者焉。"②这样的立场,显然与正统的意识形态背道而驰,难怪班固要指责他"退处士而进奸雄",

---

① 《史记·李将军列传》,中华书局1982年版,第2878页。
② 《史记·游侠列传》,中华书局1982年版,第3181页。

两千多年来一直受到某些人的非议。《史记·游侠列传》采用点面结合的手法,精心塑造了朱家、剧孟、郭解三个游侠典型,其中又略写朱、剧,详写郭解,从而成功地凸显了游侠这个特殊群体的特征、影响及其悲剧结局的社会原因。凌稚隆《史记评林》卷一二四引明董份语:"史迁遭李陵之难,交游莫救,身坐法困,故感游侠之义。其辞多激,故班固讥进奸雄,此太史之过也。然咨嗟慷慨,感叹宛转,其文曲至,百代之绝矣。"①

他写帝王,写贵戚,总是流露出相当不满的情绪,颇多身世之感。比如描写刘邦就与众不同。作为汉朝的开国君主,当时一些御用文人为他编造了许多神话,为其涂上神圣光环。当时有的纬书上甚至说在孔子时代就知道刘邦要当皇帝。可见当时那些无行文人为媚帝求荣以售其术的苦心。而司马迁则以清醒的认识,对于这位汉高祖作了实事求是的描述,并没有将其神化,他不仅写出了刘邦坚韧不拔的一些长处,同时又写出刘邦的一些无赖行径和奸诈性格,如拿儒生的帽子当溺器,不学无术。这就将王权神授的神秘外衣给拨落下来。再比如,写到当今皇帝汉武帝,司马迁实在是怀有一种非常复杂的思想感情。对于这位皇帝,司马迁有掩饰不住的恨,有难以表达的爱,有过希望,但更多的是失望。在《封禅书》里司马迁写汉武帝迷信方士,屡次被方士所骗,最后还是"羁縻不绝,冀遇其真",其宠妃李夫人死后,方士制造幻影欺骗武帝,而武帝竟如痴如醉,使人觉得非常可笑。在《平准书》中,写武帝对外用兵,加之大兴土木,致使财政发生困难,武帝又任用一批官吏向民间搜刮油膏。这些描写,字里行间,谁能否认这是在讽刺当朝皇帝呢?据汉代卫宏《汉旧仪注》记载,司马迁还有《今上本纪》专写汉武帝,因为

---

① 〔明〕凌稚隆著《史记评林》卷一三四,明吴兴凌氏校刻本。

触犯了汉武帝的忌讳,结果只能"削而投之",今已不传。我们从"八书"的史实叙述中,可以推想这种记载应当是有一定的根据的。这种描写,实际继承了《春秋》的"寓褒贬"的精神,体现了鲜明的批判个性。

对于失败的英雄项羽,对于首起发难推翻秦王朝而在历史上被当作"盗贼"的陈涉,司马迁又给予极大的同情。在当朝人看来,是不应当给项羽特别的褒扬的,因为项羽毕竟是汉高祖刘邦的对手,尽管是失败的对手;而陈涉更是统治阶级所深恶痛绝的历史人物,司马迁却把他们当做正面的英雄人物来写,而且把他们放在与君主和圣人同等重要的地位,写了《项羽本纪》《陈涉世家》。这些,都与传统的史学观形成鲜明的对比。特别是《项羽本纪》,还放在《高祖本纪》之前,把他当做反暴秦的豪杰而载入史册,肯定了他的历史功绩,突破了"成则为王,败则为寇"的落后历史观,这在当时的社会历史条件下确实是令人钦佩的。同样,写陈涉,对他们起兵时的情形作了详细的描绘,末尾对于他们的失败也寄予了极大的同情。由于有了这样一篇传记,读者也消除了对刘邦起兵打天下的迷信心理。这些描写,在过去相当长的历史时期里,被认为是"退处士而进奸雄",成为司马迁史学的一个污点。我们今天来看这个问题,结论当然截然相反,因为它正显示了司马迁思想高出于那些正统的思想家和学者的可贵之处。

第三,司马迁在一些历史人物的描绘中,寄托了自己崇高的理想。譬如他写老子,写孔子,写屈原,无不倾注了深深的忧愤景仰之情。世人熙熙,纵情于声色货利,而老子却以淡泊守道为贵,所谓"我独异于人,而贵食母"。孔子宁为仁义"杀身""舍生",可世人却违避仁义如同违避水火,孔子汲汲于"道""德",可世俗好色趋利,舍道与德如敝屣。这真可以用屈原《离骚》中的两句诗来形容了:"何方圆之能周兮,夫孰异道而相安。"这些正面人物都能处乱世而保持人格的独立,所以,司马迁在《史记》中对他们赞叹备至,如把孔子列为世家,并且称"《诗》有之'高山仰止,景行行止'。虽不能至,然心向往之。余读孔氏书,想见其为人。适鲁,观仲尼庙堂车服礼器,诸生以时习礼其家,余祗回留之不能去云。天下君王至于贤人众矣,当时则荣,没则已焉。孔子布衣,传十余世,学者宗之。自天子王侯,中国言《六艺》者折中于夫子,可谓至圣矣"。① 这是《孔子世家》后面的论赞,感情色彩十分浓烈,除了不协韵外,在性质上真有些近于一首抒情诗。至于屈原,更是司马迁心目中的楷模:

  屈原至于江滨,被发行吟泽畔。颜色憔悴,形容枯槁。渔父见而问之,曰:"子非三闾大夫欤?何故而至此?"屈原曰:"举世混浊而我独清,众人皆醉而我独醒,是以见放。"渔父曰:"夫圣人者,不凝滞于物而能与世推移。举世混浊,何不随其流而扬其波?众人皆醉,何不餔其糟而啜其醨?何故怀瑾握瑜,而自令见放为?"屈原曰:"吾闻之,新沐者必弹冠,新浴者必振衣,人又谁能以身之察察,受物之汶汶者乎?宁赴常流而葬乎江鱼腹中耳,又安能以皓皓之白而蒙世俗之温蠖乎?"乃作《怀沙》之赋。……于是怀石遂自投汨罗以死。

这段话,又见于《楚辞·渔父》篇,司马迁把它原封不动地引用到《史记·屈原贾生列传》中来,联系到史传所写,屈原的人格及形象就极其生动地展现在读者面前。在这篇传记的结尾,司马迁又说:"余读《离骚》《天问》《招魂》《哀郢》,悲其志。适长沙,观屈原所自沉渊,

---

① 《史记·孔子世家》,中华书局1982年版,第1947页。

未尝不垂涕,想见其为人。"①这里所谓"想见其为人",当是指历史人物的形象和性格。作者在这种史实的叙述和人物的描写过程中始终贯注了浓厚的爱憎感情。读过之后,甚至会时时感觉到有些夫子自道的意味。从这些先贤身上,司马迁寻找到异代知己,并从中感受到了巨大的精神力量。

第四节 《史记》的文学成就

《史记》是中国古代历史的伟大总结。它开创了纪传体史书的范例,故"百代以下,史官不能易其法,学者不能舍其书"(郑樵《通志序》)。《史记》不仅是史学巨著,而且是史传文学的典范。

首先,在谋篇布局方面,作者深思熟虑,颇见匠心。本纪、表、世家、列传,有时会涉及到同样一个人,叙述到同样一件事,详略互见,绝不重复。同是列传,也巧作安排,繁简得当。《萧曹列传》历叙生平,首尾完备;《孟荀列传》则通过孟子、荀子的事迹,将当时相关人物串联起来,以点带面;《管晏列传》主要记载管子和晏子的逸闻逸事,凡是见于二子之书者,尽量不再重复叙述;《伯夷列传》,因为事实太少,主要是议论。《货殖列传》与《平准书》对应,关系到社会经济发展变化对当时政治、军事、刑法等政策的制定,关系到国家兴衰治乱的发展。《封禅书》与《礼书》分立,一以抒己意,一以存古制。通过这样的安排,《史记》就把政治、经济、民族、文化等各个方面都纳入史学研究视野,规模宏大、内容广博,开拓了中国史学的新领域。

---

① 《史记·屈原贾生列传》,中华书局1982年版,第2503页。

其次，作者善于通过人物语言展示人物个性。同样是观看秦始皇出巡，同样是表达取代为帝的志向，不同人物，语言却不相同。项羽说："彼可取而代也。"直截了当，毫无遮拦。刘邦则说："嗟乎！大丈夫当如此也。"艳羡之情，溢于言表。《袁盎晁错列传》记错父曰："刘氏安矣！而晁氏危矣！吾去公归矣！"① 接连三个"矣"字，顿挫有力，如闻太息之声。《汉书》却省作："刘氏安矣，而晁氏危，吾去公归矣！"尽去口语化，缺少一点生机。《滑稽列传》记载优孟谏葬马一节："优孟曰：'马者，王之所爱也。以楚国堂堂之大，何求不得，而以大夫礼葬之，薄！请以人君礼葬之。'"通过语言的层层递进，以"大夫礼葬"进而至"以人君礼葬"，用"归谬法"说明厚葬马匹的荒谬。最后，优孟还是主张把马吃掉，但是依然是通过幽默的语言展示出来："请为大王六畜葬之。以垄灶为椁，铜历为棺，赍以姜枣，荐以木兰，祭以粮稻，衣以火光，葬之于人腹肠。"②

第三，作者特别重视典型事例的描写，展现出历史真实。如写项羽，作者特别突出了"钜鹿之战""鸿门宴""垓下之围"这三个富有历史意义的场景，将项羽英勇善战、叱咤风云、所向无敌的英雄气概表现得惟妙惟肖。如描写楚兵的勇猛：

> 及楚击秦，诸将皆从壁上观。楚战士无不一以当十，楚兵呼声动天，诸侯军无不人人慴恐。于是已破秦军，项羽召见诸侯将，入辕门，无不膝行而前，莫敢仰视。项羽由是始为诸侯上将军，诸侯皆属焉。

---

① 《史记·袁盎晁错列传》，中华书局1982年版，第2747页。
② 《史记·滑稽列传》，中华书局1982年版，第3200页。

同样的内容,《汉书·项籍传》中改为:

> 及楚击秦,诸侯皆从壁上观。楚战士无不一当十,呼声动天地。诸侯军人人慴恐。于是楚已破秦军,羽见诸侯将,入辕门,膝行而前,莫敢仰视。

仔细比较一下,班固仅仅删去两个"无不"和"以"字,又用"见"字代替"召"字,从形式方面着眼,周密严整,但是气势全无。"无不"强调人人如此,概无例外。而"召"字则显示出居高临下的气势,"见"字则是平等视之,反映不出项羽不可一世的气概。钱锺书《管锥编·史记会注考证》论及《项羽本纪》这段话说:"《考证》:'陈仁锡曰:"叠用三无不字,有精神";《汉书》去其二,遂乏气魄。'按陈氏评是,数语有如火如荼之观。贯华堂本《水浒》第四四回裴阇黎见石秀出来,'连忙放茶','连忙问道','连忙道:"不敢!不敢!"','连忙出门去了','连忙走';殆得法于此而踵事增华者欤。马迁行文,深得累叠之妙,如本篇末写项羽'自度不能脱',一则曰:'此天之亡我,非战之罪也',再则曰:'令诸君知天亡我,非战之罪也',三则曰:'天之亡我,我何渡为!'心已死而意犹未平,认输而不服气,故言之不足,再三言之也。"①从这里可以看出,司马迁是以诗人的笔触叙述史实,往往非常投入,饱蘸激情,悲欢离合,不能自已,时常沉浸在历史人物所处的氛围环境之中,任凭情感奔扬喷吐。作者也写出项羽刚愎自用,残酷暴烈,性格直率,短于心计,结果为刘邦和他的谋臣所暗算,最终导致一步步的失败。最为惊心动魄的场面莫过于鸿门宴的描写:

---

① 钱锺书著《管锥编》,中华书局1986年版,第272—273页。

沛公旦日从百余骑来见项王,至鸿门,谢曰:"臣与将军戮力而攻秦,将军战河北,臣战河南,然不自意能先入关破秦,得复见将军于此。今者有小人之言,令将军与臣有郤。"项王曰:"此沛公左司马曹无伤言之;不然,籍何以至此。"项王即日因留沛公与饮。项王、项伯东向坐,亚父南向坐。亚父者,范增也。沛公北向坐,张良西向侍。范增数目项王,举所佩玉玦以示之者三,项王默然不应。范增起,出召项庄,谓曰:"君王为人不忍,若入前为寿,寿毕,请以剑舞,因击沛公于坐,杀之。不者,若属皆且为所虏。"庄则入为寿,寿毕,曰:"君王与沛公饮,军中无以为乐,请以剑舞。"项王曰:"诺。"项庄拔剑起舞,项伯亦拔剑起舞,常以身翼蔽沛公,庄不得击。于是张良至军门,见樊哙。樊哙曰:"今日之事何如?"良曰:"甚急。今者项庄拔剑舞,其意常在沛公也。"哙曰:"此迫矣,臣请入,与之同命。"哙即带剑拥盾入军门。交戟之卫士欲止不内,樊哙侧其盾以撞,卫士仆地,哙遂入,披帷西向立,瞋目视项王,头发上指,目眦尽裂。项王按剑而跽曰:"客何为者?"张良曰:"沛公之参乘樊哙者也。"项王曰:"壮士,赐之卮酒。"则与斗卮酒。哙拜谢,起,立而饮之。项王曰:"赐之彘肩。"则与一生彘肩。樊哙覆其盾于地,加彘肩上,拔剑切而啖之。项王曰:"壮士,能复饮乎?"樊哙曰:"臣死且不避,卮酒安足辞!夫秦王有虎狼之心,杀人如不能举,刑人如不恐胜,天下皆叛之。怀王与诸将约曰'先破秦入咸阳者王之'。今沛公先破秦入咸阳,豪毛不敢有所近,封闭宫室,还军霸上,以待大王来。故遣将守关者,备他盗出入与非常也。劳苦而功高如此,未有封侯之赏,而听细说,欲诛有功之人。此亡秦之续耳,窃为大王不取也。"项王未有以应,曰:"坐。"樊哙从良坐。坐须臾,沛公起如厕,因招樊哙出。

沛公已出，项王使都尉陈平召沛公。沛公曰："今者出，未辞也，为之奈何？"樊哙曰："大行不顾细谨，大礼不辞小让。如今人方为刀俎，我为鱼肉，何辞为？"于是遂去。乃令张良留谢。良问曰："大王来何操？"曰："我持白璧一双，欲献项王，玉斗一双，欲与亚父，会其怒，不敢献。公为我献之。"张良曰："谨诺。"当是时，项王军在鸿门下，沛公军在霸上，相去四十里。沛公则置车骑，脱身独骑，与樊哙、夏侯婴、靳强、纪信等四人持剑盾步走，从郦山下，道芷阳间行。沛公谓张良曰："从此道至吾军，不过二十里耳。度我至军中，公乃入。"沛公已去，间至军中，张良入谢，曰："沛公不胜桮杓，不能辞。谨使臣良奉白璧一双，再拜献大王足下；玉斗一双，再拜奉大将军足下。"项王曰："沛公安在？"良曰："闻大王有意督过之，脱身独去，已至军矣。"项王则受璧，置之坐上。亚父受玉斗，置之地，拔剑撞而破之，曰："唉！竖子不足与谋。夺项王天下者，必沛公也，吾属今为之虏矣。"沛公至军，立诛杀曹无伤。

而最令人伤感的场面则是垓下之围。司马迁对这样一位历史人物抱有深切的同情，使得千载之下的读者，对于刘邦之所以打下天下，项羽之所以失去这样一个历史机遇，有了一个更加清醒的认识。

《留侯世家》的众多情节中，给人留下深刻印象的有四个细节：第一是为铁椎重百二十斤，与刺客一起狙击秦皇帝博浪沙中。第二是遇黄石公得读兵书之事，若有若无，恍惚迷离，从而在张良才智双全的形象之外又赋予浓重的传奇色彩。第三是阻止郦食其劝立六国后事。第四是谋定太子事，均于当时之情状尽能传出。如谏封六国一节：

汉三年,项羽急围汉王荥阳,汉王恐忧,与郦食其谋桡楚权。食其曰:"昔汤伐桀,封其后于杞。武王伐纣,封其后于宋。今秦失德弃义,侵伐诸侯社稷,灭六国之后,使无立锥之地。陛下诚能复立六国后世,毕已受印,此其君臣百姓必皆戴陛下之德,莫不乡风慕义,愿为臣妾。德义已行,陛下南乡称霸,楚必敛衽而朝。"汉王曰:"善。趣刻印,先生因行佩之矣。"

食其未行,张良从外来谒。汉王方食,曰:"子房前!客有为我计桡楚权者。"具以郦生语告,曰:"于子房何如?"良曰:"谁为陛下画此计者?陛下事去矣。"汉王曰:"何哉?"张良对曰:"臣请藉前箸为大王筹之。"曰:"昔者汤伐桀而封其后于杞者,度能制桀之死命也。今陛下能制项籍之死命乎?"曰:"未能也。""其不可一也。武王伐纣封其后于宋者,度能得纣之头也。今陛下能得项籍之头乎?"曰:"未能也。""其不可二也。武王入殷,表商容之闾,释箕子之拘,封比干之墓。今陛下能封圣人之墓,表贤者之闾,式智者之门乎?"曰:"未能也。""其不可三也。发钜桥之粟,散鹿台之钱,以赐贫穷。今陛下能散府库以赐贫穷乎?"曰:"未能也。""其不可四矣。殷事已毕,偃革为轩,倒置干戈,覆以虎皮,以示天下不复用兵。今陛下能偃武行文,不复用兵乎?"曰:"未能也。""其不可五矣。休马华山之阳,示以无所为。今陛下能休马无所用乎?"曰:"未能也。""其不可六矣。放牛桃林之阴,以示不复输积。今陛下能放牛不复输积乎?"曰:"未能也。""其不可七矣。且天下游士离其亲戚,弃坟墓,去故旧,从陛下游者,徒欲日夜望咫尺之地。今复六国,立韩、魏、燕、赵、齐、楚之后,天下游士各归事其主,从其亲戚,反其故旧坟墓,陛下与谁取天下乎?其不可八矣。且夫楚唯无强,六国立者复桡而从之,陛下焉得而臣之?诚用客之谋,陛下事去矣。"汉王辍食吐哺,骂曰:"竖儒,几败而公事!"令趣销印。

八问八答,说得刘邦心惊肉跳,辍食吐哺,大骂曰:"竖儒,几败而公事!"这段描写,非常细腻,人物形象如在目前。李景星《史记评议》:"盖子房乃汉初第一谋臣,又为谋臣中第一高人,其策谋甚多,若从详铺叙,非繁而失节,即板而不灵。且其事大半已见于《项》《高》二纪中,世家再见,又嫌于复,故止举其大计数条,著之于篇。而中间又虚括其辞曰:'常为画策臣,时时从汉王。'篇末又总结之曰:'所与上从容言天下事甚众,非天下所以存亡,故不著。'用笔如此,乃觉详略兼到,通体皆灵。"①

《魏公子列传》,不独写出本人之性情,即当时说话之声容情态亦跃然纸上,司马迁在《太史公自序》中曾点明此篇写作缘起:"能以富贵下贫贱,贤能诎于不肖,唯信陵君为能行之。"本文通过"预知赵王田猎""窃符救赵""驾归救魏"等情节的叙述,热情赞美信陵君虚怀若谷、礼贤下士、急人之难的高尚品格及宾客们知恩图报、奋不顾身的侠义精神,寄托着司马迁的社会理想。文章选材精当,以少总多,以小见大,以宾拱主,情节曲折生动,显示出高超的叙事艺术。

《廉颇蔺相如列传》是《史记》中脍炙人口的名篇。它生动地记载了阏与之战、长平之战等大大小小的几十次战争,通过一系列人物故事,寄寓了国家兴亡之感。作者首先为蔺相如立传,次为赵氏父子立传,再次为李牧立传,各自可以独立。作者以"先国家之急而后私仇"的主线串联起来,通过完璧归赵、渑池之会、廉颇负荆请罪三个场面的描写,着力刻画了蔺相如、廉颇的形象。而赵奢、李牧两人的事迹自然也融于合传中。如完璧归赵一节:

---

① 李景星著《史记评议》,东北师范大学出版社 1985 年版,第 60 页。

秦王坐章台见相如，相如奉璧奏秦王。秦王大喜，传以示美人及左右，左右皆呼万岁。相如视秦王无意偿赵城，乃前曰："璧有瑕，请指示王。"王授璧，相如因持璧却立，倚柱，怒发上冲冠，谓秦王曰："大王欲得璧，使人发书至赵王，赵王恐召群臣议，皆曰'秦贪，负其强，以空言求璧，偿城恐不可得'。议不欲予秦璧。臣以为布衣之交尚不相欺，况大国乎！且以一璧之故逆强秦之欢，不可。于是赵王乃斋戒五日，使臣奉璧，拜送书于庭。何者？严大国之威以修敬也。今臣至，大王见臣列观，礼节甚倨；得璧，传之美人，以戏弄臣。臣观大王无意偿赵王城邑，故臣复取璧。大王必欲急臣，臣头今与璧俱碎于柱矣！"相如持其璧睨柱，欲以击柱。秦王恐其破璧，乃辞谢固请，召有司案图，指从此以往十五都予赵。相如度秦王特以诈详为予赵城，实不可得，乃谓秦王曰："和氏璧，天下所共传宝也，赵王恐，不敢不献。赵王送璧时，斋戒五日，今大王亦宜斋戒五日，设九宾于廷，臣乃敢上璧。"秦王度之，终不可强夺，遂许斋五日，舍相如广成传。相如度秦王虽斋，决负约不偿城，乃使其从者衣褐，怀其璧，从径道亡，归璧于赵。

作者描写蔺相如见秦王得玉璧后并无意履行诺言，给赵国城池，"乃前曰：'璧有瑕，请指示王。'王授璧，相如因持璧却立，倚柱，怒发上冲冠"。情节非常细微，生动感人，给读者留下深刻印象。

第四，在比较中刻画人物。《项羽本纪》描写其外形："长八尺余，力能扛鼎，才气过人。"至其性情气质，并没有直接叙述，而从范增等人的评述中，往往可以看出项羽性情的复杂多面，譬如说话，一方面"言语呕呕"，另一方面又"喑恶叱咤"，完全是两种风格。又譬如待人接物，一方面"恭敬慈爱""爱人礼士"，另一方面又"剽悍猾贼""妒贤嫉能";一方面有"妇人之仁",另一方面又残忍异常,"屠坑残灭";一方面很大方,爱兵如子,"分食推饮",另一方面又抓权不放,"刓印不予",等等。人格的复杂性,在这里表现得淋漓尽致。《留侯世家》历叙留侯张良一生行状,着重记载他在辅佐刘邦夺取天下以及维持汉室天下过程中的种种卓越功勋,突出表现了他运筹帷幄智谋过人的超群才干;同时,在文中又点缀以张良自请留侯之封及闭门潜修导引、避谷之术诸事,表现他功成不居与远祸全身的追求,都表现出浓郁的英雄色彩。最后,太史公曰:"余以为其人计魁梧奇伟,至见其图,状貌如妇人好女。盖孔子曰:'以貌取人,失之子羽。'"①人物形象,栩栩如生,跃然纸上。

第五,通过夹叙夹议,将作者的爱憎隐含于文字之中。《史记·魏其武安侯列传》,通篇记事,并无评论,而是非曲直即存于记事之中,如记载武安侯曰:"不如魏其、灌夫,日夜招聚天下豪杰壮士与论议,腹诽而心谤,不仰视天而俯画地。"②腹诽心谤,这个话危言耸听,确实话里藏刀,最能打动君主之心。正如《秦始皇本纪》所载李斯的话一样:"入则心非,出则巷议,……如此弗禁,则主势降乎上,党与成乎下。"③焚书坑儒、钳制众口的秦代政策,正由于此议,导致了多少冤案。腹诽心谤之罪,始自李斯而张于武安侯,此其一也;朋党既成,则上危矣,此其二也。这些,司马迁只是通过人物之口,淡淡说出,含有无尽的内容。余如《封禅》《平准》两书,句句叙事,亦即句句评论。

此外,司马迁还常常引用民间谚语,很有说服力。如《史记·货殖列传》:"财币欲其行如流水。"晋朝鲁褒著《钱神论》称:"钱之为

---

① 《史记·留侯世家》,中华书局1982年版,第2049页。
② 《史记·魏其武安侯列传》,中华书局1982年版,第2851页。
③ 《史记·秦始皇本纪》,中华书局1982年版,第255页。

言泉也,百姓日用,其源不匮,无远不往,无深不至。"皆是此义。民间有钱生钱之说:钱为贱种,越用越涌。《金瓶梅》第五十六回西门庆说:"兀那东西是好动不好静的。"表达的是同一意思。《史记·佞幸列传》:"谚言:'力田不如逢年,善仕不如遇合。'"说明机遇的重要性。《淮南衡山列传》引民歌"一尺布,尚可缝;一斗粟,尚可舂。兄弟二人不能相容",讽刺汉文帝与其弟淮南王刘长之间的倾轧。《鲁仲连邹阳列传》引谚语"有白头如新,倾盖如故",说明人与人交往的差异性。《李将军列传》写李广"口不能道辞",然后用"桃李不言,下自成蹊"谚语,突显他受人尊敬的事实。《刘敬叔孙通列传》:"语曰:千金之裘,非一狐之腋也;台榭之榱,非一木之枝也;三代之际,非一士之智也。"他用这个谚语说明刘邦虽然起自民间,但是得到众多豪杰贤士谋计用兵的支持,才得以取得天下。

　　司马迁是一个诗人气质很重的人,说到动情处,往往情不自禁地抒发自己的感受。鲁迅说这部书是"无韵之《离骚》",即着眼于此。当然,历史沿革如此悠久,历史事件如此丰富,历史人物如此众多,在叙写时,难免有彼此失照之处。譬如,从整体结构上看,《史记》纪传部分的排列,基本上是以时代和世系为序列的,但是体例上似乎还不很严格,如鲁仲连和邹阳合传,屈原和贾谊合传,作者似乎着眼于他们在精神上有相通之处。《李将军列传》与《卫将军骠骑列传》中间插入《匈奴列传》,《司马相如列传》系于《西南夷列传》之后,《循吏列传》与《酷吏列传》之间插入《汲郑》《儒林》二传,如此等等,司马迁主要从内容方面考虑其内在的联系,但是从外在形式方面来看,就显得有些紊乱。又譬如,在篇章标题上,《史记》有时称名,有时称号,有时称官职,有时称爵号,不尽统一。还有,作者在叙写过程中,偶尔也会为情感所驱使,加进一些并不相关的内容。《朱子语类》说:"如《封禅书》所载祠祀事,《乐书》载得神马为《太一歌》,汲黯进曰:'先帝百姓岂能知其音邪?'公孙弘曰:'黯诽谤圣制,当族。'下面却忽然写许多《礼记》。又如《律书》说律,又说兵,又说文帝不用兵,赞叹一场。全是个醉人东撞西撞。"① 这些问题,班彪、班固父子撰写《汉书》时都尽量统一起来。

第五节 《史记》的传播与影响

从《史记·太史公自序》看,司马迁似乎已经完成全部著述工作,但是并没有在世间流传,而是"藏之名山,副在京师,俟后世圣人君子",作者自己也寄希望于来世。因为他知道,这部书,并不一定为当世所赏识。根据刘知几《史通·古今正史》的记载,"至宣帝时,迁外孙杨恽祖述其书,遂宣布焉。而十篇未成,有录而已"。② 《史记》一书是由其外孙杨恽传布于世间。但是《史记》在西汉后期流传似乎并不广泛。《汉书·叙传》载,班斿"博学有俊材,左将军史丹举贤良方正,以对策为议郎,迁谏大夫、右曹中郎将,与刘向校秘书。每奏事,斿以选受诏进读群书。上器其能,赐以秘书之副"。③ 班斿曾得朝廷所赐"秘书之副",应当包括《史记》。由此推断,《史记》至少在扶风班氏家族内部是有所传诵的,班彪、班固父子在《史记》基础上修撰《汉书》,这是一个非常有利的条件。王充曾师从班彪,对《史记》较熟。《论衡》征引前汉之事,很多地方依据的就是《史记》。

---

① 〔宋〕黎靖德编《朱子语类》卷一三五,中华书局1985年版,第8册,第3227页。

② 〔唐〕刘知几撰,〔清〕浦起龙通释《史通通释》,上海古籍出版社1978年版,第337页。

③ 《汉书·叙传》,中华书局1962年版,第4203页。

如《命禄篇》："太史公曰：'富贵不违贫贱，贫贱不违富贵。'"①又《幸偶篇》："故太史公为之作传。邪人反道而受恩宠，与此同科，故合其名谓之《佞幸》。"②可见，《史记》在两汉之际只是在一定范围内流传。

而在官方，《史记》一直被深锁宫中，不得刊布。《汉书·宣元六王传》载："后年来朝，上疏求诸子及《太史公书》，上以问大将军王凤，对曰：'臣闻诸侯朝聘，考文章，正法度，非礼不言。今东平王幸得来朝，不思制节谨度，以防危失，而求诸书，非朝聘之义也。诸子书或反经术，非圣人，或明鬼神，信物怪；《太史公书》有战国从横权谲之谋，汉兴之初谋臣奇策，天官灾异，地形厄塞，皆不宜在诸侯王。不可予。不许之辞宜曰：《五经》圣人所制，万事靡不毕载。王审乐道，傅相皆儒者，旦夕讲诵，足以正身虞意。夫小辩破义，小道不通，致远恐泥，皆不足以留意。诸益于经术者，不爱于王。'"③可见，《史记》问世后，有相当一段时间被深锁宫殿。前引《汉书·叙传》载，"时书不布"，班斿也仅得到"秘书之副"。"东平思王以叔父求《太史公》、诸书，大将军不许。"说明《史记》在官方那里，依然密不示人。直至东汉末叶，司马迁之《史记》依然被视为"谤书"，王允杀蔡邕，就振振有词地说："昔武帝不杀司马迁，使作谤书，流于后世。"由此来看，终两汉一朝，《史记》始终未得到官方的认可。

汉魏之际以及两晋以后，《史记》逐渐在世间流传开来，很多学者为之作注，包括：后汉延笃《史记音义》一卷，后汉无名氏《史记音隐》五卷，东吴张莹《史记正传》九卷，南朝宋徐广《史记音义》十二卷，梁邹诞生《史记音义》三卷，隋柳顾言《史记音解》三十卷，唐许子

---

① 〔汉〕王充著，黄晖校释《论衡校释》，中华书局 1990 年版，第 24 页。
② 〔汉〕王充著，黄晖校释《论衡校释》，中华书局 1990 年版，第 40 页。
③ 《汉书·宣元六王传》，中华书局 1962 年版，第 3324—3325 页。

儒《史记注》一百三十卷,刘伯庄《史记音义》二十卷,王元感《史记注》一百三十卷,李镇《史记注》一百三十卷,又《史记义林》二十卷,陈伯宣《史记注》一百三十卷,徐坚《史记注》一百三十卷,裴安时《史记训纂》二十卷等。① 可惜所有这些注解,及今都已亡佚。只有刘宋时期裴骃的《史记集解》、唐司马贞《史记索隐》和张守节《史记正义》三书,流传到现在,世人称为《史记》三家注。这三家注解,其卷数与《史记》本不一致,原是各自为书,各自流传。《隋书·经籍志》和《旧唐书·经籍志》著录《史记集解》八十卷,《新唐书·艺文志》著录《史记索隐》《史记正义》各三十卷。由于三家比之他注,义训较为优恰,并且三家解释《史记》时,往往彼此前后关联。《四库全书总目》说,北宋以后,为免除读者披览正文注解之劳,就有人逐渐将三家注散列在《史记》正文之下,合为一编,广泛流传。可惜,北宋旧本都已失传。现存最早的本子有南宋黄善夫刻本,经商务印书馆影印,收入"百衲本二十四史"中。此外有明嘉靖、万历间南北监刻的"二十一史"本,有毛氏汲古阁刻的"十七史"本和清乾隆时武英殿刻的"二十四史"本。其中武英殿本最为通行,有各种翻刻或影印的本子。晚清曾国藩设立金陵书局,又校刻了《史记》,该本后出转精,20世纪50年代,中华书局受国家委托组织专家学者重新整理《史记》,即以金陵书局本为底本,分段标点,将三家注移到每段之后,校点出版,学术界评价甚高。2014年该整理本的修订版面世,质量更佳。

隋唐以后《史记》又传播海外。日本泷川资言《史记会注考证》汇集了一百多种中日《史记》注本,吸收了一千多年《史记》的研究成果,被学人视为继《史记》三家注之后第二个里程碑式的注本。韩国

---

① 参见程金造《史记管窥》、张玉春《〈史记〉版本研究》等。

从 1965 年到 1970 年,已有二十五种以上各种《史记》翻译本,其中有两种是全译本。法国汉学家沙畹在 19 世纪末、20 世纪初已将《史记》中的重要篇章译为法文并加以注释。美国汉学家华特生将沙畹没有翻译的汉代世家和列传译为英文。美国威斯康辛大学郑再发、倪豪士等人计划补充沙畹、华特生未译的三十一卷,将《史记》全部译成英文。可以预见,随着中外文化交流的加速,《史记》将会对世界各国文化产生更大的影响。

第九章　西汉后期文学

汉武帝后元二年(前87)春二月,统治中国长达五十四年的汉武帝刘彻辞世。临终前,下遗诏,让时年六十七岁的御史大夫桑弘羊与大将军霍光、丞相车千秋等辅佐年仅八岁的昭帝。翌年改元,是为始元元年。武帝死后,如何驾驭后武帝时代的政治经济形势,诸位辅佐大臣政见不一。霍光力主守成、与民休息的方针,桑弘羊则坚持进取、与民争利的既定方针,两人之争已经不可避免。始元六年(前81)二月,诏郡国举贤良文学士,问以民所疾苦,非盐铁之议由此而起,霍光从贤良文学之议。桑弘羊与民争利的政策逐步破产。越一年,桑弘羊被杀,霍光专权的时代开始,几达二十年之久。

第一节　汉宣帝前后的政治变化
　　　　与文学特色

元平元年(前74)四月,昭帝卒。武帝子独有广陵王刘胥,众议不用,霍光乃立昌邑王刘贺为帝。二十七天以后刘贺即被废。① 霍光与张安世谋立武帝曾孙、废太子刘据之孙刘询。七月,宣帝刘询即皇帝位。又过五年,霍光死,宣帝亲政。昭帝即位以来,朝野上下议论最多的,依然是所谓的儒家"仁义"传统。魏相《贤良对策》的立论依据就是儒家为臣的"节义",韩延寿治理百姓也以"上礼义,好古教化"受到褒奖。② 再看臣下王吉、龚遂、张敞对昌邑王在位期间的进谏,大多如此。而昌邑王的老师王式,更称《诗》为谏书。霍光等人拥护刘询为皇帝的理由,"师受《诗》《论语》《孝经》,躬行节俭,慈仁爱人,可以嗣孝昭皇帝后"。③ 霍光专权以来,政治上的主导思想依然是儒家思想。

汉宣帝地节二年(前68),三月,霍光卒,宣帝"始亲政事"。从表面上说,宣帝依然遵奉武帝的崇尚儒学的基本国策,下诏建太学,修郊祀,定正朔,协音律。尊孝武庙为世宗,奏《盛德》《文始》《五行》之舞。同时,随着经学思想的普及和深入,伦理教化故事在世间日益盛行。汉代统治阶层还常常通过画像将这些经学思想形象地表现出来。《论衡·须颂篇》:"宣帝之时,画图汉列士,或不在于画上者,子孙耻之。"④所谓"宣帝之时,画图汉列士",详见《汉书·李广苏建传》:"甘露三年,单于始入朝。上思股肱之美,乃图画其人于麒麟阁,法其形貌,署其官爵、姓名。唯霍光不名,曰大司马大将军博陆侯姓霍氏,次曰卫将军富平侯张安世,次曰车骑将军龙额侯韩

---

① 参见《五色炫曜——南昌汉代海昏侯国考古成果》,江西人民出版社2016年版;辛德勇《海昏侯刘贺》,三联书店2016年版。
② 《汉书·韩延寿传》,中华书局1962年版,第3211页。
③ 《汉书·韩延寿传》,中华书局1962年版,第3211页。
④ 〔汉〕王充著,黄晖校释《论衡校释》卷二〇,中华书局1990年版,第851页。

增,次曰后将军营平侯赵充国,次曰丞相高平侯魏相,次曰丞相博阳侯丙吉,次曰御史大夫建平侯杜延年,次曰宗正阳城侯刘德,次曰少府梁丘贺,次曰太子太傅萧望之,次曰典属国苏武。皆有功德,知名当世,是以表而扬之,明著中兴辅佐,列于方叔、召虎、仲山甫焉。凡十一人,皆有传。自丞相黄霸、廷尉于定国、大司农朱邑、京兆尹张敞、右扶风尹翁归及儒者夏侯胜等,皆以善终,著名宣帝之世,然不得列于名臣之图,以此知其选矣。"①

宣帝在崇尚儒术的同时,对于汉初以来的黄老之学、名法之术等依然给予高度重视。而这,也正是西汉统治集团的治国理念。刘邦十一年求贤诏:"盖闻王者莫高于周文,伯者莫高于齐桓,皆待贤人而成名。"②可见,霸道与王道并重,是汉高祖以来的主要政策,或曰内崇霸道而外尚王道。由此来看,西汉初年的统治者,虽然生长在荆楚文化的氛围中,但是对于儒、法、道等学说,采取了一种兼容并蓄的态度,外王内霸,互为表里。王道的宗旨是儒术,而霸道的核心则是法家,这正是西汉统治思想的根本所在。这就较之吕不韦的博采旁收,泛滥无归,有了更加具体的指向。总结这段历史经验教训,宣帝明确指出:"汉家自有制度,本以霸王道杂之。奈何纯任德教,用周政乎!且俗儒不达时宜,好是古非今,使人眩于名实,不知所守,何足委任!"③所谓"俗儒不达时宜",与吕不韦所说的"世易时移,变法宜矣",可谓是意会心谋,殊途同归。所以蒋济《万机论》从否定的角度说:"汉之中灭,职由宣帝。"宣帝的很多做法与秦代相近。桓宽《盐铁论》中的《非鞅》《论儒》《论诽》《利议》《执务》《世务》《申韩》《刑德》等篇,记载当时要人如中大夫、御史、丞相史等一

---

① 《汉书·李广苏建传》,中华书局1962年版,第2468—2469页。
② 《汉书·高帝纪》,中华书局1962年版,第71页。
③ 《汉书·元帝纪》,中华书局1962年版,第277页。

批官吏,多贱儒非孔,而向往商君、秦始皇,所以钱锺书《管锥编》论《史记·秦始皇本纪》就特别指出,其实不仅如此,董仲舒在对策中排斥他家,"以为诸不在六艺之科、孔子之术者,皆绝其道,勿使并进"。与秦始皇之"禁私学""绝异道""持一统""定一尊"等,可谓"东西背驰而遵路同轨,左右易位而照影随形"。① 实际上是殊途同归。

其所以如此,一个重要的原因是宣帝起于底层。他自幼受到戾太子祸株连,几经艰危,历尽磨难。一方面,他对于底层社会的状况比较了解,所以王符《潜夫论·三式篇》说:"昔宣皇帝兴于民间,深知之,故常叹曰:'万民所以安田里无忧患者,政平讼治也。与我共此者,其惟良二千石。'于是明选守相,其初除者,必躬见之,观其志趣,以昭其能。明察其治,重其刑赏。奸宄减少,户口增息者,赏赐金帛,爵至封侯。其秏乱无状者,皆衔刀沥血于市。赏重而信,罚痛而必,群臣畏劝,竞思其职。故能致治安而世升平,降凤凰而来麒麟,天人悦喜,符瑞并臻,功德茂盛,立为中宗。"②

另外一方面,宣帝要给自己找到继立帝位的依据,想到不久前被杀的眭孟(?—公元前78年),他曾师从董仲舒弟子嬴公,受《春秋》,以明经为议郎,至符节令,善说阴阳灾异。汉昭帝元凤三年(公元前78年)正月,泰山、莱芜山南有三足大石自立,之后有白乌鸦数千集于其旁。昌邑有枯社木卧复生,同时,长安上林苑中枯柳树亦复生。眭孟以为汉天子应求贤人于民间,禅以帝位,并上其论于朝廷。霍光以为其妖言惑众,大逆不道,诛之。五年后,汉宣帝兴于民

---

① 钱锺书著《管锥编》,中华书局1986年版,第260—261页。
② 〔汉〕王符著,〔清〕汪继培笺,彭铎校正《潜夫论》,中华书局1985年版,第207页。

间,即位。于是,宣帝以为眭孟所言灾异正合自己起于民间之事,于是征其子为郎官。从此,宣帝对于阴阳学说越发感到兴趣。《论六家要指》曰:"观阴阳之术,大详而众忌,使人拘而多畏。"①与此相关联,宣帝颇好神仙,令王褒与张子侨等并待诏。刘向为谏大夫,与王褒、张子侨等并进对,献赋颂凡数十篇,并献淮南王刘安所藏《枕中鸿宝苑秘书》。颜师古注:"《鸿宝苑秘书》,并道术篇名。藏在枕中,言常存录之不漏泄也。"②从此今文经学再度盛行,神仙道术及谶纬之学也乘势而起。

谶纬之说虽然起于西汉末年,而秦汉之际的符瑞之说乃是其萌芽。《史记·秦始皇本纪》:"(秦王政)七年,彗星先出东方,见北方,五月,见西方,将军骜死。以攻龙、孤、庆都,还兵攻汲。彗星复见西方十六日。夏太后死。"《史记正义》引《孝经内记》云:"彗出北斗,兵大起。彗在三台,臣害君。彗在太微,君害臣。彗在天狱,诸侯作乱。所指其处大恶。彗在日旁,子欲杀父。"③《史记·秦始皇本纪》载:"始皇巡北边,从上郡入。燕人卢生使入海还,以鬼神事,因奏录图书,曰:'亡秦者胡也。'始皇乃使将军蒙恬发兵三十万人北击胡,略取河南地。"④所谓《图录书》实乃后世谶纬之类的书籍。后来符瑞转而成谶纬,成为两汉之际学术思想的重要特征。

这些思想对于西汉的文学创作,产生了重要的影响。西汉昭帝元凤三年,议郎眭弘上疏:"先师董仲舒有言,虽有继体守文之君,不

---

① 《汉书·司马迁传》,中华书局1962年版,第2710页。
② 《汉书·楚元王传》,中华书局1962年版,第1928—1929页。
③ 《史记·秦始皇本纪》,中华书局1982年版,第224—225页。
④ 《史记·秦始皇本纪》,中华书局1982年版,第252页。

害圣人之受命。汉家尧后,有传国之运。"①这段话见《春秋元命包》:"继体守文之君,不害圣人之主。"由此推想,公羊学派的后学很可能有一部分人直接参与了谶纬的撰写工作。谶纬的本质,就是依据宗教神秘的想象来比附现实生活,预示吉凶祸福。这在政治上当然是荒谬的,而在文学上的意义,似乎还不宜遽然否定。否则《文心雕龙》特设《正纬》专篇就不可理解。刘师培《汉魏六朝专家文研究》点明了此意:"西汉初年,儒家与道、法、纵横并立,其时文学,儒家而外,如邹阳、朱买臣、严助等之雄辩,则纵横家之流也;贾谊《新书》取法韩非,则法家之流也;《史记》之文,兼取三家,其气厚含蓄之处,固与董仲舒《春秋繁露》为近,而其深入之笔法则得之法家,采《国策》之文,则为纵横家,故与纯粹儒家之文不同。"②图谶也并非皆无是处。挚虞《文章流别论》:"图谶之属,虽非正文之制,然以取其纵横有义,反复成章。"③或亦有助于文章。

在文学方面,《汉书·严朱吾丘主父徐严终王贾传》:"宣帝时修武帝故事,讲论六艺群书,博尽奇异之好,征能为《楚辞》九江被公,召见诵读,益召高材刘向、张子侨、华龙、柳褒等待诏金马门。神爵、五凤之间,天下殷富,数有嘉应。上颇作歌诗,欲兴协律之事。"④辞赋之风再度兴盛。此外,汉宣帝还好音律,如《三辅黄图》卷三"宣曲宫"条载:"孝宣帝晓音律,常于此度曲,因以为名。"⑤这也对于当时风气产生影响。

---

① 《汉书·眭两夏侯京翼李传》,中华书局1962年版,第3154页。
② 刘师培《汉魏六朝专家文研究》,《中国中古文学史讲义》附录,凤凰出版社2011年版,第175页。
③ 〔清〕严可均辑《全晋文》卷七七,中华书局1958年版,第1906页。
④ 《汉书·严朱吾丘主父徐严终王贾传》,中华书局1962年版,第2821页。
⑤ 何清谷校注《三辅黄图校注》,三秦出版社1985年版,第200页。

第二节　桓宽及其他作家

　　桓宽,字次公,汝南(今河南上蔡西南)人,生卒年不详。史载其博学能文,尤其酷爱《公羊春秋》,宣帝时举为郎,官至庐江太守丞。公元前70年左右,他根据昭帝始元六年(前81)御史大夫桑弘羊与贤良、文学辩论盐铁政策等问题的记录而编撰成《盐铁论》六十篇,为研究西汉后期政治、经济等问题提供了重要资料。汉武帝为了拓边战争,平定外患,启用大商人桑弘羊主抓财政,而盐铁专控则是最重要的措施之一。这些措施有效地集中了国家的财力,为汉武帝抗御匈奴、打击地方割据势力奠定了坚实的财政基础。但是,这项政策也带来了很多问题,最主要的就是与民争利。武帝死前数日,指定霍光和桑弘羊辅佐年仅八岁的昭帝。两个人的明争暗斗由此开始。而论争的焦点之一,就是盐铁问题。《汉书·昭帝纪》载,始元六年,围绕着是否罢盐铁专控的议题,贤良、文学与桑弘羊之间展开了深入的论辩。贤良、文学们从传统的义利之辨出发,认为实行盐铁等官营政策是"与民争利",是造成"民间所疾苦"的主要原因,因此要求"罢盐、铁、酒榷、均输"。桑弘羊则针锋相对,认为从汉武帝时期制定的盐铁官营政策为"国家大业,所以制四夷,安边、足用之本,不可废也"。[①] 在这场论辩的背后,当然是两股势力的抗争:在贤良、文学的背后,是霍光的身影,他要否定延续了三十余年的盐铁专控政策,继而扳倒桑弘羊,独揽大权。而桑弘羊则是这场论争的对立面。

---

①　《汉书·食货志》,中华书局1962年版,第1176页。

很明显，表面上论及的是盐铁政策，实质上是对于汉武帝的评价，也就是对桑弘羊的评价，因为他跟随武帝三十余年，是汉武帝拓边政策的有力支持者。贤良、文学之士大褒汉文帝而暗贬汉武帝，桑弘羊则反之。如《刺复篇》载文学议曰："当公孙弘之时，人主方设谋垂意于四夷，故权谲之谋进，荆、楚之士用，将帅或至封侯食邑，而勉获者咸蒙厚赏，是以奋击之士由此兴。其后，干戈不休，军旅相望，甲士糜弊，县官用不足，故设险兴利之臣起，磻溪熊罴之士隐。"①《地广篇》："今逾蒙恬之塞，立郡县寇虏之地，地弥远而民滋劳。朔方以西，长安以北，新郡之功，外城之费，不可胜计。"②这是文学之士指斥武帝穷兵黩武，当然也暗批桑弘羊之推波助澜。桑弘羊当然也毫不示弱，反唇相讥，指斥"文学能言而不能行，居下而讪上，处贫而非富，大言而不从，高厉而行卑，诽誉訾议，以要名采善于当世"。从这些话中可以看出，桑弘羊对于那些夸夸奇谈的文学之士实在不以为然。他向来主张实用哲学。如《相刺篇》："大夫曰：'歌者不期于利声，而贵在中节；论者不期于丽辞，而务在事实。善声而不知转，未可为能歌也；善言而不知变，未可谓能说也。"③透过这些文字，我们常常闻到很浓的火药味。如《国疾篇》记载文学发言后，桑弘羊等反应激烈，非常传神：

> 大夫视文学，悒悒而不言也。丞相史曰："夫辩国家之政事，论执政之得失，何不徐徐道理相喻，何至切切如此乎！大夫难罢盐、铁者，非有私也，忧国家之用，边境之费也。诸生闾阎争盐、铁，亦非为己也，欲反之于古而辅成仁义也。二者各有所

---

① 王利器校注《盐铁论校注》，中华书局1992年版，第132页。
② 王利器校注《盐铁论校注》，中华书局1992年版，第208页。
③ 王利器校注《盐铁论校注》，中华书局1992年版，第255页。

宗,时世异务,又安可坚任古术而非今之理也。且夫小雅非人,必有以易之。诸生若有能安集国中,怀来远方,使边境无寇虏之灾,租税尽为诸生除之,何况盐、铁、均输乎!所以贵术儒者,贵其处谦推让,以道尽人。今辩讼愕愕然,无赤、赐之辞,而见鄙倍之色,非所闻也。大夫言过,而诸生亦如之,诸生不直谢大夫耳。"贤良、文学皆离席,曰:"鄙人固陋,希涉大庭,狂言多不称,以逆执事。夫药酒苦于口而利于病,忠言逆于耳而利于行,故愕愕者福也,谀谀者贼也。林中多疾风,富贵多谀言。万里之朝,日闻唯唯,而后闻诸生之愕愕,此乃公卿之良药针石。"①

《盐铁论》的编者在辑录这些论争时,"亦欲以究治乱,成一家之法焉",努力表现出中立的立场,但其内心深处,是站在贤良、文学一边。因此在选择加工材料时不可避免地带有主观色彩。譬如他常常把那些贤良、文学之士描写得理直气壮,说他们"智者赞其虑,仁者明其施,勇者见其断,辩者陈其词",而桑弘羊显然处于弱势,每每"默然无语",或"作色不应"。该书语言简洁而流畅,浑朴质实,行文整齐而有变化,疏朗中又见细密,善于用对话表现人物思想、神态,在西汉散文中,独具一格。

《汉书·艺文志》"诸子略"儒家著录:"桓宽《盐铁论》六十篇。"马总《意林》著录为十卷。王应麟《玉海》并著录六十篇目录。今本《盐铁论》亦十卷六十篇。前四十一篇是盐铁会议上的正式辩论,自第四十二篇至五十九篇是为会后余谈,最后一篇《杂论》是作者对双方辩论内容的评论。今本以《四部丛刊》所收涂本为最早。王利器辑校佚文,也不过数条,则今存此书至少是宋代原貌。

---

① 王利器校注《盐铁论校注》,中华书局1992年版,第332—333页。

西汉后期重要作家还有杨恽、贾捐之、谷永、史岑、路温舒、师丹、萧望之、翼奉、匡衡等人。

杨恽（？—前54），字子幼，杨敞次子，司马迁外孙。他始读外祖《太史公记》，专治《春秋》。《汉书·司马迁传》载："迁既死后，其书稍出。宣帝时，迁外孙平通侯杨恽祖述其书，遂宣布焉。"①史书说他以材能称，以兄忠任为郎，补常侍，好交英俊诸儒，名显朝廷，擢为左曹。因告发霍光子孙谋反，霍氏家族剿灭后，杨恽被封平通侯，升为中郎将，官至光禄勋。因自负好揭人私而招致嫉恨，他又被告，免为庶人。生平事迹见《汉书·公孙刘田王杨蔡陈郑传》。他的代表作是《报孙会宗书》。被免为庶人后，杨恽大置产业，友人西河太守孙会宗劝他，说大臣废退，应当闭门思过，不当治产业、通宾客。杨恽复书，内怀不服：

  恽材朽行秽，文质无所底，幸赖先人余业，得备宿卫，遭遇时变以获爵位，终非其任，卒与祸会。足下哀其愚，蒙赐书，教督以所不及，殷勤甚厚。然窃恨足下不深惟其终始，而猥随俗之毁誉也。言鄙陋之愚心，若逆指而文过，默而息乎，恐违孔氏"各言尔志"之义，故敢略陈其愚，唯君子察焉！

  恽家方隆盛时，乘朱轮者十人。位在列卿，爵为通侯，总领从官，与闻政事。曾不能以此时有所建明，以宣德化，又不能与群僚并力，陪辅朝廷之遗忘，已负窃位素餐之责久矣。怀禄贪势，不能自退。遂遭变故，横被口语，身幽北阙，妻子满狱。当此之时，自以夷灭不足以塞责，岂意得全首领，复奉先人之丘墓乎？伏惟圣主之恩，不可胜量。君子游道，乐以忘忧。小人全

---

① 《汉书·司马迁传》，中华书局1962年版，第2737页。

躯,说以忘罪。窃自思念,过已大矣,行已亏矣,长为农夫以没世矣。是故身率妻子,勠力耕桑。灌园治产,以给公上,不意当复用此为讥议也。

夫人情所不能止者,圣人弗禁,故君父至尊亲,送其终也,有时而既。臣之得罪,已三年矣。田家作苦,岁时伏腊,亨羊炰羔,斗酒自劳。家本秦也,能为秦声。妇,赵女也,雅善鼓瑟。奴婢歌者数人,酒后耳热,仰天拊缶而呼呜呜。其诗曰:"田彼南山,芜秽不治。种一顷豆,落而为萁。人生行乐耳,须富贵何时!"是日也,拂衣而喜,奋袖低卬,顿足起舞,诚淫荒无度,不知其不可也。恽幸有余禄,方籴贱贩贵,逐什一之利,此贾竖之事,污辱之处,恽亲行之。下流之人,众毁所归,不寒而栗。虽雅知恽者,犹随风而靡,尚何称誉之有!

董生不云乎:"明明求仁义,常恐不能化民者,卿大夫之意也;明明求财利,常恐困乏者,庶人之事也。"故"道不同,不相为谋"。今子尚安得以卿大夫之制而责仆哉?夫西河魏土,文侯所兴,有段干木、田子方之遗风。凛然皆有节概,知去就之分。顷者,足下离旧土,临安定,安定山谷之间,昆夷旧壤,子弟贪鄙,岂习俗之移人哉?于今乃睹子之志矣。①

此信冷嘲热讽,称孙会宗"猥随俗之毁誉"指责自己,实无道理,因为自己获罪闲置在家,"安得以卿大夫之制而责仆哉?"正可谓"道不同,不相为谋"。其后又盛夸家世尊显,不意获罪,自己不惜甘居下流,"籴贱贩贵,逐什一之利",大治产业,亦获众毁,不寒而栗。史载,会有日食变,有人上书状告杨恽骄奢不思悔过,日食之咎,此人

---

① 《汉书·杨恽传》,中华书局 1962 年,第 2894—2897 页。

所致。朝廷案验,宣帝见此书而恶之,杨恽终以大逆不道而被腰斩。

贾捐之,字君房,贾谊曾孙。《汉书·严朱吾丘主父徐严终王贾传》载,武帝征南越,立儋耳、珠崖郡(均在今海南省)。此后多年叛乱。元帝初即位,上疏言得失,召待诏金马门。时珠崖等郡吏叛,元帝与大臣议发兵平定,贾捐之建议安抚,特作《弃珠崖议》:

> 至孝武皇帝元狩六年,太仓之粟红腐而不可食,都内之钱贯朽而不可校。乃探平城之事,录冒顿以来数为边害,籍兵厉马,因富民以攘服之。西连诸国至于安息,东过碣石以玄菟、乐浪为郡,北却匈奴万里,更起营塞,制南海以为八郡,则天下断狱万数,民赋数百,造盐铁酒榷之利以佐用度,犹不能足。当此之时,寇贼并起,军旅数发,父战死于前,子斗伤于后,女子乘亭鄣,孤儿号于道,老母寡妇饮泣巷哭,遥设虚祭,想魂乎万里之外。淮南王盗写虎符,阴聘名士,关东公孙勇等诈为使者,是皆廓地泰大,征伐不休之故也。今天下独有关东,关东大者独有齐楚,民众久困,连年流离,离其城郭,相枕席于道路。人情莫亲父母,莫乐夫妇,至嫁妻卖子,法不能禁,义不能止,此社稷之忧也。今陛下不忍悁悁之忿,欲驱士众挤之大海之中,快心幽冥之地,非所以救助饥馑,保全元元也。①

其中说到武帝时"太仓之粟红腐而不可食,都内之钱贯朽而不可校"二句常为后人征引。然而此后的战争,连绵不断,"寇贼并起,军旅数发,父战死于前,子斗伤于后,女子乘亭鄣,孤儿号于道,老母

---

① 《汉书·严朱吾丘主父徐严终王贾传》,中华书局1962年版,第2832—2834页。

寡妇,饮泣巷哭,遥设虚祭,想魂乎万里之外。"钱锺书《管锥编》论此曰:"按淮南王安《谏伐闽越上书》言其王击南海王事,有曰:'亲老涕泣,孤子啼号,破家散业,迎尸千里之外,裹骸骨而归';可相参印,家人自往收尸,一筹差胜于'遥设虚祭'者。《全后汉文》卷五章帝《还北单于南部生口诏》:'硗埆之人,屡婴涂炭,父战于前,子死于后,弱女乘于亭鄣,孤儿号于道路,老母寡妻,设虚祭,饮泣泪,想望归魂于沙漠之表,岂不哀哉!'全用捐之语,而末句增'望归'二字,情词益凄警。"①最后,元帝听从其议,放弃珠崖郡。

谷永(?—前7?),本名并,字子云,长安人。数上疏言得失,以《三月雨雪对》《建始三年举方正对策》《对策毕复言灾异》《上疏讼陈汤》《白虎殿对策》《上疏荐薛宣》《日食对》《星陨对》《黑龙见东莱对》《说成帝拒绝祭祀方术》《上书理梁王立》等为代表。生平事迹见《汉书·谷永杜邺传》。应劭注引有《谷永集》,知其著作在汉末已经有别集行世。《隋书·经籍志》著录汉谏议大夫《谷永集》二卷。《玉海》卷五五"艺文"类:"《谷永集》二卷。"今存文二十余篇。

史岑,字子孝。《后汉书·文苑传》载:"初,王莽末,沛国史岑子孝亦以文章显,莽以为谒者,著颂、诔、《复神》、《说疾》凡四篇。"按李贤注:"岑,一字孝山,著《出师颂》。"②根据清人考订,两汉之际有两史岑,一字子孝者,在西汉末期。平帝元始四年袭封乐陵侯。《隋书·经籍志》著录集二卷,亡。另一史岑字孝山者,在东汉前期。

路温舒,字长君,钜鹿东里人。生平事迹见《汉书·贾邹枚路传》。今存《论尚德缓刑上书》作于地节三年,言秦有十失,见《汉

---

① 钱锺书著《管锥编》,中华书局1986年版,第895页。
② 《后汉书·文苑列传》,中华书局1965年版,第2610页

书》本传，又被收入《古文观止》而传诵。此文凌厉奋起，如谓："秦之时，修文学，好武勇，贱仁义之士，贵治狱之吏。正言者谓之诽谤，遏过者谓之妖言。故盛服先生不用于世，忠良切言皆郁于胸，誉谀之声日满于耳，虚美熏心，实祸蔽塞。此乃秦之所以亡天下也。……唯陛下除诽谤以招切言，开天下之口，广箴谏之路，扫亡秦之失，尊文武之德，省法制，宽刑罚，以废治狱，则太平之风可兴于世，永履和乐，与天亡极，天下幸甚。"《文心雕龙·奏启》："温舒之缓狱，谷永之谏仙，理既切至，辞亦畅通，可谓识大体矣。"①《秦汉文钞》辑录此文并引林次崖评曰："汉宣帝用刑深刻。……此书可谓对病之药，其言深刻之弊，读之令人酸鼻。"②

师丹（？—3），字仲公。琅邪东武人。师事匡衡，治《齐诗》，称"师氏之学"。举孝廉为郎。元帝末，为博士。汉成帝建始中，州举茂材，复补博士，出为东平王太傅。丞相翟方进、御史大夫孔光举丹论议深博，廉正守道，征入为光禄大夫、丞相司直。成帝末年，立定陶王为皇太子，以丹为太子太傅。哀帝即位，为左将军，赐爵关内侯，食邑，领尚书事，遂代王莽为大司马，封高乐侯，复徙为大司空。汉平帝即位，王氏得势，复公车征师丹，封为义阳侯。月余，卒。生平事迹见《汉书·何武王嘉师丹传》。《隋书·经籍志》著录汉司空《师丹集》一卷，梁三卷，录一卷。今存文四篇。

萧望之（前107—前47），字长倩，东海兰陵人。汉宣帝元康元年（前65）徙家杜陵。家世以田为业，至萧望之开始有志于学，师事同县后苍近十年，治《齐诗》。后又奉命至太常博士处受业，师从同

---

① 〔南朝梁〕刘勰著，周振甫注《文心雕龙注释》，人民文学出版社1981年版，第252页。
② 〔明〕冯有翼辑《秦汉文钞》，《四库全书存目丛书》集部第352册，第401页。

学博士白奇,问《论语》《礼服》于夏侯胜。地节三年(前67)京师雨雹,萧望之作《雨雹对》,借言灾异,实陈霍氏家族专权之义,深得宣帝赏识,一年之内升迁,官至二千石。元康五年(前61),萧望之出任少府。宣帝见其有宰相之才,"欲详试其政事",遂于翌年外迁为左冯翊。作《驳张敞入谷赎罪议》《对两府难问入谷赎罪议》。神爵二年(前60)为大鸿胪,作《乌孙元贵靡尚少主议》。宣帝死,侍中乐陵侯史高、太子太傅望之、少傅周堪受遗诏辅汉元帝。萧望之又荐刘向给事中,与侍中金敞并拾遗左右。四人与史高、宦官弘恭、石显在元帝初年有激烈的政治斗争,后被石显等构陷自杀。他是汉代著名的《齐诗》《鲁论语》学者,《汉书·艺文志》著录其有赋四篇。生平事迹见《汉书·萧望之传》。

翼奉,字少君,东海下邳人。治《齐诗》,与萧望之、匡衡同师。三人经术皆明,衡为后进,望之施之政事,翼奉纯学不仕,好律历阴阳之占,称"翼氏之学"。汉元帝时期数次上书言律历、灾异、阴阳,如《因灾异应诏上封事》《因灾异上疏》等就是这类文字,为元帝所欣赏。更有甚者,因灾异而《上疏请徙都洛阳》,这是西汉时期较早论及迁都洛阳的文字。西汉定宗庙迭毁之礼及徙南北郊,也均为翼奉首倡。另外,西汉《孝经》的传承中,翼奉也是重要的人物,并以《孝经》名家。生平事迹见《汉书·眭两夏侯京翼李传》。《艺文志》孝经类著录《翼氏说》一篇,后云:"汉兴,长孙氏、博士江翁、少府后仓、谏大夫翼奉、安昌侯张禹传之,各自名家。经文皆同,唯孔氏壁中古文为异。"[①]据此,姚振宗以为作者翼奉。翼奉所作的几篇上书,直接引述《齐诗》说,是今天我们了解《齐诗》学的最直接、最重要的材料之一。

---

① 《汉书·艺文志》,中华书局1962年版,第1719页。

匡衡,字稚圭,东海承人。家世农夫,至衡好学。晋人葛洪辑《西京杂记》卷二:"匡衡字稚圭,勤学而无烛。邻舍有烛而不逮,衡乃穿壁引其光,以书映光而读之。邑人大姓文不识,家富多书,衡乃与其佣作,而不求偿。主人怪,问衡,衡曰:'愿得主人书遍读之。'主人感叹,资给以书,遂成大学。衡能说《诗》,时人为之语曰:'无说《诗》,匡鼎来。匡说《诗》,解人颐。'鼎,衡小名也。时人畏服之如是。"①匡衡学术较纯,故在宣帝朝不为所重。汉元帝"好儒术文辞,颇改宣帝之政",匡衡以"材智有余"而著称,加之萧望之的支持,由此而平步青云。元帝初年为博士,给事中,作《上疏言政治得失》,为传诵的名文。《秦汉文钞》辑录,并引林次崖评:"议论滚滚,皆圣贤道理,词语复宣畅。"②建昭三年(前36)代韦玄成为丞相,封乐安侯。作《祷高祖孝文孝武庙》《告谢毁庙》。建始三年(前32)作《奏徙南北郊》《上言罢郊坛伪饰》《又言罢雍鄜密上下畤》《上疏戒妃匹劝经学威仪之则》。在议罢淫祀过程中,匡衡还对汉王朝郊祀乐诗《郊祀歌》进行了修改,将第七章《惟泰元》中的"鸾路龙鳞"改作"涓选休成",第八章《天地》中的"黼绣周张"改作"肃若旧典"。其后因罪免为庶人,终老于家。生平事迹见《汉书·匡张孔马传》。匡衡之政论疏议在西汉时代颇为有名,《汉书》全文收录其上书三篇,《郊祀志》亦收录其论议数则。上面提及的《上疏戒妃匹劝经学威仪之则》最为代表。文章从戒妃匹、劝经学、正威仪三个方面,劝戒元帝"详览得失盛衰之效以定大基,采有德,戒声色,近严敬,远技能"。尤其要熟知《论语》《孝经》,说是"圣人言行之要"。《秦汉文钞》辑录作《戒妃匹劝经学疏》,并引真德秀评:"衡之奏对,本于经术,故在汉儒中

---

① 〔晋〕葛洪辑《西京杂记》卷二,中华书局1985年版,第13页。
② 〔明〕冯有翼辑《秦汉文钞》,《四库全书存目丛书》集部第352册,第432页。

论议最为近理,可为仲舒之亚。"①西汉后期,外戚势力日炽。从当时的政治文化背景来看这篇文章,确有其特殊意义。

---

① 〔明〕冯有翼辑《秦汉文钞》,《四库全书存目丛书》集部第 352 册,第 430 页。

第十章　王褒

王褒是西汉宣帝时期著名的辞赋大家。关于他的生平事迹,史书记载非常简略,《汉书·王褒传》叙其生平仅用了八个字"王褒字子渊,蜀人也"。① 其作品《圣主得贤臣颂》在论及自己时则用了十八个字,称"今臣僻在西蜀,生于穷巷之中,长于蓬茨之下",②也很简要。由此而知,王褒为蜀人,出身卑微,在贫困中长大。王褒长于诗歌,尤工辞赋。其文章多属歌功颂德之作,尽管其内容无足称述,但他用摇曳之笔,把这种"颂""扬"情感表达得淋漓尽致,不仅打动了当时的君主,也感动了后世的读者。《汉书·王褒传》载:"宣帝时修武帝故事,讲论六艺群书,博尽奇异之好,征能为《楚辞》九江被公,召见诵读,益召高材刘向、张子侨、华龙、柳褒等待诏金马门。"③被公的作品,今已不存。而王褒、刘向、张子侨等人赋颂则多见于文献记载。《汉书·艺文志》著录王褒赋十六篇。《隋书·经籍志》著录汉谏议大夫《王褒集》五卷,今佚。明人张溥辑有《王谏议集》,并

---

① 《汉书》卷六四,中华书局2007年版,第2821页。
② 〔南朝梁〕萧统编《文选》卷四七,中华书局1977年,第658页。
③ 《汉书》卷六四,中华书局2007年版,第2821页。

收入其《汉魏六朝百三家集》中。清人严可均《全上古三代秦汉三国六朝文》辑录其散文、辞赋凡八篇。①

其创作,可按作品描写的内容和表现方式分为三类:一是明显具有楚调楚声的抒情咏物辞赋,以《洞箫赋》《九怀》为代表。《洞箫赋》见于《文选》。《九怀》,《楚辞》有收录,乃模仿屈原之作,较少新意;二是以颂扬为主的应时之作,以《四子讲德论》《圣主得贤臣颂》为代表。此外,类书中还辑录其《甘泉颂》《碧鸡颂》等,已残缺不全;三是具有诙谐特点的通俗小文,以《僮约》《责须髯奴辞》为代表。三类文章,风格各异,特点不同,但又都很好地结合于一身,这除了王褒本人的才高思俊外,亦自有其特定的时代与文化背景。

第一节 抒情咏物小赋

《洞箫赋》,《汉书》本传又名《洞箫颂》,《文选》卷一七有录。该赋是中国文学史上第一篇全文专写一种乐器的赋文,对后来的乐赋创作有较大的影响,如马融的《长笛赋》、嵇康的《琴赋》等。《文选》还为此在"赋"体下面专设了"音乐赋"。《洞箫赋》以层层推进的方式,铺叙和描写了箫声动人心魄的各种原因。赋文首段对洞箫制作的材料竹所生长的环境,进行了细致的描摹和刻画:深山后土给予竹以坚润的品格,天精地气、阴阳变化赋予竹以灵性的气质,江川翔风、朝露玉液使竹具有了清泠温润之德行,孤鹤秋蜩、玄猿悲啸玉成了竹静而不喧的自然天性。赋文开篇描绘深山景色,状风声、水声、鸟兽啼叫声,颇为传神。

---

① 其《九怀》作一篇计。

托身躯于后土兮,经万载而不迁。吸至精之滋熙兮,禀苍色之润坚。感阴阳之变化兮,附性命乎皇天。翔风萧萧而径其木兮,回江流川而溉其山。扬素波而挥连珠兮,声礚礚而澍渊。朝露清泠而陨其侧兮,玉液浸润而承其根。孤雌寡鹤,娱优乎其下兮;春禽群嬉,翱翔乎其颠;秋蜩不食,抱朴而长吟兮;玄猨悲啸,搜索乎其间。处幽隐而奥屏兮,密漠泊以猭猣。惟详察其素体兮,宜清静而弗喧。①

《洞箫赋》描写箫声的纷纭变化和众音繁会的场面,更是声情并茂,细致入微,"或浑沌而潺湲兮,猎若枚折。或漫衍而骆驿兮,沛焉竞溢。惏悷密率,掩以绝灭。嘈㕡眽踵,跳然复出"。箫声如流水浑厚潺湲,如条桑折枝清脆悦耳,繁会络绎,连绵不断。凄寒之音渐于细弱缭绕,而慢慢消失。忽然,又众声疾会,跃然而聚。作者对音声的再现和描绘,纤毫毕现,细腻婉转,使读者恍如置身其间。作者描写了音声之美带给人们绝妙感官享受之后,开始转换视角,从听者的角度,来表现音乐之美,逼真而富有神韵:

若乃徐听其曲度兮,廉察其赋歌。啾咇嚛而将吟兮,行鍖銋以龢啰。风鸿洞而不绝兮,优娆娆以婆娑。翩绵连以牢落兮,漂乍弃而为他。要复遮其蹊径兮,与讴谣乎相龢。故听其巨音,则周流氾滥,并包吐含,若慈父之畜子也。其妙声,则清静厌瘱,顺叙卑达,若孝子之事父也。科条譬类,诚应义理,澎濞慷慨,一何壮士!优柔温润,又似君子。故其武声,则若雷霆輘

---

① 〔南朝梁〕萧统编《文选》卷一七,中华书局1977年,第244页。

鞠,佚豫以沸愲。其仁声,则若飙风纷披,容与而施惠。或杂逻以聚敛兮,或拔擶以奋弃。悲怆怳以恻愾兮,时恬淡以绥肆。被淋洒其靡靡兮,时横溃以阳遂。哀悁悁之可怀兮,良醰醰而有味。

故贪饕者听之而廉隅兮,狼戾者闻之而不怼。刚毅强虣反仁恩兮,啴咺逸豫戒其失。钟期牙旷怅然而愕兮,杞梁之妻不能为其气。师襄严春不敢窜其巧兮,浸淫叔子远其类。罔顽朱均惕复惠兮,桀跖鬻博儡以顿顇。吹参差而入道德兮,故永御而可贵。①

《洞箫赋》不仅仅只在描摹箫声的天籁,对美音妙声背后的道德情感、儒家义理及感化作用也作了层层的铺叙,使得其不仅"辩丽可喜""愉悦耳目",还与"古诗同义",起到了"仁义讽喻"的作用。宣帝公开为它辩护,太子令后宫贵人左右诵读之也就不难理解了。《洞箫赋》是一篇明显具有楚声楚调的咏物辞赋,这种特点在赋文中多有体现。赋文主要以骚体句式写成,以致于有学者把它称之为"骚体赋"。同时,在赋文中,我们还看到了诸如"孤雌寡鹤,娱优乎其下兮;春禽群嬉,翱翔乎其颠,秋蜩不食,抱朴而长吟兮"。这种四六句式的出现,四六句是六朝骈文的主要特点和标志,可以说王褒的《洞箫赋》已初具骈文雏形。其细腻华美的语言,曲折婉转的表达,都使得《洞箫赋》在两汉文赋中,显得与众不同,别有风致。

赋中"优柔温润,如慈父之畜子"句,为《文心雕龙·比兴》举为"以声比心"之例,尤为此赋名句。"故知音者乐而悲之,不知音者怪

---

① 〔南朝梁〕萧统编《文选》卷一七,中华书局1977年,第245—246页。

而伟之"表现人们在欣赏音乐时以悲为美的心理,所以《文心雕龙·才略》说:"王褒构采,以密巧为致,附声测貌,泠然可观。"①

第二节 颂扬为主的应时之文

《四子讲德论》《圣主得贤臣颂》是这类文章的典范之作。《汉书·王褒传》载:"益州刺史王襄,欲宣风化于众庶,闻王褒有俊才,使褒作《中和》《乐职》《宣布》诗,选好事者令依《鹿鸣》之声习而歌之。……褒既为刺史作颂,又作传。"颜师古注曰:"中和者,言政治和平也。乐职者,言百官各得其职也。宣布者,风化普洽,无所不被。"②

《四子讲德论》收录在《文选》卷五一"论"体。其序文内容节略于《汉书》,云:"褒既为益州刺史王襄作《中和》《乐职》《宣布》之诗,又作传,名曰《四子讲德》,以明其意焉。"③按照汉书的观点,《四子讲德论》是传,即为《中和》《乐职》《宣布》作注释的作品。犹如有经就有传一样。四子,指微斯文学、虚仪夫子、浮游先生、陈丘子。讲德,是讲君王的圣德,这里主要是指宣王的仁政德施与善用人才。《四子讲德论》是王褒的一篇干谒之作,为盛世歌唱颂扬的应时之文。

文章由微斯文学引《论语》孔子"邦有道,贫且贱焉,耻也"的话作为开篇,在质问虚仪夫子"盖闻国有道,贫且贱焉,耻也"之后,微

---

① 〔南朝梁〕刘勰著,周振甫注《文心雕龙注释》,人民文学出版社 1981 年版,第 503 页。
② 《汉书》卷六四,中华书局 2007 年版,第 2821—2822 页。
③ 〔南朝梁〕萧统编《文选》卷五一,中华书局 1977 年版,第 711 页。

斯文学又说"幸遭圣主平世"。很显然,文章一开始就将讨论的背景置于盛世之下,这种巧妙的布置安排,当然容易获得君主的好感!既然是盛世,文人学者就不宜闭门造车,就应该有所作为。虚仪夫子说,自己就是一个微不足道的人,就像那些蚊虫,虽然嗡嗡叫个不停,也只能活动在一个很小的空间。当然,如果能有机会,"附骥尾则涉千里,攀鸿翮则翔四海",照样可以飞黄腾达。骥尾,骏马尾巴。鸿翮,大雁翅膀。问题是,哪有这样的机会呢?微斯文学指出一条重要的途径,即"陈恳诚于本朝之上,行话谈于公卿之门"。首先要有积极的态度,让那些朝廷要人知道你。于是,微斯文学与虚仪夫子"相与结侣,携手俱游,求贤索友,历于西州"。西州,指巴蜀。在这里,他们遇到了浮游先生和陈丘子。从而引出浮游先生、陈丘子讲论"礼乐治天下"以及君德、臣力、天瑞、人瑞等话题。

作者认为,君主盛德固然重要,但是还需要臣下的大力支持,君臣遇合必不可少。没有圣君,自然也不会有贤臣的生存空间。"故虎啸而风寥戾,龙起而致云气。蟋蟀俟秋吟,蜉蝣出以阴。"这是作者的得意之句。《周易》曰:"云从龙,风从虎,圣人作而万物睹。"云龙、风虎,皆相得而生。蟋蟀秋天而鸣,蜉蝣阴天而出,亦应时而出。《易》曰:"飞龙在天,利见大人。鸣声相应,仇偶相从。"仇偶,匹配。人由意合,物以类同。圣主贤明,不是因为他看过、或听过所有的事情而变得聪明,而是因为他有丰富的人力资源。而今四海一统,帝王选拔人才应有更大的范围。所以说君臣遇合,缺一不可。积德立威,需众臣之力。

地利人和,固然重要,但是天意也很重要,"今海内乐业,朝廷淑清。天符既章,人瑞又明。品物咸亨,山川降灵。"所谓"品物咸亨",出自《周易》"云行雨施,品物咸亨"一句。当今人们安居乐业,朝廷光明清正,一片和睦升平景象。恰逢此时,各种祥瑞吉兆也纷纷出现:"凤皇来仪,翼翼邕邕。群鸟并从,舞德垂容。神雀仍集,麒麟自至。甘露滋液,嘉禾栉比。"在汉代文人学者的文章辞赋当中,常常以描写"凤凰来仪"等现象表示祥瑞,譬如《神雀赋》之类不绝如缕。宣帝改元,即由于此。宣帝中兴,历来艳称。所谓"大化隆洽,男女条畅。家给年丰,咸则三壤。岂不盛哉!"大约指此。

汉帝国最大的边患就是匈奴。刘邦平城之难,差点送命,所以回来后就接受了刘敬的建议,实行和亲政策。文帝起于边地,深知匈奴问题的严峻性,但迫于国力形势,也只能仍旧贯彻执行和亲。景帝上台,开始为解决边患问题苦心积虑,开上林苑,养马三十万匹。武帝在位五十四年,对内加强中央集权,对外实行拓边政策。武帝通过对匈奴大规模的强势用兵,使得匈奴分裂,其一部分逃到漠北深处,一部分融入内地,基本解决了汉代的匈奴边患问题。《汉书·宣帝纪》载,五凤三年"虚闾权渠单于请求和亲,……将众五万余人来降归义。单于称臣,使弟奉珍朝贺正月,北边晏然,靡有兵革之事"。① 像匈奴这样"天性忮蹇,习俗桀暴。贱老贵壮,气力相高。业在攻伐,事在猎射。儿能骑羊,走箭飞镞"的民族,而今也居然归顺。作者认为这既是天符,更是人瑞。

文章的最后写道:"于是二客醉于仁义,饱于盛德。终日仰叹,怡怿而悦服。"二客,指微斯文学和虚仪夫子。他们从内地来到巴蜀,倾听了浮游先生和陈丘子的教诲,幡然醒悟。如果说,微斯文学只是告诫虚仪夫子要在盛世积极有为,主动进取,还显得层次较浅的话,那么浮游先生和陈丘子的告诫就要深刻得多。他们认为,第一,盛世文人理应治礼作乐,放声歌唱。第二,盛世文人更应积极投

---

① 《汉书》卷八,中华书局 2007 年版,第 266 页。

身于现实生活中有所作为。第三,政治的清明除了地利人和,还需要天意的垂顾。

文章密巧细致,铺排渲染,论点明确,层层递进,逻辑性很强,具有强烈的辩论色彩和说理特点。《文选》将其置于"论"体,正是基于此特点。前面提到,"故虎啸而风寥戾,龙起而致云气。蟋蟀俟秋吟,蜉蝣出以阴",这是作者非常得意的句子。《圣主得贤臣颂》也用到这四句,专门论述君臣遇合的关系、作用及其重大影响。

《圣主得贤臣颂》收录在《文选》卷四七"颂"类。文章再从贤人幸逢明主的正面事例加以阐释。"及其遇明君、遭圣主也,运筹合上意,谏诤则见听。进退得关其忠,任职得行其术。去卑辱奥渫而升本朝,离疏释蹻而享膏粱。"①奥,浊。渫,狎,污。蹻,木履。膏,肉之肥者。粱,食之精者。这句是说如果得到君主的垂青,则进退自如,游刃有余。可以抹去过去的卑微,离开粗茶淡饭的生活,升任朝管,享受美味。不仅自己荣华富贵,还可以光祖耀祖、惠泽子孙。"剖符锡壤而光祖考,传之子孙以资说士。"剖符,天子、诸侯各执符契。举动所为,必合于契,然后承命而代行天子之命。锡壤,言天子分符赐土。子孙后代亦以此为夸耀的谈资。所以说,"世必有圣智之君,而后有贤明之臣。虎啸而谷风冽,龙兴而致云气。蟋蟀俟秋吟,蜉蝣出以阴。《易》曰:'飞龙在天,利见大人。'"君臣契合,如虎啸感风而清,如龙起感云而行。"故世平主圣,俊乂将自至"数句分举唐尧、虞舜、大禹、商汤、周文、周武诸君,获得后稷、契、皋陶、伊尹、吕望等贤臣的辅佐,"明明在朝,穆穆列布",获得极大成功。"虽伯牙操递钟,蓬门子弯乌号,犹未足以喻其意也。""故圣主必待贤臣而弘功业,俊士亦俟明主以显

---

① 〔南朝梁〕萧统编《文选》卷四七,中华书局1977年,第659—660页。

其德。上下俱欲,欢然交欣。"这种君臣融洽的情形,千载一会,论说无疑,就像鸿雁遇风,一举千里。又如海阔鱼跃,任性纵情。"其得意如此,则胡禁不止,曷令不行?"①

文章的思路非常清晰:中心思想是论述君臣遇合。为此分为三个层面,从抽象到具体,从当前到历史,言之凿凿,信而有据。所有这些,宣帝时期均已成为现实。对此,宣帝如何不高兴?王褒写作文章的用意业已圆满实现。

第三节 诙谐通俗小文

王褒的《僮约》近于汉时民间的契约,是一篇具有诙谐特点的通俗小文,《艺文类聚》卷三十五、《初学记》卷十九、《古文苑》卷十七等均有收录。《太平御览》亦多次引用,其中卷五百、卷五百九十八收录文字最多,互有异文。卷五百九十八题作《约僮》。据《太平御览》卷七百六十五"器物部一〇"载,《僮约》另有佚文"雨堕如注瓫,板薜戴子公"。并注:"薜,蓑衣也。子公,笠也。"②诸本收录均为"雨堕无所为",而无后面的"如注瓫板薜戴子公"八字。范文澜《文心雕龙注》谓:"《太平御览》子部载《僮约》云'雨坠如注瓫,披薜戴子公'。"并录注文。范先生认为语亦难解,依其用韵将此句置于"夜半益刍"和"二月春分"之间,但又认为置此,文意不贯。③ 当前,学界一般以清人严可均辑《全上古三代秦汉三国六朝文》收录的《僮

---

① 〔南朝梁〕萧统编《文选》卷四七,中华书局1977年,第660页。
② 〔宋〕李昉编《太平御览》卷七六五,中华书局2013年版,第3396页。
③ 〔南朝梁〕刘勰著,范文澜注《文心雕龙注》卷五,人民文学出版社2006年版,第487页。

约》为通行本。《僮约》被誉为是千古奇文,但同时又遭到严厉批评,可谓毁誉参半,褒贬不一。就其艺术而论,人们均给予了极高的肯定。但不少文人学者从儒家诗教观出发,对《僮约》的内容和王褒的品节进行了严厉苛责。

《僮约》描写王褒到成都西北湔上去办事,在寡妇杨惠家吃酒,叫奴仆便了去买酒,便了不从,说当初约定自己只是守家,没有买酒的义务。王褒一怒之下,以一万五千钱的价格从女主人那里买了便了,并立契约以规定其各种工作,于是就有了我们今天所看到的这篇《僮约》。约文规定便了一年四季要做许多苦役,而且还不得有任何怨言。便了读了约文后,难过得要死,后悔自己当初没有去给王褒买酒,说倘若真的要干那么多的活,自己还不如死了算了。文章富有强烈的生活气息,读来令人忍俊不禁,颇有喜感。特别是文中便了性格的前后变化,尤其生动。在阅读此文的时候,我们可以想象一下,王褒和便了在这个事情中的情绪变化,王褒一开始可谓是盛怒不已,气得不得了,后来在写券文的过程中,就有点恶作剧的心态了,可能还在偷笑。最后,他看到便了低头服软时,心中定是特别得意,终于出了这口恶气!便了开始很拗,很固执,坚持不给王褒买酒;后来双方在立约的时候,他依然很有原则,说只有上券的活他才干,否则不做,最后便了读完券文内容之后,是涕泪滂沱,悔恨交加,向王褒连连磕头请求原谅,死的心都有了。整篇文章读起来轻松活泼,饶有趣味,难怪会被后人视为谐赋的鼻祖了。李审言等人从券文里,看到了伤风败俗和地主管家的嘴脸等丑恶的东西,非常生气。① 其实,这就是一篇游戏之文,读者大可不必当作档案馆里面的

---

① 参见李详著《愧生丛录》卷五第59条,见《李审言文集》,江苏古籍出版社1989年版,第534页。

卷宗文献来解读。当然,更不能当作汉代家僮们的起居注了。文章不长,我们将其引录于下:

蜀郡王子渊,以事到湔,止寡妇杨惠舍,惠有夫时奴,名便了。子渊倩奴行酤酒。便了拽大杖,上夫冢颠曰:"大夫买便了时,但要守家,不要为他人男子酤酒。"子渊大怒曰:"奴宁欲卖耶?"惠曰:"奴大忤人,人无欲者。"子渊即决买券云云。奴复曰:"欲使,皆上券。不上券,便了不能为也。"子渊曰:"诺。"

券文曰:神爵三年正月十五日,资中男子王子渊,从成都安志里女子杨惠买亡夫时户下髯奴便了,决贾万五千。奴当从百役使,不得有二言。晨起早扫,食了洗涤。居当穿臼缚帚,截竿凿斗。浚渠缚落,锄园斫陌。杜埤地,刻大枷,屈竹作杷,削治鹿卢。出入不得骑马载车,踑坐大呶,下床振头。捶钩刈刍,结苇躐绋。汲水络,佐酊醷。织履作麤,黏雀张乌,结网捕鱼,缴雁弹凫,登山射鹿,入水捕龟。后园纵养雁鹜百余,驱逐鸱乌,持稍牧猪,种姜养芋,长育豚驹,粪除堂庑,饯食马牛,鼓四起坐,夜半益刍。二月春分,被堤杜疆,落桑皮棕,种瓜作瓠,别落披葱,焚槎发芋,垄集破封,日中早馈,鸡鸣起舂。调治马户,兼落三重。舍中有客,提壶行酤。汲水作铺,涤杯整案。园中拔蒜,断苏切脯,筑肉臛芋,脍鱼炰鳖,烹茶尽具。已而盖藏,关门塞窦,馁猪纵犬,勿与邻里争斗。奴但当饭豆饮水,不得嗜酒,欲饮美酒,唯得染唇渍口,不得倾盂覆斗,不得辰出夜入,交关佅偶。舍后有树,当裁作船,上至江州,下到湔主。为府掾求用钱,推访亞贩棕索。绵亭买席,往来都洛,当为妇女求脂泽,贩于小市。归都担枲,转出旁蹉。牵犬贩鹅,武都买茶,杨氏担荷。往市聚,慎护奸偷。入市不得夷蹲旁卧,恶言丑骂。多作刀矛，持入益州，货易羊牛。奴自教精慧，不得痴愚。持斧入山，断辇裁辕。若有余残，当作俎几、木屐，及犬彘盘。焚薪作炭，礧石薄岸。治舍盖屋，削书代牍。日暮欲归，当送干柴两三束。四月当披，九月当获，十月收豆，椓麦窖芋。南安拾栗采橘，持车载辕。多取蒲苎，益作绳索。雨堕无所为，当编蒋织簿。植种桃李，梨柿柘桑，三丈一树，八尺为行，果类相从，纵横相当。果熟收敛，不得吮尝。犬吠当起，惊告邻里，枨门柱户，上楼击鼓，荷盾曳矛，还落三周。勤心疾作，不得遨游。奴老力索，种莞织席，事讫休息，当舂一石。夜半无事，浣衣当白。若有私钱，主给宾客。奴不得有奸私，事事当关白。奴不听教，当答一百。

　　读券文适讫，词穷咋索，仡仡叩头，两手自搏，目泪下落，鼻涕长一尺。"审如王大夫言，不如早归黄土陌，丘蚓钻额。早知当尔，为王大夫酤酒，真不敢作恶。"①

券文开头点出时间为神爵三年，即公元前59年。据《汉书·王褒传》，王褒在神爵、五凤间作《中和》《乐职》《宣布》诗，为益州刺史王襄推荐，后擢为谏议大夫。据此推断，王褒作此文时，尚在被推荐之前。

开篇到"子渊曰诺"为引言，写约文的缘起。引言称蜀郡王子渊。而约文正文说，资中男子王子渊。蜀郡，乃秦时所置。资中，建元六年前属蜀郡，其后归犍为郡。其自称蜀郡，乃郡望，也没有问题。合而观之，正文表述则更为清楚。王褒让便了去买酒，便了提着大棒跑到杨惠故夫坟前说：主人当初买便了时，只是约定守家而

---

① 〔清〕严可均辑《全汉文》卷四二，中华书局1958年版，第359页。

已,没有要为其他男子买酒的义务。在汉代西南的农村,有专职守墓奴的家族应该是非常显赫和尊贵的,定非一般人家。此文写于王褒未荐之前,他此时的身份至多也就是一个文化乡绅而已,结交权贵的可能并不大。从约文内容来看,杨惠大家也不可能是大家显贵,便了应该是杨惠故夫买来"守家",而非"守家"的。王褒听了便了的话,大怒,随即向女主人提出自己要买这个小男童。王褒买此男童,就是为了要好好拾掇这个小家伙。于是,双方签订了这份契约。

约文正文开篇就说,王褒从成都安志里杨惠那里买下男童便了,价一万五千钱。从此,便了就得无条件地服从新主人王褒的役使和安排。"奴从百役使,不得有二言"的"百役",即百事,指各种各样的杂事,无所不包。这百事包括:日常家务劳动自不必说,晨起打扫卫生,洗刷碗筷;挖坑舂米,捆扎扫帚;疏通渠道,扎紧篱笆;整理农具,修制辘轳;编织草席,制衣做鞋。还规定,出行不得骑马坐车,干活时不得要求吃好的喝好的。还得打猎捕鱼,登山射鹿,持梢牧猪。还要早起晚睡,整治院落,照看家畜。春天加固堤坝,整治土地,种植粮食蔬菜,秋天收获,冬天储藏。约文中还特别强调,若有客人到来,便了要端茶倒水,热情招待,摘菜做饭。此条明显针对王褒当初到杨惠家做客时,便了不肯出去为其买酒一事,所以约文里特别加上了这么一条。晚上便了还要招呼家畜回窝,关好家门,做好安全防护。除了日常家务劳作外,还有品行要求:不得与邻居打架,不得饮酒,不得早出晚归在外面交朋结友。不仅如此,还要求便了外出行商时,到后院去锯树制船,上到江州,下到湔水,贿通小吏,拉近关系。往来都洛,购买妇女用的化妆品,拿到小集市去倒卖赚钱。同时还要贩卖家畜,拾栗采橘,购茶买藕。约文还规定,便了到了集市上,不能随意横躺,说话要文雅,笑脸相迎,不得发脾气。还要伐薪烧炭,往来运送。修缮房屋,整理书牍。古代写作,多在简牍上,误者削之。或指削去旧迹,以便新写文字。故云"书削代牍"。春夏秋冬,还要种植各类蔬菜瓜果,果熟采摘时,不得品尝。即使下雨,也不得休息,在屋里编制蚕箔。夜半三更要警醒,有事及时通报邻里。夜里无事可做,就去洗衣服。不能藏有私房钱,不得耍奸滑,任何事情都要汇报。如果不听使唤,就鞭打一百。

便了读完契文内容后,一下子不知道说什么是好,只能"仡仡叩头,两手自搏,目泪下落,鼻涕长一尺"。自搏,就是自己打自己,表示悔过自责。他说,如果真像王大夫券文所写的那样,还真不如早死算了,就算是尸体腐烂蚯蚓钻进额头里面去,也比这强。早知道是这样,当初就该去为王大夫买酒啊,以后真的再不敢做坏事了!文章通篇口语白话,不避俗语俚字,虽如前面所说,这里有戏弄奴仆之意,但由此亦可稍见当时僮仆困苦之状。①

《责须髯奴辞》,《古文苑》卷十七有收录,题名为《责髯奴辞》,署名黄香。《初学记》卷十九系此篇于"王褒"名下,题为《责须髯奴辞》。全文甚短,仅二百余字。文曰:

> 我观人须,长而复黑,冉弱而调,离离若缘坡之竹,郁郁若春田之苗,因风拂靡,随身飘飘。尔乃附以丰颐,表以蛾眉,发以素颜,呈以妍姿。约之以紃线,润之以芳脂,莘莘翼翼,靡靡绥绥,振之发曜,黝若玄珪之垂。于是摇鬓奋髭,则论说虞唐;鼓髻动鬣,则研核否臧。内育环形,外阃宫商,相如以之都雅,

---

① 汉代孤儿题材,时常见诸诗文。如汉乐府《孤儿行》、阮瑀《驾出北郭门行》都是这类题材的名篇。

颛孙以之堂堂。岂若子髯,既乱且赭,枯槁秃瘁,劬劳辛苦,汗垢流离,污秽泥土,伦嗫穰襦,与尘为侣,无素颜可依,无丰颐可怙,动则困于总灭,静则窘于囚虏。薄命为髭,正著子颐,为身不能疪其四体,为智不能御其形骸,癞须瘦面,常如死灰,曾不如犬羊之毛尾,狐狸之毫厘,为子须者,不亦难哉!①

文章从一般人的胡须写起,写了胡须的颜色、形状、质感、位置等。我看人家的胡须,是又长又黑,如坡上翠竹,田里春苗,长在丰满的腮颔上,则能"表以蛾眉,发以素颜,呈以妍姿",相如因它而都雅美艳,颛孙有它而更加仪表堂堂。作者用极其优美清丽的文笔把"人须"夸得是天花乱坠,美丽不知方物。作者如此不惜笔墨地夸"人须",当然是有目的的。夸完"人须",笔锋一转,作者写到了髯奴的胡须,那是又脏又乱,又枯又黄,经常都是汗垢流离,沾满瓜瓢,伴与尘土。与前面的"人须"比,简直是天壤之别,一个"呈以妍姿",一个则"常如死灰"。因此,作者感慨,这样的胡须还不如狗羊的尾巴和狐狸的毫毛呢。同样是胡须,长在髯奴身上,真是为难它了。显然,这是借髯奴胡须讽刺一种社会现象,同样的东西,生长在不同的地方,境遇是完全不同的。

　　从内容看,此文似乎是《僮约》的续写,作者在继续挖苦便了。《初学记》归属王褒,或有所本。刘勰《文心雕龙·书记》说:"券者,束也。明白约束,以备情伪,字形半分,故周称判书。古有铁券,以坚信誓,王褒髯奴,则券之楷也。"②铁券,这里似指《僮约》,但是又提到《髯奴》,事实上,《髯奴》不是契约,如果说是契约,只能是《僮

---

① 〔清〕严可均辑《全汉文》卷四二,中华书局 1958 年版,第 359—360 页。
② 〔南朝梁〕刘勰著,周振甫注《文心雕龙注释》,人民文学出版社 1981 年版,第 281 页。

约》。刘勰把两者相提并论,未必就是他的错误,很可能当时所见,《僮约》与《髯奴》就是放在一起的。从文章形式看,《僮约》为语体,而《髯奴》为韵文,亦正好相配。薛综注《东京赋》以《责髯奴辞》为王褒作品。① 明人张溥、今人马积高依《艺文类聚》,定此篇作者为王褒。② 实际上,《艺文类聚》未收《责须髯奴辞》,张溥恐误记。马积高或因旧说,亦误。结合黄香、王褒二人生平行事及为文风格,我们认为《责须髯奴辞》作者应为王褒无疑。

第四节　王褒的创作心态及其影响

王褒的仕进方式与创作,与两汉时期蜀中文人多有异曲同工之妙。

首先,王褒与其前辈司马相如及后来者扬雄一样,都是因得到同郡贤达的推荐而被赏识。杨得意推荐了司马相如,这为大家所熟知。《汉书·司马相如传》:"居久之,蜀人杨得意为狗监,侍上。上读《子虚赋》而善之,曰:'朕独不得与此人同时哉!'得意曰:'臣邑人司马相如自言为此赋。'上惊,乃召问相如。"③扬雄从蜀中进京,也得到同郡杨庄的荐举。《汉书·扬雄传》:"孝成帝时,客有荐雄文似相如者,上方郊祠甘泉泰畤、汾阴后土,以求继嗣,召雄待诏承明

---

① 见《东京赋》"如之何其以温故知新,研核是非,近于此惑"注。〔南朝梁〕萧统编《文选》卷三,中华书局1977年,第51页。
② 〔明〕张溥辑《汉魏六朝百三家集》卷六《责髯奴文》题名下注称:"《古文苑》作黄香,今从《艺文》作王褒。"又马积高《赋史》"第三章汉赋(上)"谓:"《责须髯奴辞》,《艺文类聚》以为是王褒作,《古文苑》则归之黄香,因《类聚》较可靠,故暂定它也是王作。"
③ 《汉书·司马相如传》卷五七上,中华书局2007年版,第2533页。

之庭。"①史传所谓"客"者,据扬雄《答刘歆书》可断定是杨庄。书云:"而雄始能草文,先作《县邸铭》《王佴颂》《阶闼铭》及《成都城四隅铭》。蜀人有杨庄者为郎,诵之于成帝。成帝好之,以为似相如。雄遂以此得外见。"《文选》李周翰注:"扬雄家贫好学,每制作慕相如之文。尝作《绵竹颂》,成帝时直宿郎杨庄诵此文,帝曰:'此似相如之文。'庄曰:'非也,此臣邑人扬子云。'帝即召见,拜为黄门侍郎。"而王褒同样也是因其有俊才,得到了同乡益州刺史王襄的推荐而被宣帝征召入朝。

第二,司马相如、王褒和扬雄皆以辞赋作为自己的晋身之阶。司马相如先客游梁王、吴王,作《子虚赋》,后被武帝召见。扬雄也是如此。四十岁进入京城,先作《羽猎赋》颇得赞誉。而后作《甘泉赋》《河东赋》《校猎赋》等大赋,获取巨大声誉。王褒觐见之礼则是他的《四子讲德论》,而后作《圣主得贤臣颂》深得圣心。

第三,司马相如、王褒和扬雄进献辞赋均有一个共同主题,即颂扬大汉王朝与天子圣德。王褒出仕,首先得到了益州刺史王襄的支持。王襄听说褒有俊材,请与相见,使王褒作《中和》《乐职》《宣布》诗。不久,褒又为此诗作传,是为《四子讲德论》。王襄奏王褒有逸材,宣帝征之入朝,令王褒作《圣主得贤臣颂》。这两篇文章,主要讨论君臣遇合、天符人瑞之类的话题,完全是对宣帝"美政洪恩"及其遍得"天符人瑞"的赞颂。

所不同者,《四子讲德论》涉猎的问题较为宽泛,而《圣主得贤臣颂》则专注于君臣之间:"聚精会神,相得益彰……故圣主必待贤臣而弘功业,俊士亦俟明主以显其德。"这些寻常道理,经过王褒极富感染力的笔触,极易打动君主。当时,宣帝颇好神仙,而王褒主张君

---

① 《汉书·扬雄传》卷八七上,中华书局2007年版,第3522页。

臣须相得之意,结尾又提出,治理天下,不应求仙作为规谏。宣帝读王褒文章,很是高兴,遂令王褒待诏金马门,与刘向、张子侨等相处。王褒数从皇帝游猎,所至辄作歌颂。有人以为这是淫靡不急之诗。宣帝以为辞赋大者与古诗同义,小者辩丽可喜。于是,拜王褒为谏议大夫。皇太子身体不适,宣帝命王褒侍奉,王褒又朝夕诵读奇文及自作辞赋,颇为太子喜爱。后方士称益州有金马碧鸡之宝,可祭祀而致,于是宣帝派王褒前往祭祀,最后竟病逝于道中。王褒是有强烈从政愿望的,只是,他并没有获得施展其政治才能的平台,所以我们也无从知道他到底有多少实际才干。不过,他所主张的盛世知识分子应当有所作为,还是有积极意义的。

第四,蜀人使用辞赋作为觐见之礼,展现其学识和政治见解,这与他们相同的学术背景和文化气质有关。汉景帝末年,文翁为蜀郡太守,开办学校,招收当地子弟,敦促教化,还派出部分优秀成员,到京城进修,或学律令,或受经学。蜀中文化由此而日益发达。司马相如得文翁教诲,"东受七经,还教吏民"。扬雄在思想上受到严遵的影响,学术上得到林闾的指导。他们积极主动学习中原文化,特别关注小学的知识,对李斯的《苍颉篇》、赵高的《爰历篇》、胡毋敬的《博学篇》等文字学著作尤为重视。司马相如著有《凡将篇》,扬雄亦有《训纂》《方言》,后者流传至今。他们在辞赋创作中大量使用各类文字,汪洋恣肆,气象阔达,具有明显的博物色彩。《文心雕龙·练字》说:"至孝武之世,则相如撰《篇》。"所谓篇,即《凡将篇》。辞赋练字,正与辞赋家的文字学修养密切相关。平步青《霞外攟屑》引《小仓山房诗话》卷一又提出另外一种可能:"古无类书、无志书,又无字汇,故三都、两京赋,言木则若干,言鸟则若干,必待搜辑群书、郡志读耳。故成之亦须十年五年。"他们创作辞赋,不仅普及文字,也带有扩展知识的功能。这种功能,后来成为了辞赋创作的必备要素和基本要求之一。

司马相如、王褒、扬雄这些蜀中文人似乎都有人生的"污点",如司马相如临邛窃妻,王褒止寡妇舍,扬雄仕新朝等,以致千年后的今天,人们对他们依然批评声不断。蜀地气候宜人,水土丰饶,四季绚烂,极少发生天灾人祸。在精神气质上,蜀中文化极具浪漫色彩,自文翁化蜀后,积极奋进的实用精神与自适任情的仙道思想,成为这种文化品格的两个方面,并而不悖。在殊方人士眼中,蜀中文人似乎都有背礼之举,阿谀之行,即使作文写赋,也是侈靡不止,繁富有余,与传统的儒家文化思想大为不同。蜀地在文翁入蜀之前,有着自身独立于中原文明的文化体系,文翁化蜀后,这种文化在精神气质上发生了改变,儒家的实用与进取精神被其吸收并内化,而伦理纲常却被自动屏蔽。故《汉书·地理志》有"文翁为蜀守,教民读书法令,未能笃信道德,反以好文讥刺,贵慕权势"①的说法。对此现象,钱锺书倒是看得明白,他在《管锥编》里移用阮籍的话来论相如说:"礼法岂为我辈设!"这句话拿来总结蜀中文人的性格,或许是再合适不过的了。正是这样的文化品格、地域精神、性格特点,使得王褒、司马相如、扬雄他们的创作心态极为相似,都用歌功颂德的大赋来作为自己的晋身之阶,他们立身行事敢为天下先的反叛精神与傲然性格,亦成为中国文学大观园中一道独特景观,影响到后世的文学创作。

张子乔、张丰父子与王褒同时,疑亦同郡。《汉书·楚元王传》颜师古注:"子侨官至光禄大夫,见《艺文志》。进对,谓进见而对诏命也。侨字或作蛴,或作乔,皆音巨骄反。"②《汉书·艺文志》著录

---

① 《汉书·地理志》卷二八下,中华书局2007年版,第1645页。
② 《汉书·楚元王传》,中华书局1962年版,第1929页。

光禄大夫张子侨三篇。原注："与王襃同时也。"①张丰，张子侨子。《汉书·艺文志》著录"车郎张丰赋三篇。张子侨子"。②《汉书·艺文志》著录"汉中都尉丞《华龙赋》二篇"。③《汉书·萧望之传》载，华龙与会稽郑朋相结，状告萧望之。故史称其"以行污秽不进"。又案《三辅黄图》卷三"右北宫"条引有王襃《云阳记》载钩弋夫人故事，不知作者是否即此王襃。

---

① 《汉书·艺文志》，中华书局1962年版，第1748页。
② 《汉书·艺文志》，中华书局1962年版，第1750页。
③ 《汉书·艺文志》，中华书局1962年版，第1752页。

第十一章 刘向与刘歆

第一节 刘向的生平事迹

刘向(前79—前16),字子政,原名更生,成帝即位后更名为刘向。沛(今江苏沛县)人,为汉皇宗室。其四世祖楚元王刘交是汉高祖刘邦的弟弟,其父刘德"修黄老术,有智略",汉武帝谓之"千里驹"。刘向自小聪明好学,对经术、天文尤感兴趣,常常昼诵书传,夜观星宿,或不寝达旦。年十二,以父德任为辇郎。二十为谏大夫。汉宣帝招选名儒俊材,刘向以通达能属文辞,与王褒、张子侨等并进对,献赋颂凡数十篇。宣帝好神仙方术之事,淮南王刘安有《枕中鸿宝苑秘书》,言神仙使鬼物为金之术,及邹衍重道延命之方,世人莫见。刘德参与办理刘安案,得其书。刘向自幼诵读以为奇,献之,言黄金可成。汉宣帝派人检验无效,遂将刘向关进狱中。其父刘德以重金赎其罪。刘向出狱后,待诏受《穀梁传》,习今文经学。甘露三年(前51),刘向参与讨论五经同异,拜为郎中,给事黄门,迁散骑谏议大夫,给事中。元帝初元二年(前47),刘向作《使外亲上变事》,被贬为庶人。其后著《疾谗》《摘要》《救危》及《世颂》,凡八篇。此后废事十余年。汉成帝刘骜河平三年(前26),刘向领衔校中秘书,主要负责经传、诸子、诗赋,步兵校尉任宏校兵书,太史令尹咸校数术,侍医李柱国校方技。《汉书·楚元王传》载其"年七十二卒。卒后十三岁而王氏代汉"。① 从王莽始建国元年上推十三年,知刘向卒于汉成帝绥和元年(前8)。

《隋书·经籍志》著录《刘向集》六卷。此外,还有《洪范五行传论》《别录》《奏议》《词赋》《杂文》。编选:《列女传》《新序》《说苑》《世说》《新国语》。校定古籍:《礼经》十七篇、《乐记》二十三篇、《世本》十五篇、《战国策》三十三篇、《晏子》八篇、《孙卿子》三十三篇、《列子》八篇、《管子》八十六篇、《韩子》五十五篇、《邓析子》二篇、《刘向老子说》四篇、《楚辞》十六卷。刘向《别录》今存者有《战国策》《管子》《晏子》《列子》《荀子》《邓析子》《说苑》七篇。另有《关尹子》《子华子》两篇,或疑伪托之作。世间所传《五经通义》、《五经要义》、《周易系辞义》二卷、《九章差重》一卷、《刘向谶》二卷、《列仙传》二卷、《列士传》二卷、《孝子图传》、《关尹子叙录》、《子华子叙录》、《于陵子叙录》、《春秋穀梁传说》等均系伪书。

今存辞赋文章:《请雨华山赋》《雅琴赋》《围棋赋》《九叹》以及多篇奏疏,并见严可均《全上古三代秦汉三国六朝文》辑录。《请雨华山赋》等辞赋,文字艰涩,颇难通读。其奏疏,时为后人称道。代表作是《谏营昌陵疏》。《汉书·楚元王传》:"久之,营起昌陵,数年不成,复还归延陵,制度泰奢。向上疏谏曰"云云。② 文章从《周易·系辞》"安不忘危,存不忘亡,是以身安而国家可保也"说起,希望君主当博观终始,穷其事情。文章还论及薄葬之法,有史可依。

---

① 《汉书·楚元王传》,中华书局1962年版,第1966页。
② 《汉书·楚元王传》,中华书局1962年版,第1950页。

与之相对应的是厚葬之祸:"自古至今,葬未有盛如始皇者也,数年之间,外被项籍之灾,内离牧竖之祸,岂不哀哉?"在历史对比中,作者指出:"是故德弥厚者葬弥薄,知愈深者葬愈微。无德寡知,其葬愈厚,丘陇弥高,宫庙甚丽,发掘必速。由是观之,明暗之效,葬之吉凶,昭然可见矣。"最后说到昌陵的修筑,结论也就十分清晰了:

> 陛下即位,躬亲节俭,始营初陵,其制约小,天下莫不称贤明。及徙昌陵,增埤为高,积土为山,发民坟墓,积以万数,营起邑居,期日迫卒,功费大万百余。死者恨于下,生者愁于上,怨气感动阴阳,因之以饥馑,物故流离以十万数,臣甚愍焉。以死者为有知,发人之墓,其害多矣;若其无知,又安用大?谋之贤知则不说,以示众庶则苦之;若苟以说愚夫淫侈之人,又何为哉!陛下慈仁笃美甚厚,聪明疏达盖世,宜弘汉家之德,崇刘氏之美,光昭五帝、三王,而顾与暴秦乱君竞为奢侈,比方丘陇,说愚夫之目,隆一时之观,违贤知之心,亡万世之安,臣窃为陛下羞之。①

《汉书·陈汤传》载,成帝大兴土木,"作治数年,天下遍其劳,国家罢敝,府臧空虚,下至众庶,敖敖苦之"。②《汉书·成帝纪》载,永始元年秋七月诏:"朕执德不固,谋不尽下,过听将作大匠万年言昌陵三年可成。作治五年,中陵、司马殿门内尚未加功。天下虚耗,百姓罢劳,客土疏恶,终不可成。朕惟其难,怛然伤心。夫'过而不改,是谓过矣'。其罢昌陵,及故陵勿徙吏民,令天下毋有动摇之心。"③

---

① 《汉书·楚元王传》,中华书局1962年版,第1956页。
② 《汉书·傅常郑甘陈段传》,中华书局1962年版,第3024页。
③ 《汉书·成帝纪》,中华书局1962年版,第320页。

第二节 《新序》《说苑》《列女传》

随着经学的普及与深入,大量的伦理教化故事逐渐在秦汉以后的社会各个阶层传播开来。经学类的著作,在章句笺证之外,还有许多"外传"一类的著作,即引用历史上的各类故事来对经学加以形象化的解释。譬如齐诗有《齐杂记》,韩诗有《外传》,《春秋》另有"三传",《论语》有《孔丛子》《孔子家语》,均是运用历史故事的形式解说经典,依附于经典而行。西汉中后期,一些伦理教化的著作逐渐与经书相剥离,成为独立的著作,譬如刘向的《说苑》《新序》和《列女传》就是这样的著作。表面上看似与经书没有多少关系,但就其本质而言,依然是为讲解传播经学思想而编著的。这类以讲述故事为主的著作,东汉以后更加盛行,其内容也更加繁复,又不仅仅限于传播儒家思想。《隋书·经籍志》著录了很多这样的著作,但是其分类颇为纷杂,经传类归入"经部"也名正言顺,而刘向《列女传》归入史部杂传类,《说苑》《新序》又归入子部儒家类。还有应劭的《风俗通义》,以其"杂错漫羡,而无所属归",只能随意列入子部杂家类。可见,在当时,至少在隋唐之际,还没有我们今天意义上的小说概念。这些以讲述故事为主的著作,大都根据其内容归附于不同的类别。笼统地说,近似于后世的说部。

《新序》《说苑》《列女传》这三部书的编订时间可能并非一时。《汉书·楚元王传》载《谏营昌陵疏》,《资治通鉴》卷三〇、《西汉年纪》卷二六记成帝罢昌陵事在永始元年(前16)。这一年,刘向六十四岁。钱穆《刘向歆父子年谱》以为三书的编订即在本年。不过,《玉海》卷五五"艺文"类载:"《刘向传》,向采传记行事著《新序》《说苑》凡五十篇奏之(注:《新序》阳朔元年二月癸卯上,《说苑》鸿嘉四年三月己亥上),《志》儒家刘向所序六十七篇(注:《新序》《说苑》《世说》《列女传颂图》)。《唐志》儒家类刘向《新序》三十卷,又《说苑》三十卷。《中兴书目》杂家类《新序》十卷,汉阳朔元年刘向撰。远至舜禹,次及周秦,古人嘉言善行,悉采摭。序载总一百八十三章。《说苑》二十卷,汉鸿嘉四年刘向撰,采传记百家所载行事之迹,凡二十篇,总七百八十四章上之。"①

  这三部书又有点像故事类编,全部故事大体以类相从,编为若干类。因此,说它们是具有类书性质的历史故事集也许更为合适。三书均有所本,《新序》本于旧传《新语》,《说苑》本于《说苑杂事》,《列女传》多采自《诗经》《尚书》,同时又有很多采自民间传说。当然,作者并非机械地照搬旧闻,而是对于各种历史传说有所增删改易,比较明显的一点是,有的增加了评论,并重新作了编排。《文中子中说·天地》:"子曰:史之失,自迁固始也,记繁而志寡;《春秋》之失,自歆、向始也,弃经而任传。"②这话可以从另一个侧面来理解,即刘向、刘歆父子将经传剥离,着力作传。而传的特点就是用故事来解说经典,开创汉儒说解经书的新方式。

  《新序》最早在《隋书·经籍志》中著录为三十卷,但原书久佚,后人整理成为十卷,即《杂事一》《杂事二》《杂事三》《杂事四》《杂事五》《刺奢》《节士》《义勇》《善谋上》《善谋下》。赵善诒《新序疏证》(华东师范大学出版社1989年版)以光绪九年铁华山馆校宋本为底本,加以校点,并以《新序》无纲,将诸书互见故事逐一辑录在相关条目下,故事源流,原原本本,至为清晰,颇有助于读者比勘对照。石

---

① 〔宋〕王应麟辑《玉海》卷五五,江苏古籍出版社、上海书店1987年版,第1039—1040页。
② 王心湛集解《文中子集解》,广益书局1936年版,第13页。

光瑛校释、陈新整理的《新序校释》(中华书局 2001 年版)是目前所见较为详尽的校注本。书中所记故事,在写法上既不同于寓言故事的极度夸张和含有明显的讽刺教育意义,也不同于小说故事的纯属虚构和具体描写生活细节。它所记的故事仍然保持着历史记载的形式,多为历史人物的政治活动、危言庄论。生活琐事、生活细节都写得很少。如《杂事》"魏庞恭与太子质于邯郸"记载这样一个故事:"魏庞恭与太子质于邯郸,谓魏王曰:'今一人来,言市中有虎,王信之乎?'王曰:'否。'曰:'二人言,王信之乎?'曰:'寡人疑矣。'曰:'三人言,王信之乎?'曰:'寡人信之矣。'庞恭曰:'夫市之无虎明矣,三人言而成虎。今邯郸去魏,远于市;议臣者过三人,愿王察之也。'魏王曰:'寡人知之矣。'及庞恭自邯郸反,谗口果至,遂不得见。"①这个故事又见《战国策·魏策》。而该书亦刘向所编,是同一来源,也许有历史史实作根据,说的是为政的大道理,情节简单,将意思说清楚为止,不作细致的描写。这是《新序》的最主要特点。有的故事,全用人物对话来展开情节,表现人物和主题。如《新序·善谋》描写厮养卒见燕王时的神情谈吐:

> 有厮养卒谢其舍中人曰:"吾为公说燕,与赵王载归。"舍中人皆笑之曰:"使者往十辈,皆死,若何以能得王?"厮养卒曰:"非若所知。"乃洗沐,往见张耳、陈余,遣行,见燕王。燕王问之,对曰:"贱人希见长者,愿请一卮酒。"已饮,又问之,复曰:"贱人希见长者,愿复请一卮酒。"与之酒,卒曰:"王知臣何欲?"燕王曰:"欲得而王耳。"

---

① 〔汉〕刘向著,石光瑛校释,陈新整理《新序校释》卷二,中华书局 2001 年版。下引《新序》文字,并依该书。

这段对话写出厮养卒的神态,颇为细致。另外,《新序》也有些情节写到了人物的内心世界,尽管还不是很直接的描写。如《杂事》第一"昔者周舍事赵简子"章写赵简子的哭泣:

> 三年之后,与诸大夫饮,酒酣,简子泣。诸大夫起而出,曰:"臣有死罪而不自知也。"简子曰:"大夫反,无罪。昔者吾友周舍有言曰:'百羊之皮,不如一狐之腋。'众人之唯唯,不如一士之谔谔。昔纣昏昏而亡,武王谔谔而昌。自周舍之死后,吾未尝闻吾过也。故人君不闻其非,及闻而不改者亡,吾国其几于亡矣,是以泣也。"

这段话将赵简子的内心世界刻划得非常生动感人。

《新序》中还有一些片段着重描写人物的外貌和环境。如《节士》"原宪居鲁"章描写原宪的贫困状况:

> 原宪居鲁,环堵之室,茨以生蒿,蓬户瓮牖,揉桑以为枢,上漏下湿,匡坐而弦歌。子赣闻之,乘肥马,衣轻裘,中绀而表素,轩车不容巷,往见原宪。原宪冠华冠,杖藜杖,而应门,正冠则缨绝,衽襟则肘见,纳履则踵决。子赣曰:"嘻,先生何病也!"原宪仰而应之曰:"宪闻之,无财之谓贫,学而不能行之谓病。宪贫也,非病也。若夫希世而行,比周而友,学以为人,教以为己,仁义之慝,舆马之饰,宪不忍为也。"子赣逡巡,面有愧色,不辞而去。原宪曳杖拖履,行歌《商颂》而反,如出金石。

子赣,《庄子》《韩诗外传》记述这个故事并作子贡。这里,作者用原宪之贫与子赣之阔为对比,表现了原宪安贫乐道的性格。《新序·

义勇》记载崔杼弑庄公条：

> 崔杼弑庄公，令士大夫盟者，皆脱剑而入，言不疾，指不至血者死，所杀十人。次及晏子。晏子奉杯血，仰天叹曰："恶乎！崔子将为无道，杀其君。"盟者皆视之，崔杼谓晏子曰："子与我，我与子分国；子不吾与，吾将杀子。直兵将推之，曲兵将句之，唯子图之。"晏子曰："婴闻回以利而背其君者非仁也，劫以刃而失其志者非勇也。《诗》云：'恺悌君子，求福不回。'婴可谓不回矣，直兵推之，曲兵句之，婴不之回也。"崔子舍之。晏子趋出，援绥而乘，其仆将驰，晏子拊其手曰："虎豹在山林，其命在庖厨，驰不益生，缓不益死。"按之成节，然后去之。《诗》云："彼己之子，舍命不渝。"晏子之谓也。

这个故事在《晏子春秋》《吕氏春秋》《韩诗外传》等书中均有记载，但都不如《新序》记得简炼、情节完整，通过人物的对话和动作，突出了晏婴痛斥弑君凶手的胆量，不为利诱的忠诚，威武不屈的果敢和不与坏人同流合污的坚贞品格。《新序》中还有一些故事，如"所宝者贤臣""赵氏孤儿"等，极富小说意味，成为后来小说、戏曲创作的重要题材来源。

《说苑》最早著录二十卷，七百八十四章。但是北宋初年仅残留五卷。曾巩序称："刘向所序《说苑》二十篇，《崇文总目》云：'今存者五篇，余皆亡。'臣从士大夫间得之者十有五篇，与旧为二十篇。"这二十篇即《君道》《臣术》《建本》《立节》《贵德》《复恩》《政理》《尊贤》《正谏》《敬慎》《善说》《奉使》《权谋》《至公》《指武》《谈丛》《杂言》《辨物》《修文》《反质》等，但是仅存六百余章。现通行本为向宗鲁的《说苑校证》（中华书局 1987 年版）。该书汇集清代以来的校勘成果,辨析疏证,有重要的学术价值。本章所引《说苑》,皆依此本。

《说苑》分类记述先秦至汉代的遗闻轶事以及故事传说,立意有所讽谕。1975 年睡虎地秦简《为吏之道》有这样一段话:"口,关也;舌,机也。一堵失言,四马弗能追也。口者,关也;舌者,符玺也。玺而不发,身亦毋薛。"①《说苑·谈丛》有相同句式:"口者,关也;舌者,机也。出言不当,四马不能追也。口者,关也;舌者,兵也。出言不当,反自伤也。"②这说明刘向编书确实取材广泛,渊源久远。

《说苑》的故事种类很多,如《建本》"师旷劝学"章:

> 晋平公问于师旷曰:"吾行年七十,欲学,恐已暮矣。"师旷曰:"何不炳烛乎?"平公曰:"安有为人臣而戏其君乎?"师旷曰:"盲臣安敢戏其君乎?臣闻之,少而好学,如日出之阳;壮而好学,如日中之光;老而好学,如炳烛之明。炳烛之明,孰与昧行乎?"平公曰:"善哉。"

这样的故事说教意味浓郁,但又确实有普遍意义。《正谏》记载"咎犯善隐"故事,亦有异曲同工之妙:

> 晋平公好乐,多其赋敛,不治城郭,曰:"敢有谏者死!"国人忧之。有咎犯者,见门大夫曰:"臣闻主君好乐,故以乐见。"门大夫入言曰:"晋人咎犯也,欲以乐见。"平公曰:"内之。"止坐殿上,则出钟磬竽瑟。坐有顷,平公曰:"客子为乐。"咎犯对曰:"臣不能为乐,臣善隐。"平公召隐士十二人。咎犯曰:"隐臣窃

---

① 睡虎地秦墓竹简整理小组编《睡虎地秦墓竹简》,文物出版社 1990 年版,第 176 页。
② 〔汉〕刘向撰,向宗鲁校证《说苑校证》,中华书局 1987 年版,第 402 页。

愿昧死御。"平公曰："诺。"咎犯申其左臂而诎五指。平公问于隐官曰："占之为何？"隐官皆曰："不知。"平公曰："归之。"咎犯则申其一指曰："是一也，便游赭画，不峻城阙；二也，柱梁衣绣，士民无褐；三也，侏儒有余酒而死士渴；四也，民有饥色而马有粟秩；五也，近臣不敢谏，远臣不得达。"平公曰："善。"乃屏钟鼓，除竽瑟，遂与咎犯参治国。

这种进谏的方式，常见载于《左传》《战国策》等书，颇似淳于髡、东方朔，睿智隽永，引人入胜，耐人寻味。

《说苑》叙事描写多用想象夸张，渲染气氛，风格质朴，对后来小说发展有影响。比如《贵德》篇中一段故事就很有意义：

丞相西平侯于定国者，东海下邳人也。其父号曰于公，为县狱吏，决曹掾，决狱平法，未尝有所冤。郡中离文法者，于公所决，皆不敢隐情。东海郡中为于公生立祠，命曰于公祠。东海有孝妇，无子，少寡，养其姑甚谨。其姑欲嫁之，终不肯。其姑告邻之人曰："孝妇养我甚谨，我哀其无子，守寡日久，我老，久累丁壮，奈何？"其后，母自经死，母女告吏曰："孝妇杀我母。"吏捕孝妇，孝妇辞不杀姑。吏欲毒治，孝妇自诬服，具狱以上府。于公以为养姑十年以孝闻，此不杀姑也。太守不听，数争不能得，于是于公辞疾去吏。太守竟杀孝妇。郡中枯旱三年。后太守至，卜求其故，于公曰："孝妇不当死，前太守强杀之，咎当在此。"于是杀牛祭孝妇冢，太守以下自至焉。天立大雨，岁丰熟，郡中以此益敬重于公。于公筑治庐舍，谓匠人曰："为我高门，我治狱未尝有所冤，我后世必有封者，令容高盖驷马车。"及子，封为西平侯。

这个故事,班固后来又写进《汉书·于定国传》中,东晋干宝《搜神记》也予收录。更为大家所熟悉的元代关汉卿《窦娥冤》写窦娥冤死后,感天动地,大旱三年,这个情节也来自《说苑》记载的这个故事,足见其影响之大。这里作者采用了虚构夸张的浪漫主义手法,借助于自然之力,使冤魂得以昭血,善有善报,充分表达了人民群众的美好愿望和理想。

《列女传》,《汉书·刘向传》著录八篇,而《隋书·经籍志》著录十五篇。《后汉书·皇后纪》顺烈梁皇后梁妠(梁商之女)传记载其"少善女工,好史书。九岁能诵《论语》,治《韩诗》,大义略举。常以列女图画置于左右,以自监戒"。李贤注:"刘向撰《列女传》八篇,图画其象。"①惠栋注引刘向《别录》曰:"臣向与黄门侍郎歆所校《列女传》,种类相从为七篇,以著祸福荣辱之效、是非得失之分,画之于屏风四堵。"②可见图文并茂。故《汉书·艺文志》著录"刘向所序六十七篇。"班固注:"《新序》《说苑》《世说》《列女传颂图》也。"③《日本国见在书目》杂传家著录:"《列女传》十五卷,刘向撰,曹大家注。"1993年江苏东海县尹湾村出土西汉后期简牍,约四万余字,包括《东海郡吏员簿》《历谱》《神乌傅》《列女传》《楚相内史对》《弟子职》《六甲阴阳书》等。据《文物》1996年第8期所刊《江苏东海县尹湾汉墓群发掘简报》,墓主师饶在成帝时任东海郡功曹史,因而简牍包括本郡簿籍,还有墓主本人行事记录和所用名谒。其下葬的年代为元延三年(前10),距《列女传》成书之年的公元前16年(依据钱穆考订),不过六年而已。《列女传》为当时墓主所读之书。可见,刘向

---

① 《汉书·皇后纪》,中华书局1962年版,第438页。
② 〔清〕惠栋著《后汉书补注》卷五,《丛书集成初编》本,商务印书馆1936年版,第143—144页。
③ 《汉书·艺文志》,中华书局1962年版,第1727页。

《列女传》问世后很快就在世间流传。又据沙畹编《斯坦因在东土耳其斯坦考察所得汉文文书》有一简作"分《列女传》书"不知是否指刘向《列女传》，倘若如是，也是较早称引者也。关于《列女传》的相关文献及其所载故事来源和影响，陈丽平《刘向〈列女传〉研究》（中国社会科学出版社 2010 年版）有详细考述。

《四部丛刊》史部收录明刊本《古列女传》较为通行。该书专门收集一百多个有关女性的故事，按照《母仪》《贤明》《仁智》《贞顺》《节义》《辨通》《孽嬖》等七类编排，其主旨在宣扬妇道伦理教化。如《母仪》记载孟母三迁的故事，是正面的宣传。最后一卷专门记载历史上所谓祸水亡国的故事。如"周幽褒姒"故事：

> 幽王惑于褒姒，出入与之同乘，不恤国事，驱驰弋猎不时，以适褒姒之意。饮酒流湎，倡优在前，以夜续昼。褒姒不笑，幽王乃欲其笑，万端，故不笑，幽王为烽燧大鼓，有寇至，则举，诸侯悉至而无寇，褒姒乃大笑。幽王欲悦之，数为举烽火，其后不信，诸侯不至。忠谏者诛，唯褒姒言是从。上下相谀，百姓乖离，申侯乃与缯西夷犬戎共攻幽王，幽王举烽燧征兵，莫至，遂杀幽王于骊山之下，虏褒姒，尽取周赂而去。于是诸侯乃即申侯，而共立故太子宜臼，是为平王。自是之后，周与诸侯无异。诗曰："赫赫宗周，褒姒灭之。"此之谓也。

描写周幽王沉溺女色，不问政事，甚至还拿军政大事开玩笑，最终导致亡国。

《列女传》中最有名的故事莫过于"秋胡戏妻"（"鲁秋洁妇"）了：

> 洁妇者，鲁秋胡子妻也。既纳之五日，去而官于陈，五年乃

归。未至家,见路旁妇人采桑。秋胡子悦之,下车谓曰:"若曝采桑,吾行道远,愿托桑荫下餐,下赍休焉!"妇人采桑不辍。秋胡子谓曰:"力田不如逢丰年,力桑不如见国卿,吾有金,愿以与夫人。"妇人曰:"嘻!夫采桑力作,纺绩织纴,以供衣食,奉二亲,养夫子。吾不愿金,所愿卿无有外意,妾亦无淫泆之志,收子之赍与笥金。"秋胡子遂去。至家,奉金遗母,使人唤妇至,乃向采桑者也。秋胡子惭。妇曰:"子束发辞亲往仕,五年乃还,当所悦驰骤,扬尘疾至。今也乃悦路旁妇人,下子之粮,以金予之,是忘母也,忘母不孝。好色淫泆,是污行也,污行不义。夫事亲不孝,则事君不忠;处家不义,则治官不理。孝义并亡,必不遂矣。妾不忍见子改娶矣,妾亦不嫁。"遂去而东走,投河而死。君子曰:"洁妇精于善。夫不孝莫大于不爱其亲而爱其人,秋胡子有之矣。"君子曰:"见善如不及,见不善如探汤。"秋胡子妇之谓也。《诗》云:"唯是褊心,是以为刺。"此之谓也。①

这个故事极具戏剧性,特别是男女主人公在家里相会这一场面的描写,使矛盾骤然激化,故事也达到了高潮,而女主人公对于秋胡子的痛斥,生动地表现了她的性格特征,同时也展现了她的愤激的内心世界。这个故事对于后代影响极大,是魏晋南北朝以至唐宋诗歌创作中一个非常重要的文学题材,为无数诗人所咏叹。元代著名杂剧作家石君宝又写成《秋胡戏妻》将这个故事搬上艺术舞台,其影响就更大了,几乎家喻户晓。

除上述三书外,旧题刘向所著《列仙传》二卷也应在此一提。此

---

① 〔汉〕刘向撰,刘晓东校点《列女传》卷五,辽宁教育出版社1998年版,第52—53页。

书未见《汉书·艺文志》著录。《隋书·经籍志》杂传类著录:"《列仙传赞》三卷,刘向撰,鬷续,孙绰赞。《列仙传赞》二卷,刘向撰,晋郭元祖赞。"杂传类小序又云:"又汉(按:应为'秦')时阮仓作《列仙图》,刘向典校经籍,始作《列仙》《列士》《列女》之传。"①《日本国见在书目》杂传家著录"《列仙传》三卷,刘向撰"。《旧唐书·经籍志》史部杂传类著录二卷,《新唐书·艺文志》子部道家类著录二卷,作《列仙传》,无赞。此后诸家著录,大致与此相同。唐前典籍中,最早提及《列仙传》者为东汉末王逸《楚辞·天问》注及应劭《汉书音义》,但不云撰人。《三辅黄图·甘泉宫》也有征引。最早称刘向作《列仙传》者为东晋葛洪。其《神仙传序》曰:"秦大夫阮仓所记,有数百人。刘向所撰,又七十一人。"②《抱朴子·论仙篇》曰:"刘向博学则究微极妙,经深涉远,思理则清澄真伪,研覆有无。其所传《列仙传》仙人七十有余,诚无其事,妄造何为乎?……刘向为汉世之名儒贤人,其所记述,庸可弃哉?"③《世说新语》注、《水经注·洛水注》、《颜氏家训·书证篇》、陶弘景《真诰》卷一七《握真辅篇》、《太平御览》卷六七二所引佚名《列仙传叙》并谓此书为刘向所著。南宋陈振孙《直斋书录解题》卷一二神仙类则不以为然,认为此书"似非向本书,西汉人文章不尔也"。④ 黄伯思《东观余论·跋刘向列仙传后》:"司马相如云:'列仙之儒,居山泽间。列仙之名当始此。'传云刘向作,而《汉书》向所序六十七篇,但有《新序》《说苑》《列女传》等,而无此书。又叙事并赞不类向文,恐非其笔。然事详语约,辞旨

---

① 《隋书·经籍志》,中华书局1973年版,第979页、第982页。
② 〔晋〕葛洪撰,胡守为校释《神仙传校释》,中华书局2010年版。
③ 王明校释《抱朴子内篇校释》,中华书局1985年版,第16—17页。
④ 〔宋〕陈振孙著《直斋书录解题》卷一二,上海古籍出版社1987年版,第345页。

明润,疑东京文也。"①《四库全书》入子部道家类,认为出于东汉。

第三节 刘向的学术贡献

刘向最大的功绩是整理先秦以来的图书。

秦汉以来,朝廷政府对图书收集十分重视,汉高祖刘邦初攻咸阳时,丞相萧何首先收藏秦朝的律令图书。汉武帝时,下令征集全国图书。到了汉成帝河平三年(前26),又命谒者陈农前往地方收求遗书。国家藏书日益增多,出现了"书积如丘山"的局面,且鱼鲁因仍,颇多沿误,给保藏、流通、阅读带来了不便,亟须进行分类整理。于是,汉成帝命刘向在皇家图书馆天禄阁领导了中国历史上第一次大规模的图书整理工作。其具体分工是,刘向整理校勘经传、诸子、诗赋三类书籍,步兵校尉任宏整理校勘兵书,太史令尹咸整理校勘数术,侍医李柱国整理校勘方技,而刘向负责总校。他们的整理工作,大体分如下几步进行。首先是广罗异本。把凡能找到的本子都收集到一起,作为校勘的依据。如刘向校《管子》,就使用了公私藏书五种不同的本子。其次是仔细校勘。选定一个完整的定本,然后用其他本子进行互校,删除重复,校出其脱误、订正其讹文。刘向把这一工作称为"校雠"。"校雠"后所确立的新本,称为"定本",以后就以定本通行全国。第三,确立书名。同一内容的不同异本往往称名不一,如《战国策》,原来有《国策》《国事》《短长》《事语》《长书》《修书》等异名。刘向既确立定本,同时也就给定本确立一个定名,而摈弃其异名。如《战国策》的定名是因为刘向整理该书后,以为其

---

① 〔宋〕黄伯思撰《宋本东观余论》,中华书局1988年版,第272—273页。

内容"为战国时游士辅所用之国为之策谋,宜为《战国策》",遂为千古定名。第四是撰写叙录。主要是介绍校雠经过、概括该书内容价值,以及作者生平行事,所谓"每一书已,向辄条其篇目,撮其指意,录而奏之"。实际相当于后世的书目提要。每校完一书,都附上叙录一篇,最后又把各叙录另抄一份集在一起,称为《别录》,综括万卷百家之说。刘向所撰叙录,现存完整的只有《战国策叙录》《晏子叙录》《荀卿子叙录》《管子叙录》《列子叙录》《韩非子叙录》《邓析子叙录》《说苑叙录》等,严可均《全汉文》有辑录。《别录》二十卷,是中国第一部详细的书目提要,系统地总结了先秦以来的学术发展情况,对后世目录学产生了深远影响。

《汉书·严朱吾丘主父徐严终王贾传》载:"宣帝时修武帝故事,讲论六艺群书,博尽奇异之好,征能为《楚辞》九江被公,召见诵读,益召高材刘向、张子侨、华龙、柳褒等待诏金马门。神爵、五凤之间,天下殷富,数有嘉应。上颇作歌诗,欲兴协律之事。"①在这样的背景下,刘向编订《楚辞》十六卷。一些篇章即由刘向定名。如《九章》,最早见于刘向《九叹》:"叹《离骚》以扬意兮,犹未弹于《九章》。"一般认为《九章》就是刘向编辑《楚辞集》时,将诗人屈原作品中内容、形式大致相似的九篇作品编为组诗,并冠以《九章》之名的。

第四节 刘歆

刘向有三个儿子,均有才学,②其中少子刘歆最为知名。刘歆

---

① 《汉书·严朱吾丘主父徐严终王贾传》,中华书局1962年版,第2821页。
② 《汉书·楚元王传》:"向三子皆好学:长子伋,以《易》教授,官至郡守;中子赐,九卿丞,蚤卒;少子歆,最知名。"(中华书局1962年版,第1966页)

(前53？—前23），字子骏。后改名秀，字颖叔。少以通诗书能属文召，见成帝，待诏宦者署，为黄门郎。河平中，受诏与父刘向领校秘书，讲六艺传记、诸子、诗赋、数术、方技，无所不究。刘向死后，歆复为中垒校尉。哀帝初即位，大司马王莽举歆宗室有材行，为侍中太中大夫，迁骑都尉、奉车光禄大夫，贵幸。复领五经，继承父亲前业，乃集六艺群书，别为《七略》。刘歆又奏立《左传》而遭非议，求出补吏，为河内太守。以宗室不宜典三河，徙守五原，后复转在涿郡，历三郡守。数年，以病免官，起家复为安定属国都尉。会哀帝崩，王莽持政，王莽少与刘歆俱为黄门郎，重之，白太后。太后留刘歆为右曹太中大夫，迁中垒校尉。王莽代汉，刘歆为国师。刘歆后谋叛乱，事败被杀。《隋书·经籍志》著录有《尔雅注》三卷、《列女传颂》一卷、《刘歆集》五卷。马国翰《玉函山房辑佚书》辑录有《春秋左氏章句》一卷、《尔雅刘氏注》一卷等。

  刘歆生平以整理文献、研究学术著称，西晋潘岳在《西征赋》中将司马迁、刘向、刘歆并称为西汉一代成就最高的史学泰斗，①章太炎、梁启超称刘歆为孔子以后之一大家。《七略》是他的代表著。该书是在其父刘向《别录》基础上编辑而成，为中国第一部系统的国家图书分类目录。《七略》将当时的书籍分为六大类：六艺略、诸子略、诗赋略、兵书略、数术略、方技略，在六艺略之前，有辑略一篇，综述学术源流，实际是"六篇之总最"，合起来称《七略》。"略"本是界域的意思，这里指类别。六艺略包括易、书、诗、礼、乐、春秋、论语、孝经、小学九目；诸子略包括儒、道、阴阳、法、名、墨、纵横、杂、农、小说十目；兵书略包括兵权谋、兵形势、兵阴阳、兵技巧四目；数术略包括

---

① 《西征赋》原文称："长卿、渊、云之文，子长、政、骏之史。"见〔南朝梁〕萧统编《文选》卷一○，中华书局1977年，第155页。

天文、历谱、五行、蓍龟、杂占、形法六目;方技略包括医经、经方、神仙、房中四目;诗赋略包括歌诗、屈原赋、陆贾赋、孙卿赋、杂赋等。凡六类三十八目,一万三千余卷。

《七略》虽定稿于刘歆,但《七略》的分类思想与先期工作是在刘向的指导下完成的。综观《别录》《七略》在目录学上的成就及其对后世目录的影响,有如下几个方面:一,《别录》《七略》建立了综合性图书目录的分类体系。自从刘向父子奠定我国古典文献分类法之后,历代均有所补充订正,但基本沿袭刘向父子的传统,只是有些增减。二,《别录》《七略》不仅有总序,而且每部有大序,每类有小序,阐明分类缘由,论述各部各类学术思想源流和传授经过,具有辨章学术、考镜源流之功效。三,《别录》《七略》均有解题叙录。《别录》的解题详尽全面,《七略》的解题简明扼要。一详一略,成为后世目录解题的范例,此后许多重要目录著作都继承了这个优良传统。《别录》与《七略》虽已亡佚,但是其精华已为班固《汉书·艺文志》所吸收。

在学术上,刘歆还有一个业绩值得叙及,那就是倡导官方确立古文经学《左氏春秋》《毛诗》《逸礼》《古文尚书》的地位,哀帝让刘歆与五经博士论辩,诸博士或不肯置对,刘歆特作《移书让太常博士》,在学术史上名著一时,也是文学史上的名篇,被收录在《文选》中。文章历数经学缘起,说到秦朝灭经、汉朝兴学:

> 汉兴,去圣帝明王遐远,仲尼之道又绝,法度无所因袭。时独有一叔孙通,略定礼仪。天下惟有《易》卜,未有他书。至于孝惠之世,乃除挟书之律。然公卿大臣绛、灌之属,咸介胄武夫,莫以为意。至孝文皇帝,始使掌故晁错,从伏生受《尚书》。《尚书》初出于屋壁,朽折散绝。今其书见在,时师传读而已。

《诗》始萌芽,天下众书往往颇出,皆诸子传说,犹广立于学官,为置博士。在朝之儒,唯贾生而已。至孝武皇帝,然后邹、鲁、梁、赵,颇有《诗》《礼》《春秋》先师,皆出于建元之间。当此之时,一人不能独尽其经,或为《雅》,或为《颂》,相合而成。《泰誓》后得,博士集而赞之。故诏书曰:"礼坏乐崩,书缺简脱,朕甚闵焉。"时汉兴已七八十年,离于全经,固以远矣。及鲁恭王坏孔子宅,欲以为宫,而得古文于坏壁之中,《逸礼》有三十九篇,《书》十六篇。天汉之后,孔安国献之。遭巫蛊仓卒之难,未及施行。及《春秋》左氏丘明所修,皆古文旧书,多者二十余通,藏于秘府,伏而未发。孝成皇帝闵学残文缺,稍离其真,乃陈发秘藏,校理旧文,得此三事,以考学官所传经,或脱简,或脱编。博问民间,则有鲁国桓公、赵国贯公、胶东庸生之遗,学与此同,抑而未施。此乃有识者之所叹愍,士君子之所嗟痛也。

往者缀学之士,不思废绝之阙,苟因陋就寡,分文析字,烦言碎辞,学者罢老,且不能究其一艺。信口说而背传记,是末师而非往古。至于国家将有大事,若立辟雍、封禅、巡狩之仪,则幽冥而莫知其原。犹欲保残守缺,挟恐见破之私意,而亡从善服义之公心。或怀妒嫉,不考情实,雷同相从,随声是非。抑此三学,以《尚书》为不备,谓左氏为不传《春秋》,岂不哀哉!①

这段所述,乃汉代学术史上的一段公案,参照《汉书·儒林传》及相关传记,皆可一一复案可查。这里特别强调"三事",即《逸礼》《尚书》《左传》,多为今文学者所不知者,所以斥为虚妄。所以刘歆说他们:"保残守缺,挟恐见破之私意,而亡从善服义之公心。或怀妒嫉,

---

① 〔南朝梁〕萧统编《文选》卷四三,中华书局1977年版,第611—612页。

不考情实,雷同相从,随声是非。"这些文字,诚如《文心雕龙·檄移》所说:"辞刚而义辨,文移之首也。"①

《汉书·楚元王传》说,《移书让太常博士》"其言甚切,诸儒皆怨恨。是时名儒光禄大夫龚胜以歆移书,上疏深自罪责,愿乞骸骨罢。及儒者师丹为大司空,亦大怒,奏歆改乱旧章,非毁先帝所立。上曰:'歆欲广道术,亦何以为非毁哉?'歆由是忤执政大臣,为众儒所讪,惧诛,求出补吏,为河内太守。以宗室不宜典三河,徙守五原"。②作者经历了这种磨难,感今思古,愤而著《遂初赋》,"以叹往事而寄己意"。③

刘歆在《遂初赋》中,开篇即叙述自己曾经显赫得志的经历,曰:"昔遂初之显禄兮,遭闾阖之开通。跖三台而上征兮,入北辰之紫宫。备列宿于钩陈兮,拥太常之枢极。总六龙于驷房兮,奉华盖于帝侧。"④这种写法模仿《楚辞》前八句,自高门户,为下文不遇设伏笔:

> 惟太阶之侈阔兮,机衡为之难运。惧魁杓之前后兮,遂隆集于河滨。遭阳侯之丰沛兮,乘素波以聊戾。得玄武之嘉兆兮,守五原之烽燧。

这段话里有很多潜台词。历史上,晋人自毁公族而灭国。他把自己

---

① 〔南朝梁〕刘勰著,周振甫注《文心雕龙注释》,人民文学出版社1981年版,第227页。
② 《汉书·楚元王传》,中华书局1962年版,第1972页。
③ 《遂初赋序》,《古文苑》卷五,《丛书集成初编》本,商务印书馆1937年版,第116页。
④ 《古文苑》卷五,《丛书集成初编本》,商务印书馆1937年版,第116页。

的遭遇,亦视同为蒙冤受害。最后,作者以道家思想为皈依,"守信保己,比老彭兮"。比较前一年所作《移书让太常博士》一文,其矛头指向了太常博士,从其对待诸儒的态度看,尽管政见、学术见解不甚相同,责之虽切,却也充满尊重,称他们为"二三君子"。而此处矛头则指向由末位底层而得宠上位的群邪小人,并称自己是由于惧怕这些小人的陷害,而求外补河内。显然导致其外放的更主要的压力不是来自诸儒而是来自这些小人。① 由此作者引古证今,论君主得失与国家兴亡的关系,为贤人遭嫉、群邪误国而悲伤,又以孔子、屈原、柳下惠、蘧伯玉为例,说明君臣遇合之不易,又举赵鞅、荀寅士、吉射为史鉴,提醒君主防微杜渐,谨防叛乱。此赋长于叙事,所以刘勰《文心雕龙·事类》称:"刘歆《遂初赋》,历叙于纪传,渐渐综采矣。"②

从这些文字看,刘歆不是单纯文人,他有着强烈的从政情怀。从历史上看,这样的文人,当他们政治希望破灭后,往往又会标榜高蹈,显示出超脱世俗的样子。《遂初赋》就是如此,如其结尾称:

> 反情素于寂寞兮,居华体之冥冥。玩书琴以条畅兮,考性命之变态。运四时而览阴阳兮,总万物之珍怪。虽穷天地之极变兮,曾何足乎留意。长恬淡以欢娱兮,固贤圣之所喜。

钱锺书《谈艺录》以为:"又无行如刘子骏,《遂初赋》曰:'处幽潜德,

---

① 参见康达维《汉赋中的纪行之赋》,载其自选集《汉代宫廷文学与文化之探微》,苏瑞隆译,上海译文出版社2013年版。还可参见徐华《刘歆〈遂初赋〉的创作背景及其赋史价值》,《文学遗产》2013年第3期。
② 〔南朝梁〕刘勰著,周振甫注《文心雕龙注释》,人民文学出版社1981年版,第214页。

抱奇内光。守信保己,窃比老彭。'亦俨然比丘尼也。"①钱先生从中读出刘歆言行不一的内心世界。

从汉代辞赋发展史的角度看,《遂初赋》开创了"纪行"一体的先河。《文选》亦特立"纪行赋"一类,不知何故没有收录此赋,而是以班彪《北征赋》为首。班彪赋常引《遂初赋》,可见班彪创作,亦以《遂初赋》为范本。

---

① 钱锺书著《谈艺录》,中华书局1984年版,第162页。

第十二章　扬雄

扬雄是西汉后期最重要的文学家、思想家。他的思想开启了魏晋玄学的先河。他的创作,上承司马相如,下启班固、张衡。他的《方言》一书,在中国学术史上占有重要地位。

第一节　扬雄的生平与创作

扬雄(前53—18),一作杨雄,字子云①,西汉蜀郡成都(今属四川)人。青少年时期主要生活在蜀中,好古乐道,不善言辞,不喜交游。曾师事严遵及林闾,深思熟虑,不慕荣利。扬雄自幼就深受屈原影响,对他不容于世、自投于江而死的命运抱不平,也由此而反思,认为"君子得时则大行,不得时则龙蛇,遇不遇命也",不必与命运抗争。为此,作《反离骚》,从岷山上投诸江流以吊屈原。他又依

---

① 王先谦《汉书补注》转引王念孙、段玉裁、朱骏声等称依据世系,当作杨雄为是。现代学者汪荣宝《法言义疏》、杨树达《汉书窥管》等亦赞同此说。而徐复观《西汉思想史》以作扬雄为是。

傍屈原《离骚》而作《广骚》,依傍《惜诵》以下至《怀沙》一卷,而作名曰《畔牢愁》。《反离骚》见于本传,而《广骚》《畔牢愁》失传。王逸《楚辞章句·天问叙》:"《天问》,以其文义不次,又多奇怪之事,自太史公口论道之,多所不逮。至于刘向、扬雄,援引传记以解说之,亦不能详悉。"①说明扬雄尚有《天问解》。在扬雄的文学道路上,前辈乡贤司马相如对他的影响也很大。史载,司马相如"作赋甚弘丽温雅,雄心壮之,每作赋,常拟之以为式"。② 早年所作的《蜀都赋》《逐贫赋》就是在这样的影响下完成的。此外,扬雄还留意乡邦文献,著有《蜀王本纪》《县邸铭》《绵竹颂》《王佴颂》《阶闼铭》及《成都四隅铭》等。

成帝元延元年(前12年),扬雄四十二岁,自蜀中来到长安,先在大司马王商门下为吏,王商奇其文,向成帝推荐。时有蜀人杨庄为郎侍帝,盛称扬雄文似司马相如。成帝召见。从此,扬雄步入官场,相继创作了《甘泉赋》《河东赋》《羽猎赋》《长杨赋》等,一时传诵,歌颂汉帝国声威及皇帝功德。任为郎,给事黄门,历成帝、哀帝、平帝三朝,不得升擢。扬雄著《太玄经》,又作《解嘲》《解难》《太玄赋》等等宽慰自己。

及王莽篡立,刘歆子刘棻等献符名。王莽诛刘棻,其时,扬雄校书天禄阁,因为刘棻事所牵连,闻治狱使者前来逮捕他,从阁上投下,几乎丧命。后来王莽以为扬雄不知详情,刘棻只是随从扬雄学习奇字,至于符命之事,扬雄实际并不知晓,便下令不追究他的责任。扬雄曾作《剧秦美新》歌颂王莽的品德。时人用"惟寂寞,自投阁;爱清静,作符命"之语来讥讽他。扬雄复被召为中散大夫。在这

---

① 〔宋〕洪兴祖补注《楚辞补注》,中华书局1983年版,第118页。
② 《汉书·扬雄传》,中华书局1962年版,第3515页。

期间,王莽的姑母新室文母皇太后死,王莽诏扬雄作诔,即《元后诔》。其作《剧秦美新》,或有些感恩戴德的成份。

扬雄晚年的主要精力放在思想探索和学术研究方面。思想探索方面的著作是《法言》《太玄》,学术研究的著作是代表作《训纂》《方言》。天凤五年(18)卒,时年七十一岁。《汉书》卷八七有传。①

扬雄死后,弟子侯芭(苞)为起坟,守丧三年。《隋书·经籍志》著录有《韩诗翼要》十卷,《法言注》六卷。马国翰《玉函山房辑佚书》辑录有《韩诗翼要》一卷。

扬雄子扬乌,亦称神童。《太平御览》卷三八五引录《刘向别传》载:"扬信字子乌,雄第二子。幼而明慧,雄算《玄经》不会,子乌令作九数而得之。"②故《华阳国志·先贤士女总赞》云"雄子神童乌,七岁预雄《玄》文,年九岁而卒"。③ 马国翰《玉函山房辑佚书》辑录有《琴清英》一卷。

扬雄的著作,《汉书·艺文志》儒家类著录"扬雄所序三十八篇",其中《太玄》十九、《法言》十三、《乐》四、《箴》二,又"扬雄赋十二篇"。《隋书·经籍志》著录有《法言》《太玄经》,又有《方言》十三卷,题扬雄撰。《太玄经》《法言》今存。《扬雄集》五卷,已散佚。明人郑朴辑为《扬子云集》六卷,今存清修《四库全书》中。近人校订本

---

① 《文选·王文宪集序》李善注引《七略》:"子云《家牒》言以甘露元年生也。"按,扬雄《反离骚》:"灵宗初牒于伯侨兮,流于末之扬侯。"也提到这部《家牒》。《艺文类聚》卷二六、《文选·运命论》注、《隋书·刘炫传》并引有扬雄《自序》,而这些文字又《汉书·扬雄传》完全相同。《史通·杂说》谓班固《汉书》中的《司马迁传》《扬雄传》皆录其自序以为传。

② 〔宋〕李昉等编《太平御览》卷三八五,中华书局1960年版,第1780页。

③ 〔晋〕常璩撰,刘琳校注《华阳国志校注》卷一〇,巴蜀书社1984年版,第705页。

主要有:张震泽《扬雄集校注》(上海古籍出版社1993年版);郑文《扬雄文集笺注》(巴蜀书社2000年版);林贞爱《扬雄集校注》(四川大学出版社2001年版)。

第二节 扬雄的思想与学术

《汉书》本传记载说:"雄少好学,不为章句,训诂通而已,博览无所不见。为人简易佚荡,口吃不能剧谈,默而好深湛之思,清静亡为,少嗜欲。"①所谓"不为章句",就是对于汉代盛行的那种皓首穷经的学风不以为然,而追求自己的风格。

首先,扬雄在思想上崇尚老庄,这与他师从严遵有关。严遵,字君平,成都人。雅性澹泊,学业加妙。专精《大易》,耽于《老》《庄》。著《老子指归》,为道书之宗。②扬雄称之曰:"不慕夷,即由矣。不作苟见,不治苟得,久幽而不改其操,虽随、和何以加诸!"③他著《法言》,虽模仿《论语》,但是在基本思想方面依然以道家思想为旨归,《汉书》本传:

> 雄见诸子各以其知舛驰,大氐诋訾圣人,即为怪迂。析辩诡辞,以挠世事,虽小辩,终破大道而或众,使溺于所闻而不自知其非也。及太史公记六国,历楚、汉,讫麟止,不与圣人同,是非颇谬于经。故人时有问雄者,常用法应之,撰以为十三卷,象

---

① 《汉书·扬雄传》,中华书局1962年版,第3515页。
② 参见樊波成校笺《老子指归校笺》,上海古籍出版社2013年版。
③ 〔晋〕常璩撰,刘琳校注《华阳国志校注》卷一〇,巴蜀书社1984年版,第702页。

《论语》,号曰《法言》。《法言》文多不著,独著其目:天降生民,倥侗颛蒙,恣于情性,聪明不开,训诸理。撰《学行》第一。降周迄孔,成于王道,终后诞章乖离,诸子图微。撰《吾子》第二。事有本真,陈施于亿,动不克咸,本诸身。撰《修身》第三。芒芒天道,在昔圣考,过则失中,不及则不至,不可奸罔。撰《问道》第四。神心忽怳,经纬万方,事系诸道德仁谊礼。撰《问神》第五。明哲煌煌,旁烛亡疆,逊于不虞,以保天命。撰《问明》第六。假言周于天地,赞于神明,幽弘横广,绝于迩言。撰《寡见》第七。圣人恩明渊懿,继天测灵,冠于群伦,经诸范。撰《五百》第八。立政鼓众,动化天下,莫上于中和,中和之发,在于哲民情。撰《先知》第九。仲尼以来,国君、将相、卿士、名臣参差不齐,一概诸圣。撰《重黎》第十。仲尼之后,讫于汉道,德行颜、闵,股肱萧、曹,爰及名将尊卑之条,称述品藻。撰《渊骞》第十一。君子纯终领闻,蠢迪检押,旁开圣则。撰《君子》第十二。孝莫大于宁亲,宁亲莫大于宁神,宁神莫大于四表之驩心。撰《孝至》第十三。①

在西汉末年那样的乱世,他选择了明哲保身的老庄哲学作为自己处世准则,自有其历史的缘由。

扬雄的学术著作主要是《方言》,又与师从林闾有关。林闾,字公孺,临邛人,善古学。古者,天子有辀车之使,自汉兴以来,刘向之徒但闻其官,不详其职。唯林闾与严遵知之,曰:"此使考八方之风雅,通九州之异同,主海内之音韵,使人主居高堂知天下风俗也。"② 扬雄闻而师之,因此作《方言》。扬雄《答刘歆书》(见《古文苑》卷一

---

① 《汉书·扬雄传》,中华书局1962年版,第3580—3583页。
② 〔晋〕常璩撰,刘琳校注《华阳国志校注》卷一〇,巴蜀书社1984年版,第708页。

〇）。首次提到此书。当然,章樵注引洪迈考证,以为这封信是汉魏之际人所伪造:"洪内翰迈曰:世传扬子云《輶轩使者绝代语释别国方言》凡十三卷,郭璞序而解之。其末又有汉成帝时刘子骏《与雄书从取〈方言〉》及雄答书。以予考之,殆非也。雄自序所为文,初无所谓《方言》。观其《答刘子骏书》称蜀人严君平。按,君平本姓庄,汉显宗讳庄,始改曰严。《法言》所称"蜀庄沈冥(冥)","蜀庄之才之珍","吾珍庄也",皆是本字,何独至此书而曰严。又子骏只从之求书,而答云必欲胁之以威,陵之以武,则缢死以从命也。何至是哉?既云成帝时子骏与雄书,而其中乃云'孝成皇帝'。反复抵牾。又书称汝颍之间,先汉人无此语也。必汉魏之际好事者为之云。"①清人黄承吉《梦陔堂文说初稿》(中国社科院文学研究所藏书)以为世传扬雄与刘歆往返书信均系伪书:"此伪雄书同篇共八百二十一字,前文七百一十字。中并无一字谓是不肯以书与歆,自雄何惭焉?"又云:"夫雄书卷本无《方言》之名,徒以后人见此两伪书有所谓求代问异语及绝言殊语等名目,又见本书卷有齐谓之某,楚谓之某等语,因是而遂称某书为《方言》。且以求《方言》为此伪歆书之标题。而又妄摘其书中之语列于题下,至谓歆与雄求取《方言》在成帝之时。"如果《方言》确系扬雄所著,则此时似已成书。晋人葛洪辑《西京杂记》卷三:"扬子云好事,常怀铅提椠,从诸计吏,访殊方绝域四方之语,以为裨补《輶轩》所载,亦洪意也。"②此处"亦洪意也"是什么意思?戴震《方言疏证》逐条辩驳洪迈之论,以为确为扬雄所作。扬雄文称其元延初年为郎时始为《方言》,"二十七岁于今矣"。据此,刘汝霖《汉晋学术编年》考证作于新王莽天凤二年(15)。《方言》未见

---

① 《古文苑》卷一〇,《丛书集成初编本》,商务印书馆1937年版,第242—243页。
② 〔晋〕葛洪辑《西京杂记》卷三,中华书局1985年版,第16页。

《汉书·艺文志》著录,故启人致疑。《四库提要》力辩其真。按,应劭《风俗通义序》称:"周、秦常以岁八月遣𬨎轩之使求异代方言,还奏籍之,藏于秘室。及嬴氏之亡,遗脱漏弃,无见之者。蜀人严君平有千余言。林闾翁孺才有梗概之法。扬雄好之,天下孝廉卫卒交会,周章质问,以次注续,二十七年,尔乃治正,凡九千字。其所发明,犹未若《尔雅》之闳丽也。张竦以为悬诸日月不刊之书。予实玩阅,无能述演,岂敢比隆于斯人哉!"①对此,康达维教授《刘歆、扬雄关于〈方言〉的往来书信》有比较详细的比对分析。②

此外,扬雄著有文字学著作《训纂》。《汉书·艺文志》:"至元始中,征天下通小学者以百数,各令记字庭中。杨雄取其有用者以作《训纂篇》,顺续《苍颉》,又易《苍颉》中重复之字,凡八十九章。"③《训纂》一篇,马国翰有辑本。又著录《苍颉训纂》一篇,王先谦《汉书补注》以为:"此合《苍颉》《训纂》为一,下文所云又易《苍颉》中重复之字,凡八十九章也。"④颇为深奥,时人莫识,唯刘歆、范俊敬之。

扬雄的思想与学术,决定了他的创作有其独特性,诚如《文心雕龙·才略》所说:"子云属意,辞义最深,观其涯度幽远,搜选诡丽,而竭才以钻思,故能理赡而辞坚矣。"⑤理赡辞坚,是其文学创作的主要特色。

---

① 〔汉〕应劭撰,王利器校注《风俗通义校注》,中华书局1981年版,第11页。
② 见康达维自选集《汉代宫廷文学与文化之探微》,苏瑞隆译,上海译文出版社2013年版。
③ 《汉书·艺文志》,中华书局1962年版,第1721页。
④ 〔清〕王先谦著《汉书补注》,中华书局1983年版,第876页。
⑤ 〔南朝梁〕刘勰著,周振甫注《文心雕龙注释》,人民文学出版社1981年版,第503页。

第三节　扬雄的辞赋创作

扬雄辞赋学习司马相如,《汉书·艺文志》却将其归在陆贾赋一类,凡十二篇。《汉书》本传全文收录了《反离骚》《甘泉赋》《河东赋》《长杨赋》《校猎赋》《解嘲》《解难》等篇;《古文苑》载录《蜀都赋》《太玄赋》《逐贫赋》三篇。《文选》注引有《覆灵赋》,《北堂书钞》《艺文类聚》引有《酒赋》二篇。

《反离骚》见《汉书·扬雄传》著录,并引录其文:"雄少而好学,不为章句,训诂通而已,博览无所不见。为人简易佚荡,口吃不能剧谈,默而好深湛之思,清静亡为,少耆欲,不汲汲于富贵,不戚戚于贫贱,不修廉隅以徼名当世。家产不过十金,乏无儋石之储,晏如也。自有大度,非圣哲之书不好也;非其意,虽富贵不事也。顾尝好辞赋。先是时,蜀有司马相如,作赋甚弘丽温雅,雄心壮之,每作赋,常拟之以为式。又怪屈原文过相如,至不容,作《离骚》,自投江而死,悲其文,读之未尝不流涕也。……《畔牢愁》《广骚》文多不载,独载《反离骚》,其辞曰"云云。其中有"汉十世之阳朔兮,招摇纪于周正"。晋灼注:"十世数高祖、吕后至成帝也。成帝八年乃称阳朔。"应劭注:"周正,十一月也。"苏林注:"言已以此时吊屈原也。"[1]知此《反离骚》作于汉成帝阳朔元年(前24),扬雄时年三十岁。《文心雕龙·哀吊》评价说:"扬雄吊屈,思积功寡,意深反骚,故辞韵沉膇。"[2]

《甘泉赋》《河东赋》《校猎赋》均作于元延二年(前11)。当时,

---

[1]《汉书·扬雄传》,中华书局1962年版,第3515页、第3517页。
[2]〔南朝梁〕刘勰著,周振甫注《文心雕龙注释》,人民文学出版社1981年版,第139页。

扬雄四十三岁，正月，随汉成帝郊祠甘泉泰畤、汾阴后土，以求继嗣，《甘泉赋》为此而作。《三辅黄图》载，甘泉宫一曰云阳宫，秦始皇作，在云阳县甘泉山。汉武帝有所增广，在此祀天。因为是祭祀天神的地方，所以地理位置极高，故赋称：

下阴潜以惨廩兮，上洪纷而相错。直嶤嶤以造天兮，厥高庆而不可虖疆度。平原唐其坛曼兮，列新雉于林薄。攒并闾与菱苦兮，纷被丽其亡鄂。崇丘陵之駊騀兮，深沟嶔岩而为谷。迣迣离宫般以相烛兮。封峦石关施靡虖延属。于是大厦云谲波诡，摧嗺而成观。仰挢首以高视兮，目冥眴而亡见。正浏滥以弘惝兮，指东西之漫漫。徒回回以徨徨兮，魂固眇眇而昏乱。据轸轩而周流兮，忽軮轧而亡垠。

扬雄对成帝郊祠的奢靡，确有讽谏之意。但在行文过程中，作者极力夸耀郊祀场面的盛大。如随行众多，"齐总总撙撙，其相胶葛兮""骈罗列布，鳞以杂沓兮"。又如车骑隆重，"敦万骑于中营兮，方玉车之千乘"。更吸引读者注意的是对宫观楼阙的描写："列宿乃施于上荣兮，日月才经于柍桭。雷郁律而岩突兮，电倏忽于墙藩"。可谓高耸入云，谲诡多变。杜甫的《同诸公登慈恩寺塔》"七星在北户，河汉声西流。羲和鞭白日，少昊行清秋"，或许就受此影响。在这样的地方举行祭祀活动，成帝静心斋戒的涵养与持重，"澄心清魂，储精垂思，感动天地，逆釐三神"。紫燎之光远及四表："东烛沧海，西耀流沙。北熿幽都，南炀丹厓。"感动地祇和天神："选巫咸兮叫帝閽，开天庭兮延群神。"于是群神毕至，万国和谐。这些描写，与赋序所言的讽谏之意甚相背离。

《河东赋》作于同年三月。《汉书》本传："其三月，将祭后土，上乃帅群臣横大河,凑汾阴。既祭,行游介山,回安邑,顾龙门,览盐池,登历观,陟西岳以望八荒,迹殷周之虚,眇然以思唐虞之风。雄以为临川羡鱼不如归而结网,还,上《河东赋》以劝,其辞曰:'伊年暮春,将瘗后土'"云云。① 在扬雄的四篇大赋中,就篇幅而言,此篇不长,且开门见山,与司马相如创立的问答体有所不同。此赋表现群臣游历,颇有气魄:

> 于是命群臣,齐法服,整灵舆,乃抚翠凤之驾,六先景之乘,掉奔星之流旃,㩲天狼之威弧。张耀日之玄旄,扬左纛,被云梢。奋电鞭,骖雷辎,鸣洪钟,建五旗。羲和司日,颜伦奉舆,风发飙拂,神腾鬼趡。千乘霆乱,万骑屈桥,嘻嘻旭旭,天地稠㘝。簸丘跳峦,涌渭跃泾。秦神下詟,跖魂负沴;河灵矍踢,爪华蹈衰。遂臻阴宫,穆穆肃肃,蹲蹲如也。灵祇既乡,五位时叙,絪缊玄黄,将绍厥后。于是灵舆安步,周流容与,以览乎介山。

其后运用典故,表达对成帝"轶五帝之遐迹兮,躡三皇之高踪"的颂美之辞。

《羽猎赋》作于同年十二月。传文前称《羽猎》而后称《校猎》。《汉书》本传:"其十二月羽猎,雄从。以为昔在二帝三王,宫馆台榭沼池苑囿林麓薮泽财足以奉郊庙,御宾客,充庖厨而已,不夺百姓膏腴谷土桑柘之地。女有余布,男有余粟,国家殷富,上下交足,故甘露零其庭,醴泉流其唐,凤皇巢其树,黄龙游其沼,麒麟臻其囿,神爵栖其林。……故聊因《校猎赋》以风,其辞曰"云云。这篇作品同样采用了以颂为讽的表现手法,首先描写了天子游猎出行之盛以及游

---

① 《汉书·扬雄传》,中华书局1962年版,第3535—3536页。

猎场面的刺激与壮观,不仅感天动地,甚至"仁声惠于北狄,武义动于南邻。是以旃裘之王,胡貉之长,移珍来享,抗手称臣。前入围口,后陈卢山。群公常伯杨朱、墨翟之徒,喟然并称曰:崇哉乎德!虽有唐、虞、大夏、成周之隆,何以侈兹!夫古之觐东岳,禅梁基,舍此世也,其谁与哉?"由此,作者笔锋一转,指出这种游猎往往伴随着侵占"百姓膏腴谷土桑柘之地"。扬雄回顾二帝(尧和舜)、三王(夏、商、周三代之王)以及前代武帝之时的游猎情况,认为帝王游猎活动并不以苑囿之大小,而是以百姓的利益作为衡量的前提,有着"裕民之与夺民"即富民与损民的区别。扬雄希望帝王能与民同乐,主张以二帝三王为榜样,不要"游观侈靡,穷妙极丽"。在别人的推崇中,人主反思自己的行为,"立君臣之节,崇贤圣之业,未皇苑囿之丽,游猎之靡也"。于是班师回朝。① 这依然是讽百而劝一。

《汉书》本传载:"明年,上将大夸胡人以多禽兽,秋,命右扶风发民入南山,西自褒斜,东至弘农,南驱汉中,张罗网罝罘,捕熊罴豪猪虎豹狖玃狐菟麋鹿,载以槛车,输长杨射熊馆,以网为周阹,纵禽兽其中,令胡人手搏之,自取其获。上亲临观焉。是时,农民不得收敛。雄从至射熊馆,还,上《长杨赋》,聊因笔墨之成文章,故藉翰林以为主人,子墨为客卿以风。其辞曰"云云。② 可见,《长杨赋》是借子墨客卿之口讽谏汉成帝长杨游观,以致"农民不得收敛"的失德之举。其中"鞮鍪生虮虱,介胄被沾汗",为曹操诗"铠甲生虮虱,万姓以死亡"所继承,都是很好的句子。但在具体描写过程中,作者却借翰林主人之口批评子墨客卿是"知其一未睹其二,见其外不识其内者"。高祖刘邦承秦之弊,"以为万姓请命乎皇天",终于成就"七年

---

① 《汉书·扬雄传》,中华书局1962年版,第3540—3553页。
② 《汉书·扬雄传》,中华书局1962年版,第3557页。

之间而天下密如也"的安定局面。文帝"随风乘流,方垂决于至宁",提倡节俭,与民休息,所以继续保持天下的安定。武帝开疆拓土,平定边乱,都是用武力制止战争。从这样的角度看问题,长杨游观,也是习武,是安不忘危之举。更何况,天子游览有度,尊仁义,惜农时,爱百姓,尊神明,并不是如子墨客卿所言的"淫览浮观"。就这样偷梁换柱,翰林主人将成帝的长杨游观,与高祖、文帝及武帝的功业相提并论,都以民为本。赞美之辞掩盖了讽喻之意,这与又作赋本意相背离。

《逐贫赋》从"扬子遁世,离俗独处"写起,表达扬雄游离于儒家束缚之外,沉浸于道家淡泊之中的感慨。该赋假托自己对"贫"责难,而"贫"则与之争辩,最后他被"贫"说服,认为贫困是好事,决心"长与汝居,终无厌极,贫逐不去,与我游息"。此赋较平易活泼,不甚雕饰,而对统治者穷奢极欲的批判比较有力。在扬雄赋中颇具特色。嬉笑怒骂,皆成文章,很有魏晋风度。魏晋时期嵇康有《太师箴》,在批判统治者专制暴虐方面,有些手法与此类似。晋代左思《白发赋》、张敏《头责子羽文》所用的艺术手法,也都与此赋有某些渊源关系。至于唐代韩愈的《送穷文》,通篇都是模仿此赋,柳宗元《乞巧文》、孙樵《逐痁鬼》,也可以说受到此赋的启发。钱锺书《管锥编》给予高度评价:"按子云诸赋,吾必以斯为巨擘焉。创题造境,意不犹人,《解嘲》虽佳,谋篇尚步东方朔后尘,无此诙诡。后世祖构稠叠,强颜自慰,借端骂世,韩愈《送穷》、柳宗元《乞巧》、孙樵《逐痁鬼》,出乎其类。"[1]

《蜀都赋》也模仿司马相如的赋,以天府之国的成都作为描写的对象,叙写蜀都地理形势、市井伦常,名胜特产、农贸工商,岁时节

---

[1] 钱锺书著《管锥编》,中华书局1986年版,第961—962页。

候、鱼弋盛况,堪称蜀都风光图轴与风俗画卷。在中国古代辞赋发展史上,扬雄的《蜀都赋》具有独特的地位和价值。其一,在京都题材方面,此赋为开山之作,班固《两都赋》、张衡《二京赋》、左思《三都赋》等,无不受其启示和影响。其二,"诗缘情而绮靡,赋体物而浏亮"(陆机《文赋》),扬雄此赋,不言情,不写志,不议论,不讽谕,是一篇典型的、纯粹的体物大赋,正符合"赋"的手法与文体的本来意义和特色。其三,此赋人文内涵厚重而词藻亦奇古华赡,体现出扬雄作为学者与辞赋家双重身份的特色。当然,"以艰深之词,文浅易之说"(苏轼评扬雄《法言》《太玄》语),依然是扬雄的著述习惯,兼之《蜀都赋》流存文本中的鲁鱼亥豕现象相当突出,因而此赋的阅读障碍与解读困难较多。这篇作品,与扬雄"弘丽温雅"的大赋形成鲜明的对比,不以典丽宏富的藻饰取胜,而是对现实采取一种基本批判的态度,遗世独立,努力追求一种玄远淡泊的老庄思想,力求流畅,较少雕饰。如叙述蜀地工艺之妙:"筒中黄润,一端数金。雕镂扣器,百伎手工。"寥寥数语,平实如话。这在汉代儒学鼎胜之际,确实别有一种风味,别具一幅面孔。

扬雄的辞赋创作虽然模仿司马相如,但是在创作方式上多有不同。司马相如迟而善,而扬雄创作颇费苦心,尤其是初到京城的四篇大赋,《太平御览》卷五八七引桓谭《新论》:"予少时见扬子云丽文高论,不量年少,猥欲迨及。业作小赋,用思太剧,而立感动发病。子云亦言:成帝上甘泉,诏使作赋,为之卒暴,倦卧,梦其五脏出地,以手收之。觉,大少气,病一岁。"[①]可谓呕心沥血。

扬雄的辞赋在构思和体制上均有突破,改变了过去单一的宾主问答的形式,由设问领起。由于他的学者身份,扬雄的辞赋确有掉

---

① 〔宋〕李昉等编《太平御览》卷五八七,中华书局1960年版,第2646页。

书袋的毛病,文辞艰深。

第四节　扬雄的文章写作

　　当时,外戚专权,小臣董贤得宠,忧国忧民者遭到排挤,群小充斥朝廷,趋炎附势者加官进爵,青云直上。在这样的政治环境下,扬雄有意避开了当时政治斗争的旋涡,"默然独守吾太玄",埋头撰写《太玄经》。很多人嘲笑他"以玄尚白",玄妙的道理并不能改变其政治地位,讽刺他不善于仕进。为此,他写了《解嘲》来为自己辩解。这篇作品被收录在《汉书·扬雄传》中,从思想内容和写法上看,《解嘲》深受东方朔《答客难》的影响,两赋都阐述了"世异事变"的道理,但是《解嘲》对于战国和汉代时势之不同的认识更为深刻,论证也显得更为充分有力。他在此文中虽说当时是个太平之世,实际上却指出了当时掌权的大臣都是庸庸碌碌之辈,这些人不可能任用人才。他说:

　　　　故世乱则圣哲驰骛而不足,世治则庸夫高枕而有余。夫上世之士,或解缚而相,或释褐而傅,或倚夷门而笑,或横江潭而渔,或七十说而不遇,或立谈间而封侯,或枉千乘于陋巷,或拥帚彗而先驱。是以士颇得信其舌而奋其笔,窒隙蹈瑕而无诎也。当今县令不请士,郡守不迎师,群卿不揖客,将相不俛眉。言奇者见疑,行殊者得辟。是以欲谈者宛舌而固声,欲行者拟足而投迹。乡使上世之士处虖今,策非甲科,行非孝廉,举非方正,独可抗疏,时道是非,高得待诏,下触闻罢,又安得青紫?

皇帝大臣们见到人们提出政见，不是予以采纳，而是加以压制甚至打击，以至虽有贤才，也无所舒展其抱负。这样的官僚体制怎么能够长久维持下去呢？因为"炎炎者灭，隆隆者绝""攉挐者亡，默默者存，位极者宗危，自守者身全。是故知玄知默，守道之极；爱清爱静，游神之廷；惟寂惟寞，守德之宅"。他看出了那些显赫一时的权贵，终究逃脱不了覆灭的下场。而自守全身的最好方式是"知玄知默，守道之极；爱清爱静，游神之廷；惟寂惟寞，守德之宅"，与大道同在，同世俗相抗衡，这是"世异事变，人道不殊"。至于《太玄赋》，道家思想更为浓厚，如"观大易之损益兮，览老氏之倚伏"，把《易经》《老子》提到至高无上的地位。

《汉文归》辑录东方朔《答客难》，并引洪迈评："东方朔《客难》，自是文中杰出。扬雄拟之为《解嘲》，尚有驰骋自得之妙。至于崔骃《达旨》、班固《答宾》、张衡《应间》，皆屋下架屋，章摹句写，其病与《七林》同。至韩退之《进学解》出，于是一洗矣。"《解嘲》篇后引朱东观评："子云之学，大都得力于黄老，故混迹新莽之世，自以为玩世而成其高致也。观《解嘲》之文，知吾言为不虚矣。"①

《解嘲》《解难》并见于《汉书》本传，模仿东方朔《答客难》，是介于辞赋与文章之间的一种韵文体裁。《文选》收录《解嘲》在设论类，《解难》未录，然李善注多有散引。扬雄创造的连珠体，亦与此相似。《文心雕龙·杂文》："扬雄覃思文阁，业深综述，碎文琐语，肇为连珠。"这种文体，"夫文小易周，思闲可赡。足使义明而词净，事圆而音泽，磊磊自转，可称珠耳"。② 嗣后，杜笃、贾逵、班固、傅毅、刘珍、潘勖、王粲、陆机、颜延之、王俭、刘孝仪等并有仿作，不绝如缕。

---

① 〔明〕钟惺编《汉文归》，明末古香斋刻本。
② 〔南朝梁〕刘勰著，周振甫注《文心雕龙注释》，人民文学出版社1981年版，第147页、第148页。

就在创作《太玄经》《太玄赋》《解嘲》《解难》等,用老庄思想自解自嘲的同时,扬雄又《上疏谏勿许单于入朝》。《汉书·匈奴传》载,建平四年(公元前3年),单于上书愿朝觐。当时哀帝正患疾病,有人进言称匈奴从上游来,对人主不利,再说,虚费府帑接待也没有必要,建议勿许。时任黄门郎的扬雄提出异议,他认为,与其发生叛乱再治理,通过战斗取得胜利,不如防患于未然,不战而屈人之兵,这才是最大的胜利。他历数从秦皇到汉武与匈奴的对抗,说明对待匈奴不能掉以轻心,否则会引发无数隐患:

以秦始皇之强,蒙恬之威,带甲四十余万,然不敢窥西河,乃筑长城以界之。会汉初兴,以高祖之威灵,三十万众困于平城,士或七日不食。时奇谲之士石画之臣甚众,卒其所以脱者,世莫得而言也。又高皇后尝忿匈奴,群臣庭议,樊哙请以十万众横行匈奴中,季布曰:"哙可斩也,妄阿顺指!"于是大臣权书遗之,然后匈奴之结解,中国之忧平。及孝文时,匈奴侵暴北边,候骑至雍甘泉,京师大骇,发三将军屯细柳、棘门、霸上以备之,数月乃罢。

武帝在位五十四年,奋扬威武,彰显汉兵,疾若雷风,尽管匈奴震怖,"然亦未肯称臣",中国也从未得以高枕安寝。此时,匈奴肯臣服,实在是千载难逢的历史机遇,不应算计一时之利害而失去机会。他说:

今单于归义,怀款诚之心,欲离其庭,陈见于前,此乃上世之遗策,神灵之所想望,国家虽费,不得已者也。奈何距以来厌之辞,疏以无日之期,消往昔之恩,开将来之隙!夫款而隙之,使有恨心,负前言,缘往辞,归怨于汉,因以自绝,终无北面之心,威之不可,谕之不能,焉得不为大忧乎!夫明者视于无形,聪者听于无声,诚先于未然,即蒙恬、樊哙不复施,棘门、细柳不复备,马邑之策安所设,卫、霍之功何得用,五将之威安所震?不然,壹有隙之后,虽智者劳心于内,辩者毂击于外,犹不若未然之时也。且往者图西域,制车师,置城郭都护三十六国,费岁以大万计者,岂为康居、乌孙能瑜白龙堆而寇西边哉?乃以制匈奴也。夫百年劳之,一日失之,费十而爱一,臣窃为国不安也。唯陛下少留意于未乱未战,以遏边萌之祸。

作者纵论古今,分析利害得失,加之文笔凌厉,波澜顿挫,很有说服力。史载,"书奏,天子寤焉,召还匈奴使者,更报单于书而许之。赐雄帛五十匹,黄金十斤"。①明冯有翼辑《秦汉文钞》,引陈古迂曰:"甚哉,处夷狄之难也。……哀帝之事力,不如宣帝,费则四倍于宣帝哉。获柔远之虚名,深费国家之实力,酌而处之,既不却其朝,又从裁其赐。扬雄似欠一言而汉庭公卿亦无以处此。故曰区处之难。"②钟惺《汉文归》辑录此文,并陈仁锡评:"子云此书,不独安边长策,而总记秦汉以来二百年匈奴事远,括其大概,了若指掌,文章至此,岂以雕虫目之。"③前人都注意到《上疏谏勿许单于入朝》绝非应景文字,而是安边长策,与他标榜的高蹈虚无,可谓判若两人。

如果说《上疏谏勿许单于入朝》主张对匈奴怀柔政策的话,那么《赵充国颂》则体现了扬雄在边患问题上的强悍一面。颂曰:

---

① 《汉书·匈奴传》,中华书局1962年版,第3817页。
② 〔明〕冯有翼辑《秦汉文钞》,《四库全书存目丛书》集部第352册,第451页。
③ 〔明〕钟惺编《汉文归》,明末古香斋刻本。

明灵惟宣,戎有先零。先零猖狂,侵汉西疆。汉命虎臣,惟后将军。整我六师,是讨是震。既临其域,谕以威德。有守矜功,谓之弗克。请奋其旅,于罕之羌。天子命我,从之鲜阳。营平守节,屡奏封章。料敌制胜,威谋靡亢。遂克西戎,还师于京。鬼方宾服,罔有不庭。昔周之宣,有方有虎。诗人歌功,乃列于《雅》。在汉中兴,充国作武。赳赳桓桓,亦绍厥后。①

赵充国(前137—前52)字翁孙,陇西上邽人,后徙金城令居。始为骑士,以六郡良家子善骑射补羽林,少好将帅之节,而学兵法,明晓四夷事。武帝时,以假司马从贰师将军击匈奴,身被二十余创,拜为中郎,迁车骑将军长史。汉昭帝元凤元年(前80),宣帝神爵元年(前61)等,西羌部族多次谋乱,攻城略地。当时,酒泉太守辛武贤自诩功高,主张强攻,认为只要攻下罕羌,先零的问题很快就能解决。而赵充国的看法正好相反。他认为,如果先攻罕羌,先零必助;如果攻下先零,罕羌自服。最后,朝廷认可赵充国的建议。故曰"天子命我,从之鲜阳"。后来,赵充国与大将军霍光定策拥立汉宣帝,封为营平侯。此后,他屡奏封章,力陈屯田之意。"营平守节,屡奏封章"即描写此意。最后四句:"在汉中兴,充国作武。赳赳桓桓,亦绍厥后。"歌颂赵充国为汉代武臣,为汉宣帝中兴事业建功立业,可为天下楷模。《汉书·李广苏建传》又载,汉宣帝甘露三年(前51),也就是赵充国死后的第二年,汉宣帝在麒麟阁为十一功臣画像,"思股肱之美",其中就有赵充国。又过去四十余年,西羌叛乱。汉成帝刘骜元延四年(前9),朝廷思将帅之臣,追念赵充国,命扬雄即赵充国图画而作颂。赵充国戎马一生,征战南北,创立赫赫战功。生前死后,

---

① 〔南朝梁〕萧统编《文选》卷四七,中华书局1977年,第660—661页。

均享有重名。在一篇百余字的篇幅里,如何概括主人公波澜起伏的一生,还真是颇费思量的事情。扬雄这篇小颂,紧紧扣住赵充国征讨西羌的战役来写,通过一个侧面来展示这位英雄的深谋远虑和雄才大略的气魄。何焯《义门读书记》卷四九评价说:"百余字耳,叙述详赡,可为后人法戒,所以为作者。"①也许因文章谋篇布局很有特色,所以班固将其收录在《汉书·赵充国传》,萧统收录在《文选》,遂成文学名篇。

此外,扬雄所作《九州箴》《二十五官箴》等也影响甚大,后汉多有模仿者,如崔骃、崔瑗等均有类似著作。《后汉书·邓张徐张胡列传》:"初,扬雄依《虞箴》作《十二州》《二十五官箴》,其九箴亡阙,后涿郡崔骃及子瑗、又临邑侯刘𬳿骏增补十六篇,广复继作四篇,文甚典美。乃悉撰次首目,为之解释,名曰《百官箴》,凡四十八篇。"②《文心雕龙·才略》:"子云属意,辞义最深,观其涯度幽远,搜选诡丽,而竭才以钻思,故能理赡而辞坚矣。"③

《元后诔》《剧秦美新》作于王莽时期。元后,汉元帝皇后,为王莽姑母。元帝初元元年(前48)立为皇后。元帝死,成帝立为皇太后。王莽篡汉,国号新,改元称制,废皇太后号,称新室文母太皇太后。今题《元后诔》,乃后人改题,见载于《汉书·元后传》,仅四句:"太后年八十四,建国五年二月癸丑崩。三月乙酉,合葬渭陵。莽诏大夫扬雄作诔曰:'太阴之精,沙麓之灵,作合于汉,配元生成。'著其协于元城、沙麓。太阴精者,谓梦月也。太后崩后十年,

---

① 〔清〕何焯著《义门读书记》卷四九,中华书局1987年版,第964页。
② 《后汉书·邓张徐张胡列传》,中华书局1965年版,第1511页。
③ 〔南朝梁〕刘勰著,周振甫注《文心雕龙注释》,人民文学出版社1981年版,第503页。

汉兵诛莽。"①挚虞《文章流别论》推测这四句就是全篇,但《文心雕龙·诔碑》称:"扬雄之诔元后,文实烦秽,沙麓撮其要,而挚疑成篇,安有累德述尊,而阙略四句乎?"②《艺文类聚》卷一五、《古文苑》卷二〇则引录全篇。

《剧秦美新》是一篇为王莽歌功颂德的文章,按理说应当受到排斥,而《文选》却把它作为范文收录,这是基于什么考虑?有一种看法认为这篇文章本来就不是扬雄所作,因为扬雄本来就没有在王莽朝做官。此说显然不能成立。扬雄卒于王莽天凤五年(18)。还有一种推测,认为这篇文章出自谷永等人手笔。问题是,谷永早在王莽篡位之前的十余年即已离世,当然不可能写作此文。最通行的看法,承认这篇文章是扬雄所写,他见王莽数害正直之臣,担心自己受害,于是撰写此文,贬斥嬴秦酷政,歌颂王莽新政,取悦王莽,避免祸害。也就是说,文章并非发自内心之作,而是被迫而为,乃是一篇矫情之作。

关于这篇作品的写作年代,陆侃如《中古文学系年》据文中称"诸吏中散大夫臣雄稽首再拜"云云,认为作于始建国元年(9)。这个推论未必成立。《汉书·王莽传》载,始建国二年(10)底,刘歆子刘棻获罪,流放于幽州。扬雄受刘棻案牵连,投天禄阁,几乎丧命。京城曾有这样的传言:"惟寂寞,自投阁;爱清静,作符命。"这里所说的"作符命",即写作《剧秦美新》,应当是在"自投阁"之后的事。那年,扬雄六十三岁,以病免官。史载,王莽未追究扬雄罪责,复召为大夫。扬雄在始建国五年(13)作《元后诔》。由此推断,扬雄为大夫,应在始建国三年至五年之间。开篇有"诸吏、中散大夫臣雄,稽首再拜,上封事皇帝陛下"云云,自称中散大夫,大约也作于这个时

---

① 《汉书·元后传》,中华书局1962年版,第4035页。
② 〔南朝梁〕刘勰著,周振甫注《文心雕龙注释》,人民文学出版社1981年版,第127页。

期,确有感恩戴德的成分,说是非发自内心,也未必然。

"臣雄经术浅薄,行能无异,数蒙渥恩,拔擢伦比,与群贤并,愧无以称职"到"臣雄稽首再拜以闻"交代撰写此文的背景。称自己承蒙皇恩普惠,选拔与群臣并位,自愧不够称职。文章吹捧新皇帝开明敬肃,执政清明,"配五帝,冠三王,开辟以来,未之闻也",确实有些过分,有些肉麻。写到这里,作者马上联想到司马相如的《封禅文》,认为这是一篇彰显汉代功德的大文章。他说自己有"颠眴病",担心寿命不长,故写作此文,也有效仿司马相如《封禅文》之意,身后得以扬名。如果自己的心意不能叫朝廷知道,那才叫抱恨终身。故"竭肝胆、写腹心,作《剧秦美新》一篇,虽未究万分之一,亦臣之极思也"。这是萧统为什么将此篇置于司马相如《封禅文》之后,视为符命一类的原因吧?

如同《封禅文》的韵文部分,开篇就从混沌初开写起,写到历史上的兴亡际遇。从玄黄不分、天地相混到生民始生、帝王始存一下子说到三代。"上罔显于羲皇,中莫盛于唐虞,迩摩著于成周。"鼎盛之后,难以为继,所以才有孔子《春秋》之作,描绘了一个远古理想主义社会。这个社会"神明所祚,兆民所托,罔不云道德仁义礼智"。这就为下文的"剧秦"和"美新"作一伏笔。秦朝违背了这个理想,所以才会二世而亡,新朝正朝着这个方向努力,所以值得赞美。这才是此文关键所在。

在作者看来,秦朝崛起于边陲小邑,历来被视为荒蛮之地。秦人历经襄公、文公、宣公、灵公等世,至孝公称王,秦国始强。而后有秦惠王、昭王、庄王,逐渐崛起于群雄之中。秦王嬴政即位之后,吞并六国,登基为始皇帝。统一天下本来是值得大书特书的盛举,而作者却认为这是"邪政",其标志有二:一是黩武,二是废文,所以群情激愤,"二世而亡,何其剧与!"这是点题之句。剧,甚,言促秦短命。剧秦,犹贾谊"过秦",但这不是重点,重点在"美新",即赞美新莽之政。

问题是,王莽毕竟是汉臣。美化王莽,必然丑化汉朝。这个矛盾如何解决?这是无法绕过的难题。

作者认为,古代帝王的发迹,都会有所敬畏,随时修补,才能万全。所以人们谈到古代圣贤,总是要说到唐尧虞舜;论及暴君,自然想到夏桀商纣。作者笔锋一转:"况尽汛扫前圣数千载功业,专用己之私,而能享佑者哉?"况且说到秦始皇毁灭典籍,只为一己之私,上天怎么会保佑呢? 汛,与洒字同。洒扫,即去除。汉高祖刘邦起兵于沛,由武关入秦咸阳。项羽立沛公为汉王,王巴蜀、汉中。刘邦明修栈道暗度陈仓,遂再次统一天下。汉承秦制,虽有发展,也留下许多缺憾,最重要的有两点,一是"帝典阙而不补",二是"王纲弛而未张"。在作者看来,王莽的业绩正在这里。补帝典:"发秘府,览书林,遥集乎文雅之囿,翱翔乎礼乐之场,胤殷周之失业,绍唐虞之绝风。"言以文雅为园囿,以礼乐为场圃。《汉书·平帝纪》载,元始四年八月,王莽奏立明堂、辟雍。又立《乐经》博士。至此,六经均设博士,每经各五人。张王纲:"昔帝缵皇,王缵帝,随前踵古,或无为而治,或损益而亡。岂知新室委心积意,储思垂务。"认为王莽新政,不仅上承天意,亦步武前圣。从前,五帝继承三皇,三王追随五帝,皆遵循古道,虞舜无为而治,殷商因夏,对固有礼法有所损益,新室则委心积意,勤勤恳恳,兢兢业业。随后,作者又用车马旗帜"以示之"、车铃诗乐"以节之"、朝服配饰"以昭之"、吉凶之礼"以尊之",伦理人情"以穆之"五个排比的句式,表现王朝礼仪之盛。复接以"改定神祇""钦修百祀""明堂雍台""九庙长寿""制成六经""北怀单于"六事,引申发挥、铺陈其事。

读过全文,我们强烈地感受到,这不是一般的应景之作,而是发自内心的写照。扬雄本胸怀大志,不惑之年来游京师,上四大赋,本应得到重用。然而正当盛年,却生不逢时。哀帝时丁、傅、董贤用事,诸附离之者或起家至二千石。扬雄依然为执戟之臣。故颇为失落,一心侫古,不问世事,著《太玄经》,淡薄自守。又模仿东方朔《答客难》而作《解嘲》《解难》。与他同时的刘歆正与之相反,积极入世,奔走前后。两人又有共同处,即都希望古学复兴。而王莽的复古,恰好符合了两人的心愿,使他们看到了希望,所以在当时颇为活跃。由此看来,这篇作品又不仅仅有感恩的成分,更有一个积极向上的知识分子关注现实的情怀在里面。

《剧秦美新》与通常的上书有所不同,是以韵文形式写成的赞美文字,有些段落甚至近于诗体。作者常常引用《尚书》典故,既非抨击秦朝暴政,也并非一味称颂新莽,而是努力阐释传统的道德准则。① 这也几乎是扬雄全部作品的共同特色。刘勰《文心雕龙·封禅》称:"观《剧秦》为文,影写长卿,诡言遁辞,故兼包神怪。然骨掣靡密,辞贯圆通,自称极思,无遗力矣。"②就看到了这篇作品颇有司马相如之风,甚至有过之而不不及。因为其用典造句,"诡言遁辞,故兼包神怪",在颂扬的文字中,时有慷慨激昂的色彩。此外,虚实相间,排比绵密,具有"骨掣靡密,辞贯圆通"的特点,作为文章,差可称为典范。

第五节 扬雄的文学主张及其影响

扬雄的创作,深受司马相如影响。他曾多次评价司马相如,并

---

① (美)康达维《掀开酱瓿:对扬雄〈剧秦美新〉的文学剖析》,见其自选集《汉代宫廷文学与文化之探微》,苏瑞隆译,上海译文出版社 2013 年版。
② 〔南朝梁〕刘勰著,周振甫注《文心雕龙注释》,人民文学出版社 1981 年版,第 236 页。

提出一些值得注意的文学主张。首先,他认为积学储宝,模拟前辈,是从事文学创作活动不可或缺的环节。《北堂书钞》卷一〇二又引桓谭《新论》曰:"余素好文,见扬子云善为赋,欲从之学,子云曰:'能读千首赋,则善为之矣。'"①因此,《汉书》本传说他"拟相如以为式",即刻意模仿司马相如,可谓有过之而无不及。所以,后世常常"扬马"并称。他模拟《论语》而作《法言》,模拟《周易》而作《太玄》。这种学习的方法,也成为后世文学创作的一种模式。后世拟古大家,无不如此,如陆机、傅玄的拟古诗,江淹的杂诗三十首,既是一种学习方法,也是一种批评的手段。其次,《西京杂记》引扬雄称:"长卿赋不似从人间来,其神化所至邪?"②这里,他指出文学创作需要丰富的想象,认为这是文学创作的最重要特征。陆机的《文赋》、刘勰的《文心雕龙·神思》等提出的创作论,无不深受启发。

五十岁以后,扬雄却又反戈一击,悔其少作,并对于汉赋采取一种几乎全盘否定的态度。《汉书·扬雄传》载:

> 雄以为赋者,将以风也,必推类而言,极丽靡之辞,闳侈钜衍,竞于使人不能加也,既乃归之于正,然览者已过矣。往时武帝好神仙,相如上《大人赋》,欲以风,帝反缥缥有陵云之志。繇是言之,赋劝而不止,明矣。又颇似俳优淳于髡、优孟之徒,非法度所存,贤人君子诗赋之正也,于是辍不复为。③

扬雄为什么"辍不复为"?《法言·吾子》给了明确的答案:"或问:

---

① 〔唐〕虞世南编《北堂书钞》卷一〇二,台北:商务印书馆影印《四库全书》本,1985年版,第 889 册 496 页。
② 〔晋〕葛洪辑《西京杂记》卷三,中华书局 1985 年版,第 21 页。
③ 《汉书·扬雄传》,中华书局 1962 年版,第 3575 页。

'吾子少而好赋?'曰:'然。童子雕虫篆刻。'俄而曰:'壮夫不为也。'或曰:'赋可以讽乎?'曰:'讽乎!讽则已;不已,吾恐不免于劝也。'"他认为赋体应该具有讽谏的政治功能,如果仅仅卖弄学问、辞藻,那只是"童子雕虫篆刻"的小技而已,所以"壮夫不为"。

为此,他提出"诗人之赋"和"辞人之赋"分别,认为"诗人之赋丽以则,辞人之赋丽以淫"(并见《法言·吾子》),从而肯定了后者,要求辞赋要合乎"讽谏"的中正态度,反对丽靡巨衍的形式主义倾向。赋体创作在描写与构思上固然要有一定的虚构与夸饰,同时,辞赋创作还应有一个托物言志的基本功能,这就要求赋体必须为讽颂创作目的服务,也就是扬雄所说的"丽以则",辞藻美丽只是外在的形式,内在的要求是作者必须持守的道德准则。扬雄在《法言·吾子》提出了完美的赋作标准,即"事胜辞则伉,辞胜事则赋,事辞称则经"。在提出对形式主义批评的同时,他所提出的正面主张就是言为心声。《文心雕龙·书记》转引扬雄的话说:"言,心声也;书,心画也。"①他认为文学创作一定要表达自己的真实情感,反对为情而造文。这些争论,不限于对司马相如的看法,而且涉及到对于汉赋的评价,对南北朝时期的文学批评家如刘勰等给予深刻启示。

《法言·君子》《重黎》等篇还提出文德、立言、品藻、实录等问题。

有关作家的道德修养,扬雄主张君子言则成文,动则成德。"以其满中而彪外也。般之挥斤,羿之激矢,君子不言,言必有中也;不行,行必有称也。"(《法言·君子》)亦注意到作家的道德修养对于文学创作的意义。

---

① 〔南朝梁〕刘勰著,周振甫注《文心雕龙注释》,人民文学出版社1981年版,第277页。

扬雄还主张文人既要有立事的志向,也要有品藻的本领,更要有实录的精神。三者缺一不可:"或问《周官》,曰:立事。《左氏》,曰:品藻。太史迁,曰:实录。"(《法言·重黎》)所谓立事,就是职事分明。如后人所说,"文章合为时而著,歌诗合为事而作"。所谓品藻,就是《春秋》笔法,"文约而事丰"(《史通·叙事》)。所谓实录,在扬雄看来,司马迁《史记》就是典范之作。《汉书·司马迁传》称:"刘向、扬雄博极群书,皆称迁有良史之材,服其善序事理,辨而不华,质而不俚,其文直,其事核,不虚美,不隐恶,故谓之实录。"①

文贵实录的精神,最终影响到汉赋的发展。《史通·载文》称:"汉代词赋,虽云虚矫,自余它文,大抵犹实。"②如前所述,刘歆《遂初赋》开启纪行之赋,实录无隐。同时稍后,班彪有《北征赋》、班昭有《东征赋》,从西汉后期开始的辞赋创作,开始由虚矫向质实转化。这是扬雄文学主张对后代辞赋创作的重要影响。

《汉书·扬雄传》载,扬雄任黄门郎二十多年,"恬于势利乃如是,实好古而乐道,其意欲求文章成名于后世"。③ 很多同僚先后升迁,而扬雄不为动心,自甘淡漠,潜心求学,渴望在学术研究与文学创作方面成名于后世。对此,就连他朋友刘歆也有所不解,认为他自讨苦吃。扬雄死后,只有弟子侯芭亲自为他修坟守丧,生前死后,寂寞异常。听说扬雄死讯,有人问桓谭:"子尝称扬雄书,岂能传于后世乎?"桓谭回答说:扬雄书"必传",只可惜他们都看不到这一天了。这是因为,"凡人贱近而贵远,亲见扬子云禄位容貌不能动人,故轻其书。昔老聃著虚无之言两篇,薄仁义,非礼学,然后世好之者

---

① 《汉书·司马迁传》,中华书局1962年版,第2738页。
② 〔唐〕刘知几著,〔清〕浦起龙通释《史通通释》卷五,上海古籍出版社1978年版,第124页。
③ 《汉书·扬雄传》,中华书局1962年版,第3583页。

尚以为过于《五经》，自汉文景之君及司马迁皆有是言。今扬子之书文义至深，而论不诡于圣人，若使遭遇时君，更阅贤知，为所称善，则必度越诸子矣"。① 北宋大儒司马光也很看重扬雄，他根据汉代宋衷、吴国陆绩、晋代范望、唐代工涯、宋代陈渐、吴秘、宋惟幹等七家注本去取折衷，为其《法言》作集注，推崇备至。

当然，也有另外一些人，对于扬雄颇不以为然。当时人多认为他投靠王莽，罪不容诛。朱熹作《通鉴纲目》特书"天凤五年，莽大夫扬雄死"，欲将扬雄钉在历史的耻辱柱上。还有的儒生认为扬雄仿圣人作经，不自量力。如作《法言》《太玄》，模拟《论语》《周易》，起码给人留下了佞古的印象。他的辞赋创作，确实也古奥难懂。② 这问题在哪里，确实值得我们思考。换一个角度来看，扬雄的拟古，也自有其无可奈何的地方。他生逢乱世，推崇《老》《庄》《周易》，多少有自我保护的意味。朱一新《无邪堂答问》卷二："老氏之学主于收敛退藏。敛之至深，发之至猛。谦卑逊顺，先自立于不败之地，而以退为进，反争先着。故古来用兵者及处功名之际者得其道，往往足以自全。"卷二又说："老氏书作用最多，乃示人若无所能，使人入其牢笼而不自觉，开后世权谋变诈之习，故为异端。"③扬雄《酒箴》藉酒器的不同命运讽喻官场的险恶和混浊："子犹瓶矣。观瓶之居，居

---

① 《汉书·扬雄传》，中华书局1962年版，第3585页。
② 鲁迅1934年2月20日致姚克信中说："歌、诗、词、曲，我以为原是民间的，文人取为己有，越做越难懂，弄得变成僵石，他们就又去取一样，又来慢慢的绞死它。譬如《楚辞》罢，《离骚》虽有方言，倒不难懂，到了扬雄，就特地'古奥'，令人莫名其妙，这就离断气不远矣。词、曲之始，也都文从字顺，并不艰难，到后来，可就实在难读了。"（《鲁迅全集》第十二册，人民文学出版社1982年版，第339页）。
③ 〔清〕朱一新著《无邪堂答问》卷二，中华书局2000年版，第80页、第81页。

井之眉。处高临深,动常近危。酒醪不入口,臧水满怀。不得左右,牵于纆徽。一旦叀碍,为瓽所轠。身提黄泉,骨肉为泥。自用如此,不如鸱夷。鸱夷滑稽,腹如大壶。尽日盛酒,人复借酤。常为国器,托于属车。出入两宫,经营公家。由是言之,酒何过乎?"①这种诙谐的风气,近似于孔融的文字,我们从刘伶的《酒德颂》中亦可领略扬雄的遗韵。

从这个意义上说,他的佞古,有时又蕴含着某种创新的味道。惟其如此,两汉异端思想家桓谭、王充对他十分推崇。如王充在《论衡·超奇》中就说:"近世刘子政父子、扬子云、桓君山,其犹文、武、周公并出一时也。"甚至断言:"汉兴以来,未有此人。"②我想,这其中有一个非常重要的原因,即扬雄实际开启了魏晋玄学思想的先河。陆侃如《中古文学系年》即以扬雄出生作为中古文学的开端,或许正是从这一点来着眼的。

---

① 《汉书·游侠·陈遵传》,中华书局1962年版,第3712—3713页。
② 〔汉〕王充著,黄晖校释《论衡校释》,中华书局1990年版,第606页、第608页。

第 三 编

东汉文学

(公元 25 年至公元 220 年)

第一章　东汉文学概说

考察一时代文学发展概况,主要应着眼于两大方面:一是文学的盛衰转换,二是文学性格、文学面貌的变化。盛衰是文学生存状况,性格和面貌是文学特征所在。

东汉文学,作为中国文学史上的一个重要时期,也有着发展演变的自身规律。其盛衰转换和性格面貌的变化,大致经历了三个阶段:前期、中期和后期。

东汉社会自光武帝刘秀建立皇权的建武元年(25)起算,至汉献帝建安二十五年(220)"禅让"予魏帝曹丕,前后生存了将近二百年。如果不算汉献帝建安年间,[①]也有一百七十余年。按照其社会政治状况,东汉前期包括光武帝、明帝、章帝时期(25—88),中期包括和帝、安帝、顺帝时期(89—144),后期包括冲帝、质帝、桓帝、灵帝时期(145—195)。三个阶段,从东汉政权状况来说,它们分别就是兴盛阶段、维持阶段和衰败阶段。东汉文学的三个阶段,与东汉社会的

[①] 由于建安年间大权掌握在曹操之手,汉献帝只是傀儡皇帝,因此,后人遂将此一时期算作三国历史的一部分。考察文学史时,学界一般也不把"建安文学"视为汉代文学,而是将它归为"魏晋文学"一部分。

发展变化,基本上是对应的。但它们的性格内涵和风貌上,则不是简单的对应关系,变化巨大,情况复杂。①

第一节 东汉前期的"中兴"文学

东汉前期的文学状况,具有较多的兴盛表征。

东汉皇朝也有一个实现统一的十余年过程,②其后刘秀亲自治理国家长达二十年,他政治上谨慎小心,采取"退功臣而进文吏"措施,使得开国功臣们总体上有所安置;又实行"兵革既息,天下少事;文书调役,务从简寡"(《后汉书·光武帝纪》)等政策,安定民生,对下层百姓起到安抚效果。临终遗诏还说"朕无益百姓,皆如孝文皇帝制度,务从约省"(《后汉书·光武帝纪》)云云。继位的明帝、章帝,虽然为政作风不同,所谓"明帝察察,章帝长者"(《后汉书·章帝纪》"论"引"魏文帝曰"),但他们都较为明智,各有政绩。明帝"法令分明,日晏坐朝,幽枉必达。内外无幸曲之私,在上无矜大之色",号称"建武、永平之政"(《后汉书·明帝纪》)。章帝更是"事从宽厚""平徭简赋,而人赖其庆"(《后汉书·章帝纪》)。祖孙三代皇帝,实现了六十余年的稳定统治,期间虽也出现过局部的祸乱,但没有发生如西汉初期刘邦诛杀韩信、彭越、英布等功臣;吕氏之乱;景帝时吴、楚七国之乱等严重政权动荡和危机。这是东汉前期取得的最基本的政治成就。

此外,还有两件大事,也值得一书。一是窦宪自明帝永明末率

---

① 可参阅徐公持《文学史有限论》,载于《文学遗产》2006 年第 6 期。
② 刘秀战胜隗嚣、公孙述等,平定陇西、巴蜀,实现全国统一,事在建武十二年(36)。

军北征匈奴,鏖战十余年,终于在和帝永元元年(89)深入漠北,大破北匈奴,迫使其向西远徙,自此来自北方的严重边患,得以基本解除;二是班超担任西域都护三十年(自明帝永平十六年[73]至和帝永元十四年[102]),平定五十余国,稳定了西域的形势,取得了超越西汉张骞的功业。这两件大事,提升国威,振奋民心,使得天朝大汉以强国姿态为四邻所尊奉。因此,范晔论曰:"自中兴以后,逮于永元,虽颇有弛张,而俱存不扰。是以齐民岁增,辟土世广。偏师出塞,则漠北地空;都护西指,则通译四万。"(《后汉书·和帝纪》)有此"齐民""辟土"的"鸿业",东汉王朝实现了"中兴"大业。所谓"中兴",是当时君臣常用的话语,① 其义当然是指恢复西汉"文、景、武、昭"盛世。

从文化领域看,东汉前期经术繁盛,其程度更在西汉之上。它浓烈地烘托了政治上的"中兴"气氛。《后汉书·儒林传》载:

> (光武帝)建武五年,乃修起太学,稽式古典,笾豆干戚之容,备之于列。……中元元年,初建三雍。明帝即位,亲行其礼。天子始冠通天,衣日月,备法物之驾,盛清道之仪,坐明堂而朝群后,登灵台以望云物,袒割辟雍之上,尊养三老五更。飨射礼毕,帝正坐自讲,诸儒执经问难于前,冠带缙绅之人,圜桥门而观听者盖亿万计。其后复为功臣子孙、四姓末属别立校舍,搜选高能以受其业。……济济乎,洋洋乎,盛于永平矣!建初中,大会诸儒于白虎观,考详同异,连月乃罢。肃宗亲临称

---

① 明帝刘庄即位,下诏曰:"予末小子,奉承圣业,夙夜震畏,不敢荒宁。先帝受命中兴,德侔帝王,协和万邦,假于上下。"(《后汉书·明帝纪》)又《汉书·礼乐志》:"世祖受命中兴,拨乱反正。"

制,如石渠故事,顾命史臣,著为通义。①

这种"帝正坐自讲,诸儒执经","观听者盖亿万计","济济乎""洋洋乎"的气派,确实史无前例。东汉前期诸多文士,受到皇家主导的"中兴"气象的感染和鼓舞,也担当起正面赞颂的工作。例如"永平中,神雀群集,孝明诏上《神雀颂》。班固、贾逵、傅毅、杨终、侯讽五颂,文比金玉"。② 这里言及的五位文士,他们集体写作颂圣文学,以行动表示积极投入主流文学制作中,即为代表性事件。③

东汉前期担当文学"中兴"重任的,要数班彪、班固父子。班彪生活跨越两汉,他在刘秀建武年间,撰有《冀州赋》《览海赋》等,谓"嘉孝武之乾乾"、"建封禅于岱宗"等,明显表露出翼赞中兴大业意图。而班固继踵乃父,致力于颂圣事业,除撰写《神雀颂》外,他还迎合汉章帝,因"肃宗雅好文章,(班)固愈得幸,数入读书禁中,或连日继夜。每行巡狩,辄献上赋、颂"(《后汉书·班固传》)。可知他所献上的作品很多。他初出仕之际所撰的《上东平王苍奏记》,即满篇颂词,将刘苍比作周公;还有《封燕然山铭》,写大汉威武之师,攻打匈奴,所到克灭,横扫万里,震慑山川,"野无遗寇"。颂扬大将军窦宪功业及大汉国威,此皆与盛世文学精神"体国经野,义尚光大"相通。④

---

① 《后汉书·儒林传》,中华书局 1965 年版,第 2545—2546 页。
② 〔宋〕李昉等编《太平御览》卷五八八"文部四",中华书局 1960 年版,第 2648 页。
③ 这五人只是奉旨作颂的众多文士中的佼佼者,当时响应明帝之诏写作《神雀颂》的,尚有崔骃等。崔骃除参与《神雀颂》撰写外,又有在元和中,配合章帝巡狩方岳,上《四巡颂》。章帝见之,称赏不已。(《后汉书·崔骃传》)等。
④ 可参阅徐公持《"义尚光大"与"类多依采"——汉代礼乐制度下的文学精神和性格》,载于《文学遗产》2010 年第 1 期。

班固撰写此"铭"时,身在窦宪幕中任中护军,参与征伐,故其赞颂之辞,颇含亲身体验,发自内心,体现时代精神。再如班固今所存诗篇,如《明堂诗》《辟雍诗》《灵台诗》《宝鼎诗》《白雉诗》等,作为《两都赋》系辞,悉皆颂圣之作,而另一首《论功歌诗》,题目即已显示其主旨。在长篇大赋《两都赋》中,班固热烈颂扬自"建武之元"直到"永平之际"的种种伟大功业。他特别强调:"大汉初定,日不暇给,至于武、宣之世,乃崇礼官,考文章,内设金马、石渠之署,外兴乐府、协律之事,以兴废继绝,润色鸿业。"① 然后详述"言语侍从之臣"如司马相如、虞丘寿王、东方朔、枚皋等人"朝夕论思,日月献纳"的行为,认为这就是盛世文学之榜样。可见班固的写作,无论诗歌、文章、辞赋,他都在努力"日月献纳","润色鸿业"。

在史传文学领域,班氏父子倾力从事《汉书》(原名《后传》)编撰,其志固在续成《史记》未完汉代历史著述,为大汉"中兴""鸿业"做出文化上的贡献。该书写作取向与司马迁颇为不同。班固批评司马迁在一系列问题上"其是非颇缪于圣人:论大道则先黄老而后六经,……此其所蔽也"。② 班固实际上在自我标榜"是非"不"缪于圣人",他的"大道"正确。班固此论,抄录自其父班彪《略论》。可知班氏父子撰写《汉书》,俨然以捍卫"大道"者自居。此皆表明,班氏父子写作《汉书》,目的在写出一部体现"大汉之文章"的著作,以润色中兴鸿业为己任。甚至不妨说,《汉书》就是班氏父子为东汉中兴文学树立的"范例"。

综观东汉前期,国力强盛,且明帝、章帝皆致力于儒术建设,"文之以礼乐"(《后汉书·章帝纪》),文士们则以颂圣为主旨,以"润色

---

① 班固《两都赋序》,参见〔南朝梁〕萧统编,〔唐〕李善注《文选》卷一,中华书局1977年版,第21页。
② 《汉书·司马迁传赞》,中华书局1962年版,第2737—2738页。

鸿业"为方向,努力为皇朝"礼乐争辉"大局做文化之润饰,产生作品也较多,声势较大。这就是东汉前期文学领域的"中兴"局面,与当时政治氛围相呼应。①

不过必须看到,东汉前期文学,颂圣热潮的温度稍逊于西汉,"辞藻竞骛"的力度也略显不足,所以,产生的具有深远影响的鸿篇巨制并不是很多。② 相反,倒有一批文士,不愿意趋附潮流,不仅不参与颂圣,反而是顽强地表达自我思想和感受,唱出了异样的腔调。这对当时主流文学而言,不啻为一股"不和谐"之音,甚至是颇为刺耳的杂音。

东汉前期仍有不少文士,他们的基本写作取向,既非"体国经野"——指取材于开拓性的国家宏大政治事业,亦无"义尚光大",不为皇朝的建立和发达高唱赞歌。对于当时的"中兴鸿业",一些文士兴趣不高,很少去做"润色"的事情。这样的文士有桓谭、王充、冯衍、杜笃等。他们生活在东汉前期,笔耕不辍,勤奋撰作,成就卓著;但其书写取向和性格,虽各有侧重,却颇与盛世文化精神不相谐合。如王充的成就主要在文章理论上,其基调在于"疾虚妄";桓谭的业绩主要在文章写作上,"非毁俗儒""非圣无法"的批判主调更为明确;冯衍有《显志赋》,其内含是"喟然长叹,自伤不遭",所"显"的是"俶傥而高引"之"志";崔篆的《慰志赋》,也是以"守性命以尽齿"自慰。杜笃《论都赋》,规制不小,亦有气势,但他认为"关中表里山河,先帝旧京,不宜改营洛邑",竟然与刘秀定都洛阳唱起了反调。

---

① 可参阅徐公持《"礼乐争辉"与"辞藻竞骛"——关于秦汉文学的制度性考察》,载于《文学遗产》2011年第1期。
② 东汉前期的文学还存在一个明显不足,即文学家对政治军事领域里的一些重大事件,如窦宪远征北匈奴、班超平定西域等,应该反映却没有反映。

东汉前期文学之所以呈现如此状貌,还须从社会政治文化背景中求得解释。首先,这是东汉皇权建立过程的特殊性带来的必然后果。东汉王朝是在多种势力的复杂争夺中确立的。在刘秀称帝之前的十七八年中,经历了西汉(孺子婴)、新莽、更始帝(刘玄)等几个政权的更替,期间的人事关系非常复杂而且转换很快,"三朝元老"式的人物不少,甚至有历事四主者。刘秀成就帝业过程中,收服了不少曾经的敌对势力,尤其是大量更始帝臣下。当时情势,诚如马援对刘秀所说:"当今之世,非独君择臣也,臣亦择君矣。"(《后汉书·马援传》)所以他的阵营中就有不少背景复杂人物,包括一些文士,曾经持不同立场甚至对立过,事后不免会留下一些猜忌、误解、隔阂甚至敌意。这也使得东汉初期君臣关系、朝臣彼此关系比较复杂微妙。冯衍就是一个例子。冯衍曾任更始朝"立汉将军",镇守太原,与正在建立霸业的刘秀对垒。当时更始帝刘玄已死,因消息阻隔,冯衍不知,所以他拒绝易帜归顺,此乃情理之常,但却招致刘秀嫉恨。冯衍后来始终得不到信任,仕途偃蹇,终老于家。像冯衍这样的才士,政治上受到猜忌,不得任用,文学写作自然也只能置身于主流之外了。可见刘秀作为君主,心胸不够开阔,气量狭窄,由于自身的原因,制造了一些文化上的异己者。

其次是当时的官方主流文化取向,发生了偏颇和弊端,引发不少文士反感甚至对立的情绪,在写作上不免显露出来。在儒术复兴的同时,以谶纬为代表的神学迷信亦颇盛行。谶是一种神学预言,起源甚古,先秦早有流传。西汉中后期,经学已经发达,经学家说"经"之余,产生不少"纬"书,又与所谓"河图洛书"等混杂,称为"图纬"。① 当时朝廷设立五经博士,被立者基本皆是"今文学",势力甚

---

① 可参阅徐公持《论诗纬》,载于《求是学刊》2003 年第 5 期。

大,而"今文学"尤好微言大义,比附时政,于是经学与谶纬合流。谶纬兴盛在西汉后期的成、哀年间,其时王莽开始篡政活动,他利用谶纬之说,攫取政权,"矫托天命,伪作符书,欺惑众庶"(《后汉书·隗嚣传》)。后来,在刘秀夺取政权过程中,一句"刘秀当为天子"的谶言,也帮了他不少忙。刘秀称帝后,仍笃信图谶,朝廷做重大决策和重要任命时,皆须由谶。晚年更是"宣布图谶于天下"(《后汉书·光武帝纪》),视谶为不刊之经典。当时诸多大臣文士在读经同时也多奉谶,以投皇帝之好,博取权位,"李、邓豪赡,舍家从谶"(《后汉书·李通传》)等即是。诚如刘勰所论:"至于光武之世,笃信斯术,风化所靡,学者比肩。沛献集纬以通经,曹褒撰谶以定礼,乖道谬典,亦已甚矣!"(《文心雕龙·正纬》)在文化领域谶纬风行到了"甚矣"地步,并催生出"学者比肩"现象发生,文化歧途,一至于斯。当时将五经称为"外学",而以图谶纬候为"内学"①,其颠倒邪正,可见一斑。贾逵当时号称大儒,曾条陈谶书与六经不合数十则,表其为妄,然而刘秀不听。其实谶纬问题昭然若揭,只是东汉统治者从政治实用出发,笃好斯术,不可理喻。

谶纬对文学的影响基本是负面的。由于皇帝好谶,挟皇权推行,不少文人学士受到引导和驱动,自觉或不自觉奉之为神圣,必然迷失写作方向,误入歧途。对此刘勰又评论说:"自哀平陵替,光武中兴,深怀图谶,颇略文华。"(《文心雕龙·时序》)统治者偏好谶纬

---

① 顾炎武谓:"东汉儒者,则以七纬为'内学',六经为'外学',举图谶之文,一归之'性与天道,不可得闻'。而今百世之下,晓然皆悟其非。"注曰:"《后汉书·方术传》:'自是习为内学',注:'内学谓图谶之书也。其事秘密,故称内。'《逸民传》:'博通内外图典。'《魏志·管宁传》:'张臶学兼内外。'……《后汉书·桓谭传》'天道性命,圣人所难言也,自子贡以下,不可得闻。指谓谶记。'"(〔清〕顾炎武著,〔清〕黄汝成集释《日知录》卷一八《内典》,上海古籍出版社1985年版,第1393页)

这种文化异端,对于东汉正常文化和文学,肯定会起到排斥、挤压生长空间的负面作用。而一些具有较强人格的理性文士,面对谶纬潮流,能够看出其"乖道谬典"的面目和神学迷信的基本性质,从而产生反感和蔑视态度,并自主选择、确立独特的写作取向。

华夏士人历来具有较强的独立人格意识和自尊精神。这种精神在先秦春秋战国文化繁荣局面中,曾经起到重要的内核作用。当时不仅鼓吹出世的道家老子、庄子等人能够笑傲王侯,视权力为"腐鼠",就连入世的孔子、墨子也能够坚持自身政治理想,不肯轻易向权力低头,甚至还要教训那些不懂基本道义的君主。他们情愿"乘桴浮于海",也不肯放弃自己的"道"(《论语·公冶长》)。他们拥有的自尊独立精神,源于强大的道德理性,这种道德理性是古代宗法社会中一种根深蒂固的思想意识传统,在周代就得到较大发展和规范,以孔、孟为代表的儒家,他们所倡导的"君君、臣臣、父父、子子"(《论语·颜渊》)所谓"道之以政,齐之以刑,民免而无耻;道之以德,齐之以礼,有耻且格"(《论语·为政》),等等,就都体现着与宗法社会相匹配的道德上的合理性。秦汉皇权体制确立之后,士人们的政治前程被限制在唯一的皇权体制中,君臣关系中的道德准则被忽略漠视了,变为绝对的服从关系;而西汉前期开始实行的察举制度,包括举"贤良文学""孝廉""秀才",上书"对策"等事项,既给士人提供了一条进入体制之路,同时也起到了怀柔笼络作用,使得士人对皇权体制的依附性增强,独立意识有所削弱。东汉自光武帝、明帝,直到章帝时期,体制对士人的束缚和笼络仍然存在,但部分士人的独立人格并未被完全消融,特别是谶纬这种"乖道谬典"的愚昧文化的兴盛,刺激了部分文士,使得他们内心逐渐遗忘的道德理性有所恢复,在权力面前的自尊心有所增强。

东汉文士独立人格的壮大还有一个原因:知识理性的明显发

展。华夏文化史上,知识理性与道德理性并存,同样古已有之,但它比较晚熟,因为它有赖于科学技术的进步成熟。汉代科技领域取得重大进步,不少文士在科技知识方面修养深湛。因此,汉代尤其是东汉,文士的知识理性逐渐壮大,由此他们的思维方式和对事物的认知态度发生了深刻变化。他们虽然身处"中兴"之时,却不易为某些一时表象所迷惑,不为某种外部情绪所煽动,坚持独立思考和冷静对待的立场。面对情绪化的颂圣活动,他们热情不足,跟进不够;尤其是当他们看到开国君主在大力提倡谶纬这种神学迷信时,不仅熄灭了"体国经野"的热情,反而被激发出一种怀疑和批判的意识,从而使得他们的写作活动,与"润色鸿业"拉开了距离,甚至背道而驰。这使得东汉初"中兴"文学不可能是西汉盛世文学的简单复制。

桓谭、贾逵、郑兴、王充、尹敏等人,他们各自拥有比较强大的人格理性,他们都对谶纬谬说提出严正批评。首先是桓谭。他之所以能够力辟谶纬,指出那是"巧慧小才、伎数之人""增益""矫称"之产物,虚妄不可信,主要在于他拥有强大的道德理性。他坚信"谶记"非先王、圣人所记述,与"仁义正道""五经之正义"不符。出于对儒家经典的信仰,他直截了当说皇帝"欲听纳谶记,又何误也!"但"帝省奏,愈不悦"(《后汉书·桓谭传》),然而桓谭在皇权巨大压力面前,并不肯放弃自己的道德信仰,所以,为了谶纬问题,他一再与刘秀发生冲突。他一再披逆鳞,惹得刘秀大怒,以致刘秀说他"非圣无法!"还险些处以极刑。桓谭清醒地知道,自己并未"非圣无法",所以始终不肯屈服。桓谭毕生反对谶纬,但他遭遇君怒,也为坚持道德理性付出了沉重代价。

又有郑兴,亦因谶而逢刘秀之怒。据《后汉书》本传载:"帝尝问兴郊祀事,曰:'吾欲以谶断之,何如?'兴对曰:'臣不为谶。'帝怒曰:

'卿之不为,谶非之邪?'兴惶恐曰:'臣于书有所未学,而无所非也。'帝意乃解。"(《后汉书·郑众传》)他的遭遇略好于桓谭,但也受到冷遇。

又有尹敏,任郎中。亦曾当刘秀之面抨击谶言。他的做法更堪发噱:刘秀以尹敏博通经记,令其校理图谶之书,尹敏直言:"谶书非圣人所作,其中多近鄙别字,颇类世俗之辞,恐疑误后生。"刘秀不听。敏无奈,遂于谶书阙文中增入六字谓:"君无口,为汉辅。"①此是戏弄皇帝,刘秀看后,颇恼怒,幸而未加惩处。

至于王充,虽未任职朝廷,身在草野,但他在《论衡》中多处力辟谶书之非,指其谬妄。如:"(秦始皇)既不至鲁,谶记何见,而云'始皇至鲁'?'至鲁'未可知,其言'孔子曰:不知何一男子'之言,亦未可用。'不知何一男子'之言不可用,则言'董仲舒乱我书'亦复不可信也。"(《论衡·实知篇》)他指出谶书中一系列说法,皆"不可用""不可信"。又如:"……曰:此皆虚也。案神怪之言,皆在谶记,所表皆效图书。'亡秦者胡',《河图》之文也,孔子条畅增益,以表神怪;或后人诈记,以明效验。"(《论衡·实知篇》)指出谶言中许多内容,皆是"后人诈记",其虚妄自不待言。王充反对谶纬的立场,与以上诸人略有不同,那就是在他强大的人格理性中,知识理性所占比重稍多,他在《论衡》中探讨自然知识领域的问题,思考相当深入。

刘勰谓:"是以桓谭疾其虚伪,尹敏戏其深瑕,张衡发其僻谬,荀悦明其诡诞。四贤博练,论之精矣。"(《文心雕龙·正纬》)前二位在东汉前期,后二位在中期、后期,整个东汉二百年中,谶纬流毒不止,而始终有智者挺身而出,指明其"虚伪",揭示其"僻谬"。所谓"博练",亦即在广博知识基础上的精明练达,其义与"僻谬""虚伪"

---

① 参见《后汉书·儒林传》,中华书局 1965 年版,第 2558 页。按:所谓"君无口",为"尹"字。尹敏是说自己可以"为汉辅"做大官。

等相反,接近我们所说的知识理性。要之,东汉谶纬盛行,激发文学领域生长出较多理性精神,在写作取向上产生了意义重大的变化。

此外,东汉前期尚有诸多具体的社会政治因素,使得当时一些文士,不愿或不能参与歌颂皇权活动。这里有制度原因,也有统治者对文士的不信任、猜忌、不公正对待,使得文士仕途偃蹇,人生困顿,对主流社会产生疏远或对立情绪;也还有一些士人,秉持清高立身准则,对权力运作中的弊端持批判态度;他们坚持抒述自我之"志",写出了自我理想、抨击时弊的优秀作品。他们这么做的心理支撑,也是因为人格理性十分强大,不愿盲目臣服于权力。王充并未受到何种迫害,对刘汉皇室亦无宿恨,他甚至也说过"文章之人滋茂汉朝者,乃夫汉家炽盛之瑞也"这样的赞颂语;但他具体所赞美的人,却是"近世刘子政父子、扬子云、桓君山,其犹文、武、周公,并出一时也"(《论衡·超奇篇》)。将刘向、扬雄、桓谭等人比拟为文、武、周公,可谓独出心裁,但对于朝廷来说这是不和谐的声音。原因不外乎王充内心深处,与桓谭等人持同一立场。他身处东汉初"盛世",其志尚只在"伤伪书俗文,多不实诚"(《论衡·自纪篇》)。他是追求"实诚",仍然是理性的结果。另一个人物崔篆,由于经历复杂政局变化,自感与时势难以相适,故而采取退静人生态度,其《慰志赋》以自我道德完善为目标,作品内向性格与时代"鸿业"全不关照。杜笃为另一仕途偃蹇者,他在中兴之世,竟极力赞颂"不食周粟"的古代著名隐士伯夷、叔齐,其《首阳山赋》的写作取向与盛世精神甚不合拍,作者显然只将主要精力投入诠述不慕权势之清高志尚上。

人格理性在士人中的壮大,对于东汉前期文学而言,起了发扬正气、批判虚妄、抨击邪恶的净化作用,诚如王充所说:"没华虚之文,存敦庬之朴。"(《论衡·自纪篇》)桓谭《新论》、王充《论衡》,都是阐扬人格理性、破除神学迷信的杰作,给东汉前期文学注入了一股强大而清新的"博练"之风。

要之,东汉前期"中兴"文学的性格呈现复杂状态:颂圣主流与批判思潮并存,在班氏父子等大力"润色鸿业"同时,亦有桓谭、王充、杜笃等人致力于撰写体现人格埋性的"博练"之作。

东汉前期的文学收获,除《新论》《论衡》两部优秀子书外,重要文章尚有贾逵《连珠》,崔骃《博徒论》等。本时期产生重要的辞赋有冯衍《显志赋》,崔篆《慰志赋》,班彪《北征赋》,杜笃《首阳山赋》《论都赋》,班固《两都赋》《幽通赋》《答宾戏》,班昭《东征赋》,傅毅《洛都赋》《舞赋》《七激》,崔骃《大将军西征赋》《达旨》《七依》等。诗歌领域则有马援《武溪深》,梁鸿《五噫歌》《适吴诗》,崔骃《七言诗》《北巡颂·系歌》,班固《咏史诗》《东都赋·系辞》,傅毅《迪志诗》等。本时期诗歌尚未臻于高潮,故其成就有限,但在探索体式写作方面,仍有收获。班固《咏史诗》虽然其抒情性略有欠缺,获"质木无文"之讥,且被钟嵘列入"下品",但作为特定"咏史"题材之作,不可能与纯抒写情志作品同等要求,故而它仍然是五言诗发展史上早期重要完整作品。班固另一篇《竹扇赋》,面貌完全呈七言诗状态,虽名曰"赋"而实为诗,比张衡《四愁诗》产生时间更早,在七言诗史上更应受到重视。在史传文学方面,则有班氏父子《汉书》。《汉书》记述西汉一代重要史实;其文学史意义在于它在《史记》的激情与个性化叙述风格之外,增添了史传文学的一种写法:以详实和周到为主的"委婉详至"记叙方式。

第二节 东汉中期的"怀忧"文学

东汉中期,文学的"中兴"品格,渐趋减弱;虽然辞赋和政论文章中颂圣作品续有产生,但数量明显减少,而忧时刺世之作,明显增多。二者的份量对比,呈现互为消长趋势,由颂圣为主变为平分秋色。就其影响说,则后者显著超越前者,呈现主导地位。此种态势的发生,与本时期社会政治状况有着直接关联。

本时期的社会政治问题,日趋严重,特别是皇权的结构性紊乱造成的两大弊病,即外戚专权与宦官专权,严重侵害整个社会机体。所谓结构性紊乱,是指皇位继承秩序的不稳定,其中尤为突出的问题是皇帝早逝,皇位继承被外戚操纵,待少帝成年,又培植宦官势力,诛杀外戚,夺回权力,如此循环往复,连续发生。具体而言,自汉章帝逝后,东汉皇室就进入了少帝(或幼帝)继位、太后临朝、外戚干政,然后宦官协助皇帝夺权的状态。

章帝之后,和帝继位,年仅十岁,窦太后临朝,后兄窦宪为车骑将军、大将军,弟窦笃、窦景并显贵,擅威权,政出其门。数年后(永元四年,92)窦氏被诛,权归于帝。十余年后,元兴元年(105)和帝死,才出生百日的婴儿刘隆继位(殇帝),此种安排明显是故意而为,因刘隆只是和帝的少子,立少不立长,就是为太后掌权做准备。邓太后临朝,太后兄邓骘为车骑将军辅政。第二年(106)殇帝又死,再立十二岁少年刘祜,是为安帝,邓太后继续临朝。至建光元年(121)邓太后卒,安帝乳母王圣与中黄门李闰等发动政变,诛邓骘兄弟,大权归于安帝。延光四年(125)安帝三十二岁亡,立即又引发一场皇权争夺的血腥残杀。阎氏为皇太后,以兄阎显为车骑将军,定策禁中,立章帝孙北乡侯刘懿,杀王圣及宦官樊丰等,外戚再次执政。然而刘懿新立数月即病卒,宦官孙程等拥安帝子刘保,乘势夺取帝位,诛阎显兄弟,是为顺帝,年十一岁。孙程等十九人因功封侯,作威作福;又拜皇后父梁商为大将军,商卒,其子梁冀继任大将军。从此,外戚与宦官,控制皇帝,轮流执政,又彼此争夺,互相杀戮,皇权纷乱,极不稳定。又四边纷扰,战乱不断,尤其雍州一带羌族势力,乘机而起,官军不能控制。再加上灾害疫病频繁,民不聊生,社会矛盾重重。顺帝成年,不思进取,自甘堕落,朝政日蹙。范晔评论说:"古之人君,离幽放卹反国祚者,有矣。莫不矫鉴前违,审识情伪,无忘在外之忧,故能中兴其业。观夫顺朝之政,殆不然乎!何其效僻之多与!"(《后汉书·顺帝纪》)批评顺帝未能自强,复兴大业。永嘉元年(145)顺帝卒,太子刘炳继位,年仅二岁,是为冲帝。四个月后,冲帝卒,刘缵继位,年八岁,是为质帝。期间大权,概由外戚大将军梁冀掌握。次年(本初元年,146)六月,梁冀又鸩杀质帝,另立桓帝。

总之,东汉中期朝政虽尚能勉强维持,但皇位传承秩序的紊乱,以致陷入无法正常运转的死胡同,受此拖累,上至朝廷,下到社会基层,开始衰落,势不可遏。对于东汉安帝之后的这段政局,范晔评论曰:"孝安虽称尊享御,而权归邓氏。至乃损彻膳服,克念政道。然令自房帷,威不逮远,始失根统,归成陵敝。遂复计金授官,移民逃寇。……"(《后汉书·安帝纪》)唐李贤注曰:"永初元年,令吏人入钱谷,得至关内侯也。"政治腐化,皇帝公然卖官鬻爵。

盛世告退的标志性事件是,班超于永元十四年(102)自西域荣归后,西域诸国于永初元年(107)反叛,尽管尚有班超少子班勇等继承父业,努力奋战,但已无力掌控,东汉遂将西域都护一职撤销。

外戚专权或宦官专权,皆是皇权体制自身的"病变态"。外戚专权实际上就是"妇人干政"的衍生形态,这违背了宗法社会的男权原则,直接破坏了宗法纲常。宦官原有的身份十分低微,是皇权的从属物,现在"阉竖"却高居朝廷权力顶端,直接发号施令,也违背宗法社会基本纲常和人伦规范,其权力的合法性受到几乎所有人的否定。外戚、宦官低下的文化素质和扭曲的欲望,也令士人们无论在理性上还是在感性上，都难以接受。士人从固有道德理性立场出发，无法接受皇权的这种畸形产物。

　　如前所述，人格理性的成长主要依靠道德和知识的支撑，而知识在提高人的认知水平的同时，对于思维理性的形成，具有更稳定的作用。东汉中期，士人在坚持道德理性的同时，在知识理性方面，又有长足进步，这与当时自然科学的发展直接相关。汉代是中国古代科学技术取得巨大成就的时代，数学、天文学、历法学、地理学、生物学（包括动物学、植物学）、医学、药学、土木工程学、城市规划和建设学等，都有巨大进步。涌现了一大批科学技术家，有氾胜（农学，有《氾胜之书》）、张伯祖（医学）、张仲景（医学，有《伤寒论》）、华佗（医学），等等。在数学方面，经过此前长时间的发展，《周髀》成书于西汉后期，它借"荣方""陈子"之名，总结前人天文数学学说，成为一代经典。书中关于天文学，持"盖天"之说。至东汉，"浑天说"取代了"盖天说"，浑天仪的发明，是古代天文学所取得的关键性进步。而《九章算术》此一高度系统化数学著作，也成书于东汉前期。又如历法，汉初因秦人之旧，用《颛顼历》，武帝元封七年改用《太初历》，西汉末刘歆修改太初历为《三统历》，他首次计算出"五星会合"周期的实际日数，并引入历法中。又首次引入"经天月"（恒星月）概念；首创"交食"方法、"闰余"概念，具备了造历的基本原理和推步的方法，增强了天体测量的准确性。张衡是当时最杰出的科学家，他在数学、天文学、地理学、机械学等领域，都有很高的造诣。他的《灵宪》《算罔论》，以及推算的日、月角直径为整个天周的"七百三十六分之一"，在当时是最精确的圆周率。东汉是中国古代数学学科发展的很关键的时期。要之，科学技术在汉代尤其是东汉，进步显著，它促进了当时文士人格理性的成长。

　　在道德理性与知识理性双重支撑下，本时期文士人格独立精神明显增强,使得他们面对各种社会人生问题,能够做出更加理性的判断和应对;我行我素,勇于彰显自身道德正义,社会影响力不断扩大。士人独立意识的壮大,促使他们滋生对现实生活的忧虑和不满,以及对皇权社会的怀疑情绪,进而发展为离心力。反映在文学写作中,就是传统颂圣文学明显减少,针对现实社会的讽喻性文字逐渐增多,流露出悲天悯人和"怀忧"的情绪;在自我抒发写作中,他们愤世嫉俗、突出清高形象,构成一种表现自我意识的内向型文学。这种写作取向在本阶段最重要作家张衡身上表现突出。张衡所撰诗、赋、文章,不见了"义尚光大"格调,也丧失了"润色鸿业"功能,"中兴"气象荡然无存。相反,他是"常思图身之事""以宣寄情志"(《思玄赋·序》)。在张衡的全部作品中,无不充斥忧天悯人基本情调,以及对现实世俗生活的反思,讽喻甚至批判性格昭显。另外,他还是本时期对宦官专权表示忧虑,并提出批评的代表性人物。其《思玄赋》所"思"的基本问题,就是在宦官专权的政治背景下自己的出处选择,字里行间充满了人生焦虑。诚如李善所说:"顺、和二帝之时,国政稍微,专恣内竖。平子欲言政事,又为奄竖所谗蔽,意不得志,欲游六合之外,势既不能,义又不可。但思其玄远之道而赋之,以申其志耳。"①张衡所申之"志",主要就是"何道贞之淳粹兮,去秽累而飘轻"的境界,这种对道德纯粹境界的追求,篇末系歌中所咏"天长地久岁不留,俟河之清只怀忧",说出他的心境里,一面在"怀忧",一面在"俟河之清"。《思玄赋》中又述:"私湛忧而深怀兮,思缤纷而不理。"要之,"怀忧"或"深怀"意识,就是当时正直文士的普遍意识,他们忧时政腐败,忧道德沦丧,忧彝伦失序,也忧前途黯

---

① 〔南朝梁〕萧统编,〔唐〕李善注《文选》卷一五,中华书局1977年,第213页。

淡。可以说，"怀忧"思虑构成东汉中期文学的重要内容取向，也是本时期文学与前期文学的重大性格区别所在。《思玄赋》遂成为本时期文学的代表作。

张衡所撰《二京赋》，规模堪与班固《两都赋》媲美，其题材也追随前期杜笃《论都赋》、班固《两都赋》、傅毅《洛都赋》等，描写范围不出"京殿苑猎"。然而取材虽同，内容描写则颇见差异：一，在直接描写上，班固赋虽亦有若干"讽诫"，但只是"曲终奏雅"，略作点缀，实际上"讽一劝百"，作用甚微；张衡赋讽戒成分甚浓厚，赋中杂见铺张文字，但并非赞颂，而是反讽。尤其《东京赋》内明确主张"俭约"，反对声色娱乐、铺张糜费。二，在写作意图上，杜笃《论都赋》、班固《两都赋》都在做定都的优势比较，张衡之赋却在做"奢侈"与"简约"作风之比较。《两都赋》"体国经野""润色鸿业"的写作意图明显，《二京赋》却在强调"开言直谏"、"风谕"奢侈，即由赞颂变为反思和讽喻。由此影响作品基本性质：班赋为颂赞性作品，而张赋为反思性、讽喻性文学。此种变化，意义重大，代表辞赋尤其是"大赋"写作风气及其性质功能之转向。如果说东汉前期多数辞赋，仍然沿袭西汉"劝百讽一"思路，那么到张衡这里，可以说已经转变为劝少讽多了，成为真正的讽喻反思之作。

辞赋之外，诗歌也是如此。张衡的作品，颂圣之音难觅，基本情调无疑已经改易为抒发忧思愁绪。其《怨诗》《四愁诗》便是代表作。前篇所"怨"者，理想不能实现也。后篇一"愁"而不足，竟至于"四"。张衡为何如此多"愁"？有序为解："时天下渐弊，郁郁不得志，为《四愁诗》，效屈原以美人为君子，以珍宝为仁义，以水深雪雾为小人，思以道术为报，贻于时君。而惧谗邪，不得以通。"所"愁"者，"天下渐弊"士人"不得志"也，批评性格明显。此类作品，其取向及精神，与"体国经野""润色鸿业"已经渐行渐远，相距不可以道里计。张衡比班固晚四十余岁,主要生活在安帝、顺帝时期,而此安、顺年间,正是东汉"中兴"不再,国力渐损的时期,也是文学的关键转折期。张衡充当了这一重要转折的代表。他的人生观念,兼采众家,而以追求道德与知识之"纯粹"境界为人生目标。崔瑗评述他是:"道德漫流,文章云浮;数术穷天地,制作侔造化。"①扼要道出他的道德、文章并重,又具有高深科技造诣的人格特点。道德理性与知识理性互济互补,张衡兼备两方面的素养,这为他充当文学转型的主角,提供了充分条件。

张衡之外,东汉中期的其他重要作者,如崔瑗撰有大量箴体文,其作意是"体国之宗","箴规匡救",前者说题材性质,后者则言写作内涵。观其所撰诸箴,基本贯彻了这种主张,既标堂皇赞辞,又敷诤诤诫言,要之主旨不在颂赞,亦非虚与委蛇,讲客套话;所谓"箴规匡救",是针对存在的社会问题而发,其实质也是一种"怀忧"文学。崔瑗又撰有《河间相张平子碑》,其中云"瑰辞丽说,奇技伟艺,磊落焕炳,与神合契"等,全面认同张衡道德文章,包括其著作的反思及怀忧性格。他是张衡的志同道合者,与"润色鸿业"思想存在明显的不同分野。

当然,东汉中期亦有持旧传统写作意图者,不顾现实环境,无视社会危机,略无"怀忧"意识,而自作多情,高唱颂歌赞词。如李尤即是。今存所撰赋数量不少,然作品几乎皆是咏"京殿"之作,有《函谷关赋》《辟雍赋》《德阳殿赋》《平乐观赋》《东观赋》等。这些作品多寓颂赞之辞,如"卓矣煌煌,永元之隆。含弘该要,周建大中。蓄纯和之优渥兮,化盛溢而兹丰。"②赞美旧时繁华,意在振作当前颓势,

---

① 崔瑗《河间相张平子碑》,参见〔清〕严可均辑《全后汉文》卷四五,中华书局1958年版,第719页。
② 李尤《辟雍赋》,参见〔清〕严可均辑《全后汉文》卷五〇,中华书局1958年版,第746页。

然亦徒劳之举也。马融作品中也有不少颂圣之篇,如《东巡颂》《梁大将军西第颂》等,歌颂皇帝出巡声势,赞美贵戚居处豪宅。文士出此,非但无助文采,反而显露攀附心态,缀辞连篇,实为败笔。此类作品,当时尚有相当数量,与"怀忧"文学的蓬勃兴起相比,明显已呈衰颓之势、强弩之末。

本时期文学收获,辞赋领域,尚有王逸《织机赋》,王延寿《鲁灵光殿赋》《梦赋》等,各具所长。又马融《长笛赋》,对长笛及其演奏作多层次多视角描写。其辞采之丰富,文字之弘丽,场景之变幻,意境之雅洁,皆颇突出。马融《长笛赋》篇末系辞,尤为可贵,全篇十句,皆是七言。这是马融继班固、张衡等人之后,赋中有诗,以赋含诗,在赋与诗之结合渗透方面,做了新的探索,并有所贡献。

文章领域佳篇,还有王符《潜夫论》,"指讦时短,讨谪物情"(《后汉书·王符传》),抨击"官无善吏,位无良臣"(《潜夫论·实贡篇》),颇含批判丑恶精神,且富耿介个性,亦本时期优秀著作。尚须指出一点,王符文章的骈偶倾向,在当时颇为突出,文辞精彩,为东汉骈文代表作者之一。

第三节 东汉后期的"心愤""刺世"文学

至东汉后期,文学出现典型的衰世特征,即颂声消歇,而怨刺遍闻。文学的主导性格也不再停留在忧思状态,而是发展为批判性格。本时期文学对现实社会问题的揭露广泛而深刻,同时作者个性的张扬也发展到很突出的程度,令人瞩目。

衰世文学的出现,自然与衰世政治密切相关。东汉后期,主要是桓、灵两朝,皇帝昏庸,宦官嚣张,政治腐败,社会混乱,达到空前程度。对此朱穆在上书梁冀中有扼要概括。

> 顷者,官民俱匮,加以水虫(虫)为害,而京师诸官,费用增多,诏书发调,或至十倍。河内一郡,常调缣素绮,才八万余匹,今乃十五万匹。各言官无见财,皆当出于民。民多流亡,皆虚张户口。户口既少,而无赀者多,当复榜掠割剥,强令充足。公赋既重,私敛又深。二千石牧守长吏,多非德选,贪聚无厌,遇民如虏,或卖用田宅,或绝命于箠楚之下,或自贼于迫切之求,大小无聊,朝不保暮。又有浮游之人,称矫贾贩,不良长吏,望为驱使,令家人诈乘其势,掠夺百姓。此类交错,不可分别,辄以托名尊府,遂令将军结怨天下,吏人酸毒,道路叹嗟。①

他首先说灾荒频仍,官员横征暴敛,民众贫困,生计无着。然后指出社会局势十分危急,可能酿成大乱:

> 昔秦政烦苛,百姓土崩,陈胜奋臂一呼,天下鼎沸,而面谀之臣,犹言安耳,讳恶不悛,卒至亡灭。近永和之末,纲纪少驰,颇失人望,四五岁耳,而财空户散,下有离心。……马免之徒,乘弊而起,荆、扬之间,几成大患。幸赖顺烈皇后初政清静,内外同力,仅乃讨定,乃获安宁。今民心事势,复更戚戚,困于永和,内非仁爱之心可得容忍,外非守国之计所宜久安也。(同上)

这里所说"永和""顺烈皇后初政"等,皆谓顺帝末至桓帝初发生的社

---

① 朱穆《复奏记梁冀》,参见〔清〕严可均辑《全后汉文》卷二八,中华书局1958年版,第629页。

会危机,"几成大患"。然而朱穆所说,仅是现象,就根源言,东汉后期的主要社会政治危机,还是皇权的结构性混乱所导致的朝政非正常态。外戚专政,自和帝时期的窦宪开始,反复不断。而小皇帝成长之后的夺权争斗也颇激烈,几乎都要使用杀戮手段,来压制前朝外戚。皇帝夺权的主要依靠者就是自幼亲随在侧的宦官,故而皇帝夺权成功,往往就是宦官弄权的开始。范晔谓:"东京皇统屡绝,权归女主,外立者四帝,临朝者六后,莫不定策帷幂,委事父兄,贪孩童以久其政,抑明贤以专其威。任重道悠,利深祸速。身犯雾露于云台之上,家婴缧绁于囹圄之下。湮灭连踵,倾辀继路。而赴蹈不息,燋烂为期,终于陵夷大运,沦亡神宝。"(《后汉书·皇后纪序论》)所说都是皇权的结构性混乱。直至中平六年(189),汉灵帝卒,何进谋诛宦官,反被所杀。司隶校尉袁绍勒兵收捕宦官,无少长皆杀之,至此宦官势力才归于消灭,而此时东汉皇权亦已奄奄一息矣。

总之,东汉后期时期外戚、宦官轮流专政,而以宦官为主,此与中期略有不同。在宗法社会"君君臣臣父父子子"伦理框架中,宦者的社会地位在"四民""九流"之外,其执掌权力的合法性几乎为零,故而最能招致士人们的鄙视。加之儒家所重视的忠义之操、去就之节,在东汉中叶以后有所强化,士人的节操意识有了更大的提升。"汉自中世以下,阉竖擅恣,故俗遂以遁身矫絜,放言为高。士有不谈此者,则芸夫牧竖已叫呼之矣。故时政弥惛,而其风愈往。……所以声教废于上,而风俗清乎下也。"(《后汉书·陈寔传》)他们以"清""高"的道德气节为标榜,以抨击宦官专政腐败为主要目标,结成一个事实上的文士群体即"清流"群体。这个群体在东汉后期社会造成的影响巨大。清流儒生或清流文士,从反感外戚和宦官专权者个人开始,发展到对抗专权者所代表的朝廷,形成具有一定独立意识的政治群体。士人的独立意识,在这个时候也上升,并展现出彼此呼应的群体性表现。这是中国士人即知识分子历史上的一次重大事态。

桓、灵时期是清流文士活动的高涨期。范晔谓:"逮桓、灵之间,主荒政缪,国命委于阉寺,士子羞与为伍,故匹夫抗愤,处士横议,遂乃激扬名声,互相题拂,品核公卿,裁量执政,婞直之风,于斯行矣。"(《后汉书·党锢列传序》)这里指出皇帝荒谬、宦官专政,与士人"抗愤"三种状态是纠结在一起的,叙述比较全面;对于清流群体的兴起及影响,还有士人心态的变化,分析也颇确切。桓帝初清流以陈蕃、李膺、王畅、郭泰等为首,在士人及太学生中发挥着很强的影响力和号召力。所谓"品核公卿,裁量执政",这是公开批评朝廷执政者,实质上就是与皇权对抗。华夏历史上除了"造反""叛逆""篡夺"外,这应当是发生在体制内的规模最大、最为激烈群体性政治对抗行为了。面对这股势力,皇帝宦官联合体自然不能忍受,终于借机制造罪名,酿成"党锢之祸",对清流们严厉镇压。被打成"党人"的有以李膺、陈寔为首的二百余人,全部下狱,事在桓帝延熹九年(166)冬十二月。而镇压行为不但不能降伏人心,反而激起更大的逆反心理,正直士人与朝廷离心,"党人"的名声愈振,并被广大士人视为偶像人物。① 次年桓帝亡,十二岁的灵帝刘宏继位,陈蕃为太

---

① 《后汉书·党锢列传序》曰:"窦武并表为请,帝意稍解,乃皆赦归田里,禁锢终身。而党人之名,犹书王府。自是正直废放,邪枉炽结,海内希风之流,遂共相标榜,指天下名士,为之称号。上曰'三君',次曰'八俊',次曰'八顾',次曰'八及',次曰'八厨',犹古之'八元''八凯'也。窦武、刘淑、陈蕃为'三君'。君者,言一世之所宗也。李膺、荀翌、杜密、王畅、刘祐、魏朗、赵典、朱寓为'八俊'。俊者,言人之英也。郭林宗、宗慈、巴肃、夏馥、范滂、尹勋、蔡衍、羊陟为'八顾'。顾者,言能以德行引人者也。张俭、岑晊、刘表、陈翔、孔昱、苑康、檀敷、翟超为'八及'。及者,言其能导人追宗者也。度尚、张邈、王考、刘儒、胡母班、秦周、蕃向、王章为八厨;厨者,言能以财救人者也。"(《后汉书》,中华书局1965年版,第2187页)

傅,与大将军窦武共秉朝政,二人共谋诛除宦官,引用名士李膺等为羽翼。宦官曹节等矫诏先发,杀陈蕃、窦武等,软禁窦太后,次年,更捕李膺、朱寓、巴肃、荀翌、魏朗、翟超等名士,皆下狱,死者百余人,妻子徙边,诸附从者锢及五属。又下诏给州郡,大规模镇压"党人","于是天下豪杰及儒学行义者,一切结为党人"(《后汉书·灵帝纪》)。党人愈抓愈多,愈杀队伍愈壮大。皇帝、宦官制造的"党锢之祸",成为当时重大社会矛盾。

与此同时,下层百姓因困苦被迫揭竿而起,黄巾军席卷北方中原广大地区,汉末社会加速走向崩溃:"至于桓、灵,阉竖执衡,朝无死难之臣,外无同忧之国。君孤立于上,臣弄权于下。本末不能相御,身手不能相使。由是天下鼎沸,奸凶并争。宗庙焚为灰烬,宫室变为蓁薮。居九州之地,而身无所安处,悲夫!"①

在此衰世、末世社会背景中,当时文士们的普遍感受,首先是对现状的深深不满,集中表现为对政治的不满。而政治不满主要表现为对朝廷中阉党执政的非议和愤慨。士人们出于对时政的不满,导致他们同情下层人民的造反暴动。此点连当时皇帝和宦官们也感觉到了:

> 中平元年,黄巾贼起。中常侍吕强言于帝曰:"党锢久积,人情多怨,若久不赦宥,轻与张角合谋,为变滋大,悔之无救。"帝惧其言,乃大赦党人,诛徙之家皆归故郡。其后黄巾遂盛,朝野崩离,纲纪文章荡然矣。凡党事始自甘陵、汝南,成于李膺、张俭,海内涂炭,二十余年。诸所蔓衍,皆天下善士。(《后汉书·党锢列传序》)

---

① 〔元〕郝经著《续后汉书》卷二十九下"议",《丛书集成初编》本,商务印书馆1936年版,第349页。

但为时已晚,"天下善士"都成了"党人",他们被镇压长达二十余年。皇权体制仅仅依靠宦官支撑,失去广大士人的拥护,根本无法长期维持正常运转,其对自身的损害是无可挽回的。东汉皇权因此也迅速走向败亡。

东汉后期文学的主要作者,基本上是清流士人。清流士人的思想意识是东汉后期文学的主要内涵。清流意识和作风的核心是清高思想。其表现大体包括如下诸方面:对宦官专政的排拒和批判;不畏权势、啸傲王侯等行为作风;隐逸风气盛行;"绝交"事态的不断出现;某些乖戾性格表现。这些在东汉后期各类作品中都有所体现。

对于宦官专政的批评,上文已引朱穆所作《奏记》,后来他还上书说:"自延平以来,浸益贵盛,假貂珰之饰,处常伯之任,天朝政事,一更其手,权倾海内,宠贵无极,子弟亲戚,并荷荣任,故放滥骄溢,莫能禁御。凶狡无行之徒,媚以求官,恃执怙宠之辈,渔食百姓,穷破天下,空竭小人。"(《后汉书·朱穆传》)深恶痛绝的态度,溢于言表。他对宦官专政的危害性做了全方位批判,诚如范晔所说:"深疾宦官,及在台阁,旦夕共事,志欲除之。"(《后汉书·朱穆传》)朱穆还将这种皇权病态追溯到东汉中期,其谓:

> 臣闻汉家旧典:置侍中、中常侍各一人,省尚书事,黄门侍郎一人,传发书奏,皆用姓族。自和熹太后以女主称制,不接公卿,乃以阉人为常侍,小黄门通命两宫,自此以来,权倾人主,穷困天下。

指出从邓太后临朝执政,便开始破例重用宦官,而这些做法都违背"汉家旧典",因此是不合法、不合理的。重用宦官的结果是,公卿大臣被冷遇,被架空,形同虚设,普通士人更被弃置;而"阉人"地位大大提升,"权倾人主",最终的结果是导致"穷困天下"。朱穆从维护"旧典"出发,谴责宦官专权,取得了道德正义优势地位,其态度在一般士人中具有代表性。

又如刘陶等太学生诣阙上书,也体现了文士自我意识的空前壮大,意味着清流风气在不断提升。太学生们说:

> 伏见施刑徒朱穆,处公忧国,拜州之日,志清奸恶。诚以常侍贵宠,父兄子弟布在州郡,竞为虎狼,噬食小人,故穆张理天网,补缀漏目,罗取残祸,以塞天意。由是内官咸共恚疾,谤讟烦兴,谗隙仍作,极其刑谪,输作左校。天下有识,皆以穆同勤禹、稷而被共、鲧之戾,若死者有知,则唐帝怒于崇山,重华忿于苍墓矣!当今中官近习,窃持国柄,手握王爵,口含天宪,运赏则使饿隶富于季孙,呼嚧则令伊、颜化为桀、跖。而穆独亢然不顾身害,非恶荣而好辱,恶生而好死也。徒感王纲之不摄,惧天网之久失。故竭心怀忧,为上深计。臣愿黥首系趾,代穆校作。(《后汉书·朱穆传》)

此文起因,在于桓帝永兴元年(153)朱穆赴任冀州刺史,对盘踞地方鱼肉百姓的宦官党羽严加惩处,"冀部令长,闻穆济河,解印绶去者四十余人。及到,奏劾诸部,至有自杀者"(《后汉书·朱穆传》)。这些贪官污吏,不少是朝廷中常侍亲近,故而惹怒宦官,致使他们在桓帝前谗言陷害,朱穆竟被征至廷尉受审,"输作左校"。由此也引发了太学生刘陶等"诣阙上书"。文中对"窃持国柄"的"中官"深恶痛绝,对朱穆表示敬意,称其为"处公忧国""志清奸恶",显示了文士们向皇帝陈述异议的胆量。本文表面上看,仍然是为皇朝"竭心怀忧",继承着张衡等人的"怀忧"传统;更深层次的意义是,这不是刘陶个人表态,而是"太学生数千人诣阙上书",是一次文士向皇权表示不同意见的集体行动,所以它是文士阶层的群体性行为,是汉末文士独立意识壮大的一个标志性事件。

东汉后期文士,尤多独立特行者。如崔琦,在权臣外戚梁冀幕中任事,面对幕主,竟说出如此言语:"今将军累世台辅,任齐伊、公,而德政未闻,黎元涂炭,不能结纳贞良,以救祸败,反复欲钳塞士口,杜蔽主听,将使玄黄改色、马鹿异形乎?"指梁冀为赵高一类,可谓口无遮拦。他后来被梁冀杀了。又如高彪,尝从大儒马融问学,融以疾不见,彪乃上书告别;马融阅书而惭,想请他回来,高彪去而不顾。蔡邕也有类似表现,早年他被皇帝征召到朝廷鼓琴,虽不愿意,迫于陈留太守督促,只得前行,行到偃师,还是决意称疾而归。郑玄素以学问为业,但他也不是不问世事之腐儒,他跟子孙讲述"遇阉尹擅势,坐党禁锢,十有四年",可见在他心里,他也将"党锢"经历视为一种人生荣耀。可见当时文士,就算面对高官、贵胄、大儒,甚至皇帝,凡不合意者,皆不愿服从,其重视个人尊严如此。人格尊严与独立意识,表现在写作上便是不愿附会权势,突出独立立场,写出自我感受与评价。独立人格的强化,为文学个性的形成和发展提供了良好的条件。

东汉后期文学的个性化相当鲜明。除各自写出本人性格作风外,其批判性格尤其突出。此点不仅表现于对宦官专政具体历史事件的评骘,更重要的是对当时社会作出总体性深层次评议。赵壹即其中一人,其在《刺世疾邪赋》中竟说出如下尖锐言论:

  德政不能救世溷乱,赏罚岂足惩时清浊?春秋时祸败之始,战国愈复增其荼毒。秦、汉无以相踰越,乃更加其怨酷。宁计生民之命,唯利己而自足。(《后汉书·赵壹传》)

这里说"德政""赏罚"皆无助于社会健全,自春秋以来,社会每况愈下,"祸败""荼毒",尤其是"秦汉"时期,"乃更加其怨酷"。作者批判的矛头,直接对准秦汉以来的皇权体制,对这种不顾"生民之命"的体制深恶痛绝。"唯利己而自足",一语道破历代统治者自私的本质。其"刺世"性格鲜明,颇有代表性。又郦炎《大道诗》二首,所陈内涵,也在抨击社会不公,"贤愚"不分,"通塞"莫名,"大道"虽长,而"窘路"迫促,批判社会,亦其志之所之也。蔡邕文章的批判性不让他人,其《上封事陈政要七事》一文,借天言事,先说灵帝对天"不敬",然后严厉批评取士用人制度和标准,并对现任官员的管理督察等一系列重大政治问题进行批判。

东汉后期文学,写作立场的独立性和内容的批判性在辞赋、诗歌、文章三大种类中全面发展,与东汉前、中期存在明显的差异,这是意义重大的转型。此种转型在本时期最重要作家蔡邕身上表现得最为突出。蔡邕的文学写作,已经完全舍弃了"润色鸿业""义尚光大"的取向,现存所作唯一的"大赋"《述行赋》中清楚显示,他以社会批判为主要写作目,对腐败政治做了全面的否定和强力谴责。他在《述行赋·序》中说:

> 延熹二年秋,霖雨逾月。是时梁冀新诛,而徐璜、左悺等五侯擅贵于其处。又起显阳苑于城西,人徒冻饿,不得其命者甚众。白马令李云以直言死,鸿胪陈君以救云抵罪。璜以余能鼓琴,白朝廷,敕陈留太守发遣余。到偃师,病不前,得归。心愤此事,遂托所过,述而成赋。[①]

[①] 蔡邕《述行赋》,参见〔清〕严可均辑《全后汉文》卷六九,中华书局1958年版,第852页。

写作辞赋,已经不再是颂圣之业,而是用以记述宦官们"五侯擅贵"、迫害"直言"大臣之丑行,同时记载自身受侮辱之经过;为表达"心愤此事",遂"述而成赋"。验之赋中具体所写的情绪和气氛,也确实如此:

> 余有行于京洛兮,遘淫雨之经时。涂迤遭其蹇连兮,潦污滞而为灾。柴马蹯而不进兮,心郁悒而愤思。聊弘虑以存古今,宣幽情而属词。(同上)

这里所述明确直白,他身处的环境是"淫雨""蹇连""污滞",是"灾",无不是负面的;他所怀心情是"郁悒""愤思",也是负面的。所以他作此赋的目的,就是要"宣"自己的"幽情",为发泄抑郁与愤恨之情。此种揭露性的、批判性的作意,完全与"义尚光大""润色鸿业"相反。它是一种"心愤"文学,这是"衰世文学"的代表,与盛世文学无涉。

在文学种类的取舍上,蔡邕虽然仍以赋为第一对象,但诗歌的比重有了显著增加。他是汉代文学的终结者,是建安诗歌复兴的先驱,为魏晋文学的开启铺平了道路。蔡邕取得的综合性的文学成就,是当之无愧的东汉文坛的最后一位巨匠。

要之,东汉后期文士的人格理性及其社会独立性,达到空前高度;而文学也由中期的思绪幽深的"深怀""怀忧"性格,转变为颇露锋芒的"愤思""刺世"性格、批判性格。此时歌颂功德、"润色鸿业"的作品几乎被文士们遗忘,他们笔下惟有对丑恶现实生活的鞭挞,同时也写出了他们的清高节操和社会理想。尽管他们的"清""高"意识往往带有浓厚的崇古复古色彩,但在当时的社会背景下,他们的志尚无疑具有崇高的道德力量。不少作家被打成"党人",备受政治迫害,如延笃、蔡邕等,却从无悔恨表示,故而其"心愤"文字既具切肤之痛,感动人心,而其"弘虑"更是充满人格魅力。

东汉后期作家群体,人数不少。重要作者和作品有:朱穆《绝交论》《与刘伯宗绝交书》,延笃《与李文德书》,高彪《复刺遗马融书》、《清诫》(五言之篇),郦炎《大道诗》(五言诗),赵壹《刺世疾邪赋》、《刺世疾邪诗》(五言诗),崔寔《政论》《应讥》《大赦赋》,郑玄《戒子益恩书》,荀爽《延熹元年对策陈便宜》等。应劭《风俗通义》则以其浓厚的小说意味,在东汉末文坛上更是引人注目。

综观东汉一朝,二百年间文士文学性格和功能经历了重大的转折。其转折的基本轨迹是:由前期"润色鸿业"颂圣为主,转变为中期"怀忧"性格突出,到后期的愤世嫉俗、"心愤""刺世"情绪弥漫。从桓谭、王充等开始,由张衡等继踵推进,再到蔡邕等完成,他们在一定程度上改变了文士文学对权力的依附性。

第四节　东汉文学的文体发展

东汉文学各种体式,二百年中皆有变化发展。

请先说辞赋。汉代文学中最受重视、作者致力最大、作品产生最多的体式,就是辞赋。不妨说,辞赋就是最具汉代特色的文学。西汉二百年,辞赋已经有了很大的发展,在西汉武帝、宣帝时期,已经形成写作高潮,并且产生了辞赋史上的代表作《七发》《子虚赋》《上林赋》等。班固曾说:"孝成之世,论而录之,盖奏御者千有余篇,而后大汉之文章,炳焉与三代同风。"①东汉辞赋继承西汉的发展势

---

① 班固《两都赋序》,参见〔南朝梁〕萧统编,〔唐〕李善注《文选》卷一,中华书局 1977 年版,第 22 页。

头,亦呈"中兴"态势。全部二百年中,辞赋作为第一文学体式的地位,得以继续保持,文士除写作政治实用性的制式文章以外,文学类即以辞赋为首选。当然史上无人对东汉赋作数量做精确统计,但据现存作品初步估算,同样二百年,东汉辞赋总数应该超过西汉不少,可能有一倍以上。① 东汉主要文学家都有代表性辞赋作品存世。从东汉初冯衍的《显志赋》,杜笃的《论都赋》,到中期傅毅的《七激》《舞赋》,崔骃的《七依》《反都赋》,班固的《两都赋》《幽通赋》,张衡的《二京赋》《思玄赋》,马融的《长笛赋》,王延寿的《鲁灵光殿赋》,到后期蔡邕的《述行赋》《释诲》,等等,皆是各自倾力创作的精品。

　　数量上的繁荣只是现象,而性格与功能的继承和转变更具本质意义。东汉部分辞赋延续西汉主流辞赋传统"铺张扬厉""雍容揄扬"的原有特征,被用来充当"润色"东汉"中兴"政治"鸿业"的角色。与此同时,部分辞赋也继承西汉某些作者(如贾谊、董仲舒、司马迁等)的抒情言志写法,并有所发挥发展,使得辞赋原有"劝百讽一"中的"讽喻"功能得到加强,甚至将讽喻变成了批评、批判,从而加强了辞赋批判性的社会功能和责任。例如崔篆《慰志赋》、冯衍《显志赋》、崔骃《达旨》、班固《幽通赋》、张衡《思玄赋》等,在表达社会和人生忧思以及个性化写作方面,都达到了新的深度;而蔡邕《述行赋》和赵壹的《刺世疾邪赋》等,更是批判性辞赋的优秀代表作。《述行赋》虽然仍含有"体国经野"意味,但其"心愤此事,遂托所过,述而成赋"的全新写作立场,为西汉以来的辞赋写作,开拓了新的功能,这在辞赋发展史上具有重要意义。东汉辞赋性格上的独特性,使它不致被西汉辞赋光彩所掩盖,并且构成东汉文学最醒目的一道

---

① 据费振刚主编《全汉赋》篇目,西汉时期(陆贾—刘玄)作品计有67篇,而东汉(桓谭—刘协)竟有229篇;除去建安文士(王粲等)作品,也还有127篇,超出西汉近一倍。

景观。

　　东汉辞赋还有另外一层新进展,即某些体物之赋得到长足发展。辞赋本身就具有详尽周密的"体物"特征。但在西汉时期,体物手段往往与"体国经野"结合在一起,以描写京都宫殿山川风物的宏大幽深场景为能事。东汉时期,"体物"的取向发生了变化,不少作者以具体对象或事项等细小事物为主要描写对象。所以,同是"体物",所写对象却有大小之别,此之谓"体物大赋"与"体物小赋"之区别。东汉体物大赋并未衰歇,"两都""二京"便是例证;但体物小赋却得到很大发展,如傅毅的《舞赋》即是优秀代表作,在描述事态中塑造优美新境界。两类"体物"辞赋,可谓势均力敌、平分秋色。而后者作为新兴体制,却在"体物"与言志抒情的结合方面,取得相当成功,所以其魅力大为增强,也因此得到许多文士的喜爱。体物小赋,弥补了当时文士诗歌的欠缺,成为承担作者抒情言志的得力工具和渠道。

　　东汉诗歌总体上不如辞赋繁荣,众多文士仍然将主要写作精力投入文章和辞赋当中,所以文士诗歌仍然处于相对沉寂状态。不过与西汉"吟咏靡闻"相比较,东汉文士诗歌毕竟有了起色:文士们在文章、辞赋写作之余,已经开始对诗歌发生一定程度的兴趣,并且投入了一些精力,尽管与辞赋相比付出精力未免太少,诗歌仍然是勇敢者的事业。少数文士对于诗歌的兴趣,主要分布于四言诗、杂言诗,其次是五言诗,再次是七言诗。但就探索勇气及可贵程度言,则正好与此顺序相反。

　　四言诗是两周时代遗留下来的诗歌体式,随着西汉"五经"的确立,《诗三百》便成为《诗经》,就此具有了一份神圣地位,而四言格式也成为诗歌体式的正宗。故而但凡朝廷宴享、宗庙礼乐所用歌辞,多四言体式,也包括以四言为主的杂言体式,今存乐府歌辞中西汉司马相如等所撰"郊祀歌"、唐山夫人所撰《安世房中歌》等情况便是如此。至东汉,东平王刘苍所撰光武庙《登歌》亦作四言句,"於穆世庙,肃雍显清。俊乂翼翼,秉文之成。……"①影响所及,东汉一般文士诗亦多以四言为句,如班固《明堂诗》具有庙堂性质,"於昭明堂,明堂孔阳。……"②自然应当是四言体;刘珍《赞贾逵诗》"摘藻扬晖,……"③写个人交往,亦作四言体;傅毅《迪志诗》是文士自我抒述,"咨尔庶士,……"④同样以四言为句。

值得注意的是,东汉时期有若干文士,已尝试使用新的诗歌体式。以五言诗为例,有班固《咏史诗》(三王德弥薄)、张衡《同声歌》(邂逅承际会)、石子才《费凤别碑诗》(宰司委职位)、马融《长笛赋》系辞、秦嘉《赠妇诗》(人生譬朝露)、郦炎《见志诗》(大道夷且长)、王符《潜夫论·叙录》、赵壹《秦客诗》(河清不可俟)、《鲁生诗》(势家多所宜)等,可见在东汉中后期,开始形成一个五言诗写作的潜流。而"古诗"在汉末的盛大登场,更是五言诗在中国文学史上第一次群体性大亮相。它所表现出的"文温以丽,意悲而远"(钟嵘《诗品》)的艺术境界,还有"一字千金"(同上)的强大描写和抒发功能,对整个文坛起到振聋发聩的作用,使得文士们不敢再小觑五言诗。要之,东汉文士五言诗从小到大的发展,对于紧接着出现的建安以及整个魏晋南北朝五言诗写作高潮而言,是必要的铺垫和前奏,是意义重大的导夫先路。

七言诗在东汉文士中的受关注程度还不如五言诗,原因应当是

---

① 〔宋〕郭茂倩编《乐府诗集》卷五二,中华书局1979年版,第755页。
② 参见班固《东都赋》,〔南朝梁〕萧统编,〔唐〕李善注《文选》卷一,中华书局1977年,第35页。
③ 逯钦立辑校《先秦汉魏晋南北朝诗》,中华书局1983年版,第174页。
④ 逯钦立辑校《先秦汉魏晋南北朝诗》,中华书局1983年版,第172页。

它在传统上被认为有"体小而俗"(傅玄语)体式,所以未免被轻视。不过每个时代都会出现勇敢的尝试者。东汉最早试作七言诗的是杜笃。他的《京师上巳篇》虽仅存残句,但足以表明他的开拓勇气,他以"窈窕淑女美胜艳,妃戴翡翠珥明珠"等语句来描述春日的仕女游乐场景。接着有崔骃《七言诗》:"鸾鸟高翔时来仪,应治归德合望规,啄食楝实饮华池。"①虽然内容平平无新意,但比兴运用有声有色。班固《竹扇赋》,"青青之竹形兆直,妙华长竿纷实翼。……"②全篇十一句,句句协韵,完全符合当时七言诗的写作规制,而且篇幅完整无阙文,是一篇刻画精致的咏物七言小诗。但不知何故,本篇题名作"赋";或许是因为当时七言体尚未得到文坛广泛认可,而班固又实在技痒,想一试身手,遂出此障眼之法。东汉中期,李尤《九曲歌》"年岁晚暮时已斜,安得壮士翻日车",③表达一种励志愿望,意境宏壮。崔瑗《窦贵人诔》"贵人虽没遗德尊,著于金石垂后昆",④纪念逝者,音韵铿锵。张衡《四愁诗》"我所思兮在太山……"⑤更是成熟的七言篇章,且颇有楚辞飘逸之风。马融《长笛赋》篇末系辞:"近世双笛从羌起,羌人伐竹未及已。龙鸣水中不见已,截竹吹之声相似。……"⑥全篇十句,不但精于状物,更娴于抒情。最为称奇的是灵帝刘宏,他撰有《招商歌》:"凉风起兮日照渠,青荷昼偃叶夜舒,唯日不足乐有余。清丝流管歌玉凫,千年万岁嘉难逾。"⑦虽写

---

① 逯钦立辑校《先秦汉魏晋南北朝诗》,中华书局1983年版,第171页。
② 〔清〕严可均辑《全后汉文》卷二四,中华书局1958年版,第607页。
③ 逯钦立辑校《先秦汉魏晋南北朝诗》,中华书局1983年版,第174页。
④ 〔清〕严可均辑《全后汉文》卷四五,中华书局1958年版,第719页。
⑤ 逯钦立辑校《先秦汉魏晋南北朝诗》,中华书局1983年版,第180页。
⑥ 〔南朝梁〕萧统编,〔唐〕李善注《文选》卷一八,中华书局1977年,第254页。
⑦ 逯钦立辑校《先秦汉魏晋南北朝诗》,中华书局1983年版,第182页。

享乐生活,其志气沉溺,与《古诗》中所谓"昼短苦夜长,何不秉烛游。为乐当及时,何能待来兹?"①口气略同,但作为七言诗,自有特殊价值。作为最高统治者的皇帝,竟亲自参与一种"新"诗体制作,其原因实与灵帝作风相关。据载灵帝曾开"鸿都门学","招会群小,造作赋说,以虫篆小技,见宠于时……"(《后汉书·杨震传》)"多引无行趣埶之徒,并待制鸿都门下,憙陈方俗闾里小事,帝甚悦之,待以不次之位。"(《后汉书·蔡邕传》)看来灵帝喜好"虫篆小技""方俗闾里小事"等,而七言既"体小而俗",亦其类也,遂不免亲自制作。在东汉诗歌领域,最后一位重要人物蔡邕,其作品既有传统四言之篇,亦有五言、六言、楚辞体式,展现了自如运用诗歌各种体式的才华,其《答元式诗》(伊余有行)、《翠鸟诗》(庭陬有若榴)、《初平诗》(暮宿河南怅望)、《琴歌》(练余心兮浸太清)等,皆自成一体,不妨说他是一代诗歌创作的集大成者。

东汉诗歌领域不可忽略的重要部分,是文士作品之外的民歌。

民歌的发展自有其本身规律,一般它与社会民生状况有更多的关联,所谓"饥者歌其食,劳者歌其事"。②东汉一代,社会矛盾较之西汉更加剧烈,民生也颇多灾难,故而民歌甚丰富,虽然不免于散落,仍有相当数量作品存世。东汉民歌大致可分两大部分,一部分为今存汉乐府歌辞中保留的民间作品,一部分为散见于相关史藉中的民歌民谣。前者如《汉铙歌》中多数"古辞",如《朱鹭》《思悲翁》《艾如张》《上之回》等,视其文辞,皆是民歌。部分"古辞",文句古奥,可能是西汉作品。然而亦有东汉之篇章,如《上陵》:"上陵何美美,下津风以寒。问客从何来?言从水中央。……"宋郭茂倩谓:

---

① 逯钦立辑校《先秦汉魏晋南北朝诗》,中华书局1983年版,第333页。
② 见《公羊传·宣公十五年》"什一而颂声作矣"何休解。(〔清〕阮元校刻《十三经注疏》,中华书局1980年版,第2287页)

"《上陵》,《古今乐录》曰:"汉章帝元和中,有宗庙食举六曲,加《重来》《上陵》二曲,为《上陵》食举。《后汉书·礼仪志》曰:'正月上丁,祠南郊,次北郊、明堂、高庙、世祖庙,谓之五供。礼毕,以次上陵。西都旧有上陵,东都之仪,太官上食、太常乐奏食举。'按古词大略言神仙事,不知与食举曲同否。"①此"上陵"歌辞正以言神仙为主,可知本篇"古辞"即汉章帝时文本。又如《有所思》:"有所思,乃在大海南。……"民歌口吻明显。又如《十五从军征》:"十五从军征,八十始得归。……"亦是民歌口吻;它们多述时俗民生,如从军疾苦、男女欢爱等。此类民歌能够进入官方乐府,被庙堂合乐演奏,乃是得益于汉廷两项制度性安排:一项是在礼乐制度下,民间文学作品可以通过官方的强制解读,遮闭其原有意义,或者赋予其全新的含义,从而与礼乐文化相谐合。另一项是按照"诗可以观"的思路,将民歌当作统治者"观风俗"的对象。

> 自孝武立乐府而采歌谣,于是有代、赵之讴,秦、楚之风,皆感于哀乐,缘事而发,亦可以观风俗,知薄厚云。(《汉书·艺文志》)

可知汉乐府机构成立之始,即有明确方针,要将民间歌谣"采"集入乐,以"观风俗,知厚薄",即利于统治者了解下情,制定必要为政措施。通过此种安排,原有民歌文本与皇权礼乐文化的固有矛盾被遮蔽,或被消解,而文本竟也因此得以基本保存。汉乐府歌辞中一些抨击体制、暴露黑暗、表现下层民众疾苦和思想愿望的作品,之所以

---

① 〔宋〕郭茂倩编《乐府诗集》卷一六,中华书局1979年版,第228—229页。

能够长期流传，千古而下得睹其真面目，其基本原理在此。

民间谣谚主要保存在史书和子书中。东汉谣谚数量不少，几乎覆盖前、中、后各时期。其内容十分广泛，涉及社会生活诸多领域，有对王公贵族官僚衙门的尖锐讽刺，也有对某些道德学问优秀人士的赞美，更多的是反映民间生活情趣，如：

（朱）震字伯厚，初为从事，奏济阴太守单匡臧罪，并连匡兄中常侍车骑将军超。桓帝收匡下廷尉，以谴超，超诣狱谢。三府谚曰："车如鸡栖马如狗，疾恶如风朱伯厚。"（《后汉书·陈蕃传》）

后（宋）弘被引见，帝令主（著者按：指湖阳公主）坐屏风后。因谓弘曰："谚言：贵易交，富易妻，人情乎？"弘曰："臣闻贫贱之知不可忘，糟糠之妻不下堂。"（《后汉书·宋弘传》）

前则赞美正直官员"疾恶如风"，后则说在"人情"问题上富贵与贫贱阶层观念差异，皆有深意。

在东汉诗坛上，由于文士诗歌相对薄弱，乐府歌辞与谣谚所构成的民歌，表现出了很强的生命力度，其影响不亚于文士诗歌，甚至有驾而上之之势。

再说文章。东汉文章的基本情势是：朝政制式文章初步定型，成为皇权时期主流文章体式，①由于它与军国朝政大事以及臣下个人功名紧密关联，故而汉代一般文士无不大量撰写，自少至老，习以为常。举凡皇帝所撰"诏""令""制""策"，臣下所撰"章""表""疏"

---

① 参阅徐公持《论秦汉制式文章的发展及其文学史意义》，载于《文学遗产》2012年第1期。

"议"等,皆体式固定,各有规制,井然有序。制式文章虽然有种种严格写作规制,但因朝夕构思,日月献纳,熟能生巧,因此也能产生不少文章精品。今萧统《文选》中所选制式文章,甚多东汉时期作品,且往往为领衔之作,这表明当时体式已趋成熟。

东汉文学体式发展的另一领域为小说。《汉书·艺文志》设"小说家",作为"诸子"中的一类。其所著录虽多无撰者主名,然亦有汉人作者。① 其文体亦与后世所谓"小说"不同。本时期实为古典小说发育的初期,特别是东汉应劭《风俗通义》中某些篇章,可以从中领略到早期小说若干风韵。所谓"丛残小说",盖亦谓其尚未发育完整、生长成熟之意。

第五节 东汉的文学整理和研究

东汉一代的文学整理和研究,与西汉相比,进步不小,成绩显著。成绩的取得,首先与皇朝进一步强化经学地位有直接关系。东汉政权建立不久的建武五年,刘秀就下诏立五经博士,儒家经学中包含着文学成分,连带着推进了文学整理和研究的展开。而经学与文学兼具的主体,首先就是《诗经》。《诗经》是上古时期数百年间的代表性诗歌总集。其次就是作为《春秋》"三传"之一的《左传》,它

---

① 《汉书·艺文志》"小说"类有:《封禅方说》十八篇,《待诏臣饶心术》二十五篇,《待诏臣安成未央术》一篇,《臣寿周纪》七篇,《虞初周说》九百四十三篇,署名皆是西汉时人。《隋书·经籍志》"小说"类著录:《燕丹子》一卷等,亦可能为汉人所撰。而诸子书如《淮南子》《说苑》等,包含不少故事,其性质近似于"小说"。至于东汉时期的著作,如应劭《风俗通义》,也有若干篇章可以小说视之。

是一部优秀的历史散文作品。再次,是《楚辞》。它是以屈原为首要作者的楚国诗歌集合。由于它与刘汉皇朝的紧密血缘关联,在汉代倍受重视,拥有事实上的经典地位。所以,也成为当时文学整理和研究的重点。

(一)东汉的《诗经》整理和研究

对《诗三百》的论述,早在孔子年代,即发其韧;其后有孟子、荀子等儒家人物,续有所说。在汉代《诗三百》被立为学官,升格为《诗经》。儒学经典被权力所裹挟,成为皇家取士的工具,其神圣性质和实用功能,不断增加。儒学经典与权力的结合,使得广大士人为了个人前途,对之不能不给予极度的重视。所以西汉以来,《诗经》学也呈现全新繁荣的景象,在传授的过程中产生了不少整理、解释和研究性的著作。《汉书·艺文志》"六艺略"所著录的《诗经》学著作,就有十二种总计三百余卷之多。①

西汉时期,围绕《诗三百》的齐、鲁、韩、毛不同传授家派已经形成。汉初,八十余岁的鲁人申公传鲁诗,徒众最盛,号《鲁诗》。齐人辕固生作《诗传》,号《齐诗》。后汉陈元方亦传《齐诗》。燕人韩婴推诗之意,作内、外《传》数万言,号《韩诗》。齐、鲁、韩三家皆是"今文"系统,武帝时立了学官,占据官方主流学术地位。《毛诗》出自河间大毛公(毛亨),毛公为《诗故训》,授赵人小毛公(毛苌),小毛公为河间献王博士,以不在朝廷,故不列于学官。齐、鲁、韩三家为"今

---

① 《汉书·艺文志》著录《诗经》学著作,有如下诸书:《诗经》二十八卷,鲁、齐、韩三家;《鲁说》二十八卷;《齐后氏故》二十卷;《齐孙氏故》二十七卷;《齐后氏传》三十九卷;《齐孙氏传》二十八卷;《齐杂记》十八卷;《韩故》三十六卷;《韩内传》四卷;《韩外传》六卷;《韩说》四十一卷;《毛诗》二十九卷;《毛诗故训传》三十卷。由以上著录情况言,班固之时的《诗经》学著作,"今文学"三家《诗》仍占据优势,鲁、齐、韩总共有书十种计二百四十七卷,而《毛诗》著作才五十九卷。

文",《毛诗》为"古文"。《毛诗》于西汉末平帝时(或云新莽时,又云东汉建武五年)立为学官,由此也走上了发展兴盛之途。

东汉一代的《诗经》学,在西汉已有基础上继续发展。东汉《诗经》学的总体发展趋势是,作为朝廷官方"五经"之一,它继续被全社会当作为体现圣人意志、充当社会政治文化教育的神圣经典。在《诗经》学内部,则"今文"三家《诗》渐衰而"古文"《毛诗》转盛。《毛诗》能够在东汉获得后来居上的机遇,固然与四家"诗"各自家派的自身体质有关,也与某些政治文化人物的影响相关联。具体而言,它首先受到西汉末期文化权威人士刘向、刘歆父子等人的极力支持,遂取得了有利的发展。东汉初著名学者郑众、贾逵等多习《毛诗》,同时者还有杜林。杜林光武时为侍御史,官至大司空,亦奉"古文"之学。此外,桓谭、王充等著名文士,亦力挺古文学。同时卫宏作《毛诗传》,故而"古文"学声势浩大。至东汉中后期,马融、郑玄等大儒服膺传授为后继,马融有《毛诗注》,郑玄作《毛诗笺》,申明毛义,驳难三家。对此范晔总结谓:"初,中兴之后,范升、陈元、李育、贾逵之徒,争论古今学。后马融答北地太守刘瓌及(郑)玄答何休,义据通深,由是古学遂明。"(《后汉书·郑玄传》)毛诗藉此机遇,遂呈大盛局面。

关于四家诗的评价问题,当时各家互相攻击,贬斥对方,所说自多偏颇。对此班固曾评论说:"汉兴,鲁申公为《诗》训故,而齐辕固、燕韩生皆为之传,或取《春秋》,采杂说,咸非其本义,与不得已,鲁最为近之。三家皆列于学官。又有毛公之学,自谓子夏所传,而河间献王好之,未得立。"(《汉书·艺文志》)颜师古注曰:"与不得已者,言皆不得也。三家皆不得其真,而鲁最近之。"①班固这里简要评议

---

① 《汉书·艺文志》,中华书局1962年版,第1709页。

四家诗,认为鲁、齐、韩三家"咸非其本义",基本持否定意见,但对《鲁诗》的评议略佳,说它与"本义"近之。至于对《毛诗》,所说甚简略,未做正面褒贬,但既然明确批评"三家"之非,则《毛诗》隐然受到肯定。

东汉的《诗经》学者颇多,胪列如下:

高诩,西汉末曾任郎中,以世传《鲁诗》知名。王莽时逃去不仕。刘秀称帝,征诩为博士,官至大司农。

包咸,师事博士右师细君,习《鲁诗》,王莽时亦去归乡里。东汉建立,咸举孝廉,除郎中,官至大鸿胪。

魏应,习鲁诗,明帝永平初为博士,征拜骑都尉,卒于官。(以上为《鲁诗》)

伏黯,家学《齐诗》,黯改定章句,作《解说》九篇,位至光禄勋。子恭任郎,永平中拜司空。恭删黯所改定章句,为二十万言,年九十卒。(以上为《齐诗》)

陈侠,习《韩诗》,曾任王莽讲学大夫。(以上为《韩诗》)

郑众,东汉初《毛诗》主要传授人之一。

贾逵,东汉初《毛诗》主要传授人之一,与郑众齐名。

谢曼卿,九江人,善《毛诗》,撰《毛诗训》。

卫宏,"从曼卿受学,因作《毛诗序》,善得风雅之旨,于今传于世。"(《后汉书·卫宏传》)

徐巡,济南人,师事卫宏,又从杜林受学。

马融,自东汉初郑众、贾逵传《毛诗》以来,继承其学,作《毛诗传》。

郑玄,曾从马融学,作《毛诗笺》。(以上为《毛诗》)

东汉最重要的《诗经》学学者,有卫宏、马融、郑玄等。据史籍记载,今存《毛诗》之"序"(包括"大序""小序")有可能由卫宏所写定;"传"(《毛传》)可能由马融所改定;又唐陆德明谓《毛诗》"马融注十卷(无下袂)"①,而《诗谱》《笺》则确定为郑玄所作。故此三人为《诗经》学史上功臣。

卫宏字敬仲,东海人。少与河南郑兴俱好古学,从九江谢曼卿受学。《后汉书》本传谓其作《毛诗序》,流传于世。《诗大序》是《诗经》学史上现存最早的一篇系统论述《诗三百》性质、功能特征的重要文献。卫宏还曾从大司空杜林学古文《尚书》,作《训旨》。又作《汉旧仪》四篇。

济南徐巡师事卫宏,后又从杜林学,亦以儒显,光武帝刘秀以为议郎。

马融字季长,扶风茂陵人。东汉中后期大儒,才高学博,教养诸生达数千。《后汉书》本传载其著作有《三传异同说》,又注《孝经》《论语》《易》《书》《诗》《三礼》《列女传》《老子》《淮南子》《离骚》等。在《诗经》方面,既云有"注",当无问题。然而其"注"是否流传,以何种形态流传,则颇难明。今存《诗经》注释文本中,皆不见"注"之名称。

今传《毛诗注疏》内容包含五个成分:一为原诗文本;二为《毛诗序》,包括卷首之《诗大序》及各篇题下的《小序》;三为《毛传》,四为《郑笺》,五为《孔疏》。其中"传""笺""疏"三部分,皆为注解。其中"传"的作者,历来说者以为"毛公"所撰,又有"大毛公""小毛公"之说法,却较为笼统,并无确凿文献记载。鄙意《后汉书》中所谓的"注",可能即今存《毛传》文字。因为《毛传》文字列于《诗经》经文之下,其性质、功能与"注"无异,所谓"传曰",与"注曰"略等。马融作"注"很可能即指《毛传》文字,这一可能性较大,否则范晔所谓马融作"注"说法,岂不是口出空言?此种推论固然可以暂不做定论,

---

① 陆德明《注解传述人(〈诗〉)》,参见《经典释文》卷首,中华书局1983年版,第10页。

但马融在《毛传》流传中曾经起到修改或写定的作用。马融在东汉《诗经》研究史上影响作用很大则是毫无疑问的。

《毛传》是现存《诗经》学史上最早的注解。如第一篇《关雎》"关关"正义下：

> 传：兴也。关关，和声也。雎鸠，王雎也。鸟挚而有别。水中可居者曰洲。后妃说乐君子之德，无不和谐，又不淫其色，慎固幽深，若雎鸠之有别焉，然后可以风化天下。夫妇有别则父子亲，父子亲则君臣敬，君臣敬则朝廷正，朝廷正则王化成。①

这里的"传"含有三层意思。一"兴也"，是解释本篇开首的写法，属于"赋、比、兴"三大类型中的"兴"。二是解释字义，说何谓"关关"，何谓"雎鸠"，何谓"洲"等。三是解释诗篇之作意，说"后妃"如何如何，直到"朝廷正则王化成"。总体看，《毛传》的基本性质就是对《诗经》作注解和说明，以帮助后人理解其字义和篇义。应当说《毛传》的存在，对于理解《诗经》起到了很大的作用。作为古代《诗经》整理和研究的重要成果，它的学术价值是很高的。不过，它也有严重的局限性，主要是对篇义的理解，大多沿袭《诗序》的说法，而《诗序》在解释篇义上存在不少谬误，所谓"后妃之德"云云，早已离开诗篇描写实际内容，凭空作道德和政治伦理上的主观发挥。对此，《毛传》一般不做纠正，只是专心做因循的解释工作，甚至做进一步的发挥，说"朝廷正则王化成"云云，表现出汉代主流学人的特定作风——固守"家法"和"师法"，少有自己的独到见解，易于成为以讹传讹的工具。

---

① 《毛诗正义》卷一，〔清〕阮元校刻《十三经注疏》，中华书局1980年版，第273页。

郑玄《诗谱》是其关于《诗经》基本观念的总体性阐发。所谓"谱",当是"体系"之意,其重心在于正经、变风、变雅之说。他说:

> 其时《诗》,风有《周南》《召南》,雅有《鹿鸣》《文王》之属。及成王、周公致太平,制礼作乐,而有颂声兴焉,盛之至也。本之由此,风、雅而来,故皆录之,谓之诗之正经。……故孔子录懿王、夷王时诗,讫于陈灵公淫乱之事,谓之变风、变雅。①

这是对上古诗歌的基本构成做总体性描绘,同时也是对孔子整理《诗三百》意图的一种概括。可以看出,郑玄完全是从儒家"王政"观念出发的,所以他对丰富复杂的《诗三百》内容,做了教条式的解读。这种解读,为了强化"诗教"而不惜脱离诗歌内容。郑玄在颂扬二《南》、三《颂》为"正经"的同时,把二《南》以下各国"风诗"和大、小《雅》中的许多"怨刺诗歌",都称之为"变风""变雅",说它们是:"后王稍更陵迟,懿王始受谮亨,齐哀公夷身失礼之后,邶不尊贤。自是而下,厉也幽也,政教尤衰,周室大坏。《十月之交》《民劳》《板》《荡》,勃尔俱作,众国纷然,刺怨相寻。五霸之末,上无天子,下无方伯,善者谁赏?恶者谁罚?纪纲绝矣!"②其所秉持的理路,是从《诗三百》各部分的内容差异看出"政教"的兴衰,而其解读方法也符合孔子所说"诗可以观""诗可以怨"。所谓"正""变"之辨,是郑玄的创造,其意图是将怨刺作品从《诗三百》中区分出来。这对于认识《诗三百》的复杂面貌和构成,具有一定意义。

---

① 郑玄《诗谱序》,〔清〕阮元校刻《十三经注疏》,中华书局1980年版,第263页。
② 郑玄《诗谱序》,〔清〕阮元校刻《十三经注疏》,中华书局1980年版,第263页。

郑玄所撰《毛诗笺》,是对《毛传》再作诠释。《毛传》既然可能是郑玄业师马融手定,《笺》紧随于《传》之后,故自谦称为"笺"。"笺"本义为信件,含有尊敬之意。郑玄之"笺",既解释《诗三百》本身,亦申明《传》意,有此双重功能。白内容观之,则"笺"是对"传"的补充或发挥,《郑笺》是《毛传》之后最重要的东汉《诗经》学注解文献。①

郑笺的贡献,在于解字释义。如《周南·关雎》:"窈窕淑女,君子好逑。"《传》曰:"窈窕,幽闲也。淑,善。逑,匹也。言后妃有关雎之德,是幽闲贞专之善女,宜为君子之好匹。"②其下郑笺谓:

> 笺云:怨耦曰仇,言后妃之德和谐,则幽闲处深宫,贞专之善女,能为君子和好;众妾之怨者,言皆化后妃之德。不嫉妒谓三夫人以下。③

此"笺"基本上是对"传"的开释,如"幽闲"云云。但也有独自的解说,如"怨耦曰仇"即是。《传》仅言"好匹"二字,而《笺》义与《传》不同,这是郑玄斟酌三家《诗》说而择取之也。于此可见郑玄眼界比马融开阔,不拘一家之说。然而郑笺亦有不少沿《传》之误处,如所谓"后妃之德""众妾之怨"云云,全承《小序》及《传》而来,所说皆甚荒

---

① 《后汉书·卫宏传》:"后马融作《毛诗传》,郑玄作《毛诗笺》",注引张华《博物志》曰:"郑注毛诗曰'笺',不解此意。或云毛公尝为北海相,玄是郡人,故以为敬云。"徐按:张华所说近是,但其所"敬"对象并非毛公,而是其师马融。马融有《毛诗传》,郑玄此作,乃步业师后尘,故自谦敬,称之为"笺"。
② 《毛诗正义》卷一,〔清〕阮元校刻《十三经注疏》,中华书局 1980 年版,第 273 页。
③ 《毛诗正义》卷一,〔清〕阮元校刻《十三经注疏》,中华书局 1980 年版,第 273 页。

诞无稽,与诗篇本义了无关系。

再如《王风·黍离》:"彼黍离离,彼稷之苗。"《传》曰:"彼,彼宗庙宫室。"已入于谬误。而《笺》云:"宗庙宫室毁坏,而其地尽为禾黍。我以黍离离时至,稷则尚苗。"①他在《传》上再加发挥,不免错上加错,误之甚矣。

总体而言,东汉《诗经》已有长足发展,其标志性成果即《诗序》《毛传》《郑笺》的写定,为两千余年《诗经》学繁荣奠定了基础,并初步形成传统。

(二)东汉的《楚辞》整理和研究

由于刘汉皇室的楚人出身背景,所以楚歌自汉初起即大盛于时。前代楚辞代表性作家屈原作品,得到了高度重视。史载:

> 始楚贤臣屈原被逸放流,作《离骚》诸赋以自伤悼。后有宋玉、唐勒之属慕而述之,皆以显名。汉兴,高祖王兄子濞于吴,招致天下之娱游子弟,枚乘、邹阳、严夫子之徒兴于文、景之际。而淮南王安亦都寿春,招宾客著书。而吴有严助、朱买臣,贵显汉朝,文辞并发,故世传《楚辞》。②

汉文帝时期,贾谊被贬长沙,撰写了《吊屈原赋》,这是西汉第一篇凭吊屈原的文章。其后汉武帝时期的刘安又作了第一篇《离骚》解说文章《离骚传》;还有司马迁,撰写了第一篇屈原的传记《史记·屈原列传》。以上三位,各有"第一"贡献,他们是楚辞学的"前驱""先导"。西汉后期,又有刘向哀集屈原等人著作,包括《离骚》《九歌》

---

① 《毛诗正义》卷一,〔清〕阮元校刻《十三经注疏》,中华书局1980年版,第330页。
② 《汉书·地理志(下)》,中华书局1962年版,第1668页。

《天问》《九章》《远游》《卜居》《渔父》，宋玉《九辩》《招魂》，景差《大招》，与汉人作品贾谊《惜誓》、淮南小山《招隐士》、东方朔《七谏》、庄忌《哀命时》、王褒《九怀》、刘向《九叹》，共十六篇，合为《楚辞》一书。

东汉时期，《楚辞》仍为显学，盛势不衰。史载明帝马皇后"好读《春秋》《楚辞》……"（《后汉书·皇后纪（明德马皇后）》）可见其在皇家受欢迎的程度。东汉最重要的楚辞学者是王逸。逸字叔师，南郡宜城人。安帝元初中举上计吏，为校书郎。顺帝时为侍中，他编集《楚辞章句》行于世，该书在刘向《楚辞》基础上，加进已作《九思》，与班固二篇"叙"，共编为十七卷，再各为之注，对每篇题意和文字做简要解释。如关于《九歌》，王逸曰：

《九歌》者，屈原之所作也。昔楚国南郢之邑，沅湘之间，其俗信鬼而好祀，其祠必作歌乐鼓舞，以乐诸神。屈原放逐，窜伏其域，怀忧苦毒，愁思怫郁。出见俗人祭祀之礼，歌舞之乐，其词鄙陋，因为作《九歌》之曲，上陈事神之敬，下以见己之冤结，托之以风谏。故其文意不同，章句杂错而广异义焉。①

其说虽含推测之词，但仍包含了诸多合理成分，他为理解《九歌》性质提供了非常关键的信息，故近两千年来，学界基本接受其说。《楚辞章句》是今存最早完整的《楚辞》文本，后世研究《楚辞》者，无论篇义、章句文字，悉皆祖述王逸之遗存，楚辞学得以传承不绝，此书之重要性固不待多言。王逸之注，虽然也有不甚详核的问题，但因其去古未远，包含了先儒之训诂，李善注《文选》全袭其文。由此可见，王逸之注对理解《楚辞》原作的意义，不言而喻。

---

① 〔宋〕洪兴祖补注《楚辞补注》，中华书局1983年版，第55页。

后世对《楚辞章句》亦有质疑者,如该书第一篇题作"离骚经章句第一",注文也说:"《离骚经》者,屈原之所作也。"皆称《离骚》为"经",对此有人提出,此"经"字不妥,可能是后人所加。然而王逸称《离骚》为"经",亦有其道理,在汉代,《楚辞》虽不入于五经之列,但在部分人的心目中,《离骚》非一般文字,已近于经典之列,并且常将"诗""骚"并称,不以为怪。上举马皇后"好读《春秋》《楚辞》"之例,亦可证当时《楚辞》确可与经典并列。王逸说《离骚》这篇文章,为"屈原执履忠贞而被谗衺,忧心烦乱,不知所愬,乃作《离骚经》。离,别也。骚,愁也。经,径也。言已放逐离别,中心愁思,犹陈道径,以风谏君也"。① "经"字,不仅篇名中有,注文内亦有,不似后人在篇题处随意插入,应是王逸原注如此。

与王逸约略同时的马融亦有《离骚》注,然原著今已不存。马融为东汉中后期大儒,同时有《诗经》《楚辞》著作,此现象甚为重要,表明东汉《楚辞》学之兴盛,与经学繁荣并行不悖,甚至可以互兼相通,《诗经》学家不妨同时为《楚辞》学家。

此外还由应奉,"及党事起,奉乃慨然以疾自退。追愍屈原,因以自伤,著《感骚》三十篇数万言"(《后汉书·应奉传》)。此《感骚》作品,因原著不存,难以确定其为何种写作形态。但出于对屈原的"追愍",兼"自伤",竟然写出"三十篇数万言"的作品,实为文学史上的重要事件。

要之,汉代是《楚辞》学形成和发展的关键时期,东汉王逸等人,贡献甚多,近两千年来,世所公认。

(三)东汉的《左传》整理及研究

在《春秋》三传中,《左传》文学性最高。然而《左传》属"古文

---

① 〔宋〕洪兴祖补注《楚辞补注》,中华书局1983年版,第2页。

学"系统,西汉时"今文学"为经学主流,当时大儒所习,皆《公羊春秋》之学,如公孙弘、董仲舒等。然而武帝时河间献王刘德,修学好古,收藏先秦古文旧书,其中包括《左氏春秋》,遂于王国立《左氏春秋》博士,山东诸儒多从而游,其学得传。

《左氏春秋》扩大其影响力的转机出现在西汉末期,当时著名学者刘歆研习"古文学",见《左氏春秋》而好之,遂大力鼓吹。

> 及歆校秘书,见古文《春秋左氏传》,歆大好之。时丞相史尹咸以能治《左氏》,与歆共校经传。歆略从咸及丞相翟方进受,质问大义。初《左氏传》多古字古言,学者传训故而已。及歆治《左氏》,引传文以解经,转相发明,由是章句义理备焉。歆亦湛靖有谋,父子俱好古,博见强志,过绝于人。歆以为左丘明好恶与圣人同,亲见夫子,而公羊、穀梁在七十子后,传闻之与亲见之,其详略不同。歆数以难向,向不能非间也。然犹自持其《穀梁》义。及歆亲近,欲建立《左氏春秋》及《毛诗》《逸礼》《古文尚书》皆列于学官。哀帝令歆与五经博士讲论其义,诸博士或不肯置对,歆因移书太常博士,责让之。①

---

① 参见《汉书·楚元王传》卷三六附《刘歆传》,中华书局1962年,第1967页。关于《左氏春秋》在西汉时期初期的传授过程,班固曾有所梳理,他说:"汉兴,北平侯张苍及梁太傅贾谊、京兆尹张敞、太中大夫刘公子皆修《春秋左氏传》。谊为《左氏传》训故,授赵人贯公,为河间献王博士,子长卿为荡阴令,授清河张禹长子,禹与萧望之同时为御史,数为望之言《左氏》,望之善之,上书数以称说。后望之为太子太傅,荐禹于宣帝,征禹待诏,未及问,会疾死。授尹更始,更始传子咸及翟方进、胡常。常授黎阳贾护季君,哀帝时待诏为郎,授苍梧陈钦子佚,以《左氏》授王莽,至将军。而刘歆从尹咸及翟方进受。由是言《左氏》者本之贾护、刘歆。"(《汉书·儒林传》,第3620页)由此可知,《左传》在西汉末已流传转盛,而贾护、刘歆等大儒,影响甚巨。故班固说:"平帝时,又立《左氏春秋》《毛诗》《逸礼》《古文尚书》"(《汉书·儒林传》,第3621页)之说,基本可信。

东汉初,《左传》开始转盛,习之者有刘秀大将寇恂、冯异等。史载寇恂"素好学,乃修乡校,教生徒,聘能为《左氏春秋》者,亲受学焉"(《后汉书·寇恂传》)。冯异"好读书,通《左氏春秋》《孙子兵法》"(《后汉书·冯异传》)。文士治《左传》者,首推郑兴、郑众父子。郑兴"少学《公羊春秋》,晚善《左氏传》,遂积精深思,通达其旨,同学者皆师之。天凤中,将门人从刘歆讲正大义,歆美兴才,使撰条例、章句、训诂"(《后汉书·郑兴传》)。更始帝时,郑兴曾任凉州刺史,东汉建武初,任太中大夫等,"自杜林、桓谭、卫宏之属,莫不斟酌焉。世言《左氏》者,多祖兴。而贾逵自传其父业,故有'郑、贾之学'。"(同上)其子郑众,"年十二,从父受《左氏春秋》,精力于学"(同上),后任给事中等,受明帝派遣持节出使北匈奴,声名远播。又,贾逵,"弱冠能诵《左氏传》及五经本文","博物多识"(《后汉书·贾逵传》),后来成为当时学界公认的领袖人物之一。

　　要之,众多优秀学者倾心于《左传》,使其身价倍增,习者趋之若鹜。东汉时期,《左传》就被立为学官了,因此,对它的整理和研究也上升到了新的高度。范晔谓"郑、贾之学,行乎数百年中,遂为诸儒宗"(《后汉书·贾逵传》"论曰")。①

---

① 又《隋书·经籍志》亦总结东汉前后《春秋》"三传"之兴衰消长过程谓:"……其后刘歆典校经籍,考而正之,欲立《左传》于学,诸儒莫应。至建武中,尚书令韩歆请立而未行。时陈元最明《左传》,又上书讼之。于是乃以魏郡李封为《左氏》博士。后群儒蔽固者,数延争之。及封卒,遂罢。然诸儒传《左氏》者甚众。永平中,能为《左氏》者,擢高第为讲郎。其后贾逵、服虔并为训解。至魏,遂行于世。晋时,杜预又为《经传集解》。《穀梁》范宁注,《公羊》何休注,《左氏》服虔、杜预注,俱立国学。然《公羊》《穀梁》,但试读文,而不能通其义。后学三传通讲,而《左氏》唯传服义。至隋,杜氏盛行,服义及《公羊》《穀梁》浸微,今殆无师说。"(《隋书·经籍志》,中华书局1973年版,第933页)按其说亦可参考。

东汉时期有关《左传》整理和研究的成果：郑兴有"条例""章句""训诂"三者，自行文看，它们既可以是三项工作，或三个"项目"，也可以理解为三部著作，形态颇难确定。《隋书·经籍志》著录贾逵《左传》著作，有《春秋释训》一卷，《春秋左氏经传朱墨列》一卷，《春秋左氏长经》二十卷，《春秋左氏解诂》三十卷四种。马融"尝欲训《左氏春秋》，及见贾逵、郑众注，乃曰：'贾君精而不博，郑君博而不精。既精既博，吾何加焉？'但著《三传异同说》"（《后汉书·马融传》）。可知马融曾亲见贾逵、郑众二人的注本，他们"既精既博"，已经达到很高的水平，颇难超越。

东汉学者的《左传》著作，《隋书·经籍志》尚著录有：

《春秋左氏传解谊》三十一卷，注曰："汉九江太守服虔注。"

《春秋释例》十卷，注曰："汉公车征士颖容撰，梁有《春秋左氏传条例》九卷，汉大司农郑众撰。"

《春秋左氏膏肓释痾》十卷，注曰："服虔撰，梁有《春秋汉议驳》二卷，服虔撰，亡。"

《春秋左氏传述义》四十卷，注曰："东京太学博士刘炫撰。"等等。

要之，《左传》学初兴于西汉，正式登上官学舞台成为儒学经典，并得到众多学者青睐宗奉，跻入学界主流，则是在东汉。对《左传》的文本的全面整理和阐释，是东汉一代的重要学术工作，因此也涌现了众多学者，产生了诸多具有深远意义的著作。

第二章　桓谭、冯衍等东汉前期作者

第一节　桓谭的思想与人格

东汉前期众多文士中，以人格论则当推桓谭为佼佼者。桓谭（前16？—56）①字君山，沛国相人，父成帝时为太乐令，谭少年为郎，善鼓琴，精音律，②又博学多通，遍习五经，曾从刘歆、扬雄学，辨析疑异，研习大义，不为章句之学，显示哲人风范。桓谭学有心得，

---

① 关于桓谭生卒年，据《后汉书·桓谭传》，桓谭之卒，在"有诏谶议灵台所处"事后，当时桓谭抵触光武帝"吾欲谶决之"主意，光武帝"大怒，曰'桓谭非圣无法，将下斩之！'谭叩头流血，良久乃得解。出为六安郡丞，意忽忽不乐，道病卒，时年七十余"。可知卒于建造灵台之年。查《后汉书·光武帝纪》载"（中元元年）十一月甲子晦，日有食之。是岁初起明堂、灵台、辟雍及北郊兆域……"，又同书《祭祀志中》亦载"（建武中元元年）是年初营北郊明堂、辟雍、灵台，未用事"。可知"起灵台"于光武帝建武中元元年（56）。是可判断为桓谭之卒年也。设所谓"年七十余"为七十三岁，则其出生当在西汉成帝鸿嘉元年（前16）左右。
② 桓谭自述："昔余在孝成帝时为乐府令，凡所典领倡优伎乐，盖有千人之多也。"（《新论·琴道》，参见朱谦之校辑《新辑本桓谭新论》，中华书局2009年版，第70页）

从道德及知识两方面获取养分,养成理性思维习性,能够冷静深入辨别社会思想文化各方面是非得失,并勇于发表见解。他又"喜非毁俗儒",因此落落寡合,颇与时辈不合。王莽先摄政,后登极,建立新朝,桓谭任"掌乐大夫"。其时"当王莽居摄,篡弑之际,天下之士,莫不竞褒称德美,作符命以求容媚。谭独自守,默然无言"。① 王莽初颇收士誉,当时名声显赫的扬雄亦不禁撰文"美新",谓王莽"执粹精之道,镜照四海,听聆风俗,博览广包,参天贰地,兼并神明,配五帝,冠三王,开辟以来,未之闻也",其时桓谭"默然""自守",不参与对新朝的"褒称德美",显示出与一般"俗儒"不同的表现。② 新莽朝覆灭,桓谭又曾在更始帝刘玄幕中任太中大夫。

光武帝刘秀建立东汉政权后,大司空宋弘举桓谭为"通儒之士",谓其"才学洽闻,几能及扬雄、刘向父子",刘秀遂拜为议郎、给事中。朝廷每宴会,辄令桓谭鼓琴,好其繁声。而谭不愿以俳优自居,娱乐君主,曾上疏"陈时政所宜",文章通过孙叔敖对楚庄王之语,表达本人政治理念:"君骄士曰:'士非我无从富贵。'士骄君曰:

---

① 《后汉书·桓谭传》,中华书局1965年版,第956页。
② 桓谭亦曾为王莽任事,受莽封爵。顾炎武曰:"按《前汉书·翟义传》:'莽依《周书》作《大诰》,遣大夫桓谭等班行谕告,当反位孺子之意,还封谭为明告里附城。'是曾受莽封爵。史为讳之尔。注:《王莽传》:当赐爵关内侯者,更名曰'附城'。"〔清〕顾炎武著,〔清〕黄汝成集释《日知录集释》卷二六"后汉书",上海古籍出版社1985年版,第1901页。顾氏揭示桓谭"受莽封爵",有助于全面了解桓谭其人。然而所云"史为讳之尔",语含贬义,以为桓谭不当受莽之封。此盖与顾氏处明清易代之际,自身所持气节观念有关。唯西汉末王莽颇树清正形象,故儒者文士,附会者甚众,包括扬雄、刘向、刘歆等,皆一时俊彦,追随响应,少见顾忌。当时士大夫固气节意识淡漠,而汉新易代本身,并不具明显正邪性质,更无所谓夷夏之大防关系,故而如桓谭"受爵"等事,与后世诸"降贼""附逆"行为,不能等同视之,固不必责备求全也。

'君非士无从安存。'人君或至失国而不悟,士或至饥寒而不进。君臣不合,则国是无从定矣!"文章最后写楚庄王表态:"善!愿相国与诸大夫共定国是也。"桓谭提出君臣"共定国是",体现了在君臣关系上的相对性主张,一定程度上强调着士人人格地位。在皇权体制已经强固建立的东汉时期,其说甚不合时宜,结果"书奏不省"。桓谭接着再次上疏,谓:"臣前献瞽言,未蒙诏报,不胜愤懑,冒死复陈。"①皇帝对他的议论不予置理,他竟敢抗议说"不胜愤懑",态度未免有所"不敬"。他还要"复陈",而所"陈"内容,更加令刘秀难以接受,因他猛烈抨击谶纬。刘秀在新莽乱局中最后取胜,谶书《赤伏符》②曾为之昭示"天命",由此对谶纬之说备极信奉,登极后常依据谶纬决定重大政务,包括重要人事任命。③ 晚年更"宣布图谶于天下"(《后汉书·光武帝纪》)。于是桓谭上疏正面叙述对于谶纬看法:

  观先王之所记述,咸以仁义正道为本,非有奇怪虚诞之事。盖天道性命,圣人所难言也。自子贡以下,不得而闻,况后世浅

---

① 《后汉书·桓谭传》,中华书局1965年版,第955—956页。
② 《后汉书·光武帝纪》载:"光武先在长安时同舍生强华,自关中奉《赤伏符》曰:'刘秀发兵捕不道,四夷云集龙斗野,四七之际火为主。'群臣因复奏曰:'受命之符,人应为大,万里合信,不议同情。周之白鱼,曷足比焉?今上无天子,海内淆乱,符瑞之应,昭然著闻,宜答天神,以塞群望。'光武于是命有司设坛场于鄗南千秋亭五成陌。六月己未,即皇帝位。"(中华书局1965年版,第21—22页)
③ 刘秀曾据谶言拜王梁为大司空,后又拜孙咸为"行大司马"。然而所任明显不称其职,引起朝廷大臣们不满,群情哗然。关于此事,《后汉书·景丹传》载:"世祖即位,以谶文用平狄将军孙咸行大司马,众咸不悦。诏举可为大司马者,群臣所推,唯吴汉及(景)丹。……乃以吴汉为大司马,而拜丹为骠骑大将军。"李贤注曰:"《东观记》载谶文曰:'孙咸征狄也。'"(中华书局1965年版,第773页)

儒，能通之乎？今诸巧慧小才、伎数之人，增益图书，矫称谶记，以欺惑贪邪，诖误人主，焉可不抑远之哉？臣谭伏闻陛下穷折方士黄白之术，甚为明矣；而乃欲听纳谶记，又何误也！其事虽有时合，譬犹卜数只偶之类，陛下宜垂明听，发圣意，屏群小之曲说，述《五经》之正义。略雷同之俗语，详通人之雅谋。①

指出"谶记"非"先王""圣人"所记述，与"仁义正道""《五经》之正义"不符，而其"有时合"之事，只是偶然巧合，与"卜数"类似。更指出谶记是"巧慧小才、伎数之人""增益""矫称"之产物，所以虚妄不可信。他肯定刘秀曾经对玩弄"黄白之术"的方士采取"穷折"手段，予以打击；但又直截了当说皇帝"欲听纳谶记，又何误也！"桓谭此文，言辞犀利，尽显其个性风采。文中指斥的"后世浅儒"，"增益图书，矫称谶记，以欺惑贪邪，诖误人主"，本质上只是一批"巧慧小才、伎数之人"，再次表现了他"非毁俗儒"的一贯立场。而理直气壮，抗言帝王，最是文章骨鲠所在。但此文得到效果是："帝省奏，愈不悦。"(《后汉书》本传)其后朝廷为建立"灵台"，讨论选址问题，久议不决。刘秀问桓谭，"吾欲谶决之，何如？"桓谭默然良久，然后答道："臣不读谶。"刘秀听了追问其故，而桓谭回答，又是阐述一番谶纬非经的大道理。这是再次披逆鳞。刘秀大怒，说"桓谭非圣无法！"将要处以极刑，桓谭叩头流血许久，才得免，结果是将他斥出朝廷，去六安郡任丞。②桓谭遭此打击，忽忽不乐，病卒于路。桓谭毕生坚持反对谶纬，

---

① 《后汉书·桓谭传》，中华书局 1965 年版，第 959—960 页。
② 当时因谶而逢刘秀之怒，与桓谭遭遇相类者，尚有郑兴，据《后汉书》本传载："帝尝问兴郊祀事，曰：'吾欲以谶断之，何如？'兴对曰：'臣不为谶。'帝怒曰：'卿之不为谶，非之邪？'兴惶恐曰：'臣于书有所未学，而无所非也。'帝意乃解。兴数言政事，依经守义，文章温雅，(下转 428 页)

不惜顶撞皇帝，遭遇君怒，付出个人政治前程方面沉重代价，在古代思想文化史上颇为突出。他反对谶纬，基于他本人崇尚知识、追求真实的思想信念，以及强大的理性思维，这是一种可贵的思想品格，在两汉之交神学迷信甚嚣尘上、占据官方文化主流地位背景下，他代表着部分文士中正在发展的知识理性潮流。这使他站到文化制高点上，并与当时那些"俗儒"划清界限。桓谭以其"非毁俗儒"与"非圣无法"表现，昭示着一种正直人格素质，学术不臣服于权力。其思想和人格的光彩熠耀生辉！对此，宋代叶适评论谓："谭与扬雄、刘歆并时，低徊乱亡，无所阿徇，虽稍疏阔，要为名世，光武不能容于列大夫间，而推折之致死，可谓褊而严矣。"①批评光武，推重桓谭，颇称允当。②

  （上接427页）然以不善谶故，不能任。"《后汉书·儒林列传·郑兴传》，中华书局1965年版，第1223页。又有尹敏其人，亦以非谶而致沉滞者也，据《后汉书》本传载："帝以敏博通经记，令校图谶，使蠲去崔发所为王莽著录次比。敏对曰：'谶书非圣人所作，其中多近鄙别字，颇类世俗之辞，恐疑误后生。'帝不纳。敏因其阙文，增之曰：'君无口，为汉辅。'帝见而怪之，召敏问其故，敏对曰：'臣见前人增损图书，敢不自量，窃幸万一。'帝虽深非之，虽竟不罪，而亦以此沉滞。"《后汉书·儒林列传·尹敏传》，中华书局1965年版，第2558页。
① 〔宋〕叶适著《习学记言序目》，中华书局1977年版，第347页。
② 梁代刘勰曾论述谶纬之非，其曰："至于光武之世，笃信斯术，风化所靡，学者比肩。沛献集纬以通经，曹褒撰谶以定礼。乖道谬典，亦已甚矣！是以桓谭疾其虚伪，尹敏戏其深瑕，张衡发其僻谬，荀悦明其诡诞，四贤博练，论之精矣。"见〔南朝梁〕刘勰著，周振甫注《文心雕龙注释·正纬》，人民文学出版社1981年版，第29页。清代学者阎若璩亦谓："尝思纬书萌于成帝，成于哀、平。逮东京尤炽，有非谶者，至比诸非圣无法，罪殊死。尝诏东平王苍正五经章句，皆命从谶，其撰祀礼名乐，又不待云。当时能心知其非而力排之者，桓谭氏而止耳，张衡氏而止耳。纵有儒宗贾逵氏摘谶互异三十余事，以难诸言谶者，及条奏帝前，仍复附会图谶，以成其说，身亦以贵显，他更可知。于此，有人焉能料二百载后，其学浸微，有发使四出搜天下书籍与谶纬相涉者悉焚之，被纠辄死，如隋之代也哉！"见〔清〕阎若璩《尚书古文疏证》卷七，上海古籍出版社1987年版，第983页。

桓谭毕生勤于著作,《后汉书》本传载:"初,谭著书言当世行事二十九篇,号曰《新论》。上书献之,世祖善焉。《琴道》一篇未成,肃宗使班固续成之。所著赋、诔、书、奏,凡二十六篇。"李贤注:"《新论》一曰《本造》、二《王霸》、三《求辅》、四《言体》、五《见征》、六《谴非》、七《启寤》、八《祛蔽》、九《正经》、十《识通》、十一《离事》、十二《道赋》、十三《辨惑》、十四《述策》、十五《闵友》、十六《琴道》。《本造》《述策》《闵友》《琴道》各一篇,余并有上、下。《东观记》曰:'光武读之,敕言卷大,令皆别为上、下,凡二十九篇。'《东观记》曰:'《琴道》未毕,但有发首一章。'"①《隋书·经籍志》卷三载"桓子《新论》十七卷,后汉六安丞桓谭撰"。其"十七卷"之说,当言原本十六篇,外加序文之类,而"别为上、下"者,皆合作一卷计之。若是,则唐初《新论》篇章,基本保存无佚。然而《旧唐书·经籍志》著录"《桓子新论》十七卷,桓谭撰";又有"后汉《桓谭集》二卷"。《新唐书·艺文志》著录"《桓子新论》十七卷,又有"《桓谭集》二卷","桓谭《乐元起》二卷,又《琴操》二卷"。然而《宋史·艺文志》已不见桓谭著作,大约十七卷本《新论》已亡于五代之际。明人张溥编辑《汉魏六朝百三家集》,其中有王褒、扬雄、刘向、刘歆、冯衍、班固、崔骃、张衡等集,而无桓谭之集。清严可均辑《全后汉文》,方设桓谭之卷,而内容以《新论》逸文为主。

桓谭既持学者品格,崇尚知识,又挺君子操守,正直不阿,诚为一代志士。宋代王安石有诗云:"崎岖冯衍才终废,索寞桓谭道不谋。"②肯定他坚守自己"道"而不惧人生"索寞"的精神,诚哉斯言。又宋代周紫芝直谓桓谭为"大豪杰":"有人于此,确然自信而无所

---

① 《后汉书·桓谭传》,中华书局1965年版,第961—962页。
② 王安石《严陵祠堂》,《临川先生文集》,中华书局1959年版,第292页。

疑,毅然自守而不可夺,爵禄不能劝之使从,刑僇不能威之使惧,非天下之大豪杰,吾知其不能矣。余于东京而得桓谭焉,……观谭展转于新室纷更之余,终不肯一言以取媚于时。及中兴之后,谶说益盛,而犯颜力争,以辨其非,则其人自视岂随其波而汨其泥者哉?故曰士有特立独行,不移于举世之所好,而自信其道者,然后可以谓之大豪杰也。"①这是表彰桓谭的独立人格。清代朴学家们对于桓谭执着追求真知真识的精神大为佩服,更将他当作治学的偶像。如阎若璩《尚书古文疏证》卷二:"愚谓桓谭《新论》足以证今古文《孝经》之伪,岂不足以证古文《尚书》之真哉?……余敢望桓谭其人,而辄旦暮遇之也哉!"②表达了对桓谭人格的高度敬仰。

第二节　桓谭《新论》的文学价值

《新论》为今存桓谭主要作品。关于其写作时间,书中多写及"王翁"(即王莽)败亡及分析其原因,可知当作于新莽之后。又《后汉书》本传载:"初谭著书,言当世行事二十九篇,号曰《新论》。上书献之,世祖善焉。"可知本书之完成,在东汉建武时期,桓谭被贬斥之前。今存文本内容实颇庞杂,大略有思想历史分析,社会政治评论,道德伦理说教,生命生活辨惑,文学经验总结,等等。王充尝论其作意曰:

---

① 〔宋〕周紫芝著《太仓稊米集》卷四五,台北:商务印书馆影印文渊阁《四库全书》集部,第1141册,第312—313页。
② 〔清〕阎若璩著《尚书古文疏证》卷二,上海古籍出版社1987年版,第176页。

> 又作《新论》，论世间事，辩照然否。虚妄之言，伪饰之辞，莫不证定。彼子长、子云论说之徒，君山为甲。自君山以来，皆为鸿眇之才，故有嘉令之文。笔能著文，则心能谋论，文由胸中而出，心以文为表。观见其文，奇伟俶傥，可谓得论也。（《论衡·超奇》）

王充对桓谭赞美有加，其评价高于司马迁、扬雄等，而"奇伟俶傥"是对该书写作风格的总评。《后汉书·冯衍传》李贤注曰："俶傥，卓异貌也。"可知王充敬服程度，臻于极致。《新论》中"论世间事"，首先是政治事。桓谭在政治社会领域，多有建言，所论方面甚广。如对"王""霸"术之批评：

> 唯王霸二盛之义，以定古今之理焉。夫王道之治，先除人害，而足其衣食，然后教以礼义，使知好恶去就。是故大化四凑，天下安乐，此王者之术。霸功之大者，尊君卑臣，权统由一，政不二门，赏罚必信，法令著明，百官修理，威令必行，此霸者之术。王道纯粹，其德如彼；伯道驳杂，其功如此。俱有天下而君万民，垂统子孙，其实一也。（《王霸》①）

> 儒者或曰："图王不成，其弊亦可以霸。"此言未是也。传曰："孔氏门人，五尺童子，不言五霸事者，恶其违仁义而尚权诈也。"（同上）

---

① 本文所引《新论》文字俱依朱谦之校辑《新辑本桓谭新论》，中华书局2009年版。

> 夫王道之主,其德能载,包含以统乾元也。(同上)

> 王者易辅,霸者难佐。(《求辅》)

桓谭政治理想无疑在"王道",崇尚"王道",批判"霸道",是其主旨。观其所描述"王道"内涵,与汉代现实状况颇存距离;而看他所描述"霸道"种种形态,则是对秦汉以来社会政治现实之真切概括:"霸功之大者,尊君卑臣,权统由一,政不二门,赏罚必信,法令著明,百官修理,威令必行,此霸者之术。"可见在桓谭心中,当时已实行二百年的皇权、帝制,基本上是一种"图王不成"的"霸道",他的态度是"恶其违仁义而尚权诈","王者易辅,霸者难佐",明显表示厌恶排斥,并予批判否定。桓谭于此所"辩照"之"理",与其"非毁俗儒""非圣无法"基本思想立场相一致。

在政治历史评论方面,《新论》对汉武帝的评述最有代表性,其云:

> 汉武帝材质高妙,有崇先广统之规,故即位而开发大志,考合古今,模范前圣故事,建正朔,定制度,招选俊杰,奋扬威怒,武义四加,所征者服。兴起六艺,广进儒术,自开阙以来,惟汉家最为盛焉。故显为世宗,可谓卓尔绝世之主矣。然上多过差,既欲斥境广土,又乃贪利争物之无益者。闻西夷大宛国有名马,即大发军兵,攻取历年,士众多死,但得数十疋耳。又歌儿卫子夫因幸爱重,乃阴求陈皇后过恶而废退之,即立子夫,更其男为太子。后听邪臣之谮,卫后以忧死,太子出走灭亡,不知其处。信其巫蛊,多征会邪僻,求不急之方,大起宫室,内竭府库,外罢天下,百姓之死亡,不可

胜数。此可谓通而蔽者也。(《艺文类聚》卷一二,又参见《新辑本桓谭新论·识通》)

这里全面论述汉武帝其人,凡政治、军事、文化诸方面建树及其过失,无不如实评骘,既无谀颂,亦不隐讳,其"通而蔽者"的结论,甚具历史眼光,颇为中肯允当。比班固《汉书·武帝纪》"赞"语以颂扬为主,更为切实严正,富于史家求真精神。

《新论》又论神道事。桓谭断然谓:"无仙道,好奇者为之。"(《祛蔽》)他与刘歆为友,但在神仙问题上分歧尖锐,"刘子骏信方士虚言,谓神仙可学。尝问言:'人诚能抑嗜欲,阖耳目,可不衰竭乎?……'余见其庭下有大榆树,久老剥折,指谓曰:'彼树无情欲可忍,无耳目可阖,然犹枯槁朽蠹,人虽欲爱养,何能使不衰?'"(《祛蔽》)①指出生命盛衰自然规律不可抗拒,理路清晰,刘歆难以反驳。《新论》中"辩照"神仙伪说文字尚有不少,如:

哀帝时有老才人范兰,言年三百岁。初与人相见,则喜而相应和,再三,则骂而逐人。(《新论·辨惑》)

余尝与郎冷喜出,见一老翁粪上拾食,头面垢丑,不可忍

---

① 桓谭之说,曾得到后世曹植赞同,其《辨道论》有曰:"夫神仙之书、道家之言,乃云'傅说上为辰尾宿,岁星降下为东方朔';淮南王安诛于淮南,而谓之'获道轻举';钩弋死于云阳,而谓之'尸逝柩空'。其为虚妄甚矣哉! 中兴笃论之士有桓君山者,其所著述多善。刘子骏尝问:'言人诚能抑嗜欲、阖耳目,可不衰竭乎?'时庭中有一老榆,君山指而谓曰:'此树无情欲可忍,无耳目可阖,然犹枯槁腐朽,而子乃言可不衰竭,非谈也!'"赵幼文校注《曹植集校注》,人民文学出版社1984年版,第187页。

视。喜曰:"安知此非神仙?"余曰:"道必形体,如此无以道焉。"(同上)

曲阳侯王根迎方士西门君惠,从其学养生却老之术。君惠曰:"龟称三千岁,鹤称千岁。以人之材,何乃不及虫鸟邪?"余应曰:"谁当久与龟鹤同居,而知其年岁耳?"(同上)

范兰自谓"三百岁",似乎深得神仙至道。但被人"再三"盘问,即恼羞成怒,要"骂而逐人",露出流氓骗子本相。有粪上拾食老翁,竟被人视为"神仙",桓谭则明确说如神仙必作这副凄惨肮脏模样,神仙又有何可取可羡处!至于他反驳方士西门君惠之语,则表现出强大的思辨能力:你说龟鹤三千岁,但有谁能与龟鹤长期同居止,证明它们确实有三千岁?如此诘问,对方殊难回应。是皆表明在桓谭面前,"虚妄之言,伪饰之辞,莫不证定",其言信然。另有一则写王莽事鬼神:

王翁好卜筮,信时日,而笃于事鬼神,多作庙兆,洁斋祀祭。牺牲肴膳之费,吏卒办治之苦,不可称道。为政不善,见叛天下。及难作兵起,无权策以自救解,乃驰之南郊告祷,搏心言冤,号兴流涕,叩头请命,幸天哀助之也。当兵入宫日,矢射交集,燔火大起,逃渐台下,尚抱其符命书,及所作威斗,可谓蔽惑至甚矣!(《新论·见征》)

桓谭指出王莽"为政不善,见叛天下",却不能觉悟,不能改弦更张,而"笃于事鬼神"。当"难作兵起"时,他"无权策以自救解",只是去"告祷"神灵,在那里呼天抢地,"搏心言冤",当敌兵打进皇宫的最后时刻,他竟还抱着"符命书"(即谶书)和自己所作"威斗"①不放,终至丧命。桓谭评论说"可谓蔽惑至甚矣!"《新论》"证定"王莽败亡故事,也是对笃信谶纬的东汉统治者的有力警示。

桓谭作为一饱学文士,《新论》所论"世间事"中亦包括学术和文学。首先,他强调学习的重要性:

余少时好《离骚》,博观他书,辄欲反学。(《道赋》)

扬子云攻于赋,王君大晓习万剑之名,凡器遥观而知,不须手持熟察。余欲从二子学。子云曰:"能读千赋则善赋。"君大曰:"能观千剑则晓剑。"谚曰:"伏习象神,巧者不过习者之门。"(同上)

成少伯工吹竽,见安昌侯张子夏,鼓琴谓曰:"音不通千曲以上,不足以为知音。"(《琴道》)

虚心好学,"习"能生巧,这是增长才学不二法门。桓谭治学上强调"通",他最心仪的学者是司马迁、扬雄。其谓:

王公子问:"扬子云何人耶?"答曰:"才智开通,能入圣道,卓绝于众。汉兴以来未有此人也。"国师子骏曰:"何以言之?"答曰:"通才,著书以百数,惟太史公广大,余皆丛残小论,不能比之,子云所造《法言》《太玄经》也。《玄经》数百年外,其书必

---

① 《汉书·王莽传》曰:"威斗者,以五石铜为之,若北斗,长二尺五寸,欲以厌胜众兵。"颜师古注曰:"李奇曰:'以五色药石及铜为之。'苏林曰:'以五色铜矿治之。'师古曰:李说是也,若今作鍮石之为。"(中华书局1962年版,第4151页)

传,顾谭不及见也。世咸尊古卑今,贵所闻,贱所见也,故轻易之。老子其心玄远,而与道合。若遇上好事,必以《太玄》次《五经》也。"(《正经》)①

此亦桓谭与刘歆("子骏")对话。桓谭之意,"才通"或者"才智开通",为做学问一种境界。②"才通"而后能"广大",能"著书以百数",达到如此境界人物,唯有司马迁、扬雄,其它人概不足数。桓谭本人所治学问甚博,堪称"通人"。他多处推重扬雄及其代表作《太玄》《法言》。他将《太玄》与《老子》比较,认为《老子》薄仁义,非礼学,仍被后世评价为"过于《五经》";而《太玄》"文义至深,而论不诡于圣人",当更应"次《五经》"。由此可见桓谭以仁义礼学为至归,根本上服膺儒术。其实扬雄《太玄》写成后,并不受学界看好。刘歆当时居于学界领袖地位,曾以惋惜同情的语气说它"吾恐后人用覆酱瓿"。③

---

① 又《汉书·扬雄传》曰:"时大司空王邑、纳言严尤,闻雄死,谓桓谭曰:'子常称扬雄书岂能传于后世乎?'谭曰:'必传。顾君与谭不及见也。凡人贱近而贵远,亲见扬子云禄位容貌,不能动人,故轻其书。昔老聃著虚无之言两篇,薄仁义、非礼学,然后世好之者,尚以为过于《五经》,自汉文、景之君,及司马迁,皆有是言。今扬子之书,文义至深,而论不诡于圣人,若使遭遇时君,更阅贤知,为所称善,则必度越诸子矣!'"(中华书局1962年版,第3585页)
② 桓谭还曾肯定司马迁为"通士"(《新论·正经》);又以为"刘子政、子骏、子骏兄子伯玉,三人俱是通人"(《新论·识通》)。
③ "刘歆亦尝观之,谓雄曰:'空自苦!今学者有禄利,然尚不能明《易》,又如《玄》何?吾恐后人用覆酱瓿也!'雄笑而不应。"《汉书·扬雄传》,中华书局1962年版,第3585页。又,颜之推对扬雄的评价较低,他说:"(扬雄)著《剧秦美新》,妄投于阁,周章怖慑,不达天命,童子之为耳!桓谭以胜老子,葛洪以方仲尼,使人叹息!此人直以晓算术、解阴阳,故著《太玄经》,数子为所惑耳!其遗言余行,孙卿、屈原之不及,安敢望大圣之清尘?且《太玄》今竟何用乎?不啻覆酱瓿而已!"王利器《颜氏家训集解·文章》,中华书局1993年版,第259—260页。

桓谭不为刘歆所蔽,极力推赏《太玄》,至以经典视之,后来又经张衡、马融等人称许,《太玄》遂渐受学界重视。

桓谭崇尚实学,同时排斥繁琐学风,他批评"秦近君能说《尧典》,篇目两字之说至十余万言,但说'曰若稽古'三万言"(《正经》)。那正是汉代主流经学家普遍的炫博风气,桓谭在此又显露他"非毁俗儒"非主流思想立场。

桓谭也论述了著作与人生境遇之关系,其谓:

> 贾谊不左迁失志,则文彩不发。淮南不贵盛富饶,则不能广聘骏士,使著文作书。太史公不典掌书记,则不能条悉古今。扬雄不贫,则不能作《玄》《言》。(《新论·本造》)

此前司马迁有"昔西伯拘羑里,演《周易》;孔子厄陈、蔡,作《春秋》;屈原放逐,著《离骚》;左丘失明,厥有《国语》;孙子膑脚,而论《兵法》;不韦迁蜀,世传《吕览》;韩非囚秦,《说难》《孤愤》。《诗》三百篇,大抵贤圣发愤之所为作也"议论,①深刻阐述生活与创作密切关系。桓谭此说,袭其思路,增加贾谊、淮南、太史公、扬雄等例证,当是对史迁所论之补充发挥。

王充"辩照然否""奇伟俶傥"之评语,亦颇突出桓谭文章风格及个性特征。书中对于历史疑案、不明自然现象、众说纷纭的社会问题等,皆有辨析,一般皆能做到立场客观、分析透彻、说理到位,而持论出人意表,表现出不崇权威、独立判断、追求知识、见解卓异的思想品格。

要之,《新论》在认识论和社会政治思想论方面,提出了不少卓

---

① 《史记·太史公自序》,中华书局1982年版,第3300页。

越见解,尤其是他不顾个人安危,敢于"披逆鳞",当皇帝之面揭示谶纬欺骗本质,在当时不啻是振聋发聩之音。王充曾谓:"观文之是非,不顾作之所起。世间为文者众矣,是非不分,然否不定。桓君山论之,可谓得实矣。论文以察实,则君山汉之贤人也;陈平未仕,割肉间里,分均若一,能为丞相之验也。夫割肉与割文,同一实也。如君山得执汉平,用心与为论不殊,指矣。孔子不王,素王之业在于《春秋》;然则桓君山素丞相之迹,存于《新论》者也。"(《论衡·定贤篇》)王充将桓谭比拟于孔子,是对他人格的充分肯定,可见在当时士流之中,桓谭拥有不少敬仰者。

关于文学创作,桓谭颇有志于此,自述"余少时见扬子云之丽文高论,不自量年少新进,而猥欲逮及。尝激一事而作小赋,用精思太剧,而立感动发疾病"(《新论·道赋》)。可见其"用精思"之"剧"。刘勰尝据此发挥谓:"人之禀才,迟速异分;文之制体,大小殊功。相如含笔而腐毫,扬雄辍翰而惊梦;桓谭疾感于苦思,王充气竭于思虑;张衡研京以十年,左思练都以一纪。虽有巨文,亦思之缓也"。(《文心雕龙·神思》)而桓谭所作"小赋"之类,当有相当数量。惜其作品大多散佚,今存唯《仙赋》一篇,其序曰:

> 余少时为中郎,从孝成帝出祠甘泉河东,见效先置华阴集灵宫。宫在华山下,武帝所造,欲以怀集仙者王乔、赤松子,故名殿为"存仙"。端门南向山,署曰"望仙门"。余居此焉,窃有乐高眇之志,即书壁为小赋,以颂美曰……(《艺文类聚》卷七八)

赋为短制,自称"小赋"。唯写"王乔、赤松,呼则出故,翕则纳新""仙道既成,神灵攸迎"之类,所撰"颂美"之词,不免落入"俗儒"者流套路。此虽赞颂趋附君主行为,终属"少时"所为,作者偶遇朝廷大典,亲历目睹,少年兴发,一时附和,是亦不必深究而求全责备者也。重要的是,桓谭后来思想渐见成熟,走上"非圣无法"道路,成就一代杰出文士,终与"浅儒""俗儒"者流分道扬镳。

桓谭尝有长篇文学作品,据刘勰记载:

> 六言、七言,杂出《诗》《骚》;而体之篇,成于两汉。情数运周,随时代用矣。若乃改韵从调,所以节文辞气。贾谊、枚乘,两韵辄易;刘歆、桓谭,百句不迁;亦各有其志也。(《文心雕龙·章句》)

刘勰"贾谊、枚乘,两韵辄易"之说,考今存二人作品,完全符合实情;则所说"刘歆、桓谭,百句不迁"之语,亦非虚言也。可见桓谭曾有百句以上长篇诗赋作品无疑。惜今已不存,无从得读,遗憾后世。关于桓谭文学风格,刘勰《文心雕龙·才略》尝论曰:

> 桓谭著论,富号猗顿;宋弘称荐,爰比相如。而《集灵》诸赋,偏浅无才,故知长于讽论,不及丽文也。

此是说其文章,尤指《新论》。"富号猗顿",篇幅宏富之谓也。宋弘之"荐",已如上述。至于"《集灵》诸赋",今存桓谭文字中亦略有线索可征,以上所引《仙赋》序文已有"先置华阴集灵宫"等语,可知刘勰所说不妄,桓谭确有"集灵"之赋。由《文心雕龙》"诸赋"一语亦可知,当日刘勰所见,桓谭辞赋作品数量殆非少数;只是今存仅有一篇,其余皆已遗佚,无从考核。至于"长于讽论,不及丽文"二句,刘勰之意,当言桓谭文学才具,长于论说文章,而诗赋丽文稍"不及"。

关于此点,其实桓谭本人亦有所说。他自述尝热衷于"扬子云之丽文高论",且"猥欲逮及",见上引文字,可知他在"丽文"和"高论"两个领域,都曾作出努力。据刘勰之评语可知,似乎其撰作"丽文"之"才略"稍弱,故有所"不及"也。然而今存桓谭"丽文"作品嫌少,故刘勰之评,难以实证,可备一说也。或者桓谭诗赋作品遗佚甚多,此一现象本身即表明其"长于讽论,不及丽文",亦未可知。看来桓谭文学成就,主要表现于论说文章之写作,而诗赋"丽文",未免稍逊。

桓谭亦颇有文艺评论。《新论》中一则文字值得玩味:

> 扬子云大才而不晓音,余颇离雅操而更为新弄。子云曰:"事浅易善,深者难识。卿不好《雅》《颂》而悦郑声,宜也。"(《闵友》)

桓谭在音乐修养上远胜扬雄,而扬雄颇以不知为知,批评桓谭"不好《雅》《颂》而悦郑声"。实际上桓谭所从事,为"离雅乐而更为新弄",所谓"新弄",盖指音乐革新之制作,既非原有"雅乐",亦不能简单斥之为"郑声"。此处显示桓谭不肯墨守陈规,富于艺术创新精神,是扬雄所未能及亦未能理解者也。

《新论》之外,桓谭尚多评论文学文字,散见于诸典籍中。如:

> 桓谭称:"文家各有所慕,或好浮华而不知实核,或美众多而不见要约。"(《文心雕龙·定势》)

> 及相如之《吊二世》,全为赋体,桓谭以为其言恻怆,读者叹息。(《文心雕龙·哀吊》)

今才颖之士,刻意学文;多略汉篇,师范宋集。虽古今备阅,然近附而远疏矣。夫青生于蓝,绛生于蒨,虽逾本色,不能复化。桓君山云:"予见新进丽文,美而无采;及见刘、扬言辞,常辄有得。"此其验也。故练青濯绛,必归蓝蒨;矫讹翻浅,还宗经诰。斯斟酌乎质文之间,而檃括乎雅俗之际,可与言通变矣!
(《文心雕龙·通变》)

可知桓谭是重"实核""要约",而反对"浮华""众多"的,这是文学风格上的爱好取向。可以理解,桓谭在这里表现出的,是一种偏好于务实、尚实的风格取向。他还说过,"予见新进丽文,美而无采;及见刘、扬言辞,常辄有得",表现出对于"美""丽"的某种排抵,对于"刘"(向)"扬"(雄)①文章的爱好。桓谭在这里是在做质与文、雅与俗的比较,反映出他对于质实典雅文风的向往和重视。刘勰在此赞同桓谭的观点,批评了当时"多略汉篇,师范宋集"的风气。"实核""要约"为文学风格之一种表现,不同文学风格,人各所好,本来无所谓优劣高下。但在东汉初,在权力引导鼓励下,盛行赞美皇权、"润色鸿业"风气,形成所谓"中兴"文学,众多"俗儒"撰写歌颂功德为主的辞赋文章,充斥浮言虚词。在此背景下,桓谭坚持尚"实"态度,反对浮华风气,以批判精神贯彻写作活动,体现着不同流俗的文学取向,昭显出时代的先进性。

---

① 此所谓"刘、扬",当指刘向、扬雄,而非刘歆、扬雄。南宋黄次山《临川文集原叙》:"读书未破万卷,不可妄下雌黄。雌正之难,自非刘向、扬雄,莫胜其任。吾今所校本,仍闽浙之故耳,先后失次,讹舛尚多,念少迟之,尽更其失,而虑岁之不我与也,计为之何?客曰:'不然。皋、苏不世出,天下未尝废律;刘、扬不世出,天下未尝废书。'"可证"刘扬"所言即刘向、扬雄也。

桓谭能够超越当时一般"浅儒""俗儒"的"浮华""众多"风气，在文章写作领域独树一帜，坚守"实核""要约"文风，除了其具备强固思维理性之外，与其本人知识结构亦相关。桓谭于社会人文之外，在天文地理博物等学问方面亦有深厚根柢。据《隋书·天文志》："其后桓谭、郑玄、蔡邕、陆绩，各陈《周髀》，考验天状，多有所违。"①由此可知，桓谭在天文方面亦有过相当钻研，据《隋书·经籍志》所载，其所持为"盖天"之说，与扬雄等主"浑天"说不同。又他亦曾参与"日初出与日中远近"讨论，主日中远之说。要之，桓谭博学深思，以知识为人生目标，追求知识孜孜不倦，是东汉知识追求潮流的代表人物之一。强大的知识崇尚取向和学术理性思维，影响及桓谭文章风格，使得他能够以"实核""要约"作风，独立于东汉初文坛，成为当时"中兴"文学中的非主流异质体。②

第三节　冯衍行止与作风

冯衍字敬通，京兆杜陵人。出身官宦世家，祖、父皆曾为关内侯。衍幼有奇才，年九岁能诵诗，二十而博通群书。王莽时，诸公多荐举之者，衍坚辞不仕。新莽末天下兵起，将军廉丹讨伐山东赤眉，辟冯衍为掾。衍尝说丹脱离王莽相机行事，丹不听，最终战死。更始二年（24），尚书仆射鲍永行大将军事，安集北方，冯衍为之设计献策，遂署衍为立汉将军，领狼孟长，屯太原，捍卫并州。更始亡后，刘秀自立。秀兵力颇盛，在河北一带收略郡县，上党太守田邑归降刘

---

① 《隋书·天文志》，中华书局1973年版，第507页。
② 宋代王禹偁《偶题》三首之一云："贾谊因才逐，桓谭以谶疏。古今当似此，吾道竟何如？"（《小畜集》卷一〇）感叹殊深，千古共之。

秀,而鲍、冯二人拒之,招致刘秀怨恨。虽然不久皆降于河内,归顺东汉,冯衍却未能使刘秀释然,始终未能得到充分信任。冯衍建武初曾任狼孟长、曲阳令等职,有治绩而无升赏。卫尉阴兴、新阳侯阴就,以外戚显贵,敬重冯衍,遂与之结交,并转而为诸王所聘请,为掾属,又任司隶从事,这是冯衍在朝中所任最高官职。不久刘秀整肃外戚滋事宾客,以法绳之,大者抵死流徙,其余至贬黜,冯衍亦连带得罪,虽"诏赦不问",而被迫西归故郡。由此闭门自保,不敢复与亲故通,终光武之世,冯衍长期不得志。后来明帝继位,朝廷中又有官员言其才能,但总有人指他"文过其实",遂再无征召机会。永平中终老故里,享年八十岁左右。① 《后汉书》有传。所著赋、诔、铭、说、书记、《自序》、《官录》、《说策》、《问交》、《德诰》、《慎情》等五十篇。《隋书·经籍志》著录"后汉司隶从事《冯衍集》五卷"。

纵观冯衍一生,可谓命运偃蹇。他生当新莽前后乱世,风云际会,

---

① 冯衍年龄,史无明纪,然大致可以推知。按本传谓冯衍"王莽时,诸公多荐举之者,衍辞不肯仕"。汉时一般情况言,能被"荐举",当在及冠之时,即二十岁左右。冯衍本人为官宦子弟,加之"年九岁能诵诗,至二十而博通群书",文名早著,进入仕途条件优越,故而及冠之时,即逢荐举,此顺理成章事,可以理解。再者,冯衍建武末所撰《上疏自陈》中自述"昔在更始太原,执货财之柄,居仓卒之间,据位食禄二十余年,而财产岁狭,居处日贫,家无布帛之积,出无舆马之饰。于今遭清明之时,饬躬力行之秋"(《上疏自陈》),又于《自论》中亦云"况历位食禄二十余年,而财产益狭,居处益贫",两处言及"食禄二十余年",可见他在更始、光武年间曾任职二十年以上,事情确切无疑。又,本传谓"显宗即位,又多短衍"云云,可知明帝继位时,冯衍尚健在。本传又于其"年老卒于家"之后,载"肃宗甚重其文",可知其卒时已接近章帝之时,当在明帝末也。要之,冯衍约生于西汉成帝元延二年(前11),新莽始建国元年(9),冯衍约20岁,被荐举而不仕。更始元年(23)以后,历任官职二十余年,光武后期罢黜,归家终老。至明帝末(永平十八年,75)卒。若此,则其享年约八十岁左右。

有不少政治机遇,但因种种缘故错失了。入东汉后冯衍不遇的原因,比较复杂。首先他未能及时归降刘秀;而此事客观上有消息阻隔的原因。当时更始帝在长安已被杀,而冯衍等身在并州,讯息阻隔不通,只听说赤眉军攻入长安,更始帝未死,由长安移跸到北方,故而他们作为更始臣下,暂守本土,不肯采取归降行动,亦属正常本份,未可厚非。其次就是入东汉之后,因具体人事关系,他受到部分官僚的排斥,这当然也不能归咎于他本人,只能说是受了朝廷复杂关系之累。至于后来结交外戚诸王,陷入朝廷复杂利益集团纠结,以致遭遇整饬,被斥退乡里,则他本人要负相当责任,或许功名心过切、结交不慎,企图通过贵戚关系权贵路线走仕途捷径,结果自招祸患。

　　冯衍文名早著。入汉之前,撰有《说廉丹》《计说鲍永》《遗田邑书》等,入汉以后,更有《说邓禹书》(建武初)、《上书陈八事》(建武六年)、《与阴就书》、《上疏自陈》(建武末)、《自论》(建武末)、《与妇弟任武达书》等作品,为当时文章大家。其前期文章多作于战乱之际,内容重在向事主论说形势,陈以利害,分析成败去就,道德说教不多,颇似纵横家言。如《计说鲍永》,为更始朝"行大将军事"鲍永谋划如何在当时复杂情势下保存实力、以观时变、相机而动的策略,主张"镇太原、抚上党,收百姓之欢心,树名贤之良佐,天下无变则足以显声誉,一朝有事则可以建大功"等。此种立场,与先秦时期的策士相仿佛,论说问题只凭情势利害,而鲜涉于德行道义。唯《遗田邑书》一篇颇为不同,突出道德是非立场。按田邑本与冯衍同为并州守将,屯于上党,与鲍永、冯衍互成犄角之势,而田邑先降刘秀,致鲍、冯二人陷于孤立被动,冯衍遂致此书,责以道义。书中自维护更始帝立场出发,以"忠臣""志士"自任,说"今三王背叛,赤眉危国,天下蚁动,社稷颠陨,是忠臣立功之日,志士驰马之秋也",而自己"委质为臣,无有二心";同时谴责对方率先投降刘秀,破坏了原有的联防体系,说:"夫上党之地,有四塞之固,东带三关,西为国蔽,奈何举之以资强敌,开天下之匈,假仇雠之刃?岂不哀哉!"文末又云:"大丈夫动则思礼,行则思义,未有背此而身名能全者也!"这里正面强调"礼""义"道德准则,义正词严,情绪慷慨,其中流贯凛然正气,读来颇令人感奋。

冯衍后期文章,则以自陈衷曲、自辩心志为主,此与其后期人生遭际直接有关。他尝致书权要大臣直到皇帝,展示自我才学,诉说不遇苦闷,希冀得到理解识拔,目的在于改变仕途偃蹇。此类文字,首先有建武六年所撰《上书陈八事》,所说八事,包括"显文德""褒武烈""修旧功""招俊杰""明好恶""简法令""差禄秩""抚边境"等,几乎遍论内政外交、经济军事、思想文化、人事任用等,提出总体性治国方略,显示其思想学识和才华。文章以丰富内容说动了皇帝刘秀,打算接见他。但由于冯衍以前在狼孟长任上,曾打击当地豪右大姓令狐略,而略时任司空长史,遂进谗言于尚书令王护、尚书周生丰等,谓冯衍所以求见于皇帝,欲毁谤王护等人,护等遂联手制造舆论,横加非议贬低,冯衍终于未能入觐陛见,任职朝廷的愿望遂告落空。

冯衍仕途偃蹇状况长期未能改变,多次上书权臣和皇帝为己辩白,建武末所撰《上疏自陈》为其代表作。疏文先引历史故事,说明才士常遇忌妒,"忠臣"辄蒙冤屈,而自己亦难免其咎:

> 逮至晚世,董仲舒言道德,见妒于公孙弘;李广奋节于匈奴,见排于卫青;此忠臣之常所为流涕也。臣衍自惟微贱之臣,上无无知之荐,下无冯唐之说,乏董生之才,寡李广之势,而欲免谗口,济怨嫌,岂不难哉!(《后汉书·冯衍传》,下同)

接着解释具体事由,主要针对本人长期被中伤的两大事件,一是当初为何不能及时归命?其曰:"臣衍复遭扰攘之时,值兵革之际,不敢回行苟容,以求时之利。事君无倾邪之谋,将帅无虏掠之心。"意者自己在时局混沌、兵荒马乱、消息不明情势下,只能坚持正直行事,不谋求私利,不敢随意作出重大改变,所以才有那样表现。二是为何与外戚阴氏结交?其曰:"卫尉阴兴,敬慎周密,内自修敕,外远嫌疑,故敢与交通。兴知臣之贫,数欲本业之,臣自惟无三益之才,不敢处三损之地,固让而不受之。"意者阴氏本身品德不错,又作风谨慎,故而放心与之"交通",而且彼此交往正常,并无任何利益勾结。疏文又特别强调,自己一贯廉洁,以致生活长期穷困:

> 昔在更始,太原执货财之柄,居苍卒之间,据位食禄二十余年,而财产岁狭,居处日贫,家无布帛之积,出无舆马之饰。于今遭清明之时,饬躬力行之秋,而怨雠丛兴,讥议横世。盖富贵易为善,贫贱难为工也。

意者数十年来不取非义之财,故而虽尝执财货之柄,而个人作风清廉,诚难能可贵。而正因自己"贫贱",所以更易受到"讥议"。冯衍撰此"上疏",意在"自陈"甚明,目的是向皇帝申诉冤屈真相,以获取理解同情。然而其意图并未达成,他仍未得到刘秀原谅,"书奏,犹以前过不用"(《后汉书》本传)。刘秀对他似乎成见颇深,无论他如何"自陈",亦无法消除固有看法。本文篇幅不长,但写法上颇见特色。作为向皇帝"自陈"文字,基本上是正面自我解说,其所举历史掌故和自我例证,言虽简而意甚赅,叙述颇有力度。又面对至尊自陈,文中少有故作谀颂、曲意巴结言辞,亦无摇尾乞怜姿态。文中含有自嘲自责语气,但能够基本保持自我人格并显示一定清高姿态,诚难能可贵。在两汉文士大量上书自荐文章中,本篇以其骨鲠,颇显优异秀出。

冯衍长期不得志,又努力无效情况下,无奈退而反省,又作《自论》篇。以"冯子"名义,扼要回顾自我经历,总结平生得失,书写内心主张。其云:

> 用之则行,舍之则藏,进退无主,屈申无常,故曰:"有法无法,因时为业;有度无度,与物趣舍。"常务道德之实,而不求当世之名。阔略杪小之礼,荡佚人间之事,正身直行,恬然肆志。顾尝好俶傥之策,时莫能听用其谋,喟然长叹,自伤不遭。久栖迟于小官,不得舒其所怀。抑心折节,意凄情悲。夫伐冰之家,不利鸡豚之息;委积之臣,不操市井之利。况历位食禄二十余年,而财产益狭,居处益贫。惟夫君子之仕,行其道也。

文章"自论"人生态度,认为用行舍藏,进退屈伸,这些并不重要,关键是"常务道德之实,而不求当世之名;正身直行,恬然肆志",他要坚持"道德"理想。又"自论"人生道路,碌碌大半生,自恃有"俶傥之策",但到处碰壁,莫能听用,"自伤不遭",以致"意凄情悲"。现实社会与其道德追求并不兼容。他又"自论"内心信仰,所谓"松乔之福",只是一种自我宽慰之辞;而"孔老之论",则是他要践行的信念底线。冯衍的"自论",写出他本人既是世俗文人,又是脱俗高士。"惟夫君子之仕,行其道也",此二句为点睛之笔,写出其人格基本特征:他自诩为"君子";他是有"道"即有信仰之士。由于本篇纯为个人性写作,故而能够显示较多冯衍的自我评价,其中当然以正面品格为主。

冯衍胸怀大志而罢废于家,坎壈于时。然而不戚戚于贱贫,居常慷慨,他还曾自我概括说:"少事名贤,经历显位,怀金垂紫,揭节奉使。不求苟得,常有陵云之志。三公之贵,千金之富,不得其愿,不概于怀。贫而不衰,贱而不恨,年虽疲曳,犹庶几名贤之风。修道德于幽冥之路,以终身名,为后世法。"①塑造了一位贫贱不能移、富贵不能淫的清高贤士自我形象。在中国古代文学史上,自孟子、屈原始,此种清高贤士形象,经常出现在诗赋和文章作品中,成为一般失意士人的情感寄托或自我标榜,冯衍是其中一位重要的作者。

第四节 冯衍的《显志赋》

关于《显志赋》,赋前有序即"自论",其谓:"显志者,言光明风化之情,昭章玄妙之思也。"要在昭示本志也。此所谓"风化",盖言儒家礼乐文化,"《关雎》所以为风化之始也"(清魏荔彤《大易通解》卷五)。所谓"玄妙",则言老子道家之论,"玄之又玄,众妙之门"(《老子》),其义即自释所秉持之"志"为孔、老思想,是为赋之出发点。以下则述自身前半生经历,再下则说退居乡里状况,以及当时心情,然后说他要"作赋自励"。

赋文以"述征"写起:"开岁发春兮,百卉含英;甲子之朝兮,汩吾西征。"然后且"征"且述,效仿屈原《离骚》思路:"悲时俗之险厄兮,哀好恶之无常。弃衡石而意量兮,随风波而飞扬。纷纶流于权利兮,亲雷同而妒异。独耿介而慕古兮,岂时人之所意?"抨击"时俗""时人",失望中含有怨怼和批判。同时显示本人心志和节操:

---

① 《后汉书·冯衍传》,中华书局1965年版,第1003页。

> 遵大路而裴回兮,履孔德之窈冥。固众夫之所眩兮,孰能观于无形?行劲直以离尤兮,羌前人之所有。内自省而不惭兮,遂定志而弗改。欣吾党之唐虞兮,愍吾生之愁勤。

赋中"显志"同时,大量引述历史人物和事件,并藉以寄托作者的身世悲悼和表达自己的思想取舍倾向:

> 悠战国之遘祸兮,憎权臣之擅强。黜楚子于南郢兮,执赵武于溴梁。善忠信之救时兮,恶诈谋之妄作。……疾兵革之寖滋兮,苦攻伐之萌生。沉孙武于五湖兮,斩白起于长平。恶丛巧之乱世兮,毒纵横之败俗。流苏秦于洹水兮,幽张仪于鬼谷。澄德化之陵迟兮,烈刑罚之峭峻。燔商鞅之法术兮,烧韩非之说论。诮始皇之跋扈兮,投李斯于四裔。灭先王之法则兮,祸寖淫而弘大。

其中说及战国时期众多负面人事,皆是"遘祸""擅强"之类。作者主要观点是"善忠信之救时兮,恶诈谋之妄作","恶丛巧之乱世兮,毒纵横之败俗",可谓立场鲜明。而他的正面主张就是要弘扬"先王之法则"。

在赋中,作者对于屈原充满钦佩和认同,说:

> 披绮季之丽服兮,扬屈原之灵芬。高吾冠之岌岌兮,长吾佩之洋洋。饮六醴之清液兮,食五芝之茂英。

以屈子自拟,作者从精神到文字上都在效法他心目中的前修。这有助于建立作者道德上的制高点,也有助于作品确立感人的悲情

格调。① 赋中也效仿《离骚》,写周览天地山川古今之游:

> 陟陇山以隃望兮,眇然览于八荒。风波飘其并兴兮,情惆怅而增伤。览河华之泱漭兮,望秦晋之故国。愤冯亭之不遂兮,愠去疾之遭惑。流山岳而周览兮,徇碣石与洞庭。浮江河而入海兮,泝淮济而上征。瞻燕齐之旧居兮,历宋楚之名都。哀群后之不祀兮,痛列国之为墟。

然而周览八荒九州的结果是:

> 日瞳瞳其将暮兮,独於邑而烦惑。夫何九州之博大兮,迷不知路之南北。

虽然遭逢众多历代圣贤人物,回顾了不少成败经验,体悟到古今人生真谛,增添了不少反思后的自信,但结果还是回归现实的迷惑和失落。赋最后写道:

> 诵古今以散思兮,览圣贤以自镇;嘉孔丘之知命兮,大老聃之贵玄。德与道其孰宝兮?名与身其孰亲?陂山谷而闲处兮,守寂寞而存神。夫庄周之钓鱼兮,辞卿相之显位。於陵子之灌园兮,似至人之仿佛。盖隐约而得道兮,羌穷悟而入术。离尘垢之窈冥兮,配乔松之妙节。惟吾志之所庶兮,固与俗其不同;既傲倪而高引兮,愿观其从容。

---

① 可参阅徐公持《论汉代悲情文学的兴盛与悲美意识的觉醒》,载于《文艺研究》2015年第8期。

他的心目中"圣贤",主要就是孔丘、老聃,他服膺终身的,主要是他们的"知命"学说和"贵玄"思想。看得出来,这些都是作者在无奈中为了"守寂寞"而引以自慰的说法。作者的"吾志"本来并非如此,他从政三十年,自"岁忽忽而日迈兮,寿冉冉其不与。耻功业之无成兮,赴原野而穷处"等语观,实际上他承认自己"穷处"完全是"功业无成"的无奈结果,不是他的主动选择。他与传说中庄周"辞卿相之显位"不同,是被朝廷斥退而无奈屏居乡里的。他本来是从"俗"的,"与俗其不同"是后来才有的事。不过无论如何,功业无成之后能够做到"俶傥而高引",也是精神上的一种成就。这在古人那里不能苛求,即使是屈原的最终行吟泽畔,也不免有被动无奈的成份。对于文学作品而言,"俶傥而高引"则是不可多得的高致和美好境界。《显志赋》写出了这种境界,因此是东汉优秀辞赋代表性作品之一。

冯衍又有《扬节赋》,观题作"扬节",意思与"显志"接近,"显扬志节",其义本一,故此二篇之作,关系密切。意者二篇可能为同时(先后)之作,"显志"而不足,然后再加以"扬节"也。赋仅存序而本文佚。序中自述生活状态:"冯子耕于骊山之阿,渭水之阴,废吊问之礼,绝游宦之路,眇然有超物之心,无偶俗之志。"(《扬节赋序》,《文选·西征赋》注引)虽穷困一时,而尽显清高心志。

关于冯衍的文学成就,刘勰谓:"敬通雅好辞说,而坎壈盛世。《显志》自序,亦蚌病成珠矣。"①一方面肯定他的"辞说"文章,同时也称赞《显志赋》是"蚌病成珠"。所谓"蚌病",当指冯衍"坎壈盛世"的生活遭遇,正是"蚌病",才结出《显志赋》这颗"珠"来。此中

---

① 〔南朝梁〕刘勰著,周振甫注《文心雕龙注释》,人民文学出版社 1981 年版,第 503 页。

原理,盖与司马迁所说"屈原放逐,乃著《离骚》,左丘失明,厥有《国语》"(《史记·太史公自序》)等略同。至于冯衍生前"文过其实"之说,应作全面分析。自冯衍生平言,确实曾经有某些过失,而其文章中这些过失并无相应的描写,所以"文过其实"之论似乎不错。但从客观事理和文学写作规律言,"文"与"实"之间不可能全同,任何作者之"文"与现实生活之间,总会存在若干间离,不能要求作者按比例写出自身功过优劣,此是文学写作普遍现象。完全做到"文如其人"、"文""实"如一之人,在文学史上实在少之又少。所以"文过其实"也不应成为冯衍独有的一条"罪状"。作为东汉前期文坛上主要写作批判性作品文士中的一员,冯衍自应得到相当的重视。他的《显志赋》不入萧统《文选》,而元代陈仁子编《文选补遗》则予收入,颇得其宜也。

第五节 崔篆、杜笃等其他文士

崔篆,西汉末至东汉初人,生卒年不详。王莽时为郡文学,以明经征召,太保甄丰举为步兵校尉,篆答以"吾闻伐国不问仁人,战陈不访儒士。此举奚为至哉?"遂投劾归家,显示不合作态度。然而王莽对待诸多不附己者,常以法构陷中伤之。崔篆在压力之下,终于同意出任"大尹"(郡太守)职。在郡清静无为,但他曾释放一批无辜囚犯,颇收民望。篆兄崔发,通经学百家之言,以佞巧得幸于王莽,莽宠以殊礼,位至大司空母师氏。刘秀登极,东汉皇朝建立,崔篆自以为家门受王莽"伪宠",惭愧汉朝,遂辞归不仕,客居荥阳,闭门潜思。著《周易林》六十四篇,临终作赋以自悼,名《慰志》。生平事迹载《后汉书·崔骃传》。

崔篆出身官宦之家，只因本人及胞兄曾任职于王莽新朝而自谴不已，再不肯出仕东汉。所撰《慰志赋》，写出一种复杂心态。赋中云："嗟三事之我负兮，乃迫余以天威。岂无熊僚之微介兮，悼我生之歼夷。庶明哲之末风兮，惧大雅之所讥。遂翕翼以委命兮，受符守乎艮维。恨遭闭而不隐兮，违石门之高踪。"此解释当时身受伪职原委，因面临"我生之歼夷"压力，身家性命受到威胁，不得已取明哲保身委曲求全态度，接受郡守官职，而事后想来，心中深感惭愧，痛表羞耻之心。文中又云："圣德滂以横被兮，黎庶恺以鼓舞。辟四门以博延兮，彼幽牧之我举。分画定而计决兮，岂云贲乎鄙耇。遂县车以絷马兮，绝时俗之进取。叹暮春之成服兮，阖衡门以扫轨。聊优游以永日兮，守性命以尽齿。贵启体之归全兮，庶不忝乎先子。"此谓东汉皇朝建立之后，又被幽州牧所辟举，感激之余，决定不再出仕，简居乡间，终老村野，闭门思过，并以著作为业，以不辱于先人。揆其事实，崔篆经历确有一定复杂性，赋中所述基本可信。崔篆出仕于新莽，确实出于老母及家人人身安全考虑，有事出无奈因素。其实与王莽政权有瓜葛之人，东汉初大有人在，不少人皆无妨再仕。能够事后闭门潜思、知耻责己者，并不多见。足见崔篆其人，对道德一门，有相当自我要求。史载当时有友人孔子建，在王莽时非但不肯附莽，且甚见骨鲠，表现与崔篆完全不同："子建少游长安，与崔篆友善。及篆仕王莽，为建新大尹，尝劝子建仕。对曰：'吾有布衣之心，子有衮冕之志，各从所好，不亦善乎！道既乖矣，请从此辞。'遂归，终于家。"①二人各从所好，诚然"不亦善乎"。至于所事"一姓"或"二姓"问题，或者所谓"任伪职"问题，本身并无大碍，关键视其在位时有何作为。而崔篆在"大尹"任上，既无恶行，且有善政，则固无

---

① 《后汉书·孔僖传》，中华书局1965年版，第2560页。

妨其道德清白，亦无碍立身于东汉新朝也。与杜笃等文士相比，其人格德行，略不逊色。

崔篆文、赋，特色甚著，有名当时。主要表现为篇章精练，词采鲜明，又富含学者气息。其用典甚多，前引所辞甄丰语，即规步孔子、董仲舒成语；①又"岂无熊僚"二句，即用《左传》之典故，②意谓本欲仗义拒绝王莽之请，然顾虑老母在堂，安全不保，只得服从。又"庶明哲"句，用《诗经·烝民》典；"叹暮春"句，用《论语》典；"庶不忝"句，用《孟子》典，等等，皆甚贴当，而意味永长。然而亦有欠缺，用典不利于表述畅达，行文稍嫌滞迟晦涩。崔篆之孙崔骃、重孙崔瑗等，为东汉中后期重要文学家，详本书另章。要之，崔氏一门，家世文脉，源远流长，而其源头，盖在崔篆。

杜笃字季雅，生卒年不详。京兆杜陵人。出身官宦之家。笃少博学，不修小节，不为乡人所重。居美阳，与美阳令游，数从请托不谐，颇相恨。令收笃，送京师。会大司马吴汉薨，光武诏诸儒作诔，笃于狱中为诔，"辞最高，帝美之"（《后汉书·文苑列传上》），赐帛免刑。杜笃一举成名，后仕郡文学掾。罹患目疾，二十余年不窥京师。笃之外高祖破羌将军辛武贤以武略称，笃常叹曰："杜氏文明善

---

① 《汉书·董仲舒传》："闻昔者鲁君问柳下惠：'吾欲伐齐何如？'柳下惠曰：'不可。'归而有忧色，曰：'吾闻伐国不问仁人，此言何为至于我哉？'徒见问尔，且犹羞之。"中华书局1962年版，第2523页。《论语·卫灵公》载："卫灵公问陈于孔子。孔子对曰：'俎豆之事，则尝闻之矣；军旅之事，未之学也。'"

② 《左传·哀公十六年》载楚白公胜为乱，"（石乞）曰：'市南有熊宜僚者，若得之，可以当五百人矣。'乃从白公而见之，与之言说，告之，故辞；承之以剑，不动。胜曰：'不为利谄，不为威惕，不泄人言，以求媚者去之。'"杨伯峻注《春秋左传注》，中华书局1981年版，第1701—1702页。

政,而笃不任为吏;辛氏秉义经武,而笃又怯于事。外内五世,至笃衰矣!"其妹嫁扶风马氏,建初三年,车骑将军马防击西羌,辟笃为从事中郎,①战死于射姑山。所著赋、诔、吊、书、赞、七言、《女诫》及杂文,凡十八篇。又著《明世论》十五篇。《隋书·经籍志》著录《后汉车骑从事杜笃集》一卷。

杜笃成名之作为《大司马吴汉诔》,其云:

笃以为尧隆稷、契,舜嘉皋陶;伊尹佐殷,吕尚翼周。若此五臣,功无与畴;今汉吴公,追而六之。乃作诔曰:朝失鲠臣,国丧牙爪;天子愍悼,中宫咨嗟。四方残暴,公不征兹;(此处疑有阙文)征兹海内,公其攸平;泯泯群黎,赖公以宁。勋业既崇,持盈守虚;功成即退,挹而损诸。死而不朽,名勒丹书;功著金石,与日月俱。(《艺文类聚》卷四七)

就文字言,实未见得有何"高"处。揆诸情事,可能诔中有"持盈守虚;功成即退"等语,此正符合刘秀称帝后"退功臣而进文吏,戢弓矢

---

① 关于杜笃为马防所辟事,当时引起朝廷议论,第五伦有奏疏谓:"臣愚以为贵戚可封侯以富之,不当职事以任之。何者?绳以法则伤恩,私以亲则违宪。伏闻马防今当西征,臣以太后恩仁,陛下至孝,恐卒有纤介,难为意爱。闻防请杜笃为从事中郎,多赐财帛。笃为乡里所废,客居美阳,女弟为马氏妻,恃此交通,在所县令苦其不法,收系论之。今来防所,议者咸致疑怪,况乃以为从事,将恐议及朝廷。今宜为选贤能以辅助之,不可复令防自请人,有损事望。苟有所怀,敢不自闻。"(《上疏论马防》,《后汉书·第五伦传》,中华书局1965年版,第1399页。)徐按:马防为车骑将军,征西羌,事在建初三年十二月,见《后汉书·章帝纪》。至于射姑山之战,诸纪传不载。而在建初四年"五月丙辰,车骑将军马防罢"(《后汉书·章帝纪》)。可知杜笃入马防幕为从事中郎,在章帝建初三年末,而其战死当在建初四年(79)。

而散马牛"(《后汉书》本纪)政治策略,写出刘秀心事,故而被称为"最高"而"美之"。

杜笃今存作品,有赋五篇,而以《论都赋》最称完整。赋序云:"笃以关中表里山河,先帝旧京,不宜改营洛邑,乃上奏《论都赋》。其云:'臣闻:知而复知,是为重知;臣所欲言,陛下已知。故略其梗概,不敢具陈。'"赋中极言关中之美,其谓:

> 夫雍州本帝皇所以育业,霸王所以衍功,战士角难之场也。《禹贡》所载,厥田惟上;沃野千里,原隰弥望。保殖五谷,桑麻条畅。滨据南山,带以泾渭;号曰"陆海",蠢生万类。(《后汉书·杜笃传》,下同)

又述其万千形胜:

> 既有蓄积,厄塞四临:西被陇蜀,南通汉中;北据谷口,东阻嵚岩。关函守峣,山东道穷。置列汧陇,壅偃西戎。拒守褒斜,岭南不通;杜口绝津,朔方无从。鸿渭之流,径入于河;大船万艘,转漕相过。东综沧海,西纲流沙;朔南暨声,诸夏是和。城池百尺,厄塞要害;关梁之险,多所衿带。一卒举燧,千夫沉滞;一人奋戟,三军沮败。地势便利,介胄剽悍;可与守近,利以攻远。……

最后作结说:"客以利器不可久虚,而国家亦不忘乎西都,何必去洛邑之渟潴与?"

此赋在洛阳与长安两都问题上,虽说"臣所欲言,陛下已知",但集中描述西都种种优势佳处,其所"论"之旨甚明。作者为关西京兆人氏,其地方倾向,乡土情怀,溢于言表,是可理解者也。杜笃于东汉皇朝新立之初,即在定都问题上表示不同见解,触犯朝政大计,在政治上固可谓不明智之举;但亦显示作者不避忌讳,敢于发表己见之勇气,缘此可见其不同流俗之独立个性。

杜笃又有《首阳山赋》,赋周初伯夷、叔齐事迹,其云"(姬)昌伏事而毕命,子忽遘其不祥。乃兴师于牧野,遂干戈以伐商。乃弃之而来游,誓不步于其乡。余闭口而不食,并卒命于山傍。"在东汉皇政新建之际,赞颂不食周粟之隐逸高士,揭橥气节,是否对新政权有所不满?其取向亦甚可疑。以上二篇作品,显示杜笃其人,与一般世俗官员颇有不同,标榜气节,不谀颂,不迎合,是可印证"笃不任为吏"之论。

杜笃辞赋另一特色,在于其人物描摹手段,甚是高妙。如其《祓禊赋》中所写三种人物:

> 王侯公主,暨乎富商;用事伊雒,帷幔玄黄。于是旨酒嘉肴,方丈盈前;浮枣绛水,酹酒醼川。若乃窈窕淑女,美媵艳姝;戴翡翠,珥明珠。曳离袿,立水涯。微风掩壒,纤縠低徊。兰苏肸蠁,感动情魂。若乃隐逸未用,鸿生俊儒;冠高冕,曳长裾。坐沙渚,谈诗书。咏伊吕,歌唐虞。(《全后汉文》卷二八)

王侯公主、窈窕淑女、隐逸儒生,三类人物,各逞其姿态,各示其习性,无不神采斐然,奕奕如生。而儒生描写,"坐沙渚、谈诗书"等等表现,写出得意忘形谈论之状,尤为传神。辞赋向来以"骋辞""体物"为主要传统,描写人物非其所长。杜笃此篇成就,开创辞赋新风气,增添了辞赋的文学性。

东汉前期作家,尚有王隆、夏恭、夏牙等。

王隆字文山,生卒年不详。冯翊云阳人。王莽时以父任为郎,后避难河西,为窦融左护军。东汉初建,建武中为新汲令。能文章,所著诗、赋、铭、书凡二十六篇。《后汉书·文苑列传》有传。然而其作品今皆已佚,难以详说。值得重视者,此言王隆能诗、赋、文章,可知其文学才能甚广。又《隋书·经籍志》著录"《汉官解诂注》三篇,新汲令王隆撰,胡广注"。今存胡广《王隆汉官篇解诂叙》云:"顾见故新汲令王文山《小学》为《汉官篇》,略道公卿内外之职,旁及四夷,博物条畅,多所发明,足以知旧制仪品。盖法有成易,而道有因革,是以聊集所宜,为作解诂,各随其下,缀续后事,令世施行,庶明厥旨,广前后愤盈之念,增助来哲多闻之览焉。"① 可知其有经学著作,且"博物条畅,多所发明",胡广为经学大家,其所下赞词,当非虚誉,故可推知王隆学术修养亦甚高。

夏恭字敬公,生卒年不详。梁国蒙人。经学家兼文学家。习《韩诗》《孟氏易》,讲授门徒常有千余人。王莽末,盗贼纵横,攻没郡县,夏恭以恩信为众所附,拥兵固守,独得保安全。刘秀即帝位,嘉其忠果,召拜郎中,再迁太山都尉。在郡和集百姓,甚得其欢心。恭善为文,著赋、颂、诗、《励学》等,凡二十篇。四十九岁卒于官,诸儒共谥曰"宣明君子"。其子夏牙,生卒年不详。少习家业,著赋、颂、赞、诔,凡四十篇。举孝廉,早卒。乡人号曰"文德先生"。《后汉书·文苑列传》有传。父子二人,"宣明""文德",且亦诗赋文章皆能,惜其作品莫传,湮没无闻。

---

① 《后汉书·百官志》李贤注引,中华书局 1965 年版,第 3556 页。

第三章　王充及其《论衡》

第一节　王充的人生信念及认识论

王充(27—?)字仲任,会稽郡上虞县人。少孤,事母唯谨,乡里称孝。稍长到京城洛阳,受业于太学,师事著名史学家班彪。性好博览,而不谨守章句之学。家贫无书,常游洛阳市肆,披阅待售之书,一见辄能诵忆,遂广纳诸说,博通百家,留下"王充阅市,遂通众流"①的千古佳话。在洛曾适逢皇帝亲临辟雍,有所感发而作《六儒论》。后归乡里,有才名,尝仕郡、县,任功曹等,又曾仕州从事,在任好述己见,谏争长官,皆以不合,"自免"去职。"仕数不耦"之后,他对仕途失去信心,遂于章和二年(88)罢州居家,以教授著书为业。其后有友人谢夷吾上书朝廷,倾力举荐,谓"充之天才,非学所加。虽前世孟轲、孙卿,近汉扬雄、刘向、司马迁,不能过也"。② 章帝特诏

---

① 元代许有壬《冯氏书堂记》,《圭塘小稿》卷六,台北:商务印书馆影印文渊阁《四库全书》集部,第1211册,第625页。
② 《后汉书·王充传》李贤注引谢承《后汉书》,中华书局1965年版,第1630页。

公车以征,充时年将七十,以病不行。和帝永元(89—105)中卒于家。《后汉书》有传。

王充毕生勤奋述作,在家户牖墙壁,各置刀笔,著《论衡》八十五篇,二十余万言。又作《讥俗书》《政务书》等,自述"闲居作《讥俗》《节义》十二篇","充既疾俗情,作《讥俗》之书。又闵人君之政,徒欲治人,不得其宜,不晓其务,愁精苦思,不睹所趋,故作《政务》之书。又伤伪书俗文多不实诚,故为《论衡》之书"(《论衡·自纪篇》)。三部大书之外,晚年又撰《养性书》十六篇,论说裁节嗜欲、颐神自守之道。《隋书·经籍志》著录:"《论衡》二十九卷,后汉征士王充撰。"

王充人生信念中,包含着仕进功名。他年轻时即曾出任地方吏员,包括县里小吏。他进入官场除了维系生计外,也存有结识有影响力人物、争取被荐朝廷的内心希望。在两汉察举体制下,这是通向朝廷的主要道路。不过王充与一般人不同的是,他颇重视政治道德,并不以追求高官厚禄为唯一人生目标。他宣称"身通而知困,官大而德细,于彼为荣,于我为累"(《论衡·自纪篇》)。他在吏任上的表现是"不好徼名于世,不为利害见将。常言人长,希言人短。专荐未达,解已进者过。及所不善,亦弗誉。有过不解,亦弗复陷。能释人之大过,亦悲夫人之细非。好自周,不肯自彰。勉以行操为基,耻以材能为名。众会乎坐,不问不言。赐见君将,不及不对。在乡里,慕蘧伯玉之节;在朝廷,贪史子鱼之行。见污伤不肯自明,位不进亦不怀恨。……充性恬澹,不贪富贵。为上所知,拔擢越次,不慕高官。不为上所知,贬黜抑屈,不恚下位。比为县吏,无所择避"(同上)。如他所言,则在任作风甚是清高,体现了对于儒家仁政、德政的信仰,以及在个人修养上"不贪富贵"、"不慕高官"的"君子"作风。在当时官场上,此种表现实所稀见。他如此洁身自好,不肯同流合污,所以在任职期间,似乎并未获得上司赏识,亦未得到强有力援引。唯一的一次受荐举,虽直达至尊,得到圣谕召见,却年及耄耋,为时太晚,并无实际功效。

对于仕途通塞问题,王充看得比较透彻,他认为那是一个"遇"与"不遇"的问题,而与本人的德才无关:

> 操行有常贤,仕宦无常遇。贤不贤,才也;遇不遇,时也。才高行洁,不可保以必尊贵;能薄操浊,不可保以必卑贱。或高才洁行,不遇,退在下流;薄能浊操,遇,在众上。世各自有以取士,士亦各自得以进。进在遇,退在不遇。处尊居显未必贤,遇也;位卑在下未必愚,不遇也。(《论衡·逢遇篇》①)

他的基本认识是"操行有常贤,仕宦无常遇"两句话,所以他对于仕途的通塞、官位的尊卑,是比较轻忽的,倒是对于个人的"才高行洁"、"能操"方面非常重视。王充在行文中讲述一故事,阐明"遇"与"不遇"问题:

> 昔周人有仕,数不遇。年老白首,泣涕于途者。人或问之:"何为泣乎?"对曰:"吾仕数不遇,自伤年老失时,是以泣也。"人曰:"仕奈何不一遇也?"对曰:"吾年少之时学为文,文德成就,始欲仕宦。人君好用老。用老主亡,后主又用武。吾更为武,武节始就,〔用〕武主又亡。少主始立,好用少年,吾年又老,是以未尝一遇。"仕宦有时,不可求也。夫希世准主,尚不可为,况节高志妙,不为利动,性定质成,不为主顾者乎?(同上)

---

① 〔汉〕王充著,黄晖校释《论衡校释》,中华书局1990年版,下文引述皆本此书。

这是一则精彩寓言。它说明"仕"的前程完全有赖于"主"的喜好和需要，主动权完全在"主"一方，无论"仕"怎样努力迎合，也难以做到与"主"之间契合，所以"遇"与"不遇"，完全看时运，这就是"仕宦有时，不可求也"。王充在这里揭示了秦汉皇权体制下士人在功名追求方面的无奈。他接着批驳"俗人"不顾"遇"或"不遇"的道理，完全从结果来判断人的才能的做法，他认为，"今俗人既不能定遇不遇之论，又就遇而誉之，因不遇而毁之，是据见效，案成事，不能量操审才能也"（同上）。那当然是错误的。王充在这里又显示了他重视"志节"而不重视权位的独立人格立场。

对于不同人为何会出现"遇"或"不遇"的原因问题，王充归结为"命"不同。他说："凡人遇偶及遭累害，皆由命也。有死生寿夭之命，亦有贵贱贫富之命。自王公逮庶人，圣贤及下愚，凡有首目之类，含血之属，莫不有命。命当贫贱，虽富贵之，犹涉祸患矣。命当富贵，虽贫贱之，犹逢福善矣。故命贵从贱地自达，命贱从富位自危，故夫富贵若有神助，贫贱若有鬼祸。"（《论衡·命禄篇》）人的死生、寿夭、贫富、贵贱，"皆由命也"，结果都是注定的，人为无法改变。如此，人也就不必再作任何努力，这就进入了宿命论。王充说出这样的观念，其实与他本人努力学习、勤奋著述和重视德操的行为存在矛盾，我们也许可以理解为他是在为自己从政失败作自慰，故出此语。其所谓"命"，实际上指个人无法抗拒的强大的客观社会力量；然而当时文士尚不能解释清楚此是社会体制问题，所以扬雄早有"时与不时者，命也"①之说，王充之说只是沿袭扬雄论点而已。

由于王充生活经历，基本属于"不遇"状况，所以他无奈将人生

---

① 〔汉〕扬雄著，郑方耕校释《太玄校释·太玄摛》，北京师范大学出版社1989年版，第262页。

努力方向定位在著作方面。于是我们看到,王充对于著述和真知的关注,比对功名的追求更加看重。"充好论说,始若诡异,终有理实。"①所谓"理实",指理致严密和内容切实,这基本上是追求真知之意。至于"好论说",则言拥有良好的剖析事理的习惯和愿望。因此王充申言:

> 淫读古文,甘闻异言,世书俗说,多所不安。幽处独居,考论实虚。(《论衡·自纪篇》)

王充从事著作,体现着他的人生目标和追求。他曾自述:

> 充既疾俗情,作《讥俗》之书。又闵人君之政,徒欲治人,不得其宜,不晓其务,愁精苦思,不睹所趋,故作《政务》之书。又伤伪书俗文,多不实诚,故为《论衡》之书。夫贤圣殁而大义分,蹉跎殊趋,各自开门;通人观览,不能订诠。遥闻传授,笔写耳取,在百岁之前。历日弥久,以为昔古之事,所言近是,信之入骨,不可自解,故作实论。其文盛,其辩争,浮华虚伪之语,莫不证定。没华虚之文,存敦厐之朴;拨流失之风,反宓戏之俗。(《论衡·自纪篇》)

这里说了他从事写作活动的三项出发点:一是他"疾俗情",二是他"闵人君之政,徒欲治人,不得其宜,不晓其务",三是他"伤伪书俗文,多不实诚"。所说"疾""闵""伤"皆不满之词。为此,他分别撰写了三部著作:"讥俗之书"、"政务之书"、"论衡之书"。前二项为

---

① 《后汉书·王充传》,中华书局1965年版,第1629页。

针对俗情、政务作出的批评，后一项则是针对既有文献，即那些"伪书俗文"作出的纠正。而其坚持的基本原则和态度，则是他要"作实论"，即作出实事求是的分析和结论，他要通过著作来追求真实。求实，应当说就是他的基本著作精神。追求真实的另一面就是力辟"虚伪"，所以在王充著作中，无论"讥俗"或"议政"或评论"伪书俗文"，读者看到他用力最多、反复操作的，即是辨伪的工作，以其自言，即是"浮华虚伪之语，莫不澄定"（同上）。这些都体现着强大的知识理性精神。

王充自述的三部著作中，"讥俗之书"和"政务之书"已佚。后人难以得睹其专门"讥俗"和"议政"篇章。唯《论衡》是今存较完整著作。

《论衡》全书共计八十五篇，①所写内容大略可分为四大部分：

一为认识论和天道论：如《书虚篇》、《变虚篇》、《异虚篇》、《感虚篇》、《道虚篇》、《福虚篇》、《祸虚篇》、《龙虚篇》、《雷虚篇》（以上诸篇合称"九虚"）、《实知篇》、《知实篇》、《定贤篇》等，基本属认识论；《谈天篇》《说日篇》《自然篇》属天道论；《感类篇》《齐世篇》《寒温篇》《谴告篇》《变动篇》《招致篇》《明雩篇》《顺鼓篇》《乱龙篇》《遭虎篇》《商虫篇》《讲瑞篇》《指瑞篇》《是应篇》《治期篇》等，主要谈论"天人关系"，基本亦可归入天道论。他认为"天道有真伪，真者固自与天相应，伪者人加知巧，亦与真者无以异也"（《率性篇》）。

二为人生论（命运论）和人性论：《骨相篇》《初禀篇》《本性篇》《物势篇》《怪奇篇》《无形篇》《率性篇》《吉验篇》《论死篇》《死伪篇》等，皆是人生论。而《偶会篇》《逢遇篇》《累害篇》《命禄篇》《气

---

① 关于《论衡》篇数，《后汉书》本传云"著《论衡》八十五篇，二十余万言"。然今本第四十四篇"招致篇"有目无文，故实有八十四篇。又据《论衡·自纪篇》谓"按古太公望、近董仲舒传，作书篇百有余。吾书亦才出百，而云'泰多'……"，可知王充之书，原有百余篇，传本早已不全。

寿篇》《幸偶篇》《命义篇》等,主要说人生命运,亦可归入其中。他的基本观念是"论人之性,定有善有恶。其善者固自善矣,其恶者故可教告率勉,使之为善。凡人君父,审观臣子之性,善则养育劝率,无令近恶。近恶则辅保禁防,令渐于善。善渐于恶,恶化于善,成为性行"(《率性篇》)。

三为政治论:《宣汉篇》《恢国篇》《验符篇》《须颂篇》等即是。其基本立场是"高汉于周,拟汉过周"(《恢国篇》)。"《春秋》为汉制法,《论衡》为汉平说。"(《须颂篇》)从多方面反对颂古非今,宣扬大汉国威。在此领域,王充的现实主义思想相当鲜明。

四为历史文化论:《问孔篇》《非韩篇》《刺孟篇》《儒增篇》《艺增篇》《语增篇》《正说篇》《书解篇》等,皆为历史文化评论。而《讥日篇》《卜筮篇》《辨祟篇》《难岁篇》《言毒篇》《薄葬篇》《四讳篇》《调时篇》《诘术篇》《解除篇》《祀义篇》《祭意篇》《答佞篇》等,主要说社会风俗,大致亦可归入其中。王充在此领域的基本观念并非反对古代圣贤,他非议的是对圣王的非理性崇拜,他的批判对象主要是后世盲目崇古的儒者,突显出的是其思维的独立和理性立场。

在《论衡》中,尽管也包含了若干"讥俗"与"议政"的文字,它们在努力分析并澄清若干具体的自然和人间是非问题,但《论衡》无疑是一部主要解决认识世界和人生的认识论专门著作。《论衡》全书的写作,就是要辨析虚实真伪,诚如他自己所说:"夫占迹以睹足,观文以知情。'《诗三百》一言以蔽之,曰思无邪';《论衡》篇以十数,亦一言也,曰'疾虚妄'。"(《论衡·佚文篇》)从本质上说这就是如何认识客观世界和现实社会,还有人生的问题。故范晔概括为"释物类同异,正时俗嫌疑"。① 无论是"释"或"正",皆有关对事物的正

---

① 《后汉书·王充传》,中华书局1965年版,第1629页。

确认识。这是笼盖《论衡》全书的基本视角。王充本人说：

> 是故《论衡》之造也，起众书并失实，虚妄之言胜真美也。故虚妄之语不黜，则华文不见息；华文放流，则实事不见用。故《论衡》者，所以铨轻重之言、立真伪之平，非苟调文饰辞，为奇伟之观也。其本皆起人间有非，故尽思极心，以机世俗。世俗之性，好奇怪之语，说虚妄之文。何则？实事不能快意，而华虚惊耳动心也。是故才能之士、好谈论者，增益实事，为美盛之语；用笔墨者，造生空文，为虚妄之传。听者以为真然，说而不舍；览者以为实事，传而不绝。不绝，则文载竹帛之上，不舍，则误入贤者之耳。至或南面称师，赋奸伪之说；典城佩紫，读虚妄之书。明辨然否，疾心伤之，安能不论？（《论衡·对作篇》）

这是说《论衡》的写作出发点，完全针对着"虚妄之言""虚妄之语""虚妄之文""虚妄之传""虚妄之书"。有此五"虚妄"，"安能不论？"可见《论衡》就是在作一场虚实之大争论，他的目的在于消除"虚妄"，恢复"真美"！要之，他所"明辨然否"的，不但是具体问题上的一些是非，还要"立真伪之平"，建立起一套鉴别是非真伪的准则。由此可知，王充所要解决的不是具体问题上的是非，他是在追求超出具体是非之上的认识事物的规律，亦即他在追求建构一种认识论。

在王充的认识论中，给人印象最深者有三点，一是其客观立场，二是其怀疑精神，三是其实证主张。

王充认识事物的客观立场，表现在他认为，世间一切事物的形成，归其因无不由于自然，而自然是无意志的客观存在。例如在宇宙天道观问题上，在王充看来，"天"是"自然"性质的，"天"是无意志的。"何知天之自然也？以天无口目也。案有为者，口目之类也。

口欲食而目欲视,有嗜欲于内,发之于外。口目求之,得以为利欲之为也。今无口目之欲,于物无所求索,夫何为乎!何以知天无口目也?以地知之。地以土为体,土本无口目。天地,夫妇也。地体无口目,亦知天无口目也。"(《论衡·自然篇》)天地既无意志,故亦不能指挥操纵万物。"天地合气,万物自生。犹夫妇合气,子自生矣。万物之生,含血之类,知饥知寒。见五谷可食,取而食之;见丝麻可衣,取而衣之。"(同上)

"自然"既是一切事物形成的根本,故而一切"不合自然"之说,王充认为皆可怀疑。"或说以为:天生五谷以食人,生丝麻以衣人,此谓天为人作农夫桑女之徒也。不合自然,故其义疑,未可从也。"这是对有意志的天道论的否定。王充的怀疑对象很广泛,凡世间一切已有知识,包括已有文献记载,无不受到王充的怀疑,挑战其正确合理性。他怀疑儒家"圣人禀精于天"之论,儒家经典中记载有"禹母吞薏苡而生禹"、"禼母吞燕卵而生禼"、"后稷母履大人迹而生后稷"等,而"世儒学者,莫谓不然"。王充指出其不合理之处:"且夫薏苡,草也;燕卵,鸟也;大人迹,土也。三者皆形,非气也,安能生人?说圣者以为禀天精微之气,故其为有殊绝之知。今三家之生,以草、以鸟、以土,可谓精微乎?天地之性,唯人为贵,则物贱矣。今贵人之气,更禀贱物之精,安能精微乎?"(《论衡·怪奇篇》)他的结论是:"如实论之,虚妄言也。"王充的怀疑对象,甚至包括了古昔"圣人"。他说:

> 世之儒生,不能实道是非也。凡学问之法,不为无才,难于距师,核道实义,证定是非也。问难之道,非必对圣人及生时也。世之解说说人者,非必须圣人教告乃敢言也。苟有不晓解之问,追难孔子,何伤于义?诚有传圣业之知,伐孔子之说,何逆于理?(《论衡·问孔篇》)

孔子及其著作都可"追难",何人何事不可怀疑?所以古来关于天地万物和人生命运的种种既成知识和说法,他都要重新加以审视。

与怀疑精神相匹配的,是其实证主张。他强调是非真伪皆须验证。他在书中使用了数以百计的"验""证""效"等语辞,凡百问题,欲得结论,必先"证验","核道实义,证定是非":

> 事莫明于有效,论莫定于有证。空言虚语,虽得道心,人犹不信。(《论衡·薄葬篇》)

> 百姓安者,太平之验也。(《论衡·宣汉篇》)

> 故夫王道定事以验,立实以效。效验不彰,实诚不见。时或实然,证验不具……(同上)

> 事有证验,以效实然。(《论衡·知实篇》)

要重事实,要重证据;事实在证据之中,所以论事必"定于有证"。一切观点产生于"证验",这是一种与近代科学方法论接近的"证据至上"思想。客观立场、怀疑精神和实证主张,构成王充认识论的三大内核。王充的认识论超越了他的同时代人,使他成为知识和思想界的时代先驱,成为汉代知识理性潮流的中坚人物之一。

王充认识论中也存在局限性。例如他还相信"祯祥""吉验"之类:"凡人禀贵命于天,必有吉验见于地。见于地,故有天命也。验见非一,或以人物,或以祯祥,或以光气……"(《论衡·吉验篇》)在一些问题上,他在坚持"验见"的前提下,不能对"验见"过程本身作出审验,导致得出错误见解。可知他受知识结构局限,还难以做到彻底的理性思维，有时不免误信一些虚妄之说。不过在当时历史文化环境中，王充能够自觉运用实证的方法论，来面对世界和人生，致使思想认识获得很大提升，此尤为可贵者也。

第二节 《论衡》的文化史观与文学论

文化史问题是王充最关心的领域，它成为《论衡》论述重心之一。其中有不少意见，具有独到之处和创新价值。

王充很重视以求实态度去对待文化史，这集中体现于如何看待经典的问题。西汉武帝时期独尊儒术之后，儒家经典就具有了神圣性质，儒者多视之为绝对真理之化身，他们谨守"家法""师法"，勉力于传注笺释功夫，面对前人之说，不敢丝毫怀疑，不能越出雷池一步。王充对此提出："儒者说五经，多失其实。前儒不见本末，空生虚说；后儒信前师之言，随旧述故，滑习辞语。苟名一师之学，趋为师教授，及时蚤仕，汲汲竞进，不暇留精用心，考实根核。故虚说传而不绝，实事没而不见，五经并失其实。"（《论衡·正说篇》）王充并非否定经典的价值，他反对的只是对待经典的实用主义态度，"前儒"们的"空生虚说"不严肃做法，以及"后儒"死守前儒之说的"随旧述故"不良学风。这种状况，导致"五经并失其实"的局面。而他的正面主张就是要"留精用心，考实根核"，恢复经典之"实"。

与对待经典问题相联系的是，如何理解古今关系。先秦儒家等流派，思想取向比较保守，常表现出重古轻今立场。孔子本人在阐述礼乐等的一些基本政治文化主张时，往往打出上古尧、舜、文、武、周公等圣贤人物为旗号，并以"述而不作，信而好古"（《论语·述而》）为治学信条。汉代儒学的保守复古性格，与这种精神传统有直接关联。尤其是独尊儒术确立之后,汉代儒者视周公、孔子等上古圣贤人物为思想文化领域的正统源头,他们鼓吹"尧舜之德"(《春秋繁露·俞序》)、"成文武之制"(《春秋繁露·三代改制质文》)等等,蔚成风气。所以王充深切体认到"俗儒好长古而短今"(《须颂篇》)。王充面对当时普遍崇古风气,在古今问题上独标一帜,提出与众不同说法。他说:

> 夫俗好珍古不贵今,谓今之文不如古书。夫古今一也,才有高下,言有是非,不论善恶,而徒贵古,是谓古人贤今人也。案东番邹伯奇,临淮袁太伯、袁文术,会稽吴君高、周长生之辈,位虽不至公卿,诚能知之囊橐,文雅之英雄也。观伯奇之《元思》、太伯之《易章句》,文术之《咸铭》,君高之《越纽录》,长生之《洞历》,刘子政、扬子云不能过也。盖才有浅深,无有古今。文有伪真,无有故新。广陵陈子回、颜方,今尚书郎班固,兰台令杨终、傅毅之徒,虽无篇章,赋颂记奏,文辞斐炳,赋象屈原、贾生,奏象唐林、谷永,并比以观好,其美一也。当今未显,使在百世之后,则子政、子云之党也。(《论衡·案书篇》)

他明确反对在对待古今问题上的不良风气。就文化文学领域言,他反对"今之文不如古书"的偏见,指出"古今一也,才有高下,言有是非,不论善恶,而徒贵古,是谓古人贤今人也"(同上)。为证明文化上盲目"贵古"之非,他列举当代(东汉)文化人物班固、杨终、傅毅等,认为他们的成就并不逊于西汉时期著名作者刘向、扬雄,甚至还可以与公认的杰出文学家屈原、贾谊媲美。他甚至以尖锐的讽刺口吻,形容那些否定当代社会、当代文化的颂古非今者,说:"舍其家而观他人之室,忽其父而称异人之翁,未为德也。"(《论衡·须颂篇》)

在古今关系问题上不迷信古人,重视当代文化,成为贯穿《论衡》全书的基本观念。王充具有这种观念,应当是受了桓谭的一定影响。桓谭说过:"凡人贱近而贵远。亲见扬子云禄位容貌,不能动人,故轻其书。"(《汉书·扬雄传上》)

由于儒家在文化史上的显赫地位和影响,所以儒家和儒者也成为王充文化史批评的重要对象。无论"前儒"或"后儒",无论是他们的经典或传述,都成为他的评议鹄的;他甚至直面儒家的宗师孔子,提出不少尖锐精彩的问题。这集中在《问孔篇》中。他说:

> 世儒学者,好信师而是古。以为贤圣所言皆无非,专精讲习,不知难问。夫贤圣下笔造文,用意详审,尚未可谓尽得实,况仓卒吐言,安能皆是?不能皆是,时人不知难;或是,而意沉难见,时人不知问。案贤圣之言,上下多相违,其文,前后多相伐者,世之学者,不能知也。

王充在此承认孔子为"贤圣",但他认为孔子"仓卒吐言,安能皆是",他更指出在现有文献中,孔子之言"上下多相违,其文前后多相伐者",所以不能盲目信从。即使是圣人,也不可能出言"无非专精"。将圣人"常人化",这是他对孔子的基本态度。由此出发,他在《问孔篇》中针对一些具体事例,进一步提出质疑和诘问。例如:

> 宰我昼寝。子曰:"朽木不可雕也,粪土之墙不可圬也。"于予,予何诛?是恶宰予之昼寝。问曰:昼寝之恶也,小恶也。朽木、粪土,败毁不可复成之物,大恶也。责小过以大恶,安能服人?使宰我性不善如朽木、粪土,不宜得入孔子之门,序在四科之列。使性善,孔子恶之,恶之太甚,过也。人之不仁,疾之已

甚,乱也。孔子疾宰予,可谓甚矣。……《春秋》之义,采毫毛之善,贬纤介之恶,褒毫毛以巨大,以巨大贬纤介。观《春秋》之义,肯是之乎?不是,则宰我不受;不受,则孔子之言弃矣。圣人之言,与文相副;言出于口,文立于策,俱发于心,其实一也。孔子作《春秋》,不贬小以大。其非宰予也,以大恶细,文语相违,服人如何?

关于宰我昼寝故事,人所熟知;而孔子"朽木不可雕也"等评语,已经成为古今通用成语,用来形容那些不求上进、自暴自弃者。然而王充对此提出异议,认为宰我昼寝,只是"小恶""小过",孔子之言,是"以大恶细",与孔子在《春秋》中的"不贬小以大"做法相悖,故而并不允当。他提出孔子如此"责小过以大恶,安能服人?"王充就此事进一步追问说:

> 子曰:"始吾于人也,听其言而信其行;今吾于人也,听其言而观其行。于予,予改是。"盖起宰予昼寝,更知人之术也。问曰:人之昼寝,安足以毁行?毁行之人,昼夜不卧,安足以成善?以昼寝而观人善恶,能得其实乎?案宰予在孔子之门,序于四科,列在赐上。如性情怠,不可雕琢,何以致此?使宰我以昼寝自致此,才复过人远矣。(《论衡·问孔篇》)

这里更从"昼寝"与"德行"的关系来讨论孔子言论的正确性,说"人之昼寝,安足以毁行?毁行之人,昼夜不卧,安足以成善?"孔子显然是将没有必然关联的两件事生硬地扯在一起了,缺乏说服力。而且如果宰我真的如"朽木""粪土",不可雕塑,那他又为何在另一场合被列为"四科""言语"的优秀学生之一?孔子岂不自相矛盾?王充这里所作诘问，眼光锐利、剖析合理，抓住文献记载中孔子言论谬误、论证矛盾及逻辑漏洞，问得深入，问得沉重，问得合理。即孔子复生，殊难作答。如此"问孔"，非但逻辑上颇为严密，而且理念上亦可成立。但《问孔篇》中亦有少数诘问，未能抓住要点，问题略显勉强，说服力不足。

　　需要指出的是，《问孔》中诸如此类诘问虽不少，然所针对者多属文献记载具体言论及事件中的不合理处，而非从思想体系上对孔子学说持批判或反对态度。他的目的并非否定孔子，他反对的只是神化孔子，他要恢复作为人的真实的孔子。① 历史上不少论者将王充视为反孔人物，实属误解或曲解。②

---

① 如《书虚篇》中谓："传书言：孔子当泗水而葬，泗水为之却流。此言孔子之德，能使水却，不湍其墓也。世人信之，是故儒者称论，皆言孔子之后当封，以泗水却流为证。如原省之，殆虚言也。夫孔子死，孰与其生？生能操行，慎道应天；死，操行绝，天祐至德，故五帝三王，招致瑞应，皆以生存，不以死亡。孔子生时，推排不容，故叹曰：'凤鸟不至，河不出图，吾已矣夫！'生时无祐，死反有报乎？"是谓孔子之德，在于"生能操行"，但却被"推排不容"，如何可能"死反有报"？是王充以为孔子并无神验之事也。这也是从根本上批判谶纬之妄。

② 王充"问孔"言论，后世颇受误解或曲解，为此广受抨击。如宋代陈骙曰："王充《问孔》之篇，而于此书（按指《论语》）多所指摘，亦未免桀犬吠尧之罪欤！"（《文则》卷上，人民文学出版社1960年版，第25页）又如清帝乾隆谓："乃知其为背经离道，好奇立异之人，而欲以言传者也。夫欲以言传者，不衷于圣贤，未有能传者也。孔孟为千古圣贤，孟或可问而不可刺，充则'刺孟'而且'问孔'矣！此与明末李贽之邪说何异？夫时命坎坷，当悔其所以自致坎坷耳，不宜怨天尤人，诬及圣贤。为激语以自表，则己（有）犯非圣无法之诛，即有韪其言者，亦不过同其乱世惑民之流耳。君子必不为也。"（《御制读王充论衡》，台北：商务印书馆影印文渊阁《四库全书》本《论衡》卷首，子部，第862册）所谓"非圣无法"云云，皆无根据。其实王充对于孔子其人其道，根本上持尊重赞颂态度，如他曾谓："圣人（孔子）之好学也，且死不休，念在经书。不以临死之故，弃忘道艺。其为百世之圣，师法祖修，盖不虚矣！"（《论衡·别通篇》）

《论衡》中对孟轲的批评更加严厉,篇题中一"问"一"刺",体现态度上有所区别。在《刺孟篇》中,王充首先"刺"孟轲在论辩中曲解对方原意:

> 孟子见梁惠王,王曰:"叟!不远千里而来,将何以利吾国乎?"孟子曰"仁义而已,何必曰利!"夫利有二,有货财之利,有安吉之利。惠王曰"何以利吾国",何以知不欲安吉之利?而孟子径难以货财之利也。……如问安吉之利,而孟子答以货财之利,失对上之指,违道理之实也。

按,所说甚是。梁惠王所谓"利吾国",明显为泛言之"利",非徒财利之义,并未排斥任何道德等要素。故孟轲驳王之论,将"利"与"仁义"相对举,有曲解对方话语,犯先入之见逻辑错误之嫌。说他"违道理之实",并不冤枉。王充又"刺"孟轲随意出言,言无依据:

> "五百岁必有王者"之验,在何世乎?云"五百岁必有王者",谁所言乎?论不实事考验,信浮淫之语。不遇去齐,有不豫之色,非孟子之贤效,与俗儒无殊之验也。

追问孟子言论,指出其缺乏"考验",是"信浮淫之语";又谓孟子本人"不遇",是"与俗儒无殊之验"。此种批评,已经越出对文献记载和史实的质疑,关涉孟子本人的言论行事作风,其批评分量也更重于《问孔篇》。王充对于孔、孟相关著作的质疑批评,在当时独尊儒术、儒学昌明大背景下,其行为与主流文化精神不相合拍,甚至显得十分突兀,独立人格亦得以凸显。但必须指出,王充在此问题上的表现,并非对于前代儒家圣人思想理论的全盘否定,尤其是不等于对圣人孔子所作的道德性评判。他的怀疑和批判，主要是针对相关记载中的孔孟言论和事迹的真实性、准确性，他的质疑仍然是一种求真求实的过程。当然，这样的怀疑和批判，也已经超越了汉代的一般儒者和文士，鲜明表现了自己的独立立场，具有重要的文化史意义。王充在其全部著作中的怀疑和批判精神，其主要意义在于：面对历史和知识，能够祛除成见，坚持独立思考品格；在具体问题的认知上，则能够坚持重事实、重证据的立场，以探求真相为唯一目标。这是对强大的文化保守传统的挑战，也是进取的文化史观的体现，是汉代知识理性思潮高涨之结晶。

王充知识理性的又一表征，是他能够对当代优秀学者和文士，如实作出充分肯定。他曾多处对于汉代学者和作者表示赞美。说"仲舒之言道德政治，可嘉美也；质定世事，论说世疑，桓君山莫上也。故仲舒之文可及，而君山之论难追也"（《案书篇》）。对于桓谭的特别推崇，也是王充重今、尚实思想文化立场的一种标志。

另外，王充十分重视文化的创造性品格。他认为文化的传承固然必要，但创新才是最重要的任务。他按照从事工作的性质，将文士的身份具体区分为"世儒"与"文儒"两类，两类人工作性质不同，而对他们的评价也是颇相径庭的。他以论辩语气写道：

著作者为文儒，说经者为世儒。二儒在世，未知何者为优。或曰："文儒不若世儒。世儒说圣人之经，解贤者之传，义理广博，无不实见，故在官常位，位最尊者为博士，门徒聚众，招会千里，身虽死亡，学传于后。文儒为华淫之说，于世无补，故无常官，弟子门徒，不见一人。身死之后，莫有绍传。此其所以不如世儒者也。"答曰：不然。夫世儒说圣情，□□□□，共起并验，俱追圣人。事殊而务同，言异而义钧。何以谓之文儒之说

> 无补于世？世儒业易为，故世人学之多，非事可析第，故官廷设其位。文儒之业，卓绝不循，人寡其书，业虽不讲，门虽无人，书文奇伟，世人亦传。彼虚说，此实篇，折累二者，孰者为贤？案古俊乂著作辞说，自用其业，自明于世。世儒当时虽尊，不遭文儒之书，其迹不传。周公制礼乐，名垂而不灭。孔子作《春秋》，闻传而不绝。周公、孔子，难以论言。汉世文章之徒，陆贾、司马迁、刘子政、扬子云，其材能若奇，其称不由人。世传《诗》家鲁申公，《书》家千乘欧阳、公孙，不遭太史公，世人不闻。夫以业自显，孰与须人乃显？夫能纪百人，孰与廑能显其名？（《论衡·书解篇》）

所谓"世儒"即指"说经者"，而"文儒"则是"著作者"。在世俗人看来，"文儒不如世儒"，原因是"世儒"当时是受到"独尊"的经学的代表者，占据着主流文化地位，在朝廷中也常居高位；而"著作者"却只是个体文化人，并无任何官方背景。由此二者高下判然。但王充却认为，"世儒"虽然从事"说圣情"工作，又有"官廷设其位"之优势，但他们所从事"事殊而务同，言异而义钧"，所"说"大同小异，代代相传，陈陈相因，必然缺乏创造品格，其文化价值有限。而"著作者""业虽不讲，门虽无人"，却"书文奇伟""卓绝不循"，故而也能够得到"世人"欢迎。他还以历史事例来证明此理，说周公、孔子都是著作者。他又将汉代著作者司马迁等与经学家鲁申公等比较，认为前者是"以业自显"，后者是"须人乃显"，二者在文化创造力上的差距明显，因而其文化价值之高下也不言自明。王充在经学盛世之中，贬抑"说经者"价值，为"著作者"高调造势，包含着对文化创造事业的热情追求和坚强信心。

在另一场合，王充又将文章分为五类，并比较其优劣：

> 文人宜遵五经六艺为文,诸子传书为文,造论著说为文,上书奏记为文,文德之操为文。立五文在世,皆当贤也。造论著说之文,尤宜劳焉。何则?发胸中之思,论世俗之事,非徒讽古经、续故文也。论发胸臆,文成手中,非说经艺之人所能为也。周、秦之际,诸子并作,皆论他事,不颂主上,无益于国,无补于化。造论之人,颂上恢国,国业传在千载,主德参贰日月,非适诸子书传所能并也。上书陈便宜,奏记荐吏士,一则为身,二则为人,繁文丽辞,无上书文德之操,治身完行,徇利为私,无为主者。夫如是,五文之中,论者之文多矣!则可尊明矣!(《论衡·佚文篇》)

这里所说"五文",包括:经学著作、关于诸子及传承诸子的著作、① 个人发挥的"造论著说"之作、朝廷政务著作、道德评论著作。这已经包括了当时文士著作的主要领域。王充说,能够以"五文"面世,皆堪称"贤"。而其中以第三类著作,最应受到重视。理由是它"发胸中之思,论世俗之事",无所依傍,独立创造,"非说经艺之人所能为也",亦"非适诸子书传所能并也"。对于"造论著说"的推崇,表

---

① 关于对"诸子传书为文"的理解,按《汉书·艺文志》所载"七略",依次为"辑略""六艺略""诸子略""诗赋略""兵书略""术数略""方技略","六艺"与"诸子"紧相承接,准此,则王充所谓"五经六艺为文,诸子传书为文",盖与班固同一思路也,所说"诸子",盖言儒、道、阴阳、法、墨、纵横、杂、农、小说家等诸子也。而所谓"传书",则不仅指先秦诸子之书,亦含汉代传承之著作。《汉志》中"儒家"类包括"贾谊五十八篇""河间献王《对》上下、《三雍宫》三篇""董仲舒百二十三篇"等等,此亦"传书"之义也。《汉志》又云"诸子之言,纷然淆乱。……于是建藏书之策,置写书之官,下及诸子传说,皆充秘府",王充"诸子传书"即此所谓"诸子传说"也,指与诸子诸家当时流传之著作。故"诸子传书为文",义当谓诸子及传承诸子之文。

明在王充的文化观念中,最有价值的就是针对社会"世俗"的个人性创作。它既是作者"胸中之思",具有强烈的个性色彩,又属于"世俗之事",具有明显的社会内涵。与前述"质定世事,论说世疑"等主张结合起来看,可知王充的文化史观,既具有鲜明的现实性质,又包含浓重的个人创造性格。

在文章写作层面,王充出于尚实的基本文化理念,认为文章的首要品格在于求真求实,反对虚浮夸饰,华而不实。他曾指斥"章句之生,不览古今,论事不实"(《别通篇》)。又批评那种"上书不实核,著书无义指"(《超奇篇》)的做法。王充批评"不实之书"的具体事例甚多。如他曾指《公羊传》《穀梁传》中问题,谓"若夫《公羊》《穀梁》之传,日月不具,辄为意使。失平常之事,有怪异之说;径直之文,有曲折之义,非孔子之心"(《正说篇》)。由此亦可知王充身在东汉,对于今文学中多"怪异之说"颇为反感,而当时新起之古文经学派稍为尚实,王充自然易于接近。①

因此,王充对于文章"华"的一面持高度警惕。他往往将"华"与"伪"相连结,如说"实虚之分定,而华伪之文灭;华伪之文灭,则纯诚之化,日以挚矣"(《对作篇》)。此种看法,使得他对于文章文采及写作技巧重要性认识不足。

不过王充并未完全轻视文章文采,他对于"文"还是给予一定重视的。他在《书解篇》中说:"或曰:士之论高,何必以文?答曰:夫人有文质乃成,物有华而不实,有实而不华者。"他是既不欣赏华而不实,也不赞同实而不华。他认为文质相扶,才是文章的完美状态。他充分肯定"文章之学"的重要性:"学士有文章之学,犹丝帛之有五

---

① 西汉末东汉初,古文经学兴起,古文经《春秋左氏传》中纪事多以年月始,有"平常"之事,而少"怪异之说",符合王充文章主张。当时刘歆、桓谭等主要学者,皆主古文经学。王充受其影响,见解同之。

色之巧也。本质不能相过,学业积聚,超逾多矣!"(《量知篇》)文章之学,义犹"五色之巧",否则仅是普通"丝帛",价值不同。

王充认为,作家应具有相关才能,否则难以写出好文章。他赞赏若干前代作家云:"汉世文章之徒,陆贾、司马迁、刘子政、扬子云,其材能若奇,其称不由人。"(《书解篇》)他认为此数人本身富有才能,其崇高声誉与其才能相称,非仰他人所赐。他认为,才能是作家之必需。"嚚顽之人,有幽室之思,虽无忧,不能著一字。盖人材有能,无有不暇。有无材而不能思,无有知而不能著"(《书解篇》)。

王充将自己的著作,比拟于《诗三百》。说:"古有命使采诗,欲观风俗、知下情也。诗作民间,圣王可云'汝民也,何发作?'因罪其身,殁灭其诗乎?今已不然,故《诗》传至今。《论衡》《政务》,其犹《诗》也;冀望见采,而云有过。斯盖《论衡》之书所以兴也。"(《对作篇》)此当然由"观风俗,知下情"的社会实用功能出发,对于诗的感染性情作用,认识有所欠缺;但至少将《论衡》归入文学一类,是其卓见。

要之,王充《论衡》在文化史观念上反对"长古短今",反对迷信经典,强调批判精神,提倡创新品格。在文章理论方面,他反对"华而不实",也不欣赏"实而不华",不过总体上他更重视"实"而非"华"。

第三节 《论衡》文章的风格特色

王充《论衡》具有鲜明个人风格。此种风格特征,与王充写作目标和写作理论相对应。《论衡》一书基本性质为社会历史与思想文献批评,所以它既是文化批判之书,也是一部求实之书。王充的写

作主旨,决定了他的写作风格是独特的。王充尝谓:"充书既成,或稽合于古,不类前人。"其自释曰:

> 饰貌以强类者失形,调辞以务似者失情。百夫之子,不同父母,殊类而生,不必相似,各以所禀,自为佳好。文必有与合,然后称善,是则代匠斫不伤手,然后称工巧也。文士之务,各有所从。或调辞以巧文,或辩伪以实事。必谋虑有合,文辞相袭,是则五帝不异事,三王不殊业也。美色不同面,皆佳于目;悲音不共声,皆快于耳。酒醴异气,饮之皆醉;百谷殊味,食之皆饱。谓文当与前合,是谓舜眉当复八采,禹目当复重瞳。(《论衡·自纪篇》)

在此王充阐述文章"不必相似","文士之务,各有所从",主张突破前贤藩篱,不步趋古人,反对"谋虑有合,文辞相袭"做法。此文章贵在独立、务在创新之思想,是《论衡》风格之基核,也与他的人格相表里。

王充"不求合"于当时,亦"不求合"于古人,又胸怀"疾""闵""伤"心情从事写作,故文章批判性格鲜明,其锋芒尖锐,情绪强烈,态度激烈。诚如纪昀等所言:"内伤时命之坎坷,外疾俗之虚伪,故发愤著书,其言多激。"(《四库全书总目提要》)此种风格,贯穿于《论衡》全书。以上所引述多节文字,皆可为证,显示其"多激"文风;而平和、中庸、舒缓、冷静等态度,则与之无缘。

另一方面,王充为剖析事理,辨别真伪,需要贯彻一种求实求真的立场和态度,这就使其著作常表现为朴实的,甚至通俗的、"直露"的风格。对此王充本人有所表述。其谓:

> 冀俗人观书而自觉,故直露其文,集以俗言。或谴谓之"浅"。答曰:以圣典而示小雅,以雅言而说丘野,不得所晓,无不逆者。故苏秦精说于赵,而李兑不说。商鞅以王说秦,而孝公不用。夫不得心意所欲,虽尽尧、舜之言,犹饮牛以酒,啖马以脯也。故鸿丽深懿之言,关于大而不通于小。不得已而强听,入胸者少。孔子失马于野,野人闭不与;子贡妙称而怒,马圄谐说而懿(憙)。俗晓形露之言,勉以深鸿之文,犹和神仙之药以治瓯咳,制貂狐之裘以取薪菜也。且礼有所不待,事有所不须。断决知辜,不必皋陶;调和葵韭,不俟狄牙;闾巷之乐,不用《韶》《武》;里母之祀,不待太牢。既有不须,而又不宜。牛刀割鸡,舒戟采葵,铁钺裁箸,盆盎酌巵,大小失宜,善之者希。何以为辩?喻深以浅。何以为智?喻难以易。贤圣铨材之所宜,故文能为深浅之差。(《论衡·自纪篇》)

王充在此勇于承认"直露其文,集以俗言"文风,并为自己文章"浅俗"风格辩护。他说对象不同,文章也不能一律;既然"俗晓形露之言",就不必"勉以深鸿之文",否则就是"犹饮牛以酒,啖马以脯",或者穿着貂皮裘衣去砍柴!他撰写通俗文章,体现"铨材之所宜",所以理直气壮。他进一步说,真正的"辩"是"喻深以浅";真正的"智",是"喻难以易"。故而以"浅""易"面貌,体现"辩""智"品格,做到此点并不容易,相反是圣贤的一种本事。于是王充明白宣言:"讥俗之书,欲悟俗人,故形露其指,为分别之文";"且名白,事自定也,《论衡》者,论之平也。口则务在明言,笔则务在露文。"此其自我标榜风格论也,体现出知识理性在面对现实时的坦荡态度。

当然,王充也不反对在某些场合撰写"深""难"文章,"深覆典雅,指意难睹,唯赋颂耳"(同上)。《论衡》既非"赋颂"之体,故而唯以"浅""易"为工,此之谓"宜"。

为贯彻既定文章风格,王充在宣布"充书形露易观"之外,又标榜"充书违诡于俗"。其意思是:"论贵是而不务华,事尚然而不高合。论说辩然否,安得不谲常心、逆俗耳?众心非而不从,故丧黜其伪,而存定其真。如当从众顺人心者,循旧守雅,讽习而已,何辩之有?……"此所谓"俗",非上文所谓"浅俗",而指对文章的一种"华""高"要求。由于王充主张"论贵是""事尚实",不贵"华",亦不尚"高",故而只能"违俗""逆俗"。

王充又提出"充书不能纯美"。他解释谓:

> 或曰:口无择言,笔无择文。文必丽以好,言必辩以巧。言瞭于耳,则事味于心;文察于目,则篇留于手。故辩言无不听,丽文无不写。今新书既在论譬,说俗为戾,又不美好,于观不快。盖师旷调音,曲无不悲;狄牙和膳,肴无澹味。然则通人造书,文无瑕秽。《吕氏》《淮南》,悬于市门,观读之者,无訾一言。今无二书之美,文虽众盛,犹多谴毁。答曰:夫养实者不育华,调行者不饰辞。丰草多落英,茂林多枯枝。为文欲显白其为,安能令文而无谴毁?救火拯溺,义不得好;辩论是非,言不得巧。入泽随龟,不暇调足;深渊捕蛟,不暇定手。言奸辞简,指趋妙远;语甘文峭,务意浅小。稻谷千钟,糠皮太半;阅钱满亿,穿决出万。大羹必有澹味,至宝必有瑕秽。大简必有大好,良工必有不巧。然则辩言必有所屈,通文犹有所黜。(《论衡·自纪篇》)

此节辩论文字,"或曰"似亦有理:王充著书,"既在论譬,说俗为戾,又不美好,于观不快","不美好"之书,有谁喜读?然而王充之"答曰",更申己见;所答基本意思,仍是以"实""行"(德行)为高标,而以"华""辞"为累赘,"夫养实者不育华,调行者不饰辞",故文章毋须"美好"。所以"辩言必有所屈,通文犹有所黜",宁有"所屈""所黜",也不必在乎"美好",二者不能兼顾。王充为让己说,使用大量譬喻,如"丰草多华英,茂林多枯枝","救火拯溺,义不得好","入泽随龟,不暇调足","深渊捕蛟,不暇定手","稻谷千钟,糠皮太半","阅钱满亿,穿决出万","大羹必有澹味,至宝必有瑕秽","良工必有不巧"等等,为此文章意象活跃,顿显生气。而文章"美好"之境界,不免呈现于读者面前。王充无意于"美好",而不经意写出此美好文章,岂非行与言殊,实与意悖,事与愿违?故其"不美好"之论,说虽甚辩,却自掘陷阱,失足坠入,诚如其所言:"辩言必有所屈"也。盖文章之道,本不必与"美好"相抵牾,"养实者不育华",王充之论,未免偏执一端。

王充又自述其文章风格"充书文重",并对此点作解释曰:

> 为世用者,百篇无害;不为用者,一章无补。如皆为用,则多者为上,少者为下。累积千金,比于一百,孰为富者?盖文多胜寡,财富愈贫。世无一卷,吾有百篇。人无一字,吾有万言。孰者为贤?今不曰所言非,而云泰多;不曰世不好善,而云不能领,斯盖吾书所以不得省也。夫宅舍多,土地不得小;户口众,簿籍不得少。今失实之事多,华虚之语众,指实定宜,辩争之言,安得约径?韩非之书,一条无异;篇以十第,文以万数。夫形大,衣不得褊;事众,文不得褊。事众文饶,水大鱼多。帝都榖多,王市肩磨。书虽文重,所论百种。按古太公望、近董仲舒,传作书篇百有余。吾书亦才出百,而云泰多,盖谓所以出者微,观读之者,不能不谴呵也。河水沛沛,比夫众川,孰者为大?

虫茧重厚,称其出丝,孰为多者?(《论衡·自纪篇》)

揆其义指,所谓"文重",盖言文章数量繁多,王充乃以文章繁多为特色。他认为,文章只要"为世用","百篇无害";若无用,便"一章无补"。若皆有用,当然愈多愈好,"多者为上"。所以他颇为自豪说:"世无一卷,吾有百篇。人无一字,吾有万言。孰者为贤?"王充此一"文重"之说,我们应当认可为其特色之一。综观今存汉代著作,除《史记》《汉书》等史书外,子书之中,《论衡》篇幅最大,而该书尚非王充著作全帙。"文重"自有好处,即言事面面俱到,论证周详细密,对于"指实定宜,辩争之言",充分辩说,甚是有利。然而必须指出,《论衡》"文重"之中,亦寓缺失,即其文章,言事论理,周详有余,而简洁明快不足,颇有冗赘之感。文字繁复、语句啰唆之处,亦不在少数,阅其文章,缺少爽利之快感。

以上所说,皆王充自述之文章风格。其实《论衡》文章在实际表现上,也不排斥使用修辞技巧,例如他行文中多用譬喻。关于此点,作者本人并未标示;但所撰文章中,使用譬喻甚为普遍,此与其文章通俗特点直接相关。本章前文所引《论衡》诸多原著文字,已颇昭然。上节论"充书不能纯美"问题,更已明白指出王充文章使用譬喻甚众,致使其"行文活跃,颇富生气";王充无意于"美好",而不经意中写出此美好文章。再者本节所引《论衡》"文重"段落,亦不乏其例。如"累积千金,比于一百,孰为富者?""宅舍多,土地不得小","户口众,簿籍不得少","形大衣不得褊","水大鱼多","帝都穀多,王市肩磨","河水沛沛,比夫众川,孰者为大?""虫茧重厚,称其出丝,孰为多者?"诸如此类,皆是生动譬喻,对于所论问题,可起到论证辅助作用。而由于意象活跃,可提升读者兴趣,实际上对文章因"文重"所造成繁复冗长问题,起到一定缓解作用。此是其积极方面。然而也应指出,王充文中譬喻,其使用方式亦存在弊病,即所用譬喻,其喻象虽广,而喻意嫌仄,且过于集中,影响效果发挥。如本节所用譬喻计有八则之多,而所喻之意,无非"多者为上"一义。以八象喻一义,未免繁复,未免词费,未免单一。此非其弊乎!

王充文章,运用历史典故及寓言故事以助说理。其用例虽不如譬喻之多,但亦不少。如:

> 韩昭侯醉卧而寒,典冠加之以衣,觉而问之,知典冠爱己也,以越职之故,加之以罪。卫之骖乘者,见御者之过,从后呼车,有救危之义,不被其罪。夫骖乘之呼车,典冠之加衣,同一意也。加衣恐主之寒,呼车恐君之危,仁惠之情,俱发于心。然而于韩有罪,于卫为忠。骖乘偶,典冠不偶也。非唯人行,物亦有之。长数仞之竹,大连抱之木,工技之人,裁而用之,或成器而见举持,或遗材而遭废弃。非工伎之人有爱憎也,刀斧之加有偶然也。(《论衡·幸偶篇》)

所谓"偶",谓"运气"之意,此说人生遭遇"偶然"也。而前半"典冠""骖乘"之事为历史典故,后半"竹""木"之事则可算作寓言,其所表达意义则同。又如:

> 商鞅三说秦孝公,前二说不听,后一说用者,前二,帝王之论,后一,霸者之议也。夫持帝王之论,说霸者之主,虽精见距;更调霸说,虽粗见受。何则?精,遇孝公所不得;粗,遇孝公所欲行也。故说者不在善,在所说者善之;才不待贤,在所事者贤之。马圄之说无方,而野人说之;子贡之说有义,野人不听。吹籁工为善声,因越王不喜,更为野声,越王大说。故为善于不欲

得善之主,虽善不见爱;为不善于欲得不善之主,虽不善不见憎。(《论衡·逢遇篇》)

商鞅三说秦孝公,马圄、子贡说野人,是皆历史典故,或传说故事,王充采而用之,以资谈助,阐明"说者不在善,在所说者善之"道理,皆称适宜。王充运用此等手法,有益于《论衡》说理叙事。

此外尚须言及的是,与行文浅俗取向相匹配,《论衡》文字亦浅显通俗,除有时引用典故外,一般行文中鲜见冷僻字样,做到常人可读,并无滞碍。

《论衡》行文,亦有明显欠缺。除上述对于"养实"与"育华"关系问题理解过当,因此有排拒"美好"偏颇外,尚有对于文学虚构夸张等手段之误解,如他曾在文中力辟神话故事之非,以为"共工故事"等"殆虚言也",凡虚言便不实,凡不实便不可取。此以实理批评神话,不能理解对象性质,遂致误判。① 此亦一定程度限制其文章接纳吸取更多文学要素及描写手段,影响其生动性。

---

① 此类误判之例,如《论衡·谈天篇》中所写:"儒书言:共工与颛顼争为天子,不胜,怒而触不周之山,使天柱折,地维绝。女娲销炼五色石以补苍天,断鳌足以立四极。天不足西北,故日月移焉;地不足东南,故百川注焉。此久远之文,世间是之言也。文雅之人,怪而无以非;若非而无以夺,又恐其实然,不敢正议。以天道人事论之,殆虚言也。与人争为天子,不胜,怒触不周之山,使天柱折、地维绝。有力如此,天下无敌。以此之力,与三军战,则士卒蝼蚁也,兵革毫芒也,安得不胜之恨,怒触不周之山乎? 且坚重莫如山,以万人之力,共推小山,不能动也。如不周之山,大山也。使是天柱乎,折之固难。使非柱乎? 触不周山而使天柱折,是亦复难信。颛顼与之争,举天下之兵,悉海内之众,不能当也,何不胜之有? 且夫天者,气邪? 体也? 如气乎? 云烟无异,安得柱而折之? 女娲以石补之,是体也。如审然,天乃玉石之类也。石之质重,千里一柱,不能胜也。如五岳之巅,不能上极,天乃为柱。如触不周,上极天乎? 不周为共工所折,当此之时,天毁坏也。如审毁坏,何用举之?"

要之，无论王充"多激"之行文态度，或是"直露其文""书不纯美""充书文重"的文章特性，或是多用譬喻、历史典故等手法，或是文字通俗浅显等风貌，皆是《论衡》求真求实独特性格之体现。《论衡》文章风格的独特性，是王充所持知识理性，在面对现实时坦荡胸怀之表现。既不必故作艰深，专务高雅，亦不须使气逞才，堆砌辞藻。他坚持"为世用"目标，遂能有此求实趋俗独特性格及风貌。西汉中期以来，文坛充斥典雅虚饰风气，王充《论衡》坚持"多激""直露"及求实趋俗行文作风，给当时文坛灌注一股强劲清新之风。此是《论衡》文章本身所具有的文学史意义。

第四章 班彪、班固、班昭与《汉书》

第一节 班彪的道德和文章

班彪(3—54),北地(今甘肃庆阳附近)人,出身官宦世家,先辈在西汉后期,任过郡守等官职。① 班彪年轻时遭遇王莽、更始之乱,曾避难天水,暂依军阀隗嚣,隗嚣自恃拥有武力,想着长久割据,称霸一方,所以颇向往春秋战国时天下分裂局面。他曾问青年班彪:"意者纵横之事,复起于今乎?"班彪的回答却令他失望:"周之废兴,与汉殊异。昔周爵五等,诸侯从政;本根既微,枝叶强大,故其末流有纵横之事,势数然也。汉承秦制,改立郡县,主有专己之威,臣无百年之柄。……方今雄杰带州域者,皆无七国世业之资,而百姓讴吟,思仰汉德,已可知矣。"②班彪在这里指出周代与汉代"殊异",最大不同就在于体制上的差别:前者实行的是分封制,即封建制,那时周王实权有限,而诸侯势力根深蒂固,所以能够世代生存,还可以玩

---

① 《后汉书》本传谓:"祖况,成帝时为越骑校尉;父稚,哀帝时为广平太守。彪性沉重好古。"(中华书局1965年版,第1323页)

② 《后汉书·班彪传》,中华书局1965年版,第1323页。

纵横之术;后者则已经实行了二百年皇权制,地方势力缺乏"世业"根基,虽能暂时乱中得势,终难持久存在,老百姓还是希望汉朝复兴。应当说,他对当时历史及现实的分析甚为深刻。但是隗嚣不服气,强辩说:那些愚蠢的百姓们当然只知道姓刘的汉朝皇帝,可是倘若在秦朝末年,天下逐鹿,有谁知道一定是姓刘的能做皇帝呢?班彪知隗嚣目光短浅,却野心勃勃,跟着他不会有好结果,于是转而投奔河西窦融。窦融头脑清醒得多,加入了当时节节取胜的刘秀集团,成为"河西大将军"。后来刘秀削平群雄,统一全国,隗嚣被消灭,割据美梦没有做成;而班彪随着窦融进入刘秀朝廷。刘秀问窦融,先前所上奏章是谁执笔?窦融说全出班彪之手,刘秀因此召见班彪;又三公屡辟,后来又出任徐、望都等县令,在任颇有政绩,吏民爱之。班彪还曾任职于太学,王充便是其学生之一。他又曾上疏建议皇太子及诸王"宜博选名儒"为师傅,得到刘秀首肯采纳。

  班彪才高而好述作,不脱文士本色,故而他的精力,多半使用于文史之间。他的作品今存不多,但有传世精品,后人曾有说:"班彪之览,木华之赋,郦元之经,卢肇之说,韩愈之碑,雄辞杰识。"(宋胡铨《答谭思顺书》)这里列举了历代不同文体的代表性作品,并以"雄辞杰识"来概括它们的特色,其中便有班彪之"览"即《览海赋》。此赋写"余有事于淮浦,览沧海之茫茫。……顾百川之分流,焕烂熳以成章。风波薄其裔裔,邈浩浩以汤汤"等,诚然"雄辞"磅礴、气势不凡。他又有《王命论》《史记论》等文章,前者论述刘汉皇权合法性问题,谓:"盖在高祖,其兴也有五:一曰帝尧之苗裔,二曰体貌多奇异,三曰神武有征应,四曰宽明而仁恕,五曰知人善任使。加之以信诚好谋,达于听受,见善如不及,用人如由己,从谏如顺流,趣时如向赴。当食吐哺,纳子房之策;拔足挥洗,揖郦生之说;寤戍卒之言,断怀土之情;高四皓之名,割肌肤之爱;举韩信于行陈,收陈平于亡命,英雄陈力,群策毕举:此高祖之大略,所以成帝业也。"所说五条,前三条委之天命,附会俗论,后二条说以人事,颇为切实中肯。后者评论上古以来史学著作的得失,尤其侧重剖析司马迁《史记》,肯定其"善述序事理,辩而不华,质而不野,文质相称,盖良史之才也";同时指陈若干错谬弊病。其批评之语,见解虽未必允当,而其出发点在于"慎核其事,整齐其文",为本人撰作《后传》铺垫,亦可以理解为一家之言。结合班彪生平行事取舍,可以说他确实颇有"杰识"。

　　班彪毕生从事最重要的文化活动,就是关于汉代历史的整理和撰写。在西汉武帝时期,司马迁早已写就了历史巨著《史记》,不过班彪觉得还存在不少缺憾。首先是自武帝太初以后,也就是司马迁身后之事,不再有权威的历史记述,虽然也有一些"好事者"包括著名文士如扬雄、刘歆、阳城衡、褚少孙、史孝山之徒,缀集时事,想做续貂工作,但在班彪看来,它们大多"鄙俗不足以踵继其书",客观上《史记》之后需要有一位优秀的续写者。其次是《史记》尽管取得了伟大成就,但在班彪看来,也还存在不少缺点和失误。对此他有相当具体的考虑,并且形成一套意见。首先是"迁之所记,……采经摭传,分散百家之事,甚多疏略"(《史记论》),这是事实。《史记》所写对象,笼括上下二千年,不可能写得很详备,疏漏在所难免。其次班彪对《史记》的写作立场和观念不完全认同,他认为司马迁"崇黄老而薄五经",此点在他看来问题很严重,是"大敝伤道"。班彪如此说,未必妥当。因司马迁对先秦诸子思想学说,持平等立场看待,他分析各家优劣,说"道家使人精神专一,动合无形,赡足万物",又说"儒者博而寡要,劳而少功"等,都基本符合实情,并无明显偏颇。而班彪则是将儒家置于神圣地位,在独尊儒术前提下来看待诸子百家,所以他本人倒存在严重的先入之见。在这些问题上,他的"杰识"要打一点折扣。尽管如此,班彪本人认真做着续写汉史的工作,十分投入。他虽然对司马迁存有某些偏见,但是司马迁说的"究天人之际,通古今之变,成一家之言",这种人生境界对他具有太大吸引力,他倾力写出了《后传》数十篇。① 之所以取名"后传",是司马迁《史记》,时人或称之"前史",故彪以"后传"自任。

班彪卒于建武末,享年五十二岁。《隋书·经籍志》著录:"后汉徐令《班彪集》二卷,梁五卷。"班彪遭逢乱世,却能善作选择,履险如夷,全身保主,显示他颇有明睿的政治识见。他入东汉后受到刘秀信任,政治生涯平稳。班彪没有做过大官,只做到司徒掾、县令等。他并不很在意官职大小,因为他的人生目标主要在著作方面。今本《汉书》中的《翟方进传》就是他的手笔,传末评语谓"司徒掾班彪曰……"他将"司徒掾"的名号顶戴在自己名字前,似乎还颇以为荣。不以官小为耻,这应该也是他的一种人生机智。唐代李华曾评论说:"班彪识理,张衡宏旷。"(《扬州功曹萧颖士文集序》)所谓"识理",与上文所说"杰识"是一致的,指的就是他理性的思维方式和处世态度。

班彪编撰"汉史"工作,在他身后由子班固、女班昭继踵完成。班氏一门,文章彪炳,诚如宋陈元粹所说:"昔司马谈之文,迁实发之;班彪之文,固实发之。二公光焰,照映千古,以其有子也。"②子女如此出息,当是班彪"雄辞杰识"身教言教应得成果。

---

① 唐刘知几认为班彪写了六十五篇,其谓:"《史记》所书,年止汉武,太初已后,阙而不录。其后刘向、向子歆及诸好事者若冯商、卫衡、扬雄、史岑、梁审、肆仁、晋冯、段肃、金丹、冯衍、韦融、萧奋、刘恂等,相次撰续,迄于哀、平间,犹名'史记'。至建武中,司徒掾班彪以为其言鄙俗,不足以踵前史;又雄、歆褒美伪新,误后惑众,不当垂之后代者也。于是采其旧事,旁贯异闻,作《后传》六十五篇。"〔唐〕刘知几著,〔清〕浦起龙通释《史通通释》卷一二,上海古籍出版社1978年版,第338页。
② 〔宋〕陈元粹著《省斋集》卷一〇"原跋",台北:商务印书馆影印文渊阁《四库全书》集部第1167册,第406页。

第二节　班固的人生和著作

班固(32—92)字孟坚,班彪之长子。九岁能属文,诵诗书。十三岁时王充见之,拊其背谓彪曰:"此儿必记汉事。"及长,博贯载籍,九流百家之言,无不穷究。所学无常师,不为章句,举大义而已。性宽和容众,不以才能高人,诸儒以此慕之。班彪卒时,班固二十二岁,归乡里。以父彪所续"前史"未就,乃潜精研思,欲毕其业。既而有人上书明帝,告班固"私改作国史",有诏下郡收班固,拘系京兆狱,尽取其家之书。固弟班超,恐固为郡吏严刑拷问,不能自明,乃驰京诣阙上书,得明帝召见,具言固所著述意。帝甚奇之,召固校书,除兰台令史。又迁为郎,典校秘书,并同意由他终成前所著书。班固自永平中始受诏,潜精积思二十余年,至章帝建初中乃完成,凡百篇,当世甚重其书,学者莫不讽诵。章帝雅好文章,固愈得幸,数入禁中读书,或连日继夜。帝每行巡狩,固辄献上赋颂;朝廷有大议,使固与公卿难问,辩论于御前,赏赐恩宠甚渥。建初四年(79),章帝诏诸王诸儒大会白虎观,讲议五经同异,令固撰集记述其事,其成果即《白虎通义》一书。和帝永元初,大将军窦宪出征匈奴,以班固为中护军,参与军机。次年取得大胜,直打到燕然山(即今蒙古国杭爱山),班固意气风发,作铭文以纪其事,宣扬大汉国威。和帝永元四年(92),窦宪以"谋反"罪被诛,班固受牵连免官。又因班家人平时在洛阳骄纵惹事,不遵法度,家奴竟敢在大街上顶撞洛阳令,结怨频频。窦宪事发,洛阳令便将班家人丁全部逮捕入狱,不久班固死于狱中,时年六十一岁。《后汉书》有传,所著诗、赋、铭、诔、颂、书、文、记、论、议、六言等甚多,"在者凡四十一篇"。《隋书·经籍志》著录"《汉书》一百一十五卷,汉护军班固撰,太山太守应劭集解","《后汉大将军护军司马班固集》十七卷"。又有《白虎通义》,为班固记录整理而成,《隋书·经籍志》载《白虎通》六卷,不著撰人;《唐书·艺文志》载《白虎通义》六卷,始题"班固"之名。《崇文总目》载《白虎通德论》十卷,凡十四篇。

综观班固一生,才学优异,积极用世,绝大部分时间仕途顺利,长期受皇帝及权臣宠信。由此致其人生观自然向功名倾斜,一方面服膺儒术,信仰仁义道德;另一方面追求名位,附会权势。此点对其写作立场影响不小,无论诗赋文章抑或《汉书》,无不流露出正统儒术理念和个人功名欲望。今存《与窦宪笺》《奏记东平王苍》《东巡颂》《南巡颂》《窦将军北征颂》等,都体现此种内容取向。出于其人生立场,班固在一些学术文化问题上,所持观念也多显露保守倾向。例如对屈原、司马迁等前代优秀人物,他虽也有所肯定,但颇有一些不恰当批评。在《离骚序》中,他宣扬"既明且哲,以保其身,斯为贵矣"人生态度同时,针对淮南王刘安《叙离骚传》之说,指责"今若屈原,露才扬己,竞乎危国群小之间,以离谗贼。然责数怀王,怨恶椒兰,愁神苦思,非其人,忿怼不容,沉江而死,亦贬絜狂狷景行之士"。又指《离骚》"多称昆仑冥婚、宓妃虚无之语,皆非法度之政、经义所载。谓之'兼诗风雅,而与日月争光',过矣!"诸如此类言论,皆成问题。楚怀王本是昏君,屈原为何不可"责数"之?屈原作为文士,显露本人才华,有何过失?此种批评,反而暴露出班固本人思想受"法度之政""经义所载"紧紧束缚。在《汉书·司马迁传》中,他又接过其父班彪说法,责备司马迁"是非颇缪于圣人"云云,又指司马迁不能做到"以智自全""明哲保身"等等,班固如此批评前贤,同样欠缺文士应有的正义感、是非心。日后班固本人终陷刑戮,丧命狱中,结局更惨于司马迁,又如何博人同情?后来范晔驳斥他说:"(班)固伤

(司马)迁'博物洽闻,不能以智免极刑',然亦身陷大戮,智及之而不能守之。呜呼!古人所以致论于目睫也。"①说他虽然看上去很聪明,但实际上眼光短浅,自己结局更加不堪。再者班固曾为谶纬辩护,与桓谭、王充等人所持立场相反。宋代叶适谓:"班固父子,以折衷古今自任,而于谶特多所附合。非其智不足以知之也,盖以时主好尚方盛,遂不敢撄其锋,亦理势之常。至于雷同趋和,比之经典,则希世太甚矣!"②叶适之论,诚一语中的。班固赞谶,并非不识谶之性质,而是故意"希世"迎合皇权所致。此亦表现出班固人格上存在明显局限性。③

然而班固才情卓著,学养深厚,又加勤奋著述,其文学贡献甚巨,为东汉一代最重要文学家之一。其文学成就大致可分四方面:文章、诗歌、辞赋、史传文学(《汉书》)。作品分布于如此广阔写作领域,班固遂成为两汉杰出文学多面手。以下分别叙说评论。

先述班固文章。据《后汉书》本传,其著作有《答宾戏》《应讥》

---

① 《后汉书·班固传》,中华书局 1965 年版,第 1386 页。
② 〔宋〕叶适著《习学记言序目》卷二六,中华书局 1977 年,第 361 页。
③ 宋叶适曰:"(班)固以相如《封禅》,靡而不典;扬雄《美新》,典而不实,故作《典引》。其意言'自两仪始分,莫崇乎尧;越成汤武,股肱既周,天乃授功元首,将授汉刘,先命孔子撰赤制。而高祖、光武兴'。谓汉特承尧,是何道理? 与今世场屋架缀作经义者无异。固又以此著之《汉书》,而欲垂中正不刊之义,可乎? 详其始,撰谶者妄称刘秀为天子,光武宗室单寡,援之立极,如童谣幸中,遂以自神,正与王莽同耳。故桓谭、郑兴,皆莫肯信,而固希世傅会,曾无惭耻,盖自昔文士往往不足同凭也。"(《习学记言》卷二五,第 352 页) 又曰:"图谶事,至张衡论始定。桓谭虽极言谶之非经,而《传》不载其所以极言之说。班固父子,以折衷古今自任,而于谶特多所附合。非其智不足以知之也,盖以时主好尚方盛,遂不敢婴其锋,亦理势之常。至于雷同趋和,比之经典,则希世太甚矣! 张衡适值其衰,故得展布言之。然后世亦有当其已衰,而犹讳避不敢论者,此又在衡之下也。"(《习学记言》卷二六,第 361 页)

《典引》等。

《答宾戏》为班固早期之作。有序曰："永平中为郎,典校秘书,专笃志于儒学,以著述为业。或讥以无功,又感东方朔、扬雄自喻以不遭苏、张、范、蔡之时,曾不折之以正道,明君子之所守,故聊复应焉。其辞曰"云云。篇中描写,先有"宾戏主人曰","……徒乐枕经藉书,纡体衡门,上无所蒂,下无所根。独撼意乎宇宙之外,锐思于毫芒之内,潜神默记,绲以年岁。然而器不贾于当己,用不效于一世,虽驰辩如涛波,摛藻如春华,犹无益于殿最也。"此是讽刺主人徒勤学问而仕途不竞也。然后"主人"驳之,曰"功不可以虚成,名不可以伪立",主张唯"道"是从:"仲尼抗浮云之志,孟轲养浩然之气,彼岂乐为迂阔哉?道不可以贰也!"此是班固青年才俊,自负其志,高尚其气,自表怀抱也。萧统《文选》录其文,列于宋玉《对楚王问》、东方朔《答客难》、扬雄《解嘲》之后。就文章本身而论,《答宾戏》规随上述前贤诸文,痕迹较浓,陷于制式化写作,模仿性格嫌重,影响其自身个性的发挥创造。然而如此表达"浩然之气"的文章,其后便不复再现;而现实功利内容,便成为班固文章写作主干。

《典引》之篇,蔡邕注曰:"《典引》者,篇名也。典者,常也,法也;引者,伸也,长也。《尚书疏》,尧之常法,谓之《尧典》。汉绍其绪,伸而长之也。"①班固自谓"窃作《典引》一篇,虽不足雍容明盛万分之一,犹启发愤懑,觉悟童蒙,光扬大汉,轶声前代。然后退入沟壑,死而不朽"。范晔录此篇于《后汉书》本传中,谓"固又作《典引》篇,述叙汉德。以为相如《封禅》,靡而不典,扬雄《美新》,典而不实,盖自谓得其致焉"。② 此所谓"雍容明盛""述叙汉德",实说出本篇

---

① 〔南朝梁〕萧统编,〔唐〕李善注《文选》卷四八《典引》题下注引,中华书局 1977 年,第 682 页。
② 《后汉书·班固传》,中华书局 1965 年版,第 1375 页。

基本内涵,亦可涵盖班固其它文章基本风范。萧统《文选》收本篇于"符命"类中,列于司马相如《封禅文》、扬雄《剧秦美新》之后。此三文性质相近,歌颂权力,对扬天命,文士趋奉迎合之作也。如此内容,未免卑弱,风骨不振,而企望列入"不朽"之作,甚乏自知之明。至于《应讥》之文,则已亡佚不存,今唯见汉末陈琳有同题之作,收入诸类书《艺文类聚》等,而未睹班固之篇。

班固文章著者,尚有《封燕然山铭》。此文撰于永元元年(89)秋七月,是时和帝新立,窦太后临朝,窦宪贵宠,拜车骑将军,率大军北伐匈奴。征战连年,大破单于,直捣漠北,遂登燕然山。时班固为中护军,窦宪令固作铭刻石纪功。文曰:

> 元戎轻武,长毂四分。云辎蔽路,万有三千余乘。勒以八阵,莅以威神;玄甲耀日,朱旗绛天。遂凌高阙,下鸡鹿,经碛卤,绝大漠。斩温禺以衅鼓,血尸逐以染锷。然后四校横徂,星流彗扫,萧条万里,野无遗寇。于是域灭区殚,反旆而旋,考传验图,穷览其山川。遂逾涿邪,跨安侯,乘燕然,蹑冒顿之区落,焚老上之龙庭。上以摅高、文之宿愤,光祖宗之玄灵;下以安固后嗣,恢拓境宇,振大汉之天声。兹可谓一劳而久逸,暂费而永宁也。

所写大汉威武之师,所到克灭,横扫万里,震慑山川,"野无遗寇"。而文章亦抑扬开阖,气势磅礴。本篇内容,为典型"体国经野,义尚光大"(刘勰《文心雕龙·诠赋》)作品,写出胜利者雄姿,代表西汉以来包括东汉前期主流文学精神,无愧于东汉"中兴文学"代表。本篇亦收入萧统《文选》卷五十六,列"铭"类之首。班固撰作本篇,目的虽曰纪大汉征伐之威德,亦在颂窦宪个人之功绩。此为白玉微疵,受到后人非议。① 班固又有《窦将军北征颂》文,述"车骑将军应昭明之上德,该文武之妙姿,蹈佐历,握辅策,翼肱圣上,作主光辉。资天心,谟神明,规卓远,图幽冥,亲率戎士,巡抚强城"等,赞颂窦宪个人体兼文武,心智神明,其希附之义,更加显露。此外班固文章,又有《十八侯铭》《拟连珠》《南巡颂》等。以颂赞居多,文字典雅有余,而篇义风致稍阙,滋味不足,略同于《北征颂》,鲜可赞述者也。

唯今存《弈旨》一文,所写题材虽属"小道",不涉"体国经野",无关宏旨,却妙趣横生,颇为可观。其说弈棋之道"举其大略,厥义深矣",然后演述棋局之大义:"局必方正,象地则也。道必正直,神明德也。棋有白黑,阴阳分也。骈罗列布,效天文也。四象既陈,行之在人,盖王政也。成败臧否,为仁由己,道之正也。"天地人神,包括王政之精神,棋局中无不体现。又以"博"与"弈"相比,较其优劣,最为有趣:

> 夫博悬于投,不专在行,优者有不遇,劣者有侥幸;踦挐相凌,气势力争,虽有雄雌,未足以为平也。至于弈则不然,高下相推,人有等级,若孔氏之门,回、赐相服;循名责实,谋以计策。若唐、虞之朝,考功黜陟。器用有常,施设无析,因敌为资,应时屈伸,续之不复,变化日新。或虚设豫置,以自护卫,盖象庖羲罔罟之制。堤防周起,障塞漏决,有似夏后治水之势。一孔有阙,坏颓不振,有似瓠子泛滥之败。一棋破窒,亡地复还,曹子之威。作伏设诈,突围横行,田单之奇。要厄相劫,割地取偿,苏张之姿。固本自广,敌人恐惧。参分有二,释而不诛,周文之

---

① 宋代张九成曰:"士大夫之出处,其可不以正乎!班固文冠两京,而事窦宪;马融经称大儒,而依梁冀。……进不以正,皆为千古罪人。"《孟子传》卷二三,台北:商务印书馆影印文渊阁《四库全书》经部,第196册,第458页。

德,知者之虑也。既有过失,能量弱强,逡巡需行,保角休旁,却自补续,虽败不亡。(《全后汉文》卷二六)

写出"弈"之公平规则及其胜负合理制度,不似"博"戏之"侥幸"。而以棋局比拟于历史人事,"若孔氏之门,回、赐相服","若唐、虞之朝,考功黜陟","盖象庖羲罔罟之制","有似夏后治水之势","有似瓠子泛滥之败",等等,设喻精巧,而符合棋理,启人心智,妙趣横生。

班固又有《连珠》之文,颇收"喻美辞壮"之誉,亦称"弘丽"。①

第三节 班固的《两都赋》与诗歌

班固辞赋名篇,首推《两都赋》。萧统《文选》入选"赋"部"京都"类,列为全书第一篇。《文心雕龙·诠赋》亦将"孟坚两都"列为"京殿苑猎"大题材之代表作,故历来备受重视。"两都"盖由《东都赋》《西都赋》组成。赋之作意,据《后汉书》本传谓:"时京师修起宫室,浚缮城隍。而关中耆老,犹望朝廷西顾。固感前世相如、寿王、东方之徒,造构文辞,终以讽劝,乃上《两都赋》,盛称洛邑制度之美,以折西宾淫侈之论。其辞曰云云。"②本赋序亦云:"臣窃见海内清

---

① 晋傅玄《叙连珠》曰:"所谓连珠者,兴于汉章帝之世,班固、贾逵、傅毅三子,受诏作之,而蔡邕、张华之徒又广焉。其文体辞丽而言约,不指说事情,必假喻以达其旨,而贤者微悟,合于古诗劝兴之义。欲使历历如贯珠,易睹而可悦,故谓之连珠也。班固喻美辞壮,文章弘丽,最得其体;蔡邕似论,言质而辞碎,然旨笃矣;贾逵儒而不艳,傅毅有文而不典。"见〔唐〕欧阳询编《艺文类聚》卷五七,上海古籍出版社1982年版,第1035—1036页。
② 《后汉书·班固传》,中华书局1965年版,第1335页。下文《两都赋》皆本《后汉书》。

平,朝廷无事,京师修宫室,浚城隍,起苑囿,以备制度。西土耆老,咸怀怨思,冀上之眷顾,而盛称长安旧制,有陋洛邑之议。故臣作《两都赋》,以极众人之所眩曜,折以今之法度。其词曰云云。"原来东汉前期,存在定都之争议。前述杜笃《论都赋》,撰于光武帝时,用起其端。杜笃以为"关中表里山河,先帝旧京,不宜改营洛邑。乃上奏《论都赋》"。① 而班固基本立场则相反,以洛阳为最佳建都之选,实际附和皇家即时政策,体现班固一贯写作态度。

本赋设"西都宾"与"东都主人"二人对话。先由西都宾发问,并说西都长安之胜:

> 汉之西都,在于雍州,寔曰长安。左据函谷、二崤之阻,表以太华、终南之山;右界褒斜、陇首之险,带以洪河、泾、渭之川。华实之毛,则九州之上腴焉;防御之阻,则天地之奥区焉。是故横被六合,三成帝畿;周以龙兴,秦以虎视。及至大汉受命而都之也⋯⋯

敷衍辞藻,繁积累篇,旨在宣扬关中长安之历史传统与地理优势,《西都赋》遂以成形。然后进入《东都赋》,由东都主人回答驳斥,首先指对方"子实秦人,矜夸馆室,保界河山,信识昭、襄而知始皇矣,乌睹大汉之云为乎?"谓其眼光陈旧偏狭;然后正面展开辩说,论述定都洛阳缘由,以解对方之惑。赋述东汉初建国时必然定都洛阳形势:

> 且夫建武之元,天地革命,四海之内,更造夫妇,肇有父子,君臣初建,人伦寔始,斯乃虙羲氏之所以基皇德也。分州土,立

---

① 《后汉书·杜笃传》,中华书局1965年版,第2595页。

市朝,作舟舆,造器械,斯轩辕氏之所以开帝功也。龚行天罚,应天顺人,斯乃汤、武之所以昭王业也。迁都改邑,有殷宗中兴之则焉。即土之中,有周成隆平之制焉。……

然后说明帝继位后,国运发展盛况:

> 至乎永平之际,重熙而累洽,盛三雍之上仪,修衮龙之法服,敷洪藻,信景铄,扬世庙,正予乐。人神之和允洽,君臣之序既肃。乃动大路,遵皇衢,省方巡狩,穷览万国之有无,考声教之所被,散皇明以烛幽。然后增周旧,修洛邑,翩翩巍巍,显显翼翼。光汉京于诸夏,总八方而为之极。是以皇城之内,宫室光明,阙庭神丽,奢不可逾,俭不能侈。外则因原野以作苑,顺流泉而为沼,发蘋藻以潜鱼,丰圃草以毓兽,制同乎梁驺,义合乎灵囿。

最后说建都洛阳之符合天意人心,四海百姓同声欢呼"盛哉乎斯世!"至此,东都主人又批评对方说:"今论者但知诵虞、夏之《书》,咏殷、周之《诗》,讲羲、文之《易》,论孔氏之《春秋》,罕能精古今之清浊,究汉德之所由。唯子颇识旧典,又徒驰骋乎末流。温故知新已难,而知德者鲜矣。""子徒习秦阿房之造天,而不知京洛之有制也。识函谷之可关,而不知王者之无外也。"然后接写"主人之辞未终,西都宾矍然失容,逡巡降阶,揲然意下,捧手欲辞"。一场辩论,以东都主人大获全胜结束。最后东都主人不依不饶,继续教训西都宾,要他牢记"五篇之诗",西都宾最终表态:"美哉乎斯诗!义正乎扬雄,事实乎相如,非唯主人之好学,盖乃遭遇乎斯时也。小子狂简,不知所裁,既闻正道,请终身而诵之。"

总观《两都赋》写作，以建都问题为题，"盛称洛邑制度之美"，赞颂东汉皇朝神圣地位。赋篇歌颂"盛世"，为东汉"中兴文学"代表作。客观而论，东汉定都洛阳，自是当时政治军事形势所定，其合理性毋庸置疑，符合时代要求。本篇侧重于比较"制度"，以现实权力利益为出发点，展开"东""西"优劣之争，虽然继承"润色宏业"为传统辞赋主流精神，然而赞颂现实权力取向比较明显，其思想内涵不免于平庸，无多特色。至于文字采润，作者展现自身技巧功力，用以弥补其思想欠缺。如形容西都曾经之繁华富庶：

建金城而万雉，呀周池而成渊。披三条之广路，立十二之通门。内则街衢洞达，闾阎且千；九市开场，货别队分。人不得顾，车不得旋；阗城溢郭，傍流百廛；红尘四合，烟云相连。于是既庶且富，娱乐无疆；都人士女，殊异乎五方。游士拟于公侯，列肆侈于姬姜。

虽具明显逞词倾向，却并不堆砌冷僻怪异文字，注意保持文气畅达贯通，便于阅读吟诵。以上所引诸节文字，亦大略同此，与当时一般辞赋措辞状况比较，颇见优势。① 再者赋中所写对象，无论人物表现或景象场面，悉皆生机勃发，鲜活灵动，变化多端，文学性凸现，此诚所难能，不可多得。要之，《两都赋》贵在文字之丰赡畅达，及描写之多样灵动，作为名篇，此其突出优长也。

此外班固又有《终南山赋》《览海赋》《幽通赋》等篇，亦以文字丰赡儒雅、文句多变化为特色，如："三春之季，孟夏之初，天气肃清。

---

① 此节文字中亦有个别僻字，如"呀"，《文选》李善注引《字林》曰："呀，大空貌。火家切。"然比较而言，此类僻字班赋中总体上使用不多。

周览八隅,皇鸾鷖鹭。警乃前驱,尔其珍怪。碧玉挺其阿,蜜房溜其巅。翔凤哀鸣集其上,清水泌流注其前。"(《终南山赋》)句式有四言、五言、七言,变化自如。至于其《竹扇赋》,则文学史意义甚为重要,说详下文。

班固诗歌,今存共七首,其中五首即《两都赋》末所系之"诵诗"(《明堂诗》《辟雍诗》《灵台诗》《宝鼎诗》《白雉诗》),皆歌颂皇家功德作品。又一首为《论功歌诗》,为所撰《汉颂》附诗;再一首即此《咏史》。而文学史上最受关注者,便是此篇:

> 三王德弥薄,惟后用肉刑。太苍令有罪,就递长安城。自恨身无子,困急独茕茕。小女痛父言,死者不可生。上书诣阙下,思古歌《鸡鸣》。忧心摧折裂,晨风扬激声。圣汉孝文帝,恻然感至情。百男何愦愦?不如一缇萦。①

班固《咏史》,向被认为五言诗史上里程碑式作品。② 本篇写缇萦救父故事。《汉书·刑法志》具载其事。③ 诗赞美文帝为政宽仁,能体

---

① 逯钦立辑《先秦汉魏晋南北朝诗》,中华书局1983年版,第170页。
② 班固又有五言残句,如:"长安何纷纷,诏葬霍将军。刺绣被百领,县官给衣衾。"(《太平御览》八一五)"宝剑值千金,指之干树枝。"(《北堂书钞》卷一二二,《太平御览》卷三四四等)"延陵轻宝剑。"(《太平御览》卷三四四)据此可以推知,班固五言作品,非止一篇。
③ 《汉书·刑法志》曰:"(文帝)即位十三年,齐太仓令淳于公有罪当刑,诏狱逮系长安。淳于公无男,有五女。当行会逮,骂其女曰:'生子不生男,缓急非有益也。'其少女缇萦,自伤悲泣,乃随其父至长安,上书曰:'妾父为吏,齐中皆称其廉平,今坐法当刑,妾伤夫死者不可复生,刑者不可复属,虽后欲改过自新,其道亡繇也。妾愿没入为官婢,以赎父刑罪,使得自新。'书奏天子,天子怜悲其意,遂下令曰:"制诏御史……"(中华书局1962年版,第1097—1098页)

恤民情,废除肉刑。至于本篇写法,以叙事为主,无多修饰,比兴不加;唯"忧心"二句,稍见渲染,末韵"百男"云云,亦有感慨。尤可注意者,其五言文句,首尾完足,写法规整,自成体式。钟嵘谓:"逮汉李陵,始著五言之目矣。古诗眇邈,人世难详;推其文体,固是炎汉之制,非衰周之倡也。自王、扬、枚、马之徒,词赋竞爽,而吟咏靡闻。从李都尉迄班婕妤,将百年间,有妇人焉,一人而已。诗人之风,顿以缺丧,东京二百载中,惟有班固《咏史》,质木无文。"①是则钟氏以为西汉中后期,从"李都尉"(李陵)以下,唯有一"妇人"(即班婕妤)撰写五言诗而已。入东汉之后,则唯有班固本篇《咏史》矣。至于班固之后,直到建安年间,方有曹氏父子写作五言诗。可知在钟嵘等人看来,东汉二百年间,班固似乎是五言诗的仅有作者。② 其重要性固不待言!虽然,钟嵘对班固《咏史》评价仍然不高,其"质木无文"一语,可谓贬斥有加,意为班固在五言诗方面虽有作品,而欠缺文采。故钟嵘置班固于"下品",其所下品语为:"孟坚才流,而老于掌故,观其《咏史》,有感叹之词。"③前二句谓班固有才学,撰写咏史作品,属于"老于掌故"之流。后二句则言篇中带有感情,故曰"有感叹之词"。然而此等品语,实不甚高,与"下品"之品第正相匹配。至于刘勰《文心雕龙》,其《明诗》篇中关于东汉一代五言作者,唯言张衡、傅毅,不提班固,可知心目中更无班氏位置。要之,班固本篇作为五

---

① 〔南朝梁〕钟嵘著,曹旭集注《诗品集注·序》,上海古籍出版社 1994 年版,第 8—12 页。
② 然钟嵘《诗品》另二处又言及郦炎、孟嘉、徐淑亦有五言诗。可知钟氏此处所叙,固不免有所遗漏,盖略而言之也。
③ 钟嵘《诗品》卷下相关品语全文为:"汉令史班固诗,汉孝廉郦炎诗,汉上计赵壹诗……文胜托咏'灵芝',怀寄不浅。元叔散愤'兰蕙',指斥'囊钱',苦言切句,良亦勤矣。斯人也而有斯困,悲夫!"〔南朝梁〕钟嵘著,曹旭集注《诗品集注》,上海古籍出版社 1994 年版,第 357 页。

言诗作品,其形态完整,质朴无华,诗意初具,略具民歌风,在东汉文士诗歌不竞背景下,诚是不可多得之作,不必求全责备。钟嵘品诗,崇尚"风力""滋味"等,①《咏史》以纪实为主,未受推重,可以理解。而作为早期五言诗作品,本篇在诗歌史上重要性,则无可怀疑。

此外,尚须论及《竹扇赋》:

> 青青之竹形兆直,妙华长竿纷实翼。杳筱丛生于水泽,疾风时纷纷萧飒。削为扇翣成器美,托御君王供时有。度量异好有圆方,来风辟暑致清凉。安体定神达消息,百王传之赖功力。寿考康宁累万亿。(《全后汉文》卷二四)

篇名为"赋",观其体制,自是七言之诗。全篇共十一句,每句有韵,而每二句相协,末韵或可视为三句相协。而每句皆用韵,正是汉代七言之写作惯例。故本篇自作品本身形态言,为七言诗歌无疑。本篇以扇为题,描述其原材料、制作、功能,最后发出祝颂词,当是专题咏物之诗。② 要之,东汉文士诗歌不竞,其受重视程度,总体上不如辞赋、文章。而在诸体诗中,七言最被忽略,文士写作七言者极少,

---

① 钟嵘《诗品》卷一:"故诗有三义焉:一曰兴,二曰比,三曰赋。文已尽而义有余,兴也;因物喻志,比也;直书其事、寓言写物,赋也。弘斯三义,酌而用之,干之以风力,润之以丹彩,使味之者无极,闻之者动心,是诗之至也。""五言居文词之要,是众作之有滋味者也。"〔南朝梁〕钟嵘著,曹旭集注《诗品集注》,第39页、第36页。

② 按傅毅、张衡,皆有同题之赋。傅作曰《羽扇赋》、张作曰《扇赋》,傅、张二篇皆为六言句式,表明以此题为赋,并无一定写作之规。值得注意者,二篇句式皆突破传统辞赋成规,不取楚辞句式。可见当时撰写《扇赋》之类,可作自由发挥。在此背景下,班固《扇赋》以七言为句式,亦无足怪。

产生作品亦较五言更为稀见。本篇虽题作"赋",实为一完整七言诗,故弥足珍贵。自东汉二百年诗歌写作历程观之,则本篇竟是今存最早一篇文士七言诗,在七言诗发展史上,本篇意义更重于《咏史》之于五言诗。

第四节 《汉书》及其文学价值(上)

班彪、班固父子全部著作中,分量最重,对后世影响最大者,莫甚于《汉书》。本书之撰写,始自班彪,班固继作。班固自明帝永平中始受诏,正式从事撰作,积二十余年,至建初中乃完成。需要说明者,《汉书》全部篇章中,"帝纪"前六篇(《高帝纪》至《景帝纪》)沿用《史记》之文予以改写而成;班彪自撰有"数十篇",班固继之,董理旧文,又撰新篇,总计百篇,全书基本成型。但八"表"及"天文志"尚未写就,固已卒;和帝又诏其妹班昭,就东观藏书阁踵成之。故今所见《汉书》全文,盖出多人之手,其中有司马迁《史记》原作部分文字,有班彪、班彪自撰多篇,最终成于班昭之手。是《汉书》非一人之作,班彪实肇其事,班固撰写及整理之功最多,班昭为最后完成者。

《汉书》全书一百卷,分为纪、表、志、传四大部分,起自高祖、终于孝平、王莽,总计十有二世,写西汉及新朝二百三十年历史,全面记载当时社会政治经济军事及文化大事,记述帝王后妃、将相大臣以及各类重要人物生平经历,评述其得失成败,写作态度认真,搜集史料甚勤,而条例整饬,事理详核清晰,文笔也较严谨,一代史事,囊括其中,公认为《史记》之后又一部重要著作,其史学价值很高。在中国古代"正史""二十四史"中,《汉书》皆列其中。中国历史著作文体,"纪传体"影响最大,为司马迁首创;而"朝代史"之体制,亦颇风行,以《汉书》为首,①成为列代"朝代史"之鼻祖。后世史书,大多祖述班书体制,且东汉以后直至隋唐,皆名称为"书"。又始自汉末,迄乎南朝陈,注解《汉书》者达二十五家之多,亦可见其影响之广。

《汉书》也存在不足。主要是写作立场过于向刘汉皇权靠拢,书中美化本朝帝王之处,包括隐恶扬善阿附谀颂文字,正复不少,影响史家立场的客观公正。如写汉武帝,《史记·孝武本纪》篇中尽写方士公孙卿、少翁、李少君、栾大等作祟之事,花样繁多,而武帝执迷不悟,再三上当。篇末谓:"天子益怠厌方士之怪迂语矣。然终羁縻弗绝,冀遇其真。自此之后,方士言祠神者弥众,然其效可睹矣!"②对于武帝祠神求仙之荒唐行动,据实陈述,并无隐讳。而《汉书·武帝纪》中则唯言"夏,封方士栾大为乐通侯,位上将军","乐通侯栾大坐诬罔要斩"二语,方士相关其它言行,一概移置于《郊祀志》中,是为尊者讳也。又如对于项羽、陈涉二人,《史记》称"项王""陈王",为"本纪""世家",而《汉书》改为列传,皆呼其名。按此正是《汉书》《史记》在立场上最大差别:司马迁尊重历史事实,故称项羽、陈涉为"王",而班氏以刘氏皇朝立场为立场,遂罔顾史实,皆不称"王"。又

---

① 刘知几曰:"古往今来,质文递变。诸史之作,不恒厥体。权而为论,其流有六:一曰《尚书》家,二曰《春秋》家,三曰《左传》家,四曰《国语》家,五曰《史记》家,六曰《汉书》家。"〔唐〕刘知几著,〔清〕浦起龙通释《史通通释》卷一《内篇·六家》,上海古籍出版社1978年版,第1页。又云:"如《汉书》者,究西都之首末,穷刘氏之废兴,包举一代,撰成一书,言皆精练,事甚该密。故学者寻讨,易为其功。自尔迄今,无改斯道。于是考兹六家,商榷千载,盖史之流品,亦穷之于此矣。而朴散淳销,时移世异,《尚书》等四家,其体久废,所可祖述者,唯《左氏》及《汉书》二家而已。"〔唐〕刘知几著,〔清〕浦起龙释通《史通通释》卷一《内篇·六家》,第22—23页。

② 《史记·孝武帝纪》,中华书局1982年版,第485页。

赵翼尝指出,《史记》中置张汤于"酷吏列传",《汉书》以其子孙多为名公卿,乃以汤另入列传。①此处显示班氏在著述中遵循某种势利立场,因"子孙多为名公卿",便可美化其先人。《汉书》中此一问题,甚者或表现于行文细部,如《刑法志》中写缇萦救父事一节,其文字作:"(缇萦)书奏天子,天子怜悲其意,遂下令曰云云。"对此文字,颜师古注引朱子文评论谓:"于文'书奏'下,多'天子'二字。前曰'上书',非上于天子而何?后曰'书奏',非奏于天子而何?若曰'书奏,天子怜悲其意',文字直而美"。班氏在此连续写二"天子",重复罗嗦,诚无必要,导致不"直"不"美"。然而在此细小之处,亦可见班氏父子所用心思,乃在取悦君上。要之,与司马迁强大之独立思想、自主性格相比,班氏父子叙事立论,基本出自皇家正统立场,其史家独立品格,明显逊于司马迁,乃致识见较弱,影响及于文字,不能做到"文字直而美"。在处理历史是非问题上批判精神薄弱,此点为《汉书》与《史记》主要差距所在。作为史家,史识平庸,现实功利性嫌强,诚为最大缺憾。②

---

① 清代史学家赵翼曾指出此问题,见所撰《廿二史札记》卷一"《史记》《汉书》"条。

② 按:史上对于班固评论,各取视角,方域有异;而褒贬黜骘,亦各不同。其严厉者有宋郑樵,其谓:"班固者,浮华之士也,全无学术,专事剽窃。肃宗问以制礼作乐之事,固对以:'在京诸儒,必能知之。'倪臣邻皆如此,则顾问何取焉?及诸儒各有所陈,固唯窃叔孙通十二篇之仪以塞白而已。倪臣邻皆如此,则奏议何取焉?肃宗知其浅陋,故语窦宪曰:'公爱班固,而忽崔骃,此叶公之好龙也。'固于当时已有定价,如此人材,将何著述?《史记》一书,功在十表,犹衣裳之有冠冕、木水之有本原。班固不通,旁行邪上,以古今人物强立差等,且谓'汉绍尧运,自当继尧',非迁作《史记》,厕于秦项,此则无稽之谈也。由其断汉为书,是致周、秦不相因,古今成间隔。自高祖至武帝凡六世,之前尽窃迁书,不以为惭。自昭帝至平帝凡六世,资于贾逵、刘歆,复不以为耻。况又有曹大家终篇,则固之自为书也几希。往往出固之胸中者,古今人表(下转508页)

自文学视角观之,《汉书》与《史记》相比,同样存在差距。主要差异是:叙事欠缺激情,措语平淡,文气稍弱;所写人物在个性化方面有所不足,因此文章生动性感染力稍不如之。《汉书》甚至偶有因袭《史记》而致误,几成笑柄者。① 然而《汉书》自有其文学价值。主要有两大方面:为一代史料的保存作出重要贡献;撰写出众多具有一定风格特色的纪传体文学篇章。

《汉书》在文学史料保存方面的功绩,又可分为两部分。一是为汉代重要文学人物立传;一是系统著录重要文化艺术著作。先述《汉书》所写文学人物。《汉书》人物纪传中,文学人士实不少。重要

(上接507页)耳,他人无此谬也。后世众手修书,道傍筑室,掠人之文,窃钟掩耳,皆固之作俑也。固之事业如此,后来史家,奔走班固之不暇,何能测其浅深?迁之于固,如龙之于猪,奈何诸史弃迁而用固?刘知几之徒,尊班而抑马;且善学司马迁者,莫如班彪。彪续迁书,自孝武至于后汉,欲令后人之续己,如己之续迁。既无衍文,又无绝绪,世世相承,如出一手。善乎其继志也! 其书不可得而见,所可见者元、成二帝'赞'耳,皆于本纪之外,别记所闻,可谓深入太史公之阃奥矣。凡左氏之有'君子曰'者,皆经之新意,《史记》之有'太史公曰'者,皆史之外事,不为褒贬也。间有及褒贬者,褚先生之徒杂之耳。且纪传之中,既载善恶,足为鉴戒,何必于纪传之后,更加褒贬?此乃诸生决科之文,安可施于著述?殆非迁、彪之意;况谓为'赞',岂有贬辞?后之史家,或谓之'论',或谓之'序',或谓之'铨',或谓之'评',皆效班固,臣不得不剧论固也! 司马谈有其书,而司马迁能成其父志;班彪有其业,而班固不能读父之书。固为彪之子,既不能保其身,又不能传其业,又不能教其子,为人如此,安在乎言为天下法?范晔、陈寿之徒继踵,率皆轻薄无行,以速罪辜,安在乎笔削而为信史也?"见《通志·总序》。

① 如唐刘知几曾指出《汉书》因袭之误:"《史记·陈涉世家》称其'子孙至今血食'。《汉书》复有《涉传》,乃具载迁文。按迁之言'今',实孝武之世也。固之言'今',当孝明之世也。事出百年,语同一理,即如是,岂陈氏苗裔祚流东京者乎?斯必不然!"(〔清〕浦起龙释通《史通通释》卷五《因习》,第137页)是《史记》行文"今"字本不误,而班固《汉书》不辨时代,照录其"今"字,遂致于误。

者有贾谊、贾山、邹阳、枚乘、董仲舒、司马相如、司马迁、王褒、东方朔、韦玄成、扬雄等,诸人皆有传,且多为独立之传。最突出者为司马相如、扬雄,二人各占二卷,分上下篇,其规格与刘邦"高帝纪"同,其余帝王将相皆无之,可知作者对文士不无偏爱态度。《汉书》诸文士传,写出传主生平经历,每篇末又设"赞语",对传主人物及作品,评品有加,多作褒扬。如《贾谊传》赞词谓:

> 赞曰:刘向称"贾谊言三代与秦治乱之意,其论甚美,通达国体,虽古之伊、管,未能远过也。使时见用,功化必盛。为庸臣所害,甚可悼痛"。追观孝文玄默躬行以移风俗。谊之所陈,略施行矣。

将贾谊与伊尹、管仲等上古贤相同列媲美,赞誉极高。而"使时见用,功化必盛"之判语,纯属推论,为作者个人赞誉性表态。至于"为庸臣所害"云云,原其所指,实为周勃、灌婴等汉初元老大臣,周、灌皆为"高帝功臣表"中人物(周居第四,灌列第九),后又曾参与平定诸吕之乱,拥立文帝,安定汉室,立有大功,其可指为"庸臣"乎?班氏赞美文士,心情可嘉,未免于轻易率意。此与司马迁相较,其失立彰。司马迁对于贾谊,亦颇推奖,且与屈原合传,但未尝以"伊、管"视之。班氏对于文士,情有独钟,而几入于偏爱,过犹不及,乃致斯失。

《汉书》所写文学家传中,多叙文章诗赋撰作过程,且不惜占用大量篇幅,引列作品原文。如《史记》中并无司马迁重要作品《报任安书》,而《汉书·司马迁传》载之;贾谊《过秦论》、《鹏鸟赋》,《史记·屈原贾生列传》《汉书·贾谊传》皆载之,然重要政论文《上疏陈政事》唯《汉书》载之;又司马相如《子虚赋》《上林赋》,《史记》《汉书》皆全文载之,而《汉书》更载有《大人赋》等等,诸如此类情形不少。此固与《汉书》篇幅较大有关,但无疑亦缘于班氏写作风格,好载述文士原著。上述西汉重要文学文献,后世《皇览》《文章流别集》《文选》《艺文类聚》等得以刊载,以致长久传世,班书功莫大焉。班氏偏爱文士,《汉书》于各相关人物传中,详载其身世经历,又征引不少诗赋文章原著,事实上保存许多文学重要史料,功不可没。不少作家作品能为后人所知,皆仰班氏之力。

《汉书》系统著录了历代重要文化著作,具体表现为《艺文志》的编撰。此堪称一代盛事。① 《汉书》增设之"志",与文学关系密切者,以"艺文志"为最。《艺文志》内容,为删略刘歆《七略》而成,故而著录文献之功,首归于刘歆;然而班氏父子继踵其事,列于十"志"之末,亦是伟绩。《艺文志》辨认、清理、归纳、总结上古以来思想流派及各类文献,颇为系统全面,非常重要。其中觇缕历代文献流传状况云:

> 昔仲尼没而微言绝,七十子丧而大义乖。故《春秋》分为五,《诗》分为四,《易》有数家之传。战国从衡,真伪分争,诸子之言,纷然淆乱。至秦患之,乃燔灭文章,以愚黔首。汉兴,改秦之败,大收篇籍,广开献书之路,迄孝武世,书缺简脱,礼坏乐崩。圣上喟然而称曰:"朕甚闵焉!"于是建藏书之策,置写书之官,下及诸子传说,皆充秘府。

---

① 按《艺文志》为《汉书》十"志"之一,十"志"之编撰,并非班固一己之力,而是颇有凭藉。清赵翼谓:"书志:八书乃史迁所创,以纪朝章国典。《汉书》因之,作十志。《律历志》则本于《律书》《历书》也;《礼乐志》则本于《礼书》《乐书》也;《食货志》则本于《平准书》也;《郊祀志》则本于《封禅书》也;《天文志》则本于《天官书》也;《沟洫志》则本于《河渠书》也。此外又增《刑法》《五行》《地理》《艺文》四志。"〔清〕赵翼著,王树民校证《廿二史札记校证》卷一,中华书局1984年版,第5页。

历述因时势变易,而致篇籍散佚、文章燔灭状况,汉武帝曾为之叹惜。幸而兹事受到上下重视,于是西汉末成帝时,竟有专门文士,投身于整理典籍之业:

> 至成帝时,以书颇散亡,使谒者陈农求遗书于天下。诏光禄大夫刘向校经传、诸子、诗、赋,步兵校尉任宏校兵书,太史令尹咸校数术,侍医李柱国校方技。每一书已,向辄条其篇目,撮其指意,录而奏之。会向卒,哀帝复使向子侍中、奉车都尉歆卒父业。歆于是总群书而奏其《七略》。故有《辑略》,有《六艺略》,有《诸子略》,有《诗赋略》,有《兵书略》,有《术数略》,有《方技略》。今删其要,以备篇籍。

以上为《艺文志》前言总说。可知本"志",实汉末以来诸多文士,特别是刘向、刘歆父子,多年整理古文献之心血结晶。《艺文志》所采用编撰纲领,分别部居,全袭刘歆《七略》。每略之中,亦大体取法刘歆,"条其篇目,撮其指意,录而奏之",只是稍有删略,去其重复而已。① 要之,《汉书》删略刘歆《七略》,编述成"志",实为中国文献学及目录学之早期巨著。其所记载学术家派,所著录上古文献,所叙学术源流,于中国学术思想史,贡献甚大。以《诗经》部分而论,《艺文志》首先将《诗经》相关著作,全部分类编排,著录在篇。其次对《诗经》作品之产生、结集、流传过程,作简要说明。前者即"条其篇目",后者即"撮其旨要"。二项工作,自今视之,皆甚重要。首先"条其篇目",保存当时诸家著作书名、著者、卷数等,而魏晋以后,此类

---

① 《汉书》颜师古注曰:"删去浮冗,取其指要也。其每略所条家及篇数,有与总凡不同者,转写脱误,年代久远,无以详知。"《汉书·艺文志》,中华书局1962年版,第1702—1703页。

著作,大部散佚不存,除残文逸句外,《艺文志》著录内容,便成仅有信息,十分珍贵。其次所撮"旨要",对《诗经》早期存在流传状况作扼要叙述,其说与今存《毛诗序》《礼记·乐记》等并立,可作参互印证、补充发明,同为诗经学史上极重要文献。其中对《诗经》"遭秦而全"之解释、"三家""咸非其本义"等见解,皆称允当,为不刊之论。此外《艺文志》中著录有关文学文献正多,如诸子百家包括"杂家""小说家"等多种文集及篇章等等。

《汉书》文学贡献另一重要之点,在于写出别具风格传记文学作品。班氏之前,已有传记文学巨著《史记》,故而《汉书》在传记写作上面临困难境地:若不能写出独自高格及特色,则必将在《史记》光耀之下相形失色,被视为失败劣作。班氏取得相对成功,《汉书》总体上文学成就虽逊于《史记》,①然颇具自身独特风格,由此在古代传记文学中占有一席高地。在不少场合,"史、汉"并称,或者"马、班"连述,能够做到如此地步,实属不易,此是对《汉书》撰作者文学实力的客观肯定、应有褒奖。

第五节 《汉书》及其文学价值(下)

《汉书》文学性格,主要体现于叙事。刘勰论曰:"及班固述汉,

---

① 按《史》《汉》比较,为古来热议之题。论者多以为马、班同列,而马优班劣。如顾炎武谓:"《汉书》不如《史记》:班孟坚为书,束于成格,而不得变化。且如《史记·淮阴侯传》末载蒯通事,令人读之感慨有余味;《淮南王传》中伍被与王答问语,情态横出,文亦工妙。今悉删之,而以蒯、伍合江充、息夫躬为一传,蒯最冤,伍次之。二《淮传》寥落不堪读矣。"〔清〕顾炎武著,〔清〕黄汝成集释《日知录集释》卷二六,上海古籍出版社1985年版,第1898页。

因循前业。观司马迁之辞,思实过半。其十志该富,赞序弘丽,儒雅彬彬,信有遗味。至于宗经矩圣之典,端绪丰赡之功,遗亲攘美之罪,征贿鬻笔之愆,公理辨之究矣。"①称赞其"该富""丰赡""弘丽""儒雅","信有遗味",颇中肯綮。对于班固"功""罪",亦有大致把握。总体言,《汉书》文笔严谨翔核,措辞典雅,而所叙事件头绪清晰,脉络贯通。其传文之佳篇不少,历来受到好评者,如《李广苏建传》,传中李广之事,基本袭用《史记》之文,毋庸多说。而其中李陵事迹描写,则二者颇有差异。《史记》写李陵事件,"单于以兵八万,围击陵军。陵军五千人,兵矢既尽,士死者过半,而所杀伤匈奴亦万余人。且引且战,连斗八日,还,未到居延百余里,匈奴遮狭绝道。陵食乏而救兵不到,虏急击,招降陵,陵曰:'无面目报陛下。'遂降匈奴"。仅用近百字而已。司马迁曾为李陵辩护得罪,其关系之密切,固不待言,为何传文用字如此简洁?可能当时受到政治压力,有委曲不便之处,难以详言。而《汉书》写李陵事件过程甚详,文字则明显增多,自"陵召见武台"始,至"陵曰:'无面目报陛下。'遂降"。战争变化经过,激烈战斗场面,投降匈奴情状,前后背景说明等,来龙去脉,曲折而清晰,描述细致入微。而相关人物,包括汉武帝、李广利、路博德、韩延年、匈奴单于等,其间复杂关系,各方表现及态度,也各有交代。所用文字,多出五倍有余,而事件全过程,以及李陵战斗中表现,遂得以全面真实描画,其叙事之细致周密,显然超出《史记》:

> 陵至浚稽山,与单于相值,骑可三万围陵军。军居两山间,以大车为营。陵引士出营外为陈,前行持戟盾,后行持弓弩,令

---

① 〔南朝梁〕刘勰著,周振甫注《文心雕龙注释·史传》,人民文学出版社1981年版,第170页。

曰:"闻鼓声而纵,闻金声而止!"虏见汉军少,直前就营,陵搏战攻之,千弩俱发,应弦而倒。虏还走上山,汉军追击,杀数千人。单于大惊,召左右地兵八万余骑攻陵。陵且战且引,南行数日,抵山谷中,连战,士卒中矢伤,三创者载辇,两创者将车,一创者持兵战。

……

南行至山下。单于在南山上,使其子将骑击陵。陵军步斗树木间,复杀数千人。因发连弩射单于,单于下走。是日捕得虏,言:"单于曰:'此汉精兵,击之不能下,日夜引吾南近塞,得毋有伏兵乎?'诸当户君长皆言:'单于自将数万骑击汉数千人,不能灭,后无以复使边臣,令汉益轻匈奴。复力战山谷间,尚四五十里得平地,不能破,乃还。'"是时陵军益急,匈奴骑多,战一日数十合,复伤杀虏二千余人。虏不利,欲去……

如此具体生动描述战争过程,场景如在目前;李陵与单于双方战术运用及心理变化,亦颇入微。而李陵勇气及才干,得有充分表露。一段较长文字,写出战争大场面。如此文例,并非个别,可证《汉书》于叙事及人物描写方面,确实周密详至,颇具特色,水准甚高,对读者全面了解相关历史人物及事件真相,有所帮助。

《汉书》具体篇章,历来被称述者不少,《公孙弘传赞》即其一。其文曰:

赞曰:公孙弘、卜式、兒宽,皆以鸿渐之翼困于燕爵,远迹羊豕之间。非遇其时,焉能致此位乎?是时汉兴六十余载,海内艾安,府库充实。而四夷未宾,制度多阙。上方欲用文武,求之如弗及。始以蒲轮迎枚生,见主父而叹息,群士慕向,异人并出。卜式拔于刍牧，弘羊擢于贾竖，卫青奋于奴仆，日䃅出于降虏，斯亦曩时版筑、饭牛之朋已。汉之得人，于兹为盛。儒雅则公孙弘、董仲舒、兒宽，笃行则石建、石庆，质直则汲黯、卜式，推贤则韩安国、郑当时，定令则赵禹、张汤，文章则司马迁、相如，滑稽则东方朔、枚皋，应对则严助、朱买臣，历数则唐都、洛下闳，协律则李延年，运筹则桑弘羊，奉使则张骞、苏武，将率则卫青、霍去病，受遗则霍光、金日䃅，其余不可胜纪。是以兴造功业，制度遗文，后世莫及。

列举诸多人物，概括当时盛况，突出三要点：一为"上方欲用文武，求之如不及"，武帝求贤若渴；二为"汉之得人，于斯为盛"，大量文武人才涌现；三为"功业""遗文""后世莫及"，在文武两方面，创造一代盛世伟业。文章所述一段历史，人物众多，头绪纷繁，而撮要叙述，详而不乱，深得叙事之奥谛。又文句整饬，节奏分明，颇具音乐之美。故萧统《文选》收入卷四九，赫然列为"史论"类首篇。

班氏叙事风格，颇得后世好评。除上述刘勰所谓"该富""儒雅"等语外，明王世贞亦曰："孟坚叙事，如霍氏、上官之隙，废昌邑王奏事，赵、韩吏迹，京房术数，虽不得如化工肖物，犹是顾恺之、陆探微写生。东京以还，重可得乎？陈寿简质，差胜范晔，然宛缛详至大不及也。"①所说"宛缛详至"，与刘勰之论意蕴略同。

对于《汉书》行文风格，史上亦有非议者。刘知几谓："夫国史之美者，以叙事为工，而叙事之工者，以简要为主。……文约而事丰，此述作之尤美者也。始自两汉，迄乎三国，国史之文，日伤烦富。逮

---

① 〔明〕王世贞著，罗仲鼎校注《艺苑卮言校注》卷三，齐鲁书社1992年版，第109页。

晋已降,流宕逾远。寻其冗句,摘其烦词,一行之间,必谬增数字,尺纸之内,恒虚费数行。"①是则指《汉书》等叙事伤于繁富,文字虚费。其论一概以"简要"为准,不重视真实详备,对于叙事之理解,未免略有偏颇。关于繁、省之优劣问题,历来评论颇有争议,②按文字详略,本身并无优劣之分,唯叙述清晰有条理,描写生动有节奏,详略皆所宜也。《史记》所叙人物事件,虽稍简略,尤其远古人物,为史料所限,难以详叙。然而能够做到基本信实,勉为其难也。衡量史传文者,当视其能否做到切实准确、生动优美而已,不应以繁省为主要甚至唯一标准。

不能否认,《汉书》在行文上,确有太繁之处,刘知几尝批评谓:"班固《汉书》,止叙西京二百年事耳。其《自叙》也,则远征令尹,起楚文王之世。近录《宾戏》,当汉明帝之朝,苞括所及,逾于本书远矣。而后来叙传,非止一家,竞学孟坚,从风而靡。施于家牒,犹或

---

① 〔唐〕刘知几著,〔清〕浦起龙通释《史通通释》卷六《叙事》,上海古籍出版社1978年版,第168页。
② 西晋张辅论《史》《汉》优劣谓:"迁之著述,辞约而事举,叙三千年事,唯五十万言;班固叙三百年事,乃八十万言;烦省不同,不如迁一也。良史述事,善足以奖劝,恶足以监诫,人道之常,中流小事,亦无取焉,而班皆书之,不如二也。毁贬晁错,伤忠臣之道,不如三也。迁既造创,固又因循,难易益不同矣。又迁为苏秦、张仪、范睢、蔡泽作传,逞辞流离,亦足以明其大才,故述辩士则辞藻华靡,叙实录则隐核名检,此所以迁称良史也。"(《晋书·张辅传》,中华书局1974年版,第1640页)金代王若虚则所见相反,其曰:"晋张辅评迁、固史云:'迁叙三千年事,止五十万言;而固叙二百年事,乃八十万。繁省不同,优劣可知。'此儿童之见也。迁之所叙,虽号三千年,其所列者几人?所载者几事?寂寥残缺,首尾不完,往往不能成传,或止有其名氏。至秦、汉乃始稍详,此其获疏略之讥者。而反以为优乎?且论文者求其当否而已,繁省岂所计哉?迁之胜固者,独其辞气近古,有战国之风耳。"(《文辨》,《滹南集》卷三四)

可通;列于国史,每见其失者矣!"①此即叙事冗赘行文太繁之病也。然而《汉书》亦有若干应繁而反略之处。赵翼尝指出:"《汉书·高纪》,但撮叙数语。然杀项羽是汉王一大事。《汉书》略之,殊失轻重。"②此又叙事太略之病。

至于《史》《汉》二书比较,当具体论之,不能泛泛而言,《史记》叙事得要,人物个性突出,文笔生动,文气流贯,是其优势;而《汉书》叙事系统性强,"宛绰详至",自有长处,已如上述。应当说,二书各有特点。而在若干场合,《汉书》行文亦有优于《史记》者,如赵翼所指出:"《孝文纪》:《史记》于后六年忽总叙帝之节俭宽厚,下方叙后七年六月帝崩,殊属非法。总叙自应在帝崩后也。《汉书》取此语作赞。"③此例显示,《汉书》在某些篇章中,对于《史记》中原有缺失,亦有补正完葺之功。总体言,《汉书》续写《史记》,继承与变化,痕迹皎然;其记述一代人物史事,成绩斐然,无愧为古代历史名著,史传文学重要代表作之一。

第六节　班昭的文学业绩

班固有妹名昭,字惠姬,生卒年不详。博学高才,十四岁嫁同郡曹寿(字世叔),早寡。兄班固继承父业著《汉书》,其八"表"及《天

---

① 〔唐〕刘知几著,〔清〕浦起龙通释《史通通释》卷九《序传》,上海古籍出版社1978年版,第257页。
② 〔清〕赵翼著,王树民校证《廿二史札记校证》卷一"《史记》《汉书》"条,中华书局1984年版,第18页。
③ 〔清〕赵翼著,王树民校证《廿二史札记校证》卷一"《史记》《汉书》"条,中华书局1984年版,第18页。

文志》未及竟而卒,和帝使班昭就东观藏书阁,踵而成之。帝数召班昭入宫,令皇后及诸贵人师事焉,号曰"大家"。① 皇室每有贡献异物,辄诏大家作赋、颂以志庆。及邓太后临朝主政事,以班昭出入之勤,特封其子曹成为关内侯,后官至齐国相。时《汉书》始出,多未能通者,同郡马融伏于阁下,从昭受读。安帝永初中,太后兄大将军邓骘,以母忧上书乞身,太后不欲许,以问昭。昭因上疏,赞成其志,太后从而许之。昭年七十余卒,皇太后素服举哀,使者监护丧事。所著赋、颂、铭、诔、问、注、哀辞、书论、上疏、遗令,凡十六篇,又有《女诫》七篇。子妇丁氏为撰集之,又作《大家赞》。《隋书·经籍志》著录"曹大家《女诫》一卷";又有"汉成帝《班婕妤集》一卷",注"梁有《班昭集》三卷";《旧唐书·经籍志下》《新唐书·艺文志》皆著录"《曹大家集》二卷"。又《隋书·经籍志》著录有"曹大家注"《列女传》。② 《新唐书·艺文志》著录有"曹大家注班固《幽通赋》一卷"等。

班昭出身史官之家,书香门第,文化修养深湛,又充任宫廷女教师,文学才能突出。今存辞赋多篇,有《针缕赋》《大雀赋》《蝉赋》等。此皆咏物小赋,题材不大,篇幅有限,其寓意虽简单,而措辞精妙,殊含情趣。如《针缕赋》:

> 熔秋金之刚精,形微妙而直端。性通远而渐进,博庶物而一贯。惟针缕之列迹,信广博而无原。退逶迤以补过,似素丝之羔羊。何斗筲之足算,咸勒石而升堂。(《艺文类聚》卷六五)

---

① 《后汉书·邓皇后传》:"太后自入宫掖,从曹大家受经书,兼天文算数。"中华书局1965年版,第424页。
② 《隋书·经籍志》"杂传类"载"《列女传》十五卷",注曰:"刘向撰,曹大家注。"

前半述针缕之品德优秀,"刚精""直端""通远""一贯"等;后半说其功用至大,即使贵族功臣,亦需服用衣裳。此本"妇功"琐事,而能藉以发想成章,寓以德行,且颇有写物自喻之意,"微妙而直端"云云,颇昭示本人风致,亦可见其才气云。又有《大雀赋》:

> 大家同产兄、西域都护定远侯班超献大雀,诏令大家作赋曰:
>
> 嘉大雀之所集,生昆仑之灵丘。同小名而大异,乃凤皇之匹畴。怀有德而归义,故翔万里而来游。集帝庭而止息,乐和气而优游。上下协而相亲,听《雅》《颂》之雍雍。自东西与南北,咸思服而来同。(《艺文类聚》卷九二,又《御览》九二二引《曹大家集》作《大雀颂》)

西域都护班超为班昭次兄,超献雀,昭赋雀,允为一时佳话。作为应诏之赋,本篇自以颂德为主。

班昭又有《东征赋》,此篇颇含奇致。其奇在二:一曰在辞赋史上,"东征"无疑属于"述行"题材,作者一般皆是男性人物,因宗法社会,男性在外,有"行"乃"述"之;妇女居家主内,无"行"可说。二曰此"述行"之赋,据刘勰所论,"夫京殿苑猎,述行序志,并体国经野,义尚光大"。① 内容词章,自应遵循此义,方为正体,否则不合"述行"规则。而本篇所述,却并无此等意义,观其词章,唯以纪行咏史、述感写志为主。关于班昭作此赋本事,《文选》李善注曰:"《大家集》曰:'子(曹)谷为陈留长,大家随至官,作《东征赋》。'《流别论》

---

① 〔南朝梁〕刘勰著,周振甫注《文心雕龙注释·诠赋》,人民文学出版社1981年版,第80页。

曰:'发洛,至陈留,述所经历也.'"①赋始述此行时间:"惟永初之有七兮,余随子乎东征。时孟春之吉日兮,撰良辰而将行。"对于班昭而言,此行原是私人性质,故而所写亦以自身感受为主,并无"义尚光大"之想。其所写感慨,颇为个人化:

乃举趾而升舆兮,夕予宿乎偃师。遂去故而就新兮,忘怆悢而怀悲。明发曙而不寐兮,心迟迟而有违。酌樽酒以弛念兮,喟抑情而自非。谅不登樔而椓蠡兮,得不陈力而相追。且从众而就列兮,听天命之所归。

离开洛阳,随子赴陈留履新,作者似乎内心并不愉快,甚至不免"怀悲"。末二句谓其子"从众而就列",可知班昭视此为官场一般调任而已。以下所述,皆按"述行叙志"方式,一路写去,随行随写,如"食原武之息足,宿阳武之桑间。涉封丘而践路兮,慕京师而窈叹。小人性之怀土兮,自书传而有焉。遂进道而少前兮,得平丘之北边……"所及"原武""阳武""封丘""平丘"等,悉皆为地名,可知班昭之"悲",主要出于"怀土",久居洛阳之后,不愿举家远徙。赋中又有不少咏史成分,所咏人物有孔子、蘧伯玉、子路、季札等。如:"睹蒲城之丘墟兮,生荆棘之榛榛。惕觉寤而顾问兮,想子路之威神。卫人嘉其勇义兮,讫于今而称云。"此是行至蒲城,即咏孔子学生子路,因子路尝为蒲城大夫,故云。赋末有乱词:

乱曰:君子之思,必成文兮。盍各言志,慕古人兮。先君行

---

① 〔南朝梁〕萧统编《文选》卷九《东征赋》题下李善注,中华书局1977年版,第144页。

止,则有作兮。虽其不敏,敢不法兮。贵贱贫富,不可求兮。正身履道,以俟时兮。修短之运,愚智同兮。靖恭委命,唯吉凶兮。敬慎无怠,思嗛约兮。清静少欲,师公绰兮。

此乱词中完全撇开"述行"主题,唯言作者之志。而其志则是"先君行止则有作兮,虽其不敏敢不法兮",她要效法"先君",取则其"行止"。班昭此语,极为重要,对本赋之理解具有关键意义。按班昭先父班彪,史载"性好老庄",撰有《北征赋》。据《文选》李善注:"《流别论》曰:更始时,班彪避难凉州,发长安,至安定,作《北征赋》也。"①至此可知,班昭为何要作《东征赋》?原来她是在效法"先君"班彪;区别只是当时班彪由西都长安出发,前往凉州安定,向西北行,故作《北征赋》;而现下班昭由东都洛阳出发,前往陈留,向东行,故作《东征赋》。至此又可知,班昭赋中情绪,为何以"怀悲"为主?原来当年班彪前往安定,是"避难",故《北征赋》中多述"悲""伤"之感;而现下班昭虽无"避难"之事,但却有"怀土"之悲,又想起父亲的遭遇,便不免"悲"从中来。是皆与班昭效法其父直接有关。此外,"乱"词中宣扬"正身履道""清静少欲"等道家观念,亦与班彪思想一致。要之,班昭《东征赋》之撰写,固然为自身感受之抒述,同时也是有意效法其父班彪《北征赋》。因此两篇作品,在内容取向及风格上存在紧密关联。亦唯因此,萧统编《文选》时,将父女二人作品,同时收入书中,列入"赋"之"述行"一类且先后紧相连属,为第一、第二序列。

班昭《女诫》,为其晚年所撰,旧时甚为流行,所述无非固守汉代

---

① 〔南朝梁〕萧统编《文选》卷九《北征赋》题下李善注引,中华书局1977年版,第142页。

纲常之论,谆谆于男尊女卑之训。观七篇题目,即可知其大义:"卑弱第一""夫妇第二""敬慎第三""妇行第四""专心第五""曲从第六""和叔妹第七"。其"专心第五"谓:"《礼》,夫有再娶之义,妇无二适之文。故曰:夫者天也,天固不可逃,夫固不可离也。行违神祇,天则罚之;礼义有愆,夫则薄之。故《女宪》曰:'得意一人,是谓永毕;失意一人,是谓永讫。'由斯言之,夫不可不求其心,然所求者,亦非谓佞媚苟亲也。固莫若专心正色,礼义居絜。耳无淫听,目无邪视,出无冶容,入无废饰。无聚会群辈,无看视门户,此则谓专心正色矣。……"班昭撰此,用以训诲家中诸女,"惧失容它门,取耻宗族"。宗法社会环境中,女性生活地位低下,弱势群体,班昭私议"妇德"如此,既有保护弱者意图,而忍辱负重,亦无可奈何者也。

  班昭才学兼优,既是《汉书》的重要编写者、修订者,又是汉代为数甚少女性作家中的一位,辞赋为其强项。班昭与其姑祖班婕妤(西汉成帝婕妤),为汉代少见优秀女性作家,后世多所题咏,[①]在中国妇女文学史上地位重要。

[①] 后世题咏,如北周庾信《彭城公夫人尔朱氏墓志铭》:"用曹大家之明训,守宋伯姬之贞节";宋黄庭坚《李伯牖女子研铭》:"卫夫人之笔札,曹大家之文词";宋楼钥《妇弟知道长女许李氏》:"世传儒业,况是太史公之外孙;幼习妇容,未熟曹大家之《女诫》";等等。

第五章　贾逵、傅毅等东汉中期作者

第一节　"通儒"贾逵的文章

贾逵(29—101),字景伯,右扶风平陵(在长安附近,西汉昭帝时始设县)人。远祖为前汉贾谊,父贾徽,从刘歆受《左氏春秋》,兼习《国语》《周官》,又受古文《尚书》于涂恽,学《毛诗》于谢曼卿,作《左氏条例》二十一篇。贾逵悉传父业,弱冠能诵《左氏传》及五经本文,宗大夏侯《尚书》,同时兼通《穀梁》五家之说。贾逵少年时代即出入太学,受环境影响,不关心人间琐事,专意于学术,诸儒为之语曰:"问事不休贾长头。""长头"状其相貌,"问事不休"言其好学;作《左传》《国语》"解诂"五十一篇。永平十七年(74年),有神雀集宫殿、官府,在明帝授意下,贾逵参与大规模颂圣活动——撰写《神雀颂》。不久拜为郎,与班固并校秘书,应对左右。章帝立,降意儒术,特好古文《尚书》《左氏传》,建初元年(76年)诏逵入讲北宫白虎观、南宫云台,谓《左氏传》大义长于今文学。帝善逵说,使写出之。于是具条奏,曰"臣谨摘出《左氏》三十事尤著明者,斯皆君臣之正义、父子之纪纲,其余同《公羊》者什有七八，或文简小异，无害大体"云云。① 建初八年(83)，诏诸儒各选高才生，受《左氏》《穀梁春秋》《古文尚书》《毛诗》，由是四经遂行于世，皆拜逵所选弟子及门生为"千乘王国郎"，朝夕受业黄门署，同时其他学者颇表欣羡。和帝永元三年(91)，以逵为左中郎将，八年(96)，复为侍中，内侍帷幄，兼领秘书近署，甚见信用。② 贾逵所著经传义诂及论难百余万言，又作诗、颂、诔、书、连珠、酒令凡九篇，学者宗之，后世称为"通儒"。贾逵历事三帝，长受信任，当世颇讥其"附会"；然而止于侍中而已，终未任更高官职。永元十三年(101)卒，年七十二。《后汉书》有传。撰《春秋左氏长经》二十卷，《左氏解诂》三十卷，《春秋外传国语注》二十卷，《集》二卷。《隋书·经籍志》集部著录"后汉侍中《贾逵集》一卷，梁二卷"。又有说《毛诗传》亦出贾逵等人之手。③

"通儒"贾逵与桓谭、郑兴等，同是东汉古文经学得以兴起的关键人物，在经学史上地位重要。史载"王莽好符命，光武以图谶兴，遂盛行于世。汉时又诏东平王苍正五经章句，皆命从谶。俗儒趋

---

① 《后汉书·贾逵传》，中华书局1965年版，第1236页。
② 关于贾逵受到和帝信用状况，《东观汉记》载"和帝召诸儒，侍中贾逵、尚书令黄香等相难数事，罢朝特赐履袜"。〔唐〕欧阳询编《艺文类聚》卷七○，上海古籍出版社1982年版，第1228页。
③ 关于贾逵与《毛诗传》的关系，《隋书·经籍志》"经"部云："《诗》序子夏所创，毛公及敬仲又加润益；郑众、贾逵、马融，并作《毛诗传》；郑玄作《毛诗笺》。齐诗魏代已亡，鲁诗亡于西晋，韩诗虽存，无传之者。唯《毛诗郑笺》，至今独立。"(中华书局1973年版，第918页)据此说，则贾逵为《毛诗传》作者之一。然而"并作"一语，义颇含混，可以理解为三人合作《毛诗传》，亦可理解为郑众、贾逵、马融三人各自作有《毛诗》之"传"。徐按：三人生活时代先后不一，同时合作，固不可能；或者三人先后传承，续有修改增删，遂有"并作"之说。后一种理解，似更符合事理，但"各自作"与"并作"一语，于义又稍有龃龉。

时,益为其学。篇卷第目,转加增广,言五经者皆凭谶为说。唯孔安国、毛公、王璜、贾逵之徒独非之,相承以为妖妄,乱中庸之典。故因汉鲁恭王、河间献王所得古文,参而考之,以成其义,谓之古学。当世之儒又非毁之,竟不得行"。① 是故汉末应劭有"贾、郑为儒宗"(《风俗通义》)之说。范晔亦论曰:"郑、贾之学,行乎数百年中,遂为诸儒宗。"②贾逵又是位自然科学家,对天文甚有研究,为张衡的前辈人物。③

贾逵不仅为儒学之宗,文学造诣亦甚高,当日名声隆盛,作品不少。其《神雀颂》最受称颂,王充尝曰:"古之帝王建鸿德者,须鸿笔之臣,褒颂纪载,鸿德乃彰,万世乃闻。"(《论衡·须颂篇》)又谓:"永平中,神雀群集,孝明诏上《神爵颂》,百官颂上,文皆比瓦石,唯班固、贾逵、傅毅、杨终、侯讽五颂,文比金玉,孝明览焉。"(《论衡·佚文篇》)然当时虽颇轰动,嗣后亦已亡佚,唯存"威震赤谷"(《北堂书钞》卷一三引题作"永平颂")一句。揆其亡佚缘由,当是称美赞颂之文,当时投合帝王喜好,然而本身生命力有限,难以久持;加之一般谀颂之徒勉力于此,滥造"瓦石"无数,必然被历史淘汰,即使其中"金玉"之作,亦受连累淹没,终于后世莫闻。

贾逵的"连珠"之作,论者褒贬不一。褒者有傅玄,其《叙连珠》曰:"所谓连珠者,兴于汉章帝之世,班固、贾逵、傅毅三子,受诏作之,而蔡邕、张华之徒又广焉。其文体辞丽而言约,不指说事情,必

---

① 《隋书·经籍志》,中华书局 1973 年版,第 941 页。
② 《后汉书·贾逵传》,中华书局 1965 年版,第 1241 页。
③ 关于贾逵在天文学领域事迹,《隋书·天文志上》曰:"永元十五年,诏左中郎将贾逵,乃始造太史黄道铜仪。至桓帝延熹七年,太史令张衡更以铜制",天运无穷,三光迭耀,而极星不移,故曰'居其所而众星共之'。贾逵、张衡、蔡邕、王蕃、陆绩,皆以北极纽星为枢,是不动处也。"(中华书局 1973 年版,第 516 页、第 529 页)

假喻以达其旨,而贤者微悟,合于古诗劝兴之义。欲使历历如贯珠,易睹而可悦,故谓之连珠也。班固喻美辞壮,文章弘丽,最得其体;蔡邕似论,言质而辞碎,然旨笃矣。贾逵儒而不艳,傅毅有文而不典。"①贬者如刘勰,其谓"自连珠以下,拟者间出。杜笃、贾逵之曹,刘珍、潘勖之辈,欲穿明珠,多贯鱼目,可谓寿陵匍匐,非复邯郸之步;里丑捧心,不关西施之颦矣!"②要之,贾逵是连珠体的早期作者之一。而其风格亦自成一家,与众不同。惜本篇原文不完,唯存片羽而已,③难睹全豹,亦难辨其巧拙工疏矣。

贾逵作品存世较完者者,首推奏疏文章。其中《条奏左氏长义》(建初元年),主要辩说《左传》与《公羊传》异同,这是今古文学纷争史上的一篇标志性著作。文章先概括"今文""古文"二者基本特点差异,说"《左氏》义深于君父,《公羊》多任于权变,其相殊绝,固以甚远,而冤抑积久,莫肯分明"。由于对象是汉章帝,所以将《左传》特点归结为"深于君父",以获君心。又文中谓:"臣以永平中上言《左氏》与图谶合者,先帝不遗刍荛,省纳臣言,写其传诂,藏之秘书",此谓《左传》与"图谶"有"合者",遂剔出相关史料,献诸皇帝,邀其欢心。贾逵此举,极力抹煞《左传》与图谶差别,意在争取汉章帝倾心于《左传》,使之获得主流文化地位,而故意曲为之说。文章又谓:"建平中,侍中刘歆欲立《左氏》,不先暴论大义,而轻移太常,恃其义长,诋挫诸儒,诸儒内怀不服,相与排之。孝哀皇帝重逆众

---

① 〔唐〕欧阳询编《艺文类聚》卷五七,上海古籍出版社 1982 年版,第 1035—1036 页。
② 〔南朝梁〕刘勰著,周振甫注《文心雕龙注释·杂文》,人民文学出版社 1981 年版,第 148 页。
③ 〔南朝梁〕萧统编《文选·景福殿赋》李善注引"贾逵《连珠》曰:夫君人者,不饰不美,不足以一民"。(中华书局 1977 年版,第 173 页)

心,故出歆为河内太守。从是攻击《左氏》,遂为重仇。"此是追述作为古文学的《左传》,在前期所受到的排斥经过,摆出"忍辱"姿态,以期得到同情支持。接着又谓"凡所以存先王之道者,要在安上理民也。今《左氏》崇君父,卑臣子,强干弱枝,劝善戒恶,至明至切,至真至顺"。是再次揭橥《左传》"崇君父,卑臣子"之点,以博皇权支持,增强古文经学的背景力量。然后以"皇统"问题做文章,说:"又《五经》家皆无以证图谶明刘氏为尧后者,而《左氏》独有明文。《五经》家皆言颛顼代皇帝,而尧不得为火德。《左氏》以为少昊代黄帝,即图谶所谓帝宣也。如令尧不得为火,则汉不得为赤。其所发明,补益实多。"这是将《左传》与"汉为火德""刘氏为尧后"捆绑在一起,其意图无非为古文学《左传》争取同盟,以立于不败之地。

要之,文章在今古文学纷争背景下,为《左传》造势,以哀兵姿态,先退后进,在争取皇帝支持方面煞费心机,甚至为争《左传》合法性,不惜以"图谶"为妆饰。策略运用之结果,颇收实效,其主张受到皇帝接纳,基本达到目的。另外面对皇帝,也不便在是非问题上大褒大贬,故而文中立场并不高标激进,只是客观对比异同而已。但细味其语意,则其态度,已在其中。将是非判断寓于客观叙述之中,显示作者深沉涵养,以及隐微笔法,是本篇写法特色。同样反对谶纬,同样服膺古文经学,贾逵做法与桓谭差异很大。贾逵以退为进,屈伸自如,态度圆转,效果似乎更好;但从坚持原则立场、坚持自我人格言,则桓谭高风亮节,一丝不苟,贾逵愧弗如之。

对于贾逵其人,当时有刘珍作诗赞曰:"摘藻扬晖,如山如云;世有令问,以迄于君。"[①]德行文章,称誉甚高,但不免流于客套。然而

[①] 《赞贾逵诗》,〔唐〕虞世南编《北堂书钞》卷一〇〇"叹赏",台北:商务印书馆影印文渊阁《四库全书》子部第889册,第486页。

另一同时人王充评论更中肯綮,其谓:"或曰:'通人之官,兰台令史,职校书定字,比夫太史、太祝,职在文书,无典民之用,不可施设。是以兰台之史班固、贾逵、杨终、傅毅之徒,名香文美,委积不绁,大用于世。'"(《论衡·别通篇》)在肯定"通人"前提下,谓贾逵等东汉中叶文士群体,虽然在兰台任事,"职在文书",并无"典民之用";然而能致"名香文美",亦属成功。有此文化文学造诣,虽云"无用",然积淀深厚,乃有益于社会世道人心。此盖"无用"之用,可冀于大用。

第二节 傅毅及其《舞赋》

傅毅(?—90?)字武仲,扶风茂陵(今属陕西)人。少博学,明帝永平中习五经章句于平陵,傅毅以为当时朝廷求贤不笃,士多隐处,故作《七激》以为讽。章帝即位后,广召文学之士,以傅毅为兰台令史,拜郎中。班固、贾逵共典校书,当时傅毅亦在。① 毅追美明帝,认为功德最盛,而庙颂未立,乃依《清庙》作《显宗颂》十篇奏之,由是其文才显于朝廷。傅毅知识广博,儒学之外,又知佛事。史载"后汉明帝,夜梦金人飞行殿庭,以问于朝,而傅毅以佛对。帝遣郎中蔡愔及秦景使天竺求之,得《佛经四十二章》及释迦立像"。② 傅毅在朝廷,

---

① 《后汉书·崔骃传》:"(骃)善属文,少游太学,与班固、傅毅同时齐名。"(中华书局1965年版,第1708页)
② 《隋书·经籍志》,中华书局1973年版,第1096页。清代陈启源对此谓:"刘向序《列仙》,著有佛名;傅毅承明帝问,便对以'天竺之教'。非素有流传,岂能知之乎?"《毛诗稽古编》卷三〇,台北:商务印书馆影印文渊阁《四库全书》经部第85册,第802页。

又常参与讲学之事。① 车骑将军马防,以外戚身份在朝廷显贵一时,聘毅为军司马,待以师友之礼。及马防败,傅毅被免官归家。永元元年(89)和帝即位,外戚车骑将军窦宪复请毅为主记室,崔骃为主簿。及窦宪迁大将军,复以毅为司马,班固为中护军,窦宪府中文章之盛,冠于当世。据《后汉书》本传载,"毅早卒,著诗、赋、诔、颂、祝文、《七激》连珠,凡二十八篇"。②《隋书·经籍志》著录"后汉车骑司马《傅毅集》二卷,梁五卷"。

傅毅文学作品今存无多,除颂、诔等若干文章外,主要有《迪志诗》《七激》及《舞赋》。《迪志诗》当是青年时所撰,篇中首先感叹时光倏忽,而事业无成,"在兹弱冠,靡所树立"。接着从远祖商代傅说说起,标举家族"皇士"光辉传统,并历数先祖业绩,誓志光耀世烈,追踪前辈。为此他自勉"於戏君子,无恒自逸;徂年如流,鲜兹暇日"。篇中志气喷薄,见出傅毅自少即养成强烈功名心,充满进取精神,为其日后行为之基础。作为励志作品,本篇多豪情壮志表述,意

---

① 《后汉书·齐武王演传》:"初,临邑侯复好学,能文章。永平中每有讲学事,辄令复典掌焉。与班固、贾逵共述汉史,傅毅等皆宗事之。"(中华书局1965年版,第558页)

② 关于傅毅年岁,难以确考。然所生活年代大略可知:其在明帝时既可在朝廷"对问",答以"天竺之教"事,则其时至少已二十余岁矣。永平首尾总十八年(58—75),故可以推知,傅毅出生必在永平之前,即光武帝建武年间。设傅毅生于建武二十六年(50),则明帝末年(永平十八年)为二十六岁,其时能答明帝之问,比较合理。又本传载窦宪任大将军后,尝请傅毅入幕,查窦宪为大将军,事在永元元年(89),"九月庚申,以车骑将军窦宪为大将军"(《后汉书·和帝纪》),其后即有请傅毅为司马等事发生,再后才有"毅早卒"之记载。故傅毅之卒年,应在元年之后,或在永元二年(90)也。如此推算,则傅毅其人生卒,约在光武帝二十六年左右至和帝永元元年以后,大约在公元50年至90年左右,享年四十岁左右。此即本传所谓"早卒"之义也。

气激荡;但措辞直白,较少曲折跌宕,诗意既嫌浅显,亦欠醇厚浓烈,是其不足。这可能与青年诗人涵养略少有关。值得注意的是,今本《古诗》中"冉冉孤竹生"一首,刘勰以为傅毅所撰,其云:"又古诗佳丽,或称枚叔。其《孤竹》一篇,则傅毅之词。比采而推,两汉之作乎?观其结体散文,直而不野,婉转附物,怊怅切情,实五言之冠冕也。"(《文心雕龙·明诗》)此可备一说。若其说属实,则傅毅诗歌造诣极高,当在"冠冕"级别。①

《七激》为汉代"七"体系列作品之一,当时文士多作"七"体,相袭成风,以逞辞显才。如崔骃崔瑗父子、刘广世、班固、张衡、马融、李尤等,无不撰有"七"体。《七激》以"徒华公子"与"玄通子"对话为主线,宣扬东汉朝廷声威远届,文物鼎盛。篇中人物性格设定,与人名取意相反,该"徒华公子"原是"游心于玄妙,清思乎黄老"者,故而"托病幽处";而"玄通子"反而主张"当世而光迹,因时以舒志",扮演说词者。通过六节对话,最终"玄通子"说出要点:"汉之盛世,存乎永平。太和协畅,万机穆清。于是群俊学士,云集辟雍;含咏圣术,文质发蒙。达羲农之妙旨,昭虞夏之典坟;遵孔氏之宪则,投颜闵之高迹。推义穷类,靡不博观;光润嘉美,世宗其言。""徒华公子"闻斯言,遂态度转变,"瞿然而兴曰:'至乎!至德圣道,天基允臧。明哲用思,君子所常。自知沉溺,久蔽不悟;请诵斯语,仰子法度。'"本篇之作,虽小有特色,但基本思路,未革前贤,陈规俗套,未能尽脱,而"永平""盛世"等语,未免露骨谀颂,故而顾炎武批评汉代"七"体之阙失,颇为切当。②然而本篇在遣词造语方面,仍颇工巧,显

---

① 此《孤竹》之篇,为东汉重要五言诗,其内容及特点,说见本编第十一章第二节《〈古诗十九首〉的内容和风格特色》。
② 顾炎武引洪迈《容斋随笔》曰:"枚乘作《七发》,创意造端,丽辞腴旨,上薄骚些,故为可喜。其后继之者,如傅毅《七激》、张衡《七(下转532页)

示作者修辞能力甚强,故刘勰亦谓:"傅毅《七激》,会清要之工。"①给以适当表彰。

《舞赋》为傅毅力作。赋藉楚襄王游云梦为事由,通过宋玉之口说舞之缘起:"臣闻歌以咏言,舞以尽意。是以论其诗不如听其声,听其声不如察其形。"然后王曰:"试为寡人赋之。"赋中文字,结构敷设,先后有方,颇具匠心。首述优美夜色背景,"夫何皎皎之闲夜兮,明月烂以施光";继而写舞者绚烂出场,"于是郑女出进,二八徐侍;姣服极丽,姁媮致态";再说舞女之美丽:"貌嫽妙以妖蛊兮,红颜晔其扬华;眉连娟以增绕兮,目流睇而横波。珠翠的砾而照耀兮,华袿飞髾而杂纤罗。顾形影,自整装。顺微风,挥若芳。动朱唇,纡清阳。亢音高歌,为乐之方。"再写音乐伴奏声起:"扬激徵,骋清角,赞舞操,奏均曲。形态和,神意协,从容得,志不劫。于是蹑节鼓陈,舒意自广。"于是舞蹈正式开始:"其始兴也,若俯若仰,若来若往;雍容惆怅,不可为象。其少进也,若翱若行,若竦若倾;兀动赴度,指顾应声。罗衣从风,长袖交横;骆驿飞散,飒擖合并。鵾鹭燕居,拉㧺鹄惊。绰约闲靡,机迅体轻。姿绝伦之妙态,怀悫素之絜清。"接着舞蹈稍息,而写"观者"感受:"观者增叹,诸工莫当。"然后舞蹈进入高潮:"合场递进,按次而俟。埒材角妙,夸容乃理。轶态横出,瑰姿谲起……"而最高潮场景描写,则是:

(上接 531 页)辩》、崔骃《七依》、马融《七广》、曹植《七启》、王粲《七释》、张协《七命》之类,规仿太切,了无新意。傅玄又集之以为《七林》,使人读未终篇,往往弃之几格。"(〔清〕顾炎武著,〔清〕黄汝成集释《日知录集释》卷一九,上海古籍出版社 1985 年版,第 13 页)

① 〔南朝梁〕刘勰著,周振甫注《文心雕龙注释》,人民文学出版社 1981 年版,第 148 页。

> 纤縠蛾飞,纷猋若绝。超逾鸟集,纵弛殟殁。委蛇姌袅,云转飘忽,体如游龙,袖如素蜺。

注意此节文字,全用譬喻,"蛾""猋""鸟""蛇""云""龙""蜺"等,所取之象,无非轻灵活跃、行迹飘忽之物。而烘托热烈气氛,亦臻于极点。最后写舞毕散场:"黎收而拜,曲度究毕。迁延微笑,退复次列。观者称丽,莫不怡悦。于是欢洽宴夜,命遣诸客。"

纵观中国文学史上,以"舞"为写作对象,滥觞于《诗经》,"简兮简兮,方将万舞。日之方中,在前上处。硕人俣俣,公庭万舞;有力如虎,执辔如组。左手执钥,右手秉翟;赫如渥赭,公言锡爵。"(《邶风·简兮》)形容"万舞"场面,赞扬舞者优美有力,此是首次正面描写舞蹈。① 所写虽颇热烈生动,文字未免简约朴素。此外又有"猗嗟娈兮,清扬婉兮;舞则选兮,射则贯兮"(《齐风·猗嗟》),"坎坎鼓我,蹲蹲舞我"(《小雅·伐木》)等零散描述。其后又有若干作品,涉及舞蹈描写,如枚乘"练色娱目,流声悦耳,于是乃发激楚之结风,扬郑卫之皓乐"(《七发》);司马相如"建翠华之旗,树灵鼍之鼓,奏陶唐氏之舞,听葛天氏之歌。千人唱,万人和。山陵为之震动,川谷为之荡波"(《上林赋》)等等,场面亦甚宏丽,气氛颇为热烈,但在描绘的专注和具体方面,皆有欠缺。本篇全赋专写舞事,已属空前,其题材开拓性格鲜明;而篇幅甚长,段落分明,层次丰富,格局恢宏;同时描写细腻,刻画精致,奇辞丽藻,层出不穷,意象活跃,氛围炽热。又写来进退互用,缓急相参,节奏有序,从容大度,呈现高雅品格和尊贵风范。傅毅在前人写舞经验基础上有了大幅提升,成功描写一

---

① 朱熹从理学家心理出发,对此篇强作谬解,谓"日之方中,贤者不得志而仕于伶官,有轻世揚志之心焉。故其言如此,若自誉而实自嘲也"。(《诗集传》卷二,中华书局1958年版,第23页)

种艺术表演全过程,此之谓大手笔。

从现存资料看,东汉中期,撰写《舞赋》者不止傅毅一人,张衡亦有同题之作。衡赋描写亦颇精致,辞采亦见特色,与傅毅之作不尽相同,但在描写节奏及气度格局上,稍有差距。本编第八章《张衡》对此有较详的论述。傅毅此篇,出类拔萃,在舞蹈文学写作方面,影响甚为深远。①

傅玄《叙连珠》曾言及傅毅有《连珠》之作,且是受汉章帝诏而撰,傅玄又对傅毅作品下有评语,可见其曾亲见其文。② 然原篇后世不传,固难于核验者也。又据马融《长笛赋》序,知傅毅撰有《琴赋》,今亦不存。③

---

① 曹植所撰《洛神赋》,其中状神女之容貌、服饰、姿态、动作,"其形也,翩若惊鸿,婉若游龙,荣曜秋菊,华茂春松。仿佛兮若轻云之蔽月,飘飘兮若流风之回雪。远而望之,皎若太阳升朝霞;迫而察之,灼若芙蕖出渌波。秾纤得衷,修短合度,肩若削成,腰如约素","微幽兰之芳蔼兮,步踟蹰于山隅。于是忽焉纵体,以遨以嬉,左倚采旄,右荫桂旗。攘皓腕于神浒兮,采湍濑之玄芝,收和颜而静志"等,即有不少对傅毅《舞赋》的借鉴吸收。

② 傅玄《叙连珠》曰:"所谓连珠者,兴于汉章帝之世,班固、贾逵、傅毅三子,受诏作之。而蔡邕、张华之徒又广焉。其文体,辞丽而言约,不指说事情,必假喻以达其旨,而贤者微悟,合于古诗劝兴之义。欲使历历如贯珠,易睹而可悦,故谓之'连珠'也。班固喻美辞壮,文章弘丽,最得其体。蔡邕似论,言质而辞碎,然旨笃矣。贾逵儒而不艳,傅毅有文而不典。"(见〔唐〕欧阳询编《艺文类聚》卷五七,上海古籍出版社 1982 年版,第 1035—1036 页)又元郝经曰:"连珠,孝章命班固、傅毅作。一事未已,又列一事,骈辞相连,体如贯珠,故谓之连珠;亦奏议之体也。"(《续后汉书》卷六六上之《列传·文艺·文章总叙》,《丛书集成初编》本,商务印书馆 1936 年版,第 758 页)

③ 《长笛赋序》曰:"追慕王子渊、枚乘、刘伯康、傅武仲等,箫、琴、笙、颂,唯笛独无。"李善注曰:"傅毅字武仲,作《琴赋》。"(〔南朝梁〕萧统编《文选》,中华书局 1977 年,第 249 页)

对于傅毅的总体评价,《后汉书》本传谓傅毅与班固、崔骃三人在窦宪幕中,彰显"文章之盛"。又刘勰谓:"傅毅、崔骃,光采比肩;瑗、寔踵武,能世厥风者矣。杜笃、贾逵,亦有声于文,迹其为才,崔、傅之末流也。"(《文心雕龙·才略》)指出傅毅与崔骃为当时一流文学才士,而杜笃、贾逵似稍次之,其说大体符合创作实情,可予采信。不过班固对傅毅似有所轻,曹丕《典论·论文》曰:"文人相轻,自古而然。傅毅之于班固,伯仲之间耳。而固小之,与弟超书曰:'武仲以能属文,为兰台令史,下笔不能自休。'"又颜之推对傅毅人品颇有微词,说"傅毅党附权门"(《颜氏家训·文章篇》),显指其两次入权臣之幕为僚属之事。按崔瑗不愿二次入权门为僚,已见上文;相比之下,傅毅行止名节确实稍弗如之。然而自史籍观,毅先后在马、窦二府任职,虽颇得恩幸,荣耀备至,而唯以文学为能事,并无望风承旨仗势欺凌等佞恶行为记载。主官恶劣,僚属未必全同。古代文士出处,本颇复杂,其间是非,难以遽断,此等小眚,不必苛求也。

第三节　崔骃及崔氏家族文学之脉

崔骃(？—92)为崔篆嫡孙,自幼谨修家学。年十三,能通《诗》《易》《春秋》,博学有伟才,尽通古今训诂百家之言,善属文。少游太学,与班固、傅毅同时显名,常以典籍为业,未遑仕进之事。时人或讥其太玄静,将以盛名失实。骃拟扬雄《解嘲》作《达旨》以答。元和中,章帝始修古礼,巡狩方岳,崔骃上《四巡颂》,以称汉德,辞甚典美。帝雅好文章,自见骃颂后,常嗟叹之,谓侍中窦宪曰:"卿宁知崔骃乎?"对曰:"班固数为臣说之,然未见也。"帝曰:"公爱班固而忽崔驷,此叶公之好龙也。试请见之。"窦宪即辟崔骃为掾。和帝年少即位,窦太后临朝,窦宪为车骑将军,府中掾属三十人,皆故刺史、二千石等,唯崔骃以处士年少,擢在其间。宪擅权骄恣,骃数谏,曾代撰"内诏"以诫之。窦宪出击匈奴,部下一路多有不法事端,崔骃为主簿,前后奏记数十,指切长短,窦宪不能容,稍疏远之。因出为辽东长岑长。骃自以远去,内心不悦,遂不赴任而归。崔骃当时文名极高,他不仅被章帝誉为"龙",章帝死后谥号,亦崔骃提议,①朝廷果然采纳其议,此可理解为崔骃报答章帝知遇之恩。两汉文士,能享此殊荣者极少。和帝永元四年(92)卒于家。所著诗、赋、铭、颂、书记、表、《七依》、《婚礼》、《结言》、《达旨》、《酒警》,合二十一篇。《后汉书》有传,《隋书·经籍志》集部著录"后汉长岑长《崔骃集》十卷"。

崔骃著作较多,各体皆能。其著名者,首先是《达旨》。此为效法前辈文士,作自我道德辩解之作,而写法亦设主客对话,客"嘲"主"答",表达己志,与东方朔《答客难》、扬雄《解嘲》同一思路。《答客难》中有东方先生"因著论,设客难己用位卑,以自慰谕",本篇亦设有客对主人提出质疑,谓何故身值盛世,而不思高攀进取,"不以此时攀台阶、窥紫闼、据高轩、望朱阙,夫欲千里,而咫尺未发,蒙窃惑焉。故英人乘斯时也,犹逸禽之赴深林,蝱蚋之趣大沛,胡为嘿嘿而久沉滞也?"对此主人回答道:"子苟欲勉我以世路,不知其跌而失吾

---

① 今存《章帝谥议》,文中遍引诸经,论证"《孝经》曰:'天地明察,神明章矣。'《唐书》数尧之德曰:'平章百姓。'言天之常德也。《诗》曰:'追琢其章,金玉其相。亹亹文王,纲纪四方。'又曰:'倬彼云汉,为章于天。'喻文王圣德有金玉之质,犹云汉之在天也。举表折义,四方德附矣。《易》曰:'先天而天弗违,后天而奉天时。'臣愚以为宜上尊号曰章。"(见〔宋〕李昉等编《太平御览》卷五六二,中华书局1960年版,第2541页)

之度也。"什么是"吾之度"呢?以下作者有所发挥:

> 夫君子非不欲仕也,耻夸毗以求举;非不欲室也,恶登墙而搂处。叫呼衔鬻,悬旌自表,非随和之宝也。暴智耀世,因以干禄,非仲尼之道也。游不伦党,苟以徇己;汗血竞时,利合而友。子笑我之沉滞,吾亦病子屑屑而不已也。先人有则,而我弗亏;行有枉径,而我弗随。臧否在予,唯世所议。固将因天质之自然,诵上哲之高训;咏太平之清风,行天下之至顺。惧吾躬之秽德,勤百亩之不耘。絷余马以安行,俟性命之所存。(《后汉书·崔骃传》)

要之,作为"君子",并非以出仕为人生基本目标,还存在更高的道德要求,不能为求功名利禄而做出道德有"亏"之事。那种"叫呼衔鬻,悬旌自表","暴智耀世,因以干禄"等作风,殊不足取。至于别人如何看"我",亦各有其则,不可随波逐流,总之是"臧否在予,唯世所议"。要防止"秽德"发生,应当"俟性命之所存"。而所谓"性命",即"自然"之"天命"也。这也就是作者的"度"。关于"度",本是古来一种传统说法,言人生法则也。屈原早就说过"刓方以为圆兮,常度未替"(《九章·怀沙》)。王逸注曰"度、法也"。又"知前辙之不遂兮,未改此度"(《九歌·思美人》)。王逸注曰:"执心不回,志弥固也。"又"广遂前画兮,未改此度也"(同上)。王逸注曰:"恢廓仁义,弘圣道也;心终不变,内自守也。"可知"度"即指固有道义原则和不可放弃的心志。本篇主人能够重视此点,不肯放弃"吾之度",去腼容趋时,随波逐流,表现出清正高洁的原则态度,在作品境界上无疑有所提升。另外,《达旨》对于扬雄《解嘲》也有若干纠正,如《解嘲》

中写及范雎、蔡泽、邹衍等人,肯定他们的英勇行为;但崔骃则认为这些乱世功臣以及司马相如等文士,他们的行事方式不合礼义,不值得表彰。崔骃的道德批评见解,不无道理。故而《后汉书》本传李贤注引华峤《汉书》曰:"骃讥扬雄,以为范、蔡、邹衍之徒,乘衅相倾,诳曜诸侯者也。而云'彼我异时',又曰'窃赀卓氏,割炙细君',斯盖士之赘行,而云'不能与此数公者同'。以为失类而改之也。"①刘勰亦肯定说:"崔骃《达旨》,吐典言之裁。"②

当然,以上仅就《达旨》作品而言。如结合崔骃人生具体表现,则情形更见复杂。因崔骃撰写《达旨》,在早年太学中,其时未尝出仕。而嗣后崔骃初叩仕途,乃有"献四巡颂"主动进献之举,此行与其所批评"县旌自表""暴智耀世"是否相近? 又他初见窦宪,"骃由此候宪,宪屣履迎门"(《后汉书》本传),是崔骃主动"候"见,是否可算"因以干禄"? 此等问题上,恐不免有言行不一、言易行难之诮。

《达旨》写法仿效《答客难》《解嘲》,痕迹稍重,有损个性发挥。如"子笑我之沉滞,吾亦病子屑屑而不已也",二句句法,即与扬雄《解嘲》"子之笑我玄之尚白,吾亦笑子病甚不遇俞跗与扁鹊也"颇为近似。此固不能斥为败笔,亦难免乎俗套之嫌。宋代洪迈《容斋随笔》曰:"东方朔《答客难》,自是文中杰出,扬雄拟之为《解嘲》,尚有驰骋自得之妙。至于崔骃《达旨》、班固《宾戏》、张衡《应间》,皆屋下架屋,章摹句写,其病与《七林》同。"③不过此是汉代好模仿写作

---

① 《后汉书·崔骃传》,中华书局1965年版,第1709页。
② 〔南朝梁〕刘勰著,周振甫注《文心雕龙注释·杂文》,人民文学出版社1981年版,第147页。
③ 〔宋〕洪迈著《容斋随笔》卷七"七发",上海古籍出版社1978年版,第88页。

风气所致,为当时众多作品共同弊病,时代风习,非崔骃一人之失也。

崔骃另一名篇为《七依》。曹植《七启》序曰:"昔枚乘作《七发》、傅毅作《七激》、张衡作《七辩》、崔骃作《七依》。辞各美丽,余有慕之焉,遂作《七启》云云。"曹植说出两汉以来"七"体写作历程,及主要相关作家作品。曹植又说它们"辞各美丽,余有慕之焉",评价不可谓不高,并明示仰慕之意。崔骃及其《七依》既在其中,则亦属"美丽"者无疑。又傅玄《七谟序》云:"若《七依》之卓轹一致,《七辩》之缠绵精巧,《七启》之奔逸壮丽,《七释》之精密闲理,亦近代之所希也。"所谓"卓轹",盖言优秀也,《三国志·秦宓传》"则宜卓荦超伦",《文选·蜀都赋》"卓荦奇诡",《后汉书·文苑传》载《孔融荐祢衡疏》"英才卓跞",《三国志·张温传》载《骆统表》"卓轹冠群",是皆卓越、优秀之义。揆诸作品,曹植、傅玄评语,当非妄出之论。而刘勰更谓:"崔骃《七依》,入博雅之巧。"(《文心雕龙·杂文》)以"博雅"誉之,可见其成就。

可惜《七依》原文已不完,今存篇帙有阙。自其残篇观之,则尚可知其基本写法框架,沿袭"七"体传统,以主("公子")客("客")对话为展开方式,主客多次转换话题,最终谈及某一事,"公子"便精神大振,遽然而起。篇中若干文字优美,有特色,颇受后人关注乐道,如"洞庭之鲋,灌水之鳐。丹山凤卵,粤泽龙胎";又如"滋以阳扑之姜,蕨以寿木之华。醝以大夏之盐,酢以越裳之梅"等,多被后世类书《艺文类聚》《北堂书钞》等,以及诗文作者所征引。尤其如"当此之时,孔子倾于阿谷,柳下忽而更婚,老聃遗其虚静,扬雄失其太玄。此天下之逸豫,宴乐之至盘也,公子岂能兴乎?"奇词妙句,异想天开,文采所系。

关于《七依》的总体评论,亦有颇不以为然者。前引《容斋随笔》

就对枚乘《七发》的模拟者提出批评,认为他们的创作"规仿太切,了无新意。傅玄又集之以为《七林》,使人读未终篇,往往弃诸几格"①。所斥"规仿"云云,原为当时流行写作风气,非个人爱好也。

崔骃其它作品,有赋、颂、论等多篇,皆以辞采美丽见长,如其《博徒论》形容农夫劳苦之状曰:"博徒见农夫戴笠持耨,以芸蓼荼,面目骊黑,手足胼胝,肤如桑朴,足如熊蹄,蒲伏陇亩,汗出调泥,乃谓曰:'子触热耕芸,背上生盐,胫如烧椽,皮如领革,锥不能穿,行步狼跋,脚戾胫酸。谓子草木,支体屈伸;谓子禽兽,形容似人。何受命之薄,禀性不纯?'"②虽无美化,亦含同情,而形状描述之真切生动,"背上生盐,胫如烧椽"之类,实颇出色。

崔骃作有多篇职官之"箴",如《太尉箴》《司徒箴》《司空箴》《尚书箴》《太常箴》《大理箴》《河南尹箴》;又有《酒箴》等。他又撰有不少"铭",如《刀剑铭》《刻漏铭》《樽铭》《扇铭》等。此固制式文章,规格严整,而箴诫之言无多,是其不足,故刘勰评曰:"崔骃品物,赞多戒少。"(《文心雕龙·铭箴》)又崔骃所撰诔文,亦甚优秀,刘勰谓:"至如崔骃诔赵,刘陶诔黄,并得宪章,工在简要。"(《文心雕龙·诔碑》)然其原文久佚,不能得睹风采矣。总之,崔骃为东汉中期著名才士,成就甚高,刘勰谓:"傅毅、崔骃,光采比肩;瑗、寔踵武,能世厥风者矣。杜笃、贾逵,亦有声于文,迹其为才,崔、傅之末流也。"(《文心雕龙·才略》)此固笃论。

崔瑗(78—143)为崔骃中子,字子玉,锐志好学,能传父业。十五岁亡父,十八岁至京师,从侍中贾逵,质正大义。瑗因留游学,遂明天官、历数、京房《易传》等。与马融、张衡、窦章、王符等特相友

---

① 〔宋〕洪迈著《容斋随笔》卷七"七发",上海古籍出版社1978年版,第88页。
② 〔宋〕李昉等编《太平御览》卷三八二,中华书局1960年版,第1764页。

好。初瑗兄章,为州人所杀,瑗手刃报仇,因亡命,会赦归家。年四十余,始为郡吏,后为度辽将军邓遵所辟,又辟车骑将军阎显府。时阎太后称制,阎显入参政事,执大权,崔瑗多有谏言。永建元年(126)顺帝立,阎显兄弟悉伏诛,瑗坐被斥。遂辞归,不复应州郡命。帝舅大将军梁商初开幕府,首辟崔瑗。瑗不愿再为贵戚吏,固辞以疾。岁中,举茂才,迁汲令。在县为民开稻田数百顷,有德政,视事七年,百姓歌之。① 汉安初(142),大司农胡广、少府窦章共荐瑗"宿德大儒,从政有迹,不宜久在下位",遂迁济北相。时李固为太山太守,美瑗文雅,奉书礼致殷勤。岁余,光禄大夫杜乔为八使,徇行郡国,以臧罪奏瑗征诣廷尉,瑗上书自讼,得理出,会病卒,年六十六。崔瑗为人,爱士好交友,家中盛修肴膳,接待宾客。居常蔬食菜羹而已,家无担石储,颇享清誉。

瑗长于文辞,尤善为书记、箴铭,所著赋、碑、铭、箴、颂、《七苏》、《南阳文学官志》、叹、辞、移、社文、《悔祈》、《草书势》、七言等,凡五十七篇。《隋书·经籍志》著录"后汉济北相《崔瑗集》六卷,梁五卷",又著录蔡邕撰《劝学》一卷中含"崔瑗《飞龙篇》"。

崔瑗文学写作,诸体皆能。首先他撰有一组"箴"文。此当赓续父业之举也。今存作品有《尚书箴》《博士箴》《东观箴》《关都尉箴》《河堤谒者箴》《郡太守箴》《北军中尉箴》《司隶校尉箴》《中垒校尉箴》等,而冠于前者有《叙箴》,其云:"昔扬子云读《春秋传》,虞人箴而善之,于是作为九州及二十五官箴规匡救。言君德之所宜,斯乃

---

① 《古诗纪》卷一八引《崔氏家传》曰:"崔瑗为汲令,开沟造稻田,潟卤之地,更为沃壤。民赖其利,长老歌之曰:'上天降神明,锡我仁慈父。临民布德泽,恩惠施以序。穿沟广溉灌,决渠作甘雨。'"(台北:商务印书馆影印文渊阁《四库全书》集部第1379册,第142页)

体国之宗也。"①"体国之宗",言其重要也;"箴规匡救",述其内涵也。泛览其所撰诸箴,则基本贯彻其主张,既有堂皇赞辞,又敷诤诤诚言。如:

《尚书箴》:皇皇圣哲,允敕百工,命作斋栗。龙为纲言,是机是密。出入朕命,王之喉舌。献善宣美,而谗说是折。我视云明,我听云聪,载夙载夜,唯允唯恭。故君子在室,出言如风,动于民人,涣其大号,而万国平信。《春秋》讥漏言,《易》称不密则失臣。兑吉其和,巽吝其频。《书》称其明,申申其邻。昔秦尚权诈,官非其人,符玺窃发,而扶苏陨身。一奸愆命,七庙为墟。威福同门,床上为辜。书臣司命,敢告侍隅。(《古文苑》、《艺文类聚》卷四八作"扬雄")

《东观箴》:洋洋东观,古之史官。三坟五典,靡义不贯。左书君行,右记其言。辛、尹顾访,文、武明宣。倚相见宝,荆国以安。何以季代,咆哮不虔?在强奋矫,戮彼逢、干。卫巫蛊谤,国莫敢言。狐突见斥,淖齿见残。焚文坑儒,嬴反为汉。巫蛊之毒,残者数万。吁嗟后王,曷不斯鉴?是以明哲先识,择木而处。夏终殷挚,周聃晋黍,或笑或泣,抱籍遁走。三叶靖公,果丧厥绪,宗庙随夷,远之荆楚。麦秀之歌,亿载不腐。史臣司艺,敢告侍后。(《初学记》卷一二)

篇中前半多是赞辞,"皇皇圣哲""洋洋东观"之类,此固礼乐制式之常规,不能省略;而中间文辞,则多有"规诫"之语。如前一篇自"献

---

① 〔宋〕李昉等编《太平御览》卷五八八,中华书局1960年版,第2650页。

善宣美,而谗说是折"开始,即含训诫意,谓尚书官员,肩负皇帝与臣下沟通、处理日常机务使命,地位重要,必须以"献善宣美"为己任,并注意阻止隔绝奸邪谗说之流行。接着强调要保守机密,不"漏言",以防是非横出。接着说反对"权诈"政策,应任人唯贤。并举秦任赵高而亡国事实,指出"一奸恣命,七庙为墟"的历史教训。篇幅不长,而态度严肃,言词犀利,寓意颇丰。较之乃父崔骃同类作品,更见规诫之效,颇得"箴"体之旨。

崔瑗又擅"铭",此亦有类其父崔骃。所撰作品有《窦大将军铭》《柏枕铭》《遗葛龚佩铭》《三珠钗铭》《杖铭》等,其最著名者为《座右铭》:

无道人之短,无说己之长。施人慎勿念,受施慎勿忘。世誉不足慕,唯仁为纪纲。隐身而后动,谤议庸何伤。无使名过实,守愚圣所臧。在涅贵不缁,暧暧内含光。柔弱生之徒,老氏诫刚强。行行鄙夫志,悠悠故难量。慎言节饮食,知足胜不祥。行之苟有恒,久久自芬芳。(《文选》卷五六)

此篇作意在自诫。所说诸项皆立身处世、待人接物之原则,基本取向为谦退冲静、与物无争、自我约束、以柔克刚。其思想及用语,多出自《老子》。由于此为中国史上第一篇"座右铭",故而后世影响巨大。萧统《文选》收入"铭"文二篇,本篇即其一。杜甫有句云:"侧闻鲁恭化,秉德崔瑗铭。"(《桥陵诗三十韵因呈县内诸官》)又宋代谢薖云:"兹言置座右,可配崔瑗铭。"(《王坦夫静寄斋》)等等。此外,本篇另有一点值得注意,即铭文句式,皆作五言,又一韵到底,颇为流畅,直似五言诗一首。此与《文选》所收其它诸"铭"文如班固《封燕然山铭》、张载《剑阁铭》、陆倕《石阙铭》等皆作四言句大异,可知崔瑗突破传统勇气可嘉;而于五言诗写作,实际上并不陌生。

崔瑗作品,尚有《河间相张平子碑》,崔、张二人生前为挚友,皆有才情,而互相了解,彼此欣赏。张衡先逝而去,崔瑗痛如之何?此文对亡友作高度赞美评价,寄托崔瑗本人哀思。其序云:

> 君天姿睿哲,敏而好学,如川之逝,不舍昼夜。是以道德漫流,文章云浮,数术穷天地,制作侔造化,瑰辞丽说,奇技伟艺,磊落焕炳,与神合契。然而体性温良,声气芬芳,仁爱笃密,与世无伤,可谓淑人君子者矣。初举孝廉,为尚书侍郎,迁太史令,实掌重黎历纪之度,亦能焯耀敦大,天明地德,光照有汉。迁公车司马令、侍中,遂相河间。政以礼成,民是用思。遭命不永,暗忽迁徂。朝失良臣,民陨令君,天泯斯道,世丧斯文。凡百君子,靡不伤焉。乃铭斯表,以旌厥问。其辞曰云云。(《古文苑》卷一九)

篇中"敏而好学"云云,是将亡友拟为圣人孔子。"数术穷天地,制作侔造化"二句,形容张衡神奇杰出学术科技成就,最为崇高准确。"体性温良""仁爱笃密"等语,又是对亡友的道德褒扬。"天泯斯道,世丧斯文",便是全篇主题:张衡虽逝,而其道德文章,将永存天地间。碑文不仅对碑主评价美好崇高,且贯注饱满情绪,哀伤痛惜,发自肺腑,真诚恳切,感染力强。刘勰评论碑诔谓:"傅毅所制,文体伦序;孝山、崔瑗,辨絜相参;观其序事如传,辞靡律调,固诔之才也。"又谓"写实追虚,碑诔以立。铭德慕行,文采允集。观风似面,听辞如泣。石墨镌华,颓影岂忒"(《文心雕龙·诔碑》)。对于崔瑗诔碑而论,斯为允当。

崔瑗所撰《南阳文学官志》,亦享盛誉。本传谓:"其《南阳文学官志》,诸能为文者皆自以弗及。"可知当时备受推重。后世亦有人称道:"传曰:'本立而道生',昔崔瑗有《南阳文学志》,王粲有《荆州文学志》,皆表儒训,以著不朽。"(唐代梁肃《昆山县学记》)就其内容观之,则主要强调礼乐教育,所谓"昔圣人制礼作乐也,将以统天理物,经国序民,立均出度,因其利而利之,俾不失其性也。故观礼则体敬,听乐则心和,然后知反其性而正其身焉",弘扬儒学,无多新义。唯本篇文字简洁,措语典雅,又以东汉儒术正盛,而南阳为刘秀发迹地,故而本篇一出,广受重视,赞誉随之。刘勰谓:"又崔瑗'文学',蔡邕'樊渠',并致美于序,而简约乎篇"(《文心雕龙·颂赞》),盖说本篇。

崔瑗又是杰出书法家。其成就踞中国书法史高峰。唐代张怀瓘撰《书断》,总结上古以来书法有"神品二十五人",其中"章草书"八人,依次为张芝、杜度、崔瑗、索靖、卫瓘、王羲之、王献之、皇象。崔瑗列第三名;又"小篆"五人,依次为曹喜、蔡邕、邯郸淳、崔瑗、卫瓘。崔瑗居第四名。崔瑗作有《草书势》一文,论草书发生历史及特点。其曰:

> 书契之兴,始自颉皇。写彼鸟迹,以定文章。爰暨末叶,典籍弥繁。时之多僻,政之多权。官事荒芜,剿其墨翰。惟作佐隶,旧字是删。草书之法,盖又简略,应时谕指,用于卒迫。兼功并用,爱日省力。纯俭之变,岂必古式?观其法象,俯仰有仪;方不中矩,圆不副规;抑左扬右,望之若崎。竦企鸟峙,志在飞移。狡兽暴骇,将奔未驰。或黝黜点䃣,状似连珠,绝而不离。畜怒怫郁,放逸生奇。或凌邃惴栗,若据槁临危。旁点邪附,似蜩螗捐枝;绝笔收势,余綖纠结。若杜伯捷毒缘巇;腾蛇赴穴,头没尾垂。是故远而望之,㢬焉若沮岑崩崖;就而察之,一

画不可移。机微要妙,临时从宜。略举大较,仿佛若斯。(《通志》卷一二一下)①

崔瑗不愧为书法人家,寥寥数语,"略举大较",即将书法中重要一体草书,其发生原因、功能特点,以及书写要领,几微要妙之处,一一解明。而其中精彩之笔甚多,如说草书特色"方不中矩,圆不副规",一语破的,精绝妙绝!又多用譬喻,"竦企鸟跱,志在飞移。狡兽暴骇,将奔未驰",描述一种动态的"飞""驰"之势,充分体现草书特点,亦属神来之笔!至于"状似连珠,绝而不离。畜怒怫郁,放逸生奇","结若杜伯,捷毒缘巇;螣蛇赴穴,头没尾垂"之类,亦皆生动鲜活,写出草书之奇、草书之妙。能撰作如此精彩书法文章者,必拥有深厚书法功力及书法体验,兹所谓实践出真知焉。

刘勰又尝言:"逮后汉书记,则崔瑗尤善。"(《文心雕龙·书记》)可知书记之体,崔瑗亦颇擅长,在东汉一朝,居于鳌头。唯作品所存无几,仅有少数片断杂帖,难以全面衡量、深入体味,殊堪叹惜。此外刘勰谓:"张衡《七辩》,结采绵靡;崔瑗《七厉》,植义纯正。"(《文心雕龙·杂文》)知崔瑗"七"体亦优,然其《七厉》原篇,亦已作残句剩语,无法比较评骘矣。至于《后汉书》本传所云其撰有"七言""赋"等,则本书著者自文学史角度出发,更感兴趣,然而遍索史籍,竟不能得片言,无奈徒兴叹息!

然而崔瑗"七言",似乎并未完全绝迹,今存《窦贵人诔》,因诔主原为贵戚出身,帝室夫人,故此诔文应付差事而已,内容无可述者。唯诔末一节皆作七言句,其体式殊可注意:

---

① 〔宋〕郑樵著《通志》,中华书局1987年版,第1865页。

> 重曰：积善之家福庆长，修身以寿道之常。圣人之言义不虚，修身获报效莫疏。令问不忘身犹存，贵人虽没遗德尊，著于金石垂后昆。（《艺文类聚》卷一五）

所谓"重曰"，与楚辞"乱曰"义近，结束之语也。其七言颇整齐，每句皆协韵，前四句每二句换一韵，后三句同用一韵。用韵严格，而格式特别，显示一种新体式之尝试，但未冠以"七言"正式名称耳。或者崔瑗已佚"七言"作品，当与此格式相近，亦未可知。综观班固《竹扇赋》、张衡《四愁诗》等"变名""变相"七言作品，可知东汉中期作家，已经普遍开始注意七言之体，并在各种场合尝试写作，七言诗初步进入创作"尝试"阶段。

崔瑗亦尝写作"哀辞"，刘勰曾谓："及后汉，汝阳王亡，崔瑗哀辞，始变前式。然履突鬼门，怪而不辞；驾龙乘云，仙而不哀。又卒章五言，颇似歌谣，亦仿佛乎汉武也。"（《文心雕龙·哀吊》）所指崔瑗"汝阳王哀辞"作品，今亦不存。而刘勰责以"怪而不辞""仙而不哀"，当谓瑗辞有瑕疵。然而所说"履突鬼门""驾龙乘云"等，亦可理解为一种想象力之表现，或在"怪""仙"描写中有所突破，亦未可知。刘勰以"变成式"为由，指责崔瑗，未必有理。

由上所述，崔瑗文学能力十分全面，时誉亦甚高。在东汉文学中，其地位重于其父崔骃，有青蓝之效也。范晔在概括东汉中期文化现象时谓："桓焉、杨厚以儒学进，崔瑗、马融以文章显。"[1]崔瑗确实是当时最高水准文学家之一。在东汉中期，他与张衡、马融、窦章、王符等友善，事实上组成一文学集团，以其多领域的文学创造能力，体现着东汉一时期的文学特色。

---

[1] 《后汉书·左雄传》，中华书局1965年版，第2042页。

崔琦字子玮,生卒年不详,涿郡安平人,崔瑗族子。少游学京师,以文章博通称。初举孝廉为郎,河南尹梁冀闻其才,请与交。冀行多不轨,琦乃作《外戚箴》,引古今后妃外戚成败之事讽谏之,冀不能受,复作《白鹄赋》以为刺。梁冀见之呼琦问曰:"百官外内,各有司存,天下云云,岂独吾人之尤? 君何激刺之过乎!"琦对曰:"昔管仲相齐,乐闻讥谏之言;萧何佐汉,乃设书过之吏。今将军累世台辅,任齐伊、公,而德政未闻,黎元涂炭,不能结纳贞良,以救祸败,反复欲钳塞士口,杜蔽主听,将使玄黄改色、马鹿易形乎?"①此将梁冀比作指鹿为马赵高,冀怒,因遣归。后除为临济长,不敢任职,解印绶去。冀遂令刺客阴求杀之。刺客见崔琦耕于陌上,休息读书,不忍下手,以实相告,纵琦脱走。冀后竟捕杀之。所著赋、颂、铭、诔、箴、吊、论、《九咨》、七言,凡十五篇。《后汉书·文苑列传》有传。《隋书·经籍志》著录:"后汉征士《崔琦集》一卷。"注"梁二卷"。

崔琦性格,由上事例可知,颇桀骜不驯,不向权力低头,为汉末清流人物一类。所撰《外戚箴》,征引大量帝王女眷外戚正反两方面事例,敷述历史教训,指出外戚本应"辅主以礼,扶君以仁;达才进善,以义济身",但"爰暨末叶,渐已颓亏",往往专宠弄权,擅作威福,终于酿成祸害。"不相率以礼,而竟奖以权。先笑后号,卒以辱残。家国泯绝,宗庙烧燔。"箴文又谓:

末嬉丧夏,褒姒毙周;妲己亡殷,赵灵沙丘。戚姬人豕,吕宗以败;陈后作巫,卒死于外。霍欲鸩子,身乃罹废。故曰:无谓我贵,天将尔摧;无恃常好,色有歇微;无怙常幸,爱有陵迟;无曰我能,天人尔违。患生不德,福有慎机。日不常中,月盈有

---

① 《后汉书·崔琦传》,中华书局1965年版,第2622页。

亏。履道者固，杖势者危。微臣司戚，敢告在斯。(《后汉书·崔琦传》)

所说"末嬉""褒姒"一类女人祸国故事，当然并非全是事实，含有若干历史偏见在内。但所说"戚姬人豕"等等，皆是刘汉皇朝近代故事，并非虚构，为后妃外戚作乱之证。文章由此得出训诫："无谓我贵，天将尔摧"，"无曰我能，天人尔违"，"履道者固，杖势者危"，对外戚作出严重警告。如此严厉语气和姿态，加之赵高之譬，对于当时手握政柄、趾高气扬的梁冀而言，是无法接受的，因此便贬斥崔琦，而且竟派出刺客追杀。尽管刺客为其人格感动，崔琦最终亦未能逃脱梁冀之魔掌。崔琦付出生命代价，以酬其本志。至于所撰《白鹄赋》，竟惹怒权臣，横起杀心，可见其辞意锐利，刻骨铭心，非同一般。然而篇第流散，不存片言，无缘赏析，最是文学史上一大遗憾。

崔琦有《四皓颂》，其序云："昔南山四皓者，盖甪里先生、绮里季、夏黄公、东园公是也，秦之博士。遭世暗昧，道灭德消，坑黜儒术，诗书是焚，于是四公退而作歌。"其辞曰：

> 漠漠高山，深谷逶迤。晔晔紫芝，可以疗饥。皇虞邈远，吾将安归？驷马高盖，其忧甚大。富贵而畏人兮，不如贫贱之肆志。(《太平御览》卷五七三)

末二句说出他为了"肆志"，不愿为富贵而"畏人"。是为明确表白：对人格独立之重视，高于富贵。他本人也真正做到"肆志"，践行着古圣遗训"富贵不能淫，贫贱不能移，威武不能屈，此之谓大丈夫"。

崔琦又有《七蠲》，为"七"体系列作品之一，傅玄《七谟序》曾提及,谓"昔枚乘作《七发》,而属文之士若傅毅、刘广世、崔骃、李尤、桓麟、崔琦、刘梁之徒,承其流而作之者纷焉;《七激》《七兴》《七依》《七款》《七说》《七蠲》《七举》之篇……"该篇写"寒门邱子有疾,玄野子谓之曰"云云,然原文残阙,难以通读。

第四节　黄香等其他文士

东汉中期文士甚众,举其著者,尚有黄香、李尤、刘珍、梁竦、苏顺、葛龚、刘毅、刘騊駼等。

黄香(？—123)字文强,江夏安陆人。九岁丧母,乡人称其至孝。年十二,太守刘护闻而召之,署门下孝。家贫内无仆妾,躬执苦勤,博学经典,究精道术,能文章。京师号曰:"天下无双,江夏黄童。"元和元年(84),章帝诏香诣东观,读所未尝见书。后召诣安福殿言政事,拜尚书郎。数陈得失,赏赉增加。和帝永元四年(92),拜左丞。功满当迁,和帝留,增秩。六年(94),累迁尚书令。是后遂管枢机,甚见亲重。而香亦祗勤政务,忧公如家。每郡国疑罪,辄务求轻科。爱惜人命,每存忧济,又晓习边事,均量军政,皆得事宜。帝知其精勤,数加恩赏。安帝延光元年(122)迁魏郡太守,颇勤于民政,不与百姓争利。后坐水灾事免官,数月卒于家。① 所著赋、笺、奏、书、令凡五篇。《后汉书·文苑列传》有传。《隋书·经籍志》"后汉大将军护军司马《班固集》十七卷",下注曰:"梁有魏郡太守《黄香集》二卷,亡。"

---

① 《后汉书·和帝纪》载水灾事在延光元年前后,故黄香因水灾而免官事,当在公元122年。

黄香作品，今存《九宫赋》。此赋内容，独标奇致。所写者竟是"太一九宫之数"，此是《周易》之义，玄意深邃。《周易乾凿度》曰："太乙取其数以行九宫。"郑玄注曰："太一者，北辰之神名也。……下行八卦之宫，每四乃还于中央。中央者，北神之所居，故因谓之九宫。天数大分：以阳出，以阴入；阳起于子，阴起于午。是以太一下九宫，从坎宫始，坎中男始，亦言无适也，自此而从于坤宫。坤，母也，又自此而从于震宫。震，长男也，又自此而从于巽宫。巽，长女也，所行者半矣，还息于中央之宫。既又自此而从乾宫，乾，父也，又自此而从兑宫。兑，少女也，又自此而从于艮宫。艮，少男也，又自此从于离宫。离，中女也，行则周矣。上游息于太一之星，而反于紫宫。行起从坎宫始，终于离宫。"①要之，所谓"九宫之数"，是一门"象数之学"，是对于《周易》的一种玄学诠释。故黄宗羲谓："戴九履一者则太乙九宫之数；宋潜溪则信刘歆以八卦为河图；班固洪范本文为洛书；皆碍经文而为之变说也。"②不过汉代文士对此笃信无疑，所以黄香作此，以辞赋的方式表述他对《易》学的理解。在本篇中，主要写对于天文地理的观察，及其内在联系，如：

　　伊黄灵之典度，存乎文昌之会宫；翳华盖之葳蕤，依上帝以隆崇。握璇玑而布政，总四七而持纲。和日月之光耀，均节度以运行；序列宿之焕烂，咸垂景以煌煌。（《全后汉文》卷四二）

此是写天文。又写地理：

---

① 〔汉〕郑玄注《周易乾凿度》卷下，台北：商务印书馆影印文渊阁《四库全书》经部第 53 册，第 875 页。
② 〔清〕黄宗羲著《易学象数论》卷一"图书一"，台北：商务印书馆影印文渊阁《四库全书》经部第 40 册，第 3 页。

> 径阊阖而出玉房,谒五岳而朝六宗,对祝融而督勾芒。荡
> 翊翊以敝降,聊优游以尚阳。瞰昆仑而蹈碣石,跪底柱而跨太
> 行。肘熊耳而据桐柏,介幡冢而持外方。浣彭蠡而洗北海,淬
> 五湖而潄华池。粉白沙而噮定容,卷南越以腾历。

又写传说神灵故事:

> 乘根车而驾神马,骖䮸騈而侠穷奇。使织女骖乘,王良为之
> 御。三台执兵而奉引,轩辕乘駏驉而先驱。招摇丰隆,骑师子
> 而侠毂,各先后以为云车。左青龙而右觜巂,前七星而后腾蛇,
> 征太一而聚群神。趣荧惑而叱太白,东井辍辔而播洒,彗勃佛
> 仿以捎击。四微尘于干道,绝引者而惊鞾。蚩尤之伦,玢璘而
> 要斑斓,垂金干而捷雄戟。

总之,本赋绝不涉及现实社会人事,专在阐述作者《易》学体会,而阐述过程则采纳大量天文、地理知识,以及神灵传说故事。所说"群神"中包括祝融、织女、共工、轩辕、蚩尤等等。读过本篇得到的感受,既非"润色鸿业",亦非个人忧思,而是与具体社会是非不相关涉的"象数之学"感悟。所以本篇基本内涵,当是演绎作者心目中的象数之学:是试图对大自然玄奥作深度把握之努力。归根结底,本篇的性质是一种哲理的思考,是知识的展示。文学与知识的结合,便是本篇的主旨。

无独有偶,稍后张衡在上疏提出主张禁绝谶纬、反对神学迷信时,也说到"九宫"等问题。史载:"自中兴之后,儒者争学图纬,兼复附以妖言。衡以图纬虚妄,非圣人之法,乃上疏曰:'臣闻圣人明审律历,以定吉凶,重之以卜筮,杂之以九宫。经天验道,本尽于此。

或观星辰逆顺,寒燠所由;或察龟策之占,巫觋之言。'"①《易乾凿度》曰:"太乙取其数,以行九宫……"在张衡的思想里,"太乙取其数,以行九宫"等等,是"圣人"所为,是正当的"经天验道"的学问,与"图谶"等的"虚妄""妖言"绝不相类。这也正是黄香本赋的写作出发点。所以,本篇在辞赋中的地位很特异,它是知识主义思潮在东汉文士中影响愈益深入之后,在辞赋中结出的果实。以此黄香成为东汉辞赋作者中个性鲜明不可忽略的一家。

李尤字伯仁,生卒年不详,广汉雒(在今四川广汉境)人。少以文章显,和帝时侍中贾逵荐尤"有相如、扬雄之风",召诣东观,受诏作赋,拜兰台令史。安帝时为谏议大夫,受诏与谒者仆射刘珍等俱撰《汉记》。安帝废太子为济阴王,尤上书谏争。顺帝立(永建元年,即126年),迁乐安相,年八十三卒。李尤不仅长寿,且写作精力旺盛,所著诗、赋、铭、诔、颂、《七叹》、《哀典》,凡二十八篇,数量不少。《后汉书·文苑列传》有传。

李尤今存赋六篇。其赋特色,在于所写对象皆是"殿""观""关"之类,所谓"京殿"之属也。按照汉赋一般规律,此类题目,自当以"义尚光大""润色鸿业"为主。实际作品内涵亦确实如此,其颂圣之唱,不绝于耳。如《函谷关赋》谓:"惟皇汉之休烈兮,包八极以据中;混无外之荡荡兮,惟唐典之极崇",赞颂刘汉皇朝功业,贯彻始终。又其《辟雍赋》,形容太学中雍熙气氛,谓"太学既崇,三宫既章;灵台司天,群耀弥光",又其《平乐观赋》谓:"尔乃大和隆平,万国肃清,殊方重译,绝域造庭。四表交会,抱珍远并;杂沓归谊,集于春正。玩屈奇之神怪,显逸才之捷武。"是皆颂圣之辞。上文已述,东汉中叶文学,是颂圣与反思两种写作取向发生转换以至逆转的时

---

① 《后汉书·张衡传》,中华书局1965年版,第1911页。

期,反思渐占主导地位,而颂圣亦保留相当势力。李尤辞赋作品,便是后者的代表。可惜其诗已佚,不能得睹,难以具体评骘。

刘珍字秋孙,一作秘孙,①一名宝,生卒年不详,南阳蔡阳(在今湖北枣阳境)人。少好学,安帝初为谒者仆射,永初四年(110)二月,邓太后诏使与校书刘騊駼、马融及五经博士,校定东观所藏五经、诸子传记、百家艺术,整齐脱误,是正文字。②永宁元年(120),邓太后又下诏,命刘珍与傅毅、刘騊駼撰《建武已来名臣传》。③迁侍中、越骑校尉。延光四年(125)拜宗正,明年转卫尉。又据《后汉书·张衡传》:"永和中,谒者仆射刘珍、校书郎刘騊駼等著作东观,撰集《汉记》,因定汉家礼仪,上言请衡参论其事。会并卒。而衡常叹息,欲终成之。"④可知刘珍年寿颇永,永和(136—141)中尚在。后卒于官。著诔、颂、连珠凡七篇,又撰《释名》三十篇,以辩万物之称号云。《后汉书·文苑列传》有传。《隋书·经籍志》著录"后汉《刘珍集》二卷,录一卷"。又载"刘珍、刘毅、刘陶、伏无忌等,相次著述东观,谓之《汉记》"。⑤

---

① 《后汉书·刘珍传》李贤注:"诸本时有作'秘孙'者。其人名'珍',与'秘'义相扶。而作'秋'者多也。"(中华书局1965年版,第2617页)
② 《后汉书·安帝纪》李贤注:"洛阳宫殿名曰'南宫',有东观。《前书》曰:'凡诸子百八十九家。'言'百家',举全数也。"(中华书局1965年版,第215页)
③ 《后汉书·北海静王兴传》亦载其事,题作"中兴以下名臣列士传"。(中华书局1965年版,第558页)
④ 《后汉书·张衡传》,中华书局1965年版,第1940页。
⑤ 关于《释名》,今存刘熙之作,不见刘珍之本。对此清代纪昀等谓:"《后汉书·刘珍传》称'珍撰《释名》五十篇,以辨万物之称号'。其书名相同,姓又相同,郑明选作《秕言》,颇以为疑。然历代相传,无引刘珍《释名》者,则珍书久佚,不得以此书当之也。"(见《四库全书总目提要·经部·释名》,上海:商务印书馆1933年版,第838页)

要之,刘珍为东汉中期著名学者,所撰《释名》,虽非今存同名之书,但自"辩万物之称号"性质观,则亦博学深思之作也,可见刘珍对于知识,亦十分热衷,为当时知识理性潮流中人,无怪乎得到张衡赏识,视为同道。然而刘珍作品,今存无多,难以全面衡鉴了。唯存一四言诗及若干文章。《赞贾逵诗》(见本章第一节所引)所赞贾逵为著名学者,当时著名文士群体中一员。作为后辈,刘珍深表敬仰,"摘藻扬晖,如山如云;世有令闻,以迄于君"。赞颂有加,亦其宜也。

梁竦(?—83)字叔敬,安定乌氏(在今甘肃泾川境)人。少习孟氏易,弱冠能教授。后坐兄梁松"飞书诽谤"事,与弟恭俱徙九真。既徂南土,历江湖,济沅湘,感悼子胥、屈原以非辜沉身,乃作《悼骚赋》,系玄石而沉之。后数年,明帝下诏梁竦听还本郡,遂闭门自养,以经籍自娱,著书数篇,名曰《七序》。班固见而称曰:"孔子著《春秋》而乱臣贼子惧,梁竦作《七序》而窃位素餐者惭。"性好施,不事产业,长嫂舞阴公主,赡给诸梁氏,亲疏有序,而特敬重梁竦,衣食器物,必加厚赐。然梁竦获赏,悉分与亲族。竦生长京师,不乐本土,自负其才,郁郁不得意。尝登高远望,叹息言曰:"大丈夫居世,生当封侯,死当庙食,如其不然,闲居可以养志,诗书足以自娱。州郡之职,徒劳人耳。"后辟命交至,皆不就。梁竦有三男三女,章帝纳其二女为贵人,小贵人生和帝,窦皇后养以为子。诸窦恐梁氏得志,终为己害,建初八年(83)遂潜杀二贵人,而陷梁竦等以恶逆,死南阳狱中,家属复徙九真。① 永元九年(97)窦太后死,和帝亲政,渐知生母被害之状,又有梁氏子侄等上书诉冤,和帝母姊南阳樊调妻梁嫕亦上书自讼,和帝览书感悟,于是追尊生母为恭怀皇太后。其冬制诏追封梁竦为褒亲愍侯,征还梁竦妻子,三子皆封为侯。梁氏后来成

---

① 《后汉书·梁竦传》,中华书局1965年版,第1170—1172页。

为东汉中后期外戚权门,"(梁)冀一门前后七封侯,三皇后、六贵人、二大将军,夫人、女食邑称君者七人,尚公主者三人,其余卿、将、尹、校五十七人"。① 盛极一时,代表者有梁冀等。不过此是后事,与梁竦无干。梁竦《七序》已佚,唯存《悼骚赋》,其曰:

> 彼仲尼之佐鲁兮,先严断而后弘衍;虽离谗以呜邑兮,卒暴诛于两观。殷伊尹之协德兮,暨太甲而俱宁。岂齐量其几微兮,徒信己以荣名。虽吞刀以奉命兮,抉目眦于门间。吴荒萌其已殖兮,可信颜于王庐?图往镜来兮,关比在篇。君名既泯没兮,后辟亦然。屈平濯德兮,絜显芬香;句践罪种兮,越嗣不长。重耳忽推兮,六卿卒强;赵殒鸣犊兮,秦人入疆。乐毅奔赵兮,燕亦是丧;武安赐命兮,昭以不王。蒙宗不幸兮,长平颠荒;范父乞身兮,楚项不昌。何尔生不先后兮,推洪勋以遐迈;服荔裳如朱绂兮,骋鸾路于奔濑。历苍梧之崇丘兮,宗虞氏之俊乂;临众渎之神林兮,东敕职于蓬碣。祖圣道而垂典兮,褒忠孝以为珍;既匡救而不得兮,必殒命而后仁。惟贾傅其违指兮,何杨生之欺真;彼皇麟之高举兮,熙太清之悠悠;临岷川以怆恨兮,指丹海以为期。(《东观汉记》卷一五②)

作者本为正直士人,受到严重迫害,篇中遂全面检讨君臣关系,颇有清本讨源之深意。他引用大量史例,从关逢龙、比干到屈原、范增等,都是臣下明智而君主昏庸,导致发生诸多历史悲剧。不能任用贤臣,以致政权本身覆亡。然而作者又认为,作为贤臣行事准则,应

---

① 《后汉书·梁冀传》,中华书局1965年版,第1185页。
② 〔汉〕刘珍等撰,吴树平校注《东观汉记校注》,中华书局2008年版。

当"既匡救而不得兮,必殒命而后仁",为国捐躯,舍身成仁。故而篇中批评贾谊在作品中发泄对朝廷不满,是"违指"行为。在此点上,梁竦与伯夷、叔齐等传统"高士",存在不小分歧。由此可见,梁竦所持立场,代表宗法社会中以"忠孝"纲常为牢固人生信念士人。此类士人固然不失为正人君子,但绝对认同皇权之合法性,罔顾权力明暗清浊状态,为维护权力存在,而甘愿作出个人牺牲。其精神虽云无私,而人格显然有所损缺。士人独立人格薄弱,对于文学创作而言,是一个不小的缺憾,事实上影响正气的涵养,锋芒的形成,以及个性的发挥。梁竦盖一例。

苏顺字孝山,生卒年不详,京兆霸陵(在今陕西西安境)人。生活于和、安年间(和帝在位,即89—105年;安帝在位,即107—125年),以才学见称。好养生术,隐处求道。晚岁乃出仕,拜郎中,卒于官。所著赋、论、诔、哀辞、杂文凡十六篇。入《后汉书·文苑列传》。

葛龚字符甫,生卒年不详,梁国宁陵(今属河南)人。和帝时以善文记知名。性慷慨壮烈,勇力过人,安帝永初(107—113)中举孝廉,为太官丞。上《便宜四事》,拜荡阴令,辟太尉府,病不就。州举茂才,为临汾令。居二县,皆有政绩。著文、赋、碑、诔、书记十二篇。龚善为文奏,当时传为美谈。① 入《后汉书·文苑列传》。

刘毅,北海敬王子,生卒年不详。初封平望侯,和帝永元(89—105)中坐事夺爵。毅少以文辩称,安帝元初元年(114),上《汉德论》并《宪论》十二篇。时刘珍、邓耽、尹兑、马融共上书称其美,安帝嘉之,赐钱三万,拜议郎。入《后汉书·文苑列传》。

刘騊駼,亦宗室人士,生卒年不详,父刘复,好学能文章,明帝永

---

① 《后汉书·葛龚传》李贤注引《笑林》曰:"龚善为文奏。或有请龚奏以干人者,龚为作之,其人写之,忘自载其名,因并写龚名以进之。故时人为之语曰:'作奏虽工,宜去葛龚。'"(中华书局1965年版,第2618页)

平中与班固、贾逵等共述汉史,傅毅等皆为门下学子。驹骎有才学,与从兄刘毅并称,安帝永宁(120—121)中,邓太后召二人入东观,与谒者仆射刘珍共著中兴以下名臣列士传。驹骎又自撰赋、颂、书、论凡四篇,事迹载《后汉书·宗室四王三侯列传·齐武王演传》。所撰《玄根赋》,今唯存佚句,有"一足之夔,九头之鸰","芳林臻臻,朱竹离离","玄雁蜿蟺感清羽,玄鹤顾躅应征宫"等描写,可见其文字颇为精工。

当时三辅多士,有扶风曹众,字伯师,亦有才学,著诔、书、论四篇。又有曹朔,籍贯不详,作《汉颂》四篇。《三辅决录》注曰:"(曹)众与乡里苏孺文、窦伯向、马季长,并游宦,唯众不遇,以寿终于家。"①《后汉书·文苑列传》有传。要之,东汉中期文士辈出,人数甚众,声势浩大,作品繁多,文坛繁盛局面,蔚为壮观。

---

① 〔汉〕赵岐著《三辅决录》卷一,《丛书集成新编》本,台北:新文丰出版公司 1985 年版,第 101 册,第 354 页。

第六章 张衡的文学成就

第一节 道德服膺、知识信仰与文学

张衡(78—139)字平子,南阳西鄂人,世为著姓。少年张衡,即有文采,游于三辅。因入京师,观太学,遂通五经,贯六艺。虽才高于世,而无骄尚之情,常从容淡静,不好交接俗人。和帝永元(89—105)中,举孝廉,不行。连辟公府,不就。时天下承平日久,自王侯以下,莫不逾侈。大将军邓骘奇其才,累召不应。衡善机巧,尤致思于天文、阴阳、历算,常好玄经。安帝雅闻衡善术学,公车特征,拜郎中,再迁为太史令。遂研核阴阳,妙尽璇玑之正,作浑天仪,撰《灵宪》《算罔论》等。顺帝初,复为太史令。阳嘉元年(132),复造候风地动仪,其精算妙技,震骇京师。时政事渐损,权移于外戚、宦官。衡因上疏陈事,主张废谶纬。后迁侍中,帝引在帷幄,讽议左右。尝问衡天下所疾恶者,宦官在侧,惧其毁己,皆共目之,衡乃诡对而出。阉竖恐终为己患,遂共谗之。永和初(136),出为河间相。时国王刘政骄奢,不遵典宪,又多豪右,共为不轨,衡下车,治威严,整法度,阴知奸党名姓,一时收擒,上下肃然,社会安定,人赞其治绩。在河间视事三年,上书乞骸骨,又征拜尚书。

张衡在朝,虽任官职,不慕权势,而心系学术,致力于著述。所居之官,常积年不徙。又出任侍中后,受到排挤,五载复还,官复太史原职,然而不以为憾。永和中,谒者仆射刘珍、校书郎刘騊駼等著作东观,撰集《汉记》,因定汉家礼仪,上言请衡参论其事。二刘不幸并卒,而衡欲终成之。及为侍中,请得入东观,专门收检遗文,毕力补缀。曾条上司马迁、班固所叙与典籍不合者十余事,提出修订意见。认为宜为《元后本纪》;又更始居位,人无异望;光武初为其将,然后即真,宜以"更始"之号,建于"光武"之初,等等。书数上,竟不听。永和四年(139)卒,享年六十二岁。所著诗、赋、铭、七言、《灵宪》、《应间》、《七辩》、《巡诰》、《悬图》,凡三十二篇。《后汉书》有传,《隋书·经籍志》著录《后汉河间相张衡集》十一卷,梁十二卷;又一本十四卷"。又"《灵宪》一卷,张衡撰"。"《黄帝飞鸟历》一卷,张衡撰。"又曾著《周官训诂》等。

张衡在朝,大部分时间所任为"史职",主管天文历法及禳灾等"阴阳"之事,但对于"人事"也有鲜明立场。他曾说"臣闻政善则休祥降,政恶则咎征见。苟非圣人,或有失误。昔成王疑周公,而大风拔树木,开金縢而反风至。天人之应,速于影响。故《周诗》曰:'无曰高高在上,日监在兹。'"(《阳嘉二年京师地震对策》)诸如此类,皆是利用"天人之应",藉天象以说人事。这是他的一种"话语策略",以提高扩展自身的言说影响力。他在政治上颇有主见,针对当时选举问题、吏治问题、边防问题、民生问题,甚至皇帝作风问题,皆有所说,且言论大胆,意见中肯,颇见锋芒,显示出具备政治责任心,非徒尸位素餐者也。其《阳嘉二年京师地震对策》《论贡举疏》《论举孝廉疏》《请禁绝图谶疏》《上疏陈事》《上顺帝封事》等,议论时政,意见颇为尖锐,内容皆有所针对。尝谓:"且郡国守相,割符宁境为大臣,一旦免黜十有余人,吏民罢于送迎之役。新故交际,公私放滥。或临政莅民,为百姓取便,而以小过免之,是为夺人父母,使嗟号也。又察选举,一任三府,台阁秘密,振暴于外,货贿多行,人事流通,令真伪浑淆,昏乱清朝。此为下陵上替,分威共德,灾异之兴,不亦宜乎!"(《阳嘉二年京师地震对策》)批评政事,语甚深刻。又尝论图谶问题,揭露谶纬虚妄本质。盖自东汉光武帝刘秀以降,挟皇权之威势,谶纬之学大行于世,而诸多学者,附会权势,鼓噪张扬不已。遂致儒生遍习图纬,并附以妖言。学界恶浊风气,甚嚣尘上。而时亦有明智学人,正直文士,如桓谭、王充、尹敏等人,不惧权势,揭露谶纬本质,斥为荒诞妄说,其事本书《东汉文学发展概说》以及相关章节已述。对此刘勰曾谓:"至于光武之世,笃信斯术。风化所靡,学者比肩。沛献集纬以通经,曹褒撰谶以定礼,乖道谬典,亦已甚矣!是以桓谭疾其虚伪,尹敏戏其深瑕,张衡发其僻谬,荀悦明其诡诞。四贤博练,论之精矣。"(《文心雕龙·正纬》)张衡名列东汉反对谶纬"四贤"之一。所撰《请禁绝图谶疏》文云:

> 至于王莽篡位,汉世大祸,八十篇何为不戒?则知图谶成于哀、平之际也。且《河洛》《六艺》,篇录已定,后人皮傅,无所容篡。永元中,清河宋景遂以历纪推言水灾,而伪称《洞视》《玉版》,或者至于弃家业、入山林,后皆无效,而复采前世成事,以为证验。至于永建复统,则不能知。此皆欺世罔俗,以昧势位,情伪较然,莫之纠禁。且律历、卦候、九宫、风角,数有征效,世莫肯学,而竞称不占之书。譬犹画工,恶图犬马,而好作鬼魅,诚以实事难形,而虚伪不穷也。宜收藏图谶,一禁绝之,则朱紫无所眩,典籍无瑕玷矣。(《后汉书·张衡传》)

其说据实说理,分析透彻,不愧"博练"之誉。疏文所论,尤其"汉世大祸"王莽篡位之事,图谶中竟无告诫,可见其"欺世罔俗"性质,确然不易。张衡"发其僻谬",并主张将图谶"一禁绝之",旗帜鲜明,毫不妥协,思想光彩夺目。

张衡关于人生观念之深层思考,集中表现于《思玄赋》。李善说本赋写作背景为:"(张衡)汉和帝时为侍中,顺、和二帝之时,国政稍微,专恣内竖。平子欲言政事,又为奄竖所谗蔽,意不得志。欲游六合之外,势既不能,义又不可,但思其玄远之道而赋之,以申其志耳。系曰:回志揭来从玄谋,获我所求夫何思? 思玄而已。"(《文选·思玄赋》注)而李贤注"玄"曰:"道也,德也。"又引《老子》曰:"玄之又玄,众妙之门。"(《后汉书》本传)故而张衡在本篇中所"思"之"玄",其实质在于"道""众妙之门",盖即人生及宇宙之真谛。张衡从政不得意,无奈之下,失望苦闷,遂反身"思玄"而已,此为本篇题旨。

《思玄赋》中阐述之"玄",首先有"仁义"内涵,开篇所云"仰先哲之玄训兮,虽弥高而弗违;匪仁里其焉宅兮? 匪义迹其焉追!"是皆谓孔子遗教也。可知张衡所持守者,乃是以传统儒学为核心观念的"先哲""玄训"。赋中述本人思想历程,谓:"奋余荣而莫见兮,播余香而莫闻","感鸾鹭之特栖兮,悲淑人之希合",现实社会中是非不分,芳臭莫辨;作为思想者的张衡,找不到知音。他痛感"览蒸民之多僻兮,畏立辟以危身",但"愿竭力以守谊兮,虽贫穷而不改",尽管感到"危身",也要坚守己志。赋中又写对现实既已失望,即欲模仿屈原,四出上下远游,"逼区中之隘陋兮,将北度而宣游"。于是瞰瑶溪,至赤岸,瞻昆仑,临白水,登阆风,入层城,"叫帝阍使辟扉兮,觌天皇于琼宫",等等,逍遥天地,放浪形骸。然而远游不能解除内心之孤独寂寞,"骪羁旅而无友兮,余安能乎留兹?"遂返回人间,说出"思玄"之结果:

　　　　收畴昔之逸豫兮,卷淫放之遐心。修初服之娑娑兮,长余佩之参参。文章焕以灿烂兮,美纷纭以从风。御六艺之珍驾兮,游道德之平林。结典籍而为罟兮,驱儒、墨以为禽。玩阴阳之变化兮,咏《雅》《颂》之徽音。……墨无为以凝志兮,与仁义乎消摇。不出户而知天下兮,何必历远以劬劳?(《后汉书·张衡传》)

此处强调"御六艺之珍驾兮""咏雅颂之徽音""与仁义乎逍遥"等,此是其"思玄"之主干思路。但篇中亦言及"道德""无为""儒墨""阴阳"等等,可知张衡之"玄",包含了儒、道及其它家派思想要素。要之,他追求的是"何道贞之淳粹兮","玄"是一种思想道德上的纯粹完美状态。

　　现实社会中既"烝民之多僻","淑人之希合",致使求"玄"而不得,故作者心情甚是失望,遂发出无可奈何之感叹:"天长地久岁不留,俟河之清祇怀忧。"(《思玄赋·系辞》)追求"玄"的结果是"祇怀忧"。唯此"怀忧"情绪,成为张衡面对现实的基本心态,也是他作品中的常见情愫。"路远莫致倚逍遥,何为怀忧心烦劳","何为怀忧心烦伤","何为怀忧心烦纡","何为怀忧心烦惋"(《四愁诗》)。此种"怀忧"情绪,成为东汉中期一些有志文士的代表性心态。它标志着文学写作态度的重要转换:在皇权日渐腐化堕落,权力性质和社会状况发生重大变化背景下,不少文学家不再扮演权力附庸角色,文学不再以颂圣为己任,而是向非颂圣的多种态度转换。东汉前期,文学在主流之外,即有以桓谭、王充为代表的批判性思潮存在;张衡直接继承他们的精神传统,在批判现存丑恶事物同时,不断抒发着针对现实的浓厚怀忧情绪,开辟了文学的新境界。

　　至于张衡平日为人,据崔瑗所撰碑文,"体性温良,声气芬芳,仁爱笃密,与世无伤,可谓淑人君子也",能不计利害,与人无争,德音孔臧,深孚时誉。张衡于道德完善之外,尚有另一层人格内涵,此即对于知识之追求。张衡在顺帝初复任太史令时所撰《应间》,为表白心志之作。所谓"应间",回应质问之意也。有"客"质问张衡:"曩滞日官,今又原之。……昔有文王,自求多福;人生在勤,不索何获?"责以为何不求升官?不索权位?而张衡回应曰:

> 君子不患位之不尊,而患德之不崇;不耻禄之不夥,而耻智之不博。是故艺可学,而行可力也。天爵高悬,得之在命,或不速而自怀,或羡旃而不臻。求之无益,故智者面而不思。砥身以徼幸,固贪夫之所为;未得而豫丧也。枉尺直寻,议者讥之;盈欲亏志,孰云非羞?(《后汉书·张衡传》)

在此张衡强调,对于"位之不尊""禄之不夥",他既不"患",亦不"耻",略不在意。其所"患"所"耻"者,唯"德之不崇""智之不博"二端而已,可见道德与知识,是张衡一贯人格追求,亦是其生活信仰!他曾自谓:"性德体道,笃信安仁,约己博艺,无坚不钻"(《应间》),前二句说道德修养,后二句言知识追求,此十六字,堪称张衡人生宗旨。所以他的人生观念,以追求道德与知识之"粹淳"境界为人生目标。综观《思玄赋》《应间》等作品,张衡具有强烈浓厚的哲人气质。他是纯粹道德之服膺者,也是精深知识的信仰者。

又崔瑗于《河间相张平子碑》序中,曾谓"君天姿睿哲,敏而好学,如川之逝,不舍昼夜"。指出其"好学"品格,犹如孔子一般。铭文又谓:"于唯张君,资质懿丰,德茂材羡,高明显融。焉所不学,亦何不师,盈科而逝,成章乃达。一物不知,实以为耻,闻一善言,不胜其喜。包罗品类,禀授无形,酌焉不竭,冲而复盈",更是集中描述张衡好学性格。所谓"焉所不学,亦何不师"二句,说出张衡求知欲之旺盛,无所涯际,永不满足。"盈科"二句,是谓其学习不能止于一知半解,直到完全透彻掌握相关知识技能,方肯罢休。"一物"四句,更是形容他将知识看作最重要生活需求;"知"或"不知",成为荣辱喜耻之标准。"包罗"二句,是说其知识面之广阔。"酌焉"二句,是说其知识不停增加、不断更新,永无止境。崔瑗无愧为张衡生前挚友,彼此十分了解,故能写出此碑铭。揆诸张衡实际人生,崔瑗并无丝毫夸张。张衡对于知识之追求掌握,达到很深层次,很广领域。求真求实,为其基本人生信仰。其思维严密,理致透彻,当时无人能及,后世亦鲜有媲美者。故而崔瑗碑文中以下文辞,堪为张衡道德与知识成就全面总结:

> 道德漫流,文章云浮。数术穷天地,制作侔造化。瑰辞丽说,奇技伟艺,磊落焕炳,与神合契。①

道德与文章皆优,瑰辞与奇技齐飞。到达如此"与神合契"境界,东汉一朝无出其右者。此与张衡本人《应间》自述之旨正相合契。

张衡出于其道德服膺与知识信仰,对于众多人生、社会及自然问题,皆能透过表象,洞彻玄奥。

在科学技术史上,张衡地位崇高,为中国古代最伟大科学家之一。张衡取得的科学成就,主要在天文学、数学、历法学、地震学、地理学等领域。首先,他在观测并描述天体结构方面,取得超越了前人的成绩,他是汉代学术界以"浑天说"取代先秦以来"盖天说"的关键人物之一,而浑天说更加接近天体结构实际状况,在当时世界上

---

① 〔清〕严可均辑《全后汉文》卷四五,中华书局1958年版,第719页。

也是比较先进的宇宙模式。其中一些具体说法,接近近代科学原理,显示出作为一名伟大科学家的严谨和预见眼光。如他说"未之或知者,宇宙之谓也。宇之表无极,宙之端无穷。天有两仪,以儛道中。其可睹枢星是也,谓之北极;在南者不著,故圣人弗之名焉。"(《灵宪》)这是在天象观测基础上作出的、以无限性为特征的宇宙宏观模式描述。又如他说"八极之维,径二亿三万二千三百里;南北则短减千里,东西则广增千里"(同上)。此虽谓天体之"极",却与地球两极间(南北)距离小于赤道(东西)直径的实际状况相对应,亦颇令人惊奇不置。他又指出日月特性以及日月关系:"夫日譬犹火,月譬犹水。火则外光,水则含景。故月光生于日之所照,魄生于日之所蔽,当日则光盈,就日则光尽也。"(同上)月本身并不发光,其光芒只是日光的反射而已;月之盈亏,只是日光照射变化的反映。此类说法,皆有其正确性。在数学领域,张衡撰有《算罔论》,今已不存,然东汉末蔡邕曾拜读过,谓之"盖网络天地而算之,因名焉",可知是有关天文数学的系统性著作。这些学术成就,体现强大哲理思维,也使得张衡在科学理性上凌驾于同时代众多文士之上。

张衡不仅科学知识高深,动手能力亦强。他主持观测并记录的星体达二千五百余座,其中包括恒星、行星。张衡还制作许多科学仪器,他制造出了世界上第一架能比较准确地演示天象运转的"漏水转浑天仪",第一架观测地震活动的"候风地动仪",他还制造指南车、自动记里鼓车、能自动飞行的木制鸟仪器,等等。此等仪器皆有特定功能,并达到相当精确性。例如地动仪,制作十分巧妙,凡有地震,仪器上部相应方向龙首,即能吐出铜珠,入于下部蟾蜍口中,以此报告地震方位,颇为准确,当时人们无不惊叹(《后汉书》本传)。要之崔瑗所说"数术穷天地,制作侔造化",真实写出他的能力,也反映了时人之评价。在汉代四百年中,与统一大帝国政治局面相匹配,当时科学技术也得到迅猛发展,形成强大科学理性思潮,知识探索盛行,而张衡即其中最杰出代表。

为纪念张衡在两千年前作出的伟大贡献,20世纪50年代初,当时的世界和平组织曾确定张衡为"世界文化名人"之一;70年代,世界天文组织将月球背面一环形山,命名为"张衡环形山",又将太阳系中1802号小行星命名为"张衡星"。张衡的科学贡献,已成为全人类认可的共同财富。现代文学家、历史学家郭沫若评论张衡说:"如此全面发展之人物,在世界史中亦所罕见,万祀千龄,令人景仰。"(《题张衡墓前碑记》)

再者张衡于思想史、文学史上,亦卓然大家。张衡文学成就,在辞赋、诗歌及文章领域,皆称优秀,杰作佳构,多有传世,为东汉最重要作家之一。

第二节 张衡辞赋的"怀忧"性格和博物特色

张衡辞赋作品,名声最著、影响最大者,首推《二京赋》(即《东京赋》《西京赋》)。萧统《文选》收入赋部"京都"类第二篇,次于班固《两都赋》之后。本赋撰写背景,范晔《后汉书》本传曰:"时天下太平日久,自王侯以下,莫不逾侈。衡乃拟班固《两都》作《二京赋》,因以讽谏,十年乃成。"

《西京赋》写一"凭虚公子",颇"心侈体忲,雅好博古,学乎旧史氏,是以多识前代之载";于是公子向"安处先生"进言:"先生独不见西京之事欤?请为吾子陈之。"其所"陈"内容,有"城郭之制",有"郡国宫馆",有"街衢相经",有"廊开九市""旗亭五重"等等,其旨在谓西京历史悠久、地理优越、形势险要、城池坚固、宫殿雄伟;又说

"上林禁苑,跨谷弥阜",那里"缭垣绵联,四百余里;植物斯生,动物斯止"。凡左右前后远近内外,一一夸示,靡不毕陈。要在形容西京繁华壮丽,长安物产丰富、市井整齐、商业发达、人民安居等种种好处。接着写皇家贵戚冶游,"相羊乎五柞之馆,旋憩乎昆明之池","总会仙倡,戏豹舞罴;白虎鼓瑟,苍龙吹篪","逞志究欲,穷身极娱"。排场奢华靡丽,过程热闹喧阗。《西京赋》全篇通过"凭虚公子"之口,强调长安帝都昔日繁盛奢泰,鼓吹东汉"圣上"舍弃洛阳"俭啬"生活,步趋"西京""国华"盛况。

《东京赋》则以"安处先生"为主角。开篇即指出:"若客,所谓末学肤受,贵耳而贱目者也。苟有胸而无心,不能节之以礼。宜其陋今而荣古矣!"认为凭虚公子所言,实为"陋今荣古"之浅薄之见。同时指教对方,应当"温故知新,研核是非"。然后"安处先生"从历史角度,解释自秦代直到汉高,定都关中长安必然性,"因秦宫室,据其府库;作洛之制,我则未暇"。但自高祖,直到文帝,皆以俭约为重,不事奢华,指出对方"必以奢侈为言","今舍纯懿而论爽德,以《春秋》所讳,而为美谈,宜无嫌于往初,故蔽善而扬恶,只吾子之不知言也!"认为对方所言,是"蔽善而扬恶",是非颠倒。然后"安处先生"正面论述东汉定都洛阳历史状况:首先是光武帝刘秀"区宇乂宁,思和求中;睿哲玄览,都兹洛宫"。然后又述明帝时期在洛阳大兴土木,多所建设,这些建设一方面"瑰异谲诡,灿烂炳焕",另一方面又"奢未及侈,俭而不陋。规遵王度,动中得趣"。本篇写作重点,在于强调东汉光武帝、明帝时期,实行清明简约政策:"左制辟雍,右立灵台;因进距衰,表贤简能",而皇帝本人则"宪先灵而齐轨,必三思以顾愆;招有道于侧陋,开敢谏之直言"。赋中描述一种理想政治状态:"改奢即俭,则合美乎《斯干》;登封降禅,则齐德乎黄、轩。为无为,事无事,永有民以孔安;遵节俭,尚素朴,思仲尼之克己,履老氏之常足。"赋中反复言及"奢""俭"问题，主张"奢未及侈，俭而不陋"，要"改奢即俭"，要"遵节俭，尚素朴"。最终"安处先生"再次阐明说，东汉皇帝行仁义之政，能克己复礼，符合天意民心："方其用财取物，常畏生类之殄也；赋政任役，常畏人力之尽也。取之以道，用之以时，山无槎枿，畋不麛胎；草木蕃庑，鸟兽阜滋。民忘其劳，乐输其财；百姓同于饶衍，上下共其雍熙；洪恩素蓄，民心固结。"经安处先生一番开说教导，最后凭虚公子"忘其所以为谈，失其所以为夸。良久乃言曰：'鄙哉予乎！习非而遂迷也，幸见指南于吾子。若仆所闻，华而不实；先生之言，信而有征。鄙夫寡识，而今而后，乃知大汉之德馨，咸在于此。'"

综观"二京"之赋，凭虚公子本以奢侈为美谈，今见安处先生述东京之德，所以忘美失夸，自鄙其迷惑，悟所说之非正。故而本篇诚如范晔所概括，虽其题材取自班固《两都赋》，然其作意则明显不同。班赋虽亦有若干"讽诫"，但"曲终奏雅"，实际"讽一劝百"，作用有限；本赋则取向殊异，《西京赋》中"凭虚公子"鼓吹奢侈，明显含有作者"反讽"用意及怀忧情绪，故而写来说颇夸张；而《东京赋》中"安处先生"主张节俭，则体现作者正面理念，故而写来义正辞严。班、张之赋，题材固同，而主旨异趣。由此影响作品基本性质：班赋为颂赞性作品，而张赋为怀忧性、批评性文学。

同为描写"京殿苑猎"，《二京赋》较之《两都赋》实存差异。在描写角度上，由班固之定都选择优劣比较，变为张赋之"奢侈"与"简约"作风比较；在态度上由"润色鸿业"变为"开言直谏"，由赞颂变为批评。此种变化，代表辞赋写作风气之转向，而辞赋性质功能亦由此实现重大转变。辞赋功能本有二重性，其批评功能早在前汉即已露端倪，贾谊《鵩鸟赋》、司马迁《悲士不遇赋》等，批评锋芒已颇锐利；然而此种批判立场在西汉以来的辞赋写作中并不占据主流地位,持正面赞颂现实立场的作品,一向是辞赋写作的主流。如枚乘《七发》《梁王菟园赋》、司马相如《子虚赋》《上林赋》《大人赋》、扬雄《甘泉赋》《羽猎赋》,直到东汉班彪《北征赋》、班固《两都赋》、杜笃《论都赋》等,无不以赞颂皇权为基调,或者秉持"劝百讽一"写作方针,为皇权"润色鸿业"。东汉中叶,由皇帝昏庸、统治集团腐败引发社会深刻动荡,权力集团内部分化严重,部分官员及士人秉持儒家传统仁义道德理念,不能认同此种腐败堕落趋势,独立意识增强,在朝廷内外形成政治上的离心势力,并在稍后的桓帝、灵帝时期,结成"清流"士人群体,与皇帝—宦官集团发生严重对抗,结果"清流"被打击镇压,这就是历史上著名的"党锢之祸"。这一政治演变事态在文学上也有所反映,此即在东汉中期以后,文学的批评、批判意识有了明显增强,在文章、诗歌领域如此,作为汉代主流文学的辞赋领域,尽管赞颂传统十分深厚,同样也滋生出批判精神。辞赋的写作立场向批评和批判转移,此事具有深刻社会意义和重大文学史意义。张衡在此一转向中起了重要作用,尤其值得关注。

张衡辞赋中批判意识的出现,并非偶然,有其思想认识上的前提。所撰《二京赋》中有评论司马相如、扬雄辞赋之语,其谓:"故相如壮《上林》之观,扬雄骋《羽猎》之辞,虽以隤墙填堑,乱以收罝解罘,卒无补于风规,只以昭其愆尤。"张衡在此对前汉辞赋经典作品作出批评,他认为司马相如、扬雄等人作品,其客观作用,助长帝王奢侈作风,"无补于风规"。"昭其愆尤"四字,明确批评前辈辞赋之失,这里含有张衡对文学功能的重新思考,其反思之自觉性颇为突出。由此可知,《二京赋》功能上的转变,张衡辞赋写作中批判性精神的提升,是以对文学社会功能的反思为前提的。他的认识重点就是文学不能充当助长帝王"愆尤"发生的工具,要发挥其为社会道德伦理树立"风规"的作用。他认识到前代辞赋作者包括那些著名作家写作上的失误,他要扭转那种失误,树立新风。

不过张衡在辞赋写作立意与功能方面的新变,并不妨碍其对于传统写作手法的继承。在继承前贤方面,张衡作品中痕迹明显。《思玄赋》中或以香草美人自拟,或以夫妇喻君臣,这些显然效《离骚》以写己志。如写"既姱丽而鲜双兮,非是时之攸珍。奋余荣而莫见兮,播余香而莫闻"。"珍萧艾于重笥兮,谓蕙芷之不香;斥西施而弗御兮,羁要袅以服箱"等,皆是。篇中又仿屈原口吻,指斥朝廷众小之鄙劣行径:"览烝民之多僻兮,畏立辟以危身;曾烦毒以迷或兮,羌孰可与言己。"张衡又学屈原写远游之文,以表现胸怀远大、志气高尚。其例甚多,不烦赘举。甚至在辞赋的结尾处,亦仿《离骚》手法,写"廓荡荡其无涯兮,乃今窥乎天外。据开阳而俯视兮,临旧乡之暗蔼。悲离居之劳心兮,情悁悁而思归。魂眷眷而屡顾兮,马倚輈而徘徊。虽游娱以偷乐兮,岂愁慕之可怀"等。李善曾指出此等文句,多出自《离骚》及《九章》诸篇,①可见《思玄赋》在写作上有意继承屈原《离骚》,痕迹昭然。

张衡辞赋,数量不少,除上述《思玄赋》《二京赋》之外,尚有若干作品,亦有特色,不应忽视。

《南都赋》形容"南都"南阳山水形胜、物产殷富。又状皇帝南巡故里,颇有夸饰之词。"於显乐都,既丽且康。陪京之南,居汉之阳,割周楚之丰壤,跨荆豫而为疆。体爽垲以闲敞,纷郁郁其难详。尔其地势,则武阙关其西,桐柏揭其东。流沧浪而为隍,廓方城而为埤。汤谷涌其后,淯水荡其胸。推淮引湍,三方是通。"然而本篇实不可与《二京赋》等同视之,以寓有作者浓厚乡思也。其赋末作颂

---

① 见《文选》李善注相关篇章。《离骚》有"忽临睨夫旧乡""将以遗夫离居""聊假日而偷乐兮"等句。

曰:"皇祖止焉,光武起焉。据彼河洛,统四海焉。本枝百世,位天子焉。永世克孝,怀桑梓焉。真人南巡,睹旧里焉。"(《文选》卷四)其中"怀桑梓焉",实为作者本人思乡情绪流露。本篇亦入《文选》,列班固《两都赋》、张衡《二京赋》之后,赋类之第三篇。

《归田赋》为另一思乡作品。然而与《南都赋》出发点不同。本篇与皇帝"南巡"无关,只是本人仕宦失志,倦游思归而已。张衡对于仕宦,本无很大兴趣,在朝见腐败孳生,日久便萌生退意。本篇即其内心情志表露。抒情意味,比诸《二京》《思玄》等大赋,更见悠扬永长。其云:

> 游都邑以永久,无明略以佐时。徒临川以羡鱼,俟河清乎未期。感蔡子之慷慨,从唐生以决疑。谅天道之微昧,追渔父以同嬉。超埃尘以遐逝,与世事乎长辞。于是仲春令月,时和气清。原隰郁茂,百草滋荣。王雎鼓翼,鸧鹒哀鸣,交颈颉颃,关关嘤嘤。于焉逍遥,聊以娱情。尔乃龙吟方泽,虎啸山丘。仰飞纤缴,俯钓长流。触矢而毙,贪饵吞钩。落云间之逸禽,悬渊沉之鲂鲤。于时曜灵俄景,系以望舒。极般游之至乐,虽日夕而忘劬。感老氏之遗诫,将回驾乎蓬庐。弹五弦之妙指,咏周孔之图书。挥翰墨以奋藻,陈三皇之轨模,苟纵心于物外,安知荣辱之所如。(《文选》卷一五)

赋写作者长期在朝廷任职,产生倦宦情绪,所谓"无明略以佐时",实即不能实现其志尚、不能合其性情也。张衡曾于任河间相三年后"乞骸骨",虽未获准,本赋有可能撰于期间。所谓"天道之微昧",用司马迁《悲士不遇赋》中"天道悠昧"语,"追渔父"则用《楚辞》语,可知张衡心仪者为屈原、司马迁等前代高士,他对现实社会不满,要

"与世事长辞"。"于是仲春令月"以下数句,写出一片时和气清、心旷神怡场面,作者更表示要"于焉逍遥,聊以娱情",他要蔑弃荣辱,游心物外,与天地参同契。此当是作者赋"归田"本义。本篇在辞赋史上,占有重要地位,上承屈原、司马迁等愤时遗世传统,下开"思归""归田"等写作题材先河。后世不少诗赋作者,撰写众多同类题材作品,实受本篇影响不小。魏晋南北朝时期,即有张华《归田赋》、石崇《思归引》、潘岳《闲居赋》、陆机《思归赋》、陶渊明《归田园居》《归去来兮辞》、袁翻《思归赋》等,尽管写作有真诚虚伪之别,然承继题材思路,则无疑皆是。又王羲之《兰亭诗》及"序",其所写场景,及诗篇情调,皆与本赋相近;而王序中有云"暮春之初""天朗气清""茂林修竹""足以畅叙幽情""极视听之娱"等,以及诸人所撰诗中"消散肆情志""逍遥映通津"等语,亦与本赋遥相呼应。又本赋中"弹五弦之妙指,咏周孔之图书"等描写,亦启迪后世文士巧构妙思,如嵇康有"手挥五弦,目送归鸿"等名句。

《温泉赋》则是一奇特作品。有序曰:"阳春之月,百草萋萋。余在远行,顾望有怀。遂适骊山,观温泉,洛神井,风中峦,壮厥类之独美,思在化之所原,美洪泽之普施,乃为赋云……"本篇凸现意义有二:一曰美感取向,二为知识欲求。"壮厥类之独美,思在化之所原",二句是即作者宣言。张衡适骊山温泉,既为此处"独美"而感触甚深,为之欣赏,为之赞美;又表示对温泉之"所原"颇感兴趣。他说要"思在化之所原",思考研究造成温泉现象之根源。不妨说,本篇为感美之赋,又是思考之赋。文学家兼科学家的思维模式,使之在自然奇观面前,其认知方式亦与众不同。

《舞赋》为另一特色之赋。本篇之前,东汉已有傅毅同题之篇,且颇成功,甚得好评。张衡再作是篇,可见其自信。本篇曰:

> 昔客有观舞于淮南者,美而赋之曰:
>
> 音乐陈兮旨酒施,击灵鼓兮吹参差,叛淫衍兮漫陆离。于是饮者皆醉,日亦既昃;美人兴而将舞,乃修容而改袭。服罗縠之杂错,申绸缪以自饰;拊者啾其齐列,盘鼓焕以骈罗。抗修袖以翳面兮,展清声而长歌。歌曰:"惊雄逝兮孤雌翔,临归风兮思故乡。"搦纤腰而互折,嬛倾倚兮低昂。增芙蓉之红花兮,光的皪以发扬;腾嫴目以顾眄,眸烂烂以流光。连翩骆驿,乍续乍绝;裾似飞燕,袖如回雪。……于是粉黛施兮玉质粲,珠簪挺兮缁发乱。然后整笄揽发,被纤垂縈;同服骈奏,合体齐声。进退无差,若影追形。(《艺文类聚》卷四三)

先写环境,观者与舞者各就位。然后舞蹈开始,写舞者修饰、舞蹈动作、舞者歌唱。然后是舞者表情、舞蹈气氛、观者感受效果,最后是舞蹈结束。全篇所写,无非形容舞蹈场面之多彩多姿,氛围之热烈兴奋。其特色在于中间忽然插入"展清声而长歌",歌舞结合穿插。而唱词却是一曲悲愁思乡,与大气氛反差不小。此正是作者高明处,形成情绪之波动曲折,避免单一情调、一览无余。篇中文字亦甚灿烂,如"连翩骆驿"四句,形容出色,比喻精妙,颇为后世读者关注,亦为论者所常引述,以为动作描写之典范云。隋代杜公瞻撰《编珠》,优选历代精彩文句,其卷一引述曰:"游龙、飞燕:傅毅《舞赋》曰:'体如游龙,袖如素蜺。'张衡《舞赋》曰:'裾似飞燕,袖若回雪。'"傅毅、张衡,各逞精彩,不分伯仲。又引述曹植《洛神赋》曰:"其形也,翩若惊鸿,婉若游龙;荣曜秋菊,华茂春松。仿佛兮若轻云之蔽月,飘飖兮若流风之回雪",意者谓曹植能取傅毅、张衡二《舞赋》之佳句,化为己用;故而曹虽集其大成,而傅、张并为先驱范例。

又《髑髅赋》,更是不同凡响。赋曰:

张平子将游目于九野,观化乎八方。星回日运,凤举龙骧。南游赤野,北陟幽乡。西经昧谷,东极扶桑。于是季秋之辰,微风起凉。聊回轩驾,左翔右昂。步马于畴阜,逍遥乎陵冈。顾见髑髅,委于路旁。下居淤壤,上负玄霜。平子怅然而问之曰:"子将并粮推命以夭逝乎?本丧此土,流迁来乎?为是上智,为是下愚?为是女人,为是丈夫?"于是肃然有灵,但闻神响,不见其形。答曰:"吾,宋人也。姓庄名周……"(《古文苑》卷五)

此髑髅原来是庄子!主人公表示"我欲告之于五岳,祷之于神祇",要将他起死回生。庄子闻说,当然拒绝,并回复道:"死为休息,生为役劳。冬水之凝,何如春冰之消?荣位在身,不亦轻于尘毛?飞风曜景,秉尺持刀。巢、许所耻,伯成所逃。况我已化,与道逍遥。离朱不能见,子野不能听。尧舜不能赏,桀纣不能刑。虎豹不能害,剑戟不能伤。与阴阳同其流,与元气合其朴。以造化为父母,以天地为床褥。以雷电为鼓扇,以日月为灯烛。以云汉为川池,以星宿为珠玉。合体自然,无情无欲。澄之不清,浑之不浊。不行而至,不疾而速。"本篇与髑髅对话,以引出一番庄子人生哲学。本篇写作思路,全效《庄子·至乐》:"庄子之楚,见空髑髅。髐然有形,撽以马捶。因而问之曰:'夫子贪生失理而为此乎?将子有亡国之事、斧钺之诛而为此乎?将子有不善之行、愧遗父母妻子之丑而为此乎?将子有冻馁之患而为此乎……"然后髑髅曰:"死,无君于上,无臣于下,亦无四时之事,从然以天地为春秋,虽南面王,乐不能过也。……吾安能弃南面王乐,而复为人间之劳乎?"可知《髑髅赋》所写,本于《庄子》寓言,基本思路相同。然而张衡敷衍成赋,加以发挥,辞采斐然。如庄子唯云"以天地为春秋",张衡则敷衍成"以造化为父母,以天地为床褥,以雷电为鼓扇,以日月为灯烛。以云汉为川池,以星宿为珠玉"等六句,此增光添彩功夫,并非以复述前贤为能事。至于张衡是否赞同庄子齐生死之人生观?则难以认定。因张衡思想,终以孔孟儒学为主,虽欲"纵心于物外",但始终不忘"咏周孔之图书",故而本赋之作,当是一时纵笔,逞其才力,遂有此篇,以表现辞采为主,而非长久构想、蓄意制作成果。

该赋虚拟故事成篇,富于趣味,当属所谓"俳赋"。枚皋尝自述"皋又言为赋乃俳,见视如倡"(《汉书·枚皋传》)。然而本篇并非为取悦人主而撰者,其性质及功能与枚皋所作迥异。

张衡又有《七辩》之文,"七"之为文,其实亦辞赋一体。自枚乘《七发》以下,效仿者甚多,东汉中期,即有傅毅《七激》、崔骃《七依》、崔瑗《七厉》等,①张衡本篇,亦其中之一。然《七辩》之作,个性特色鲜明,绝非模仿因袭而已。篇中总体布置,虽仍为对话游说之体,但有较大改变。所改变者为说者("辩"者)人数,《七发》等篇,设说者仅一人,由此同一说者,七节之内,分别说以七理("辩"),完成全篇。本篇则异于是,说者共设六人,各持所论,分别上阵,总说以七节,完成全篇。故而《七发》等篇,其"七"之数,当指全文(除首

---

① 关于"七"体的写作源流,刘勰《文心雕龙·杂文》谓:"自《七发》以下,作者继踵。观枚氏首唱,信独拔而伟丽矣。及傅毅《七激》,会清要之工;崔骃《七依》,入博雅之巧。张衡《七辩》,结采绵靡;崔瑗《七厉》,植义纯正。陈思《七启》,取美于宏壮;仲宣《七释》,致辨于事理。自桓麟《七说》以下,左思《七讽》以上,枝附影从,十有余家。或文丽而义暌,或理粹而辞驳;观其大抵所归,莫不高谈宫馆,壮语畋猎,穷瑰奇之服馔,极蛊媚之声色。甘意摇骨体,艳词动魂识。虽始之以淫侈,而终之以居正。然讽一劝百,势不自反,子云所谓'先骋郑卫之声,曲终而奏雅'者也。唯《七厉》叙贤,归以儒道;虽文非拔群,而意实卓尔矣。"刘勰对七体渊源,辨析甚详。而观其评论,则褒贬有据。其首推崔瑗之作(据《后汉书》本传,崔瑗所作乃称《七苏》),言其"植义纯正""意实卓尔"。

尾之外)总有七节,说以七理,如此为"双七"。本篇则稍异,除上述之"双七"外,尚有说者六人,加被说者共七人之数,"双七"至此变为"三七"矣!此点唯张衡所设,为其独创。

该文设"无为先生"为被说对象。"无为先生,祖述列仙,背世绝俗,唯诵道篇。形虚年衰,志犹不迁。于是七辩谋焉,曰:'无为先生,淹在幽隅,藏声隐景,划迹穷居。抑其不韪,盍往辩诸,乃阶而就之。'"然后说者七人,先后出面,说以七理("辩")。计有"虚然子"说以"此宫室之丽也,子盍归而处之乎?""雕华子"说以"此滋味之丽也,子盍归而食之?""安存子"说以"此音乐之丽也,子盍归而听诸?""阙丘子"说以"此女色之丽也,子盍归而从之?""空桐子"说以"此舆服之丽也,子盍归而乘之?"以上五子所说,类皆声色享乐之事,而被说者"无为先生"则不动声色,毫无反应。然后第六子"依卫子"再进说以"……此神仙之丽也,子何行而求之?"至此,"无为先生"乃有所动,"先生乃兴而言曰:'吁,美哉!吾子之诲,穆如清风。启乃嘉猷,实慰我心。'矫然倾首,邪睨玄圃。轩臂矫翼,将飞未举。"最后"仿无子"进说以:"在我圣皇,躬劳至思,……汉虽旧邦,其政唯新。"于是"无为先生"终被说服,"先生乃翻然回面曰:'君子一言,曰'于是观智'。先民有言,'谈何容易'。予虽蒙蔽,不敏指趣,敬授教命,敢不是务。"

《七辩》内容,大致不出刘勰所说"高谈宫馆,壮语畋猎,穷瑰奇之服馔,极蛊媚之声色"一路,篇末"翻然回面",亦为颂圣之类。所说"汉虽旧邦,其政唯新",似寓政治求新之想,是亦"劝百讽一"之属也。要之,本篇思想,不越前辙,无可赞扬;其真正特色,则在于对"七"体传统写法,有所革新,是亦表现张衡写作,不甘于流俗。

关于张衡辞赋,在此尚须指出其一大特点——博物取向。此特色贯穿于张衡全部赋作中,亦是其显著特点,其他汉代赋家虽有,而内容稍少，分量较轻，不如张衡作品中集中而鲜明。张衡辞赋为何形成鲜明博物特点？此与张衡一身而兼文学家、科学家直接相关。如前所述，张衡求知欲极强烈，"不患位之不尊，而患德之不崇；不耻禄之不夥，而耻智之不博"(《应间》)，追求道德完善与知识完善，是他两大人格目标。而在张衡知识结构中，又有其另一大特点：人文知识与科技知识之平衡。尤其科技知识，涉及天文、地理、算学、生物、工程技术等学术领域，知识极为丰富、深广，当时多数文士，不能望其项背。至于辞赋，是汉代众多文士主要写作形式，自西汉以来，即成传统；辞赋由此成为一般文士思想灵魂主要表现窗口。张衡同样如此，以辞赋为首要文章体式，他在文学写作领域投入最大精力者，即为辞赋无疑。所撰《思玄赋》《二京赋》《七辩》等，悉皆规制宏大，篇章严整，文字精湛，为文章精品。张衡既以辞赋为首要表达工具，故而在作品中必然全面体现其完整人格与知识结构，亦即必然表现出其道德与知识特点。而其知识特点中既有人文历史深度，又包含博物取向。

兹举例以明《二京赋》中博物取向特色。

> 林麓之饶，于何不有？木则枞栝棕柟，梓械楩枫；嘉卉灌丛，蔚若邓林。郁蓊薆薱，橚爽櫹椮；吐葩颺荣，布叶垂阴。草则藏莎菅蒯，薇蕨荔芋；王刍莔台，戎葵怀羊。苯䔿蓬茸，弥皋被冈；筱簜敷衍，编町成篁。山谷原隰，泱漭无疆。(《文选》卷二，下同)

此皆说草木生长繁茂之状。而品类之多，名称之僻，人所难辨。李善《文选》注引经据典，为之注释，乃知其所写，皆有系统之生物名称，非徒眩奇好僻堆砌难字也。以下一节文句亦如此，不过内容易为鱼类及水生鸟类：

> 乃有昆明灵沼，黑水玄址，周以金堤，树以柳杞。豫章珍馆，揭焉中峙。牵牛立其左，织女处其右。日月于是乎出入，象扶桑与蒙汜。其中则有鼋鼍巨鳖，鳣鲤鱮鮦，鲔鲵鲿鲨，修额短项，大口折鼻，诡类殊种。鸟则鹔鹴鸹鸨，驾鹅鸿鹢，上春候来，季秋就温。

由排列顺序，可知其精心设计系统存在，非杂凑堆砌而成。《西京赋》中另有一节文句，内容则易为建筑名称：

> 驸娑骀荡，焘奡桔桀，枍诣承光，睽眾庨豁。榱桴重棼，锷锷列列。反宇业业，飞檐轍轍。

《文选》李善注曰："驸娑、骀荡、枍诣、承光，皆台名。焘奡、桔桀、睽眾、庨豁，皆形貌。"由此读者乃知其奥旨一二，否则无以理解。张衡其它赋中，博物倾向亦甚普遍。如《南都赋》，其博物内容更多，连篇累牍，不胜其繁，辞多不烦赘引。

辞赋史上类似文字，似乎常见，如《子虚赋》中"云梦泽"中即有众多物类描写，包括山水地形、动物植物，数量亦复不少。然细考其文，则与张衡实有差异，尤其在系统性方面，差距明显。彼逗零散，此显系统，故而彼称"骋辞"（或曰"逞词"），此盖"博物"。二者互为表里，形似而实异。自西汉末始，赋家"骋辞"风气，渐有变化。从扬雄以下，赋家知识渐趋广博，对于自然现象亦有所探究，故其辞赋写作，亦由"骋辞"向"博物"方向过渡。如扬雄《蜀都赋》《甘泉赋》《羽猎赋》等，皆有此倾向。至班固等,此倾向有所承续,其《两都赋》中物态描述,亦已不限于罗列名词。然而受知识结构限制,即扬雄、班固,学识渐弘,已窥学术(包括科学)之门户,尚难脱尽"骋辞"之技。唯张衡已入科学之殿堂,遂能撰作真正博物辞赋。① 刘勰称"张衡研京以十年"(《文心雕龙·神思》),指其"虽有巨文,亦思之缓也"。然既能以十年"研"之,亦可见其刻苦博学之风概。刘勰又曰:"张衡通赡,蔡邕精雅,文史彬彬,隔世相望。是则竹柏异心而同贞,金玉殊质而皆宝也。"(《文心雕龙·才略》)其"通赡"之语,颇道出张衡文学与学术联姻之特征。

张衡辞赋博物取向,既显示其科学家特有气质,亦成就其文学作品与众不同一大特色。至于在语言运用和文字描写方面,张衡辞赋亦有独到之处,主要是措辞壮伟、境界宏丽,领先于东汉诸赋家。明代王世贞曾谓:"孟坚《两都》,似不如张平子,平子虽有衍辞,而多佳境壮语。"②

第三节 张衡的诗歌成就

在东汉诗坛,张衡亦一极重要人物。两汉文士诗歌不竞,此受辞赋写作热潮挤压,已如前述。然而亦有少数有识文士,投身诗歌写作领域,做出相当成绩。前汉有少数文士,偶作一二小章则已;后汉文

---

① 可参阅徐公持《汉代文学的知识化特征——以汉赋"博物"取向为中心的考察》,载于《文学遗产》2014年第1期。
② 〔明〕王世贞著,罗仲鼎校注《艺苑卮言校注》卷二,人民文学出版社2021年版,第107页。

士,对诗歌渐加重视,作品次第产生。班固、崔瑗等即是也,本书前文已述。张衡继踵,度越前修,创获较丰。其于诗歌之各体,皆有所尝试,且取得成功。先述四言诗。张衡四言作品,今存《双材歌》(清歌)①:

> 天地烟煴,百卉含蘤;鸣鹤交颈,雎鸠相和。处子怀春,精魂回移;如何淑明?忘我实多!

此歌为《思玄赋》之系辞,所谓"双材",指赋中所写"玉女""宓妃",本篇之义,盖谓"思玄"主人"不纳""双材","双材"遂"悲"而"清歌"也。至于为何"不纳""双材"?由上文观之,则是主人远游,非为求女,而为追求"道真之淳粹",遂"将往走乎八荒"。故此歌之下,赋写"将答赋而不暇兮,爰整驾而亟行"。盖主人"不暇"流连,故有"不纳""不答"表现。由此可见,本歌在全赋中意义,在于表达一种享受、一种诱惑,以映衬主人追求"道真"之坚定不移。至于歌辞本身,则具民歌风,唱出"怀春"爱意,情调朴素优雅。其中词句,借鉴《诗经》不少,如"忘我实多"之类,而运用自如,并不生硬。

张衡又有《怨诗》,亦作四言体。然今存篇章,似不完有阙。其词曰:

---

① 本首逯钦立《先秦汉魏晋南北朝诗》收入《汉诗》卷六。题作《歌》。其曰:"衡为太史令,尝忧及难,作《思玄赋》,系此。""逯案:《诗纪》载'思玄诗'一首。细检知乃《思玄》系辞。今从删,而别录此歌。"(中华书局1983年版,第177页)按:逯说不确。张衡载此歌在《思玄赋》中,有前后文,其云:"载太华之玉女兮,召洛浦之宓妃。咸姣丽以蛊媚兮,增嫮眼而娥眉。舒妙婧之纤腰兮,扬杂错之袿徽。离朱唇而微笑兮,颜的礰以遗光。献环琨与琚䌪兮,申厥好以玄黄。虽色艳而赂美兮,志浩荡而不嘉。双材悲于不纳兮,并咏诗而清歌。歌曰云云。"可知在《思玄赋》描写背景中,此歌实由"双材"唱出,所谓"双材悲于不纳兮,并咏诗而清歌";而"双材"即前文所述"玉女"与"宓妃"二神女。故本首题目,应作"双材歌",或从《思玄赋》原文作"清歌"。

  猗猗秋兰,植彼中阿。有馥其芳,有黄其葩。虽曰幽深,厥美弥嘉。之子之远,我劳如何!

又另有佚句作:

  我闻其声,载坐载起。同心离居,绝我中肠。

关于此诗,《太平御览》卷九八三载:"张衡《怨诗》曰:'秋兰',嘉美人也。嘉而不获用,故作是诗也。"以张衡写作风格推衍,则本首所写"之子"即"美人",似已纳入"以美人喻君子"思路,表现理想品德或美好追求。① 所谓"嘉而不获用",寓理想不能实现之憾,故有"怨诗"之篇名。本首虽篇幅简短,而比兴迭用,意境甚佳,刘勰谓:"至于张衡怨篇,清典可味……"(《文心雕龙·明诗》)所谓"清",当言其寓意淳正,文字简朴;至于"典"则谓其具有古典风致,有类《诗经》民歌。其实本篇用语,多出自《诗三百》之句,如"猗猗""中阿""厥美""之子""我劳""如何"等,句式亦颇近似,宜乎"清典"雅评。

  张衡五言诗作品,有《同声歌》。

  邂逅承际会,得充君后房。情好新交接,恐慄若探汤。不才勉自竭,贱妾职所当。绸缪主中馈,奉礼助蒸尝。思为莞蒻席,在下蔽匡床。愿为罗衾帱,在上卫风霜。洒扫清枕席,鞮芬以狄香。重户结金扃,高下华灯光。衣解巾粉御,列图陈枕张。素女为我师,仪态盈万方。众夫所希见,天老教轩皇。乐莫斯

---

① 张衡又有《定情赋》,其中亦有"系词"之"叹",其词作:"大火流兮草虫鸣,繁霜降兮草木零。秋为期兮时已征,思美人兮悉民屏营。"皆以美人喻君子。

夜乐,没齿焉可忘。(《乐府诗集》卷七六①)

关于本篇作意,《乐府解题》曰:"《同声歌》,汉张衡所作也。言妇人自谓幸得充闺房,愿勉供妇职,不离君子,思为莞簟在下,以蔽匡床;衾裯在上,以护霜露。缱绻枕席,没齿不忘焉。以喻臣子之事君也。晋傅玄《何当行》曰:'同声自相应,同心自相知。'言结交相合,其义亦同也。"(《乐府诗集》卷七六引)又宋代郭茂倩亦曰:"有寓意而作者,张衡《同声歌》之类是也。"(《乐府诗集》卷八三)可以认定,本篇亦写女子侍奉君子,以"喻臣子之事君也",当是张衡在朝廷任侍中时所作。然而本篇文学史意义,则主要在于其五言形态之完备,用韵之合协,以及传达情调之优美。篇中比兴迭见,尤其"思为莞蒻席,在下蔽匡床。愿为罗衾帱,在上卫风霜"等句,文句平易,情意悠长,民歌风浓郁,实为东汉五言诗佳篇。艺术水平远高于前期班固五言诗《咏史诗》,刘勰《文心雕龙·明诗》谈论汉诗,无视班固,有涉张衡,固是其宜。

《同声歌》以其朴实明快浓郁民歌特色,颇为后世所重。明代张溥曰:"同声丽而不淫。"(《汉魏六朝百三家集·张衡集·题辞》)是为的论。其影响所至,有陶渊明等。宋代姚宽云:"陶渊明《闲情赋》必有所自,乃出张衡《同声歌》。"②

张衡更有七言作品,首先是《四愁诗》:

> (序)张衡不乐久处机密,阳嘉中出为河间相。时国王骄奢,不遵法度,又多豪右并兼之家。衡下车,治威严,能内察属县,奸猾行巧劫,皆密知名,下吏收捕,尽服擒。诸豪侠游客,悉惶惧逃

---

① 〔宋〕郭茂倩编《乐府诗集》,中华书局1979年版。
② 〔宋〕姚宽撰,孔凡礼点校《西溪丛语》卷上第二十九则,中华书局1993年版,第33页。

出境,郡中大治,争讼息,狱无系囚。时天下渐弊,郁郁不得志,为《四愁诗》。效屈原以美人为君子,以珍宝为仁义,以水深雪雰为小人,思以道术相报,贻于时君;而惧谗邪,不得以通。其辞曰:①

一思曰:我所思兮在太山,欲往从之梁父艰,侧身东望涕沾翰。美人赠我金错刀,何以报之英琼瑶;路远莫致倚逍遥,何为怀忧心烦劳。

二思曰:我所思兮在桂林,欲往从之湘水深,侧身南望涕沾襟。美人赠我金琅玕,何以报之双玉盘。路远莫致倚惆怅,何为怀忧心烦伤。

三思曰:我所思兮在汉阳,欲往从之陇阪长,侧身西望涕沾裳。美人赠我貂襜褕,何以报之明月珠。路远莫致倚踟蹰,何为怀忧心烦纡。

四思曰:我所思兮在雁门,欲往从之雪纷纷,侧身北望涕沾巾。美人赠我锦绣段,何以报之青玉案。路远莫致倚增叹,何为怀忧心烦惋。(《文选》卷二九)

萧统《文选》收本篇入卷二十九。七言诗萌发虽早,而作品仅存于民间谣谚或镜铭等特殊文体之中,文士七言诗,比四言、五言更少。前汉有汉武帝及诸多大臣共作联句《柏梁台诗》,然其真实性颇受怀疑,迄无定论。东汉以来,文士五言渐露头角,而七言作品竟渺焉无闻。故张衡此篇,作为早期文士七言诗,备受文学史家所重。本篇内容,诚如"序"所云,自有政治寄托,一者思欲以术报君主,二者又忧惧谗邪,不得以通,遂有此"忧怀"之"思"。本篇写法,一仍效法屈

---

① 逯钦立曰:"此序乃后人伪托,而非衡所作。王观国《学林》辨之甚详,兹不列举。"《先秦汉魏晋南北朝诗》,中华书局1983年版,第180页。

原,"以美人为君子"等等,使用比兴手段,寄寓自身愁思。本篇体式基本完整,除每首一句中有"兮"字,略逗楚辞句式,此外全作七言。本篇声调铿锵,气韵流畅,民歌气息浓郁,风格别致独特。要之,《四愁诗》个性极为鲜明,是东汉七言诗之早期重要作品。

再有《思玄赋》"系辞":

> 天长地久岁不留,俟河之清只怀忧。愿得远度以自娱,上下无常穷六区。超逾腾跃绝世俗,飘飘神举逞所欲。天不可阶仙夫希,柏舟悄悄吝不飞。松乔高跱孰能离?结精远游使心携,回志揭来从玄谋,获我所求夫何思!(《后汉书·张衡传》)

此篇虽为赋之"系辞",有所依傍,揆其实当是更完整七言诗。其所咏为神仙之事,实际寄寓者,仍是因"世俗"社会河清无望,无法消除"只怀忧"心情。至于神仙,仅是精神安慰而已,因"天不可阶仙夫希",认识相当清醒。《思玄赋》"上下六区"远游结果,只是无奈返回现实,继续"玄思"而已。本篇写出一种无法解脱抑郁心情。与《四愁诗》比较,本篇体式形态更完整,更成熟,文人创作色彩更重,为一纯粹文士抒情七言诗。二篇同为中国诗歌史上重要作品。

刘勰《文心雕龙·明诗》谈论汉诗,其曰:"至于张衡《怨篇》,清典可味;仙诗缓歌,雅有新声。"前句乃言《怨诗》,上文已述。后句所云"仙歌",则不知何指?历来解者,皆无所说。① 按此"仙诗",愚意

---

① 关于"仙诗缓歌"句,《文心雕龙·明诗》周振甫注释曰:"张衡的《仙诗》和《缓歌》,已无考。《缓歌》是缓声歌,乐府古辞有《前缓声歌》。"(《文心雕龙注释》,人民文学出版社1981年版,第57页)周先生所言可备一说。然其谓"缓歌"指一诗名,则于文不合。因刘勰此四句,皆为偶句。前二句唯说《怨篇》一诗,后二句亦当专说《仙诗》一篇。若"仙诗缓声"一句指二篇作品,则不耦。故"缓歌"二字,盖言"仙诗"特点,非另指他篇。

可能即指此《思玄赋》"系辞",理由有二:一,本篇中所写确为神仙事,"仙夫""松、乔高峙""超逾腾跃"云云,无非神仙。二,本篇为七言体,当时并非主流文体,可作"雅有新声"之解。如此,则刘勰对于张衡七言诗创作,亦有明确赞誉。

张衡诗歌写作,其于四言、五言、七言及楚辞等诸体,莫不称能,且作品成熟,成就突出。尤其五言、七言体诗,东汉尚处于发展早期,一般文士,关注不多,作品稀见。而张衡独入陌生之境,开辟种植,收获颇丰,其卓然成家,业绩可观。

两汉辞赋,占据文学主流。多数文士,致力于辞赋,少有撰作诗歌者,前文已述。然亦有慧眼识者,辞赋之余,不废诗歌。前汉有韦孟、韦玄成、刘向、班婕妤等,后汉有班固、丘仲等。张衡更上层楼,取得更多成就,实堪赞赏!张衡之后,东汉中后期,文士诗歌,风气渐开,又有秦嘉、徐淑、郦炎、赵壹等作者,所撰篇章,各有成就,尤其五言、七言作品,虽然数量仍少,而续有制作,初见潮流,班固、张衡,实肇其端。综观张衡文学,其特色在于:第一,无论文章诗赋,忧思世道,检讨人心,针砭时弊,批判性突出;同时显示纯粹道德,凛然正气,高尚人格。第二,以其广博知识,融入文学写作,科学家兼文学家,创造引领全新"博物"写作风格。第三,文章、辞赋、诗歌,鼎立而三,并无偏废,成绩斐然。有汉一代,鲜见其匹,张衡堪称全能型作者。

第七章　王逸、马融、王符等东汉中期作者

第一节　王逸、王延寿父子的文学业绩

王逸字叔师,南郡宜城(今属湖北)人。安帝元初(114—120)中,举上计吏,入朝为校书郎。顺帝时任侍中,生平其它事迹则未详。《后汉书·文苑列传》有传。关于王逸年岁,难以确考,当略小于马融。①

据本传载,王逸撰"赋、诔、书、论及杂文凡二十一篇,又作《汉诗》百二十三篇"。著《楚辞章句》行于世。②《隋书·经籍志》子部

---

① 据本传所载,王逸尝于安帝时"举计吏",此事一般发生在青年时期,要在年满二十岁之后,故据此可推测时在元初中(元初四年,117年),其时王逸若二十一岁,则当生于和帝永元九年(97)左右。此大体推算,未必准确,然而基本不差。又《隋书·经籍志》集部著录"王逸集二卷,录一卷"附于《马融集》下,由此亦可推知,王逸年岁稍小于马融。因《隋书·经籍志》著录顺序,基本皆循作者年岁排列,其时代顺序一般不乱。已知马融生于建初四年(79),故设王逸生于是年,比马融略小十余岁,亦大体相宜。
② 《后汉书·文苑列传·王逸传》,中华书局1965年版,第2618页。

《潜夫论》下附录曰:"后汉侍中王逸撰《后序》十二卷。"又于集部《楚辞》下谓:"后汉校书郎王逸,集屈原已下迄于刘向,逸又自为一篇,并叙而注之,今行于世。"又于《马融集》下附录曰:"《王逸集》二卷,录一卷。"①总之,王逸作品数量甚多,在当时文士中相当突出。尤其作有百余篇"汉诗",令人惊异。然而王逸今存作品无多,主要有《楚辞章句》,及少量文、赋;至于百余篇"汉诗",则荡然无存,诚可惜可叹!否则有如此大量作品存世,汉代诗歌史必将为之重写。

王逸为楚辞流传及研究史上关键人物。唐代长孙无忌等评其《楚辞章句》谓:"楚辞者,屈原之所作也。……然其气质高丽,雅致清远,后之文人,咸不能逮。始汉武帝命淮南王为之章句,且受诏,食时而奏之,其书今亡。后汉校书郎王逸,集屈原已下,迄于刘向,逸又自为一篇,并叙而注之,今行于世。"②后世诸《楚辞》注释,皆宗逸本,故为源流之津逮,文章之枢要。王逸《楚辞章句》,不仅作章句文字训释,且有篇章之解读,结合原作者生活背景,分析其写作意图及风格特征,具有重要文献学及解释学地位,可与《诗经学》史上"毛传""郑笺"相比拟。最重要一篇即其关于《离骚》之解题。其说作品之作意谓:

> 王乃疏屈原。屈原执履忠贞而被谗衰,忧心烦乱,不知所愬,乃作《离骚经》。离,别也。骚,愁也。经,径也。言己放逐离别,中心愁思,犹依道径,以风谏君也。故上述唐、虞、三后之制,下序桀、纣、羿、浇之败,冀君觉悟,反于正道而还已也。③

---

① 《隋书·经籍志》,中华书局1973年版,第998页、第1056页、第1057页。
② 《隋书·经籍志》,中华书局1973年版,第1055—1056页。
③ 〔宋〕洪兴祖补注《楚辞补注》,中华书局1983年版,第2页。

所概括屈原写作立场及当时心态,基本符合历史实际。又说作品之风格特色谓:

> 《离骚》之文,依《诗》取兴,引类譬谕。故善鸟香草,以配忠贞;恶禽臭物,以比谗佞;灵修美人,以媲于君;宓妃佚女,以譬贤臣;虬龙鸾凤,以托君子;飘风云霓,以为小人。其词温而雅,其义皎而朗。凡百君子,莫不慕其清高,嘉其文采,哀其不遇,而愍其志焉。(同上)

分析屈原作品,着重指出"依诗取兴,引类譬谕"文体特色,甚中肯綮,故为后世诸多论者所采纳依据。此外,《楚辞章句》还对东汉以来楚辞整理研究状况有所缕述介绍,亦甚重要:

> 逮至刘向,典校经书,分为十六卷。孝章即位,深弘道艺,而班固、贾逵复以所见改易前疑,各作《离骚经章句》,其余十五卷,阙而不说。又以壮为状,义多乖异,事不要括。今臣复以所识所知,稽之旧章,合之经传,作十六卷章句。虽未能究其微妙,然大指之趣,略可见矣。①

指出刘向、班固、贾逵三位大儒,曾对楚辞有所整理解释,在流传史上各有贡献。同时指出其见解存在不少欠缺乖误之处,"义多乖异,事不要撮",曲解真相,偏离原著。是故作者以为必须另起,发挥"所识所知",以纠正乖谬,恢复原著真相,显示"大指之趣"。王逸更进一步指出班固观点之谬,其谓:

---

① 〔宋〕洪兴祖补注《楚辞补注》,中华书局1983年版,第48页。

> 今若屈原,膺忠贞之质,体清洁之性,直若砥矢,言若丹青,进不隐其谋,退不顾其命,此诚绝世之行,俊彦之英也。而班固谓之"露才扬己","竞于群小之中,怨恨怀王,讥刺椒、兰,苟欲求进,强非其人,不见容纳,忿恚自沉"。是亏其高明,而损其清洁者也。昔伯夷、叔齐让国守志,不食周粟,遂饿而死,岂可复谓有求于世而怨望哉。……而论者以为"露才扬己""怨刺其上""强非其人"殆失厥中矣。(同上)

认为屈原本人"忠贞""清洁",堪称"绝世之行、俊彦之英",品格高洁。而班固竟指责其"露才扬己",且谓"竞于群小之中""苟欲求进,强非其人"等,凡诸诋毁之语,诚然有诬前贤,"殆失厥中"。这也显示东汉一代,在屈原楚辞问题上,论者颇有分歧,而王逸见解,高于班固等人。王逸对屈原总体评价,集中表现于《楚辞章句叙》末尾一节:

> 故智弥盛者其言博,才益多者其识远。屈原之词,诚博远矣。自孔丘终没以来,名儒博达之士著造词赋,莫不拟则其仪表,祖式其模范,取其要妙,窃其华藻,所谓金相玉质,百岁无匹,名垂罔极,永不刊灭者矣。①

此处全面肯定屈原之"智"与"才",为孔子以来文士之"仪表""模范",而"金相玉质"云云,更是一种至善至美评价。由此观之,王逸非唯楚辞传人,诚为屈子知己。

---

① 〔宋〕洪兴祖补注《楚辞补注》,中华书局1983年版,第49页。

《楚辞章句》除对屈原《离骚》《九章》《九歌》《天问》《远游》《卜居》等作品有所整理解说外，又收入宋玉《九辩》《招魂》，景差《大招》，贾谊《惜誓》，淮南小山《招隐士》，东方朔《七谏》，庄忌《哀时命》，王褒《九怀》，刘向《九叹》，共为"楚词"十六篇，分别为之解题注释。辑众多作者不同作品于一编，是亦古代编辑学上开"总集"体例之先河。王逸所撰各篇解题，对诸篇作意皆有比较准确诠释，如说东方朔《七谏》云："《七谏》者，东方朔之所作也。谏者，正也，谓陈法度以谏正君也。古者人臣三谏不从，退而待放。屈原与楚同姓，无相去之义，故加为'七谏'，殷勤之意，忠厚之节也。或曰：七谏者，法天子有争臣七人也。东方朔追悯屈原，故作此辞，以述其志，所以昭忠信、矫曲朝也。"所谓"昭忠信、矫曲朝"，说出东方朔内心隐曲。

王逸本人"自为一篇"，盖即附骥于《楚辞章句》末之《九思》。此篇作意，王逸自云："《九思》者，王逸之所作也。自屈原终没之后，忠臣介士，游览学者，读《离骚》《九章》之文，莫不怆然，心为悲感；高其节行，妙其丽雅。至刘向、王褒之徒，咸嘉其义，作赋骋辞，以赞其志。则皆列于谱录，世世相传。逸与屈原，同土共国；悼伤之情，与凡有异。窃慕向、褒之风，作颂一篇，号曰《九思》，以裨其辞。未有解说，故聊训谊焉。辞曰云云。"可知本篇乃是沿袭刘向、王褒等人思路，仿《离骚》而作。王逸对屈原除了"高其节行，妙其丽雅"之外，又有"逸与屈原，同土共国"之渊源关连，乡土之情，加深理解与悼伤。故而《九思》之中，抒发作者深厚情意，非徒作逞词表演。《九思》含九首：《逢尤》《怨上》《疾世》《悯上》《遭厄》《悼乱》《伤时》《哀岁》《守志》。"悲兮愁，哀兮忧。天生我兮当闇时，被谗谮兮虚获尤。心烦愦兮意无聊，严载驾兮出戏游。周八极兮历九州，求轩辕兮索重华。世既卓兮远玄眇，握佩玖兮中路踌。羡皋繇兮建典谟，懿风后兮受瑞图。愍余命兮遭六极,委玉质兮于泥涂……"读其文辞,则悼伤有余,而采润有所不足。其所下文字,多取则屈原,效法前修,然而陈陈相因,似曾相识,缺乏新变,又"词意平缓,意不深切,如无病而呻吟者也",①总体上未免平庸。要之,王逸在整理研究屈原领域,建树颇丰,勋绩千古;而在写作楚辞作品方面,则成就平平,与其志尚未能相副。

与《九思》之平庸相比,王逸另一篇赋作颇见精神,此即《机妇赋》(一作《机赋》)。赋写女工织机之事。其序曰:"舟车栋宇,粗工也。杵臼碓硙,真巧也;匡盘缕针,小用也。至于织机,功用大矣。"纺织琐务,民间细事,而系乎民生,有功于人类,诚不可忽略。王逸取此为赋,在题材上关注下民,别开生面,亦可称赞"功用大矣"。赋中先言织布历史,源远流长,接写织机之制作、织机之结构,然后状织女之动作、神情,最后说到纺织之功效。其中描述织女动作神态曰:

> 方员绮错,微妙穷奇。虫禽品兽,物有其宜。兔耳跧伏,若安若危;猛犬相守,窜身匿蹄。高楼双峙,下临清池;游鱼衔饵,瀺灂其陂。鹿卢并起,纤缴俱垂。一往一来,匪劳匪疲。于是暮春代谢,朱明达时;蚕人告讫,舍罢献丝。或黄或白,蜜蜡凝脂。纤纤静女,经之络之,尔乃窈窕淑媛,美色贞怡。解鸣佩,释罗衣,披华幕,登神机;乘轻杼,览床帷,动摇多容,俯仰生姿。(《艺文类聚》卷六五)

此节文字,虫禽品兽,喻象多端;发想联翩,"微妙穷奇";而"一往一

---

① 〔清〕纪昀等撰《四库全书总目提要·楚辞集注》,商务印书馆1933年版,第3092页。

来,匪劳匪疲",形容织机动作规律,形似更兼神似。至于织女们"经之络之""登神机""乘轻杼"等,更写得跳跃飞动,摇曳多姿,咏物之中,兼有抒情,显出美之劳作,及劳作之美。本篇文章辞采,皆臻于一流。其后西晋杨泉亦有《织机赋》,其谋篇布局,可以看出颇受王逸影响;但在具体描写方面,则未能驾而上之,反不如王逸本篇之放逸跌宕,多彩多姿。

王延寿,字文考,一字子山,王逸之子,生卒年不详。少有俊才,尝随父到泰山,从鲍子真学算,①游鲁国,作《灵光殿赋》,为世所重。旋归家,度湘水时意外溺死,时年二十余(一说二十四岁)。《后汉书·文苑列传》王逸传下有附传。后蔡邕亦过灵光殿,欲造此赋,见延寿之作,甚奇之,踌躇终未动笔,止留下"蔡邕辍翰"佳话而已。王延寿今存《桐柏淮源庙碑》佚文,有"延熹六年正月八日乙酉"语,可知桓帝延熹六年(163)尚健在,当是汉末人,本应列于东汉后期相关章节内;然虑及与王逸父子关系,遂袭《后汉书》之处理方式,附系于此。

《灵光殿赋》有序,其云:

鲁灵光殿者,盖景帝程姬之子恭王余之所立也。初,恭王始都下国,好治宫室,遂因鲁僖基兆而营焉。遭汉中微,盗贼奔突,自西京未央、建章之殿,皆见隳坏,而灵光岿然独存。意者岂非神明依凭、支持,以保汉室者也?然其规矩制度,上应星宿,亦所以永安也。予客自南鄙,观艺于鲁,睹斯而眙曰:嗟乎!诗人之兴,感物而作。故奚斯颂僖,歌其路寝,而功绩存乎辞,德音昭乎声。物以赋显,事以颂宣,匪赋匪颂,将何述焉?遂作

---

① 〔宋〕李昉等编《太平御览》卷七五〇:"《博物志》曰:南郡宜城王子山,到泰山从鲍子真学算。"中华书局1960年版,第3328页。

赋曰云云。(《文选》卷一一)

可知本篇之撰作,意在歌颂汉朝功绩德音。其"乱"辞中亦云"穷奇极妙,栋宁已来,未之有兮!神之营之,瑞我汉室,永不朽兮!"赞美之辞,唱彻篇中。夫"京殿苑猎,润色鸿业",固一般辞赋尤其是"大赋"之所主,无可怪者。而本篇风格,亦属壮丽宏大一类,体现汉代主流辞赋精神无疑。本篇专写宫殿,本属汉代辞赋写作传统题材。然而《灵光殿赋》另有特色,其文字富赡中有奇崛,风格典雅中见幽僻,遂能超越诸多同类作品,脱颖而出,受到特别关注。诚如篇中自述:

> 图画天地,品类群生;杂物奇怪,山神海灵。写载其状,托之丹青;千变万化,事各缪形。随色象类,曲得其情。……忠臣孝子,烈士贞女;贤愚成败,靡不载叙。恶以诫世,善以示后;于是乎连阁承宫,驰道周环;阳榭外望,高楼飞观;长途升降,轩槛曼延。渐台临池,层曲九成;屹然特立,的尔殊形。

如此之类,悉皆穷搜极究、寻奇觅幽,以博物品类、逞词炫藻为能事。其文字"千变万化",辞藻"随色象类",超出当时一般辞赋作品,谓之"字书",亦不为过。此现象之发生,盖缘于汉代大一统政治局面的奠定,当时正是中国语言文字发展整合关键时期。文士发挥各自创造才能,生造语词及文字,蔚为风气,辞藻因而有了极大丰富。而辞赋写作,原是文士们表现各自语文才华之最佳场合。王延寿逞其出众才华,肆意表现,"曲得其情",遂有是篇之作。刘勰赞曰:"延寿《灵光》,含飞动之势。"列为汉代十大辞赋代表作品之末,谓"凡此十家,并辞赋之流也。"(《文心雕龙·诠赋》)是为肯定其在辞赋史上地位。元代刘埙谓:"三赋:后汉王文考作《鲁灵光殿赋》,晋孙兴公作《登天台山赋》,宋鲍明远作《芜城赋》,皆见推当时,至谓'孙赋掷地作金声',贵重可知。由今观三赋,虽不脱当时组织之习,然孙赋则总之以老氏清净之说,鲍赋则唯感慨兴废,王赋则唯颂美本朝,各极其趣者也。文考最为英妙俊敏,溺水死时二十余耳。"①又清代吴景旭叙汉魏六朝宫殿之赋名篇系列谓:"自李尤有《德阳殿赋》,而王延寿之《灵光殿》,何晏、韦诞、夏侯玄之《景福殿》,宋武帝刘义恭、何尚之《华林(殿)》、《清暑殿》诸赋出矣。"②要之本篇称誉当时,影响甚大,名著赋史,③成为辞赋写作经典之一。萧统《文选》收本篇入卷十一,列为"宫殿"类之首。由本篇引发后世关于灵光殿题咏不绝。唐代宋之问等皆有题咏之诗。灵光殿至北宋时尚在,与"孔林"等为当时鲁国代表性景点。④

《鲁灵光殿赋》之外,王延寿又有《王孙赋》《梦赋》等作品。《梦赋》虽亦有逞词倾向,但篇中情趣横生,更显示另一种价值:

余夜寝息,乃有非恒之梦。其为梦也:悉睹鬼神之变怪,则蛇头而四角,鱼首而鸟身;三足而六眼,龙形而似人,群行而奋

---

① 〔元〕刘壎著《隐居通议》卷五,《丛书集成初编》本,第49页。
② 〔清〕吴景旭著《历代诗话》卷一九,中华书局1958年版,第221—222页。
③ 魏末"竹林七贤"之一阮咸有子阮孚,其母为胡婢,其姑为孚取字曰"遥集",语出《鲁灵光殿赋》"胡遥集于上楹"句。阮咸每叹曰:"我虽失三公,然得遥集。"蜀汉刘琰,作风侈靡,《蜀志》载"侍婢奴能为声乐,又教诵《灵光殿赋》"。北朝颜之推《颜氏家训·勉学篇》曰:"吾七岁时,诵《灵光殿赋》,至于今日,十年一理,犹不遗忘。二十之外,所诵经书,一月废置,便至荒芜矣!"王利器集解《颜氏家训集解》,中华书局1993年版,第172—173页。
④ 〔清〕厉鹗辑撰《宋诗纪事》卷九六载无名氏《先圣庙壁题诗》:"灵光殿古生秋草,曲阜城荒噪晚鸦。唯有孔林残照里,至今犹属仲尼家。"

摇,忽来到吾前。申臂而舞手,意欲相引牵。于是梦中惊怒,腷臆纷纭。曰:"吾含天地之纯和,何妖孽之敢臻?"乃挥手振拳,雷发电舒,斮游光,斩猛猪,批蛩蚁,斫魅虚,捎魍魎,拂诸渠,撞纵目,打三颅,扑苕茆,抶夔魖,搏睍睆,蹴睢盯。尔乃三三四四相随,踉跨而历僻;礚礚磕磕,精气充布;鞠鞠獠獠,鬼惊魅怖。或盘跚而欲走,或拘挛而不能步;或中创而婉转,或捧痛而号呼。奄雾消而光蔽,寂不知其何故。嗟妖邪之怪物,岂干真人之正度!耳聊嘈而外即,忽屈伸而觉悟。

乱曰:齐桓梦物,而亦以霸兮!武丁夜感,而得贤佐兮!周梦九龄,年克百兮!晋文齔脑,国以竞兮!老子役鬼,为神将兮!转祸为福,永无恙兮!(《全后汉文》卷五八)

篇中写梦中有鬼魅来侵,始而惊怖不已,继而奋起对抗,强硬排击,终于取得胜利,鬼魅逃遁。此是东汉一篇"不怕鬼"故事。其中写鬼魅形象,亦甚可怖,而说本人反击行动,更见精神,"挥手振拳,雷发电舒"等等,充满动感,亦富情趣。最后发出"嗟妖邪之怪物,岂干真人之正度!"是为一篇之主旨。本篇写作,应归入所谓"俳赋"之列。按"俳赋"之作,多有现实讽刺对象。王延寿生当汉末桓、灵之际,皇帝昏聩,阉党专政,邪气嚣张,正道受制,党锢之祸已起,社会风气大坏,诚鬼魅横行之世也。本篇作意,或在此焉。可知王延寿文名之建立,虽主要仰赖《鲁灵光殿赋》之巨大影响,然而此《梦赋》文学价值实更高。

综观王延寿写作,一方面以《鲁灵光殿赋》歌颂刘汉皇朝功德,体现主流礼乐文化精神,在东汉中后期一脉传承;另一面又以《梦赋》等"俳赋"体式,抨击黑暗邪恶势力,显示个人特别情趣。王延寿不幸短命,而能在文学青史上留名,证明他确有才情。他还充分展示了汉末文士人格之双重性:对刘汉皇朝数百年光荣传统之依恋,使之发出思古幽情;而面对无可挽回的丑恶现实,又无法掩饰自身厌恶态度,遂滋生出批判立场。

第二节　大儒马融及其《长笛赋》

马融(79—166)字季长,扶风茂陵(在今陕西兴平境)人。东汉和帝时将作大匠马严之子。为人美辞貌,有俊才。初京兆挚恂以儒术教授,隐于南山,不应征聘,名重关西,融从其游学,博通经籍。恂奇融才,以女妻之。永初二年(108),大将军邓骘闻融名,召为舍人。融初不愿应命,会羌人飙起,边方扰乱,米谷踊贵,自关以西,饿殍相望。融既饥困,乃悔而叹息曰:"古人有言:'左手据天下之图,右手刎其喉,愚夫不为。'所以然者,生贵于天下也。今以曲俗咫尺之羞,灭无赀之躯,殆非老、庄所谓也。"遂前往应召。四年(110),拜为校书郎中,诣东观典校秘书。是时邓太后临朝,邓骘兄弟辅政,而俗儒世士,以为文德可兴,武功宜废,遂寝搜狩之礼,息战陈之法,故地方扰乱,猾贼从横,官方武备不足,难以应对。马融有鉴于此,以为文武之道,圣贤不坠;天生众材,无或可废。元初二年(115)上《广成颂》以讽谏。颂奏,忤邓太后,滞于东观十年,不得调。因兄子丧,自劾而归。太后闻之怒,以为马融羞任现职,欲仕州郡,遂令禁锢之。邓太后崩,安帝亲政,召马融还郎署,复在讲部。又出任河间王刘廞长史。时车驾东巡岱宗,融上《东巡颂》,帝奇其文,召拜郎中。及北乡侯即位,①融称病去位,后为郡功曹。阳嘉二年(133),诏举"敦

---

① "北乡侯"即刘犊,又名刘懿,章帝孙济北惠王刘寿之子,延光四年三月安帝崩,阎皇后及兄车骑将军阎显定策立之,是为"少帝",同年十月薨。

朴",融被举,征诣公车对策,拜议郎。大将军梁商表为从事中郎,转武都太守。时西羌反叛,征西将军马贤与护羌校尉胡畴征之,而稽久不进。融知其败,上疏乞自效,朝廷不能用。桓帝时为南郡太守,先是融有事忤大将军梁冀旨,冀讽有司奏融在郡贪浊,免官髡徙朔方。自刺不殊,得赦还,复拜议郎,重在东观著述,又以病去官。延熹九年(166)卒于家,享年八十八岁。

马融长寿,著作亦多,撰有《三传异同说》,注有《孝经》《论语》《诗》《易》《三礼》《尚书》《列女传》《老子》《淮南子》《离骚》;所著赋、颂、碑、诔、书记、表、奏、七言、《琴歌》、对策、《遗令》等,凡二十一篇。《隋书·经籍志》著录有"《后汉南郡太守马融集》九卷"。

马融首先是位学者,他学问博洽,门下弟子,常以千计,卢植、郑玄等,为其生徒,日后皆是大儒名士。融又善音乐,好鼓琴吹笛。其生活作风任性,不拘儒者之节,居宇器服,多所侈饰。常坐高堂,施绛纱,帐前授生徒,后列女乐。弟子以次相传,鲜有入其室者。其学继承贾逵、郑众等,主古文经学,尤长于古文《尚书》《左氏春秋》等,又有说马融为《毛诗传》作者之一,① 且为《礼记·乐记》增补者。② 马融又尝注解《论语》,其说颇中肯通达。③ 马融久在官场,未免老

---

① 《隋书·经籍志》曰:"《诗序》,子夏所创,毛公及敬仲又加润益。郑众、贾逵、马融并作《毛诗传》,郑玄作《毛诗笺》。"(中华书局1973年版,第918页)

② 《隋书·经籍志》曰:"汉末马融遂传小戴之学,融又足《月令》一篇、《明堂位》一篇、《乐记》一篇。"(中华书局1973年版,第925页)按所谓"足",盖增补之意。

③ 马融说《论语》"通达"之例,如:"子曰:饱食终日,无所用心,难矣哉!不有博弈者乎?为之犹贤乎已。"马融注曰:"为其无所据乐,善生淫欲也。"(〔三国魏〕何晏著《论语集解》卷八,《丛书集成初编》本,第253页)

于世故。初融曾受惩于邓氏,遂不敢复违忤势家,后竟为梁冀起草,诬奏李固,酿成冤狱,颇见恶行;又为冀作《大将军西第颂》,露骨谀颂,甚为正直人士所羞。①

作为东汉中后期儒学重镇,马融在文学方面也是位重要作者。今存主要作品以"赋""颂"为主,他体不多。其赋取材,则以音乐游戏为主,在辞赋史上,以音乐或乐器为题者,早已有之。如王褒《洞箫赋》等。然而强化写作力度,投入主要精力写作此类题材辞赋者,则自马融始,计有《琴赋》《长笛赋》《围棋赋》《樗蒲赋》等。体现辞赋写作题材渐趋生活化、娱乐化,也是汉代辞赋发展到东汉中后期出现的重要风貌变化之一。

《琴赋》原文已残,尚余断帙:"惟梧桐之所生,在衡山之峻陂,于是邀闲公子,中道失志。孤茕特行,怀闵抱思。昔师旷三奏,而神物下降;玄鹤二八,轩舞于庭,何琴德之深哉!"(《艺文类聚》卷四四)可以看出,所表达情绪,以悲悯为主,"怀闵抱思",以慰"失志""孤茕"者,此即作者理解之"琴德"。

《长笛赋》为其代表作,赋有序曰:

> 融既博览典雅,精核数术,又性好音,能鼓琴吹笛。而为督邮,无留事,独卧郿平阳邬中。有雒客舍逆旅,吹笛为《气出》《精列》相和。融去京师逾年,暂闻甚悲而乐之,追慕王子渊、枚乘、刘伯康、傅武仲等《箫》《琴》《笙》颂,唯笛独无,故聊复备数,作《长笛赋》。(《文选》卷一八)

---

① 宋代张九成曰:"士大夫之出处其可不以正乎!班固文冠两京,而事窦宪;马融经称大儒,而依梁冀。……进不以正,皆为千古罪人。"(《孟子传》卷二三,台北:商务印书馆影印文渊阁《四库全书》经部第 196 册,第 458 页)

本篇撰写时间,据序盖在作者"为督邮""独卧郿平阳邬中"之际。①马融本右扶风人,当时离开朝廷,返家聊任地方吏职。② 时在"去京师逾年"之后,当即顺帝永建元年(126),作者四十八岁。

序中自述写作背景,其谓"性好音律",此固实情。又云闻客吹笛,便"甚悲而乐之",表明当时心情。"悲"是心情与笛声共鸣,"乐之"则是喜好之意。其时基本情感指向,是"悲"无疑。马融为何要"悲"? 盖与"融去京师逾年"相关。是他被逐出朝廷,外放地方吏员,情绪低沉,心情不悦。听闻笛声,遂有"悲而乐之"感受。"悲"与

---

① 按:"郿"县在关中地区,属右扶风,可知当时马融在右扶风任"督邮"。关于督邮之职权,李善注曰:"韦昭《释名》曰:督邮,主诸县罚,负殿纠摄之也。《辩位》曰:言督邮书掾者。邮,过也。此官不自造书,主督上官所下、所过之书也。"(见〔南朝梁〕萧统编《文选》卷一八《长笛赋》李善注,中华书局 1977 年,第 249 页)知督邮为郡中一小吏,负责"主督上官所下、所过之书",并做"纠摄"下属诸县事务。又《后汉书》本传载马融曾任"郡功曹",揆其经历,则此所云"督邮",与"郡功曹"之事颇接近。查《后汉书·百官志五》:"安帝以羌犯法,三辅有陵园之守,乃复置右扶风都尉,京兆虎牙都尉,皆置诸曹掾史。本注曰:诸曹略如公府曹,无东、西曹,有功曹史,主选署功劳;有五官掾,署功曹及诸曹事;其监属县,有五部督邮,曹掾一人。"(见中华书局 1965 年版,第 3621 页)可知在右扶风(相当于郡),衙署中办事人员,设有"诸曹掾史"多名,其中包括"功曹史"及"督邮曹掾"等,前者即"郡功曹",后者即"(郡)督邮",二者为并列吏员,职务相近,或可替代。至于郿县,《后汉书·郡国志一》明载其为"右扶风"下属县之一。可知本篇序所曰"为督邮"、卧于"郿"等事,与本传所云"郡功曹"事,可以合观。

② 关于马融"去京师"时间,大略亦可推知。本传云"及北乡侯即位,融移病去,为郡功曹",此所谓"北乡侯即位",盖指顺帝刘保于延光四年继皇帝位事,"(三月)乙酉,北乡侯即皇帝位"(《后汉书·安帝纪》)。要之,马融因病于延光四年(125)"去京师"返家,并于右扶风任"郡功曹"或"督邮"。

"乐",本是两种情绪取向,表面看指向相反,距离甚远;然而二者亦可以统一起来,先悲后乐,悲中有乐,以悲为乐,至悲达到至乐。此亦符合美学原理:悲剧最能撼动人心。"悲而乐之",马融在此道出一种重要美学境界。

《长笛赋》正文开始,写有野生之竹,"唯籦笼之奇生兮,于终南之阴崖。托九成之孤岑兮,临万仞之石磎"。接着写伐竹制笛,"于是乃使鲁般、宋翟,构云梯,抗浮柱,蹉纤根,跋篾缕。膺峭陁,腹陉阻。逮乎其上,匍匐伐取;挑截本末,规摹䕶矩。夔襄比律,子野协吕;十二毕具,黄钟为主。……定名曰笛,以观贤士;陈于东阶,八音俱起。"然后写开始演奏:"重丘宋灌,名师郭张;工人巧士,肄业修声。于是游间公子,暇豫王孙,心乐五声之和,耳比八音之调。乃相与集乎其庭,详观夫曲胤之繁会丛杂,何其富也!"接着说听乐应不忘礼制:"故聆曲引者,观法于节奏,察度于句投,以知礼制之不可逾越焉。听簉弄者,遥思于古昔,虞志于怛惕,以知长戚之不能闲居焉。故论记其义,协比其象。彷徨纵肆,旷瀁敞罔,老庄之概也;温直优毅,孔孟之方也……"然后再述音乐内涵丰富,包括各种风格,受到各界欢迎,收到政教效果:"上拟法于《韶箾》《南籥》,中取度于《白雪》《渌水》,下采制于《延露》《巴人》。是以尊卑都鄙,贤愚勇惧。鱼鳖禽兽,闻之者莫不张耳鹿骇,熊经鸟申,鸱视狼顾,拊噪踊跃,各得其齐。人盈所欲,皆反中和,以美风俗。"然后进一步言笛声之感动人物,使得屈原都能够放弃投水而前往"乐国"出仕,介子推不再自燔而接受官禄,等等。赋又概括笛声之精神及社会效能:"是故可以通灵感物,写神喻意,致诚效志,率作兴事。"从感动人物,到沟通思想,交流感情,最后到振作精神,做好事业。赋写出"长笛"之制作、演奏全过程,及其所能取得奇效,强大而全面,臻于超凡境界。

本篇写作,充分发挥辞赋"铺张扬厉"手段,围绕"长笛"及其作用效能,作多层次多视角描写,绘声绘色。其辞采之丰富,文字之弘丽,场景之变幻,意境之雅洁,皆颇突出。在辞赋写作史上,为一重要成果。萧统收入《文选》卷一八,为"赋"门"音乐"类首篇。

本赋另一值得注意者,是在文体句式,变化甚多。常用辞赋句式,本篇中皆有展示;而稀见文句体式,亦有所尝试。如:

屈平适乐国,介推还受禄;澹台载尸归,皋鱼节其哭。长万輟逆谋,渠弥不复恶;蒯聩能退敌,不占成节鄂。王公保其位,隐处安林薄;宦夫乐其业,士子世其宅。

此节文字,说笛声效能巨大。列举历史人物及事件,谓在笛声感动下,无论"宦夫""士子",皆能改变性情和行为,导致改变其命运。《文选》李善注曰:"言各反其常性也。"更须指出者,本节文字,全用五言句,且协韵整齐,实为一篇五言诗。马融在赋中夹写一五言诗,当视为一种写作尝试。就其内容角度言,本节文字实为一"咏史诗",与班固五言《咏史诗》相比,内容似更充实,文字亦稍成熟。不过本篇之作,在班固之后五十年左右,其有所进步,理所当然。东汉文士五言诗,自班固以下,有相当发展,中期亦有梁鸿等人作品存世。然而总体说,作者不多,作品略少,故而马融本篇,占有一席之地。《长笛赋》中以下一节文字,更显重要:

有庶士丘仲,言其所由出,而不知其玄妙。其辞曰:"近世双笛从羌起,羌人伐竹未及已;龙鸣水中不见已,截竹吹之声相似。剡其上孔通洞之,裁已当簻便易持。易京君明识音律,故本四孔加以一;君明所加孔后出,是谓商声五音毕。"

此为引用"庶士丘仲"之"辞","近世……"以下共十句,自成一节。自内容观,此节写"双笛"之"所由出",而未述"其玄妙",兹可置之勿论。其重要性在于体式,此十句全作七言体,每句皆用韵,前六句一韵,后四句又一韵,可以视为一首换韵的七言诗。马融赋中出现七言诗,可谓奇妙。因东汉七言作品虽有,多见于民间创作,或谚语之类;文士七言诗,尚不发达,作者甚少,作品亦稀见。此前唯有班固、张衡等尝试为之,然而亦使用"借名""变名"手法出现,并无直用"七言诗"名称者。如张衡《思玄赋》,其末节"系"词,已作七言句式。本篇亦以"辞"名篇,未敢称"诗"。作为东汉中期作品,这篇七言体的系辞具有重要意义。要之马融在一篇赋体之中,插入一首五言、一首七言诗,其设计安排,令人瞩目。马融继张衡等人之后,赋中有诗,以赋含诗,在赋与诗之结合渗透方面,以及在七言诗制作方面,皆能作出新探索、新尝试,此创新举措,令人钦佩。

自赋之写作角度言,先秦宋玉即撰有《笛赋》,其云:"余尝观于衡山之阳,见奇筱异干、罕节闲枝之丛生也……"而其文辞脱略,描述粗疏,固难求全责备。马融此篇,篇章周密,文句精致,且富于变化,远出其上。

马融之"颂",今存《广成颂》《东巡颂》《梁大将军西第颂》等。《广成颂》为其成名之作,当时影响甚大。有序云:

> 邓太后临朝,骘兄弟辅政。而俗儒世士,以为文德可兴,武功宜废,遂寝搜狩之礼,息战陈之法,故猾贼从横,乘此无备。融乃感激,以为文武之道,圣贤不坠;五才之用,无或可废。元初二年,上《广成颂》以讽谏。

按,"邓太后"即汉和帝皇后邓氏,延平元年(106)殇帝卒,太后建谋定策,立安帝刘祜,时安帝十三岁,太后临朝,而后兄邓骘为车骑将军,执掌大权。本篇作于元初二年(115),当时朝廷围绕文武之策,发生争议。为何有此争论?则与当时大势直接相关。按本年国计大事,在于边地羌人地区,因天灾人祸,激起动荡,战乱频仍,贻害方,诸州扰动。① 边地告急不断,朝廷先以武力解决,迄无效果;然后有"俗儒""以为文德可兴,武功宜废"之论。揆之史实,当时社会乱象丛生,包括边地失控,主要由腐败政治引起,非文武策略运用失当所致。故而一味恃仗武力解决,绝非长策,而所谓"文德可兴,武功宜废"云云,盖亦纯属迂腐之说。而马融上此《广成颂》,持论不偏不倚,视若有理,实亦未中肯綮。马融此颂,其初衷乃在赞成邓氏功德,为之出谋划策。然而本篇实际效果不佳,"颂奏,忤邓氏,滞于东观十年,不得调"。② 孰料其结果,与作者本意相反,长时间遭受冷遇,可谓弄巧成拙。

马融又有《东巡颂》《梁大将军西第颂》等,是皆歌颂皇帝出巡,赞美贵戚豪宅之篇。文士出此,非但无助文采,反显露攀附心态,实为败笔。马融最受非议之作,当是《飞章虚诬李固》一文。此文撰于顺帝时,马融仰承外戚大将军窦宪之旨,捏造事实,虚构情节,诬蔑

---

① 即以《后汉书·安帝纪》所载元初二年情势言,即有:"二年春正月,诏禀三辅及并、凉六郡流冗贫人,蜀郡青衣道夷,奉献内属。""三月癸亥,京师大风。先零羌寇益州,遣中郎将尹就讨之。""五月,京师旱,河南及郡国十九蝗。甲戌诏曰:朝廷不明,庶事失中;灾异不息,忧心惶惧。被蝗以来,七年于兹,而州郡隐匿,裁言顷亩。今群飞蔽天,为害广远,所言所见,宁相副邪? 三司之职,内外是监,既不奏闻,又无举正,天灾至重,欺罔罪大。""(九月)乙未,右扶风仲光、安定太守杜恢、京兆虎牙都尉耿溥,与先零羌战于丁奚城。光等大败并没,左冯翊司马钧下狱自杀。""十一月庚申,郡国十地震。十二月,武陵澧中蛮叛,州郡击破之。"等等。是皆严重天灾人祸。

② 《后汉书·马融传》,中华书局1965年版,第1970页。

当时清流领袖、著名鲠臣、太尉李固。《后汉书·李固传》载马融文，谓"太尉李固，因公假私，依正行邪，离间近戚，自隆支党。……大行在殡，路人掩涕，固独胡粉饰貌，搔头弄姿，盘旋偃仰，从容冶步，曾无惨怛伤悴之心。山陵未成，违矫旧政，善则称己，过则归君，斥逐近臣，不得侍送，作威作福，莫固之甚。……夫子罪莫大于累父，臣恶莫深于毁君。固之过衅，事合诛辟"。①马融竟提议"诛辟"李固，如此言论，可谓蛇蝎心肠。此书草成，当场受到他人谴责，"及冀诬奏太尉李固，(吴)佑闻而请见，与冀争之，不听。时扶风马融在坐，为冀章草。佑因谓融曰：'李公之罪，成于卿手。李公即诛，卿何面目见天下之人乎？'"②此章奏上之后，幸无效果，"书奏，冀以白太后，使下其事。太后不听，得免"，③否则马融致忠良于死地，将成千古罪人。即使如此，马融生前及身后，亦因此广受非议，范晔作传时，便谓"为梁冀草奏李固，又作《大将军西第颂》，以此颇为正直所羞"。又论曰："马融辞命邓氏，逡巡陇汉之间，将有意于居贞乎？既而羞曲士之节，惜不赀之躯，终以奢乐恣性，党附成讥。固知识能匡欲者，鲜矣！"④指出马融先后表现颇相矛盾，行为作风截然相反，所说诚然。按马融"知识"，不可谓不广，然而士节不佳，究其因，皆出实用主义人生观，及个人奢乐欲念强烈使然。所谓"左手据天下之图，而右手刎其喉，愚夫不为"云云，暴露心灵深处自作聪明，以崇尚个人利害为处世准则；所谓"生贵于天下也"，说出其人生"欲"求，全在利益计较。是皆违背孔孟传统道德正义主张，与"富贵不能淫，威武不能屈"之"士"道相反，人格上存在严重欠缺。

---

① 《后汉书·李固传》，中华书局1965年版，第2084页。
② 《后汉书·吴佑传》，中华书局1965年版，第2102页。
③ 《后汉书·李固传》，中华书局1965年版，第2084页。
④ 《后汉书·马融传》，中华书局1965年版，第1973页。

人格与文格,自有相通相符之处,如上述《飞章虚诬李固》,即为突出一篇;但亦不能简单结论,以一文废全人。马融在文学领域,于东汉中后期亦属重要作者,尤其是辞赋写作方面,以《长笛赋》为代表,其取材及写法,皆能别出心裁,努力创新,有所拓展,体现宏富才力,总体上独树一帜,成就名家。而在诗歌探索领域,亦取得重要业绩,不能概予抹杀。

第三节　王符及其《潜夫论》

　　王符字节信,生卒年不详,安定临泾(在今甘肃镇原境)人。少好学,有志操,与马融、窦章、张衡、崔瑗等友善。安定风俗,鄙视庶孽,而符无外家,故为乡人所贱。自和、安之后,士人务游宦,当涂者更相荐引,风气甚炽。而符独耿介孤傲,不同于流俗,以此遂不得升进。环境压抑,心境愤闷,乃隐居著书三十余篇,以讥当时失得。因不欲彰显其名,故号曰《潜夫论》。书中批评时政、抨击社会不良风气,内容正可以反映当时社会状况。王符毕身未仕,约终于灵帝前期(170年前后),享年50岁左右。① 《后汉书》有传。《隋书·经籍

---

① 关于王符生平年岁,《四库全书总目提要》谓:"符生卒年月不可考。本传之末,载度辽将军皇甫规解官归里,符往谒见事。规解官归里,据本传在延熹五年。则符之著书,在桓帝时,故所说多切汉末弊政。"又谓:"唯桓帝时皇甫规、段颎、张奂诸人屡与羌战,而其救边议二篇,乃以避寇为憾,殆以安帝永初五年尝徙安定北地郡,顺帝永建四年始还旧治,至永和六年又内徙。符,安定人,故就其一乡言之耶?"按:延熹五年即公元162年,已是桓帝后期,而永和五年则是公元140年,却是顺帝后期,前后相差二十余年。若二者皆不误,则王符生活年代,当生于安帝时(120年左右),经顺帝、桓帝,约终于灵帝前期。

志》著录:"《潜夫论》十卷,后汉处士王符撰。"

《潜夫论》为王符思想集中表述,也是他追求自身"不朽"之寄托,"夫生于当世,贵能成大功:太上有立德,其次有立言"(《叙录》)。总体看,这是一部以儒家思想为主干,杂取诸家之说的"子书"。书中充满关于"仁义""民本""农本"等说法。"夫位以德兴,德贵忠立。社稷所赖,安危是系","事君如天,视民如子"(同上),"君忧臣劳,古今通义;上思致平,下宜竭惠"(同上)等等,成为其诸多论题的出发点和归结处。但其他家派的思想成分也不少,如"明王统治,莫大身化。道德为本,仁义为佐。思心顺政,责民务广。四海治焉,何有消长?"(同上)此处含有浓厚道家思想色彩;如"五行八卦,阴阳所生;禀气薄厚,以著其形。天题厥象,人实奉成;弗修其行,福禄不臻"(同上)等,此又属阴阳家之说;又如"先王御世,兼秉威德;赏有建侯,罚有刑渥。赏重禁严,臣乃敬职。将修太平,必循此法"(同上),此为法家主张,等等。东汉中期之后,思想呈现比较开放和多元化发展态势,王符杂家式思想倾向,颇与时风相符,有一定代表性。

王符评论社会生活,领域广泛,而尚实、求实思想倾向,为其基本出发点。他多处强调"崇本抑末",主张朴实,反对浮华。例如他说"今民去农桑赴游业,披采众利,聚之一门,虽于私家有富,然公计愈贫矣。百工者,所使备器也;器以便事为善,以胶固为上。今工好造雕琢之器,巧伪饰之,以欺民取贿。物以任用为要,以坚牢为资,今商竞鬻无用之货,淫极侈之弊,以惑民取产。虽于淫商有得,然国计愈失矣。……"(《务本》)如此主张,言之有理有据,对于纠正东汉中叶以来浮华竞逐风气,具有一定针对性。王符强调其尚实思想同时,又进一步提出重农抑商社会主张。其谓:

> 今举世舍农桑、趋商贾,牛马车舆,填塞道路;游手为巧,充盈都邑。治本者少,浮食者众,商邑翼翼,四方是极。今察洛阳,浮末者什于农夫,虚伪游手者什于浮末。是则一夫耕,百人食之;一妇桑,百人衣之。以一奉百,孰能供之?天下百郡千县,市邑万数,类皆如此,本末何足相供?则民安得不饥寒?饥寒并至,则安能不为非?为非则奸宄,奸宄繁多,则吏安能无严酷?严酷数加,则下安能无愁怨?愁怨者多,则咎征并臻,下民无聊,而上天降灾,则国危矣!(《潜夫论·浮侈》)①

王符在此抨击当时洛阳民情风俗,游手好闲、肆意铺张、生活糜烂、暴殄天物等现象,指出"务本者少,浮食者众",本末颠倒,导致一系列严重社会问题发生,"则国危矣!"言论中体现强烈社会责任感。王符意在维护社会健康道德和养成良好风习,其用心不错。然而其重农抑商言论,作为传统农业社会正统思想,具有天然的保守倾向。由于历史局限性,他不可能理解商业流通的发展,对于细化社会分工,提高包括农业在内的社会总体生产效率,具有积极促进作用,而夸大其负面效应,以至将商业发展视为误国之途。

王符又将"崇本抑末"的尚实理论,移植到文化问题上来,主张"大人不华,君子务实"(《叙录》)。他论述道:

> 今学问之士,好语虚无之事,争著彫丽之文,以求见异于世,品人鲜识,从而高之,此伤道德之实,而或瞢夫之大者也。诗赋者,所以颂善丑之德,泄哀乐之情也,故温雅以广文,兴喻

---

① 〔汉〕王符著,〔清〕汪继培笺,彭铎校正《潜夫论笺校正》,中华书局1985年版,第120页。

以尽意。今赋颂之徒,苟为饶辩屈蹇之辞,竞陈诬罔无然之事,以索见怪于世,愚夫戆士,从而奇之,此悖孩童之思,而长不诚之言者也。(《潜夫论·务本》)

这里批评矛头指向"好语虚无之事,争著彫丽之文",以及"怪""奇"等文风,把它们与"道德之实"对立起来;同时主张应以"温雅""兴喻""实"来规范写作。王符对文章和文学提出尚实要求,与前期王充主张颇类似,有一定积极意义。但其主张亦有欠缺,即无视文学固有特征,将文学与"实学"视为一体,限制束缚其想象力的发挥,走向了唯真实、唯道德创作论误区。故而在文学理论问题上,王符有得有失。对于当时不良文风作出尖锐批评,有合理之处;而盲目反对"虚无""雕丽",无视或轻视文学特性,此为主要偏颇。

至于《潜夫论》本身文学价值,可自三方面认识。第一,《潜夫论》是东汉社会批判性文学代表作品之一,略与前期王充《论衡》性质接近。与王充比较,王符在批判的深度和广度上未必能够超过前贤,在说理的严密性上则更紧凑,在论证的层次感上更丰富。尤其是王符政治上长期不得志,但又萦怀时政,关心现实,故而内心郁积愤懑不平之气,一旦奋笔,遂发为慷慨之论。观其文字,叙事说理之中,常见激情流露。例如:

> 且夫窃位之人,天夺其鉴,神惑其心。是故贫贱之时,虽有鉴明之资、仁义之志,一旦富贵,则背亲捐旧,丧其本心,皆疏骨肉而亲便辟,薄知友而厚狗马。财货满于仆妾,禄赐尽于猾奴。宁见朽贯千万,而不忍赐人一钱;宁积粟腐仓,而不忍贷人一斗。(《潜夫论·忠贵》)

> 以汉之广博,士民之众多,朝廷之清明,上下之修治,而官无直吏,位无良臣,此非今世之无贤也,乃贤者废锢而不得达于圣主之朝尔。夫志道者少友,逐俗者多俦,是以举世多党而用私,竞比质而行趋华。贡士者,非复依其质干,准其材行也,直虚造空美,扫地洞说。(《潜夫论·实贡》)

王符行文,情绪亢奋,缘于目睹官场"朋党用私""自相推达"现象普遍,致使"官无善吏,位无良臣",而"贤"者士子,遂无进身之阶。结合本人身世,能不慨然!其行文风格,在理性说服力之外,增添了文章的情绪感染力。

《潜夫论》文学史价值第二层意义,在于其骈文写作方面取得较高成就。王符本人所撰文章,伴随其激情慷慨,往往见有文字出彩。与《论衡》比较,其文字更加流利畅达,显露文采,增加读者阅读兴味。篇中使用对偶文句甚多,强化文章节奏及音乐感,又语辞亦颇丰赡,修辞手段多样,以加强文章华彩,增添其文字吸引力。故而其文章竟一反其本人理论主张,呈现若干"丽文"特征。如下例:

> 语曰:"人惟旧,器惟新。""昆弟世疏,朋友世亲。"此交际之理,人之情也。今则不然:多思远而忘近,背故而向新;或历载而益疏,或中路而相捐。悟先圣之典戒,负久要之誓言。斯何故哉?退而省之,亦可知也。势有常趣,理有固然。富贵则人争附之,此势之常趣也;贫贱则人争去之,此理之固然也。夫与富贵交者,上有称誉之用,下有货财之益;与贫贱交者,大有赈贷之费,小有假借之损。今使官人虽兼桀、跖之恶,苟结驷而过士,士犹以为荣而归焉,况其实有益者乎?使处子虽苞颜、闵之

贤,苟被褐而造门,人犹以为辱而恐其复来,况其实有损者乎?(《潜夫论·交际》)

本节文字,"语曰"以下,皆显示严格精致整饬修辞功夫。所有语句,几乎皆作对偶格局,"昆弟世疏,朋友世亲""思远而忘近,背故而向新""历载而益疏,或中路而相捐""违先圣之典戒,负久要之誓言"等等,皆是。连过渡语如"势有常趣,理有固然",亦作对偶格式。文字、音韵、意义上的对偶语句,使得文章句式整齐、规则,读音优美、浏亮,调动并发挥出汉语固有内在特点,增添汉语文章的节奏感和格式美。这就是所谓"骈偶"文,或"骈体"文。汉代为骈文关键发展时期,尤其是东汉,骈文在形式上有长足进步,发展到基本成熟的地步。所谓基本成熟,意即骈文各种对偶手段,皆已经有所使用;而其效果亦颇为明显,不但众多作者习焉不辍,也被广大读者所接受和欣赏,在当时文章书写领域,成为主流形态。王符本人以其《潜夫论》,成为东汉骈文写作史上标志性人物之一。与王充《论衡》基本上呈散体文相比,《潜夫论》文字更加骈偶化,更具形式美,因此更加文士化,更加文学化。

《潜夫论》文学价值第三方面,在于它对文章与诗歌这两大不同文体的沟通、结合,做了有意义的探索。请看下例:

草创叙先贤,三十六篇,以继前训。左丘明《五经》。先圣遗业,莫大教训。博学多识,疑则思问,智明所成,德义所建。夫子好学,诲人不倦。故叙《赞学》第一。

凡士之学,贵本贱末。大人不华,君子务实。礼虽媒绍,必载于贽。时俗趋末,惧毁行术。故叙《务本》第二。

人皆智德,苦为利昏。行污求荣,戴盆望天。为仁不富,为富不仁。将修德行,必慎其原。故叙《遏利》第三。

世不识论,以士卒化。弗问志行,官爵是纪。不义富贵,仲尼所耻。伤俗陵迟,遂远圣述。故叙《论荣》第四。

以上所录,皆是《潜夫论·叙录》文字,内容颇为简明,为概述全书诸章写作意图及要点,可以看出王符基本撰作思路,因袭《史记·太史公自序》。然而其写法亦有本人特色,是即全以四言为式。文章以四言为句,并非等于四言诗。此前"颂""赞""碑""铭"等体,早有四言句式。而王符将"叙"文写成四言,则史无前例。文中更有若干语句,如"行污求荣,戴盆望天。为仁不富,为富不仁"等,譬喻生动,意象活泼,言语通俗,富于变化。谓之具有若干"诗意",亦不为过。以下例文更值得注意:

夫生于当世,贵能成大功。太上有立德,其次有立言。阖茸而不才,先器能当官。未尝服斯役,无所效其勋。中心时有感,援笔纪数文。字以缀愚情,财令不忽忘。刍荛虽微陋,先圣亦咨询。草创叙先贤。

此是《叙录》开篇文字,为总结全书之关目。王符竟写成一节五言体式,其形态更显奇特。文中用韵虽未臻于严谨,而基本呈诗歌面貌,当无疑义。东汉士人以五言体韵文撰写实用文字,偶有先例。王符此文,盖亦其中之一而已。但东汉文人五言诗作品,总体数量较少,本篇虽不能作为成熟作品看待,从中可见五言诗影响扩展之轨迹。其史料价值,比诸上述四言体式,弥足珍贵。本作品提供的信息是:王符尚未写出成熟五言诗;但不可抹杀他在这方面有所尝试,有所进步,且取得一定经验和成绩。其中所云"中心时有感,援笔纪数文"二句,说出文学写作规律性见解,是警语,是精彩之笔。

唐代韩愈著《后汉三贤赞》,其中赞美王符曰:"王符节信,安定临泾。好学有志,为乡人所轻。愤世著论,'潜夫'是名。《述赦》之篇,以赦为贼;良民之甚,其旨甚明。皇甫度辽,闻至乃惊;衣不及带,屣履出迎。岂若雁门?问雁呼卿。不仕终家,吁嗟先生。"①言其身世,述其行迹,表其名德,皆称切当。

---

① 韩愈《后汉三贤赞》,屈守元等编《韩愈全集校注》,四川大学出版社1996年版,第2736页。

第八章　东汉后期作家群

第一节　崔寔、延笃、朱穆

崔寔(？—170?)字子真,一名台,字符始。崔骃之孙。少沉静,好典籍,父卒,隐居墓侧,服竟,三公并辟,皆不就。桓帝初,诏公卿郡国举"至孝独行"之士,寔以郡举入朝,因病不对策,除为郎。崔寔明于政体,且有干才,其后辟太尉袁汤、大将军梁冀府,并不应。大司农羊傅、少府何豹,上书荐寔"才美能高",召拜议郎,迁大将军梁冀司马,与边韶、延笃等同著作东观。不久出任五原太守历年,以病归,又征拜议郎,复与诸儒博士共撰定五经。会梁冀诛,崔寔以故吏免官,禁锢数年。当时鲜卑数犯边境,诏三公举威武谋略之士,司空黄琼荐寔,拜辽东太守。行至道中,母刘氏病卒,上疏求归葬服丧。服竟,召拜尚书。寔以世方阻乱,称疾不视事,数月免归。建宁中病卒,家清贫,徒四壁立,无以殡敛。光禄勋杨赐、太仆袁逢、少府段颎,为备棺椁葬具,大鸿胪袁隗,树碑颂德。①《后汉书·崔骃传》有

---

① 崔寔年龄,史载不详。《后汉书》本传谓其卒于"建宁中",按此为灵帝年号,共五年(168—172),建宁中当指公元170年。

附传。所著碑、论、箴、铭、答、七言、词、文、表、记、书,凡十五篇。《隋书·经籍志》集部著录"后汉京兆尹《延笃集》一卷"下附"五原太守《崔寔集》二卷、录一卷"。又《隋书·经籍志》子部农家类著录"《四民月令》一卷,后汉大尚书崔寔撰"。"《旧唐书·经籍志》子部法家类亦著录"《崔氏政论》五卷,崔寔撰"。《新唐书·艺文志》子部法家类则著录"《崔氏政论》六卷,崔寔"。又《隋书·经籍志》著录"《崔氏五门家传》二卷",注曰"崔撰",当是崔篆、崔骃、崔瑗、崔寔、崔烈等世代"五门"家传也。此外,崔寔又尝参与撰写《汉纪》。①

崔寔为人,作风清廉简易。初,寔父卒,遂卖田宅,起家茔,立碑颂。葬讫,资产竭尽,生活穷困,以酤酿贩鬻为业,受到部分士人之讥。寔终不改,亦取足而已,不致盈余。及仕宦,历位边郡,而家愈贫薄。崔寔为官,颇有政绩。出守五原时,其地宜植麻枲,而俗不知织绩,民冬月无衣,积细草而卧其中,见吏则披草而出。寔至官,变卖府中财物,为民提供织纴之具,以纺绩教之,民得以免寒苦。是时匈奴连入云中、朔方,杀略吏民,一岁中至九奔命。崔寔整厉士马,严烽候,虏不敢犯,境内安然。

崔寔著作,今存《应讥》。此为东方朔《答客难》、扬雄《解嘲》、班固《答宾戏》、崔骃《达旨》等系列文章之后,又一篇"自解"之作。其文亦仿东方朔等,设客问主答,以明作者心志。本篇主要围绕出处问题展开讨论。客所"讥"内容,有"游精太清,潜思九玄,励节缥霄,抗志浮云。口愿甘而尝苦,身乐逸而长勤;志求贵而永卑,情好富而困贫;慕容名而失厚,思虑劳乎形神",是谓主人为"励节"之愿,甘愿贫苦,不肯出仕,有所不值。而主人则答以志在浮云、不慕富

---

① 关于崔寔参与撰写《汉纪》事,《后汉书·伏湛传》载:"元嘉中,桓帝复诏无忌与黄景、崔寔等,共撰《汉纪》。"(中华书局1965年版,第898页)

贵,"观夫人之进趋也:不揣己而干禄,不揆时而要会,或遭否而不遇,或智小而谋大。纤芒毫末,祸亟无外;荣速激电,辱必弥世"。核心问题是应当审"时"度"势",而非盲目干禄求荣。否则事与愿违,只能自取其辱。作者引用不少历史事例如李斯、伍子胥、义种等,证明其说有据。本篇撰于汉末社会衰败、政治污浊之际,当时宦官专权,党锢之祸已兴,"司隶校尉李膺等二百余人,受诬为'党人',并坐下狱,书名王府",①正直士人,颇有"励节缥霄,抗志浮云"者,故而本篇所述高致,为当时清流士人所宗,具有相当代表性,其现实针对性较之扬雄、班固、崔骃等作品更强,批判意义也更突出。

崔寔又有《大赦赋》。赋赞颂朝廷"大赦",谓"涤恶弃秽,与海内为始;亹亹乎思隆平之道也",其文本身含义甚明。然而结合本篇写作时间,盖在桓帝末年,②正值党锢之事发生之后,所谓"大赦",

---

① 《后汉书·桓帝纪》,中华书局1965年版,第318页。
② 按《大赦赋》"唯汉之十一年四月大赦"一句,标明本篇写作时间,然而此句颇存疑问。盖东汉中、后期,安、顺、桓、灵诸帝,改元频繁,纪年皆短,竟绝无至"十一年"者。唯献帝有建安十一年。查《三国志·魏书·武帝纪》、《后汉书·献帝纪》,建安十一年皆无"大赦"之记载,且崔寔年寿,并未至于建安中,故无此可能。查《后汉书·桓帝纪》中延熹十年(167)有记载曰:"六月庚申,大赦天下,悉除党锢,改元永康"之文。(见中华书局1965年版,第319页)然而同书中尚有另一"大赦"党人记载,此即《党锢列传》中所叙:"中平元年,黄巾贼起。中常侍吕强言于帝曰:'党锢久积,人情多怨;若久不赦宥,轻与张角合谋为变,滋大悔之无救。'帝惧其言,乃大赦党人,诛徙之家,皆归故郡。"(中华书局1965年版,第2189页)据此,则灵帝中平元年(184),亦有大赦之事。二次"大赦"党人,分别是桓帝、灵帝所为,前后相距十七年,不知崔寔之赋作于何时?按:史载崔寔本人卒于灵帝"建宁(168—172)中",是崔寔生平,未尝入于中平年间,故而《大赦赋》必撰于前一大赦之际即延熹十年。然而尚存一疑问,即赋中既明言大赦事在"四月",而《桓帝纪》中则谓"大赦"在"六月",二处所述,不但年份不合,月份亦有差异。对此龃龉,诚难圆其说,唯有"日久文字磨灭传写舛误",差可勉强解释。

当指赦免"党人"。崔寔作此赋,其中所云"陛下以苞天之大,承前圣之迹,朝乾乾于万机,夕虔敬以厉惕,然犹痛刑之未错,厥将大赦,所以创太平之迹,旌颂声之期,新邦家而更始,垂祉美乎将来。此诚不可夺也"等,皆与此政治大事关连。崔寔所谓"痛刑之未错",盖指党锢之冤狱也;"新邦家而更始",谓朝政国策有所更正也。是故本篇非一般赞颂之文,而有重大政治内含。崔寔撰此赋,实为政治表态,表明作者立场,明确站在清流"党人"一边。

崔寔又撰有《四民月令》。此是关乎日常民生著作,说四季节气、相应农事生产及生活常识。其中不乏科学生产知识之辨析阐扬,及适宜生活方式之劝导提倡,如:

> 正月之朔,是谓正日。躬率妻孥,洁祀祖祢。及祀日,进酒降神毕,乃室家尊卑,无大无小,以次列于先祖之前。子妇曾孙,各上椒酒于家长,举觞称寿,欣欣如也。(《太平御览》卷二九)

> 八月:暑退,……凉风戒寒,趣练缣帛,染彩色。……擘丝治絮,制新浣故。及韦履贱好,预买以备冬寒。刈萑苇刍茭。凉燥,可上角弓弩。缮理耰锄,正缚铠弦,遂以习射。弛竹木弓弧。粜种麦,籴黍。(《齐民要术·杂说》①)

> 十二月,请召宗族婚姻宾旅,讲好和礼,以笃恩纪。休农息役,惠必下浃。遂合耦田器,养耕牛,选任田者,以俟农事之起。(《齐民要术·杂说》)

---

① 〔北魏〕贾思勰著,石声汉校释《齐民要术今释》,中华书局2009年版。

以上所选文字,语虽杂沓,纷纭无稽,而不外说四季生产技术要领、家庭日常生活安排等。其中既有大量知识性诀窍,有助于民众提升生产生活技能,又含道德习俗训导,辅育民风健康养成,诚为百姓居家立业白科全书式有用典籍。崔寔撰此《四民月令》,谆谆教导,循循善诱,表现出"为民父母""作育子民"仁慈高尚心态,故其为政地方,颇收民望,良有以也。

崔寔倾其心力所撰作,无疑为《政论》。范晔《后汉书》本传谓其:"明于政体,吏才有余。论当世便事数十条,名曰《政论》,指切时要,言辩而确,当世称之。"①可知此为政治专论著作,尤其针对"当世便事",其时政批评性质鲜明。范晔又特引仲长统之说:"凡为人主,宜写一通,置之坐侧。"推奖为皇帝必读座右铭,可见评价之高。其书原本久佚,今所见文字,皆由诸史籍或类书中辑出。《政论》基本政治立场,自以下数语中可以概知:

> 今既不能纯法八代,故宜参以霸政。则宜重赏深罚以御之,明著法术以检之。自非上德,严之则理,宽之则乱。(《后汉书·崔寔传》)

主张"明著法术",实行"霸政"!崔寔在此执法术之论,以治汉末乱世。此种立场,自异于儒者常见态度,令人惊奇不置。然亦可理解者,当时朝政腐败,社会病态,已入膏肓,以通常"德教""仁政""礼乐"之类施治,自难以奏效于一时,故必下偏方猛药,冀能挽回于万一。崔寔又将治理目标,首先对准最高统治者皇帝,其云:

---

① 《后汉书·崔寔传》,中华书局1965年版,第1725页。

> 凡天下所以不理者,常由人主承平日久,俗渐敝而不悟,政寖衰而不改。习乱安危,怢不自睹。或荒耽嗜欲,不恤万机;或耳蔽箴诲,厌伪忽真;或犹豫歧路,莫适所从;或见信之佐,括囊守禄;或疏远之臣,言以贱废。是以王纲纵弛于上,智士郁伊于下。悲夫!自汉兴以来,三百五十余岁矣。政令垢玩,上下怠懈,风俗彫敝,人庶巧伪,百姓嚣然,咸复思中兴之救矣。

指陈"人主"种种"荒耽"昏庸事端,为"天下所不理"之主要原因,切中肯綮!在皇权专制体制下,任何重大社会问题之出现,以及严重危机之发生,当然应归咎于体制,责任首先应由皇帝承担,而不应推卸或转嫁到臣民身上。崔寔又揭示皇帝种种劣政表现,包括宠信奸佞、疏斥忠良等,矛头无不指向汉末弊政。崔寔还论证必须推行"法术"之理由。其谓:

> 夫刑罚者,治乱之药石也;德教者,兴平之粱肉也。夫以德教除残,是以粱肉理疾也;以刑罚理平,是以药石供养也。方今承百王之敝,值厄运之会。自数世以来,政多恩贷,驭委其辔,马骀其衔,四牡横奔,皇路险倾。方将柑勒鞿辔以救之,岂暇鸣和銮,清节奏哉?

由于"方今承百王之敝",时届末世,千疮百孔,情势猝迫,再无从容治理时间,故而不得不实行严刑峻法,以求奏效,"岂暇鸣和銮清节奏哉?"《政论》一书,体现作者强烈社会责任感,要救大厦之将倾,挽狂澜于既倒。另一方面,也表现作者明察时势、对症下药的权变思路。知道在非常情势下,不能以常规办法对应。他批评"俗人拘文牵古,不达权制,……乌可与论国家之大事哉?"关于崔寔

《政论》一书,范晔论曰:"寔之《政论》,言当世理乱,虽晁错之徒,不能过也。"①赞誉有加,其言不妄。当然崔寔论政,亦难免含有一介书生主张,桓、灵二帝及其翼卵下宦官集团,专横腐朽已极,不可能听纳其意见。刘汉"皇路"更加"险倾",终至覆灭,再难逆转。千古而下,再读《政论》,唯闻崔寔厉声呼"救",痛加针砭,然而终于不能"事功";唯在文学史上,著"立言"之效。

崔寔又有从兄崔烈,汉末亦称名臣,献帝即位后,曾随朝廷西迁长安,董卓既诛,拜烈城门校尉,为李傕乱兵所杀。烈亦有文才,所著诗、书、教、颂等凡四篇。崔氏一门,自崔篆、崔骃、崔瑗,至崔烈、崔寔等,世传经学文教,人才辈出,为后汉名士望族。崔氏"家学",对于一代文学,贡献良巨,成就史上佳话。范晔论曰:"崔氏世有美才,兼以沉沦典籍,遂为儒家文林。骃、瑗虽先尽心于贵戚,而能终之以居正,则其归旨异夫进趣者乎!李固高洁之士也,与瑗邻郡,奉贽以结好,由此知名。杜乔之劾,殆其过矣!"②

延笃(?—167)字叔坚,南阳犨人。少从颍川唐溪典受《左氏传》,旬日能讽诵之,典深为赞赏。③ 又从马融受业,博通经传及百家之言。能著文章,有名京师。桓帝以博士征,拜议郎,与朱穆、边韶共著作东观。稍迁侍中,数问政事,笃诡辞密对,皆依经典古义。迁左冯翊,又徙京兆尹。在位用宽仁之政,忧恤民黎,擢用长者,颇收民望,郡中安定,三辅佩服,同僚感叹焉。先是陈留边凤为京兆尹,亦

---

① 《后汉书·崔骃传》,中华书局 1965 年版,第 1733 页。
② 《后汉书·崔骃传》,中华书局 1965 年版,第 1732—1733 页。
③ 《后汉书·延笃传》李贤注引《先贤行状》载:"(延)笃欲写《左氏传》,无纸,唐溪典以废笺记与之。笃以笺记纸不可写传,乃借本讽之,粮尽辞归。典曰:'卿欲写传,何故辞归?'笃曰:'已讽之矣。'典闻之,叹曰:'嗟乎延生!虽复端木闻一知二,未足为喻。若使尼父更起于洙泗,君当编名七十,与游、夏争匹也。'"(中华书局 1965 年版,第 2103 页)

有能名,郡人为之语曰:"前有赵、张、三王,后有边、延二君。"①以为赞也。后遭党事,被禁锢一时。永康元年(167)卒于家。乡里图其形于屈原之庙。笃论解经传,多所驳正,后儒服虔等以为折中可取之论。所著诗、论、铭、书、应讯、表、教令,凡二十篇。《后汉书·文苑列传》有传。

延笃作品,今存无多,所撰诗赋,悉皆散佚,唯有文章若干得睹。其《与李文德书》一篇,最引人瞩目。文德素为延笃友,时在京师,谓公卿曰:"延叔坚有王佐之才,奈何屈千里之足乎?"欲令荐引。笃闻,遂致书阻止。书云:

> 夫道之将废,所谓命也。流闻乃欲相为求还东观,来命虽笃,所未敢当。吾尝昧爽栉梳,坐于客堂,朝则诵羲、文之《易》,虞、夏之《书》,历公旦之典礼,览仲尼之《春秋》,夕则消摇内阶,咏《诗》南轩。百家众氏,投间而作。洋洋乎其盈耳也,涣烂兮其溢目也,纷纷欣欣兮其独乐也。当此之时,不知天之为盖,地之为舆;不知世之有人,己之有躯也。虽渐离击筑,傍若无人;高凤读书,不知暴雨,方之于吾,未足况也。且吾自束脩已来,为人臣不陷于不忠,为人子不陷于不孝,上交不谄,下交不黩,从此而殁,下见先君远祖,可不惭赧。如此而不以善止者,恐如教羿射者也。慎勿迷其本,弃其生也。(《后汉书·延笃传》)

本篇作为书翰,其精彩秀出者有三:一为大义凛然,正气磅礴。作者并非隐士者流,绝无故作清高之想;然而眼见刘汉皇朝腐朽衰败,气

---

① 《后汉书·延笃传》李贤注引《汉书》曰:"赵广汉、张敞、王尊、王章、王骏,俱为京兆尹也。"(中华书局1965年版,第2104页)

数已尽,心知"道之将废",故拒绝引荐,再登朝廷。同时写出在家闲居,心情平和,精神舒畅,自我修养,"欣欣""独乐",何其快哉!二为文气流贯,简明通达。文章措辞出语,理直气壮,故而不须过多雕饰,信笔写出,自然流贯。全篇读来,首尾相通,一气呵成。文中亦见骈偶文句,如"渐离击筑,傍若无人;高凤读书,不知暴雨"等,但运用自如,毫无滞碍;且节奏鲜明,铿锵悦耳。三为巧用典故,雅俗共赏。篇中使用典故不少,但作者能化去生涩,存其深意,增文添采。如"朝则诵羲、文之《易》"等数句,实出班固《东都赋》;① 又"不知天之为盖,地之为舆"句,亦出宋玉《大言赋》。② 而"傍若无人""教羿射"等句,亦有所本,③ 运用自如,略无痕迹。故本篇文字,平易中寓典雅,典雅中有畅达。要之,本篇在东汉文章中,颇为出众。延笃其人,为官清正,深孚众望;后来以党锢被禁,贵有骨鲠;作为"党人",其文亦造诣甚高。当时"党人"与文士,固然声气相通,然"党人"领袖如陈蕃、李膺等,风骨突出,气节卓著,而文章未显;唯延笃其人,文章彪炳如斯,其于东汉后期文坛,洵为翘楚。

朱穆(100—163)出身官宦之家,祖父朱晖,明帝、章帝时人,官至尚书令,为人严谨有骨鲠,有重名。④ 父为儒者。朱穆五岁即有孝称,父母罹疾,辄不饮食;康复之后,乃餐饮如常。及壮,沉溺学问,

---

① 班固《东都赋》有曰:"今论者但知诵虞夏之《书》,咏殷周之《诗》,讲羲文之《易》,论孔氏之《春秋》也。"
② 宋玉《大言赋》有曰:"方地为舆,员天为盖。"
③ 《史记·荆轲列传》有曰:"荆轲既至燕,⋯⋯日与屠狗及高渐离饮于燕市,酒酣以往,高渐离击筑,荆轲和而歌于市中,相乐也,已而相泣,旁若无人者。"(中华书局1982年版,第2528页)至于"教羿射"事,亦见于《史记》。
④ 《后汉书》载朱晖其人风格峻整,刚直尚义。吏人畏爱,有歌曰:"强直自遂,南阳朱季;吏畏其威,人怀其惠。"

悉心钻研,不理庶事,有时竟至白日丢失衣冠,或行路不觉跌入道旁坑内,其父常以为"专愚"。朱穆少有英才,性格耿直刚强,颇有乃祖遗风。据谢承《后汉书》载,穆少有英才,学明五经,年二十,为郡督邮。新任太守到职,见朱穆曰:"君年少为督邮,因族势?为有令德?"穆答以"郡中瞻望明府如仲尼,谓非颜回,不敢以迎孔子"。太守又问地方风俗人物,穆对答如流,太守甚奇之,谓:"仆非仲尼,督邮可谓颜回也!"遂历职股肱,并举孝廉。顺帝末,江淮盗贼群起,州郡不能禁。大将军梁冀素闻朱穆名,乃辟之使典兵事,甚见亲任。顺帝卒,梁太后临朝,梁冀以大将军执政,朱穆因推阴阳灾异,奏记以劝戒梁冀,其中有"明年丁亥,《易经》龙战之会,其文曰'龙战于野,其道穷也'"等言。及建和元年(147)桓帝即位,果有严鲔谋立清河王刘蒜事发生,又有黄龙二见沛国。梁冀以为"龙战"之言有所应验,于是举朱穆为侍御史。时桓帝新立,梁冀骄暴不悛,朝野怨毒;朱穆自以冀之故吏,惧其衅积招祸,又奏记谏之。梁冀不听,而纵放日滋,又与宦者相通,任其子弟宾客,出任州郡要职。朱穆又奏记极谏,冀终不悟,且颇以为烦,不免恼怒,复穆书反责云:"如此仆亦无一可邪?"

永兴元年(153),河水泛滥,受灾民众数十万户,百姓荒馑,流亡道路。冀州盗贼尤多,朝廷以朱穆为冀州刺史。州中有宦者三人为中常侍,闻讯并以檄谒朱穆,穆拒不相见。冀州各县令、长,闻穆济河来任,畏其严正,解印绶去者四十余人。及到,奏劾诸郡、县贪腐官员,至有自杀者。朱穆恩威并举,尽诛盗贼头目,又举劾权贵,或乃死狱中。有宦官赵忠丧父,归葬安平郡,僭为玙璠、玉匣、偶人,穆闻之,下郡案验,吏畏其严明,遂发墓剖棺,陈尸出之,而收其家属。桓帝闻而大怒,征朱穆诣廷尉,输作左校,罚做苦役。当即有太学生刘陶等数千人,诣阙上书,为朱穆辩讼。书中赞美朱穆"处公忧国,拜州之日,志清奸恶",作风清正;又说事件起因"诚以常侍贵宠,父兄子弟,布在州郡,竞为虎狼,噬食小人。故穆张理天网,补缀漏目,罗取残祸,以塞天意"。指出咎在宦官"常侍"及其爪牙,是他们行为不轨,制造事端,朱穆作为地方官出面治理,理所当然,由此得罪"中官",受到报复。书中表示:"天下有识,皆以穆同勤禹、稷,而被共、鲧之戾",为朱穆鸣冤。并谓"当今中官近习,窃持国柄,手握王爵,口含天宪。运赏则使饿隶富于季孙,呼吸则令伊、颜化为桀、跖。而穆独亢然,不顾身害,非恶荣而好辱,恶生而好死也;徒感王纲之不摄,惧天网之久失,故竭心怀忧,为上深计"。最后表示:"臣愿黥首系趾,代穆校作。"①桓帝对于朱穆,尚存一点理解,故阅刘陶等所上奏文之后,诏赦朱穆,斥放居家。数年内,在朝诸公,多相推荐,于是又征拜尚书。朱穆再次进入台阁,与宦官朝夕共事,心中十分厌恶。遂又上疏言事,引述汉家前典,论说朝廷官员置任,应多选文士,力排宦官。但桓帝不纳,反而招致宦官们更多诋毁中伤。延熹六年卒,时年六十四。《后汉书》有传。朱穆禄仕数十年,蔬食布衣,家无余财。公卿共表穆"立节忠清,虔恭机密,守死善道,宜蒙旌宠"。所著论、策、奏、教、书、诗、记、嘲,凡二十篇。

朱穆本质上为一传统儒者,传统到固执刻板程度。"专愚"性格特征,其实一直伴其终身。然而"专愚"虽然刻板,近似愚笨,却能坚持原则,坚守道义。而且无论场合,无视对象,亦不计利害,皆能做到循道而行,因此正声远播。此种"专愚"作风,表现于政治上,即是主张一切为政措施,必须符合道德正义、制度精神。朱穆自身为官,能做到清正廉洁,为民除害,疾恶如仇。对于官场他人,则亦严格要求,凡有损公为私,假公济私,或不合规制现象,能坚决反对,大胆指

---

① 《后汉书·朱穆传》,中华书局1965年版,第1471页。

斥;朱穆对当时宦官干政,因其不合圣王旧则,所以特别反感,曾多次向皇帝进谏,力主纠正。

所撰《上疏请罢省宦官》,不顾宦官受到皇帝宠幸事实,建议顺帝改变政策,任用文士,罢黜宦官。疏文引述汉代旧典"故事",指出传统"中常侍参选士人",不用宦者;只是"建武以后,乃悉用宦者"。此不啻说东汉自刘秀开始,在使用宦官问题上不合祖先规制。疏文接着写"自(安帝)延平以来"东汉中期种种乱象,指出自安帝开始,出现宦官专权放恣事态;文章最后提出希望顺帝"可悉罢省,遵复往初,率由旧章,更选海内清淳之士,明达国体者,以补其虚"。以士人取代宦官,这是对宦官秉政的直接否定。文中描述宦官专权种种恶行及其后果,谓:

> 自延平以来,浸益贵盛,假貂珰之饰,处常伯之任。天朝政事,一更其手;权倾海内,宠贵无极。子弟亲戚,并荷荣任;故放滥骄溢,莫能禁御。凶狡无行之徒,媚以求官;恃势怙宠之辈,渔食百姓。穷破天下,空竭小人。(《后汉书·朱穆传》)

此等文字,表达作者对宦官专权放恣深恶痛绝的态度,及其面对政治是非问题决不妥协的性格。

朱穆又有三篇致梁冀之《奏记》,可看出他希望通过权臣梁冀,以澄清时局力挽颓势之志望。文中不无对梁冀之期待,谓:"今明将军地有申伯之尊,位为群公之首。一日行善,天下归仁;终朝为恶,四海倾覆。"此非面谀之辞,而是责之以重任。其用心在于陈说朝廷危机之严重,指明问题核心乃是吏治腐败,横征暴敛,天灾人祸,民众困苦,百姓怨怒。其谓:

> 顷者,官人俱匮,加以水虫为害,京师诸官,费用增多,诏书发调,或至十倍。各言官无见财,皆当出民,搒掠割剥,强令充足。公赋既重,私敛又深。牧守长吏,多非德选;贪聚无厌,遇人如虏。或绝命于棰楚之下,或自贼于迫切之求。又掠夺百姓,皆托之尊府,遂令将军结怨天下,吏人酸毒,道路叹嗟。(《后汉书·朱穆传》)

文章态度率直,言辞犀利,指出当时"牧守长吏,多非德选";而百姓所受苦难,皆缘朝廷官府"掠夺百姓"所致。其明辨是非,毫不含糊;而清流文士风格,鲜明体现。实际上梁冀作为外戚权臣,朝廷首辅,对于当时腐败朝政,当然应负重大责任。朱穆本文对梁冀虽稍留颜面,冀其改过,但也作了批评,所谓"托之尊府"云云,即是对梁冀提出警告:"掠夺百姓"之类,与"尊府"不无关系。朱穆政治上敢于触犯皇帝、谴责宦官、批评权臣梁冀,若无"专愚"性格,难以有此等勇敢表现、决绝态度。

朱穆政治上激烈反对皇权腐败、宦官干政,在道德上强硬坚持清流儒生立场,堪称一位道德理想主义者。此种思想人格取向,在当时士人中颇为流行,并非个别现象。东汉后期桓、灵时期,因不满宦官干政而与皇权离心离德者不少,由此形成所谓"清流"群体,或称"清流儒生""清流文士"。清流主要政治主张之一,即反对"阉竖弄权"。由于宦官即是皇帝爪牙,故而反对宦官便是触犯至尊,终于酿成"党锢之祸","其死徙废禁者六七百人",[①]清流人物受到残酷镇压。然而此祸一成,非但未能压制摧毁清流群体,反而使得清流人士更加坚定道德信念及独立人格,其声誉益盛,成为中国历史上

---

① 《后汉书·党锢列传》,中华书局1965年版,第2185页。

少见体制内独立群体。朱穆虽年岁稍长,无与党锢之事,而清流意识早已形成,"清""高"品格十分突出,而反对宦官专权立场亦十分明确,实为清流群体先驱人物。

朱穆撰有《绝交论》之文,表述其在人伦交友方面主张。文章有矫正时弊用意,故被范晔称为"矫时之作"(《后汉书》本传)。盖东汉中期以后,外戚宦官,交替弄权,朝廷腐败,政治黑暗,危害社会,民不聊生,皇权急剧衰败,为总体趋势。而士人群体,以品德分野,亦有风气之不同。部分士子,附庸权势,攀援贵门,比参结交,互为利用,斯文扫地,品格亦甚不堪。为破除此风,朱穆遂撰此绝交之论,以申己志。论曰:

> 或曰:"子绝存问,不见客,亦不答也。何故?"曰:"古者,进退趋业,无私游之交。相见以公朝,享会以礼纪,否则朋徒受习而已。"曰:"人将疾子,如何?"曰:"宁受疾。"曰:"受疾可乎?"曰:"世之务交游也久矣,敦千乘不忌于君,犯礼以追之,背公以从之。其愈者,则孺子之爱也;其甚者,则求蔽过窃誉,以赡其私。事替义退,公轻私重,居劳于听也。或于道而求其私,赡矣。是故遂往不反,而莫敢止焉。是川渎并决,而莫之敢塞;游獥蹂稼,而莫之禁也。《诗》云:'威仪棣棣,不可算也。'后生将复何述?而吾不才,焉能规此?实悼无行。子道多阙,臣事多尤,思复白圭,重考古言,以补往过。时无孔堂,思兼则滞,匪有废也,则亦焉兴?是以敢受疾也,不亦可乎!"(《后汉书·朱穆传》李贤注引穆集)

朱穆所要破除者,为"蔽过窃誉,以赡其私。事替义退,公轻私重"之交,是"私"交,而非"公"交。在当时朝廷官场普遍"犯礼""背公"私相结交风气下,朱穆以"礼""公"为出发点,标榜"威仪棣棣,不可算也",其主张实独标一帜,与众不同,鲜明表现出道德理想主义色彩。

《绝交论》中所阐扬原则,朱穆本人身体力行。他平日人伦交接,就是"绝存问,不见客,亦不答",且"宁受疾"。他在朝廷官场颇具威严,姿态凛然,绝少私交朋友,"公""私"分明。而一遇"求其私赡"之人,即义正辞严,予以拒绝,甚至公开绝交。今存《与刘伯宗绝交书》,即述其事。此是今存文学史上第一篇正式"绝交书"。其文不长(文句可能有佚),谨录如下:

> 昔我为丰令,足下不遭母忧乎?亲解缞绖,来入丰寺。及我为持书御史,足下亲来入台。足下今为二千石,我下为郎,乃反因计吏以谒相与。足下岂丞尉之徒,我岂足下部民,欲以此谒为荣宠乎?咄!刘伯宗于仁义道何其薄哉!(《后汉书·朱穆传》李贤注引)

文章使用对比手法,说对方(刘伯宗)与"我"交往前后表现不一,可谓前恭后倨。前恭之由,因当时刘地位在"我"之下;后倨之因,则是刘官位已比于"我"。如此以地位高低、官位大小决定待人态度,是为势利作风,其人则是势利小人。既为势利小人,实不可交。朱穆作此书,与之断绝交往,是真"绝交书"也。本书义正辞严,丝毫不苟,亦是朱穆"专愚"性格真切表现。而文中全用口语,不见文言,且责问之句尤多,其末二句则语气词运用奇特,"咄……",诚为咄咄逼人,气势极盛,体现一种道德正义压倒性优势。本篇表现作者站在道德制高点,坚持不苟合原则,汉末清流风气,最为突出。而文章全用口语之体,此在东汉后期骈偶文风盛行背景下,亦作者独特性格显示,行文上与内容相匹配,不循流俗,坚持自我风格。

朱穆同时又有《绝交诗》,兹亦针对刘伯宗而发:

> 北山有鸱,不絜其翼。飞不正向,寝不定息。饥则木揽,饱则泥伏。饕餮贪污,臭腐是食。填肠满嗉,嗜欲无极。长鸣呼凤,谓凤无德。凤之所趣,与子异域。永从此诀,各自努力!
> (《后汉书·朱穆传》李贤注引)

诗以"鸱""凤"对比,前者恶俗,后者清高。"饕餮贪污,臭腐是食"等,极言"鸱"之丑恶;而"长鸣呼凤,谓凤无德",则谓"鸱"有攻击中伤"凤"行为,所以与之绝交。此颇寓现实意义,盖指刘伯宗等朝廷腐朽官员对朱穆有种种诬陷诽谤,故而必也与之划清界限,"从此永诀"。

朱穆《绝交论》《绝交诗》《与刘伯宗绝交书》,在汉末文坛竖起一面"绝交"旗帜。它们一方面表现了朱穆个人的道德信仰和"专愚"性格,一方面也体现了当时清流文士的清高不苟作风。就汉末清流儒生和文士群体而言,此三篇作品是其人格独立之宣言,也是与腐败权力"绝交"之强硬表态。

朱穆力行绝交事迹,实亦与党人行为略同。史载陈蕃少时,"刺史周景辟别驾从事,以谏争不合,投传而去。后公府辟举方正,皆不就。太尉李固表荐,征拜议郎,再迁为乐安太守。时李膺为青州刺史,名有威政,属城闻风,皆自引去。蕃独以清绩留。郡人周璆,高洁之士,前后郡守招命,莫肯至,唯蕃能致焉"。① 所叙"谏争不合,投传而去"等,与朱穆之事如出一辙。朱穆清高性格及作风,对后世

---

① 《后汉书·陈蕃传》,中华书局 1965 年版,第 2159 页。

士人影响不小。汉魏之间名士,多有受其沾溉。如"管宁割席"等事,皆绝交行为。① 至魏晋士人间出现所谓"魏晋风度",本质上与汉末清流作风相通,皆是代表士人与权力不合作态度,是士人人格独立之表现。在写作领域,朱穆三篇绝交作品,在文学史上为独特卓绝之作,对后世影响甚大。嵇康《与吕长悌绝交书》等②沿袭其思路,继承其写法,即是明证。要之,在古代绝交文学领域,朱穆为领风气之先者。

第二节 郑玄、荀爽

郑玄(127—200)字康成,北海高密(今属山东)人。少入太学,受业之师为京兆第五元,通《京氏易》《公羊春秋》《三统历》《九章算术》,又从东郡张恭祖,受《周官》《礼记》《左氏春秋》《韩诗》《古文尚书》。又西入关,师事扶风马融。后辞归,马融喟然谓门人曰:"郑生今去,吾道东矣!"郑玄游学十余年,汇合今、古文之学,遂成一代大儒,名声日著。乃归乡里,家贫,客耕东莱,其时学徒相随,已数百至千人。及党锢之祸起,郑玄亦被禁锢。后朝廷数有征,皆不就。汉末战乱,遂隐修经业,杜门不出。黄巾军至,见玄皆拜,相约不入县境。后依袁绍,袁、曹官渡之战时,玄病故,享年七十四岁。其所著

---

① 〔南朝宋〕刘义庆编《世说新语·德行》:"管宁、华歆,共园中锄菜,见地有片金。管挥锄,与瓦石不异;华捉而掷去之。又尝同席读书,有乘轩冕过门者,宁读如故,歆废书出看。宁割席分坐,曰:'子非吾友也。'"此事后世盛传,如《北堂书钞》《蒙求》等有"管宁割席"之目。
② 嵇康《与山巨源绝交书》,公认为其代表性文章。然其性质,实非"绝交"之书,故不在此论列范围。

作，主要为诸经笺注，有《周易》《尚书》《毛诗》《仪礼》《礼记》《论语》《孝经》《尚书大传》《中玄乾象历》等注，又著《天文七政》《论鲁礼禘祫义》《六艺论》《毛诗谱》《驳许慎五经异义》《答临孝存周礼难》等文，凡百余万言。门生共撰玄答诸弟子问经学，依《论语》作《郑志》八篇。

作为汉末最重要经学家，郑玄被称为"纯儒"。他在文学写作方面致力不多，然亦有成就。其所撰文章，最著者有晚岁所作《戒子益恩书》。盖玄尝疾笃，自虑不起，乃以书戒子益恩。书中首先自述经历，其曰：

> 吾家旧贫，为父母群弟所容。去厮役之吏，游学周、秦之都，往来幽、并、兖、豫之域，获觐乎在位通人，处逸大儒。得意者咸从捧手，有所授焉。遂博稽《六艺》，粗览传记，时睹秘书纬术之奥。年过四十，乃归供养，假田播殖，以娱朝夕。遇阉尹擅势，坐党禁锢，十有四年，而蒙赦令。举贤良方正有道，辟大将军三司府，公车再召，比牒并名，早为宰相。唯彼数公，懿德大雅，克堪王臣，故宜式序。吾自忖度，无任于此，但念述先圣之元意，思整百家之不齐，亦庶几以竭吾才，故闻命罔从。而黄巾为害，萍浮南北，复归邦乡，入此岁来，已七十矣。（《后汉书·郑玄传》）

说本人毕生求学，专心致志，蔑弃功利，安贫乐道，虽然迭遭颠簸，但念先圣六艺，故竭其才，以事学术。此君子所钟，其志可钦。接着告诫其子，强调"君子之道"，在于"有德"，而"显誉成于僚友，德行立于己志"。以下便是嘱以后事家务，并以勤俭为勉：

吾虽无绂冕之绪,颇有让爵之高。自乐以论赞之功,庶不遗后人之羞。末所愤愤者,徒以亡亲坟垄未成,所好群书率皆腐敝,不得于礼堂写定,传与其人。日西方暮,其可图乎!家今差多于昔,勤力务时,无恤饥寒。菲饮食,薄衣服,节夫二者,尚令吾寡恨。若忽忘不识,亦已焉哉!"(《后汉书·郑玄传》)

郑玄著作虽多,而率以说经典为能,个人性情,鲜有显露。此文为老病时所撰,对象为亲子,所说皆出肺腑,真诚感人。文章说本人毕生行事,同时亦以戒子。一曰专意于学问,"以竭吾才";二曰淡薄士宦功名,不慕荣贵,以清高自任;三以甘贫乐道,自足自乐。文章字里行间,多流露家庭眷顾,及爱子情深,一代大儒,固不失人之本性;而作者正直品格,在此小文中再次得以印证,此是本篇基本文学价值。再者,文章恳切叙事,保持朴实文风同时,亦有各种情绪之表露,如"自乐""愤愤"等,又所写"日西方暮,其可图乎?"临终心态,亦甚真率。

　　郑玄对文学事业所作贡献,本编第一章《东汉文学发展概说》第五节《东汉的文学整理和研究》中略有所说。其《毛诗笺》为《诗经》研究史上最重要著作之一。郑玄尝自谓:"注《诗》宗毛为主,毛义若隐略,则更表明;如有不同,即下己意,使可识别。"[1]故而"郑笺"对于"诗毛氏传"而言,主要是做"表明"、补充工作。但由于"毛传"属汉代古文经学系统,而郑玄兼通今文、古文,知识结构更优,视阈更开阔,且家派局限较小,故而郑笺对毛传亦有纠正,时有"下己意"之处,所以具有独立学术价值,意义重要。例如:

　　《小雅·十月之交》《雨无正》《小旻》《小宛》等,毛传皆不言其

---

[1] 《六艺论》,《毛诗正义》引,见阮元校刻《十三经注疏》本,中华书局1980年版,第269页。

主旨,而郑笺皆谓"刺幽王"之诗,是为补正。

《大雅·韩奕》,诗序曰:"《韩奕》,尹吉甫美宣王也,能锡命诸侯。"毛传无文。郑笺曰:"梁山,于韩国之山最高大,为国之镇,所望祀焉。故美大其貌。奕奕然,谓之韩奕也。梁山,今左冯翊夏阳西北。韩,姬姓之国也,后为晋所灭,故大夫韩氏以为邑名焉。幽王九年,王室始骚,郑桓公问于史伯曰:'周衰,其孰兴乎?'对曰:'武实昭文之功,文之祚尽,武其嗣乎?武王之子应韩,不在其晋乎?'"郑笺在此填补毛传空白,有解题之功。

《王风·君子阳阳》,清王夫之指出:"'右招我由房',毛传曰:'由,用也;国君有房中之乐。'郑笺则云:'欲使我从之于房中。'则以房为室名,训'由'为'往',叛毛说矣。"①传、笺所说不同,而以笺为是。是为纠正。

以上所举之例,有关于篇义说明,有关于文字诠解,表明郑笺之正面价值。唯因郑笺之故,今、古文《诗经》学得以有所融合,有所消长,故而陆德明谓:"郑玄作《毛诗笺》,申明毛义,难三家,于是三家遂废矣。"②

郑玄作"笺"以释毛诗正文、补正毛传外,又撰《诗谱》,以系统解明《诗三百》之性质,及产生历史时代背景。郑玄自述作《诗谱》之目的,欲用以说明:"以为勤民恤功,昭事上帝,则受颂声,弘福如彼;若违而弗用,则被劫杀,大祸如此。吉凶之所由,忧娱之萌渐,昭昭在斯,足作后王之鉴。"他认为,《诗谱》所起作用,应是"欲知源流清浊之所处,则循其上下而省之;欲知风化芳臭气泽之所及,则傍行而观之。此诗之大纲也,举一纲而万目张,解一卷而众篇明"。

---

① 〔清〕王夫之著《诗经稗疏》卷三,《船山全书》第3册,岳麓书社2011年版,第69页。
② 〔唐〕陆德明著《经典释文》卷一,中华书局1983年版,第10页。

《诗谱》对《诗三百》十五《国风》、大小《雅》、三《颂》,分别作历史及文化之解释,说明各部分诗歌风气性格之成因。其论以说天命所归、王道教化为出发点,征引历史,以"极贤圣之情,著天道之助,如此而已矣"。《诗谱》对于理解《诗经》性质及作品产生背景,有一定辅助作用,应予肯定。如说:

> 文、武之德,光熙前绪,以集大命于厥身,遂为天下父母,使民有政有居。其时《诗》,《风》有《周南》《召南》,《雅》有《鹿鸣》《文王》之属。及成王,周公致太平,制礼作乐,而有颂声兴焉,盛之至也。本之由此,《风》《雅》而来,故皆录之,谓之《诗》之正经。后王稍更陵迟,懿王始受谮亨,齐哀公夷身失礼之后,邶不尊贤。自是而下,厉也幽也,政教尤衰,周室大坏,《十月之交》《民劳》《板》《荡》,勃尔俱作,众国纷然,刺怨相寻。五霸之末,上无天子,下无方伯,善者谁赏?恶者谁罚?纪纲绝矣!故孔子录懿王、夷王时诗,讫于陈灵公淫乱之事,谓之变风变雅。(阮元校刻《十三经注疏·毛诗正义》)

此处将《诗三百》昌盛背景,分前后两大部分说,前部分为西周文、武、成王时期,周公制礼作乐,遂有"风"之"周南""召南","雅"之《鹿鸣》《文王》等,以及"颂",此之谓"正经"。后部分在懿王之后,幽、厉而下,"政教尤衰","怨刺相寻",遂有"小雅"《十月之交》《民劳》,"大雅"《板》《荡》等篇,还有"国风"中涉及陈灵公淫乱事等作品,此之谓"变风""变雅"。前者功能是"颂声兴",后者功能是"赏善""罚恶"。郑玄基本思路,无疑沿袭汉代儒学传统,将前代典籍都纳入神圣化系统中,从而行使其张扬天命及敷衍政教职能,提供"后王之鉴"。作为《诗经》学史上汉学一派的代表,《诗谱》受到历代统治者重视，被视为《诗经》学之纲领性文献。然而过分神圣化、政教化，无疑会损害典籍的历史真实性及作品文学性，《诗谱》所阐述系统，显然与《诗三百》实际产生状况，存在很大距离，所谓"正经"与"变风""变雅"的分野，也显得十分勉强，随意性很大，不合相关作品实际，其说显得虚妄不实，缺乏说服力。因此《诗谱》论点，多为近代说《诗经》者所舍弃。总体说，郑玄《诗经》整理及研究虽有失误，而贡献巨大，学术史地位十分重要。

荀爽（129—190）字慈明，一名谞，颍川（在今河南许昌境）人，名儒荀淑之子。幼而好学，年十二能通《春秋》《论语》，太尉杜乔见而称之，曰："可为人师。"爽遂耽思经书，庆吊不行，征命不应。地方人士为之语曰："荀氏八龙，慈明无双。"桓帝延熹元年（158），拜郎中，对策陈便宜。奏上，即弃官去，颇显风骨。后遭党锢，隐居海上，又南遁汉滨，积十余年，以著述为事，遂有"硕儒"雅号。党禁解，五府并辟，皆不应。献帝即位，董卓辅政，复征之。爽欲遁，卓强使拜平原相，又为光禄勋，进拜司空。爽自被征命，及登台司九十五日，即从献帝迁都长安。爽见董卓暴虐滋甚，阴欲图之，遂与司徒王允及卓长史何颙等为内谋，会病薨，未及成功。著《礼》《易传》《诗传》《尚书正经》《春秋条例》，又集汉事成败可为鉴戒者，谓之《汉语》，又作《公羊问》及《辨谶》，并所论、叙，题为《新书》，凡百余篇。《后汉书·荀淑传》有附传。《隋书·经籍志》著录"后汉司空《荀爽集》一卷，梁三卷，录一卷"，"《周易》十一卷，汉司空荀爽注"，"《周易荀爽九家注》十卷"。

荀爽经学根底深厚。其综合性时政评论著作《新书》今已不存，唯余零篇剩章。所撰《延熹元年对策陈便宜》文，颇为奇特，文中以谨遵礼制为由，对当时朝廷腐败现象，痛加揭露斥责，矛头直指皇帝本人。文中揭示纲领曰："众礼之中，婚礼为首"；以下便自"天子"说

起,谓:

> 故天子娶十二,天之数也;诸侯以下,各有等差,事之降也。……臣窃闻后宫采女五六千人,从官侍使复在其外。冬夏衣服,朝夕禀粮,耗费缣帛,空竭府藏,征调增倍。十而税一,空赋不辜之民,以供无用之女,百姓穷困于外,阴阳隔塞于内。故感动和气,灾异屡臻。(《后汉书·荀爽传》)

荀爽抓住皇帝后宫"非礼""违礼",指出问题严重,为"阴阳隔塞",导致"灾异屡臻"后果。然后提出解决办法:"臣愚以为诸非礼聘未曾幸御者,一皆遣出,使成妃合。一曰通怨旷,和阴阳。二曰省财用,实府藏。三曰修礼制,绥眉寿。四曰配阳施,祈螽斯。五曰宽役赋,安黎民。此诚国家之弘利,天人之大福也。"

要之,荀爽以"天人之大福"为出发点,抓住皇帝"后宫"问题,大做文章。揆其要点,则是挟"经义"(包括"礼制""阴阳""灾异"等说法)为武器,直接刺向皇权腐败。其本质是利用"天人合一""皇权天授"思维,以"天"之立场压制"天子",批判"天子"特权,打击"天子"私利。应当说,荀爽的发想颇为大胆,对皇帝而言极为严厉,逻辑构思则十分巧妙,令人叫绝称奇。

荀爽与崔寔同时,皆享崇高清誉,并为士流领袖。面临同样汉末背景,同样社会危机,二人解决思路迥异,一持礼制,一持法术,却亦有近似之处,尤其批判矛头对准最高统治者皇帝及其亲信,指为问题产生根源,则所见略同。荀爽所说"后宫"问题,与崔寔所斥"人主""荒耽嗜欲"问题,异词而同调,皆表现汉末清流儒生之政治良知,及社会担当勇气。

杨修撰有《司空荀爽述赞》,其谓:"生应正性,体含中和,笃诚宣于初言,晚允朗于始察。是以在童龀而显奇,渐一纪则布名。须幼之可师,甘罗之少者,何以逾公之性量乎?砥心《六经》,探索道奥,瞻乾坤而知阴阳之极,载而集之,独说十万余言,士林景附,群英式慕,由毛羽之宗鹏鸾,众山之仰五岳也。昔楚思叔敖而作歌,郑讴子产而兴叹,瞻望弗及,作词告思……"赞述荀爽"正性"品格作风,及在士流广受"景附""式慕",基本符合实情。而其"显奇"之性格特点,也在文章撰写领域有所表现。

郑玄、荀爽,同为汉末著名学者,而经学之外,兼擅文学,亦其共同闪光亮点。

第三节　秦嘉、徐淑夫妇赠答诗文

秦嘉字士会,生卒年不详,陇西人,《后汉书》无传,其它相关史料亦极少。今所见最早记载,为东晋大臣贺峤妻所上表文,有"秦嘉""徐淑"事迹,然所述乃"养子""继祀"之事,与诗歌无关。唐代刘知几《史通》,亦言及"秦嘉妻徐氏",唯所纪乃其"毁形不嫁"等,亦不涉于文学。① 梁徐陵《玉台新咏》所录秦嘉《赠妇诗》序,乃正面叙"赠诗"事,及相关背景。其曰:"秦嘉字士会,陇西人也,为郡上

---

① 按:今所见最早关于秦嘉、徐淑夫妇事迹记载,当是东晋成帝咸和五年,散骑侍郎贺峤妻于氏上表《养兄弟子为后后自生子议》,其中有云:"汉代秦嘉早亡,其妻徐淑,乞子而养之。淑亡后,子还所生。朝廷通儒,移其乡邑,录淑所养子,还继秦氏之祀。……"见杜佑《通典》卷六九"礼二十九·嘉十四"。又唐初刘知几《史通》亦有云:"观东汉一代贤明妇人,如秦嘉妻徐氏,动合礼仪,言成规矩,毁形不嫁,哀恸伤生。此则才德兼美者也。"(《人物第三十》)然而所载之事,与《玉台新咏》所录"诗序"所写,内容重心,有所不同,并可参考。

掾。其妻徐淑,寝疾还家,不获面别,赠诗云尔。"①而稍早钟嵘《诗品》论秦、徐之诗同时,亦附带言及一二相关事迹。谨录秦、徐之诗篇如次:

《秦嘉赠妇诗》(三首):

  人生譬朝露,居世多屯蹇。忧艰常早至,欢会常苦晚。念当奉时役,去尔日遥远。遣车迎子还,空往复空返。省书情凄怆,临食不能饭。独坐空房中,谁与相劝勉?长夜不能眠,伏枕独展转。忧来如寻环,匪席不可卷。

  皇灵无私亲,为善荷天禄。伤我与尔身,少小罹茕独。既得结大义,欢乐若不足。念当远离别,思念叙款曲。河广无舟梁,道近隔丘陆。临陆怀惆怅,中驾正踟蹰。浮云起高山,悲风激深谷。良马不回鞍,轻车不转毂。针药可屡进,愁思难为数。贞士笃终始,恩义不可属。

  肃肃仆夫征,锵锵扬和铃。清晨当引迈,束带待鸡鸣。顾看空室中,仿佛想姿形。一别怀万恨,起坐为不宁。何用叙我心?遗思致款诚。宝钗可耀首,明镜可鉴形。芳香去垢秽,素琴有清声。诗人感木瓜,乃欲答瑶琼。愧彼赠我厚,惭此往物轻。虽知未足报,贵用叙我情。(《玉台新咏》卷一)

《秦嘉妻徐淑答诗》一首:

---

① 〔南朝陈〕徐陵编,〔清〕吴兆宜注,〔清〕程琰删补《玉台新咏笺注》卷一,中华书局1985年版,第30页。

> 妾身兮不令,婴疾兮来归。沉滞兮家门,历时兮不差。旷废兮侍觐,情敬兮有违。君今兮奉命,远适兮京师。悠悠兮离别,无因兮叙怀。瞻望兮踊跃,伫立兮徘徊。思君兮感结,梦想兮容辉。君发兮引迈,去我兮日乖。恨无兮羽翼,高飞兮相追。长吟兮永叹,泪下兮霑衣。(同上)

按,秦嘉徐淑夫妇相关事迹,徐陵所撰诗"序",所述极简略,可谓模糊不清。幸有钟嵘《诗品》等其它材料,补充比照,方能了解其大较状况。钟嵘曰:"汉上计秦嘉诗、嘉妻徐淑诗。夫妻事既可伤,文亦凄怨。二汉为五言者不过数家,而妇人居二。徐淑叙别之作,亚于团扇矣。"(《诗品》卷下)综合徐、钟所述,可知秦嘉徐淑夫妇,乃汉代陇西人。陇西为郡名,秦汉皆设。秦嘉为郡中一吏员"掾"。所谓"上计",当是受派遣赴京城汇报交待工作之谓也,"汉法:岁终,郡国各遣吏上计"。① 故当时情况为:秦嘉受郡委派赴洛阳,而妻徐淑因病归宁母家;公务匆促,紧急即途,不及面别,于是秦嘉作诗赠妻,告以苦衷,并表想念也。

诗一首说秦嘉心情。其中"念当奉时役,去尔日遥远",交待即将出发远赴京城,夫妻将暂别多时,陡增想念之苦。又"遣车迎子还,空往复空返"二句,表明秦嘉行前曾派车接徐淑返郡,然而因故不能实现,只见空车往还,不禁非常失望。徐淑为何不能来郡?自《玉台》序所云"寝疾还家"句,知碍于疾病之故,不利于行也。由此

---

① 关于《玉台新咏》所纪"郡上掾"与《诗品》所纪"上计"之差异问题,清纪容舒曰:"钟嵘《诗品》直题'汉上计秦嘉';嘉及其妻往来书亦并称为'郡诣京师',则作'计'为是。"见《玉台新咏考异》卷一。又关于秦嘉身份职务,历来说者多有辨析,可参阅曹旭《诗品集注》,上海古籍出版社1994年版,第197—199页。

秦嘉心中更加忧心忡忡,孤寂难熬,思念无已。"忧来如寻环,匪席不可卷",借用《诗三百》典故,表述内心无任忧思。乃至联想生命痛苦,"人生譬朝露,居世多屯蹇"。二首写即将远别之时,敷述彼此恩情,自少年时代辛苦生活,说到婚后恩爱情分,而今远隔河山,念如之何?"中驾正踯躅","良马不回鞍,轻车不转毂",表明当时秦嘉已经上路;末二句"贞士笃终始,恩义不可属",再次表达深深依恋之情。三首再写征途中脉脉思情,"一别怀万恨,起坐为不宁",为此而"遗思致款诚",致书作诗,以表忠诚。以下又写"宝钗""明镜""芳香""素琴",揆其意,四者当为互赠定情信物,诗中重言之,是为托物而输情,再申前约。末句"贵用叙我情",是总结全篇主旨。徐淑答诗,自陈"婴疾兮来归""历时兮不差",说明因病归宁,而长久未得痊愈,故而不能前往"侍觐",以致夫君"远适兮京师",亦不能亲相送别,当面叙怀,遗憾之慨,莫能言表。"恨无兮羽翼,高飞兮相追"二句,以比兴表达长相追随心情,发自肺腑,最是生动感人。要之,答诗深情贯注,曲诉衷肠,与秦嘉赠诗,正相匹配。此为一组优秀夫妻抒情五言诗。

钟嵘评语曰:"夫妻事既可伤,文亦凄怨。"所谓"可伤",其言既指目前,又另有故实。据他文记载,秦嘉赴京"上计",事未毕而身病卒,再未还家,于是恩爱夫妻,一旦暂离,竟成永诀。徐淑"思君兮感结,梦想兮容辉",成为心中永久不息之痛。[①] 兹事之诚"可伤"也。又钟嵘所说"文亦凄怨",亦颇切合诗篇情调内涵。赠答二篇,皆情绪深长,清凄哀婉。钟嵘又谓"二汉为五言者不过数家,而妇人居二。徐淑叙别之作,亚于'团扇'矣。"所谓"妇人居二"者,指徐淑及西

---

① 关于徐淑此后身世记述,详见《太平御览》卷四四一"人事部八十二·贞女下"引杜预《女记》,清人严可均《铁桥漫录》卷七《后汉秦嘉妻徐淑传》等。

汉班婕妤也,婕妤有《怨歌行》,为咏"团扇"之作,深得钟嵘赞美,①故云。钟嵘以徐淑与班婕妤并列,而班氏《诗品》中列为上品,徐淑本篇列入中品,驾乎诸多男性诗人之上。可见汉代诗歌史上,秦嘉、徐淑夫妇,为出类拔萃者也。

秦嘉、徐淑夫妇,除赠答诗外,世传尚有互致书函文章若干。见于《艺文类聚》卷三二,明梅鼎祚《东汉文纪》卷二七。谨据宋姚宽《西溪丛语》卷下录之。

嘉与妻书曰:

不能养志,当给郡使。随俗顺时,僶勉当去。知尔所苦,故尔未有瘳损。想念悒悒,劳心无已。当涉远路,趋走飞尘。非志所慕,惨惨少乐。又计往还,将弥时节。念发同怨,意犹迟迟。欲暂相见,有所属托。今遣车往,想必有方。

淑答书曰:

知屈珪璋,应奉岁使,策名王府,观国之光。虽失高素皓然之业,亦是仲尼执鞭之操也。自初承问,心愿东还。迫疾惟亟,抱叹而已。日月已尽,行有伴列。想严装已办,发迈在近。谁谓宋远,企予望之。室迩人遐,我劳如何!深谷逶迤,而君是涉。高山岩岩,而君是越。斯亦难矣!长路悠悠,而君是践。冰霜惨烈,而君是履。身非形影,何得动而辄俱?体非比目,何得同而不离?于是诵萱草之咏,以消两家之恩。割今者之恨,

---

① 钟嵘赞班婕妤诗谓:"其源出于李陵。《团扇》短章,辞旨清捷,怨深文绮,得匹妇之致。"《诗品》卷上。

以待将来之欢。君适乐土,优游京邑。观王都之壮丽,察天下之珍妙。得无目玩意移,往而不能出耶?

嘉重报妻书曰:

车还空反,甚失所望。兼叙远别,恨恨之情,顾尤怅然。间得此镜,既明妍嫱。及观文彩,世所希有。意甚爱之,故以相与,并宝钗一双,好香四种,素琴一张,常所自弹也。明镜可以鉴形,宝钗可以耀首,芳香可以馥身,素琴可以娱耳。

淑又报嘉书曰:

既惠音令,兼赐诸物。厚意慇懃,出于非望。镜有文彩之丽,钗有殊异之观。芳香既珍,素琴益好。惠异物于鄙陋,割所珍以相赐。非丰恩之厚,孰肯若斯?览镜执钗,情意仿佛。操琴咏诗,思心结成。敕以芳香馥身,喻以明镜鉴形,此言过矣,未获我心也。昔诗人有飞蓬之感,班婕妤有谁荣之叹。素琴之作,当须君归。明镜之鉴,当待君还。未奉光仪,则宝钗不列也。未侍帐帷,则芳香不发也。①

第四节　郦炎、高彪、赵壹

郦炎(150—177)字文胜,范阳人(在今河北涿州境),汉初郦食

---

① 此据宋姚宽《西溪丛话》卷下第95则。(孔凡礼点校,中华书局1993年版,第114—115页。)

其之后人。炎有文才,解音律,言论给辩,人多服其能理。灵帝时,州郡辟命,皆不就,有志气。就其基本性格作风言,郦炎实为汉末清流人物。性至孝,遭母忧,后得"风病",病甚发动,心思错乱恍惚。妻始产,竟受惊而死;妻家讼之,收炎系狱,炎病不能理对。灵帝熹平六年(177)死狱中,时年二十八。尚书卢植为之诔赞。

郦炎多才而罹疾,所谓"风病"者,自是心理疾患、精神失常之类。病体导致家庭破坏,竟至生命不永,此是人生悲剧。然所撰《大道》诗二首,为正常思维结果,其诗曰:

大道夷且长,窘路狭且促,修翼无卑栖,远趾不步局。舒吾陵霄羽,奋此千里足;超迈绝尘驱,倏忽谁能逐。贤愚岂常类,禀性在清浊。富贵有人籍,贫贱无天录。通塞苟由己,志士不相卜。陈平敖里社,韩信钓河曲。终居天下宰,食此万钟禄。德音流千载,功名重山岳。(其一)

灵芝生河洲,动摇因洪波。兰荣一何晚,严霜瘁其柯。哀哉二芳草,不植太山阿。文质道所贵,遭时用有嘉。绛灌临衡宰,谓谊崇浮华。贤才抑不用,远投荆南沙。抱玉乘龙骥,不逢乐与和。安得孔仲尼,为世陈四科。(其二)(《后汉书·郦炎传》)

二首主旨,皆述士人怀才不遇。而本诗所陈重心,唯在抨击社会不公,"贤愚"不分,"通塞"莫名,"大道"虽长,而"窘路"迫促,对于"志士"而言,只能感叹命运偃蹇而已。下篇以贾谊为例,说明"贤才"处处受到压抑排斥,史上习见为常。诗人不免有怀孔子,能以"四科"为则,录取人才。怀才不遇,对于古代文士言,此是普遍感受,可谓

"永恒主题"。两汉而来,贾谊、董仲舒、司马迁、扬雄等,皆有"士不遇"之叹,故本诗主题,袭用前贤,结合本人遭际,再现文士内心强烈不平、深沉苦痛。本诗以五言体出之,其体式意义亦甚重要。以郦炎本篇而论,与百年前班固《咏史》相比,无论情绪之激忿,辞采之修饰,皆有长足进步,可免于"质木无文"之讥。要之本篇个性显露,不乏采润,钟嵘《诗品》法眼入选,列为东汉文士五言诗代表之一,固是其宜。

高彪字义方,生卒年不详,吴郡无锡(今属江苏)人。家本贫寒,至彪为诸生,游太学,有雅才而讷于言。尝至马融处访学,求询大义,而融以疾不见,乃"覆刺"遗融书告别。① 马融省书而惭,追之使还,彪逝而不顾。后郡举孝廉,赴朝廷试经,获第一名,除郎中,校书东观,数奏赋、颂、奇文,因事讽谏,灵帝阅而异之。后迁内黄令,帝敕同僚临送,祖于上东门。诏东观画彪像,以劝学者。彪到官,有德政,上书荐县人申屠蟠等。病卒于官。《后汉书·文苑传》有传。《隋书·经籍志》著录"《后汉南郡太守马融集》九卷"下李贤注曰:"梁有《外黄令高彪集》二卷,录一卷。"

高彪今存作品无多,而精粹之作不少。所撰《复刺遗马融书》,即为一。其词曰:

　　承服风问,从来有年。故不待介者,而谒大君子之门,冀一

---

① 关于"覆刺"之义,明末方以智曰:"书姓名于奏白曰'刺',或曰'名纸',唐曰'门状'……《释名》曰:'书姓名于奏白曰刺。'简以奏事,白事故曰奏白。今刺姓名于简,上行、平行皆用之,或曰'奏刺',上行也。今人谓之拜帖,上行谓之手本。……《高彪传》'访马融,融疾不见,彪覆刺遗书',谓取回其帖,书其后以遗之也。"〔明〕方以智著《通雅》卷三一,台北:商务印书馆影印文渊阁《四库全书》子部第857册,第599页。

见龙光,以叙腹心之愿。不图遭疾,幽闭莫启。昔周公旦,父文兄武,九命作伯,以尹华夏,犹挥沐吐餐,垂接白屋,故周道以隆,天下归德。公今养疴傲士,故其宜也。(《后汉书·高彪传》)

本文致书师长,词多虔敬。而引述周公礼贤下士典故,"天下归德",以作铺垫,然后说出"公今养疴傲士,故其宜也",实绵里藏针,柔中有刚。"故其宜也"四字,讽刺之力,不显而示。无怪以大儒自居之马融,展读之下,惭愧难当,竟亟"追还之";而高彪"逝而不顾",态度决绝。由此见出作者耿介清高风姿!

高彪又有《督军御史箴饯赠第五永》一文,当时亦有名:

文武将坠,乃俾俊臣。整我皇纲,董此不虔。古之君子,即戎忘身。明其果毅,尚其桓桓。吕尚七十,气冠三军。诗人作歌,如鹰如鹯。天有太一,五将三门;地有九变,丘陵山川;人有计策,六奇五间。总兹三事,谋则咨询。无曰己能,务在求贤,淮阴之勇,广野是尊。周公大圣,石碏纯臣。以威克爱,以义灭亲。勿谓时险,不正其身。勿谓无人,莫识己真。忘富遗贵,福禄乃存。枉道依合,复无所观。先公高节,越可永遵。佩藏斯戒,以厉终身。(《后汉书·高彪传》)

本篇写作背景,朝廷以第五永为督军御史,使督幽州。百官大会,祖饯于洛阳长乐观,议郎蔡邕等皆赋诗送行,彪乃独作箴云。箴成,蔡邕等甚美其文,以为莫尚,具见《后汉书》本传。观此箴文,则义指甚淳,自"古之君子"起,即发出箴言,尤其"忘富遗贵,福禄乃存。枉道依合,复无所观"等语,皆不卑不亢,告诫有力,隐含清流正论。刘勰谓:"箴者,所以攻疾防患,喻针石也。"(《文心雕龙·铭箴》)又曰"夫箴,诵于官铭,题于器名,目虽异而警戒实同","义典则弘,文约为美"。本篇基本体现斯旨,蔡邕等"莫尚"之评,实颇允当。

以上文章,虽曰"弘""美",而文学色彩,终嫌不浓。且其四言句式,本近于上古典诰之体。高彪另有《清诫》之篇,乃见文学意味:

> 天长而地久,人生则不然。又不养以福,保全其寿年。饮酒病我性,思虑害我神;美色伐我命,利欲乱我真。神明无聊赖,愁毒于众烦;中年弃我逝,忽若风过山。形气各分离,一往不复还;上士愍其痛,抗志凌云烟。涤荡弃秽累,飘邈任自然;退修清以净,吾存玄中玄。澄心剪思虑,泰清不受尘;恍惚中有物,希微无形端;智虑赫赫尽,谷神绵绵存。(《艺文类聚》卷二三)

按本篇实亦一"诫"文,其性质与上举《箴》文接近。不同之处,在于"诫"并非正式文章体式,而仅是一种功能。刘勰《文心雕龙》分别论述各式文体甚详,而无"诫"之类。其曰:"太甲既立,伊尹书诫;思庸归亳,又作书以赞,文翰献替,事斯见矣。"(《章表》)所谓"书诫",只是"伊尹(作书)告诫"之义。① 本篇为自诫,故文中多言"我"。所诫之义,皆出《老子》,如"涤荡弃秽累,飘邈任自然""恍惚中有物,希微无形端""智虑赫赫尽,谷神绵绵存"等,毋庸赘说。② 自文学视角

---

① 〔南朝梁〕刘勰著,周振甫注《文心雕龙注释》,人民文学出版社版1981年版,第245页。
② 清代徐文靖曰:"杜诗'谷神如不死',仇氏《详注》云:'谷神即丹田之说。'庾信诗'虚无养谷神',旧解'谷'为'养',则'谷神'上不当加'养'字。"见《管城硕记》卷三〇《翰林院检讨》。按:其说非,自高彪、庾信、杜甫等用例视之,则"谷神"皆非"养神"意,"旧说"不妥。

言,本篇最值得重视者,为其体式全用五言之句;句式、用韵,亦皆合于五言诗规制。起句"天长而地久,人生则不然",亦与《古诗十九首》起句"生年不满百,长怀千岁忧"相类;篇中亦用比兴,如"中年弃我逝,忽若风过山"等,表现出诗歌特质。总体而言,本篇与五言诗体式略同,手法接近,显示作者对五言诗之写作,具有相当技能。缘此汉末五言诗作者群内,可增入高彪其人。

赵壹(159—?)字符叔,汉阳郡西县(在今甘肃天水附近)人。体貌魁梧,身长九尺,美须豪眉,望之甚伟。而恃才倨傲,为乡党所摈,乃作《解摈》。后屡得罪,几至死,友人救之得免。灵帝光和元年(178年)举郡,上计到京师。是时司徒袁逢受计,计吏数百人,皆拜伏庭中,莫敢仰视,赵壹独长揖而已。逢望而异之,令左右责之曰:"下郡计吏,而揖三公,何也?"壹对曰:"昔郦食其长揖汉王,今揖三公,何遽怪哉?"逢遂敛衽下堂,执其手延置上坐,因问西方事,大悦,顾谓坐中曰:"此人汉阳赵元叔也,朝臣莫有过之者。吾请为诸君分坐。"举坐皆惊望之。既出,又往访河南尹羊陟,颇受亲待,与语极欢。羊陟、袁逢共称荐之,名动京师,士大夫想望其风采。后西还,道经弘农,过候太守皇甫规,不遇而去。州郡争致礼命,十辟公府,并不就,终于家。初袁逢使善相者相壹云"仕不过郡吏",竟如其言。著赋、颂、箴、诔、书、论及杂文十六篇。《隋书·经籍志》著录"后汉京兆尹《延笃集》一卷"注曰:"上计《赵壹集》二卷,录一卷,亡。"

赵壹生平,"仕不过郡吏",终老于家,颇为简单。计其"举郡"时间,如以及冠之年起算,则应生于桓帝延熹三年(159)左右,已入于汉末季世。当时朝政败坏,世道衰替,纲纪弛废。而党锢之祸,为害正烈。清流名士反对阉竖专政,自挟有传统政治伦理优势。受时势激发,名士意识遂空前高涨,他们互相呼应,结成势力,与皇帝翼卵下宦官集团对抗。赵壹以其独立特行,收名士高誉,虽无出身凭藉,亦未卷入党人集团,而受到高官青睐,为之称荐,并有处士"长揖三公"之事发生。后来亦有州郡"争致礼命","十辟公府"等,此皆时势所致。

赵壹"恃才倨傲",自有其思想性格基础,是即所撰《复皇甫规书》中"高可敷玩坟典","下则抗论当世"之义。一方面熟习"坟典",修养高深,有"才"可"恃";一方面名士意识高扬,敢于"抗论"当世威权。

赵壹所撰文章,今存《谢友人恩书》《报皇甫规书》《非草书》等。其文风格,与赵壹性格作风相表里:内容棱角鲜明,颇体现其名士风采;而辞采丰富,迭用典故,表现出深厚学识。如《谢友人恩书》,撰于在乡里得罪几死、幸蒙友人相救之后。书中述获救致谢之事曰:

> 昔原大夫赎桑下绝气,传称其仁;秦越人还虢太子结脉,世著其神。设曩之二人不遭仁遇神,则结绝之气竭矣!然而糒脯出乎车軨,针石运乎手爪。今所赖者,非直车軨之糒脯、手爪之针石也。乃收之于斗极,还之于司命;使干皮复含血,枯骨复被肉。允所谓遭仁遇神,真所宜传而著之。(《后汉书·赵壹传》)

所说"原大夫""秦越人"等,皆古代仗义救人典故,用以表述本人"遭仁遇神"经历,及感激心情,甚是适宜。而文章组织微妙,字句对偶精当,更显示文学涵养。本篇体现出作者名士性格,高雅风致,两方面皆与一般书函迥异,读来激奋人心。又如《报皇甫规书》,同样寓含名士不苟交往精神,以及文章写作精致面貌:"君学成师范,缙绅归慕。仰高希骥,历年滋多;旋辕兼道,渴于言侍。沐浴晨兴,昧旦守门。实望仁兄,昭其悬迟,以贵下贱,握发垂接。"此外《非草书》一文,内容虽不涉于时政人情,唯论法书,而知识分析及技能评判之中,亦寓作者思维方式特征及其风格:

> 夫草书之兴也,其于近古乎?上非天象所垂,下非河洛所吐,中非圣人所造,盖秦之末,刑峻网密,官书烦冗,战攻并作,军书交驰,羽檄分飞,故为隶草,趣急速耳。示简易之旨,非圣人之业也。但贵删难省烦,损复为单,务取易为易知,非常仪也。故其赞曰:"临事从宜。"而今之学草书者,不思其简易之旨,以为杜、崔之法,龟蛇所见也,其擥扶柱桎,诘屈乇乙,不可失也。龀齿以上,苟任涉学,皆废仓颉、史籀,竞以杜、崔为楷。私书相与,犹谓就书迫遽,故不及草。草本易而速,今反难而迟,失指多矣。(《法书要录》卷一)

文章论草书之体起源及形成过程,简明得要。其特点在于,作者完全摈弃儒者"天象所垂""河洛所吐""圣人所造"等说法,拨开传统迷雾,直探事物本谛,指出草书之体发生,直接原因在秦末"官书烦冗,战攻并作,军书交驰,羽檄分飞,故为隶草,趣急速耳"。其基本功能为"示简易之旨,非圣人之业也"。文章批评"今之学草书者",他们"不思其简易之旨","皆废仓颉、史籀,竞以杜、崔为楷",而结果是"草本易而速,今反难而迟,失指多矣!"在草书问题上,作者完全否定、颠覆传统说法及当时潮流,主张与传统及现实反其道而行之。是为反神圣传统、反既成秩序的思维方式体现,是亦汉末名士之激进文风表现。

赵壹文学业绩,亦表现于诗赋领域。今存赋三篇。

《穷鸟赋》实《谢友人恩书》之系辞,其云:

> 有一穷鸟,戢翼原野。毕网加上,机穽在下;前见苍隼,后见驱者。缴弹张右,羿子彀左;飞丸激矢,交集于我。思飞不得,欲鸣不可。举头畏触,摇足恐堕。内独怖急,乍冰乍火。幸赖大贤,我矜我怜。昔济我南,今振我西。鸟也虽顽,犹识密

恩。内以书心,外用告天。天乎祚贤,归贤永年。且公且侯,子子孙孙。(《后汉书·赵壹传》)

赋以鸟拟人,写其"飞丸激矢,交集丁我",无端受迫害境遇,及"内独怖急"心情,而感谢"大贤"救助,"内以书心,外用告天"。本篇是所谓"俳赋"也,其写法文字简洁,寓意明快,较诸冗长体物大赋,往往更见情趣。

又有《刺世疾邪赋》。赋撰于赵壹得罪获救之后,以舒其胸中怨愤。篇中述作者对历史看法谓:

> 伊五帝之不同礼,三王亦又不同乐。数极自然变化,非是故相反驳。德政不能救世溷乱,赏罚岂足惩时清浊?春秋时祸败之始,战国愈复增其荼毒。秦汉无以相逾越,乃更加其怨酷。宁计生民之命,唯利己而自足。

"德政""赏罚"皆无助于社会健全,儒家、法家同在被否定之列。上古不计,洎自春秋以来,社会每况愈下,"祸败""荼毒",尤其是"秦汉"时期,"乃更加其怨酷"。作者批判矛头,直接对准现实社会,持深恶痛绝全面否定态度,其恨大仇深,一至于斯!而对于社会被荼毒之原因,则认为统治者不关心百姓死活,"唯利己而自足"。一语道破历代统治者本质所在:唯利是图。

赋又接写当下社会种种丑恶现象:

> 于兹迄今,情伪万方;佞谄日炽,刚克消亡。舐痔结驷,正色徒行;妪媚名势,抚拍豪强。偃蹇反俗,立致咎殃;捷慑逐物,日富月昌。浑然同惑,孰温孰凉?邪夫显进,直士幽藏。原斯

> 瘼之攸兴,寔执政之匪贤。女谒掩其视听兮,近习秉其威权。所好则钻皮出其毛羽,所恶则洗垢求其瘢痕。虽欲竭诚而尽忠,路绝崄而靡缘。九重既不可启,又群吠之狺狺。安危亡于旦夕,肆嗜欲于目前。(《后汉书·赵壹传》)

指出"迄今"世态堕落,"情伪万方"。是非泯灭,邪正不分,风气败坏,道德沦丧。"佞谄""舐痔"者发达,"刚克""正色"者穷困。而造成此种丑恶世态之根源,则在于"实执政之匪贤",恶人当权。具体而言,是外戚("女谒")、宦官("近习")专政弄权。赋中还直指最高统治者、深居"九重"之皇帝。皇帝高高在上,而其身边又有"群吠"之恶犬。于是作者认为,社会已病入膏肓,皇朝已走到末路,即将"危亡"!赵壹不仅具有社会批判勇气,更拥有历史眼光。赋中揭示种种乱象,符合汉末桓、灵时期实际状况;而且刘汉皇朝其时确已面临"危亡"。光和之后,不过十年,便大厦倾倒,分崩离析。赵壹历史预言,不幸言中。

赋中大量运用对偶语句,正反对比,邪正分明。"所好则钻皮出其毛羽,所恶则洗垢求其瘢痕"等等,设喻贴切生动,阅读效果强烈显著。

赵壹另有《迅风赋》,其辞云:

> 唯巽卦之为体,吐神气而成风。纤微无所不入,广大无所不充。经营八荒之外,宛转毫毛之中。察本莫见其始,揆末莫睹其终。啾啾飕飕,吟啸相求;阿那徘徊,声若歌讴。抟之不可得,系之不可留。(《艺文类聚》卷一)

本篇为咏物之赋,体制短小。其意只在写"迅风"之状,寄寓"无所不入""无所不充""不可得""不可留"之自由奔放精神境界,为汉末清流儒生理想人格写照。本篇值得注意者,尚有其作品形态。篇名虽曰"赋",而实际文句除前二句外,全篇皆是诗句。又其句式多变,有六言、四言、五言等形态。句式实三变,用韵则二转。本篇可视为汉末文士在诗歌写作领域之又一尝试。不过赵壹尝试的主要方式是:多种句式在诗歌中的变化与组合。

赵壹诗歌,作品今存二篇:《秦客诗》《鲁生歌》。二篇实皆《刺世疾邪赋》之系辞:

> 河清不可俟,人命不可延;顺风激靡草,富贵者称贤。文籍虽满腹,不如一囊钱;伊优北堂上,抗脏倚门边。(《秦客诗》)

> 势家多所宜,咳唾自成珠。被褐怀金玉,兰蕙化为刍。贤者虽独悟,所困在群愚。且各守尔分,勿复空驰驱。哀哉复哀哉,此是命矣夫!(《鲁生歌》,《后汉书·赵壹传》)

所谓"秦客""鲁生",皆虚拟之人,一西一东,取其代表。二篇诗义,皆延续《刺世疾邪赋》思路,作感慨咏叹而已。可注意者,诗中作者自称"贤者",谓"贤者虽独悟,所困在群愚",希望"群愚"之人,"勿复空驰驱",即不再奔走官场,为利所驱。末句"此是命矣夫",感叹时运不济,遭逢末世,"贤者"不得尽其才,亦无可奈何,说出历史沧桑之感。

赵壹为汉末奇人,历来正统儒者,往往视为异类,晋代华峤曾斥之为"狂生"。① 然而他本质上是汉末清流儒生中一人,其恃才傲物行为,及"刺世疾邪"言论,皆清流作风表现。赵壹卒于灵帝末或献帝初,生活年代与孔融、祢衡、仲长统等相近,已届汉魏之交,实际上

---

① 〔清〕姚之骃著《后汉书补逸》卷一五"华峤《后汉书》第一",台北:商务印书馆影印文渊阁《四库全书》史部第402册,第529—530页。

是汉末清流向魏晋名士转化过渡人物之一,亦可称为魏晋名士之先导。其思想已经染有相当老庄道家色彩,上举《迅风赋》"无所不入""莫见其始"等,即含老子思想。故而魏晋名士在思想行为方面,与之颇有相似之处。赵壹亦文学奇才,无论诗赋文章悉皆充满个性,奇崛不伦。魏末阮籍、嵇康,身处类似社会,行为倜傥不群,颇受赵壹思想作风影响。其诗文亦有"刺世疾邪"之概,风气相近。阮籍《咏怀诗》有云"被褐怀珠玉",即取自赵壹句。钟嵘《诗品》将赵壹与班固、郦炎等同列,其品词曰:"元叔散愤'兰蕙',指斥'囊钱',苦言切句,良亦勤矣。斯人也而有斯困,悲夫!"对赵壹身世深表同情,而对其诗歌亦加赞许。所谓"苦言切句",盖谓其诗句切中时弊,多说负面现象;又有"此是命矣夫"等苦涩之叹。然其诗歌与《古诗十九首》产生时间略同,比较之下,稍见支绌,故而置于"下品"之列。至于颜之推批评"赵元叔抗竦过度"(《颜氏家训·文章篇》)云云,则未免以中庸立场取人。"抗节王侯"为东汉名士节操骨鲠表现,赵壹仅其中一人而已,颜氏"过度"之论,其论不免过度。

由本节所论可知,汉末桓、灵时期,文士撰写五言诗歌者,有秦嘉、徐淑夫妇《赠答诗》、郦炎《大道诗》、高彪《清诫》之篇、赵壹《秦客诗》《鲁生歌》等。诸作者作品合而观之,则汉末已经实际构成五言诗作者群体,形成一定写作风气,明显超越东汉前期或中期,标示着五言诗体的繁荣期即将到来。因此,同期无主名五言诗集《古诗十九首》之产生,以及稍后建安五言诗写作高潮之涌现,皆非文学史偶然现象,事先皆已有所铺垫,有所准备,为水到渠成之事。

由此涉及五言诗集《古诗十九首》之作者问题。《古诗》产生于汉末,一般论者,皆已认可;不过缘于史料缺失,其作者难以考索坐实而已。而以上所论,已经证实秦、徐、郦、高、蔡、赵等汉末五言诗写作群体之存在。如此又为解决《古诗》作者为谁此一千古不解难题,提供一种可能方案:即《古诗》可能为此六人中某人,或某数人所撰。无论其为某人或某数人,皆不足怪也。若此,则汉末诗坛重重迷雾,有可能一旦揭示,豁然开朗。

第五节　应劭及其《风俗通义》

应劭字仲远,一作仲瑗,生卒年不详,汝南南顿(在今河南项城境)人。父应奉,司隶校尉。劭少年笃学,博览多闻。灵帝时举孝廉,辟车骑将军何苗掾。中平六年(189),举高第再迁。六年,拜太山太守。初平二年(191),青州黄巾三十万众入郡界,劭纠率文武,击退黄巾军。兴平元年(194),董卓乱中,前太尉、曹操父曹嵩避难琅邪,曹操令太山太守应劭迎置兖州。嵩辎重百余两,陶谦别将利其财物,掩袭嵩于华、费之间,杀之,阖门皆死。劭惧祸,弃官奔冀州袁绍。①

---

① 关于曹操父曹嵩被害事,诸记载略有不同。《三国志·魏书·武帝纪》裴注引《世语》曰:"嵩在泰山华县。太祖令泰山太守应劭送家诣兖州,劭兵未至,陶谦密遣数千骑掩捕。嵩家以为劭迎,不设备。谦兵至,杀太祖弟德于门中。嵩惧,穿后垣,先出其妾,妾肥,不时得出,嵩逃于厕,与妾俱被害,阖门皆死。劭惧,弃官赴袁绍。后太祖定冀州,劭时已死。"裴注又引韦昭《吴书》曰:"太祖迎嵩,辎重百余两。陶谦遣都尉张闿将骑二百卫送。闿于泰山华、费间杀嵩,取财物,因奔淮南。太祖归咎于陶谦,故伐之。"(中华书局1959年版,第11页)《后汉书·应劭传》曰:"兴平元年,前太尉曹嵩及子德,从琅邪入太山,劭遣兵迎之。未到,而州牧陶谦素怨嵩子操数击之,乃使轻骑追嵩、德,并杀之于郡界。劭畏操诛,弃郡奔冀州牧袁绍。"(中华书局1965年版,第1610页)以上三说,情节各有不同,杀手主谋,皆难以确定。然而与应劭本人,实无干系;应劭未尽保护之效,是其责任。

应劭所撰驳议三十篇,又删定汉代律令为《汉仪》,建安元年(196)奏之,献帝善之。二年,诏拜劭为(袁绍)大将军军谋校尉。时始迁都于许,旧章堙没,书记罕存,劭乃缀集所闻,著《汉官礼仪故事》,凡朝廷制度百官典式,多劭所立。初父应奉为司隶校尉时,并下诸官府郡国,各上前人像赞,劭乃连缀其名录为《状人纪》。又论当时行事,著《中汉辑序》,撰《风俗通》以辩物类名号、释时俗嫌疑。文虽不典,后世服其洽闻。凡所著述,共一百三十六篇。又集解《汉书》,皆传于时。后卒于邺。侄应玚、应璩,并以文才称。《后汉书·应奉传》有附传。《后汉书·五行志》载"太山太守应劭、给事中董巴、散骑常侍谯周,并撰《建武以来灾异》"。《隋书·经籍志》谓"汉末王隆、应劭等以百官表不具,乃作《汉官解诂》《汉官仪》等书";又著录"后汉太山太守《应劭集》二卷,梁四卷"。《汉书》一百一十五卷,汉护军班固撰,太山太守应劭集解。"《汉书集解音义》二十四卷,应劭撰。""《汉官》五卷,应劭注。""《汉官仪》十卷,应劭撰。""《汉朝议驳》三十卷,应劭撰。案梁《建武律令故事》一卷,《应劭律略论》五卷,亡。""《风俗通义》三十一卷,录一卷,应劭撰;梁三十卷。"①

应劭为东汉一代多产作者。今存主要有《风俗通义》十卷。关于本书之作意,《序》云:

> 诸子百家之言,纷然淆乱,莫知所从。汉兴,儒者竞复比谊会意,为之章句。家有五六,皆析文便辞,弥以驰远。缀文之士,杂袭龙鳞,训注说难,转相陵高,积如丘山,可谓繁富者矣。而至于俗间行语,众所共传,积非习贯,莫能原察。今王室大

---

① 《隋书·经籍志》,中华书局1973年版,第969页。

坏,九州幅裂,乱靡有定,生民无几。私惧后进,益以迷昧,聊以不才,举尔所知,方以类聚,凡一十卷,谓之《风俗通义》,言通于流俗之过谬,而事该之于义理也。①

可知其写作对象,包括"诸子百家之言",以及"俗间行语",亦即社会流传之各种文献知识以及传说故事之类。作者认为,在"众所共传"过程中,其间存在不少"过谬"之处,故而需加"原察""纠谬",使之得"通",以达"事该之于义理"之目的。所以该书所做工作,是对诸子百家之说和俗间行语的一种董理,使之更加符合于"义理"。要之,应劭撰写本书,目的在于对各种流传说法作"纠谬"工作。作者认为,此为一项艰难工作,为说明其难度,作者引一譬喻,甚有趣。其云:

> 昔客为齐王画者,王问:"画孰最难?孰最易?"曰:"犬马最难,鬼魅最易。"犬马旦暮在人之前,不类不可,类之故难;鬼魅无形,无形者不见,不见故易。今俗语虽云浮浅,然贤愚所共咨论,有似犬马,其为难矣!(《风俗通义·序》)

此段说绘画难易随对象而定,所说画犬最难,画鬼最易,本身即可视为寓言,古今流传甚广。而作者引此以喻"俗语"之整理,所见甚确。《风俗通义》中所论"诸子""俗语",内容广泛,自今存十卷之目观,则有"皇霸""正失""愆礼""过誉""十反""声音""穷通""祀典""怪神""山泽"等,可谓社会制度文化风俗,各种知识无所不包,亦颇驳杂。其中所写,虽多知识性"纠谬",而文学意味较浓厚者,亦复

---

① 〔汉〕应劭著,王利器校注《风俗通义校注》,中华书局1981年版。

不少。

例如书中卷二《正失》中就有不少生动有趣故事,以下二则即是:

> 乐正后夔一足。
>
> 俗说:夔一足而用精专,故能调畅于音乐。谨按《吕氏春秋》,鲁哀公问于孔子:"乐正夔一足,信乎?"孔子曰:"昔者,舜以夔为乐正,始治六律,和均五声,以通八风,而天下服。重黎又荐能为音者,舜曰:'夫乐,天地之精,得失之节,故唯圣人为能和乐之本。夔能和之,以平天下,若夔者,一而足矣。'"故曰"夔一足",非一足行。

> 丁氏家穿井得一人。
>
> 俗说:丁氏家穿井,得一人于井中也。谨按《吕氏春秋》,宋丁氏无井,常一人溉汲于外。及自穿井,喜而告人:"吾穿井得一人。"传之,闻于宋君,公问其故,对曰:"得一人之使,非得一人于井中也。"

这是两则"诸子""俗说"传闻中发生误解变异之故事。前则"夔一足",本意是说夔此人有一位已经足够,但在传闻中,却变成夔此人只有一只脚。后则本意说丁家打井之后,不必再专用一人远出取水,节省一个劳动力。但在传闻中,变成了丁家打井时从井中挖出一个人来。应劭在此给予"纠谬",恢复本义,以正视听;但此"俗说"本身却颇有趣,且发人深思:这里有语言使用的准确性问题,也有民间口传故事不断变异的固有特性问题。书中又有若干"俗说",本不合于正统"义理",但自故事本身观之,则表现另一种道理,"俗说"自

有俗理。如"宋均令虎渡江"则:

> 九江多虎,百姓苦之。前将募民捕取,武吏以除赋课,郡境界皆设陷阱。后人守宋均到,乃移记属县曰:"夫虎豹在山,鼋鼍在渊,物性之所托,故江、淮之间有猛兽,犹江北之有鸡豚。今数为民害者,咎在贪残居职使然,而反逐捕,非政之本也。"坏槛阱,勿复课录,退贪残,进忠良。后虎悉东渡江,不为民害。(《风俗通义·正失》)

《风俗通义》举此事例,本欲针对其本身作一番"纠谬",使之"该之于义理"。但此则故事本身突出写了"害民者""咎在贪残居职"者即官员,已经自成一体。而本篇故事主题,已非人能否施令于猛虎,而在于"苛政猛于虎",猛虎只是一种象征物而已。故事自身已经不存在什么"过谬",而且已含有明确"义理",所述即是官民关系,比人虎关系更加深刻。而文章本身,则寓有想象成分,与一般说理叙事文章不同,而文学手法鲜明。要之,本篇故事无论内容或文章,皆具备自足性,可以独立篇章视之。应劭于此则所作"纠谬",反成赘文。

此外"怪神"一卷中,亦有善叙事文章。观其目即知大概内容,有"世间多有亡人魄持其家语声气所说良是""世间亡者多有见神语言饮食其家信以为是益用悲伤""世间多有狗作变怪扑杀之以血涂门户然众得咎殃""世间多有精物妖怪百端""世间多有伐木血出以为怪者""世间多有蛇作怪者""世间人家多有见赤白光为变怪者"等,如:

> 世间多有见怪惊怖以自伤者。
> 谨按《管子》书,"齐公出于泽,见衣紫衣,大如穀,长如辕,

拱手而立。还归，寝疾，数月不出。有皇士者，见公语，惊曰：
'物恶能伤公？公自伤也！此所谓泽神委蛇者也，唯霸主乃得
见之。'于是桓公欣然笑，不终日而病愈。"予之祖父郴，为汲令，
以夏至日诣见主簿杜宣，赐酒。时北壁上有悬赤弩，照于杯，形
如蛇。宣畏恶之，然不敢不饮。其日，便得胸腹痛切，妨损饮
食，大用羸露，攻治万端，不为愈。后郴因事过至宣家，窥视，问
其变故，云："畏此蛇，蛇入腹中。"郴还厅事，思惟良久，顾见悬
弩，曰："必是也！"则使门下史将铃下侍徐扶辇载宣，于故处设
酒，盂中故复有蛇。因谓宣："此壁上弩影耳！非有他怪。"宣遂
解，甚夷怿，由是瘳平。官至尚书，历四郡，有威名焉。（《风俗
通义·怪神》）

此节文字写二事，前引《管子》，后述家祖经历之事，皆言"见怪自伤"事例。后事所说，即后世广为人知的"杯弓蛇影"故事原典也。又有"鲍君神"：

汝南鲖阳有于田得麋者，其主未往取也，商车十余乘经泽
中行，望见此麋著绳，因持去。念其不事，持一鲍鱼置其处。有
顷，其主往，不见所得麋，反见鲍君。泽中非人道路，怪其如是，
大以为神。转相告语，治病求福，多有效验。因为起祀舍，众巫
数十，帷帐钟鼓，方数百里皆来祷祀，号"鲍君神"。其后数年，
鲍鱼主来历祠下，寻问其故，曰："此我鱼也，当有何神？"上堂取
之，遂从此坏。传曰："物之所聚斯有神。"言人共奖成之耳！
（《风俗通义·怪神》）

本篇说神灵以及神能"治病求福"等，"皆人共奖成之"。应劭所作

"纠谬"颇为有力,无神论思想十分明确,而故事本身亦有趣味,颇具阅读魅力。

《风俗通义》中此等记述文字,后世论者颇有赞赏者,如纪昀等谓:"其书因事立论,文词清辩,可资博洽,大致如王充《论衡》,而叙述简明,则胜充书之冗漫多矣。"①而自演绎故事方面观之,则本书中篇章,虽其撰写目的在证实怪神之无,而实开魏晋志怪小说先河。以上引诸例言之,其于人物设置、情节构成、叙述方式等要素方面,与魏晋小说基本无异。而最可注意者,为作品所具备之趣味性,在汉代文学中极为少见。唯前汉东方朔若干文章言辞,表现出"滑稽诙谐",但当时被认为不雅驯。汉代多数文士受儒学熏陶,讲求礼乐文化,行文循规蹈矩,所撰诗赋文章虽有义理,内涵丰富,而生活情趣鲜受重视。对于趣味性要素,作品中少有表现,甚至有所排斥。《风俗通义》中若干篇章,或叙人事(如上引"丁家穿井得一人""夔一足")或说神怪(如上引"见怪自伤""鲍君神"),悉皆趣味盎然,具有一定戏剧性,颇有后世所谓"小品"文章风貌,实开汉末文坛新风气。

总之,《风俗通义》一书内容虽颇驳杂,但其中不少作品,文辞清辩,叙事生动,且富于情趣,具有早期小说风貌,可证汉代为中国小说发展之初期之说。

应劭在汉末文坛地位,略可与蔡邕比肩,唯诗赋不如之耳。然其所长,亦独树高标。清代姚之骃评曰:"案(应)劭自是东京第一著作手;汉人文集行世,以碑、铭、赋、颂为先,劭之所辑,皆所以嘉惠来学者,不徒以词章重也。"②

---

① 〔清〕纪昀等撰《四库全书总目提要》子部杂家类《风俗通义》提要,商务印书馆1933年版,第2513页。
② 〔清〕姚之骃《后汉书补逸》卷二〇,台北:商务印书馆影印文渊阁《四库全书》史部第402册,第587页。

第九章　蔡邕

第一节　蔡邕生平及其政论文章

蔡邕(132—192)字伯喈,陈留圉人。少性笃孝,动静以礼。与叔父、从弟同居,三世不分财,乡党高其义。少博学,师事太傅胡广,好辞章、数术、天文,妙操音律。在乡里闲居玩古,不交当世。灵帝建宁三年(170),辟司徒桥玄府,出补河平长,召拜郎中,校书东观,迁议郎。邕以经籍去圣久远,文字多谬,俗儒穿凿,疑误后学。熹平四年(175),与五官中郎将堂溪典、光禄大夫杨赐、谏议大夫马日䃅、议郎张驯、韩说、太史令单扬等,奏求正定六经文字,灵帝许之。邕乃自书册于碑,使工镌刻,立于太学门外。于是后儒晚学,咸来取正。及碑始立,其观视及摹写者,车乘日千余两,填塞街陌。光和元年(178),妖异数见,人心惶惶,灵帝数诏入内,就问灾异及消改变故,所宜施行。邕皆悉心以对,其奏章中颇有指斥宦官,亟宜罢黜之论。由此惹怒以中常侍为首的宦官集团,使用各种手段包括"飞章"等,中伤诬陷蔡邕及族叔蔡质。灵帝昏庸,邕、质终被下洛阳狱,诏减死一等,与家属髡钳徙朔方。宦官杨球又派遣刺客追杀于路,客感蔡邕之义,不忍下手。明年大赦,乃宥邕还本郡。邕自徙及归,历时凡九月。邕虑终不免,乃亡命江海,远迹吴会。往来依姻亲泰山羊氏,在吴地积十二年。中平六年(189)灵帝崩,外戚何进谋诛宦官失败,反被杀;而西凉军阀董卓入主朝廷。董卓闻蔡邕名高而辟之,邕不得已到署,三日之间,周历三台,为尚书、侍中等。初平元年(190),拜左中郎将,从献帝迁都长安,封高阳乡侯。董卓重邕才学,厚相遇待,每集燕,辄令邕鼓琴赞事,邕亦每有劝诫匡正。然而董卓刚愎自用,作恶不止,邕曾欲逃离关中,东奔兖州,未能成行。初平三年(192)四月,董卓被诛,蔡邕在司徒王允坐,言其事而叹息,颇动于色。允勃然叱之曰:"董卓国之大贼,几倾汉室,君为王臣,所宜同忿,而怀其私遇,以忘大节。今天诛有罪,而反相伤痛,岂不共为逆哉?"即收付廷尉治罪。邕陈辞谢,乞黥首刖足,继成汉史。士大夫多矜救之,不见听。太尉马日䃅驰往,谓允曰:"伯喈旷世逸才,多识汉事,当续成后史,为一代大典。且忠孝素著,而所坐无名,诛之无乃失人望乎?"允曰:"昔武帝不杀司马迁,使作谤书,流于后世。方今国祚中衰,神器不固,不可令佞臣执笔,在幼主左右,既无益圣德,复使吾党蒙其讪议。"马日䃅退而告人曰:"王公其不长世乎!善人,国之纪也;制作,国之典也。灭纪废典,其能久乎?"邕遂死狱中,时年六十一。北海郑玄闻而叹曰:"汉世之事,谁与正之?"兖州陈留,闻耗皆画像而颂焉。其所撰集汉史,未能成书,唯作《灵纪》及《十意》,又补作列传四十二篇。因李傕之乱,湮没多不存。所著诗、赋、碑、诔、铭、赞、连珠、箴、吊、论、议、《独断》、《劝学》、《释诲》、《叙乐》、《女训》、《篆势》、祝文、章表、书记,凡百四篇传于世。《隋书·经籍志》著录蔡邕著作多种,计有:"《后汉左中郎将蔡邕集》十二卷,梁有二十卷,录一卷。""《月令章句》十二卷,汉左中郎将蔡邕撰。""《劝学》一卷,蔡邕撰。"(包括司马相如《凡将篇》、班固《太甲篇》

《在昔篇》,崔瑗《飞龙篇》,蔡邕《圣皇篇》《黄初篇》《吴章篇》《女史篇》,合八卷)。《神农本草》八卷"下附录"《蔡邕本草》七卷"。又"《梁武帝制连珠》十卷"下附录"班固《典引》一卷,蔡邕注"。①等等。

蔡邕一代儒宗,杰出文士,其文学作品众多,凡诗歌、辞赋、各体文章,无所不能,且成就巨大。以下按其体式,分别论之。

先说其文。蔡邕文章,归纳言之,主要有"章、表、奏、议"朝政文章、"碑、诔"文字、其它杂文等。关于章表奏议等朝廷制式文章,蔡邕今存不少,有《上封事陈政要七事》《对诏问灾异八事》《又特诏问》《戍边上章》《谏用三互法疏》《荐皇甫规表》《被收时上书自陈》《难夏育请伐鲜卑议》等。其中系统评议时事、表述正面政见者,主要有以下二篇。

《上封事陈政要七事》撰于灵帝熹平六年(177)七月,当时洛阳周边,频有雷霆疾风,伤树拔木,又有地震、陨雹、蝗虫之害,加之鲜卑犯境,役赋及民,灾异频生。灵帝见有"天谴",乃沿袭传统,制书引咎,诏群臣各陈政要所当施行,以告慰天灵。蔡邕遂上封事章,说兹七事。文章首先力陈天人关系,确认天之绝对威权。谓"臣闻天降灾异,缘象而至。辟历数发,殆刑诛繁多之所生也。风者,天之号令,所以教人也"。又进一步说天与"天子"关系:"夫昭事上帝,则自怀多福。宗庙致敬,则鬼神以著。国之大事,实先祀典;天子圣躬,所当恭事。臣自在宰府,及备朱衣,迎气五郊,而车驾稀出。四时致敬,屡委有司。虽有解除,犹为疏废。故皇天不悦,显此诸异。"照蔡邕此说,则灾异之发生,为上天"不悦"表示,而上天不悦之原因,则在天子不能"四时致敬"——问题发生,原来全在皇帝不敬。如此将

---

① 参见刘跃进《蔡邕著述撷录》,载《古籍整理研究学刊》2002年第4期。

责任加诸"圣躬",为以"天"制"天子"之术。同时,此术也是以天为掩护之盾,是臣下自我保护之法。蔡邕此时利用此术,藉上天之威,与皇帝对话,冀其听取己言。蔡邕在此所使用者,无疑为一种"话语策略"。在皇权体制下,"君为臣纲",君臣关系具有绝对性质,臣下不具有平等话语权。臣下欲保有些许话语权,唯一途径即是借用"天"之名义,以制约"天子"。此术无论其有效无效,两汉以降,不乏有大臣尝试用之,以冀望君主多少听取谏言,甚至采纳臣下点滴意见。蔡邕在此,正是使用此一藉天言事策略,取得发表言论立足点,然后与汉灵帝展开对话。

文章藉"天"言事策略既立,随即具体演述"七事"。一为"事明堂"之事,谓"月令:天子以四立及季夏之节,迎五帝于郊,所以导致神气,祈福丰年",而灵帝于此多有疏忽。二为皇帝应"闻""至言"之事,谓"陛下亲政以来,频年灾异,而未闻特举博选之旨,诚当思省,述修旧事,使抱忠之臣展其狂直,以解《易传》政悖德隐之言",要做到"危言极谏,不绝于朝"。三为"求贤之道"问题,谓"立朝之士,曾不以忠信见赏,恒被谤讪之诛。遂使群下结口,莫图正辞",他提出"臣愚以为宜擢文右职,以劝忠謇,宣声海内。博开政路,右用事之,便谓枢要之官"。四为"督察奸枉、分别白黑"之事,要做到"奉公者欣然得志,邪枉者忧悸失色";五为"取士"标准问题、举先代汉武帝成功经验,谓"孝武之世,郡举孝廉,又有贤良文学之选,于是名臣辈出,文武并兴";然后以现时作对比,批评乱象,谓"夫书画辞赋,才之小者;匡国理政,未有其能。陛下即位之初,先涉经术,听政余日,观省篇章,聊以游意。当代博弈,非以教化取士之本,而诸生竞利,作者鼎沸,其高者颇引经训风喻之言,下则连偶俗语,有类俳优。或窃成文,虚冒名氏,臣每受诏于盛化门,差次录第";六为考核官员之事;七为选择官属问题,指出"以宣陵孝子者为太子舍人",其中多有"有奸轨之人,通容其中",提出"太子官属,宜搜选令德"等。此所谓七事,归纳言之,主要涉及皇帝谨守礼制问题、取士用人制度和标准问题、对现任官员的严格管理督察问题。蔡邕此书奏上,居然起到一定作用,灵帝"乃亲迎气北郊,及行辟雍之礼。又诏宣陵孝子为舍人者,悉改为丞尉焉"。① 七事之中,至少有二事(一、七)得到灵帝采纳,效果略见,已属不易。但所言其它诸事,却受到忽略。如第二事要求灵帝听取"危言极谏",第三事要求灵帝重用"忠謇"大臣,第五事纠正取士标准问题,皆不符合灵帝心意,故而置之不理。相反即在次年的光和元年(178),灵帝正式设立"鸿都门学",专门招徕任用全国各地"书画辞赋""有类俳优"人等。尽管"士君子皆耻与为列",也无法阻止他们受皇帝宠幸。

关于鸿都门学问题,表面看,是因其文化学术方向不以经学为重,与正统儒者不同,故而受到"士君子"鄙视排斥。然而实质问题在于,鸿都学士与宦官集团关系密切,存在利益连结,才被"士君子"们视为异端。西汉以来,士人中颇有"辞赋小道"之说,然而一般文士学者,包括正统儒者,"书画辞赋"之类,多所习事,并不排斥,即董仲舒等正统大儒,亦不避撰写辞赋,用抒个人情志。故而东汉末"鸿都门学"所引起争端,主要是政治利益集团之间矛盾所激发,而非文化、文学品类区分及学术方向隔阂歧见。蔡邕章奏对此表态激烈,实质在此。

《答特诏问》一篇,撰于光和元年七月十日,即鸿都门学建立之年。本篇撰写起因,亦出灾异。当时"妖异"数见,人相惊扰,其年七月,灵帝有诏光禄大夫杨赐、谏议大夫马日䃅等大臣,与蔡邕同入崇德殿,问灾异及消除办法。随后又特地下诏,问蔡邕:"比灾变互生,

---

① 《后汉书·蔡邕传》,中华书局1965年版,第1998页。

未知厥咎,朝廷焦心,载怀恐惧。每访群公卿士,庶闻忠言,而各存括囊,莫肯尽心。以邕经学深奥,故密特稽问,宜披露失得,指陈政要,勿有依违,自生疑讳。具对经术,以皂囊封上。"①邕受此特诏,遂悉心以对,撰上本篇。

皇帝在灾异面前"载怀恐惧",主动求助于"经学深奥"的蔡邕,故而蔡邕所居对话地位,与前比较更为有利,其话语权也就更多,其立场更强硬,表述更明确,内容也更尖锐。该文开首,向灵帝简单致敬之后,即切入本题,挟其"经术",代表上天,发出严厉警告谓:"臣伏思诸异,皆亡国之怪也!"对灵帝作出如此直率强硬表态,直言"亡国"问题,可见蔡邕无所顾忌。警告尚嫌抽象,又进一步指陈具体政治人事:

> 天于大汉,殷勤不已,故屡出袄变,以当谴责。欲令人君感悟,改危即安。今灾眚之发,不于它所,远则门垣,近在寺署,其为监戒,可谓至切。蜺堕鸡化,皆妇人干政之所致也。前者乳母赵娆,贵重天下,生则贵藏侔于天府,死则丘墓逾于园陵,两子受封,兄弟典郡;续以永乐门史霍玉,依阻城社,又为奸邪。今者道路纷纷,复云有程大人者,察其风声,将为国患。宜高为堤防,明设禁令,深惟赵、霍,以为至戒。今圣意勤勤,思明邪正。而闻太尉张颢,为玉所进;光禄勋姓璋,有名贪浊;又长水校尉赵玹、屯骑校尉盖升,并叨时幸,荣富优足。宜念小人在位之咎,退思引身避贤之福。(《后汉书·蔡邕传》)

此处指名朝廷要员或为"奸邪""所进",或"有名贪浊",或"并叨时

---

① 《后汉书·蔡邕传》,中华书局1965年版,第1998—1999页。

幸,荣富优足",认为此是"小人在位",当"引身避贤"。此等言论,直指宠臣官员人身,更招嫉恨。然蔡邕并不一味指斥奸佞,接着也正面列举郭禧、桥玄、刘宠等在朝大臣,谓彼数人"忠实守正,并宜为谋主"。然后再将矛头指向鸿都门学,说:

> 又尚方工技之作,鸿都篇赋之文,可且消息,以示惟忧。《诗》云:"畏天之怒,不敢戏豫。"天戒诚不可戏也。宰府孝廉,士之高选。近者以辟召不慎,切责三公,而今并以小文超取选举,开请托之门,违明王之典,众心不厌,莫之敢言。臣愿陛下忍而绝之,思惟万机,以答天望。(《后汉书·蔡邕传》)

这里指鸿都门学为"并以小文,超取选举;开请托之门,违明王之典",故提出"且可消息",主张关闭处理。最后四句,话语力度甚强,言皇帝能够对鸿都门学"忍而绝之",便是"以答天望"。言外之意,若不能"消息",便是皇帝自绝于天!

蔡邕此对,充满体制批判精神,作为臣下文章,已经做到极致。一般场合,皇帝必视为僭越张狂,无法无天,岂能容忍?然仗此特殊语境,"天子"亦唯以暂忍为上。然而灵帝虽作暂忍,此"皂囊"之"密特"封文,旋即为宦官探知,遂致构陷成祸。蔡邕逞一时血性之勇,终罹十年流放之灾。然而篇章流传未绝,遂成千古壮烈奇文。

蔡邕文章,又有《释诲》之篇。其文撰于作者早期闲居在家之时,本传谓:"不交当世。感东方朔《客难》及扬雄、班固、崔骃之徒,设疑以自通,乃斟酌群言,韪其是而矫其非,作《释诲》以戒厉云尔",① 是本篇之作,乃沿袭传统"答客难""解嘲"题材,以"自通"其

---

① 《后汉书·蔡邕传》,中华书局1965年版,第1980页。

志,同时亦有矫正前贤之意云。文章设"务世公子""华颠胡老",二人对话,以取教训,申之以"推微达著,寻端见绪;履霜知冰,践露知暑。时行则行,时止则止;消息盈冲,取诸天纪。利用遭泰,可与处合;乐大知命,持神任己"等君子处世哲理。而乐天知命、进退有时之核心思想,则与诸前贤并无太多差异,此为青年蔡邕之人生理解,社会批判精神稍弱,而与其晚年思想有所不同。

第二节　蔡邕的碑诔文

章、表、奏、议、对问等朝政制式文章之外,其余体式文章,蔡邕亦称大家。尤以碑诔文字,公认为当时一流作者。今存所撰相关作品,包括残篇断章,亦有近百之数。其最负盛名者,即《郭泰碑》。此篇为萧统《文选》所收,①古来传诵。按郭泰字林宗,太原界休人,家世贫贱,且早孤,而勤奋学习,博通坟籍,善谈论,美音制,长成后游洛阳,与河南尹李膺等友善,名震京师。司徒黄琼等尝举为"有道",故或称"郭有道"。公卿前后相辟,并不应。② 林宗善于人伦,而鲜作危言骇论,故宦官擅政,虽颇仇视,竟不能伤。及党事起,遂闭门教授,子弟以千数。后病卒,远近赴葬者以万数。本篇碑文,开首追述郭泰出身,远绍周之虢叔,此固碑体之制式。然后述其为人:

---

① 《文选》本篇题作"郭有道碑"。
② 《后汉书·郭泰传》曰:"(泰)性明知人,好奖训士类。身长八尺,容貌魁伟,褒衣博带,周游郡国。尝于陈梁间行,遇雨,巾一角垫。时人乃故折巾一角,以为'林宗巾',其见慕皆如此。"(中华书局1965年版,第2225页)

夫其器量弘深,姿度广大,浩浩焉,汪汪焉,奥乎不可测已。若乃砥节厉行,直道正辞,贞固足以干事,隐括足以矫时。遂考览六经,探综图纬,周流华夏,随集帝学,收文武之将坠,拯微言之未绝。于时缨緌之徒,绅佩之士,望形表而影附,聆嘉声而响和者,犹百川之归巨海,鳞介之宗龟龙也。尔乃潜隐衡门,收朋勤诲,童蒙赖焉,用袪其蔽。州郡闻德,虚己备礼,莫之能致。群公休之,遂辟司徒掾,又举有道,皆以疾辞。将蹈鸿涯之遐迹,绍巢许之绝轨,翔区外以舒翼,超天衢以高峙。(《文选》卷五八)

碑文强调郭泰作风,一为"器量弘深",二为"直道正辞"。前者为胸怀修养,后者是德行言语。此固传统美德,亦当时清流所崇。故而李膺等儒林领袖,莫不与之交友,而万千学子,亦以郭泰为师表。蔡邕与碑主生前,彼此仰慕,了解殊深。先时有人劝说郭泰仕进,而泰答以:"吾夜观乾象,昼察人事,天之所废,不可支也!"[1]可知其对于汉朝大势,看法悲观至极,与蔡邕"亡国"之论,如出一辙,可谓人同此心。故送葬之时,众多名士公推蔡邕,执笔拟此碑文。而本篇文章,言简意赅,能得精要。邕写定之后,谓挚友卢植曰:"吾为碑铭多矣,皆有惭德;唯郭有道无愧色耳!"[2]可见本篇文字,循名责实,词无虚美,写出碑主固有精神。而作者心怀敬意,笔含深情,写来铿锵有声,体现"直道正辞"。尤其"将蹈鸿涯之遐迹"等四句,意象高渺,又对偶工整,可谓声情并茂,词义兼长。蔡邕自视本篇甚高,固是其宜。

---

[1] 《后汉书·郭泰传》,中华书局1965年版,第2225页。
[2] 《后汉书·郭泰传》,中华书局1965年版,第2227页。

然而蔡邕不须"惭德"者,非止郭泰一篇,其所撰《范丹碑》,亦无愧为优秀篇章。范丹其人,亦非达官贵人,为品高德劭正直文士而已。邕与丹并无利益关系,唯慕其为人,服其风致,乃有本篇之作。其云:

> 君受天正性,志高行洁,在乎幼弱,固已巍然有烈节矣。时人未之或知,屈为县吏。亟从仕进,非其好也。退不可得,乃托死遁去,亲戚莫知其谋,遂隐窜山中。……以处士举孝廉,除郎中、莱芜长。未出京师,丧母行服。故事,服阕后还郎中,君遂不从州郡之政。凡其事君,过则弼之,阙则补之,通清夷之路,塞邪枉之门,举善不拘阶次,黜恶不畏强御。其事繁博,不可详载。雅性谦俭,体勤能苦,不乐假借。与从事荷负徒行,人不堪劳,君不胜其逸。辟太尉府,俄而冠带士咸以群薰,见嫉时政,用受禁锢。君罹其罪,闭门静居,九族中表,莫见其面。晚节禁宽,困于屡空,而性多检括,不治产业,以为卜筮之术,得因吉凶,道治民情,以受薄偿,且无咎累,乃鬻卦于梁、宋之域。好事者觉之,应时辄去。禁既蠲除,太尉张公、司徒崔公前后四辟,皆不就。仕不为禄,故不牵于位;谋不苟合,故特立于时,是则君之所以立节明行,亦其所以后时失途也。(《范丹碑》,《全后汉文》卷七七)

碑主范丹,虽无郭泰盛名,亦一有行之士。① 其人未尝出任高官,又"后时失途",仕途偃蹇,且生活清苦,"困于屡空",而蔡邕不以为耻,

---

① 据谢承《后汉书》:"范丹字史云,陈留人。所居卑陋,有时绝粮。闾里歌之曰:'甑中生尘范史云。'"〔清〕姚之骃著《后汉书补逸》卷一〇,台北:商务印书馆影印文渊阁《四库全书》史部第402册,第468页。

反而更钦佩其"志高行洁""立节明行"。本篇具述范丹高洁事迹,在官时"通清夷之路,塞邪枉之门"等,写出刚直性格,正气凛然。又述其罹党祸之厄,禁锢一时,而"雅性谦俭,体勤能苦"等平日作风,更增添其钦敬之情。篇中文字,情绪饱满,文气充盈,尤其"通清夷之路"等四句,为篇中点睛之笔,碑主人物风采,想象立见。本篇与《郭有道碑》,堪称蔡邕碑文双璧。

蔡邕传世碑诔文章,佳者尚有《处士圈典碑》。本篇碑主,为当时又一"处士",毕生与官场无涉,碑文谓其人"深总历部,纤入艺文。藻分葩列,如春之荣",学问辞藻,功力深厚;又说"乃遂隐身高数,稼穑孔勤","不义富贵,譬诸浮云。州郡礼招,休命交集,徒加名位而已,莫之能起也",官场名利,视若敝屣,不屑一顾,甘愿过清贫生活。又说"博士征举至孝,耻已处而复出,若有初而无终",能守一而终。蔡邕认为,此人虽是"处士",略无权势可言,但"伟德若兹,唯世之英",无碍其为时代精英人物,故碑而铭之,以纪其"守死善操"之德。碑文又云:"建宁二年六月卒。临没顾命曰:'知我者其蔡邕。'乃为铭。"此语表明,蔡邕当日文名极高,而邕与圈典,生前颇相知相赏,故此碑为二人知交之结晶,同时亦体现蔡邕之平民意识,重视文德,操守可贵。

以上诸碑之外,蔡邕还撰有《朱穆坟前方石碑》《汝南周勰碑》《太尉杨赐碑》等,纪念其人言行,赞颂正面品格,颇含人生或社会意义。不可否认,蔡邕亦有若干应酬或奉命之作,如所撰多篇"太傅""太尉""司空"之碑(如《太尉杨秉碑》《太傅胡广碑》《太尉李咸碑》《太尉陈球碑》《太尉刘宽碑》《太尉袁汤碑》《司空袁逢碑》《司空房桢碑》等),大多数是应酬之作,文中颇多浮词泛语,空洞夸饰,虚与委蛇,人情请托,痕迹显然。尤其如《司徒袁公夫人马氏碑》《袁满来碑》等,实无可取者。后篇碑主,史上无名,原是"太尉公之孙,司徒公之子",文中称其"明习《易学》,从诲如流。百家众氏,遇目能识。

事不再举,问一及三,具始知终。情性周备,夙有奇节"等等,似为天才秀出,又说"允公族之殊异,国家之辅佐",赞不绝口。而揆其实,其人不过一权门少年,"降生不永,年十有五,四月壬寅,遭疾而卒",蔡邕为此十五岁少年撰碑文,显系受人之托,谬加褒奖。蔡邕为权臣、权臣夫人、权臣子孙撰写碑诔,此其文章之糟粕。

总体言,蔡邕碑诔文章,东汉一代,无与争先。刘勰谓:"自后汉以来,碑碣云起,才锋所断,莫高蔡邕。观杨赐之碑,骨鲠训典;陈(球)、郭(泰)二文,词无择言。周乎众碑,莫非清允。其叙事也该而要,其缀采也雅而泽,清词转而不穷,巧义出而卓立,察其为才,自然而至。"(《文心雕龙·诔碑》)

第三节 蔡邕的赋与诗

汉末文坛,蔡邕亦称诗赋大家。其赋今存十余篇,其最著者,即《述行赋》。本篇有序曰:

> 延熹二年秋,霖雨逾月。是时梁冀新诛,而徐璜、左悺等五侯擅贵。于其处又起显阳苑于城西,人徒冻饿,不得其命者甚众。白马令李云以直言死,鸿胪陈君以救云抵罪。璜以余能鼓琴,自朝廷敕陈留郡守遣余。到偃师,病不前,得归。心愤此事,遂托所过,述而成赋。(《全后汉文》卷六九)

所述背景,盖在桓帝延熹三年(160)。上年八月丁丑,朝廷发生重大变故,大将军梁冀在政变中被诛。主谋者为桓帝本人,诸宦官为其爪牙。事后中常侍单超、徐璜、具瑗、左悺、唐衡等因功封"五县侯",

权势显赫,专断朝政。本年春正月,白马令李云因直谏下狱死,大鸿胪陈蕃上疏救云,亦以得罪免官。当时中常侍徐璜、左悺等五侯擅恣,闻蔡邕善鼓琴,为取悦桓帝,遂敕陈留太守督促邕,到洛阳献艺,娱乐权贵。邕心怀愤懑,不得已而行,过偃师,终于称疾而归。此篇述此行,故以悲愤为主。开首定下全篇基调:"余有行于京洛兮,遘淫雨之经时。途迍邅其塞连兮,潦污滞而为灾。乘马蹯而不进兮,心郁悒而愤思。聊弘虑以存古兮,宣幽情而属词。"然后以大部文字,描述路途之艰难,"玄云黯以凝结兮,集零雨之溱溱;路阻败而无轨兮,途泞溺而难遵"。并影射此行之被迫无奈。赋中接着又着力披露京城洛阳现实状况:

> 命仆夫其就驾兮,吾将往乎京邑。皇家赫而天居兮,万方徂而星集。贵宠扇以弥炽兮,佥守利而不戢。前车覆而未远兮,后乘驱而竞及。穷变巧于台榭兮,民露处而寝湿。消嘉谷于禽兽兮,下糠粃而无粒。弘宽裕于便辟兮,纠忠谏其骏急。怀伊吕而黜逐兮,道无因而获入。(同上)

此节文字,说朝廷官僚,人皆逐利而不思收敛,而宠幸贵臣则互相勾结,为所欲为。朝中奸佞得志,忠贞受难。又言权臣生活穷奢极欲,而下层百姓则"露处而寝湿",食不果腹,生活无着。如此"京邑",如此朝廷,黑暗腐败,唯见一派乌烟瘴气,令正直人士沮丧。赋末写作者行至偃师,逼近洛阳,而以"病"得免,回归故里。"甘衡门以宁神兮,咏都人而思归;爰结踪而回轨兮,复邦族以自绥。"洛阳既成罪恶之都,蔡邕能够"结踪而回轨",不再前往,心理得到一丝宽慰。

本篇以"述行"为题,记述汉末宦官专权、政治腐败情状,颇含社会批判意义。作者由于被"五侯"徐璜等强制"遣"入京城,赴朝廷为之"鼓琴",实际上被宦官"俳优蓄之",自尊心受到严重伤害,故而其心理的逆反情绪也特别强烈。表现在赋中,对于朝政的谴责遂很尖锐。"述行"之赋,本是汉赋主流题材之一,"京殿苑猎,述行序志,并体国经野,义尚光大"(刘勰《文心雕龙·诠赋》),在两汉"述行"之赋中,本篇贯彻"登高斯赋,义有取乎"(本篇"乱"词)原则,于"义尚光大"之点并不突出,而在"则善戒恶"(同上)方面敏锐激烈,态度明朗,以此自标一帜,成为两汉代表性辞赋之一。本篇在赋史上的重要意义,在于体现出东汉中叶以来,辞赋(尤其是"大赋")写作的基本立场转换,由"润色鸿业"的颂圣立场,转为"则善戒恶"的批判性立场。此转换由张衡开始,而由蔡邕完成。

蔡邕辞赋中尚有另一类作品,传达本身体验,抒述个人情绪,亦有特色。如《协和婚赋》,写婚姻之欢乐。其云:

> 惟情性之至好,欢莫备乎夫妇。受精灵于造化,固神明之所使。事深微以玄妙,实人伦之端始。考遂初之原本,览阴阳之纲纪。乾坤和其刚柔,艮兑感其腜肶。葛覃恐其失时,标梅求其庶事。唯休和之盛代,男女得乎年齿。婚姻协而莫违,播欣欣之繁祉。
>
> 良辰既至,婚礼以举;二族崇饰,威仪有序。嘉宾僚党,祈祈云聚。车服照路,骖騑如舞,既臻门屏,结轨下车。阿傅御竖,雁行蹉跎;丽女盛饰,晔如春华。(《全后汉文》卷六九)

篇中惊呼男女人伦关系"深微""玄妙",发出好奇感叹;对于步入婚姻殿堂,表示无限欢欣满足,谓之"唯情性之至好,欢莫备乎夫妇"。作者以写实方式,反复叙述对协和婚姻之欣喜,对男女欢爱之愉悦。"播欣欣之繁祉",人生幸福感洋溢弥漫,充斥笔端。而婚礼过程之仪式,宾朋亲友之云聚,皆使主人心花怒放。目睹现场发生一切,作者心情畅快,甚至驾车马群迈步,亦视若舞蹈,感觉优美。凡此种种,当是青年新婚,纯真欢愉心态写照。故而本篇撰写,当在蔡邕早年。本篇题材内容,皆为写实,并非"香草美人"传统写法,与"以夫妇譬君臣"之讽喻传统不同。其情调热烈,感情真挚,在辞赋领域别开生面。

本篇在措辞结句、描摹人物方面,也有独到之处。如:

> 其在近也,若神龙采鳞翼将举;其既远也,若披云缘汉见织女。立若碧山亭亭竖,动若翡翠奋其羽。众色燎照,视之无主;面若明月,辉似朝日。色若莲葩,肌如凝蜜。(同上)

此等写法,自多侧面描摹女子美丽形态,丰富表情,颇为出色。其上承宋玉《高唐》《神女》诸赋,中继傅毅《舞赋》等作,下开曹植《洛神》等篇,形成传统,蔡邕所起作用不小。

本篇之外,蔡邕又有《检逸赋》,内容相近,皆以男女为题材;然而性质不同,含义迥异。陶渊明《闲情赋》序有云:"初张衡作《定情赋》,蔡邕作《静情赋》,检逸词而宗澹泊,始则荡以思虑,而终归闲正。将以抑流宕之邪心,谅有助于讽谏。缀文之士,奕代继作,并因触类,广其词义。……"可知此是讽喻作品系列。关于蔡邕之作,由陶说"《静情赋》,检逸而宗澹泊"语,可知即《检逸赋》也。观今存《检逸赋》残文,"夫何姝妖之媛女,颜炜烨而含荣,普天壤其无俪,旷千载而特生。余心悦于淑丽,爱独结而未并。情罔象而无主,意徙倚而左倾。画骋情以舒爱,夜托梦以交灵"。① 知其文字描写亦颇秾

---

① 〔唐〕欧阳询编,汪绍楹校《艺文类聚》卷一八,上海古籍出版社1982年版,第331—332页。

烈艳丽,然而与《协和婚赋》相异者,《检逸赋》所述为虚象,而《协和婚赋》所写乃实事。前者所继承,为楚辞"香草美人"讽喻写法,而后者所赓续者,乃是《诗三百》民歌"君子好逑"传统。故而二者文字形象虽相类似,而性质主旨颇有不同。

蔡邕所撰男女之赋,除以上两篇,代表不同传统写法外,尚有第三类作品,此即其《青衣赋》。此篇写一"青衣"女子,美丽异常,论其姿质,自当宜在深宫贵府,"宜作夫人,为众女师";然而其出身低微,沦落风尘。篇中两次写及其出身:"叹兹窈窕,产于卑微","伊何尔命,在此贱微",可知有所实指,非泛泛而言。又观赋中所写,作者与此女子关系,甚是密接:"感昔郑季,平阳是私。故因杨国,历尔邦畿。虽得嬿婉,舒写情怀。寒雪缤纷,充庭盈阶。兼裳累镇,展转倒颓。吻昕将曙,鸡鸣相催。伤驾趣严,将舍尔乖。……"据此情节,所写乃是一段路途之中偶遇私合经历。赋中所谓"郑季""平阳",即西汉郑季私通卫媪(生卫青)故事,是明言其私通也。蔡邕此赋,乃自述其一段风流事,私通一民女,而后作别。事后颇为思念,故撰此篇。是本篇所写,固含有美好经历回忆,亦颇夹杂自我宣扬文字。而自曝其私心丑行,固是文士无行检记录。古代文士,优秀如蔡邕者,亦存精神阴暗面,甚不可取。

蔡邕又有不少咏物之赋,悉皆篇幅短小,文字精炼。有咏人物如《短人赋》《瞽师赋》等,有咏文具如《笔赋》《琴赋》《弹棋赋》《圆扇赋》等,有咏动植物如《伤故栗赋》《蝉赋》等,有咏天气地理如《玄表赋》《霖雨赋》《汉津赋》等。此咏物写作路径,自继承先辈传统,如先秦荀况有《云赋》《蚕赋》,宋玉有《风赋》等,西汉如孔臧有《蓼虫赋》《杨柳赋》,贾谊有《簴赋》,羊胜有《屏风赋》,公孙诡有《文鹿赋》,邹阳有《几赋》等等。蔡邕所作,并无新变之功,略而不述。

蔡邕之诗,在东汉后期文士中,最为突出。其作品今存唯七首,然亦汉末文士最多者。其中楚歌体一首,四言体三首,五言体二首,六言体一首。请先述其楚歌一首。此见于上述《释诲》篇末,设为"胡老乃扬衡含笑,援琴而歌"。其词曰:"练余心兮浸太清,涤秽浊兮存正灵。和液畅兮神气宁,情志泊兮心亭亭,嗜欲息兮无由生。踔宇宙而遗俗兮,眇翩翩而独征。"①本首表现蔡邕早期所持"乐天知命,持神任己"思想,作为诗歌,则特色无多。

其四言诗有《答对元式诗》:

> 伊余有行,爰戾兹邦。先进博学,同类率从。济济群彦,如云如龙。君子博文,贻我德音。辞之集矣,穆如清风。(《艺文类聚》卷三一)

本首当是蔡邕流亡吴越十年间,受到当地士流接待,心怀感激之作。文辞虽云朴实无华,诚意流露笔端句间,朋辈慰问"穆如清风",洋溢彼此心田。又一首《答卜元嗣诗》,内容辞意略同。《酸枣令刘熊碑诗》,为蔡邕所撰碑文附诗。其词云:

> 有父子,然后有君臣。理财正辞,束帛戋戋。□梦刻像,鹤鸣一震。天临保汉,实生□勋。明试赋授,夷夏已亲。嘉锡来抚,潜化如神。其神伊何,灵不伤人。(《先秦汉魏晋南北朝诗》之《汉诗》卷七)

本首作品辑自《图经》,有阙字,其真实性颇存疑问。严可均辑《蔡中郎集》云:"唐王建题此碑云:'苍苔满字土埋龟,风雨消磨绝妙辞。

---

① 《后汉书·蔡邕传》,中华书局1965年版,第1989页。

不向图经中旧见,无人知是蔡邕碑。'蔡,陈留圉人,酸枣属陈留。蔡为《酸枣令德政碑》,容或有之。《图经》者,陈留旧志。梁刘昭注补《续汉志》陈留郡:'此《陈留志》十一事。'乃魏晋古书,王建或尝见之,语非凿空。今依《图经》入蔡集。洪景伯诋此碑文有云:'七业勃然而兴,咸居今而好古。其诗则曰:'有父子然后有君臣。文律如此,难以谓之绝妙辞。'朱彝尊力辨之,谓:'诗以三言、五言,继以四言。足以见文律之古云。'"逯钦立据以录之,①待考。然其文句确实存有古风,朱氏之说可参考。

蔡邕五言诗最堪重视。其《翠鸟诗》曰:

庭陬有若榴,绿叶含丹荣。翠鸟时来集,振翼修形容。回顾生碧色,动摇扬缥青。幸脱虞人机,得亲君子庭。驯心托君素,雌雄保百龄。(《蔡中郎集·外集》)

本首为完整五言体,以"翠鸟"为题,咏得脱险境,托身君子。当是诗人流放十年期间所撰,以赠友好。本首构篇简洁,词意明了,既有描绘,重在抒发,而"翠鸟"之喻,亦形容皎好,富于美感。要之,本诗形态独立完整,手法精致熟练,诗艺水准较高,超出此前诸多文士如班固、张衡、秦嘉、徐淑等五言作品。与同时之《古诗》比较,大致居于同等发展水平。由于本篇作者切实,写作时代明确,故而更加值得重视,更有代表性,可视之为东汉一代五言诗发展史上最后精品。

蔡邕六言作品为《初平诗》。其辞今仅得二句:"暮宿河南怅望,天阴雨雪滂滂。"辑自《文选》卷二〇《新亭渚别范零陵诗》李善注

---

① 逯钦立辑《先秦汉魏晋南北朝诗》之《汉诗》卷七,中华书局1983年版,第194页。

等。或曰"蔡邕诗序",逯钦立案以为:"选注引此或作'诗序',若尔则此非六言诗,乃诗序之残文。"①按观残句,尤其后句"天阴雨雪滂滂",诗句形态明显,故此二句当非"诗序",属原诗无疑。六言诗在汉魏之间,颇为流行,孔融即有完整六言诗,蔡邕有所涉猎,不足为怪。按诗有"初平"之题,当作于献帝初平年间,是时天下大乱,董卓专权,朝廷由洛阳西迁长安,而蔡邕本人正在迁徙官员之中,本篇所述"暮宿河南怅望"云云,颇合于西迁途中情景,神态毕呈。佳句初现,而篇章不完,唯余"怅望",殊可叹惜。

要之,在汉末文士中,以诗歌成就而论,蔡邕无疑第一。东汉文士,夙重文章、辞赋,向无例外,而蔡邕于二者之外,又重视诗歌,此是打破一代文化传统之举,亦其高于同时文士之处。蔡邕对诗歌的重视和身体力行,实际上改变了两汉文坛辞赋独大的四百年传统,为不久之后建安时期的诗歌复兴,廓清了障碍,由此可以认为,蔡邕是建安诗歌高潮的先驱人物。

第四节　蔡邕的《独断》与文章学理论

蔡邕文章学理论,当为文学领域又一大贡献。其代表作为《独断》。本书题义,可解为"独自判断",即蔡邕个人见解之意。可知其中内容,颇有独到体会,或曰创见。本书系统谈论关于文章写作及使用各种问题,而其重点,则在于论述朝廷日常使用政治性文章,即朝政制式文章之特征及应用规制问题,其意图在建立朝政文章"制

---

① 逯钦立辑《先秦汉魏晋南北朝诗》之《汉诗》卷七,中华书局1983年版,第194页。

式",使之成为共同认可和遵循的规章制度。

朝政制式文章包含两大部分:皇帝文章及臣下文章。皇帝文章主要有"诏令"之类,臣下文章主要有"章表"之类。关于皇帝文章,蔡邕谓.

> 汉天子正号曰"皇帝",自称曰"朕"。臣民称之曰"陛下",其言曰"制、诏",史官记事曰"上",车马、衣服、器械、百物曰"乘舆",所在曰"行在所",所居曰"禁中",后曰"省中",印曰"玺",所至曰"幸",所进曰"御",其命令,一曰"策书",二曰"制书",三曰"诏书",四曰"戒书"。(《独断》,《蔡中郎集》)

蔡邕从最高统治者称谓论起,首先说"皇帝""朕"等等一系列名称,通过名称确定,使皇帝与所有臣民划出一条不可逾越鸿沟,以此建立专属于皇帝个人的文化话语系统。他如此做的目的,就是要在意识形态上树立皇帝的超人间威权。在此专属话语系统中,皇帝所发出文书,包括"策""制""诏""戒"等四"书"。此四"书"实为四种体式,它们被确立起来,成为皇帝文书标准体式。关于臣下文章,蔡邕亦有所论,其谓:

> 凡群臣上疏于天子者有四名:一曰"章",二曰"奏",三曰"表",四曰"驳议"。

与皇帝相比较,臣下"上疏"文章体式,仍然需要认定名称,即是上述"四名"。文章体式名称既已认定,蔡邕便进一步对各种体式做出规制性说明,以确定其写作规范格式,正式确立"制式"。

关于皇帝四"书"之制式,蔡邕论述谓:

策书：策者，简也。《礼》曰："不满百字，不书于策。"其制长三尺，短者半之；其次一长一短两编。下附篆书，起年月日，称"皇帝曰"以命诸侯王、三公。其诸侯王、三公之薨于位者，亦以策书诔谥其行而赐之，如诸侯之策。三公以罪免，亦赐策文，体如上策，而隶书以尺，一木两行，唯此为异者也。

制书：帝者制度之命也，其文曰"制诏"。三公赦令、赎令之属是也。刺史、太守相劾奏，申下上迁书文亦如之。其征为九卿，若迁京师，近官则言官，具言姓名其免。若得罪，无姓。凡制书有印使符下，远近皆玺封，尚书令印重封。唯赦令、赎令，召三公诣朝堂受制书。司徒印封，露布下州郡。

诏书者：诏，诰也。有三品，其文曰："告某官，官如故事。"是为诏书。群臣有所奏请，尚书令奏之，下有"制曰"。天子答之曰："可。"若下某官云云，亦曰"诏书"。群臣有所奏请，无尚书令奏制字，则答曰："已奏。"如书本官，下所当至，亦曰"诏"。

戒书：戒敕刺史、太守及三边营官。被敕文曰："有诏敕某官。"是为戒敕也。世皆名此为"策书"，失之远矣。

关于臣下文章"四名"的写作制式，《独断》中亦有进一步说明：

章者：需头称"稽首"。上书谢恩、陈事，诣阙通者也。

奏者：亦需头，其京师官但言"稽首"，下言"稽首以闻"。其中者所请，若罪法劾案，公府送御史台，公卿校尉送谒者台也。

表者:不需头。上言"臣某言",下言"臣某诚惶诚恐、顿首顿首、死罪死罪"。左方下附曰"某官臣某甲",上文多,用编两行;文少,以五行;诣尚书通者也。公卿、校尉、诸将不言姓,大夫以下,有同姓官,别者言姓。章曰"报闻",公卿、使、谒者,将、大夫以下至吏民,尚书左丞奏闻,报"可";表文报"已奏如书"。凡章、表,皆启封,其言密事,得皂囊盛。

其有疑事,公卿百官会议,若台阁有所正处,而独执异意者,曰"驳议"。驳议曰:"某官某甲,议以为如是";下言"臣愚戆议异"。其非驳议,不言议异。其合于上意者文,报曰"某官某甲议可"。

关于朝政制式文章的写法问题,《独断》中尚有更具体界定,如谓:

汉承秦法,群臣上书皆言"昧死言"。王莽盗位,慕古法,去"昧死",曰"稽首"。光武因而不改,朝臣曰"稽首顿首",非朝臣曰"稽首再拜"。公卿、侍中、尚书,衣帛而朝,曰"朝臣";诸营校尉、将、大夫以下,亦为朝臣。

必须说明,以上所说关于皇帝四"书"及臣下"四名"体式及其写作制式,仅为蔡邕个人之理解及归纳。尽管蔡邕言之凿凿,说来井井有条,但实际朝廷实行办法,未必如他所说,存在相当差异。例如皇帝四"书"中,实际使用的主要是"诏",其它三种制式使用率不高,而且随不同皇帝之爱好习惯而各有取舍。臣下"四名"的使用,则"章""表""奏"等界线往往模糊不清,《独断》所论未必完全符合朝政实际状况,所说制式规定也未必被皇帝及臣下完全遵守。但蔡邕对朝政文章制式性质和特征的总结,具有重大历史意义。自秦始皇建立皇权体制以后,秦汉中央集权制度下,全国重大政治经济军事文化事务,以及人事任免等,皆集中于朝廷处理。君臣之间产生大量朝政文书,它们具有明显体制特征,实际成为当时文章写作主流形态。然而此实际政治生活中被大量使用的政治性应用文章,除李斯曾作为草创者有所论述外,两汉时期从理论上对之作归纳总结者,鲜见其人。全面、系统论述此类朝政文章者,蔡邕《独断》为仅见。故《独断》一书,内容虽然并不专主于文章问题,而是对当时礼制作全面论述;但其中有关朝政文章制式特征之论证部分,被置于全书前列,且其分析概括颇具系统性,为全书中分量最重部分。它们在东汉末的出现,当然是秦汉以来朝政制式文章四百年写作实践的必然反映,同时也是蔡邕个人对文章学理论的重大贡献。《独断》因此具有重要的文学理论价值,在文论史上居于关键地位。总之,《独断》将中国古代文章学推上一个新的高度,是蔡邕在文章诗赋创作之外,对文学事业所作出的又一重大贡献。而写作与理论两方面的成就,也使蔡邕登上了一座"全景式"文学巅峰。①

　　蔡邕一生,虽曾为朝堂大员、台阁重臣,亦尝远窜北地,亡命吴越,最终意外陨丧。颠沛流离,大起大落,颇具戏剧性。为此其事迹为后人乐道,长久流传。然而时间悠远,口耳相传,不免失真,遂有陆游"死后是非谁管得,满村听说蔡中郎"(《小舟游近村三首》,《剑南诗稿》卷三三)之叹。而高明《琵琶记》竟沿袭民间传说,将蔡邕(伯喈)写成寡廉鲜耻负心汉,以作节妇赵五娘之陪衬,亦甚堪叹。

　　综观蔡邕毕生,虽然身当汉末乱局、王纲将绝之际,而其文学事

---

① 参见刘跃进《〈独断〉与秦汉文体研究》,载《文学遗产》2002年第5期。徐公持《论秦汉制式文章的发展及其文学史意义》,载《文学遗产》2011年第4期。

业,藉此衰世,振作精神,成就巨大。其主要成就在于:在文学精神方面,趁皇权衰弱之际,借"天意""天命"为工具,实现了对皇权的严厉批判;它体现了文士独立意识的觉醒,在古代皇权—宗法社会中,是一件难能可贵的勇敢者事业。在文学特别是辞赋的功能方面,他完成了由"润色鸿业"向"则善戒恶"的重大转换,该转换过程由张衡开始,而由蔡邕完成,由此在相当程度上改变了汉代文学对权力的长期依附性格。在文学手段和样式方面,他改变了汉代四百年视辞赋作为主要文学园地的传统,在不废辞赋的同时,将写作精力分散到诗歌和文章等其他领域,对汉魏诗歌的复兴,起了重要的奠基作用。可以认为:蔡邕是建安诗歌复兴的先驱。他同时在文学理论上的建树,特别是对制式文章的归纳总结,可谓秦汉皇权体制和礼乐制度确立以来的第一人。要之,他无愧于汉代文学的总结者,同时也为魏晋文学的开启铺平了道路,他取得了综合性的成就,是东汉文坛最后一位巨匠。

第十章 汉乐府歌辞

第一节 汉乐府及其歌辞

"乐"是以音乐演奏为核心,包括了歌唱、舞蹈等表演元素的综合性艺术形态,也是中国古代最重要的传统礼制文化现象之一。乐在殷代已经进入较高发展阶段。① 入周,"乐"更得到高度重视,西周初"周公制礼作乐",②基本上可以确认为事实。自此"乐"与"礼"

---

① 郭茂倩曰:"其礼乐之备,可以考而知者,唯周而已。"(《乐府诗集》卷一"郊庙歌辞")据近代考古得知,商代之乐,已经相当发达,有出土乐器为证。如埙在商代基本定型,出土于安阳殷墟、辉县市琉璃阁等地的陶埙都有五个按音孔;磬有出土于安阳武官村大墓的虎纹石磬;鼓有以陶土烧制的商代早期"土鼓";商代的钟为三枚一套或五枚一套,殷墟妇好墓出土的五件钟约当 G、A、C、F、(?)、G,可构成四声音阶序列。我国现存最古老的出土青铜乐器"大铙",亦是商代之物,湖南发现最多,1993 年一次就出土九件,据测音,每件铜铙能发出一两个不同的乐音,编合起来,五音俱全,可以演奏各种乐曲。

② 《礼记·明堂位》:"六年,(周公)朝诸侯于明堂,制礼作乐,颁度量,而天下大服。"今存《诗经》中《周颂》《大雅》中篇章,大部分即是当初乐章之文辞。

建立起密切关系，"乐"是体现"礼"之规则和精神的重要手段和途径，可以说二者互为表里。① "乐"在周代进入成熟阶段，成为周王朝和诸侯国礼制文化的组成部分，所谓"朝觐之礼""聘问之礼""燕享之礼"等，皆不可缺"乐"的配合。今存《诗经》中的许多作品，包括《风》《雅》《颂》各部分，即是当初周王朝以及诸侯国各种"乐"的歌辞部分。春秋时期儒家秉承周公礼乐精神，将"乐"定位为"六艺"之一。秦始皇统一天下，实行严刑峻法，有"焚书坑儒"之举，儒家礼乐因此受到严重打击，不过他也并不完全排斥"乐"的实用功能。② 汉初刘邦对儒者颇为不敬，接着"孝文帝本好刑名之言；及至孝景，不任儒者"（《史记·儒林列传》）；而武帝初，窦太后主政，也"治黄老言，不好儒术"（《史记·封禅书》），故而在汉前期五十多年间，礼乐事业虽有若干必备规矩，却制度未臻完备，内容不免简陋。至武帝亲政，采纳董仲舒建言，实行罢黜百家、独尊儒术文化政策，礼乐建设受到空前重视，"乐府"体制及相关机构遂得到决定性发展。

顾名思义，"乐府"是管理"乐"的官方机构。相关记载较早见于《史记·乐书》："高祖崩，令沛得以四时歌儛宗庙。孝惠、孝文、孝

---

① 《礼记·乐记》曰："故礼以导其志，乐以和其声，政以一其行，刑以防其奸。礼乐刑政，其极一也，所以同民心而出治道也。"可见"礼""乐"皆是"治道"之手段。孔子多"礼""乐"合说，如："先进于礼乐，野人也；后进于礼乐，君子也。"（《论语·先进》）在《史记》中，《礼书》之下即是《乐书》；《乐书》中谓："治定功成，礼乐乃兴。"而在《汉书》中，"礼""乐"相合为《礼乐志》。宋代陈旸释礼与乐为"道"与"器"之关系："周公制礼作乐而颁度量，则以道寓器，以器明道。夫然后天下得以因器会道，中心悦而诚服矣。"（《乐书》卷六《明堂位》）可参考。

② 《史记·秦始皇本纪》载："始皇不乐，使博士为仙真人诗，及行，所游天下，传令乐人歌之。"可知始皇身边亦有"博士""乐人"制作又"歌"。汉初，"叔孙通作汉礼仪"（《史记·儒林列传》），其中包括"乐"。

景,无所增更于乐府,习常肄旧而已。"据此则"乐府"在汉初早已存在。① "乐府"机构隶属于朝廷"九卿"之一的"少府",其长官为"乐府令"。② 由于"少府"的职能主要是为皇帝个人服务,③所以"乐府"的工作性质也当然具有皇家御用色彩。自汉武帝以后,"乐府"功能有所增强,作为它的管理对象和直接产品的"乐",其施用范围也得以拓宽,凡皇家大典、朝廷朝会、神灵奠享、宗庙祭祀等各种仪典,还有征伐行军以及官员宴飨等娱人场合,皆有所用,"以饮食之礼亲宗族兄弟,以宾射之礼亲故旧朋友,以飨燕之礼亲四方之宾客,大行人掌大宾之礼、大客之仪,以亲诸侯。……"(《周礼·大宗伯》)。乐府的具体职能,除了在各种场合演奏乐之外,还有制作乐的繁重工作。对此《汉书·礼乐志》记述道:"初,高祖既定天下,过沛,与故人父老相乐,醉酒欢哀,作'风起'之诗,令沛中僮儿百二十人习而歌之。至孝惠时,以沛宫为原庙,皆令歌儿习吹以相和,常以百二十人为员。文、景之间,礼官肄业而已。至武帝定郊祀之礼,祠太一于甘泉,就乾位也;祭后土于汾阴泽中,方丘也。乃立乐府,采

---

① 关于"乐府"机构之设立时间问题,《汉书·礼乐志》谓:"至武帝定郊祀之礼,祠太一于甘泉,就乾位也。祭后土于汾阴,泽中方丘也。乃立乐府,采诗夜诵……"颜师古注曰:"始置之也。'乐府'之名,盖起于此,哀帝时罢之。"据此,则"乐府"之设立,在武帝时,而非此前。然而,上引《史记·乐书》已述"孝惠"时已有"乐府",而《汉书·礼乐志》中另一处文字亦曰:"孝惠二年,使乐府令夏侯宽备其箫管……"似在惠帝时"乐府"即已有之。二者说相抵牾,不知孰是。
② 前注引《汉书·礼乐志》已述"孝惠二年,使乐府令夏侯宽……"云云,此为"乐府令"官职最初记载。另有"协律都尉"之官,见《史记·乐书》:"令侍中李延年次序其声,拜为协律都尉……"《汉书·礼乐志》亦有其文。
③ 据《汉书·百官公卿表》,"乐府"为朝廷"卿"之一"少府"之"属官",而少府功能,则是"大司农供军国之用,少府以养天子也"(颜师古注),是专门服务于皇帝的机构。

诗夜诵，有赵、代、秦、楚之讴，以李延年为协律都尉，多举司马相如等数十人，造为诗赋，略论律吕，以合八音之调，作十九章之歌，以正月上辛，用事甘泉圜丘，使童男女七十人俱歌，昏祠至明。……"这里简略叙述汉初至武帝时期乐府及其工作概况，其中述"乐"之制作，大致有两种方式，一为专人（有皇帝本人及其"夫人"，亦有司马相如等文士）作辞（"造为诗赋"），然后配以曲调（"略论律吕"），成为乐歌；二为由"乐府"主持，实行"采诗"，将"赵、代、秦、楚之讴"采集入乐，成为乐府演出的乐歌。对此颜师古注曰："采诗，依古遒人徇路，采取百姓讴谣，以知政教得失也。"缘此众多地方民间歌谣，藉官方渠道进入朝廷，成为乐府作品，从而得以长久保存，幸免于遗失。

"乐"的歌词部分，称"乐府歌辞"，这是汉代文学重要构成部分。今存乐府歌辞，虽有遗失，但数量仍然不少，它于辞赋、文章、文人诗歌之外，构成汉代文学重要板块之一。乐府歌辞按照作者身份，大致可区分为帝王贵族个人之作、著名文士之作以及无名氏的民间之作。按照其"乐"的属性划分，则基本上可分为朝廷庙堂乐歌辞和其他乐歌辞两大部分，细分之则有十余门类。① 朝廷庙堂乐歌辞主要有《郊祀歌》（包括《练时日》《帝临》等十九篇）、《安世房中歌》（包括"大孝备矣""粥粥音送"等十七章），其他乐歌辞则有《铙歌》（包括《朱鹭》《思悲翁》等十八篇，一说二十一篇）、《相和歌辞》、《杂曲歌辞》、《杂歌谣辞》等。

---

① 关于乐府的门类，纪昀等谓："是集（指《乐府诗集》）总括历代乐府，上起陶唐，下迄五代，凡郊庙歌词十二卷，燕射歌词三卷，鼓吹曲词五卷，横吹曲词五卷，相和歌词十八卷，清商曲词八卷，舞曲歌词五卷，琴曲歌词四卷，杂曲歌词十八卷，近代曲词四卷，杂谣歌词七卷，新乐府词十一卷。"（《四库全书总目》卷一八七"《乐府诗集》一百卷"）

汉代《郊祀歌》作于武帝时,作者有司马相如等当时最著名文士,①内容主要歌颂天地四时、祖宗神灵,"经纬天地,作成四时。精建日月,星辰度理。阴阳五行,周而复始。云风雷电,降甘露雨"(《唯泰元》),赞颂皇权天授,神圣护佑,"广大建祀,肃雍不忘;神若宥之,传世无疆"(《朱明》);同时也祝颂国泰民安,谓"海内安宁,兴文匽武"(《帝临》),"百姓蕃滋,咸循厥绪;继统共勤,顺皇之德"(《唯泰元》)等。此外也有赞美天地降灵,神物瑞应,如"鼎""灵芝""天马""赤雁""赤蛟"之类,最后是高歌"礼乐成,灵将归。托玄德,长无衰"(《赤蛟》)。就其思想取向言,多数歌辞以宣示皇权威灵为主,同时张扬礼乐精神,体现着对于儒术的尊奉,与汉武帝之后的思想文化路线保持一致;但也有一些作品,如《玄冥》:

玄冥陵阴,蛰虫盖藏。草木零落,抵冬降霜。易乱除邪,革正异俗。兆民反本,抱素怀朴。条理信义,望礼五岳。籍敛之时,掩收嘉谷。(《汉书·礼乐志》)

"抱素怀朴"与"条理信义"并举,黄老和儒术主张杂糅,关怀民生与神灵信仰兼具,多少保留着西汉前期文、景之治时代的政策和风尚遗存。

《天马》是《郊祀歌》中特殊的一篇,歌辞由汉武帝刘彻亲撰:

太一贡兮天马下,霑赤汗兮沫流赭,骋容与兮跇万里,今安匹兮龙与友。

天马来兮从西极,经万里兮归有德。承灵威兮降外国,涉

---

① 《汉书·礼乐志》:"至武帝定郊祀之礼,……以李延年为协律都尉,多举司马相如等数十人,造为诗赋,略论律吕,以合八音之调,作十九章之歌。"(中华书局1962年版,第1045页)

流沙兮四夷服。(《史记·乐书》)

关于本篇之产生背景及文本状况,诸说颇为纷繁。① 这里取《史记·乐书》所载文本。自此文本观之,则辞气壮盛,出语不凡;居高临下,气势磅礴;高唱"踂万里""龙与友",明白透露个人成仙之内心欲望;

---

① 汉武帝时获"天马"及作《天马》之歌事,有关背景记载有多处。最早有《史记·乐书》,其谓:"……又尝得神马渥洼水中,即复次以为《太一之歌》,歌曲曰:'太一贡兮天马下,沾赤汗兮沫流赭,骋容与兮踂万里,今安匹兮龙与友。'后伐大宛,得千里马,马名'蒲梢',次作以为歌,歌诗曰:'天马来兮从西极,经万里兮归有德。承灵威兮降外国,涉流沙兮四夷服。'中尉汲黯进曰:'凡王者作乐,上以承祖宗,下以化兆民。今陛下得马,诗以为歌,协于宗庙,先帝百姓,岂能知其音邪?'上默然不悦。丞相公孙弘曰:'黯诽谤圣制,当族。'"(中华书局 1964 年版,第 1179 页)其次《汉书》中有相关记载三处,第一处在《武帝纪》元鼎四年六月,二处亦在《武帝纪》太初四年春,第三处在《礼乐志》,先载《郊祀歌》之篇:"太一况,天马下。霑赤汗,沫流赭。志俶傥,精权奇。籋浮云,晻上驰。体容与,迣万里。今安匹,龙为友。"然后谓"元狩三年,马生渥洼水中,作"。接着又载另一歌辞之文:"天马徕,从西极;涉流沙,九夷服。天马徕,出泉水;虎脊两,化若鬼。天马徕,历无草;径千里,循东道。天马徕,执徐时;将摇举,谁与期?天马徕,开远门,竦予身,逝昆仑。天马徕,龙之媒;游阊阖,观玉台。"然后谓:"太初四年诛宛王,获宛马作。"《汉书·张骞传》曰:"初,天子发书,《易》曰:'神马当从西北来。'得乌孙马,好名曰'天马';及得宛汗血马,益壮,更名乌孙马曰'西极马',宛马曰'天马'云。"再者《后汉书·光武十王列传》有云:"中元二年,已赋诸国,故不复送,并遗宛马一匹,血从前髆上小孔中出。常闻武帝歌《天马》'沾赤汗',今亲见其然也。"按以上诸说,头绪纷繁。即以《史记·乐书》一篇所载,与"天马"相关歌辞即有二"歌",一为"歌曲曰"("太一贡兮天马下"),二为"歌诗曰"("天马来兮从西极")。至于《汉书》所载三处相关文字,更互相矛盾,彼此龃龉,如发生时间一作"元鼎四年",一作"太初四年",一作"元狩三年",而歌辞文本,亦与《史记》所载不同,作三字句,章四句,全篇六章。郭茂倩《乐府诗集》卷一所录《汉郊祀歌》则以《汉书》六章为本。面对此况,实难取舍,权衡再三,要以《史记》所载二"歌"更可信,拟为首选。而自汲黯"今陛下得马,诗以为歌"之言析之,此歌辞有可能为武帝亲撰。

而"承灵威兮降外国,涉流沙兮四夷服"等歌辞,略见汉武帝"雄才大略"之气概。又句式篇章,不脱楚辞格调风气,体现出从刘邦开始的刘汉皇家一贯"乐楚声"传统。

《安世房中歌》作于汉初,其作者是高祖刘邦唐山夫人,①此亦以楚声为基调的乐歌,颇得刘邦个人喜爱,从而成为朝廷官方之乐。歌辞内容主要赞颂刘汉皇朝功德,垂福下民,谓"上天高贤,愉乐民人","承容之常,承帝之明。下民安乐,受福无疆"等。篇中颇强调孝之为德,谓"皇帝孝德,竟全大功,抚安四极","乃立祖庙,敬明尊亲。大矣孝熙,四极爰轃","大孝备矣,休德昭清。高张四县,乐充宫廷","孝道随世,我署文章"等。

《郊祀歌》《安世房中歌》,以其应用朝廷及供奉庙堂之功用,可谓高贵显赫,它们是汉代皇家乐府功能的首要体现者。但其颂圣性质及祀神功能,限制了艺术成分的生长和个人性的发挥,自文学角度观之,大部分作品虽然雍容典雅,神圣肃穆,而实际内容嫌空泛,流于平淡,鲜见风格特色,尤其缺乏社会和人生内涵。郊祀歌辞虽然不少作品出自司马相如等一流文士之手,但为适应礼乐规制之需要,此等朝廷仪典文字,庙堂赞歌,固不容其发挥个人才情,只能削足适履,结果便是无论内容文字,大部分不免于因循陈套,空泛刻板,徒具声势,缺乏生活气息及艺术感染力。唯一值得关注者,便是出自武帝刘彻之手的《天马》歌,此篇自制伟辞,略无顾忌,机杼独

---

① 按:唐山夫人其人事迹,史载不详。《汉书·礼乐志》载"周有'房中乐',至秦名曰'寿人',凡乐,乐其所生,礼不忘本,高祖乐楚声,故《房中乐》楚声也。孝惠二年,使乐府令夏侯宽备其箫管,更名曰'安世乐'。"(中华书局1962年版,第2043页)又郭茂倩《乐府诗集》卷八谓:"《宋书·乐志》曰:魏文帝黄初二年,议者以《房中》歌后妃之德,所以风天下、正夫妇,乃改为《正始之乐》。"(中华书局1979年版,第109页)

舒、威灵显赫,充斥笼盖天地之威权自信,亦即常人无法模仿的帝王"霸气",独具精神之震撼力。

《铙歌》即"短箫铙歌",又称"鼓吹曲辞",在音乐性质上属于军乐,①它虽然也属于朝廷官方之乐,但由于应用场合不同,更由于其歌辞的特殊产生情况,故而不全是颂圣娱神、宣示威灵之作,也包含描写平民生活场景和表现民众心态的作品,比前述两大类乐歌中那些着意于颂圣祭神、宣示皇权威灵之辞充实得多。又《铙歌》吸收参杂少数民族音乐成分,所以在风格上也呈现特别面貌,与《郊祀歌》《安世房中歌》颇为不同。今存汉《铙歌》二十二首,②歌辞的实际内容,极为庞杂,此情况应当与其产生流传过程比较复杂有关。③ 自歌辞内容看,

---

① 蔡邕《礼乐志》曰:"汉乐四品,其四曰'短箫铙歌',军乐也。黄帝、岐伯所作,以建威扬德,风敌劝士也。"1959年出土于湖南省宁乡县老粮仓师古寨山顶的"宝象纹铜铙",通高70厘米、重67.25公斤,为商代的打击乐器,其用途一是用于军旅,以号召部众,指挥军阵。二是用于祭祀和宴乐时配合其他乐器击奏打节拍。1977年出土于崇阳的横置两面铜鼓,通高75.5厘米,重42.5公斤。鼓身遍施饕餮纹,鼓面边饰排列三周乳丁纹,为商代又一打击乐器。

② 《古今乐录》曰:"汉《鼓吹铙歌》十八曲,字多讹误。一曰《朱鹭》,二曰《思悲翁》,三曰《艾如张》,四曰《上之回》,五曰《拥离》,六曰《战城南》,七曰《巫山高》,八曰《上陵》,九曰《将进酒》,十曰《君马黄》,十一曰《芳树》,十二曰《有所思》,十三曰《雉子班》,十四曰《圣人出》,十五曰《上邪》,十六曰《临高台》,十七曰《远如期》,十八曰《石留》,又有《务成》《玄云》《黄爵》《钓竿》,亦汉曲也,其辞亡。或云《汉铙歌》二十一,无《钓竿》。《拥离》亦曰《翁离》。"〔宋〕郭茂倩编《乐府诗集》卷十六引,中华书局1979年版,第225页)

③ 关于《铙歌》歌辞内容庞杂问题,历来论者颇为关注,并各有说。余冠英先生《乐府诗选》解释谓:"大约铙歌本来有声无辞,后来陆续补进歌辞,所以时代不一,内容庞杂。其中有叙战阵,有纪祥瑞,有表武功,也有关涉男女私情的。有武帝时的诗,也有宣帝时的诗,有文人制作,也有民间歌谣。"

有与战争及军人生活直接相关者,如《战城南》:

> 战城南,死郭北,野死不葬乌可食。为我谓乌:"且为客豪,野死谅不葬,腐肉安能去子逃?"水深激激,蒲苇冥冥。枭骑战斗死,驽马徘徊鸣。梁筑室,何以南?何以北,禾黍不获君何食?愿为忠臣安可得?思子良臣,良臣诚可思。朝行出攻,暮不夜归。(《乐府诗集》卷一六,文字有校改)

本篇主旨是描述战争之残酷。一章所咏,为战场死亡随时可能发生,野死乌食,战士变成了"腐肉",人生何等惨烈!二章咏战士已亡,而坐骑尚徘徊战场,哀鸣声嘶嘶,水深草茂,荒凉落寞,情景凄凉。三章先说桥("梁")上筑室,路不能通,此是以比兴铺垫,意思为做事不合理、不妥当;末句说阵亡之后,已难当"忠臣",哀情绵长。四章以思念"良臣"为题,咏叹朝出暮不归,感叹献身精神。自以上内容取向看,本篇渲染战争之残酷,悼念勇敢战死者;同时也寓含了对于充当"忠臣"的价值思考:一方面"良臣诚可思",当一名"良臣"是正面行为,值得肯定和赞颂;另一方面,当"忠臣"要付出死亡代价,"禾黍不获君何食?愿为忠臣安可得?"要生命,还是要当"忠臣"?即使付出生命,"忠臣"也未必可得。歌辞的答案既明确,又不明确。正是这种价值思考,增添了歌辞的思想深度。全篇场面,情景交汇,互为映衬,而思虑深沉,情调悲凉,悼念死者,唱出面对死亡的崇高人性。

然而《铙歌》中大部分作品,内容竟与战事不相干。其中有皇帝之赞歌,如《上之回》之"上"即指皇上,谓"……游石关,望诸国,月支臣,匈奴服。令从百官疾驱驰,千秋万岁乐无极"。又《上陵》,写"甘露初二年,芝生铜池中;仙人下来饮,延寿千万岁"云云,为神仙家言。《临高台》《远如期》等篇亦是。这些歌辞的存在,证明了《铙歌》的朝廷官方背景。不过令人生奇的是,今存《铙歌》中不少作品,内容竟是婚姻爱情题材,与"军乐"性质似乎不相匹配,如以下诸篇即是:

有所思,乃在大海南。何用问遗君?双珠瑇瑁簪,用玉绍缭之。闻君有他心,拉杂摧烧之!摧烧之,当风扬其灰。从今以往,勿复相思。相思与君绝,鸡鸣狗吠,兄嫂当知之。妃呼狶!秋风肃肃晨风飔,东方须臾高知之。(《有所思》,《乐府诗集》卷一六)

上邪!我欲与君相知,长命无绝衰。山无陵,江水为竭。冬雷震震,夏雨雪,天地合,乃敢与君绝!(《上邪》,《乐府诗集》卷一六)

巫山高,高以大;淮水深,难以逝。我欲东归,害梁不为。我集无高,曳水何梁;汤汤回回,临水远望。泣下沾衣,远道之人,心思归,谓之何?(《巫山高》,《乐府诗集》卷一六)①

前篇出于女子口气,所"思"者当为夫君。一旦得知夫君有"他心",该女子便抛开思念,不再犹豫,将珍贵定情信物"摧烧之",摧烧之不足,又"当风扬其灰",以示其决断,且以"兄嫂"为证。其行为之果决,态度之激烈,颇有女中丈夫之气概;篇中写及"鸡鸣狗吠"等日常生活场景,洋溢乡里生活气氛。中篇亦是女子语气,说"与君相

---

① 按:以上所引乐府诗歌文字,笔者综合各本,略有斟酌取舍。下同。

知,长命无绝衰"之决心,情绪强烈,言辞激昂,所用比兴,天地雷雨,震撼人心。其誓言"乃敢与君绝",态度与前篇正相反,但果决语气略同,显示主人公坚强性格。后篇当为征夫之歌,主旨为"远道之人,心思归",所述"巫山高""淮水深","临水远望""泣下沾衣"等,其景其情,饱含生活体验,颇为真实感人。要之《铙歌》中此类歌辞,内容与皇家官方性质不相匹配,显示平民语气,写出常人生活及真实心态,体现深厚情致,且个性突出。在今存汉代乐府主流乐歌中,其文学价值,最引人瞩目,堪称诗歌精品。此类歌辞,本为民间作品无疑,其《铙歌》歌辞身份的取得,就是乐府"采诗"之结果。或为皇家相关官员"观风俗"提供便利,歌辞文本竟未作任何改变。

《铙歌》中另有若干篇章,文辞滞奥,难以解读,甚至不知所云者,如《朱鹭》:"朱鹭,鱼以乌,路訾邪?鹭何食?食茄下,不之食,不以吐,将以问诛者。"文句艰涩,篇义晦暗,若有所喻,而不知所指;又如《思悲翁》:"思悲翁,唐思夺我美人,侵以遇悲翁也。但我思蓬首,狗逐狡兔,食交君。枭子五,枭母六,拉沓高飞,暮安宿?"章句似有错乱,难以索解,竟成千古文字迷局。如此状况,恐与作品产生年代较早,或者流传过程复杂有关,致使文句舛误不整。① 此类作品,有

---

① 关于《汉铙歌》中部分篇章文句难读问题,《古今乐录》曰:"汉《鼓吹铙歌》十八曲,字多讹误。一曰《朱鹭》,二曰《思悲翁》……"又《乐府诗集》卷十六谓:"《隋书·乐志》曰:《建鼓》,殷所作,又栖翔鹭于其上,不知何代所加。或曰:鹄也,取其声扬而远闻。或曰:鹭,鼓精也。或曰:皆非也,《诗》云:'振振鹭,鹭于飞;鼓咽咽,醉言归。'言古之君子,悲周道之衰,颂声之息,饰鼓以鹭,存其风流。未知孰是。"(中华书局1979年版,第226页)孔颖达曰:"楚威王时,有朱鹭合沓,飞翔而来舞。旧《鼓吹·朱鹭》曲是也。然则汉曲盖因饰鼓以鹭而名曲焉。"或曰"殷所作",或曰"周""楚"之事,难以确考,姑存其说。

些是"古辞",①也有些是无主名作品,它们可能传承自古代先秦时期,也可能是汉朝民间无名氏之作,被采集入乐府,嗣后因种种缘故,在流传过程中篇第有所散佚,或者文字有所淆乱,以致难以解读,亦未可知。《铙歌》中类似歌辞,尚有《艾如张》《翁离》《雉子班》等。

《郊祀歌》《安世房中歌》《铙歌》,皆属于朝廷官方"贵族之乐",或曰"雅乐",②故而实际上它们就是西汉乐府三大主流乐歌。在汉武帝独尊儒术、加强礼乐体制建设之际,它们首先受到重视并得以确立官方的尊崇地位,由此在乐曲和歌辞上都早早得以基本定型。③又因这些歌辞中的大部分是有主名作品(如唐山夫人、司马相如等人,更有武帝本人),故而它们的产生时间,可以认定基本在西汉前、中期。其中部分作品(主要是铙歌中的若干歌辞)是无主名民间之作,它们的产生时间也应当在西汉,大体上在武帝、宣帝之际或更早。当时"采诗"机制已经建立并起动运作,故而来自民间的歌谣之类,也有机缘被适时纳入"雅乐"之中。只有少数歌辞,可能是与乐曲一起从先秦时期传承下来的真正的"古辞"。这些"古辞"本身的形成和定型时间更早,尽管它们中的多数也显示出一些民间文学的特征,但与大部分产生于东汉的《相和歌辞》《杂曲歌辞》中的民间歌

---

① 沈约已感叹《铙歌》部分作品辞义难求矣。其曰:"今乐府铙歌,校汉、魏旧曲,曲名时同,文字永异;寻文求义,无一可了。不知今之铙章,何代曲也?"《宋书·律志序》,中华书局 1974 年版,第 203 页。

② 萧涤非论及《安世房中乐》《郊庙乐》《铙歌》时认为:"西汉贵族乐府,不外上述三种,其《燕射歌辞》《横吹曲辞》皆亡。《舞曲歌辞》中唯存杂舞中之《圣人制礼乐》《公莫舞》二篇与散乐之《俳歌》一篇,皆声辞杂写,从略。"见所撰《汉魏六朝乐府文学史》,人民文学出版社 1984 年 3 月版,第 59 页。

③ 郭茂倩《乐府诗集》卷一"郊庙歌辞"曰:"武帝始命杜夔创定雅乐,时有邓静、尹商善训雅歌,歌师尹胡能习宗庙郊祀之曲,舞师冯肃、服养,晓知先代诸舞,夔总领之。"(中华书局 1979 年版,第 1—2 页)

谣,还是存在不小差别。这种差异在歌辞内容、文字及体式风格上,都有明显而微妙的表现。

第二节 《相和歌辞》

今存汉代乐府歌辞,除上述三大类主流乐歌之外,还有数量丰富的作品,分属《相和歌辞》《杂曲歌辞》《杂歌谣辞》等类别。它们固然亦具官方性质,但功能上却与朝廷及宗庙重大仪典基本无关,而是多应用于娱乐场合,其神圣典雅属性远不如主流乐歌浓重,而更多娱乐化色彩。《相和歌辞》①是在汉朝廷乐府机构成立之后,在旧有乐曲基础上陆续新增添出来的,所以其产生时间,总体上也较前述三大乐要晚,可以判断其歌辞多数产生于西汉武帝、宣帝之后;更有不少歌辞应当是东汉时期作品。在产生方式上,它们多数是通过"采诗"途径进入乐府的,所以其平民色彩要比三大官方主流乐歌浓厚得多。《相和歌辞》中的作品,自文学角度说很值得关注。主要原因在于,它们中不少作品采取多种视角,描写现实人生体验,表现日常生活中喜怒哀乐,内含丰富,思绪大胆,手法多样而且熟练;又它们大多文字朴素,清新自然,保留较多口头文学风貌,呈现新鲜活泼风气,由此它们成为汉代民间精神和社会情绪重要的表达者。而

---

① 关于"相和曲"的性质,《宋书·乐志》曰:"相和,汉旧曲也。丝竹更相和,执节者歌。本一部,魏明帝分为二……"(中华书局 1974 年版,第 603 页)《晋书·乐志》曰:"凡乐章古辞,今之存者,并汉世街陌讴谣,《江南可采莲》《乌生十五子》《白头吟》之属也。"(中华书局 1974 年版,第 716 页)又《旧唐书·音乐志》曰:"平调、清调、瑟调,皆周房中曲之遗声也。汉世谓之三调。"(中华书局 1975 年版,第 1060 页)

在歌辞形式上,它们以杂言体和五言体为主这一点也很值得重视。杂言体具有自由活泼的文体取向;五言体则是当时一种新兴诗体,代表着诗体的发展潮流。如前所述,由于体制和时代文化风气的原因,汉代文士(尤其是西汉文士)的主要创作精力,投向辞赋和文章领域;他们偶然也写作诗歌,但将四言体这种体现着经典风格的传统诗体,当作了写作首选。而五言诗和七言诗,这两种表达能力很强的新兴诗体,则多少被忽视了,只有少数文士如班固、张衡等,鼓足勇气尝试为之,他们的作品,因此也在文士诗歌史上成为凤毛麟角,倍受珍视。但是在同时代的汉乐府歌辞中,五言体却颇为多见。这些民间五言作品,多数可能产生于东汉时期,它们不但数量多,而且成就卓著,可以说驾同时文士五言诗而上之。它们不仅在抒情述志领域表现出色,更有一些篇幅较长、叙事成分较多的作品,以叙事诗的全新面貌出现,充当了一种新兴诗体创作的探索者和领风气之先者角色,它们不但在汉代,在整个中国诗歌发展史上,地位也极重要。

　　相和曲在性质上仍然属于乐府官方之乐,但由于其施用范围以庙堂仪典之外的个人应酬娱乐场合为主,因此较少神圣色彩,较多人性化内含,故而具有雅俗兼具的特点。至于其歌辞,则与前述庙堂之乐有不小差异,主要是颂圣内容不多,而表述各方面社会生活者较多,故而呈现出相当的丰富性。这种丰富性,与歌辞的产生来源有关,从今存歌辞看,多各地民间歌谣,诚如《晋书·乐志》所曰:"凡乐章古辞之存者,并汉世街陌讴谣。《江南可采莲》《乌生十五子》《白头吟》之属。其后渐被于弦管,即相和诸曲是也。"是汉乐府的采诗制度,促成了这些民歌的入乐,并藉体制力量得以长久保存。相和歌辞在汉乐府中的地位,差可比拟于《诗经》中的"十五国风"。相和歌辞中的优秀作品甚多,如《公无渡河》:

公无渡河,公竟渡河。堕河而死,当奈公何?(《乐府诗集》卷二六)

崔豹《古今注》曰:"《箜篌引》者,朝鲜津卒霍里子高妻丽玉所作也。子高晨起刺船,有一白首狂夫,被发提壶,乱流而渡。其妻随而止之不及,遂堕河而死。于是援箜篌而歌曰云云。声甚凄惨,曲终亦投河而死。子高还,以语丽玉,丽玉伤之,乃引箜篌而写其声,闻者莫不堕泪饮泣。丽玉以其曲传邻女丽容,名曰《箜篌引》,又有《箜篌谣》,不详所起,大略言结交当有终始,与此异也。"此简单朴素歌辞,原来是一朝鲜族普通妇女所作,歌辞中讲述一凄惨不幸故事,动人心魄。

又如《江南》:

江南可采莲,莲叶何田田。鱼戏莲叶间:鱼戏莲叶东,鱼戏莲叶西;鱼戏莲叶南,鱼戏莲叶北。(《乐府诗集》卷二六)

此为无名氏之作,《乐府解题》曰:"《江南》,古辞,盖美芳晨丽景,嬉游得时。"所概括"丽景""嬉游"主旨及情调,在歌辞中得到充分体现。其中东南西北复沓句式,民歌风极其浓郁,信为原生态歌谣。又如《薤露》《蒿里》:

薤上露,何易晞?露晞明朝更复落,人死一去何时归?(《乐府诗集》卷二七)

蒿里谁家地?聚敛魂魄无贤愚。鬼伯一何相催促,人命不得少踟蹰。(《乐府诗集》卷二七)

崔豹《古今注》曰:"《薤露》《蒿里》,并丧歌也,本出田横门人。横自杀,门人伤之,为作悲歌,言人命奄忽,如薤上之露易晞灭也。亦谓人死魂魄归于蒿里。至汉武帝时,李延年分为二曲,《薤露》送王公贵人,《蒿里》送士人大、庶人,使挽柩者歌之,亦谓之'挽歌'。"谯周《法训》曰:"挽歌者,汉高帝召田横,至尸乡自杀,从者不敢哭,而不胜哀,故为挽歌以寄哀音。"《乐府解题》曰:"《左传》云:齐将与吴战于艾陵,公孙夏命其徒歌《虞殡》。"杜预云:"送死《薤露》歌即丧歌,不自田横始也。按'蒿里'山名,在泰山南。……"总之,此为"古辞",产生时代当在西汉或更早,歌辞以薤上露为喻,或直言"蒿里"荒冢,感叹生命脆弱、人生短暂之无奈,死亡之歌,情景融合,悲情幽深绵长。又如《平陵东》:

平陵东,松柏桐,不知何人劫义公。劫义公,在高堂下,交钱百万两走马。两走马,亦诚难,顾见追吏心中恻。心中恻,血出漉,归告我家卖黄犊。(《乐府诗集》卷二八)

此亦"古辞",崔豹《古今注》曰:"《平陵东》,汉翟义门人所作也。"《乐府解题》曰:"义,丞相方进之少子,字文仲,为东郡太守。以王莽方篡汉,举兵诛之,不克见害,门人作歌以怨之也。"所述乃是西汉末期政治大搏斗中的一场血腥事件。作者的同情显然在被害一方。而歌辞主要描述翟义被劫过程,写出血淋淋残酷场面,亦堪惊悚。[①]本篇句式取三、七言结构,参差中有整齐,铿锵有力。又如《东

[①] 关于本篇主旨,有论者以为与翟义无关,而是"从诗意看,本篇系控诉官吏压榨良民,竟不用'绑票'的方式,使无辜的受害者破家荡产,反映了极其尖锐的阶级矛盾"。(北京大学中国文学史教研室选注《两汉文学史参考资料》,中华书局1962年版,第515页)可备一说。

门行》：

> 出东门，不顾归；来入门，怅欲悲。盎中无斗储，仰视桁上无悬衣。拔剑出门去，儿女牵衣啼："他家但愿富贵，贱妾与君共铺糜。共铺糜，上用仓浪天故，下为黄口小儿。今时清廉，难犯教言，君复自爱莫为非。今时清廉，难犯教言，君复自爱莫为非。""行！吾去为迟。""平慎行，望君归。"(《乐府诗集》卷三十七）

本篇亦《相和歌辞》中"古辞"。述一男子家贫，而拔剑出门，欲行"不轨"。妻子善言劝阻，谓不羡他家富贵，甘愿过贫穷生活，又戒以"今时清廉，难犯教言"，"君复自爱莫为非"，然而男子不听，决绝而去。本篇特色，除所写事件大胆揭橥社会矛盾，读后触目惊心外，其叙述事件反复过程（先"出门"，又"入门"，再"出门"），兼写动作表情及复杂心理活动（"怅欲悲""仰视"等），亦甚成功。作为叙事诗歌，本篇含较多对话，精彩出色：其妻反复规劝之词，用语真诚，心意绵长，见出善良本性；而规劝不成，无奈说出"平慎行，望君归"，更显露绝望中希望，感人至深。①

又如《孤儿行》：

> 孤儿生，孤子遇生，命独当苦。父母在时，乘坚车，驾驷马；

---

① 本篇有别本，文字少异，其云："出东门，不顾归。来入门，怅欲悲。盎中无斗米储，还视架上无悬衣。拔剑东门去，舍中儿母牵衣啼：'他家但愿富贵，贱妾与君共铺糜。上用仓浪天故，下当用此黄口儿，今非。''咄！行，吾去为迟，白发时下难久居。'"（见〔宋〕郭茂倩编《乐府诗集》卷三十七引"右一曲本辞"）两相对照，辞义更明。

父母已去,兄嫂令我行贾。南到九江,东到齐与鲁。腊月来归,不敢自言苦。头多虮虱,面目多尘。大兄言办饭,大嫂言视马。上高堂,行取殿下堂,孤儿泪下如雨。

使我朝行汲,暮得水来归。手为错,足下无菲。怆怆履霜,中多蒺藜;拔断蒺藜,肠肉中,怆欲悲。泪下渫渫,清涕累累。冬无复襦,夏无单衣。居生不乐,不如早去,下从地下黄泉。

春气动,草萌芽,三月蚕桑,六月收瓜。将是瓜车,来到还家。瓜车反复,助我者少,啖瓜者多。"愿还我蒂,兄与嫂严,独且急归,当兴校计。"

乱曰:里中一何譊譊,愿欲寄尺书,将与地下父母,兄嫂难与久居!(《乐府诗集》卷三八)

本篇略分为三节,一节为孤儿自诉在家饱受兄嫂虐待,终年四出"行贾",回家又须"办饭""视马",不禁自叹"命独当苦","泪下如雨";二节述归家后劳作辛苦,诉生活凄惨;三节述"收瓜"之遭遇,不堪忍受。而"不如早去,下从地下黄泉""愿欲寄尺书,将与地下父母"等语,撕心裂肺,最为悲痛。在艺术表现方面,本篇亦用夸张手法,如首节云"父母在时,乘坚车,驾驷马",说经商"南到九江,东到齐与鲁"等,不脱民歌特色,但总体以写实为主,社会底层最弱势群体困苦艰难,得以尽情披露。余冠英先生曰:"这是一篇血泪文字。它写的是一个孤儿的遭遇,也反映了当时奴婢的生活。它提出的问题是家庭问题,也是社会问题。"(《乐府诗选》)本篇句式取三、四、五、六杂言体,铿锵节奏,错落有致。

此外更有《陌上桑》:

日出东南隅,照我秦氏楼。秦氏有好女,自名为罗敷。罗敷喜蚕桑,采桑城南隅。青丝为笼系,桂枝为笼钩;头上倭堕髻,耳中明月珠。缃绮为下裙,紫绮为上襦。行者见罗敷,下担捋髭须;少年见罗敷,脱冒著帩头;耕者忘其犁,锄者忘其锄,来归相怨怒,但坐观罗敷。(一解)

　　使君从南来,五马立踟蹰;使君遣吏往,问是谁家姝?"秦氏有好女,自名为罗敷。""罗敷年几何?""二十尚不足,十五颇有余。"使君谢罗敷:"宁可共载不?"罗敷前置辞:"使君一何愚!使君自有妇,罗敷自有夫。"(二解)

　　"东方千余骑,夫婿居上头。何用识夫婿?白马从骊驹,青丝系马尾,黄金络马头,腰中鹿卢剑,可直千万余。十五府小史,二十朝大夫,三十侍中郎,四十专城居。为人洁白晳,鬑鬑颇有须。盈盈公府步,冉冉府中趋。坐中数千人,皆言夫婿殊!"(三解)(《乐府诗集》卷二八)

本篇《宋书·乐志》始著录,题作"艳歌罗敷行";①歌辞述一秦氏"好女"罗敷,享誉邑里,而有"使君"前来,欲"共载"去,罗敷乃严词拒绝。一解状绘罗敷美好扮饰,"头上……耳中……"等,又描述其美丽引人瞩目,"耕者……锄者……"云云,皆见民间传统文学风格;三解罗敷自述"夫婿"如何富贵,所说"千余骑""千余万""专城居""数

---

① 《古今乐录》解本篇曰:"《陌上桑》歌,瑟调古辞《艳歌罗敷行(日出东南隅)》篇。"崔豹《古今注》曰:"《陌上桑》者,出秦氏女子,秦氏邯郸人,有女名罗敷,为邑人千乘王仁妻,王仁后为赵王家令。罗敷出,采桑于陌上,赵王登台,见而悦之,因置酒,欲夺焉。罗敷巧弹筝,乃作《陌上桑》之歌以自明。赵王乃止。"《乐府解题》曰:"古辞,言罗敷采桑,为使君所邀。盛夸其夫为侍中郎以拒之。"然而读歌辞,并无"赵王"之事,知与崔豹说不符,而与《乐府解题》之说相合。并见〔宋〕郭茂倩编《乐府诗集》卷二八引,中华书局 1979 年版,第 410 页。

千人"云云,明显非实情描述,而是运用夸张写法,此亦民间文学寻常手段。而篇中颇含诙谐幽默情调,如"来归相怒怨,但坐观罗敷"等,表现民歌特有风趣。末解由女主人公罗敷独家宣示,一气呵成,从容自如,以至故事结束。综观本篇成就,在于作为五言叙事诗的表现力,达到了空前成熟的程度。篇中情节变化,有几度曲折,而叙述步骤清晰,层次分明,娓娓道来,顺畅如流水,轻松如行云,中间颇多夸饰语句,而无妨于情节进展及情绪传达。与同时期东汉文士五言诗相比较,无论是题材撷取,情节构成,人物塑造,还是文字章句组织,都明显有所超越,驾而上之。本篇可谓在东汉诗坛上异军突起,自放光彩。余冠英先生谓:"以叙事为主,确实是乐府民歌最显著的特色。"(《汉魏六朝诗选·前言》)所说诚是。该篇通过对主人公形象,以及她的言语意姿态的描写,展现了其高度的自信。此是人物(罗敷)之自信;亦是作者之自信,作品之自信,诗体(五言叙事体)之自信。

  相和歌辞中优秀作品尚多,如《相逢行》("相逢狭路间"),《长歌行》("青青园中葵"),《妇病行》("妇病连年累岁"),《孤儿行》("孤儿生"),《饮马长城窟行》("青青河边草"),《艳歌何尝行》("飞来双白鹤"),《白头吟》("皑如山上雪"),《梁甫行》("步出齐城门")等。它们大多作五言体式,且叙事成分较浓,昭示了五言诗歌写作,自东汉开始正在走向繁荣局面,而这种局面的出现,民间文学充当了主力军作用;它们也有杂言体的,以多变的体式,记录下了两汉时期民间诗歌的大胆创新尝试。总体言,相和歌辞取得了三大突出成就:取材之广泛和社会内容之丰富;抒情与叙事写法的成功结合和转换;诗歌体式的创新尝试。这些都使得《相和歌辞》成为汉乐府歌辞中文学精品最丰富的部分而受到重视。

第三节 《杂曲歌辞》《杂歌谣辞》及其他

乐府歌辞中另一大类为《杂曲歌辞》。所谓"杂曲",沈约《宋书·乐志》说:"古者天子听政,使公卿大夫献诗,耆艾修之,而后王斟酌焉。然后被于声,于是有采诗之官。周室下衰,官失其职,汉、魏之世,歌咏杂兴,而诗之流乃有八名,曰行、曰引、曰歌、曰谣、曰吟、曰咏、曰怨、曰叹,皆诗人六义之余也。至其协声律,播金石,而总谓之曲。若夫均奏之高下,音节之缓急,文辞之多少,则系乎作者才思之浅深,与其风俗之薄厚。"可知这是儒家诗学"六义"("风""雅""颂""赋""比""兴")之外的一些品类,也可以说是非正统的官方歌辞,故以"杂曲"称之。要之,"杂曲"即"歌咏杂兴"之意,实际上是"无类之曲",是"类"外之曲,《杂曲歌辞》是汉乐府中三大类正统乐歌以及相和歌等官方乐歌之外的歌辞的总称。杂曲歌辞作品的产生时间,自沈约"汉魏之世"之语可知,它们与上述诸类歌辞相比,是相对晚近之作。《乐府诗集》中所录这一大类作品,数量多达十八卷,与《相和歌辞》相等;与《相和歌辞》情况类似的是,真正汉代歌辞占比也不多,更多的是魏晋之后甚至是唐代的作品。即使是其中的汉代歌辞,自内容及体式判断,大多也应当是东汉之作,西汉作品很少。《杂曲歌辞》的内容,自其"八名"尤其是"吟咏怨叹"之类观之,大多属于个人生活情绪之抒发;而事实上今存歌辞,也确实多含种种社会生活体验,酸甜苦辣滋味毕具。人生五味杂陈,便是"杂曲"产生基础。其中大部分作品,是来自民间的无名氏咏唱,内容颇广泛充实;度其性质,亦与相和歌辞接近,只是音乐属性上的分野,将它们区别为不同的品类。正由于《杂曲歌辞》的此种特殊情形,其"观风俗"的功能比《相和歌辞》并不稍差,看今存汉代《杂曲歌辞》作品中,别具一格者真是不少,值得为之一说。如《伤歌行》:

> 昭昭素明月,辉光烛我床。忧人不能寐,耿耿夜何长?微风吹闺闼,罗帷自飘扬。揽衣曳长带,屣履下高堂。东西安所之?徘徊以彷徨。春鸟翻南飞,翩翩独翱翔。悲声命俦匹,哀鸣伤我肠。感物怀所思,泣涕忽沾裳。伫立吐高吟,舒愤诉穹苍。(《乐府诗集》卷六二)

郭茂倩《乐府诗集》卷六二曰:"《伤歌行》,侧调曲也。古辞,伤日月代谢,年命遒尽,绝离知友,伤而作歌也。"本篇歌辞,最明显特点,即是不涉任何具体人和事,既无人物,亦阙情节,只有抒情主体即"忧人",在自诉衷肠。表面看他只是自怨自艾,实际上却内涵充实。首先主人公应是一位女性,自"闺闼""罗帷""曳长带"等居所、装束特征上可以推断。而她所"忧"之对象,即她的"所思"者,自"感物怀所思"句可以推知:此人是她的配偶;因为她所"感"之"物",是"独翱翔"的"春鸟",是"哀鸣"的"俦匹",可见主人公从"物"所"感"之要点,是"伤""春",是"感""独",是"哀""匹"。其所"思"者非配偶而何?要之此篇"伤歌行",所"伤"者为"春"也。而写景优美,情绪强烈,文字精警,设喻巧妙,亦一篇风格独特抒情之作。

又如《悲歌》:

> 悲歌可以当泣,远望可以当归。思念故乡,郁郁累累。欲归家无人,欲渡河无船。心思不能言,肠中车轮转。(《乐府诗

集》卷六二)

本篇为征夫思乡之词,篇幅简短,内容亦较普通。其奇特之处,在于比兴丰富之外,诗歌体裁设计精妙,六言、四言、五言连接使用,句式转换,别具心裁;音节浏亮,声律动人。又如《前缓声歌》:

> 水中之马,必有陆地之船。但有意气,不能自前。心非木石,荆根株数,得覆盖天。当复思东流之水,必有西上之鱼。不在大小,但有朝于复来。长笛续短笛,欲今皇帝陛下三千万岁!(《乐府诗集》卷六五)

"缓声"指歌声节奏较缓。① 此亦一篇奇特歌辞,首先其形体上语句或长或短,诚如所说"长笛续短笛",参差不一。初读如"四六文",但多五言、七言、十言句。更重要的是,篇中颇有格言警语,"水中之马,必有陆地之船"、"东流之水,必有西上之鱼"、"不在大小,但有朝于复来"等,皆是哲理性格言,意蕴扑朔,发人深思。至于篇末颂圣"万岁"之句,与全篇意指不接,似为当年乐工演奏临时所加,以博皇帝之欢,非原辞之旨。又如《东飞伯劳歌》:

> 东飞伯劳西飞燕,黄姑织女时相见。谁家儿女对门居?开颜发艳照里间。南窗北牖挂月光,罗帷绮帐脂粉香。女儿年几十五六,窈窕无双颜如玉。三春已暮花从风,空留可怜谁与同?(《乐府诗集》卷六八)

---

① 郭茂倩曰:"缓声,本谓歌声之缓。"(《乐府诗集》卷六五,中华书局1979年版,第945页)

本篇为"古辞","伯劳""飞燕","黄姑织女",①皆比兴也,前者以"劳燕分飞"喻男女不谐,后者以牛郎织女喻久别相见。歌辞赞美对象是一位"对门居"的光彩照人美女,她年方二八,这是古代公认的青春年华,并且"颜如玉"(此喻稍俗)。末二句"三春已暮",应是惜春之意,说如不抓住青春,将会如花随风,飘散难还;届时一副可怜情状,无人怜惜同情。全篇主旨在咏叹青春可贵,时光不永驻,切莫错过!唱出青年心态。又如《枯鱼过河泣》:

> 枯鱼过河泣,何时悔复及?作书与鲂鱮,相教慎出入。(《乐府诗集》卷七四)

简短四句二十字,说出人生经验,千万谨慎,不可轻举妄动,导致危险发生,颇含哲理性。本片精彩之处还在全篇用比,以"枯鱼"为戒,劝导他人(鲂鱮)"慎出入"。又如《古歌》("行胡从何方"),亦精致短篇:

> 行胡从何方?列国持何来?氍毹毾㲪五木香,迷迭艾蒳及都梁。(《乐府诗集》卷七七)

---

① 关于"黄姑"之义,说多分歧,清徐文靖谓:"古乐府'东飞伯劳西飞燕,黄姑织女时相见',《荆楚岁时记》曰:'黄姑即河鼓,或以河鼓音近而讹为黄姑。'《元象博议》曰:'黄姑乃牛宿别名。'李太白诗'黄姑与织女,相去不盈尺',皆误以牵牛为黄姑也。李后主诗'迢迢牵牛星,杳在河之阳;粲粲黄姑女,耿耿遥相望'。即以织女为黄姑,庶几近之。"《管城硕记》卷二十七"天文考异一",中华书局1998年版,第507页。按:两说皆有所据,但本篇中若以织女解"黄姑",则原文"时相见"之句不可释,故以牛宿解之为优,一如李白诗所用之义。

篇义颇为简单明了,谓有"行胡"等人来自远方"列国",带来各种织物及香料,①此言古代丝绸之路开辟了贸易通道,昭示四方人民循此来往,增进各族友好交流。歌辞视域开阔,唱出一全新生活境界。

乐府歌辞中又有《杂歌谣辞》一大类。所谓"杂歌谣辞",实即无曲之歌谣也,以其无音乐元素,故而是"纯"文学作品。这是本类作品之基本特征所在。

"杂歌谣辞"中部分作品为有主名者,事主往往是史上有名姓人物,而非平民百姓,他们一时有感,发为篇章,记录下亲历事件之真实过程或感受,对于后人认识历史事实具有相当意义。最具代表性作品,即是汉初两篇与"赵王"相关的"杂歌"。一篇作者为刘邦爱姬戚夫人。戚夫人有子赵王如意,颇得刘邦宠爱,刘邦数欲立为太子,他曾说"终不使不肖子(指惠帝)居爱子(指如意)上"(《汉书·张良传》),当时吕后十分恐惧,幸有张良为之划策,请来商山四皓说项,暂时阻止了刘邦。刘邦不久病死,惠帝得立,吕后为皇太后,大权在握,对戚夫人的报复性打击立即开始:先将她囚禁于永巷,髡钳衣赭衣,勒令劳作舂粮,不得见其子(赵王)。戚夫人遂作歌曰:

　　子为王,母为虏,终日舂薄暮,常与死为伍。相离三千里,当谁使告汝?(《乐府诗集》卷八四)

谣辞言简意深,说出即使曾经贵为皇帝嫔妃且生子为王,一旦帝死,人身安全亦毫无保障,竟跌落深渊"为虏"(奴),生不如死。而其苦恼更在亲子赵王路远阻隔,信息不通,无法相告。此歌被吕后得知

---

① 唐代释道世《法苑珠林》卷三三"华香篇"曰:"兜纳香,《魏略》曰:'出大秦国。'《广志》曰:'兜纳出西方';艾纳香,《广志》曰:艾纳香出剽国。'"(中华书局 2008 年版,第 1160 页)

大怒，即召来少年赵王如意，到长安"鸩杀之"，斩草除根，接着又使戚夫人蒙受"人彘"之祸，①下场悲惨之极。歌辞十分悲凄，唱出被迫害者身心之痛苦。其历史意义在于记录汉初吕后为虐，制造宫廷残忍血腥事端，令人发指。又有《赵幽王歌》：

> 诸吕用事兮刘氏微，迫胁王侯兮强授我妃。我妃既妒兮诬我以恶，谗女乱国兮上曾不寤。我无忠臣兮何故弃国？自快中野兮苍天与直。吁嗟不可悔兮宁早自贼，为王饿死兮谁者怜之？吕氏绝理兮托天报仇！

此赵王刘友，②为刘邦"诸姬"所生之子，初封淮阳王，赵王如意死后不久徙封成为另一位赵王。吕太后为控制这位并非己出的赵王，便将本家吕氏之女与之婚配；刘友从戚夫人及如意母子遭遇中深知，吕后心狠手毒，为求自身安全，也接受吕氏女为王后。然而刘友并不爱此吕氏女，而爱他妃，吕氏女遂进谗于吕太后。太后怒，召赵王置邸，令卫兵围守之，不与食物。赵王饿，乃作此歌。歌中明白谴责"诸吕用事""迫胁王侯""谗女乱国"等，末句不但斥吕氏女，矛头还直指吕太后，可谓大胆。"自快中野""宁早自贼"等语，显示此赵王

---

① "太后伺其独居，使人持鸩饮之，迟帝还，赵王死。太后遂断戚夫人手足，去眼熏耳，饮瘖药，使居鞠域中，名曰'人彘'……"（《汉书·外戚传》）
② 赵幽王友生母不明，《汉书·高五王传》谓："诸姬生赵幽王友、赵共王恢、燕灵王建。"颜师古注曰："郑氏曰：诸姬，姓也。张晏曰：非一之称也。师古曰：'诸姬'，总言在姬妾之列者耳。其知姓位者，史各具言之；不知氏族及秩次者，则云'诸姬'也。而赵幽以下三王，非必同母，盖以皆不知其所生之姬姓，故总言之。《文三王传》云：'诸姬生代孝王参、梁怀王揖。'《景十三王传》云："属诸姬子于栗姬"，此意皆同。张云：非一近得之矣。"（中华书局1962年版，第1987页）

颇有气骨，宁死而不愿低头乞怜，末句表示要"托天报仇"。刘友终于饿死，而此歌辞为其唯一遗言。以上两篇歌辞，记述宫廷内部残暴虐杀真实事件，唱出事主怨恨悲慨，情绪强烈激愤，昭示皇权专制体制固有残酷特性。

另如《李延年歌》（"北方有佳人，绝世而独立。一顾倾人城，再顾倾人国。宁不知倾城与倾国，佳人难再得"）等，亦有主名之作，只是内涵取向不同而已。

《杂歌谣辞》中更多为无主名作者，属民间歌谣性质。如《淮南王歌》（"一尺布，尚可缝；一斗粟，尚可舂；兄弟二人不相容"），①亦抨击时政，直指皇室，义旨尖锐锋利。又有《城中谣》：

> 城中好高髻，四方高一尺。城中好广眉，四方且半额。城中好大袖，四方全匹帛。（《乐府诗集》卷八七）

歌辞描述大汉帝国社会风俗形成及传播过程：往往"城中"倡先，"四方"跟进。而"四方"跟进之际，又往往加倍扩大其事。可见风尚所至，风靡城乡，诚所谓"上之所好，下必甚焉"，古今一也。而"改政移风"者，②不能不注意此点，以求事半功倍之效。歌辞中运用夸张手法，

---

① 《乐府诗集》卷八四："《汉书》曰：淮南厉王长，高帝少子也。长废法不轨，文帝不忍置于法，乃载以辎车就处蜀，严道邛邮，遣其子、母从居，长不食而死。后民有作歌，歌淮南王。帝闻之，乃追尊淮南王为厉王，置园如诸侯仪。"

② 《后汉书·马援传》："百姓从行不从言也。夫改政移风，必有其本。传曰：'吴王好剑客，百姓多创瘢；楚王好细腰，宫中多饿死。'长安语曰：'城中好高髻，四方高一尺。城中好广眉，四方且半额。城中好大袖，四方全匹帛。'斯言如戏，有切事实。"（中华书局1965年版，第853页）又〔宋〕郭茂倩编《乐府诗集》卷八七载本篇评曰："上之所好，下必甚焉。"

如"四方且半额""四方全匹帛",实不可能,然诙谐夸大用语,不但发噱,且能提要,起到震慑作用。

要之,乐府歌辞中汉代作品,主要包括以上所叙《郊庙歌辞》《安世房中歌辞》《铙歌歌辞》《相和歌辞》《杂曲歌辞》《杂歌谣辞》等类。以文学角度衡量,郊庙歌辞等部分虽有司马相如等文豪参与执笔,却不如相和歌辞等部分中的民间歌辞更有价值。民歌虽然文字素朴,少事修饰,不求典雅,而清新活泼,内容充实,且信口咏唱,情绪饱满,感染力更强。其体式则以五言体为主,且叙事色彩浓厚,显示出鲜明的创新性格。其总体成就,较同代文士诗歌更胜一筹。不妨如此说:因为有了乐府歌辞及"古诗"(下章将叙及)充当主角,汉代诗歌在同时代各种文体(史传文学、辞赋、制式文章)的较量中自成一格,未曾沦为次要陪衬角色;而"汉乐府诗"在中国诗歌史上崇高地位,亦因此得以牢固树立。

第十一章 东汉"古诗"

第一节 《古诗十九首》的作者和产生时代

《古诗十九首》为文学史上一奇特存在,亦是一大公案。说它奇特,是因为两汉四百年,诗歌在文坛上一直处于非主流境地,自身也呈现出相对不发达状态,而汉末竟突然涌现这一五言诗集结,而且体现很高写作技巧,犹如突如其来的彗星,光耀夜空,不能不令人惊奇。说是公案,因为它来得有些突然,相关背景信息和来龙去脉都不甚清楚,特别是产生时间及其作者,都疑问丛生,学界历来存在争议,聚讼不已。尽管如此,作为五言诗发展史上的重要存在,汉代诗歌的里程碑式作品,理应受到充分的重视。

所谓"古诗",是西晋之前一批无主名诗歌。史上有此"古诗"之存在一事,西晋时当已认定。证据便是陆机今存十二首"拟古诗"(《拟行行重行行》《拟今日良宴会》等等),可知陆机早已熟悉《行行重行行》等"古诗"篇章,且颇赞赏佩服,乃有拟作出之。① 至于《古

---

① 据钟嵘《诗品》上,知陆机所拟,本有十四首。

诗》原作文本,始见于梁代萧统《文选》,卷二九"杂诗"类收有"古诗一十九首"。然而"古诗"数量,原非止十九首,当有更多。仅自《文选》《玉台新咏》及唐代诸类书《北堂书钞》《艺文类聚》等所收录作品综合计之,与"十九首"性质面貌类似之"古诗",即有四十首以上。至于"古诗"与乐府歌辞关系,则一般"古诗"不入乐,而入乐之歌辞不算"古诗";又乐府歌辞多叙事,篇幅略长;而"古诗"以短篇抒情为主,叙事成分较轻。然而今存汉代乐府歌辞中亦可偶见"古诗",如《乐府诗集》卷六一"杂曲歌辞"中即收录《驱车上东门行》一篇,题作"古辞",文字全同;其它尚有片词单句相同者。① 此个别情况之发生,可能是相互掺杂或"借用"词句结果。

与萧统《文选》同时,钟嵘《诗品》亦述及"古诗",且于具体品评中给予高度推奖:

> 逮汉李陵,始著五言之目矣。古诗眇邈,人世难详。推其文体,固是炎汉之制,非衰周之倡也。(《诗品·序》)

> 古诗,其体源出于《国风》。陆机所拟十四首,文温以丽,意悲而远。惊心动魄,可谓几乎一字千金!其外《去者日已疏》四十五首,虽多哀怨,颇为总杂。旧疑是建安中曹、王所制。"客从远方来""橘柚垂华实",亦为惊绝矣!人代冥灭,而清音独

---

① 如《相和歌辞·瑟调曲》古词《饮马长城窟行》,其词开首亦作"青青河畔草";后半有"客从远方来,遗我双鲤鱼。呼儿烹鲤鱼,中有尺素书。长跪读素书,书中竟何如?上言加餐饭,下言长相忆。"与《古诗十九首》中《孟冬寒气至》有相合文句。

远,悲夫!(《诗品》卷上)

同时期刘勰亦有所论述,其谓:

> 古诗佳丽,或称枚叔。其《孤竹》一篇,则傅毅之词。比采而推,两汉之作乎?观其结体散文,直而不野,婉转附物,怊怅切情,实五言之冠冕也。(《文心雕龙·明诗》)

稍后陈代徐陵《玉台新咏》亦录入"古诗"八首("上山采蘼芜"等),但"西北有高楼"等九首,却作"枚乘杂诗九首"。

再后唐代李善注《文选》,作解题谓:

> 五言,并云"古诗",盖不知作者。或云枚乘,疑不能明也。诗云"驱马上东门",又云"游戏宛与洛",此则辞兼东都,非尽是乘明矣!昭明以失其姓氏,故编在李陵之上。

以上所举,皆与《古诗》相关之早期史料。有关"古诗"之作者及产生时间,皆有所说。而诸说本身,皆是简单表述看法,并不周详,且多属一己判断,甚或只是推测而已,其语气亦颇游移不定,或曰"旧疑",或曰"或云","人世难详","不知作者"等。即使说出作者为某人,亦有"疑不能明"等补充说明。可知关于"古诗"基本面貌及产生背景,记述始自西晋,著录见于梁代,说法不一,扑朔迷离,若隐若现,相当复杂。

综合迄今所知各方面材料,参考前贤种种说法,关于《古诗》基本面貌问题,在此可以大致作出若干判断。

关于《古诗》之产生年代问题，钟嵘谓："推其文体，固是炎汉之制，非衰周之倡也。"（《诗品》卷上）钟氏从"文体"角度作此论断，认为《古诗》不可能是先秦时期作品，而是汉代之作，颇正确。然而两汉长达四百年，不但有西汉、东汉之别，且又可区分为前后各不同时期，《古诗》产生应于"炎汉"何时期？则并不明确。其他说者亦大体赞同为汉代作品，但所说多简约，即有具体所指，亦并未提供更多证据，仍难得要领。刘勰以为《古诗》作者有枚乘，则可知其认为产生时间应在西汉文、景时期；刘勰又谓傅毅亦《古诗》作者之一，则又认为其中至少有一篇是东汉中期之作。钟嵘在提出《古诗》"固是炎汉之制"之余，又说"旧疑是建安中曹、王所制"，态度又犹疑不定，似乎认为也可能是"建安"时期作品。至于徐陵，既然将部分《古诗》著作权归于枚乘，自然认为产生于西汉前期了，然而其余"古诗"产生时间于何时？却不加说明。李善对以上诸说，略作纠正，指出《古诗》中"辞兼东都"，承认其中有东汉作品，同时还认可枚乘为作者之一，实际上以为两汉皆有作品产生，作调和之论；但其说仅有"非尽是乘，明矣"一句，事实仍未"明矣"。

关于古诗作者问题，众说或曰"枚乘"，或曰"傅毅"，或曰"旧说是建安中曹、王所制"，或曰"盖不知作者"，殊难有定论。

唐以后论者仍不少，而说亦各异。如明代王世贞以为，"（《古诗》）'王侯多第宅'，周世王侯，不言'第宅'；'两宫''双阙'，亦似东京语。意者中间杂有枚生或张衡、蔡邕作，未可知"。① 又如清代朱彝尊提出，《古诗》中除枚乘名下八首外，其

---

① 〔明〕王世贞著，罗仲鼎校注《艺苑卮言校注》卷二，人民文学出版社2021年版，第84页。

余多梁代学士伪造,其云:"裁翦长短句作五言,移易其前后,杂糅置十九首中,没枚乘等姓名,概题曰'古诗',要之皆出文选楼中诸学士之手也。""徐陵仕于梁,为昭明诸臣后进,不敢明言其非,乃别著一书(按指《玉台新咏》),列枚乘姓名,还之作者,殆有微意焉。"①

近代以来,关于《古诗》产生时间及作者问题,论者又各有所说。揆其成果,则问题探讨有所深入,有所前进,显示近代科学思维和研究,较诸传统式感悟及议论,具有更强说服力。如梁启超论证《古诗》应产生于东汉,其谓:"汉制避讳极严,犯者罪至死。唯东汉对于西汉诸帝则不讳。惠帝讳'盈',而十九首中有'盈盈楼上女''馨香盈怀袖'等句,非西汉作品甚明。此其一。'游戏宛与洛,洛中何郁郁,……长衢罗夹巷,王侯多第宅。两宫遥相望,双阙百余尺。'明写洛阳之繁盛,西汉决无此景象。'驱车上东门,遥望郭北墓',上东门为洛城门,郭北即北邙,显然东京人语。此其二。此就作品本身觅证,其应属东汉,不应属西汉,殆已灼然无疑。"②其论切实明白,有理有据,颇具说服力。梁氏更进一步论证说,"东汉初期——明、章之间,似尚未有此体。安、顺、桓、灵以后,张衡、秦嘉、蔡邕、郦炎、赵壹、孔融,各有五言作品传世,音节日趋谐畅,格律日趋严整。其时五言体制已经通行,造诣已经纯熟,非常杰作,理合应时出现。"③由此梁氏认定:

> 我据此中消息以估定十九首之年代,大概在西纪一二〇

---

① 〔清〕朱彝尊《书玉台新咏后》,《曝书亭集》卷五二,商务印书馆1935年版,第838页。
② 梁启超《中国之美文及其历史》,中华书局1936年版,第112页。
③ 梁启超《中国之美文及其历史》,中华书局1936年版,第112页。

至一七〇约五十年间,比建安、黄初略先一期,而紧相衔接,所以风格和建安体格相近,而其中一部分钟仲伟且疑为曹、王所制也。我所估定若不甚错,那么十九首一派的诗风,并非西汉初期瞥然 - 现,中间戛然中绝,而建安体亦并非近无所承,突然产生,按诸历史进化的原则,四面八方都说得通了。①

梁启超之论,已为多数现代学者所接受,所言之"五十年间",约当于汉代后期顺、桓、灵三朝。《古诗十九首》之产生年代,遂于学界基本取得共识,接近于解决。

自中国诗歌史发展脉络衡量,梁氏之说较为符合实际状况。西汉时期五言诗发育尚不充分,今存西汉五言作品嫌少,断章残篇,难以证明其成熟度。故而西汉说难以成立。史料表明,两汉之际,五言诗尤其是文人五言诗写作,始进入发展"通道"。先有班婕妤作《怨诗》一首,②然后有其侄孙班固作《咏史》,同时稍后,又有若干作者跟进,如梁启超所云,东汉中叶五言作者不少,且今存作品较西汉为多,足堪表明该诗体已取得长足进步,产生优秀五言诗土壤,基本成熟。再结合《古诗》中不少写及洛阳帝都生活情状,皆足以表明其

---

① 梁启超《中国之美文及其历史》,中华书局1936年版,第113页。
② 班婕妤此诗真实性受到怀疑,逯钦立谓:"《玉台》此诗有序云:昔汉成帝班婕妤失宠,供养于长信宫,乃作赋自伤,并为怨诗云云。此《玉台》编者语也。又梁元帝《谢东宫赉辟邪子锦白褊等启》云:'鲜洁齐纨,声高赵女。'似梁时此诗'皎'仍作'鲜'。又《类聚》五十徐陵《裴使君墓志铭》云:'明月团团,似班姬之扇',则'团圆'者,原应作'团团'。此诗盖魏代伶人所作,附此俟考。"逯钦立辑《先秦汉魏晋南北朝诗·汉诗》,中华书局1983年版,第117页。

产生时代,应在其时或稍后。① 对于梁氏东汉后期之说,尚可补充一点,即从社会状况及风气言,《古诗》亦应作于东汉后期。因自诗篇所写洛阳繁华景况,王公贵族及其子弟奢靡颓废生活,士人对社会之失望、老庄厌世思想流行等方面观之,颇符合东汉后期实情。

至于《古诗十九首》作者问题,刘勰所主枚乘作说,梁启超既已论述作品产生时代不可能在西汉,实已顺带否定之矣。又刘勰"其《孤竹》一篇,则傅毅之词"说法,则傅毅与班固等同时,其可能性不能否定。然而东汉中后期诗歌作者群体中,并无傅毅其人,今存傅

---

① 马茂元谓:"《青青陵上柏》里的'游戏宛与洛',虽然'宛''洛'并举,但实际上只是指'洛',而不是指'宛'。"(见所著《古诗十九首探索》,作家出版社1957年版,第23页)按:马说意在强调"指洛",而说甚生硬,于理不可通。"宛与洛"者,当然指宛、洛两地。然所谓"宛",即南阳也,该地为光武帝刘秀故乡,秀及兄起兵于兹,故称帝后,南阳即倍受皇室重视,多所建设,号称"南都",张衡即撰有《南都赋》,言其繁荣昌盛。故此言"宛与洛"者,不必专指洛也,盖即指南阳、洛阳两城。"游戏宛与洛"者,言贵游子弟在两大城市活动。是则诗句所述,正是东汉特有背景。又该诗下句即云"洛中何郁郁",遂专指洛阳矣。故该诗当是东汉作品无疑。此外,《驱车上东门》之"遥望郭北墓"句,盖指洛阳北邙山也,该地多墓葬,故云。是亦作于东汉洛阳之作品内证。又《驱车上东门》之下紧接一首《去者日以疏》,其中写有"出郭门直视,但见丘与坟。古墓犁为田,松柏摧为薪。白杨多悲风,萧萧愁杀人"等,所写"郭门""古墓""白杨""萧萧""松柏"等,皆与上首同。环境相同,而全篇意念亦相近,皆以表述"悲""愁"思绪为主,可视为上首之延续。故而本首所写地点,亦应在京师洛阳。又《凛凛岁云暮》一首,其中写及"锦衾遗洛浦",所谓"洛浦",张衡《思玄赋》曰:"召洛浦之宓妃。"是言洛阳郊外洛水之滨。是亦诗作于洛阳之证。总之,十九首中多首内容,涉及洛阳及其附近场景,故而可以推论:《古诗》中多首作品,写作背景为洛。至于其他作品,虽不能推定在洛阳,但亦无任何其他地点线索,故而亦不能排除作于洛阳。既然多首诗篇写及洛阳而未及其他任何城市,故而不妨认为,《古诗十九首》主要写作背景在洛阳。洛阳为东汉都城,诗篇产生时间最大可能在东汉。

毅作品，唯辞赋颇为优秀，故撰作《冉冉孤生竹》一篇可能性亦不甚大。① 如此，则枚乘、傅毅问题，皆可谓解决，毋庸再论。尚余问题，即钟嵘所说"(《古诗》)旧疑是建安中曹、王所制"一点，梁启超无暇论及，而问题实颇重要。此论为钟嵘有关《古诗十九首》作者问题所发表的看法，其文字虽云"旧疑……"，但自表述文字观，则实为钟嵘提出这种看法，因确凿材料欠缺，故云"旧疑"。《古诗》作者倘如钟嵘所述，"疑"为曹植、王粲等人，则汉魏诗歌史将面目大变，自应重写，故而此问题分量颇重，有必要作一辨说。

《古诗》是否为建安时期曹植、王粲或者其它某诗人或某几位诗人所作？如自作者个人写作才力、诗歌风气情调，以及五言诗发展背景言，自无问题。三曹、七子等，皆是五言诗制作高手，皆可充任《古诗》作者人选。② 然而"建安中曹、王"等人，实无撰写《古诗十九

---

① 余冠英先生尝曰："《古诗》也不可能产生于傅毅时代。傅毅与班固同时，班固有《咏史》五言诗一首，钟嵘评为'质木无文'，其时文人才开始试作五言诗，还不可能有《冉冉孤生竹》这样的成熟之作。如果傅毅曾作五言诗，钟氏《诗品》竟不提一字，也是不可能的。"（见《汉魏六朝诗选·序言》，人民文学出版社1958年版，第5页）按：余说诚是。班固、傅毅时代五言诗写作，虽已初步成熟，具备相当水准，但以《古诗》衡量，仍显古朴，风貌距离，颇为明显，故而以傅毅为《古诗》作者，可能性不大。揆诸史籍，其实秦嘉作《古诗》可能性，至少比傅毅更大。秦嘉生活时代，即在东汉桓帝时，正在梁启超所推定"五十年"时间之内；所撰《赠妇诗》三首，亦五言佳作，文字描写，比兴运用，情调风貌，皆称成熟，与《古诗》相较，颇为接近。然亦无史料实据，岂能无端虚拟，凭空结论？于兹徒言"可能性"而已。

② 《诗式》评论曰："《邺中集》：邺中七子，陈、王最高。刘桢辞气偏正，得其中。不拘对属，偶或有之。语与兴驱，势逐情起。不由作意，气格自高。与《十九首》其流一也。"见一百二十卷本《说郛》卷七九录皎然《诗式》，〔明〕陶宗仪等编《说郛三种》，上海古籍出版社1988年版，第3660页。按：《诗式》以刘桢诗与《古诗十九首》相联系，谓"其流一也"，颇具眼力。

首》之可能。原因非个人能力不足,而在社会背景情状不合。主要在于汉末董卓之乱以后,包括建安二十余年社会情状,与《古诗》中所描写内容不相切合,反差至大,故而《古诗》不可能产生于建安年间。对此,余冠英先生《汉魏六朝诗选·序言》尝作三点分析:

> 如果说《古诗》产生于曹植、王粲的时代,也有很多疑问。因为《古诗·青青陵上柏》所描写的洛阳情况还是第宅罗列,冠盖往来。另一首与洛阳有关的《古诗·驱车上东门》也并未反映洛阳的残破。到曹、王的时代,洛阳早经过董卓的焚烧,已变成"垣墙皆顿擗,荆棘上参天"了(见曹植《送应氏诗》)。此其一。《世说新语·文学篇》记载王恭称"所遇无故物,焉得不速老"为《古诗》佳句。王恭是晋代人,晋代人对于魏代的诗不应该不知道作者而称其为"古诗"。如果属于曹、王等名家,更不应该不知道。此其二。曹植诗曾受到《古诗》的一些影响,例如《怨诗行》《浮萍篇》《游仙》和《门有万里客行》等篇都有用《古诗》或仿《古诗》词句的地方。显然《古诗》应在前。此其三。由于上述理由,我们相信近代一般文学史研究者的看法,《古诗》应是东汉桓帝、灵帝时代的产品。①

所论三点,尤其是第一点,是《古诗》不能作于建安时期最重要理由。然余先生所论亦留有余地,谓"不过这也是大概的说法,《古诗》各篇的风格虽然大致相近,终究不是一人一时之作,很难说其中没有少数诗篇略早略晚于桓、灵之世。尤其是建安时代,紧相衔接,现存的建安诗和《古诗》相似的也不少,《古诗》中杂有少数建安时代的作品

---

① 余冠英选注《汉魏六朝诗选·序言》,人民文学出版社1958年版。

也并非绝对不可能"。至此,钟嵘之"旧疑",基本上可以释然无疑矣。要之,关于《古诗十九首》作者问题,不妨作种种推测存疑(包括西汉说、枚乘作说、傅毅作说、"建安中曹、王所制"说等,皆不妨存疑),然鄙意迄今既无坚强有力证据,材料阙如,故暂持"汉末无名氏"所作说,最为稳妥。此见解尊重客观历史状况,虽有遗憾,并无大碍。①

《古诗》作品流传,最先有萧统《文选》收录十九首,已如前述。经刘勰《文心雕龙》、钟嵘《诗品》等论述赞颂,嗣后即有徐陵《玉台新咏》于首卷收录"古诗八首"(包括《上山采蘼芜》《凛凛虽云暮》《冉冉孤竹生》《孟冬寒气至》《客从远方来》《四座且莫喧》《悲与亲友别》《穆穆清风至》);同卷以下又录"《枚乘》杂诗九首"(包括《西北有高楼》《东城高且长》《行行重行行》《涉江采芙蓉》《青青河畔草》《兰若生春阳》《庭前有奇树》《迢迢牵牛星》《明月何皎皎》)。然与《文选》所录篇第核对,则所录不一,有所异同。唐以后类书著录不少,但篇第往往杂乱无序。如欧阳询《艺文类聚》所收"古诗",即有《迢迢牵牛星》《燕赵多佳人》《驱车远行役》《青青陵上柏》《行行重行行》《青青河畔草》《今日良宴会》《西北有高楼》《迢迢牵牛星》《四坐且莫喧》《仙人骑白鹿》《四顾何茫茫》《上山采蘼芜》《江南可采莲》《泛泛江汉萍》《采葵莫伤根》《新人工织缣》《锦衾遗洛浦》《橘柚垂华实》《嘉树生朝阳》《天上何所有》《白杨初生时》《长枫千余丈》《胡马嘶北风》《思为双飞燕》《庭前有奇树》《翩翩堂前燕》《胡蝶胡高飞》等首,其中合于《文选》所录者仅八首,其余二十首则另出。

---

① 关于《古诗》十九首作者问题,本书东汉卷第八章第三节末尝谓:"《古诗》产生于汉末,一般论者,皆已认可;不过缘于史料缺失,其作者难以考索坐实而已。"该节文字,对此问题有所推测,然"亦无实据",仅供参考。

它如《北堂书钞》《太平御览》等亦大抵如此。然而后世一般认可《文选》所录"古诗十九首"为正选之篇，认可为一作品集文本。其余所传汉代无主名五言诗歌，包括残篇，数量不少，达三十首以上，钟嵘谓"颇为总杂"，不妨可称为"古诗"，但不入"十九首"之中。历代史志著录，以《隋书·经籍志》为例，则有无名氏《古诗集》九卷，梁代昭明太子撰《古今诗苑英华》十九卷，无名氏《古乐府》八卷等。然并无"古诗十九首"之目，故难以判断十九首是否被收入，以及收入篇数多寡。

第二节 《古诗十九首》的内容和风格特色

《古诗十九首》，按其内容描写，大概可分为三大类：

一类为思妇词。主人公多作孤身女子，丈夫离别长久孤独生活，述悲感心情及哀思愁怀，且无法消解。有《行行重行行》《青青河畔草》《冉冉孤生竹》《西北有高楼》《涉江采芙蓉》《庭中有奇树》《迢迢牵牛星》《凛凛岁云暮》《孟冬寒气至》《客从远方来》《明月何皎皎》；

一类为感叹人生之词。多述生命短促、人生悲苦、无可奈何之意。有《明月皎夜光》《回车驾言迈》《东城高且长》《去者日以疏》；

一类为游戏娱乐之词。一方面表现贵游奢靡生活场景，宣扬及时行乐主张，或不免夹带人生苦短忧思。如《青青陵上柏》《生年不满百》《驱车上东门》《今日良宴会》。

三类作品，题材不同，取意自有差异。然而《古诗》中多数作品有一共同之点，此即在情调上往往以"悲""忧"为主，是为笼盖通贯《古诗》重要特征之一。

先述十九首中前两类篇章,几乎每篇皆含浓厚忧思,处处弥漫悲情。如:

> 行行重行行,与君生别离。相去万余里,各在天涯。道路阻且长,会面安可知?胡马依北风,越鸟巢南枝。相去日已远,衣带日已缓。浮云蔽白日,游子不顾返。思君令人老,岁月忽已晚。弃捐勿复道,努力加餐饭。(《文选》卷二九)

本篇为思妇词。夫妇生别离,相隔天涯万里,且岁月长久。游子一去不复返,遂使女子"思君令人老"。"浮云蔽白日",以比兴之句,透出莫名惆怅与灰暗无奈心情。末韵道出祝愿勉励,真诚朴实,令人感动。篇中流贯无限情思及人生悲哀,无愧乎"一字千金"。

又如《孟冬寒气至》:

> 孟冬寒气至,北风何惨栗。愁多知夜长,仰观众星列。三五明月满,四五蟾兔缺。客从远方来,遗我一书札。上言长相思,下言久离别。置书怀袖中,三岁字不灭。一心抱区区,惧君不识察。(同上)

本首分前后两段,前段写思妇愁情,环境烘托非常到位,气氛"惨栗"。而"愁多知夜长"五字,精粹之至,成为千古名句。"仰观众星",表现思妇心理活动,因愁思不能寐,遂起而历数众星,细节真实。后段围绕"书札"展开,主要描写"长相思""一心抱区区"浓厚情意。"三岁字不灭"虽有夸张,其心情却真切感人。"言置于怀袖,久而不灭,敬重之至。"(《文选》吕向注)本篇同为抒情佳作。

以上两首皆写思妇,皆寄以深厚悲情,但所叙人事背景及生活

方式,各具特色。另一首《西北有高楼》则写法殊异,几乎不涉人物、事实,而主写悲情:

> 西北有高楼,上与浮云齐。交疏结绮窗,阿阁三重阶。上有弦歌声,音响一何悲。谁能为此曲?无乃杞梁妻。清商随风发,中曲正徘徊。一弹再三叹,慷慨有余哀。不惜歌者苦,但伤知音稀。愿为双鸣鹤,奋翅起高飞。(同上)

本首主人公身份不明,亦不知其所为何事,亦无情节串连,唯写高楼弦歌之声,及听乐者感受,仅有环境气氛及情绪指向。末韵二句似为表示心愿,欲"奋翅起高飞"。综观全诗描写,篇中既无实人,亦无实事,写得相当"虚",有些难于捉摸,难于坐实其义指。因此本篇也易于引起种种遐想妄测。如有旧说谓:"此篇明高才之人仕宦未达,知人者稀也。"(《文选》李善注)又曰:"此诗喻君暗而贤臣之言不用也。"(《文选》李周翰注)皆有离开文本、随意猜测胡乱发挥之嫌,不足信。自本篇文本描写着眼,其"知音稀""双鸣鹤"云云,义指虽颇模糊,大致可理解为作者希冀男女(夫妇?)双方比翼齐飞之意。至于全篇主旨,则透过模糊文本,又表达出一种相对明确意图,即渲染一种悲哀情绪。唯因本首只是情绪表达,不事精细描述,亦无枝蔓情节,全篇关键词便是"一何悲""有余哀""歌者苦"等。它们反复渲染情绪,层层加重色彩,故而尽管缺乏主人公身份确认和经历交代,其悲苦情绪同样非常浓烈,感人力量亦颇为强大。

《十九首》中其余诸篇,无论所写为游子思妇,或感叹人生,大多以"悲""忧"为主,成为正格"悲情诗歌"。此是《古诗十九首》之主体。在文学史上,描写悲痛人生,抒述悲剧意识或情绪,最能感动人心,摇撼性灵,故而予人印象至深。是王充所谓"悲音不共声,皆快于耳"(《论衡·自纪篇》)。《古诗》亦因此深获历代读者喜爱,取得"一字千金"等盛誉,此是"以悲为美"文学的魅力。

《古诗》之"悲情取向",甚至也影响及若干第三类作品,即贵游之诗。此类作品所写,涉及不少社会问题,主要是上层社会生活奢靡腐化问题,文士社会处境及出路问题。如:

> 青青陵上柏,磊磊涧中石。人生天地间,忽如远行客。斗酒相娱乐,聊厚不为薄。驱车策驽马,游戏宛与洛。洛中何郁郁,冠带自相索。长衢罗夹巷,王侯多第宅。两宫遥相望,双阙百余尺。极宴娱心意,戚戚何所迫?(《文选》卷二九)

本篇所写,主要为贵游场面,作者盖亦参与其中。作者其人,当是贵游集团一分子,但身份较低,"王侯多第宅"一句,属旁观者言,至少显示作者并非"王侯"本人。又其所"策"之"马",竟是"驽马",可见并非核心分子,是边缘人物。然而作者具有个人觉悟,不为游乐生活所迷醉,能思考人生意义,所以参与贵游活动之后,又产生失落情绪,"极宴娱心意"以后,便有"戚戚何所迫"之感受。虽然,其所"戚戚"之具体内涵,篇中并未明说,读者自不得而知。不过,诗人能够具有忧患意识,总是强于醉生梦死者,所以本篇关键在末句,如无此句,全诗只是宣扬奢靡生活作品,几无正面价值。此为另一种"曲终奏雅"。正是此句所表述"戚戚"之忧,使得本篇贵游作品,具有反思品格,生发出悲情感染力,并汇入《古诗》十九首悲情主流之中。

另一首贵游色彩较重诗篇《今日良宴会》,情形便与此不同。篇中在贵游活动"欢乐难具陈"之余,发出生命不永感叹:"人生寄一世,奄忽若飙尘",颇含人生思考。然而其感叹或思考到此为止,并无生发出悲情描写或进一步反思。相反,其所劝喻于人者,却是"何不策高足,先据要路津"!此不但鼓吹加紧追逐名位权势,且带有权术取向,露出卑下心理、丑陋人格。此篇作品,脱逸出《古诗》悲情总体取向,格调不高,除能够赢得私心小人卑微意识之共鸣外,难以激起广大读者真诚同情。

另有三首感叹人生不永诗篇《驱车上东门》《生年不满百》《回车驾言迈》,作意近于《今日良宴会》。三诗所咏,或"万岁更相送,圣贤莫能度。服食求神仙,多为药所误",或"生年不满百,常怀千岁忧",或"人生非金石,岂能长寿考",表现出对生命有限问题清醒认识,无长生不老痴想。然而诗人由此得出另一方向结论,谓"不如饮美酒,被服纨与素",或"昼短苦夜长,何不秉烛游?为乐当及时,何能待来兹!"陷入及时行乐消极思想误区,唯《回车驾言迈》云"奄忽随物化,荣名以为宝",鼓吹生前应追求"荣名",不说及时行乐,不涉物质享受,与"三不朽"意思接近,其意尚可;而《生年不满百》云"愚者爱惜费,但为后世嗤",讽刺"惜费"守财之人为"愚者",固可理解,但自以为及时行乐,便成"智者",亦非得之。虽然,此三首诗中亦流贯相当悲情,是即人生不永之悲、死亡之悲。"常怀千岁忧""所遇无故物,焉得不速老""潜寐黄泉下,千载永不寤"等,皆是。诸如此类感伤情绪,与《古诗》悲情主流相贯通汇合,因此亦具人性含义,并引发同情心。

《古诗十九首》既以悲情取胜,成为五言诗千古典范,"一字千金",其宝贵创作经验,自值得总结研究。

首先,《古诗》直接描述情绪,多下"悲""愁""忧""苦""哀""伤"之语。如上述"音响一何悲""慷慨有余哀""不惜歌者苦"以及"立身苦不早""常怀千岁忧""忧伤以终老""伤彼蕙兰花"《晨风》怀苦心,《蟋蟀》伤局促""白杨多悲风,萧萧愁杀人""蝼蛄夕鸣悲""忧愁不能寐""愁思当告谁""愁多知夜长""徙倚怀感伤",等等;

其次描写人物，多与悲忧表情相结合，如"泣涕零如雨""一弹再三叹""终日不成章""泪下沾裳衣""垂涕沾双扉"，等等；

又写时节季候，少见春、夏，多作秋、冬，设于寒冷萧瑟之境，以此氛围，衬托情绪。如"回风动地起，秋草萋已绿；四时更变化，岁暮一何速！""凛凛岁云暮""凉风率已厉，游子寒无衣"，等等；

又写环境，多取空旷萧条之处，甚至坟墓之类。如"四顾何茫茫""驱车上东门，遥望郭北墓""出郭门直视，但见丘与坟""古墓犁为田，松柏摧为薪"，等等；

又写方位，多设遥远隔绝之处，如"人生天地间，忽如远行客""相去万余里，各在天一涯""道路阻且长""千里远结婚，悠悠隔山陂""还顾望旧乡，长路漫浩浩"，等等；

又其引文用典，多选伤感或分离之故实，如："与君生别离"（《楚辞·九歌·少司命》"悲莫悲兮生别离"）；"《晨风》怀苦心，《蟋蟀》伤局促"（《诗经·秦风·晨风》："鴥彼晨风，郁彼北林。未见君子，忧心钦钦"；《诗经·唐风·蟋蟀》："蟋蟀在堂，岁聿其莫。今我不乐，日月其除"）；"迢迢牵牛星，皎皎河汉女"（《诗经·小雅·大东》："维天有汉，监亦有光。跂彼织女，终日七襄。""睆彼牵牛，不以服箱"）"南箕北有斗，牵牛不负轭"（《诗经·小雅·大东》："维南有箕，不可以簸扬；维北有斗，不可以挹酒浆"），等等。

又其比兴使用之取向，多用象征悲愁之辞，如"胡马依北风，越鸟巢南枝""浮云蔽白日""白杨多悲风，萧萧愁杀人"等等。

总之，运用众多描写及修辞方法，集合各种艺术手段，以传达及强化悲情效果，造成《古诗》"文温以丽，意悲而远，惊心动魄"强大感人力量。此是其基本艺术特色，主要写作经验。

除集中描写渲染悲情之外，《古诗》中又运用诸多修辞技术手段，增强其描写效果。如双声叠韵之使用："无为守穷贱，轗轲长苦辛"(双声);"清商随风发,中曲正徘徊"(双声、叠韵);"慷慨有余哀"(双声);"《蟋蟀》伤局促"(叠韵);"荡涤放情志,何为自结束"(双声、叠韵),等等。叠语之使用更多,几乎每首皆用,一首之中使用多次者亦不少,如《迢迢牵牛星》一首,使用六个叠语,十分突出:

迢迢牵牛星,皎皎河汉女。纤纤擢素手,札札弄机杼。终日不成章,泣涕零如雨。河汉清且浅,相去复几许?盈盈一水间,脉脉不得语。(《文选》卷二九)

叠语运用,仅是修辞手法(《青青河畔草》一首亦含六叠语);此《迢迢牵牛星》之篇,佳处更在自始至终,皆围绕一传说故事,展开全篇,并以此故事,寄托现实情思。此亦可视为全篇皆比兴。比兴与正文融为一体,全篇诗情浓郁。比兴以及双声、叠韵、叠语等手法,古来常见于民歌,如《诗经》中多有,汉乐府民歌亦频现。它们多见于《古诗十九首》,成为其重要元素,民歌风味遂得以强化。全篇多用比兴之例,尚有《东城高且长》:

东城高且长,逶迤自相属。回风动地起,秋草萋已绿。四时更变化,岁暮一何速!《晨风》怀苦心,《蟋蟀》伤局促。荡涤放情志,何为自结束?燕赵多佳人,美者颜如玉。被服罗裳衣,当户理清曲。音响一何悲,弦急知柱促。驰情整巾带,沉吟聊踯躅。思为双飞燕,衔泥巢君屋。(同上)

本首中比兴,至少有六七处。除"荡涤""被服""驰情"等句外,皆可视为比兴。唯因比兴多用,故全篇开合有致,虚实相济,情绪虽有贯穿,而情节呈现扑朔迷离,可以意会,而难以指实,从而更增添悠长诗意。

《古诗十九首》所运用特殊艺术手段,还应包括抒情、叙事与写景、咏物之结合。此方面特色非常鲜明,佳句频见,如"回车驾言迈,悠悠涉长道。四顾何茫茫,东风摇百草。所遇无故物,焉得不速老?"六句所写,既有景物,又有人物,又有动作,又有情绪。以情绪之展现为主导,情、景、人、物,浑然一体。最具代表性者为《庭中有奇树》:

> 庭中有奇树,绿叶发华滋。攀条折其荣,将以遗所思。馨香盈怀袖,路远莫致之。此物何足贵?但感别经时。(《文选》卷二九)

本篇共八句,所写以"奇树"及其"华"为主,应是咏物之诗。直到第七句,仍在写"此物"。然而作者使用"暗渡陈仓"法,末句遂说出主旨"但感别经时"。由树写及花,由花写及人,终于明示全篇原是"感别"之诗。

《古诗十九首》能够做到"文温以丽,意悲而远",达到"惊心动魄,可谓几乎一字千金"境界,为运用诸多艺术手段,精心创作之成果;同时亦是文人诗歌汲取民间歌谣营养之结晶,民歌元素所起作用巨大。不过《古诗》基本性质,仍是文人作品,此点毋庸怀疑。①

---

① 关于《古诗》性质,余冠英先生《汉魏六朝诗选·前言》曰:"《古诗》……何以见得其中大多数是出于文人之手,而不是出于民间呢?这是从《古诗》内容可以看出来的,像'驱车策驽马,游戏宛与洛''思君令人老,轩车来何迟''昔我同门友,高举振六翮'等等,所反映的生活,都不是下层人民的生活。又如'盛衰各有时,立身苦不早''不如饮美酒,被服纨与素''何不策高足,先据要路津''委身玉盘中,历年冀见食''人倘欲我知,因君为羽翼'等等,所反映的思想都不是下层人民的思想。"余先生说是。另再补充一点:《古诗》虽民歌风浓郁,但其中用典不少,上文已举例说明。所用之典,有《诗经》《楚辞》等,又多引用其他古籍中语,包括《论语》、《尸子》、宋玉《风赋》、陆贾《新语》等,足证其非民歌,而出于文士之手。

《古诗十九首》为东汉诗坛所产生最重要作品,又于五言诗发展史上占有重要地位,为此诗体成熟标志。故而历来论中国诗歌史者,皆颇重视。除上举《诗品》《文心雕龙》《文选》外,后世论者甚众,且普遍评价甚高。隋树森谓:"它一方面继承了诗三百篇,一方面又开了建安魏晋的五言诗的风气。它的艺术价值也到了纯熟的境界,它既有完整优美的外形,复有丰富充实的内容,而表现的方法,特具的风味,更是妙得难以用言语形容出来。它是五言诗的规范,后来的诗人,不但多受其影响,并且还有许多作家,如陆机、刘铄、谢惠连、鲍照、鲍令晖、江淹、沈约、孟浩然、韦应物、杨亿、洪适、陈襄、张宪、王闿运等,都有拟作……这寥寥的十九首诗,真抵得上后来无数的篇什,所以研究中国文学的人,没有不喜欢读它的,钟嵘评为'一字千金',决不是过分推崇之语。"①余冠英先生谓:"十九首被萧统收入《文选》,代表当时五言诗最高的成就。"(《汉魏六朝诗选·前言》)是为的论。

第三节 《古诗为焦仲卿妻作》

此为长篇五言叙事诗,始见录于南朝徐陵编纂《玉台新咏》卷一,作者为"无名人"。郭茂倩《乐府诗集》收入卷七三"杂曲歌辞"中,题作"焦仲卿妻,古辞",又谓"不知谁氏之所作也"。诗有序云:"汉末建安中,庐江府小吏焦仲卿妻刘氏,为仲卿母所遣,自誓不嫁。其家逼之,乃没水而死。仲卿闻之,亦自缢于庭树。时人伤之而为

---

① 隋树森集释《古诗十九首集释·序》,中华书局1957年版。

此辞也。"①据序可知事件发生时间,在献帝建安年间,已经进入曹操执政时期。庐江郡属扬州,建安初为袁术领有,太守为陆康,为陆逊从祖,事见《三国志·吴书·陆逊传》。不久太守易为刘勋,据《三国志·魏书·武帝纪》载,建安四年十二月,曹操击破袁术,"庐江太守刘勋率众降,封为列侯"。

对于本篇产生时间,后世论者颇存争议。有肯定本篇为汉末作品,亦有怀疑此篇为南朝文士拟作。又有人取折衷,以为原作于汉末,经过后人修改,故存在若干后世文字痕迹。② 然本篇向为"古诗"中一篇,至少其本事发生时间,在"汉末建安中",故置此论列。

---

① 〔宋〕郭茂倩编《乐府诗集》卷七三,中华书局1979年版,第1034页。
② 近代学者有认为本篇是南朝文士所拟作者,如陆侃如,有认为本篇为汉末作品者,如古直有《焦仲卿妻诗辨证》,收入其所著《汉诗研究》。又有人坚持认为是汉代文人所作,如萧涤非曰:"其作者虽失名,然要必出于文人(但非一人)之手,如辛延年、宋子侯之流,则绝无可疑。"(《汉魏六朝乐府文学史》,人民文学出版社1984年版,第113页。)按:序虽云本篇作于"汉末建安中",但此语气本身即已明示说话人在"汉末"之后,应在曹魏黄初年间或其后。真正汉末人,决不言"汉末",因其时汉朝尚未亡,无由得知汉朝已至"末"。此犹凡言"清末"者,必是民国或更后之人。故而本篇作品,至少是序文,当作于"汉末"之后,即曹魏黄初或其后。再者,本篇中诗韵安排使用状况,有迹象显示已达到南朝齐梁时水准,论者不少,兹不赘。又诗中若干用品名物等,亦有后世魏晋时特征。如关于"信",顾炎武曰:"凡言信者,皆谓使人。杨用修又引古《乐府》'有信数寄书,无信长相忆'为证,良是。然此语起于东汉以下,杨太尉夫人袁氏《答曹公卞夫人书》云'辄付往信',《古诗为焦仲卿妻作》'自可断来信,徐徐更谓之',魏杜挚《赠毌丘俭诗》'闻有韩众药,信来给一丸',以使人为信,始见于此。若古人所谓'信'者,乃符验之别名。《墨子》'大将使人行守,操信符',《史记·刺客传》'今行而无信,则秦未可亲也',《汉书·石显传》'乃时归诚,取一信以为验',《西域传》'匈奴使持单于一信到国,国传送食',《后汉书·齐武王传》'得司徒刘公一信,愿先下周礼掌节',注:'犹信也,行者所执之信。'"(《日知录》卷三二)可证本诗中所云"信",亦"东汉以下"用例。

本诗全篇作五言句,其云:

孔雀东南飞,五里一徘徊。"十三能织素,十四学裁衣;十五弹箜篌,十六诵诗书。十七为君妇,心中常苦悲。君既为府吏,守节情不移。贱姿留空居,相见常日稀。鸡鸣入机织,夜夜不得息。三日断五匹,大人故嫌迟。非为织作迟,君家妇难为。妾不堪驱使,徒留无所施。便可白公姥,及时相遣归。"

府吏得闻之,堂上启阿母:"儿已薄禄相,幸复得此妇。结发同枕席,黄泉共为友。共事二三年,始尔未为久。女行无偏斜,何意致不厚?"阿母谓府吏:"何乃太区区?此妇无礼节,举动自专由。吾意久怀忿,汝岂得自由?东家有贤女,自名秦罗敷。可怜体无比,阿母为汝求。便可速遣之,遣去慎莫留。"府吏长跪告:"伏惟启阿母,今若遣此妇,终老不复取。"阿母得闻之,槌床便大怒。"小子无所畏,何敢助妇语?吾已失恩义,会不相从许!"

府吏默无声,再拜还入户。举言谓新妇,哽咽不能语:"我自不驱卿,逼迫有阿母。卿但暂还家,吾今且报府。不久当归还,还必相迎取。以此下心意,慎勿违吾语!"新妇谓府吏:"勿复重纷纭,往昔初阳岁,谢家来贵门。奉事循公姥,进止敢自专?昼夜勤作息,伶俜萦苦辛。谓言无罪过,供养卒大恩。仍更被驱遣,何言复来还?妾有绣腰襦,葳蕤自生光。红罗复斗帐,四角垂香囊。箱帘六七十,绿碧青丝绳。物物各自异,种种在其中。人贱物亦鄙,不足迎后人。留待作遣施,于今无会因。时时为安慰,久久莫相忘。……(《乐府诗集》卷七三)

以上第一段三小节,人物及情节所由,已设置明白。以下故事发展,皆循此以往。嗣后刘兰芝归还母家,还家十余日,即有"县令遣媒来",欲为子娶兰芝,"云有第三郎,窈窕世无双;年始十八九,便言多令才"。兰芝守志不许。继而更有太守使人前来提亲,"云有第五郎,娇逸未有婚;遣丞为媒人,主簿通语言"。如此幸遇良机,兰芝誓不再嫁。然有家兄,态度凶狠,逼迫改嫁。兰芝无奈同意,操办婚事。仲卿闻此变,自府中告假来见,倾诉之余,别无他法,相约殉情。太守迎婚之日,兰芝"举身赴清池",而仲卿亦"自挂东南枝",一场婚姻悲剧,就此结束。

本篇所叙婚姻家庭悲剧,其发生根源,固在于中国古代宗法制度下,妇女地位低下,婚姻不能自主,社会风习丑陋顽固。西汉中叶纲常名教确立之后,"忠孝""节烈"等名目成为主流意识形态,贞节之类观念也进入日常道德规范,婚姻进一步受制于纲常伦理,而婚姻悲剧遂相应成为社会普遍现象。故本篇鞭挞宗法制度社会风习戕害青年男女,寓意深广。此亦是诗篇被长久传诵基本原因之一。

本诗长达353句,1785字,篇幅空前。讲述一完整故事,其文字安排及情节组织能力,较之此前,有极大提升。作为叙事诗,为中国诗歌史上里程碑式作品。

本篇虽署曰"无名人","不知为谁作者",但可以确定为文士之作。理由有二:一为本篇结构庞大多段落,情节复杂多变化,无相当写作能力及组织手段,难以成功写出此篇章面貌。汉魏时期文士,迭经数百年辞赋写作锻炼,尤其长篇辞赋作品,如京都苑猎、述行叙志一类大赋,其篇帙浩大,文字累积,往往在千字以上,长者达二三千字。如张衡《应间》将近二千字,《思玄赋》二千八百余字,《二京赋》更达三千余字。其余子书及章表朝政文章、对策文等,常见长篇大论,"下笔不能自休"者。在此强大写作能力基础上,至汉末乃有长篇叙事诗自然出现。二为本诗中多见整饬文字,非文士不能当此任。如写"新妇起严妆"一节:"著我绣夹裙,事事四五通。足下蹑丝履,头上瑇瑁光;腰若流纨素,耳著明月珰。指如削葱根,口如含朱丹;纤纤作细步,精妙世无双。"又如写府君迎娶准备一节:"青雀白鹄舫,四角龙子幡。婀娜随风转,金车玉作轮。踯躅青骢马,流苏金镂鞍;赍钱三百万,皆用青丝穿。杂彩三百匹,交广市鲑珍;从人四五百,郁郁登郡门。"又如写兰芝准备嫁衣一节:"移我瑠璃榻,出置前窗下。左手持刀尺,右手执绫罗;朝成绣夹裙,晚成单罗衫。"是皆借用辞赋铺张写法,是文士笔致无疑。又本篇中可见典故运用,亦是文士作品显要标志,如"口如含朱丹",用宋玉《神女赋》"朱唇的其若丹"典;"十七遣汝嫁,谓言无誓违",用《孟子》"女子之嫁也,母命之曰:'往之女家,必敬必戒,无违夫子'"典;①皆其例也。

然而民歌色彩亦遍布全篇。比兴运用,是一大标志,如"孔雀东南飞,五里一徘徊","君当作盘石,妾当作蒲苇;蒲苇纫如丝,盘石无转移"。喻象生动,喻义贴切,同时兼以"顶针格"之运用,为诗篇增色不少。比兴之外,不少叙述语句,质朴无华,朗朗上口,如水流畅,亦含浓郁民歌风味,如"执手分道去,各各还家门。生人作死别,恨恨那可论?念与世间辞,千万不复全";"其日牛马嘶,新妇入青庐。奄奄黄昏后,寂寂人定初。我命绝今日,魂去尸长留"。本篇首尾两节,尤其精彩。首节如上引,以"孔雀东南飞"起句,大显光彩。末节与首节遥相呼应,场面萧瑟,景物凄凉,悲情弥漫,意味永长:

> 两家求合葬,合葬华山傍。东西植松柏,左右种梧桐。枝枝相覆盖,叶叶相交通。中有双飞鸟,自名为鸳鸯。仰头相向

---

① 黄节释曰:"'无誓违',谓无违约束也。当是用《孟子》义。"《汉魏乐府风笺》卷一四,人民文学出版社 1958 年版,第 182 页。

鸣,夜夜达五更。行人驻足听,寡妇起傍徨。多谢后世人,戒之慎勿忘!(《乐府诗集》卷七三)

文字质朴,音节浏亮,以"松柏"与"鸳鸯"为主,大量使用比兴,营造出悲凉气氛及优美意境,即"悲美"境界,感人至深。而仅有人事描写"行人驻足听,寡妇起傍徨",非但不起妨碍作用,更增添浓郁悲情。"多谢"二句,跳出诗篇,直接面对读者,提醒汲取教训,避免悲剧发生,是仁者智者之言。于是文人与民间文学的渗透、互补、融合,至此亦达到更高层次、更新境界。

在文学史上,凡属无主名或者带有群体性的作品,在其写定之前,往往意味着在一个相当长时段内,曾经有不同人物参与加工;由于加工者各自条件包括文学修养和能力不同,其结果必然对作品全部或局部造成正面或负面之种种影响。如此,在正面提高同时,也可能给作品留下种种缺陷及不足,或者造成各部分艺术水准事实上的不均衡。文学史上另有一情况:某些无主名作品、特别是长篇作品,易于出现因流传原因而造成的文字遗佚或部分残缺。由于本篇被著录时间稍晚,自"汉末建安中"本事发生,直到南朝末陈代才被徐陵正式写定,其间有三百余年漫长流传过程,中间发生文本被改易、淆乱、遗佚等情况,亦在所难免。以上两种影响,对于本篇都可能存在。表现为本篇在取得重大成就同时,也还存在一些缺欠。如本篇除开首及结尾两大部分,叙事、描写堪称完美外,其余中间部分环节,还多少存在描写欠缺或不完美之处。如故事构成上,焦母与兰芝矛盾的起因和过程,此是整个故事之起点,非常重要。然而诗中对此交代不甚清晰,影响作品主题之理解。焦母全部理由便是"此妇无礼节,举动自专由;吾意久怀忿,汝岂得自由",由此便提出"便可速遣之,遣之慎莫留"。然自篇中描写视之,则刘兰芝并无任何"无礼节"事例,而是"女行无偏斜",事事不违"礼节"。自兰芝方面所述,则是"君家妇难为。妾不堪驱使,徒留无所施";亦无言及任何具体事由。于是兰芝被遣,便成为一"无厘头"事件,缺乏必然性说服力。再如兰芝被遣归母家后"十余日",便有县令派丞前来提亲,又不数日,有郡太守派人前来提亲。在宗法社会,凡被夫家遣"出"女子,名誉地位皆受到严重贬低,社会处境艰难困顿;而刘兰芝反而声价倍增,成为官家争娶对象,是亦不合情理之事。再如兰芝离去前谓小姑曰"新妇初来时,小姑如我长",二句历来不少论者以为有阙文,有人据唐代顾况《弃妇行》补足为四句,作"新妇初来时,小姑始扶床;今日被驱遣,小姑如我长",可谓文义完足矣。但又出现另一问题,是即"始扶床"应在二三岁,"如我长"则至少已十三四岁,如此,则兰芝结婚生活,历时应在十年以上;然上文有句,明写兰芝与仲卿结婚仅"共事二三年",又云"始尔未为久"。对同一细节所述不一,时间差异甚大,可谓故事叙述有漏洞也。另外如"媒人去数日,寻遣丞请还"等句,论者皆感其义难以圆满说通,引起不断争议,而终无确解。此类阙失,亦可能文字脱漏所致,初非作者问题。

  本篇在文学史上影响极大。宋代刘克庄谓:"《焦仲卿妻诗》,六朝人所作也;《木兰诗》,唐人所作也。乐府唯此二篇,作叙事体,有始有卒,虽辞多质俚,然有古意。"①虽认为本篇为是"六朝"作品,但肯定其叙事诗重要地位。明代杨慎则曰:"昔吾亡友何仲默,一日读《焦仲卿妻》乐府,谓予曰:'古今唯此一篇,更无第二篇也。'"②又清

---

① 〔宋〕刘克庄著《后村集》卷一七,台北:商务印书馆影印文渊阁《四库全书》集部第1180册,第170页。
② 〔明〕杨慎著《升庵集》卷一四,台北:商务印书馆影印文渊阁《四库全书》集部第1270册,第123页。

代王琦曰:"五言长篇,自古乐府《焦仲卿》而下,继者绝少,唐初亦不多见。逮李、杜二公始盛。"①至近代,愈加受到文学史家推重,俞平伯认为"孔雀东南飞"是"中国最伟大的叙事诗",因为它"能当反抗礼教的旗手,对着传统伦理的最中心点'孝道'给了一个沉重打击,当头一棒"②。王瑶谓:"("孔雀东南飞")详尽地写出了这一个封建家庭悲剧的全部经过,有力地揭露了封建社会的残酷性。"③甚至有论者称本诗为中国古典诗歌"长篇之圣"。④

第四节 "苏、李诗"及其他"古诗"

《古诗十九首》之外,汉代尚有若干五言诗作品,流传至今。其中包括一组"苏、李诗",即苏武、李陵之诗也。

苏、李皆西汉武帝时人。苏武为名臣,曾代表汉朝出使匈奴,被扣留十九年,宁死不屈,在"北海"牧羊,表现崇高气节,后返回汉朝,名著青史。李陵为名将李广之孙,骁勇善战,但在对匈奴战争中寡不敌众,兵败投降,身虽存而名已裂。《苏李诗》始见著录于梁代萧统《文选》卷二九,计有李三首、苏四首。然早在萧统之前,刘宋时颜延之即曾论及其诗,谓:"逮李陵众作,总杂不类,是假托,非尽陵制。

---

① 〔清〕王琦注《李太白集注》卷三四"丛说"引《唐诗品汇》,中华书局1977年版,第1540页。
② 《漫谈〈孔雀东南飞〉古诗的技巧》,《光明日报》1950年4月16日第4版。
③ 王瑶《中国诗歌发展讲话》,中国青年出版社1956年版,第34页。
④ 聂石樵著《先秦两汉文学史稿·两汉卷》,北京师范大学出版社1996年版,第418页。

至其善篇,有足悲者。"①刘勰《文心雕龙·明诗》亦言及此,谓:"至成帝品录,三百余篇,朝章国采,亦云周备,而辞人遗翰,莫见五言,所以李陵、班婕妤,见疑于后代也。"②同时钟嵘亦将李陵诗纳入《诗品》之中,列入上品,其品语曰:"汉都尉李陵诗。其源出于《楚辞》,文多凄怆,怨者之流。陵名家子,有殊才,生命不谐,声颓身丧。使陵不遭辛苦,其文亦何能至此?"③

可知"苏、李诗"甫出现,其真实性即受到怀疑,后世更是质疑声不绝。④ 自所提出诸多疑点言,问题确实存在,作品所写与李陵、苏武实际经历不符。然而颜延之既已言及其诗,则作品产生时间,当

---

① 颜延之《庭诰》,《太平御览》卷五八六,中华书局 1960 年版,第 2640 页。
② 〔南朝梁〕刘勰著,周振甫注《文心雕龙注释·明诗》,人民文学出版社 1981 年版,第 49 页。
③ 〔南朝梁〕钟嵘,曹旭集注《诗品集注》,上海古籍出版社 1994 年版,第 106 页。
④ 后世对"苏李诗"的质疑,如宋代苏轼谓:"梁萧统集《文选》,世以为工。以轼观之,拙于文而陋于识者,莫若统也。……李陵、苏武赠别长安,而诗有'江汉'之语。及陵与武书,词句缓浅,正齐梁间小儿所拟作,决非西汉文。而统不悟。"见《答刘沔都曹书》,《苏东坡全集·后集》,中国书店 1986 年版,第 621—622 页。又近代梁启超《中国之美文及其历史》曰:"我是绝对不承认这几首诗为李陵、苏武作的。我所持的理由,第一,则汉武帝时决无此种诗体。……此诸诗与十九首体格略同,而谐协尤过之。……其平仄几全拘齐梁声病,故其时代又当在十九首之后。第二,赠答诗起于建安七子,两汉词翰,除秦嘉《赠妇》外,更无第二首,然时已属汉末。至朋友相赠,则除此数章外更不一见。……第三,苏武于所传诸诗外别无他诗,固无从知其诗风为何如。至于李陵,则《汉书·苏武传》尚载有他一首歌,其辞云……纯是武人质直粗笨口吻,几乎没有文学上价值。凡一个人前后作品,相差总不会太远,何况同时所作,作'经万里兮度沙漠……'的人,忽然会写出'风波一失所,各在天一隅',会写出'安知非日月,弦望自有时',我们无论如何,断不能相信。"(中华书局 1936 年版,第 119 页)

在刘宋之前。梁启超所云"诸诗与十九首体格略同",基本判断不差。如此,则"苏李诗"产生时间,与"十九首"大体接近,要在东汉后期(亦可能至魏晋间)也。撇开作者问题,自诗篇本身观之,则作品并非如苏轼所云"小儿所拟作",作为抒情诗歌,有相当价值。如李陵《与苏武诗》三首:

良时不再至,离别在须臾。屏营衢路侧,执手野踟蹰。仰视浮云驰,奄忽互相逾。风波一失所,各在天一隅。长当从此别,且复立斯须。欲因晨风发,送子以贱躯。(之一)

嘉会难再遇,三载为千秋。临河濯长缨,念子怅悠悠。远望悲风至,对酒不能酬。行人怀往路,何以慰我愁?独有盈觞酒,与子结绸缪。(之二)

携手上河梁,游子暮何之?徘徊蹊路侧,恨恨不得辞。行人难久留,各言长相思。安知非日月,弦望自有时。努力崇明德,皓首以为期。(之三)(《文选》卷二九)

篇中并无关于主人公身份具体线索,亦难以完全判定其人物关系。此种模糊写法,近似于"西北有高楼"。然而在模糊中亦有明晰之点,即读者大抵可以得到印象:诗篇确属赠友之作,作者与对方("子""游子""行人")之关联,比较密切,因此离别之际,携手河梁,以绸缪相结,"悲风"满怀。三首诗中,反复写惜别场景,"离别在须臾""执手野踟蹰""长当从此别""送子以贱躯""行人怀往路""徘徊蹊路侧,恨恨不得辞""行人难久留,各言长相思"等,二人情份深厚,非比寻常。又本诗之情绪取向,以愁思悲情为主,此是"李陵诗"与

《古诗十九首》共同之处。诗中对此也不烦词费,措语随处可见,如"怅悠悠""悲风至""慰我愁""悢悢"等。正因专注于描写惜别主题,又以悲情为情绪基调,"李陵诗"遂具备了相当的感染力量,并与《古诗十九首》相近,遂有梁启超"诸诗与《十九首》体格略同"之判断。然而"李陵诗"毕竟尚未达到《古诗十九首》之成熟度,难以与《古诗》并驾齐驱。例如在比兴运用方面,无论使用之多寡,或用例之质地,所起之作用,皆稍逊于《古诗》。至于在修辞手段之丰富、篇章字句之变化跌宕,意境之深远幽美等方面,皆与《古诗十九首》颇异其趣,难与比肩。

以上所说为"李陵诗"三首。至于"苏武诗"四首,则情况有所不同。

  骨肉缘枝叶,结交亦相因。四海皆兄弟,谁为行路人?况我连枝树,与子同一身。昔为鸳与鸯,今为参与辰。昔者常相近,邈若胡与秦。唯念当离别,恩情日以新。鹿鸣思野草,可以喻嘉宾。我有一樽酒,欲以赠远人。愿子留斟酌,叙此平生亲。(之一)

  结发为夫妻,恩爱两不疑。欢娱在今夕,嬿婉及良时。征夫怀往路,起视夜何其?参辰皆已没,去去从此辞。行役在战场,相见未有期。握手一长叹,泪为生别滋。努力爱春华,莫忘欢乐时。生当复来归,死当长相思。(之三)(《文选》卷二九)

"苏武诗"与"李陵诗"在内容上既相接,又不相接。相接之处为,二者有互为呼应之文句描写。如"李陵诗"曰"执手野踟蹰","苏武诗"即曰"握手一长叹";"李陵诗"曰"行人怀往路""行人难久留","苏武诗"即曰"谁为行路人?""李陵诗"曰:"独有盈觞酒,与子结绸缪","苏武诗"即曰"我有一罇酒,欲以赠远人";"李陵诗"曰:"努力崇明德,皓首以为期","苏武诗"即曰:"愿君崇令德,随时爱景光",等等。不相接之处则是,"李陵诗"将对方视为"游子","二人似为夫妇关系";而"苏武诗"其一明确将对方说成"兄弟",二首譬彼此为"双飞龙""双黄鹤",似亦言同性友人,三首曰"结发为夫妻",此毫无疑义,四首又曰"愿君崇令德,随时爱景光",此当指对方为男性,盖亦言朋友也。四首所说,互不一致,自相矛盾。前贤论诗,多以为"苏武诗"不如"李陵诗",故而不重视苏诗,梁启超《中国之美文及其历史》甚至认为"《文选》所录七首之中,李陵的比苏武强多了。《文心雕龙》只言'李陵、班婕妤见疑于后代',不提苏武;《诗品》也只有李陵,并无苏武。因此我颇疑拟李陵的几首,是早已流行。刘勰、钟嵘对他都很重视。拟苏武的那几首,或者是较晚的时代续拟,因此批评家不甚认他的价值,但最迟的也不过魏晋间作品罢了"①。

无论其为拟作或者仿作,无论苏、李二者水准如何不平衡,"苏李诗"总体上应被认可为汉末文士所撰五言诗作品,其风格接近《古诗十九首》,亦当时诗风之体现者。"苏李诗"之出现,表明当时五言诗体已经获得很大发展,在文士中影响扩大,受到追捧。当然与《古诗十九首》相比,其艺术表现力尚未臻于"一字千金"境界。

汉代"古诗"除《十九首》、"苏李诗"外,数量尚多,其中亦有若干优秀作品。② 这些作品有文人气息较重者,亦有民歌风稍浓郁者。

"上山采蘼芜"始见于《玉台新咏》卷一,与"凛凛岁云暮""冉冉

---

① 梁启超《中国之美文及其历史》,中华书局1936年版,第120页。
② 明代王世贞曰:"《上山采蘼芜》《四坐且莫喧》《悲与亲友别》《穆穆清风至》《橘柚垂华实》《十五从军征》《青青园中葵》《鸡鸣高树颠》《日出东南隅》《相逢狭路间》《昭昭素明月》《昔有霍家奴》《洛阳城东路》《飞来双白鹄》《翩翩堂前燕》《青青河边草》《悲歌》《缓声》《八变》《艳歌》《纨扇篇》《白头吟》,是两汉五言神境,可与《十九首》《苏李》并驱。"罗仲鼎校注《艺苑卮言校注》卷二,齐鲁书社1992年版,第75—76页。

孤生竹""孟冬寒气至""客从远方来""四坐且莫喧""悲与亲友别""穆穆清风至"等七首,合题作"古诗"。然而八首之中,第二、三、四、五首,被《文选》置于"古诗十九首"系列,而本首与第六、七、八首,则未入。另一方面,《文选》所收"古诗十九首"中有八首(包括"西北有高楼"等),却在《玉台新咏》中被列入枚乘诗中,可知南朝梁、陈时期,如萧统、徐陵等文士,亦未尝完全辨明诸多"古诗"如何归属问题。此流传过程中所造成归属混乱,未必涉及其重要特征,更不足以说明作品本身价值。此种现象并非个别事例,只表明不少东汉作品,在后世魏晋南北朝时期出现,而其作者为谁?是民歌或文士作品?是否入乐?原无清晰界线,或者模糊两可。又《太平御览》卷五二一收入作"古乐府"。"上山采蘼芜"民歌性格相当明显:

上山采蘼芜,下山逢故夫。长跪问故夫:"新人复何如?""新人虽言好,未若故人姝。颜色类相似,手爪不相如。""新人从门入,故人从阁去。""新人工织缣,故人工织素。织缣日一匹,织素五丈余。将缣来比素,新人不如故。"(《太平御览》卷五二一)

本篇基本以对话方式,写出"故夫""故人""新人"三者关系。"故人"被"出",独自生活,上山劳作。偶遇"故夫",即使是"故"之"夫",亦须"长跪",表示虔敬。而"故夫"说出"故""新"二妻对比,似乎无论"颜色"或"手爪",皆"新"不如"故。"至此诗篇戛然而止,二人再无任何表示。然而问题接踵而至:既然如此,那"故夫"为何出"故人"而娶"新人"?此无现成答案,读者尽可自由分析。基本思路无非有二:一为夫妻原本无隙,受某种强大外力所迫,难以抵挡,遂致离异,如焦仲卿、刘兰芝之经历;故而"故夫"语气中对"故人"颇多留恋。二为此"故夫"原是薄情郎,喜新厌旧,遂致离散;然而新婚之后,发现"新人"反不如"故人",遂萌悔意。然木已成舟,反悔谈何容易!结果便是在衡量比较"新""故"一番之后,不再表态。无论何种可能性,"故人"皆为受害最深者,是宗法社会"夫为妻纲"、女子无权之恶果也。篇中"故人"农妇,虽言语无多,且始终表现敬慎,不闻其恨恨之声,然而最为令人同情。本篇写作特征,在于简练朴素,无多修饰,文字自然,语句平易,无大道理,一如淳朴农妇,本色表露。而不说道理,自有道理。

再有一首《十五从军征》:

> 十五从军征,八十始得归。道逢乡里人:"家中有阿谁?""遥看是君家",松柏冢累累。兔从狗窦入,雉从梁上飞。中庭生旅谷,井上生旅葵。舂谷持作饭,采葵持作羹。羹饭一时熟,不知饴阿谁。出门东向看,泪落沾我衣。(《乐府诗集》卷二五)

本篇《文选》《玉台新咏》皆不录,唯见于《乐府诗集》卷二五"横吹曲辞"所录《紫骝马歌辞》,注引《古今乐录》曰:"'十五从军征'以下是古诗。"该篇前半作"烧火烧野田,野鸭飞上天。童男娶寡妇,壮女笑杀人。高高山头树,风吹叶落去,一去数千里,何当还故处?"以下即接"十五从军征"。其实上下篇合观之,亦未尝不可,盖前半说"童男娶寡妇",后半言"十五从军征",同是少年写起,所经历两种不幸人生。逮此八十老翁,从军六十五年,不可不谓创造奇迹!然所受人生伤害,亦无与伦比。一切正常家庭生活,全然无缘,夫妻恩爱、父子亲情、祖孙天伦,一概阙如。形单影只,终于归家,而目中所见,唯有"松柏冢累累",烟火断绝,一派荒芜。"羹饭一时熟,不知饴阿谁。"此问题无人能答,唯有叩问苍天,命运何其悲惨!

本篇风格,同样朴实无华,民歌韵味十足,加之所写孤独人物,耆耄年纪,悲哀命运,不幸身世,散发苍凉之气,自然流贯全篇。本篇与"上山采蘼芜",虽不入《古诗十九首》,而作为汉代优秀五言诗,其内涵气格,外在风貌,皆臻于上乘。

主要参考文献

一、古籍

《史记》,〔汉〕司马迁著,中华书局1964年版。

《史记会注考证附校补》,(日)泷川资言考证,(日)水泽利忠校补,上海古籍出版社1985年版。

《史记正义佚文辑校》,张衍田辑,北京大学出版社1985年版。

《汉书》,〔汉〕班固著,中华书局1962年版。

《后汉书》,〔南朝宋〕范晔著,中华书局1965年版。

《三国志》,〔晋〕陈寿著,中华书局1959年版。

《晋书》,〔唐〕房玄龄等著,中华书局1974年版。

《宋书》,〔南朝宋〕沈约著,中华书局1974年版。

《东观汉纪校释》,〔汉〕刘珍等撰,吴树平校释,中华书局2008年版。

《风俗通义校注》,〔汉〕应劭著,王利器校注,中华书局1981年版。

《前汉纪》,〔汉〕荀悦著,中华书局《两汉纪》本2002年版。

《后汉纪》,〔晋〕袁宏著,中华书局《两汉纪》本2002年版。

《资治通鉴》,〔宋〕司马光著,中华书局1956年版。
《史记汉书诸表订补十种》,中华书局1982年版。
《汉书补注》,〔清〕王先谦著,中华书局1983年版。
《汉书艺文志注释汇编》,陈国符著,中华书局1983年版。
《后汉书集解》,〔清〕王先谦著,中华书局影印本1984年版。
《八家后汉书辑校》,周天游辑注,上海古籍出版社1986年版。
《三辅黄图校注》,何清谷校注,三秦出版社1998年版。
《三辅决录　三辅故事　三辅旧事》,陈晓捷注,三秦出版社2006年版。
《三秦记辑注　关中记辑注》,刘庆柱辑注,三秦出版社2006年版。
《关中佚志辑注》,陈晓捷辑注,三秦出版社2006年版。
《汉唐方志辑佚》,刘纬毅辑,北京图书馆出版社1997年版。
《西汉年纪》,〔宋〕王益之著,《丛书集成》本。
《西京杂记》,〔晋〕葛洪辑,中华书局1985年版。
《汉碑集释》,高文撰,河南大学出版社修订版1997年版。
《韩非子新校注》,陈奇猷校注,上海古籍出版社2000年版。
《吕氏春秋校释》,陈奇猷校释,学林出版社1984年版。
《新语校注》,王利器校注,中华书局1986年版。
《新书校注》,阎振益、钟夏校注,中华书局2000年版。
《春秋繁露义证》,苏舆注释,中华书局1992年版。
《淮南子集释》,何宁集释,中华书局1998年版。
《淮南鸿烈集解》,刘文典集解,中华书局1989年版。
《盐铁论校注》,王利器校注,中华书局1992年版。
《论衡校释》,〔汉〕王充著,黄晖校释,中华书局1990年版。
《潜夫论笺校正》,〔汉〕王符著,〔清〕汪继培笺,彭铎校正,中华书局 1985 年版。

《牟子丛残新编》,周叔迦辑撰,周绍良新编,中国书店 2001 年版。

《孔丛子　曾子全书　子思子全书》,上海古籍出版社影印 1990 年版。

《孔子家语》,〔晋〕王肃注,上海古籍出版社影印明本 1990 年版。

《文心雕龙注释》,〔南朝梁〕刘勰著,周振甫注释,人民文学出版社 1981 年版。

《水经注校释》,〔北朝魏〕郦道元著,陈桥驿校释,杭州大学出版社 1999 年版。

《经典释文序录疏证》,吴承仕疏证,中华书局 1984 年版。

《意林校注》,王天海校注,贵州教育出版社 1998 年版。

《学林》,〔宋〕王观国著,中华书局 1988 年版。

《困学纪闻》,〔宋〕王应麟著,四部备要本。

《容斋随笔》,〔宋〕洪迈著,上海古籍出版社 1996 年版。

《乐府诗集》,〔宋〕郭茂倩编,中华书局 1979 年版。

《先秦汉魏晋南北朝诗》,逯钦立辑,中华书局 1983 年版。

《秦汉文钞》,〔明〕闵迈德等辑,中国社会科学院文学研究所藏万历刻本。

《秦汉文归》,〔明〕钟惺编,明末古香斋刻本。

《秦汉文钞》〔明〕冯有翼辑,《四库全书存目丛书》集部,齐鲁书社 1995—1997 年影印。

《梦陔堂文说初稿》,〔清〕黄承吉著,抄本,中国社会科学院文学研究所藏书。

《全上古三代秦汉三国六朝文》,〔清〕严可均辑,中华书局 2012

年版。

《文选》,〔南朝梁〕萧统编,〔唐〕李善注,中华书局1977年影印版。

《六臣注文选》,〔南朝梁〕萧统编,〔唐〕李善等注,中华书局1987年影印版。

《古文苑》,〔明〕章樵注,上海古籍出版社影印《四库全书》本1983年版。

《续古文苑》,〔清〕孙星衍辑,中华书局影印丛书集成初编1985年版。

《文馆词林校证》,〔唐〕许敬宗编,罗国威整理,中华书局2001年版。

《历代诗话》,〔清〕何文焕辑,中华书局1981年版。

《绎史》,〔清〕马骕编,齐鲁书社2001年版。

《道藏要籍选刊》,上海古籍出版社1989年版。

《越缦堂读书记》,〔清〕李慈铭著,上海书店出版社2000年版。

《十七史商榷》,〔清〕王鸣盛著,中国书店1987年版。

《经学历史》,〔清〕皮锡瑞著,中华书局1959年版。

《经学通论》,〔清〕皮锡瑞著,中华书局1954年版。

《鲁迅辑录古籍丛编》,人民文学出版社1999年版。

《汉魏六朝笔记小说大观》,上海古籍出版社1999年版。

二、今人论著

《中国历史文化区域研究》,周振鹤主编,复旦大学出版社1997年版。

《中国历史人文地理》,邹逸麟主编,科学出版社2001年版。

《中国人口通史》,路遇、滕泽之著,山东人民出版社2000年版。

《中国历史人物生卒年表》,吴海林等编,黑龙江人民出版社

1981 年版。

《中国史历日和中公历日对照表》,方诗铭、方小芬编著,上海辞书出版社 1987 年版。

《今古文经学新论》,王葆玹著,中国社会科学出版社 1997 年版。

《先秦诸子系年考辨》,钱穆著,上海书店"民国丛书"本 1992 年版。

《诸子著作年代考》,郑良树著,北京图书馆出版社 2001 年版。

《罗根泽说诸子》,罗根泽著,上海古籍出版社 2001 年版。

《稷下钩沉》,张秉楠辑,上海古籍出版社 1991 年版。

《战国史系年》,缪文远撰,巴蜀书社 1997 年版。

《战国史料编年辑证》,杨宽著,上海人民出版社 2001 年版。

《战国秦汉史论著索引》(1900—1980),北京大学出版社 1983 年版。

《战国秦汉史论著索引续编》(1981—1990),北京大学出版社 1992 年版。

《战国秦汉史论著索引三编》(1991—2000),北京大学出版社 2002 年版。

《两汉诸子研究论著目录》(1912—1996),陈丽桂主编,汉学研究中心 1998 年版。

《史记新证》,陈直著,天津人民出版社 1979 年版。

《汉书新证》,陈直著,天津人民出版社 1979 年版。

《〈史记〉文献学丛稿》,赵生群著,江苏古籍出版社 2000 年版。

《史记索隐引书考实》,程金造著,中华书局 1998 年版。

《先秦两汉文学史料学》,曹道衡、刘跃进著,中华书局 2005 年版。

《秦汉文学编年史》,刘跃进著,商务印书馆 2006 年版。
《秦汉文学论丛》,刘跃进著,凤凰出版社 2008 年版。
《秦汉文献研究》,吴树平著,齐鲁书社 1988 年版。
《秦汉魏晋史探微》,田余庆著,中华书局 1993 年版。
《秦汉区域文化研究》,王子今著,四川人民出版社 1998 年版。
《秦汉历史地理研究》,徐卫民著,三秦出版社 2005 年版。
《秦汉豪族社会研究》,马彪著,中国书店 2002 年版。
《秦物质文化史》,王学理、尚志儒、呼林贵等著,三秦出版社 1994 年版。
《秦汉史与岭南文化论稿》,张荣芳著,中华书局 2005 年版。
《秦汉江南经济述略》,黄今言著,江西人民出版社 1999 年版。
《秦汉仕进制度》,黄留珠著,西北大学出版社 1985 年版。
《秦汉社会文明》,林剑鸣、余华青、周天游、黄留珠著,西北大学出版社 1985 年版。
《秦汉民族史》,田继周著,四川民族出版社 1996 年版。
《秦汉江南经济诸说》,黄今言著,中国社会科学出版社 2000 年版。
《秦汉魏晋南北朝史论》,高敏著,中国社会科学出版社 2004 年版。
《剑桥中国秦汉史》,(英)崔瑞德、(英)鲁惟一编,杨品泉待译,中国社会科学出版社 1992 年版。
《汉书窥管》,杨树达著,上海古籍出版社 1984 年版。
《汉代物质文化资料图说》,孙机著,文物出版社 1991 年年。
《汉代城市研究》,周长山著,人民出版社 2001 年版。
《汉帝国的建立与刘邦集团》,李开元著,三联书店 2000 年版。
《汉武帝与西汉文学》,龙文玲著,社会科学文献出版社 2007

年版。

《汉代宫廷文学与文化之探微》,(美)康达维著,苏瑞隆译,上海译文出版社2013年版。

《汉代奏议的文学意蕴与文化精神》,王启才著,人民出版社2009年版。

《汉晋学术编年》,刘汝霖著,上海书店影印1935年商务印书馆版。

《汉诗研究》,郑文著,甘肃人民出版社1994年版。

《汉末晋初之际政治研究》,柳春新著,岳麓书社2006年版。

《谶纬文献与汉代文化构建》,徐兴无著,中华书局2003年版。

《东汉政区地理》,李晓杰著,山东教育出版社1999年版。

《二十等爵制》,(日)西嶋定生著,武尚清译,国际文化出版公司1992年版。

《竹简帛书论文集》,郑良树著,中华书局1982年版。

《汉简研究文集》,嘉峪关市文物保管所编,甘肃人民出版社1984年版。

《云梦秦简初探》,高敏著,河南人民出版社1979年版。

《云梦龙岗秦简》,刘信芳、梁柱编校,科学出版社1997年版。

《银雀山汉简释文》,吴九龙编,文物出版社1985年版。

《阜阳汉简〈诗经〉研究》,胡平生、韩自强著,上海古籍出版社1988年版。

《张家山汉简〈引书〉研究》,高大伦著,巴蜀书社1995年版。

《居延汉简研究》,陈直著,天津古籍出版社,1986年版。

《居延汉简人名编年》,李振宏、孙英民编,中国社会科学出版社1997年版。

《居延汉简释文合校》,谢桂华、李均明、朱国炤校,文物出版社

1987 年版。

《中国帛画与楚汉文化》,刘晓路著,吉林教育出版社 1994 年版。

《敦煌汉简释文》,吴礽骧、李永良、马建华编,甘肃人民出版社 1991 年版。

《淮南子考论》,马庆洲著,北京大学出版社 2009 年版。

《新定急就章及考证》,高二适著,上海古籍出版社 1982 年版。

《急就篇研究》,张丽生著,台湾商务印书馆 1983 年版。

《扬雄年谱》,丁介民著,菁华出版社 1976 年版。

《王充年谱》,钟肇鹏著,齐鲁书社 1983 年版。

《郑康成年谱》,王利器著,齐鲁书社 1983 年版。

《建安七子年谱》,俞绍初著,见《建安七子集》附录,文史哲出版社 1990 年版。

《中古文学系年》,陆侃如著,人民文学出版社 1985 年版。

《荀悦与中古儒学》,陈启云著,高专诚译,辽宁大学出版社 2000 年版。

《刘师培全集》,中共中央党校出版社 1997 年版。

《中国史探究》,齐思和著,中华书局 1981 年版。

《四库提要辨证》,余嘉锡著,中华书局 1980 年版。

《余嘉锡论学杂著》,中华书局 1963 年版。

《童书业历史地理论集》,童书业著,中华书局 2004 年版。

《严耕望史学论文选集》,严耕望著,中华书局 2006 年版。

《长水集续编》,谭其骧著,人民出版社 1994 年版。

《凡将斋金石丛稿》,马衡著,中华书局 1977 年版。

《古籍丛考》,金德建著,中华书局 1941 年初版,上海书店 1986 年复印。

《丝绸之路与西域文化艺术》,常任侠著,上海文艺出版社 1981 年版。

《金城丛稿》,郑文著,齐鲁书社 2000 年版。

《中古文学史料丛考》,曹道衡、沈玉成著,中华书局 2003 年版。

《魏晋南北朝文学论丛》,周勋初著,江苏古籍出版社 1999 年版。

《日本学者研究中国史论著选译》第三卷,中华书局 1993 年版。

《中国历代著名文学家评传》,山东教育出版社 1983 年版。

《湖北历史文化与地理研究》,张伟然著,湖北教育出版社 2000 年版。

《齐鲁碑刻》,包备五编著,齐鲁书社 1996 年版。

《齐鲁文化志》,王恩田著,上海人民出版社 1998 年版。

《荆楚文化研究丛书》,董泽芳主编,湖北人民出版社 2003 年版。

《楚文化史》,张正明著,上海人民出版社 1987 年版。

《咸阳文物精华》,陕西省咸阳市文物局编,文物出版社 2002 年版。

《重修咸阳县志》,咸阳市秦都区城乡建设环保局编印 1986 年版。

后　记

　　《秦汉文学史》是多卷本《中国文学通史》系列中的一种。其时间范围,始于秦庄襄王三年(即秦庄襄王死、秦王嬴政即位的公元前247年),终于东汉献帝建安二十五年(即曹操死、曹丕即位的公元220年),前后共467年。具体分工,秦代文学、西汉文学部分由刘跃进负责,东汉文学部分由徐公持先生负责。

　　多卷本《中国文学通史》是全国哲学社会科学"六·五"规划(1981—1985)项目,邓绍基先生担任编委会主任委员,刘世德、沈玉成先生为副主任委员。按照计划,这套丛书分为10种14册。最先出版的是曹道衡、沈玉成先生编著的《南北朝文学史》和邓绍基先生主编的《元代文学史》(1991年12月),至1999年9月徐公持先生编著《魏晋文学史》问世,计划中的10种已出版6种。这些著作,大多始撰于上世纪80年代初,迄今已历时40余年。不无遗憾的是,《秦汉文学史》《明代文学史》《清代文学史》《近代文学史》4种,由于种种原因,未能如期完成。

　　2006年底,邓绍基先生约我商议《中国文学通史》的续编问题。他希望我做好协调工作,将这旷日持久的集体项目作一了结。从当时情况看,《明代文学史》已有部分成稿,但距出版要求还有相当距离。至于其他三部书稿,原定作者均未提交,且遥遥无期。

2008年夏秋,邓绍基先生再次与我商议此事,决定由徐公持先生和我合作完成《秦汉文学史》的撰著工作。明、清、近代三卷待时机成熟,再作为一个整体统筹安排。从辈分上说,徐公持先生是我的老师,也是我的领导。从1991年底开始,我就在徐公持先生主编的《文学遗产》编辑部兼职看稿,不仅学到很多知识,更重要的是从编辑部同仁那里领悟到坚守学术、推贤进士的人文情怀。在徐先生的引领下,我们从编写《秦汉文学史纲目》开始,反复推敲,最终确定了撰写原则,并分头做前期准备工作。

2010年初,《秦汉文学史》编著工作正式启动。我与徐先生虽各有分工,但经常交换意见,如琢如磨,写作的过程比较顺畅。我们尽量保持各自写作风格,并在充分吸收已有研究成果基础上,努力提出自己略有新意的见解。未曾想,初稿完成后,我很快就陷入到既多且杂的冗事之中,校订工作迁延日久。最叫我感到遗憾的是,邓绍基先生2013年4月去世,他最终未能看到这部书稿的出版。

说点题外话,我个人的成长,多与邓绍基先生的提携密切相关。1994年春天,邓先生提名我做古代室党支部书记。1998年底,他又力荐我出任文学所副所长。2000年2月19日,我去协和医院看望做鼻腔息肉手术而住院的邓绍基先生,他告诫说,第一要坚持自己的学问,第二要参加一些行政工作,对自己的成长必有好处,第三要汲取正反两个方面的经验教训,思考文学所的长远发展。其中,多卷本《中国文学通史》系列就是文学所长远规划的一个项目。2014年3月13日,文学所举办邓绍基先生去世一周年追思会,我作为党委书记作了书面发言,专门谈到邓绍基先生为组织编写这套《中国文学通史》所做的巨大贡献。这篇发言稿,以《邓绍基先生的学问人生》为题,发表在 2014 年 6 月 11 日的《中华读书报》上。

  一晃又是十年过去了。新书出版在即,我则感恩兼感伤,谨借此机会再次表达对邓绍基先生的怀念之情。

刘跃进

2024 年 5 月 18 日